清詩話全编

乾隆期六

張寅彭 編纂　劉奕 點校

上海古籍出版社

第六册目次

新訂聲調譜

新訂聲調譜提要

《新訂聲調譜》不分卷，據乾隆間春橋書屋刊《全唐試律類箋》本點校。撰者惲宗和，字敦夫，江蘇武進人。按此譜附於《類箋》末。譜後有惲氏乾隆二十六年跋，交代始末甚詳。先是其父惲鶴生等康熙末編成《全唐試律類箋》，其後宗和續有校訂，又參宋弼《聲韵彙説》，選用《類箋》詩例，製成此譜，專談試律起句之平仄不同。此是應科舉試詩之時運而作，非關漁洋、秋谷聲調譜之討論也。

全唐試律類箋聲調譜

武進懂宗和敦夫手編

五言排律聲調説

吴門徐而庵《説唐詩》曰：五言六韵十二句，謂之排律。世不講此聲調久矣。本是一首四韵八句律詩，律之法在起、承、轉、合，分之爲二解。排者，將二解排之使開，從中插入四句。此四句最是難下。既前一解二句起，二句承，後一解二句轉，二句合。今插入四句，前二句不可上同於承，後二句不可下同於轉。與承轉不相干犯，又要一氣無痕。抽此四句無減於律，加此四句無礙於律，聲調至此方爲合作。若八韵十六句，十韵二十句，十二韵二十四句，則一解一解排去，直至百韵可也。

東魯宋蒙泉《聲調彙説》曰：律之名，以别於古也。猶律令也，律令不可不嚴，故字之平仄，有一定不可易者。五言論二、四，七言論二、四、六。一句則平仄相間，一韵則彼此相對，二韵則上下相粘，此定體也。然其聲調之要，乃在一、三、五字，故俗子言不論者最謬。應試止宜正體，拗調切勿攙入。○五律凡雙句二、四應平仄者，第一字必用平聲，斷不可雜以仄聲。以平平止有二字相連，不可令單也。其二、四應仄平者，第一字平仄皆可用。以仄仄仄三字相連，換以平聲無妨也。大約仄可换平聲，平斷不可换仄聲。第三字同此。若單句第一字，可弗論。

六韻平起順粘譜一 第二字是詩喉，故特標出。下同。

平[平]平仄仄，仄[仄]仄平平。一韻仄[仄]平平仄，平[平]仄仄平。二韻平[平]平仄仄，仄[仄]仄平平。三韻仄[仄]平平仄，平[平]仄仄平。四韻平[平]平仄仄，仄[仄]仄平平。五韻仄[仄]平平仄，平[平]仄仄平。六韻

雲山初照日，第二字平。遠近見離宮。反起句。影動參差裏，粘次句。光分縹緲中。反三句。鮮飈收晚翠，粘四句。(佳)氣滿晴空。反五句。(林)潤温泉入，粘六句。樓深複道通。反七句。璇題生炯晃，粘八句。(珠)綴引璁瓏。反九句。鳳輦何時幸，粘十句。朝朝此望同。應起句。

此《類箋》卷一第一首《初日照華清宮》，柴宿試律也。〇平起順粘者，首句第二字平聲起，次句、三句第二字仄聲，四句、五句第二字平聲，六句、七句第二字仄聲，八句、九句平聲，十句、十一句仄聲，十二句仍復平聲而止。詩喉十二字：平、仄、仄、平、平、仄、仄、平、平、仄、仄、平。此平起順粘譜，學六韻排律者宜遵之。〇次句「仄仄仄平平」與首句「平平平仄仄」相反，故曰反首句。四句「平平仄仄平」與三句「仄仄平平仄」相反，故曰反三句。後倣此。〇次句第二字仄聲，三句第二字亦仄聲，故曰粘次句。四句第二字平聲，五句第二字亦平聲，故曰粘四句。後倣此。按「粘」係俗字，本「黏」字，音嚴。《説文》云：相著也。若當平而仄，當仄而平，謂之失粘。二、三句同，四、五句同，六、七句同，八、

九句同，十、十一句同。上下句第二字聲音如一，謂之不失粘。若一句差，則全首差矣。失粘之詩，字句縱佳，聲調不叶，大雅弗取。故學詩先要知平當粘平，仄當粘仄。《聲調彙説》云「二韻上下相粘」是也。○末句云「應起句」者，應起句之第二字也。如平應平、仄應仄是也。後倣此。○此詩六句、七句、十句第一字宜仄，而平者，《聲調彙説》云「仄可換平」之謂也。

六韻仄起順粘譜二

仄[仄]平平仄，平[平]仄仄平。一韻 平[平]平仄仄，仄[仄]仄平平。二韻 仄[仄]平平仄，平[平]仄仄平。三韻 平[平]平仄仄，仄[仄]仄平平。四韻 仄[仄]平平仄，平[平]仄仄平。五韻 平[平]平仄仄，仄[仄]仄平平。六韻

秀發王孫草，第二字仄。春生君子風。反起句。光摇低偃處，粘次句。影散艷陽中。反三句。稍稍移萍末，粘四句。微微轉蕙叢。反五句。浮烟傾緑野，粘六句。遠色澹晴空。反七句。泛彩池塘媚，粘八句。含芳景氣融。反九句。清暉誰不挹，粘十句。幾許賞心同。應起句。

此《類箋》卷一《風光草際浮》，陳祜試律也。○仄起順粘者，首句第二字仄聲起，二句、三句第二字平聲，四句、五句第二字仄聲，六句、七句第二字平聲，八句、九句仄聲，十句、十一句平聲，十二句仍復仄聲止。詩喉十二字：仄、平、平、仄、仄、平、平、仄、仄、平、平、仄。此仄起順粘譜，學六韻排律者宜遵之。○此詩次句第三字宜仄而平，《聲調彙説》云「仄可換平」之謂也。

六韻單起順粘譜三

平[平]仄仄平，仄[仄]仄平平。一韻仄[仄]平平仄，平[平]仄仄平。二韻平[平]平仄仄，仄[仄]仄平平。三韻仄[仄]平平仄，平[平]仄仄平。四韻平[平]平仄仄，仄[仄]仄平平。五韻仄[仄]平平仄，平[平]仄仄平。六韻

吾君理化清，起句單。上瑞報昇平。次句亦單。曉吹何曾息，粘次句。柔條自不鳴。反三句。花香知暗度，粘四句。柳色覺潛生。反五句。只見低垂勢，粘六句。那聞擊竹聲。反七句。大王初溥暢，粘八句。少女正輕盈。反九句。幸遇無私力，粘十句。幽芳願發榮。同起句。

此《類箋》卷一《風不鳴條》，姚鵠試律也。○單起者，首句五字與次句五字不相對照，故曰單起。首句第五字或平或仄，亦不拘。末二句亦單者多。惟此詩末句字字與起句合，故不曰應，而曰同。○此詩與譜一平起微有不同，前首句第五字從仄，此首第五字從平，故分而譜之。蓋平起之中，又有單起之一法也。要知譜一平起，亦兼單起。後倣此。○此詩當平而平，當仄而仄，聲調甚佳，可爲典要。

六韻對起順粘譜四

平[平]平仄仄，仄[仄]仄平平。一韻仄[仄]平平仄，平[平]仄仄平。二韻平[平]平仄仄，仄[仄]仄平平。三韻

仄[仄]平平仄，平[平]仄仄平。四韵平[平]平仄仄，仄[仄]仄平平。五韵仄[仄]平平仄，平[平]仄仄平。六韵(曙)霞攢旭日，起句對下。(浮)景弄晴川。次句對上。晃耀曾潭上，粘次句。悠揚極浦前。反三句。(岸)高時擁媚，粘四句。(波)遠漸澄鮮。反五句。(萍)實空隨浪，粘六句。珠胎不照淵。反七句。(早)暄依曲渚，粘八句。(微)動觸輕漣。反九句。孰假咸池望，粘十句。幽情得古篇。應起句。

此《類箋》卷一《日華川上動》，石殷士試律也。○對起者，首句五字與次句五字虛實、平仄字字對照，故曰對起。大約首句第五字仄聲多，間或有平聲者。○此詩首句、五句、九句第一字，宜平而仄。次句、六句、七句、十句第一字，宜仄而平。《聲調彙説》所云「救之」之法也。○此詩與譜一平起同一聲調，必分而譜之者，蓋平起之中又有對起之一法也。

八韵平起順粘譜五

平[平]平仄仄，仄[仄]仄平平。一韵仄[仄]平平仄，平[平]仄仄平。二韵平[平]平仄仄，仄[仄]仄平平。三韵仄[仄]平平仄，平[平]仄仄平。四韵平[平]平仄仄，仄[仄]仄平平。五韵仄[仄]平平仄，平[平]仄仄平。六韵平[平]平仄仄，仄[仄]仄平平。七韵仄[仄]平平仄，平[平]仄仄平。八韵

鑾輿秦地久，第二字平。羽衛洛陽空。反起句。彼土雖憑固，粘次句。茲川乃得中。反三句。龍顏觀白日，粘四句。鶴髮仰清風。反五句。望幸誠逾邈，粘六句。懷來意不窮。反七句。(昔)因封泰岳，粘八句。

(今)佇躡維嵩。反九句。(天)地心無異，粘十句。神祇理亦同。反十一句。(翠)華翔渭北，粘十二句。玉檢候關東。反十三句。衆願其難阻，粘十四句。明君早勒功。應起句。

此《類箋》卷六《東都父老望幸》，鄭馥試律也。○平起法，自一句至十二句，已詳前六韻中。此則六韻外又增二韻，共十六句。詩喉十六字：平、仄、仄、平、平、仄、仄、平、平、仄、仄、平、平、仄、仄、平。此平起順粘譜，學八韻排律者宜遵之。○此詩首句第二字平聲，故云平起。首句與次句虛實、平仄，字字對照，亦可云對起。可與六韻譜四參看。○九句第一字宜平而仄，故十句第一字宜仄而平以救之，聲調之所以叶也。

八韻仄起順粘譜六

仄[仄]平平仄，平[平]仄仄平。一韻平[平]平仄仄，仄[仄]仄平平。二韻仄[仄]平平仄，平[平]仄仄平。三韻平[平]平仄仄，仄[仄]仄平平。四韻仄[仄]平平仄，平[平]仄仄平。五韻平[平]平仄仄，仄[仄]仄平平。六韻仄[仄]平平仄，平[平]仄仄平。七韻平[平]平仄仄，仄[仄]仄平平。八韻

(顓)頊時初謝，第二字仄。勾芒令復陳。反起句。飛灰將應節，粘次句。(賓)日已知春。反三句。考曆明三統，粘四句。迎祥授萬人。反五句。衣冠宵執玉，粘六句。(壇)墠曉清塵。反七句。肅穆來東道，粘八句。回環拱北辰。反九句。(仗)前花待發，粘十句。(旂)處柳凝新。反十一句。(雲)斂黃山際，粘十二句。冰開素滻

濱。反十三句。聖朝多慶賞，粘十四句。煦嫗及沉淪。應起句。

此《類箋》卷二《迎春東郊》，張濯試律也。○仄起法，自一句至十二句已詳前六韻中。此則六韻外又增二韻，共十六句。詩喉十六字：仄、平、平、仄、仄、平、平、仄、仄、平、平、仄、仄、平、平、仄。此仄起順粘譜，學八韻排律者宜遵之。○此詩首句與次句字句相對，亦兼對起法。○首句、四句、八句、十二句、十三句第一字，皆宜仄而平。《聲調彙説》云「仄可换平」也。十一句第一字宜平而仄，故十二句第一字宜仄而平以救之，聲調之所以叶也。

八韻單起順粘譜七

仄[仄]仄平平，平[平]仄仄平。一韻平[平]平仄仄，仄[仄]仄平平。二韻仄[仄]平平仄，平[平]仄仄平。三韻平[平]平仄仄，仄[仄]仄平平。四韻仄[仄]平平仄，平[平]仄仄平。五韻平[平]平仄仄，仄[仄]仄平平。六韻仄[仄]平平仄，平[平]仄仄平。七韻平[平]平仄仄，仄[仄]仄平平。八韻

(懸)首藁街中，起句單。天兵破犬戎。次句亦單。營收低隴月，粘次句。(旗)偃度湟風。反三句。肅殺三邊勁，粘四句。蕭條萬里空。反五句。渠魁咸服罪，粘六句。(餘)孽盡輸忠。反七句。聖理符軒化，粘八句。仁恩契禹功。反九句。降逾洞庭險，粘十句。(梟)擬郅支窮。反十一句。已報軍容捷，粘十二句。還資廟算通。反十三句。今朝觀即叙，粘十四句。(非)與獻獒同。同起句。

此《類箋》卷九《西戎即叙》，李子昂試律也。〇單起法與仄起法，已詳前六韻中。結句亦同起句，説在譜三，兹不贅云。〇此詩起句及四句、八句、十二句、末句第一字，皆宜仄而平。《聲調彙説》云仄、仄、仄三字相連，換以平聲無妨也。

八韻對起順粘譜八

仄[仄]平平仄，平[平]仄仄平。一韻 平[平]平仄仄，仄[仄]仄平平。二韻 仄[仄]平平仄，平[平]仄仄平。三韻 平[平]平仄仄，仄[仄]仄平平。四韻 仄[仄]平平仄，平[平]仄仄平。五韻 平[平]平仄仄，仄[仄]仄平平。六韻 仄[仄]平平仄，平[平]仄仄平。七韻 平[平]平仄仄，仄[仄]仄平平。八韻

皓月方離海，起句對下。堅冰正滿池。次句對上。金波方激射，粘次句。璧彩兩參差。反三句。影占徘徊處，粘四句。光含的皪時。反五句。高低連素色，粘六句。上下接清規。反七句。顧兔飛難定，粘八句。潛魚躍未期。反九句。(鵲)驚俱欲遶，粘十句。(狐)聽始無疑。反十一句。似鏡將盈手，粘十二句。如霜恐透肌。反十三句。(獨)憐遊翫意，粘十四句。達曉不知疲。應起句。

此《月照冰池》，李商隱詩。本非試作，以試題故，附卷二葉季良試律後。〇此詩首句第二字仄聲，亦兼仄起。但與譜七仄起不同，與譜六仄起恰合。可參看。〇十一句第一字宜平而仄，故十二句第一字宜仄而平以救之，此聲調之所以叶也。十五句第一字宜平而仄者，《聲調彙説》云單句第一字

可弗論也。

六韻順起順粘譜九

仄[仄]平平仄，平[平]仄仄平。一韻平[平]平仄仄，仄[仄]仄平平。二韻仄[仄]平平仄，平[平]仄仄平。三韻平[平]平仄仄，仄[仄]仄平平。四韻仄[仄]平平仄，平[平]仄仄平。五韻平[平]平仄仄，仄[仄]仄平平。六韻

(秋)至雲容歛，順題起。天中日景清。對首句。懸空寒色凈，粘次句。委照曙光盈。反三句。泫泫看彌上，粘四句。輝輝望最明。反五句。烟霞輪乍透，粘六句。(葵)藿影初生。反七句。鑒下應無極，粘八句。升高自有程。反九句。何當迴盛彩，粘十句。一爲表精誠。應起句。

此《類箋》卷一《秋日懸清光》，陶拱試律也。○首句「秋」，次句「日」，故曰順起。次句從「日」字帶出「清」字。三句點「懸」字，四句點「光」字。順題寫去，字字點明。此一法也。如卷一《秋月懸清輝》蔣防試律，首句亦從「秋月」起，次句點「清輝」，以下俱寫「懸」字，皆順起法也。餘可類推。○陶作四句點全題，蔣作兩句點全題，又一法也。○首句、八句宜仄而平，已見前譜。○「烟霞」「葵藿」字，俱切「定日」。蔣作「桂花」「夜珠」「入牖」「臨枝」「薄帷」「千里」諸字，俱切定「月」。惟其字句切合，聲調之所以妙也。○以下數首題字俱標出。

六韻逆起順粘譜十

仄[仄]平平仄，平[平]仄仄平。一韻平[平]平仄仄，仄[仄]仄平平。二韻仄[仄]平平仄，平[平]仄仄平。三韻平[平]平仄仄，仄[仄]仄平平。四韻仄[仄]平平仄，平[平]仄仄平。五韻平[平]平仄仄，仄[仄]仄平平。六韻

(寥)廓涼天静，逆題起。晶明白日秋。對首句。圓光含萬象，粘次句。碎影入閑流。反三句。迥與青冥合，粘四句。遥同(江)甸浮。反五句。(晝)陰殊衆木，粘六句。(斜)影下危樓。反七句。宋玉登高怨，粘八句。張衡望遠愁。反九句。餘暉如可托，粘十句。(雲)路豈悠悠。應起句。

此《類箋》卷一《秋日懸清光》，王維試律也。○首句先寫「清光」，次句纔點「秋日」，故曰逆起。三句點「光」字，即籠「懸」字。五、六句寫「懸」字，即寫「清」字。七、八句寫「光」字，即寫「懸」字。九、十句補寫「秋」字，「高」「遠」二字含「懸」字意。十一句「餘暉」字照應「日」字。末句「雲路」字與起句「涼天」「白日」映帶。不點明「懸」字、「清」字，而二字之意已寫得酣足。此又一法也。如卷一《月映清淮流》徐敞首句「遥夜淮彌净」，先從「淮流」寫起；《郎官上應列宿》公乘億首句「北極佇文昌」，先從「列宿」寫起，皆逆起法也。餘可類推。

六韵虚起順粘譜十一

仄仄平平仄，平平仄仄平。一韵平平平仄仄，仄仄仄平平。二韵仄仄平平仄，平平仄仄平。三韵平平平仄仄，仄仄仄平平。四韵仄仄平平仄，平平仄仄平。五韵平平平仄仄，仄仄仄平平。六韵

靄靄彤庭裏，虚寫起。沉沉玉砌陲。對首句。初升九華日，粘次句。潛暖萬年枝。反三句。煦嫗光偏好，粘四句。青葱色轉宜。反五句。每因韶景麗，粘六句。長沐惠風吹。反七句。隱映當龍闕，粘八句。氛氲隔鳳池。反九句。朝陽光照處，粘十句。唯有近臣知。應起句。

此《類箋》卷一《日暖萬年枝》，王約試律也。○起二句虚寫，不點題字，故曰虚起。三句點「日」字，四句點「暖萬年枝」字。此實點題法。五句寫「日」，六句寫「枝」，用分寫法。七、八句寫「暖」，并寫「枝」，用合寫法。九、十句用襯托法。末二句照應「日暖」字結。○此詩兼對起、順起法。如卷二《咏春色》楊衡作，起二句「靄靄」復「濛濛」，非霧滿晴空，亦不點題字，皆虚起法也。餘可類推。

六韵實起順粘譜十二

仄仄平平仄，平平仄仄平。一韵平平平仄仄，仄仄仄平平。二韵仄仄平平仄，平平仄仄平。三韵

平[平]平仄仄，仄[仄]仄平平。四韻仄[仄]平平仄，平[平]仄仄平。五韻平[平]平仄仄，仄[仄]仄平平。六韻

禁樹敷榮早，實寫起。偏將麗日宜。反起句。光摇連北闕，粘次句。影泛滿南枝。反三句。得地方和煦，粘四句。逢時異赫曦。反五句。(葉)知盈數積，粘六句。(根)是永時移。反七句。宵露猶殘潤，粘八句。薰風更共吹。反九句。餘暉誠可託，粘十句。況近鳳凰池。應起句。

此《類箋》卷一《日暖萬年枝》，鄭師貞試律也。○起二句從「枝」説到「日」，三、四句從「日」説到「枝」，皆實寫，故曰實起。五、六句日暖枝三字合寫，七、八句萬年枝三字實寫，九、十句襯托「日」字并「暖」字，末句「餘暉」字照應「日」字。與前王維作字句相同，可參看。○此詩首句從「萬年枝」説起，兼逆起、單起法。次句點「日」，四句點「枝」，不點「暖」與「萬年」字，而二字之意俱寫得酣足。此題郭求作首二句「旭日升溟海，芳枝散曙烟」，蔣防作首二句「新陽歸上苑，嘉樹獨含妍」，皆實起法也。餘可類推。

八韻順起順粘譜十三

仄[仄]平平仄，平[平]仄仄平。一韻平[平]平仄仄，仄[仄]仄平平。二韻仄[仄]平平仄，平[平]仄仄平。三韻平[平]平仄仄，仄[仄]仄平平。四韻仄[仄]平平仄，平[平]仄仄平。五韻平[平]平仄仄，仄[仄]仄平平。六韻仄[仄]平平仄，平[平]仄仄平。七韻平[平]平仄仄，仄[仄]仄平平。八韻

慶曆生周日，起句順寫。修祠表漢年。次句對上。(復)兹秦嶺上，粘次句。(殊)似霍山前。反三句。昔贊神功起，粘四句。今符聖祚延。反五句。已題金簡字，粘六句。(仍)訪玉堂仙。反七句。睿祖光元始，粘八句。曾孫體又玄。反九句。言因六夢接，粘十句。慶叶九齡傳。反十一句。北闕心超矣，粘十二句。南山壽固然。反十三句。無由同拜祝，粘十四句。竊抃賀陶甄。應起句。

此《類箋》卷十《玄元皇帝應見賀聖祚無疆》，殷寅試律也。〇起句從玄元應見寫起，故曰順起。五、六、七、八句拍合聖祚。九句結上，十句起下。十一、十二句寫聖祚，十三、十四句寫無疆。末二句寓意點明「賀」字結。〇此詩兼對起、實起法。第三句、第七句第一字當平而仄，故第四句、第八句第一字當仄而平以救之，聲調之所以叶也。〇卷一《玉壺冰八韻》李程起句「琰玉性惟堅」，從「玉」寫起，亦順起也。餘可類推。

八韻逆起順粘譜十四

仄[仄]平平仄，平[平]仄仄平。一韻平[平]平仄仄，仄[仄]仄平平。二韻仄[仄]平平仄，平[平]仄仄平。三韻平[平]平仄仄，仄[仄]仄平平。四韻仄[仄]平平仄，平[平]仄仄平。五韻平[平]平仄仄，仄[仄]仄平平。六韻仄[仄]平平仄，平[平]仄仄平。七韻平[平]平仄仄，仄[仄]仄平平。八韻

聖主今司契，起句逆寫。神功格上元。對首句。(豈)惟求傅野，粘次句。更有叶鈞天。反三句。審夢南

山下，粘四句。焚香北闕前。反五句。(道)光尊聖日，粘六句。福應集靈年。反七句。咫尺真容近，粘八句。巍峩大象懸。反九句。觴從百寮獻，粘十句。(形)爲萬方傳。反十一句。(聲)教唯皇矣，粘十二句。英威固邈然。反十三句。慚無(美)周頌，粘十四句。(徒)上祝堯篇。應起句。

此題同上，趙鐸試律也。〇起句從聖德感通處説起，故曰逆起。第七句方寫玄元，第八句寫聖祚，九、十句寫應見，十一、十二句寫「賀」字，結用對結，得體。此題李岑作結句「未預承天命，空勤望帝門」，亦對結也。〇此詩亦兼對起、實起法。第三句第一字與十五句第三字宜平而仄，十三句與末句第一字宜仄而平，説俱見前譜。〇又卷六《觀北藩謁廟》沈亞之八韻起句「肅肅層城裏，巍巍祖廟清」，先從祖廟説起，亦逆起法也。餘可類推。

八韻虛起順粘譜十五

仄[仄]仄平平，平[平]仄仄平。一韻平[平]平仄仄，仄[仄]仄平平。二韻仄[仄]平平仄，平[平]仄仄平。三韻平[平]平仄仄，仄[仄]仄平平。四韻仄[仄]平平仄，平[平]仄仄平。五韻平[平]平仄仄，仄[仄]仄平平。六韻仄[仄]平平仄，平[平]仄仄平。七韻平[平]平仄仄，仄[仄]仄平平。八韻

(符)命自陶唐，起句虛寫。吾君應會昌。反起句。千年清德水，粘次句。九折滿榮光。反三句。極岸浮佳氣，粘四句。微波照夕陽。反五句。澄輝明貝闕，粘六句。散彩入龍堂。反七句。近帶關雲紫，粘八句。

遥連日道黃。反九句。馮夷矜海若，粘十句。漢武貴宣房。反十一句。漸没孤槎影，粘十二句。仍呈一葦杭。反十三句。(撫)躬悲未濟，粘十四句。作頌喜時康。同起句。

此《類箋》卷三《河出榮光》，段成式試律也。○起二句頌揚聖德，不點題字，故曰虛起。三句實寫「河」，四句點「榮光」，五句以下俱寫「出」字。末句與起句平仄同，故曰同起句。○此詩兼單起、順起法。十五句第一字宜平而仄，正《彙説》所謂「單句第一字可弗論」也。

八韻實起順粘譜十六

仄[仄]平平仄，平[平]仄仄平。一韻平[平]平仄仄，仄[仄]仄平平。二韻仄[仄]平平仄，平[平]仄仄平。三韻平[平]平仄仄，仄[仄]仄平平。四韻仄[仄]平平仄，平[平]仄仄平。五韻平[平]平仄仄，仄[仄]仄平平。六韻仄[仄]平平仄，平[平]仄仄平。七韻平[平]平仄仄，仄[仄]仄平平。八韻

引派崑山峻，起句實寫。朝宗海路長。反起句。千齡逢聖主，粘次句。五色瑞榮光。反三句。隱映浮中國，粘四句。晶明助太陽。反五句。坤維連浩漫，粘六句。(天)漢接微茫。反七句。(丹)闕清氛裏，粘八句。函關紫氣旁。反九句。(位)尊應號伯，粘十句。道泰每呈祥。反十一句。習坎靈逾久，粘十二句。居卑德有常。反十三句。龍門如可涉，粘十四句。(忠)信是舟梁。應起句。

此題同上，張良器試律也。○起二句即實寫河，故曰實起。四句點「榮光」，五、六、七、八句寫

「出」字。九、十句襯貼，十一句收河。十二句收光。十三、十四句申明「出榮光」之故。末二句寓干請意。○此詩兼對起、順起法。第八、九及末句第一字，皆宜仄而平，《彙説》所謂「仄可换平」也。十一句第一字宜平而仄，《彙説》所謂「單句第一字可弗論」也。

昔先君子孝廉公與年伯主政錢旡咎《類箋全唐試律》十卷，康熙乙未秋日刻於都門，以公同好，迄今已四十有七年矣。雍正壬子冬月秉鐸金壇，閲從前分類箋注，覺未盡善。課士之暇，改正甚多。又標明某二字宜補箋，并宜注出何書。又硃筆批評，寫題某字，切題某字，點題某字，以某意結，頗費苦心。時乾隆丙辰夏日，迄今又二十有六年矣。不肖和備員豐學，數載以來，念手澤之存，繼未竟之志，補箋校訂，不敢憚勞。又念此方之學者平仄多混淆，上下每失粘，皆由不講究聲調之故。因竭力刻《類箋》一書，欲其改陋習，且欲其易知而樂從也。適選拔若金董兄以東魯宋蒙泉先生手訂《聲調彙説》見示，和既卒業，乃恍然有會焉。其説曰：「詩本賦、比、興，聲調末也。然末且不知，况其進焉者乎？」又曰：「上句平平仄仄仄，下句仄仄仄平平，律詩常調。若仄平仄仄仄，則爲落調矣。蓋下三仄，上必二平也。又平平仄仄平，律詩次句正調。若仄平平仄平，變調而仍律也。若夫仄平仄仄平，則古詩拗調矣。今人之不知此者，皆誤於『一三五不論』之謬説故耳。」其書詳論古體，又專論拗調。和變通其説，引伸觸類，編爲此譜。先將宋先生聲調説載在譜前，不敢掠美，又欲人共信其説而篤守之也。并將徐而庵先生五言排律説列於先。按徐之書成於康熙壬寅，宋之書成於乾隆丁丑也。次將平仄單對、順逆、虚實，首句起法不同，共編一十六譜，取《類箋》中詩印證之，分析詳明，俾覽者了然心目，知平仄之不可混淆如此，聲調之必宜講究如此，倘人人樂從而頓改失粘之陋習，庶不負昔年箋注批評之苦心與今日重刻校訂之竭力矣。願諸學者共勉之。乾隆二十六年三月望日晉陵惲宗和謹識。

詩法問津

詩法問津提要

《詩法問津》四卷，據乾隆壬午静遠堂刻本點校。撰者蘇一圻（一七〇四—？），字晝東，山東壽光人。雍正五年進士。歷任直隸、安徽等省知縣，有政聲。此書據乾隆二十四年自跋，交代成書始末，乃有感於科舉恢復試詩，二十三年冬至與應試諸友談詩，次年六月寫成三卷。後有增訂，二十七年刊刻時已增爲四卷。卷一集古人之説，卷二以下轉爲己論，專論律詩。大抵卷二談理法，卷三列體式，卷四分上下，上有詩體、詩病、讀詩法等目，下爲韵説，通韵部分較三卷本改動較大，又增《古今韵源流考略》一篇，説甚周詳。其説雖爲應試，亦關修身，故甚端正而無所發明。其中如推王士禛爲國朝大家，此在乾隆初年，稍可窺其見識。又於諸體中特推古風歌行「錯綜開闔，極能發人才思，非比古詩窘於格調鋪叙，近體束於聲律排偶」，則尤不得以此書之專論律體爲其説詩之全矣。

刊詩法問津卮言

境任推遷，事權難易，故功分遲速，行止匪人力安所遇，而觀成歸於有定。余輯《詩法問津》，五年於此矣，南國重遊，檢付剞劂。客有以無序問者，余應之曰：「『多買臙脂畫牡丹』，此豈富貴花耶，何以序爲？」連宵風雨，旅邸寂清，偶步眉山長公《虎丘》原韵，率成古風三首，用附簡端。把筆臨風，百端交集，功成非難亦非易，事與境會也。憶亥秋和韵，有「都來夏氣驚塵眼，最是秋聲激壯懷」之句，此物此志耳。時寓金陵冶城道院之飛霞閣，乃乾隆二十七年壬午重陽前二日丙寅也。

詩文致同歸，詣極登峰嶺。經笥腹便便，□□□□井。□□□□□，□芒萬丈耿。駿逸超鈍根，肯雜閣閣黽。披沙睹兼金，精粗擇石礦。得道造益深，資安寧徒猛。澄心託毫素，靜虛不妄騁。泉湧汩汩來，洋溢奚所哽。絢爛歸澹平，浩渺富萬頃。千古蘊寸心，飲水知煖冷。立言貴存誠，退藏游息永。會悟良匪遥，觸緒成韶景。辭達而已矣，理足掃響影。高雅本性情，斯語誰當請。

佳句法如何，仰止緬蜀嶺。老去詩律細，條理原井井。萬法造由心，推敲念常耿。醇而後能肆，沉鬱靜亂黽。有斐詠琢磨，銖兩不在礦。遠紹雅頌風，探討力正猛。删後豈無詩，拔幟文壇騁。先民端矩矱，殆罔終阻哽。學問思辨間，玩味匪俄頃。汲古窺源流，專精化炎冷。瞬存息有養，優游清晝永。得意更忘言，即事眼前景。鼓吹賡休明，奕奕雁塔影。元神聚堂奥，向往隨所請。

天涯澹蕩人，鴻踪虎丘嶺。金陵龍蟠虎踞，冶城山脈衍虎阜。東西南北間，用汲自渫井。福受求王明，壯行志猶耿。出入手一編，公私問鳴黽。小言詎驚人，抱璞寧存礦。自知災棗梨，誰云資勇猛。舉之莫或廢，風雅場難騁。道聽而塗説，食廢何怨哽。元聲扣春容，望洋漫訏頃。遮莫覆醬瓿，浮游齒易冷。摩挲歷夕晨，南天秋興永。直可會本原，坦坦周道景。述作我猶慚，信好不愧影。相將勵居稽，不敏嘗試請。

丹崖迂士漫筆

卷目

詩法問津卷一

詩説

抒性靈而寫心，緣至情以體物，非中懷懇至，有貫注于身世倫紀之間者，安能亦風亦雅，而獨超乎月露風雲之上？是故詩有本焉，性情是也，格製音調其末耳。本末固當兼該，而本具則末可舉。故有工於詩而性情未必盡純者矣，未有性情篤而詩不能工者。有德有言，其亦此理也。善乎朱文公之序《詩》也，曰：「詩何爲而作也？人生而静，天之性也。感于物而動，性之欲也。有欲則不能無思，既思矣，不能無言。有言則言所不能盡，而發于咨嗟詠嘆之餘者，必有自然之節奏音響而不能已。心之所感有邪正，故言之所形有是非。所感無不正，則其言皆足以教。其或感之之雜，而所發不無少濁者，則當思所以自反，而使其有所觀感以勸懲之，是亦所以爲教也。」旨哉言乎，詩理備矣。三代而下，漸流爲聲律，率求工于字句間，其于《三百篇》同不同未可知也，然其本乎性情則一耳。即性情以品其人、求其詩，百不失一。詩盛于唐，集大成者杜子美，其性情之獨至者乎？開其先者，遭放而思君，被留而持節，其屈大夫、蘇子卿乎？六代波靡，砥柱中流，耻事二姓者，其陶靖節乎？屈大夫之騷鬱沉，不鬱沉則其性情不永。蘇子卿之詩綿密，不綿密則其性情不堅。陶彭澤之詩安閒，不安閒則其性情不高遠。杜工部之詩激昂朴直，不激昂朴直則其性情不宏大、不肫誠。薄風騷而該沈宋，稱爲詩史、詩聖，不虚耳。余當風塵閲歷之餘，俯仰天人，怦怦欲動，有不能已于懷者，於輯詩法而推原性情，與學者共相砥礪焉。蓋探其本則言有物而理易明也。夫性情乃斯人所同具，而天地有自然之文章。學詩者尚友千載，以己之性情與古人之性情相爲感通，澄心祓慮，己之性情正，而古人之性情亦可得矣。本原既端，風華日上，於是乎涵泳以體之，章句以達之，典故以實之，諷詠以將之。察于性情隱微，而審之言行樞機，詩云乎哉？立德立言，脩己教人之道，不越是矣。附《九天風玉》。

九天風玉

《樂記》曰：樂者樂也，君子樂得其道，小人樂得其欲。以道制欲，則樂而不亂。以欲忘道，則惑而不樂。是故君子返情以和其志，廣樂以成其教。樂行而民向方，可以觀德矣。德者性之端也，樂者德之事也。金石絲竹，樂之器也。詩言其志也，歌咏其聲也，舞動其容也，三者本于心，然後樂器從之。是故情深而文明，氣盛而化神，和順積中，而英華發外。

子夏曰：夫樂者與音相近而不同。古者天地順而四時當，民有德而五穀昌，疾疢不作而無妖祥，此之謂大當。然後聖人作爲父子君臣，以爲紀綱。紀綱既正，天下大定，然後正六律，和五聲，絃歌詩頌，此之謂德音。德音之謂樂。又曰：鄭音好濫淫志，宋音燕女溺志，衛音趨數煩志，齊音傲僻喬志，皆淫于色而害於德，是以祭祀弗用也。《詩》云：「肅雝和鳴，先祖是聽。」夫肅肅，敬也。雝雝，和也。夫敬以和，何事不行？樂與詩通，故録此三條，爲説詩根源。

劉禹錫曰：聖人感人心而天下和平。感人心莫先乎情，莫始乎言，莫切乎聲，莫深乎文。故詩貴和平。《記》曰：「温柔敦厚，詩之教也。」又曰：片言可以明百意，坐馳可以役萬景，工於詩者能之。風雅體變而興同，古今調殊而理一，達於詩者能之。

吴寬曰：詩可以觀人之性情。性情偏猛者其辭躁，寬裕者其詞平，端静者其詞雅，疏曠者其辭逸，雄偉者其詞壯，醖藉者其詞婉。涵養性情，發于氣，形於言，此詩之本源也。

方孝孺曰：作詩最重丰致。意欲圓，語欲活，氣欲流暢，藏深思于寓言之中，發天趣於摹題之外可也。

商輅曰：詩之寫題，妙在親切。其出題處，妙在有美刺之隱情，喜怒哀懼愛惡欲之深意。

嚴滄浪《詩話》：詩之法有五：曰體製，曰格力，曰氣象，曰興趣，曰音節。詩之品有九：曰高，曰古，曰深，曰遠，曰長，曰雄渾，曰飄逸，曰悲壯，曰悽婉。其用工有三：曰起結，曰句法，曰字眼。其大概有二：曰優游不迫，曰沉着痛快。詩之極致有一：曰入神。詩而入神，至矣盡矣，蔑以加矣。又曰：詩者，吟咏性情者也。盛唐詩人惟在興趣，羚羊掛角，無處可尋。其妙處透徹玲瓏，不可凑泊。如空中之音，相中之色，水中之月，鏡中之花，言有盡而意無窮。

楊（宏）〔士弘〕曰：詩要鋪叙正，波瀾闊，用意深，琢句雅，使字當，下字響。

丘濬曰：作詩須先得其意。意得則詞自達，韵自協，篇自易成。

楊士奇曰：詩之氣勢，最忌斷續，上下各聯不接，便非詩也。須一氣呵成，貫珠而下，不露痕迹爲妙。

(楊)〔梅〕堯臣曰：思之工者，寫難狀之景如在目前，含不盡之意見於言外。

朱元晦曰：詩者，志之所在，在心爲志，發言爲詩。然則詩豈有工拙哉？亦視乎志之所向者高下何如耳。

楊中立曰：作詩不知風雅之意，不可以作詩。詩尚譎諫，惟言之者無罪，聞之者足戒，乃爲有補。

劉伯温曰：作詩須量力度才，就其近似者而摹倣之，久則成家矣。又曰：詩有正格，有别格，有高調，有逸調。然出口須老，押韵須穩，琢鍊宜渾，字句宜雅，聲音宜長，托意宜遠，則無二道也。又曰：鍊字如壁龍點睛，鍊句如蟲蛀印文，鍊章如黄回舞劍，鍊意如山川出雲，使事如幡綽啼笑，狀物如大帝彈蠅，頓節如撾鼓露板，和聲如笛弄歌喉。極工巧，極天然，極渾成，極生動，以弄丸之胸襟，出點金之手眼，其樂何如！

田在田曰：前人論詩，有主格者，主氣者，主聲調者，惟漁洋先生獨主神韵。作詩能得神韵，方是的真詩人。右泛論詩體。

嚴羽曰：五言始於蘇李，以興在漢，故曰古詩。

獨孤及曰：五言之源，生於《國風》，廣於《離騷》，著於蘇李，盛於劉曹。當漢魏之閒，雖已散樸爲器，作者猶質有餘而文不足。以今揆昔，則有朱絃疏越、太羹遺味之歎。

徐用五曰：五言古詩，或感古懷今，或思人傷己，或瀟灑閑適，寫景要雅淡，推人心之至情，摹感慨之微意，悲歡含蓄而不傷，美刺婉曲而不露，要有《三百篇》遺意。

胡應麟曰：統論五言之變，則質漓於魏，體排於晉，調流於宋，而格喪於齊。又曰：兩漢之詩，所以冠古絶今者，率以得之無意，不惟里巷歌謡，匠心信口，即枚、李、張、蔡，未嘗鍛鍊求合，而神器工巧，備由天造。又曰：古詩浩繁，作者至衆，雖風格體裁，人以代異，枝流原委，譜系具存。炎劉之際，遠紹國風，曹魏之聲，近沿枚李。陳思而下，諸體畢備，門户漸開。阮藉、左思，尚存其質；陸機、潘岳，首播其華。靈運之詞，淵源潘陸；明遠之步，馳驟太冲。有唐一代，拾遺草創，實阮前踪；太白縱横，亦鮑近矱。少陵才具，無施不可，而憲章漢魏，祖述六朝，所謂風雅之大宗，藝林之正朔。又曰：古詩軌轍殊多，大約不過二格。有以和平渾厚、悲蒼婉麗爲宗者，即前所列諸家。有以高閒曠逸、清遠玄妙爲宗者，六朝則陶，唐則王、孟、常、儲、韋、柳。但材本一偏，體靡兼備，宜短章不宜鉅什，宜古選不宜歌行，宜五律不宜七言，才之所趨，力固難强。又曰：五言選體，太白以氣爲主，以自然爲宗，以俊逸高暢爲貴。子美以意爲主，以獨造爲宗，以奇拔沉雄爲貴。

《杜詩詳注》曰：今人作五古長篇，多任意揮灑，不知段落匀稱之法。杜詩局陣布置，章法森然。如《贈蜀僧閭丘師兄》一首，首、尾、中、腰各四句提束，前後兩段鋪叙，各十六句，有毫髮不容增減者。其法始于魏人繁欽《定情詩》。「我出東門遊」八句作起，「中情既欵欵」八句作結，前面「何以致拳拳」

兩句一轉者十段，後面「與我期何所」六句一轉者四段。後四段本平子《四愁詩》。其前十段則韓昌黎《南山詩》所自出也。古詩各有淵源如此。右論五古。

胡應麟曰：五言律體，肇自齊梁，而極盛於唐。要其大端，亦有二格。陳、杜、沈、宋，典麗精工。王、孟、儲、韋，清空閒遠。此其大概也。又曰：作詩者不過情、景二端。如五言律體，前後起結，中四句二言景，二言情，此通例也。

李（孟）〔夢〕陽曰：疊景者意必二，闊大者半必細，此最律詩三昧。如：「浮雲連海岱，平野入青徐。孤嶂秦碑在，荒城魯殿餘。」前景寓目，後景感懷也。如：「詔從三殿去，碑到百蠻開。野館濃花發，春帆細雨來。」前半闊大，後半工細也。

周弼曰：五言律有四實，有四虛。實謂中四句皆景物而實，開元、大曆多此體。華麗典重之中，有雍容寬厚之態，此其妙也。稍變然後入於虛，間以情思，故此體當爲衆體之首。昧者則堆積窒塞，寡於意味矣。虛謂中四句皆情思而虛也。不以虛爲虛，以實爲虛，自首至尾，如行雲流水，此其難也。元和以後用此體者，骨格雖存，氣味頓殊。向後則偏于枯寂，流於輕餒矣。又前聯情而虛，後聯景而實，實則氣勢雄健，虛則度態諧婉，輕前重後，酌量適均，無窒塞輕餒之患。若前聯景而實，後聯情而虛，前重後輕，多流于弱，蓋興盡則難於繼矣。

盧德水《紫房餘論》曰：五言律至盛唐諸家，而聲音之道極矣，然未有富如子美者。既富矣，又有用也。感天地，動鬼神，訏謨定命，遠猷辰告，蒿目時艱，勤恤民隱，主文而譎諫，言者無罪，而聞者足戒，所謂有用之文章也。若夫好色則爲《國風》，怨誹則爲《小雅》，直於今體數十字内自鑄《離騷》，洋洋乎盈耳哉。右論五律。

胡應麟曰：近體莫難於七言律。五十六字之中，意若貫珠，言若合璧。綦組錦繡相鮮以爲色，宫商角徵互合以成聲。思欲深厚而不可失之晦，情欲纏綿而不可失之流。肉不使勝骨，而骨又不可太露；辭不可使勝氣，而氣又不可太揚。莊嚴則清廟明堂，沉着則萬鈞九鼎，高華則朗月繁星，大則泰山喬嶽，圓則流水行雲，變幻則凄風急雨。一篇之中，必數者兼備，乃稱全美。迄唐，高、岑明浄整齊，所乏者遠韵；王、李精華秀朗，而時有小疵。學者步高、岑之格調，合王、李之風神，加以工部之雄深變化，七言能事畢矣。

高棅曰：七言律詩，又五言之變也。在唐以前，沈君攸七言儷句，已肇律體。唐初始專此體，沈、宋輩精巧相尚。開元初，蘇、張之流盛矣。盛唐作者不多，而聲調最遠，品格最高。若崔（浩）〔顥〕、賈至、王維、岑參，當時各極其妙。至於李頎、高適，當與並驅，未論後先也。少陵七言律法，獨異諸家，而篇什亦盛。如《秋興》諸作，前輩謂其大體雄渾富麗，小家數不可髣髴，誠然。

柴紹炳曰：詩之有七言律，盛於唐也。唐以前若梁簡文、周庾信、陳江總、隋陳子良，各有七言儷句，以八爲斷，即樂府古風，而近體源流，實濫觴於此。唐初祖構，正名爲律，取其聲調穩叶，氣色鮮華。若沈雲卿、杜必簡、宋延清輩，一時號爲擅長。嗣是李、韋、燕、許，黼黻相繼。但武德、神龍之閒，金粉習盛，臺閣氣多，體則襲而少變，響亦凝而未流。開元、天寶以還，茹六朝之華以去其靡，本唐初之莊而化其滯，於是風格遒上，音節諧和，色理必工，旨趣俱遠。如王維、李頎、岑參、高適諸公，並臻其妙，號曰盛唐，實古今絶詣矣。然隋珠和璧，人不數首。杜少陵獨以魁傑之才，攄其蘊憤之氣，揮斥百代，包舉衆家，毋慮數十百首。大抵謝膚澤而敦骨力，厭俳儷而尚矜奇，勢取矯厲，意主樸真。右段與前段約略相似，而特爲詳盡，故並録之。

楊士弘曰：七言律難於五言律。若可截作五言，便不成詩，須字字去不得方是。所以句要藏字，字要藏意，如連珠不斷方妙。右論七律。

高棅曰：排律之作，其源自顔、謝諸人，古詩之變，首尾排句，聯對精密。梁陳以還，儷句尤切。唐興，始專此體，與古詩差别。貞觀初，作者猶未備。永徽以下，王、楊、盧、駱，倡之于前，陳、杜、沈、宋，繼之於後，蘇頲、二張，又從而申之。其文詞之美，篇什之盛，蓋由四海宴安，萬幾多暇，君臣游豫賡歌而得之者。開元以後，作者之盛，聲律之備，獨右丞、李翰林，諸家皆不及。諸家得其一概，少陵獨得其兼善者。

胡應麟曰：讀盛唐排律，延清、摩詰等作，真如入萬花春谷，光景爛熳，令人應接不暇，賞玩忘歸。太白輕爽俊麗，如明堂黼黻，冠蓋輝煌，武庫甲兵，旌旗飛動。少陵變幻宏深，如陟崑崙、泛溟渤，千峰羅列，萬頃汪洋。

徐用吾曰：排律之體，所貴返覆議論，井井有條，意興迭出，一絲不亂，一氣呵成。賦景入事，皆須各當其可，切忌散緩錯亂，屋上架屋，意興索然。

《紫房餘論》曰：排律是詩中别體，在少陵猶爲餘事。當其執筆伸紙，原無鬬盈取富之心，全局既審，段落斯分，縱横開闔，任其所止而休焉。自六韵以至百韵，無不可者。從容研玩，翻覺鋒發韵流之際，暗有空翠撲人，冲襟相照，盡洗排當陋習，殆由天授，非人力也。右論五七排律。

胡應麟曰：五、七言絶句，蓋五言短古、七言短歌之變也。五言短古，雜見漢魏詩中，實唐人絶體所從來。七言短歌，始於《垓下》，梁、陳以降，作者坌然。第四句之中二韵互叶，轉换既迫，音調未舒。至唐諸子，一變而律吕鏗鏘，句各穩順，語半於近體，而意味深長過之，節促於歌行，而咏歎悠永倍之，遂爲百代不易之體。

趙飴山曰：五言絶句始自漢魏樂府，七言絶句亦始自古樂府，與古詩同，原非近體，後人以絶句爲絶律，誤矣。

楊載曰：絶句之法，要委曲迴環，删蕪就簡，句絶而意不絶。多以第三句爲主，有實接，有虚接。承接之間，開與合相關，反與正相依，順與逆相應，一呼一吸，宫商自諧。大抵起承固難，不過平鋪直叙爲佳，從容承之爲是，至如婉轉變化，功夫全在第三句。若于此轉變得好，則第四句如使順流舟矣。

茅一相曰：絶句固難，五言尤難。離首即尾，離尾即首，而腹亦不可少。妙在愈小而愈大，愈促而愈緩。

顧麟士曰：五言絶以調古爲上，以清真爲得體。右論五、七絶句。五七古亦附見。至五、七絶句體式，在拗變詳説中，可參看也。

范梈曰：七言古詩，要鋪叙，要開合，要風度，要超遞險怪，雄峻鏗鏘，忌庸俗軟腐。須是波瀾開闔，如江海之波，一波未平，一波復起；又如兵家之陣，方以爲正，又復爲奇，方以爲奇，忽復是正，奇正出入，變化不可紀極。備此法者，惟李、杜也。開合燦然，音韵鏗然，法度森然，學問充然，議論超然。

謝榛曰：七言長古之法，如波濤初作，一層緊一層。拙句不失大體，巧句不害正氣，鋪叙意不可盡，力不可竭，貴有變化之妙。

胡應麟曰：初唐七言古以才藻盛，盛唐以風神勝，李、杜以氣概勝，而才藻風神稱之，加以變化靈異，遂爲大家。又曰：七言古詩，概曰歌行。余漫考之，歌之名義，由來遠矣。《南風》、《擊壤》，興于三代之前；《易水》、《越人》，作於七雄之世。而篇什之盛，無如《騷》之《九歌》，皆七古所始也。漢則《安世房中》、《郊祀》、《鼓吹》，咸係歌名，並登樂府。或四言上規《風》、《雅》，或雜調下倣《離騷》，名義雖同，體裁則異。孝武以還，樂府大演，《隴西》、《豫章》、《長安》、《京洛》、《東》、《西門行》等，不可勝數，而行之名于是著焉。較之歌曲，名雖小異，體實大同。至《長》、《短》、《燕》、《鞠》諸篇，合而一之，不復分别，又總而目之曰《相和》等歌。則知歌者，曲調之總名，原於上古；行者，歌中之一體，創自漢人。又曰：今人例以七言長短句爲歌行，漢魏殊不爾也。諸歌行有三言者，《郊祀歌》、《董逃行》之類。四言者，《安世歌》、《善哉行》之類。五言者，《長歌行》之類。六言者，《上留田》、《妾薄命》之類。純用七字而無雜言，全取平聲而無仄韵，則《柏梁》始之，《燕歌》、《白紵》皆此體。自唐人以七言長短爲歌行，餘皆別類樂府矣。　又曰：開闔縱横，疾雷震電，淒風急雨，歌也。位置森嚴，筋脉聯絡，走月流雲，輕車熟路，行也。

田在田曰：《騷》本於《三百篇》，其中有效《頌》者，效《雅》者，效《風》者，詩之的骨也。第境際其變，無往非離憂騷愁之音。《天問》、《九歌》、《九章》、《卜居》、《漁父》等篇，又《楚辭》中之變體，後之歌行等篇，悉本此焉。　又曰：漢初樂章，根於《風》《雅》，以《三百篇》可被管絃，皆古樂府也。後則分而二之。《安世房中歌》，唐山夫人所製，有清、平、瑟三調，《南》與《風》之變也。又有《鼓吹》、《横吹》二曲，雅之變也。後武帝略定律吕，作十九章之歌，《頌》之變也。迨五言一出，而樂章無復繼矣。

趙飴山曰：樂府古曰章，今曰解，解有多少。一解猶《風》、《雅》中一章，其不著解者，通爲一章，意句不得重複，前後綰應森細；着解者，辭意循環相生，句法承遞而下。　凡樂府，製詩以協於樂，一也；採詩入樂，二也；古有北曲，倚聲爲詩，三也；自製新曲，四也；擬古，五也；詠古題，六也；並少陵之新題樂府而爲七，古樂府盡此矣。至唐末又有長短句，宋有詞，金有北曲，元有南曲，今有北人之小曲、南人之吴歌，皆樂府之餘裔也。　又曰：古樂府各有題意，各有比興。其詩有轉韵、一韵，長短句，近體絶句之不同。　又曰：新樂府皆自製題，大都言時事而中含美刺，所謂言之者無罪，而聞之者足以爲戒。此詩家真實本領。其體同古樂府，少近體。　又曰：古人歌謡之採入樂府者，如《上留田》、《霍家奴》、《羅敷行》之類，多言當時事。少陵所作新題樂府，雖異於古人，而深得古人之理，入情耳。李太白祖述《風》、《騷》，七言無所不包，奇之又奇，而字字有本，諷刺沉切，自古未有。王漁洋謂李、杜不襲前人樂府之貌，而能得前人樂府之神，斯語良然。

李于鱗曰：樂府諸體，謡者，始于《擊壤謡》、《白雲謡》；歌行者，如《五噫歌》、《兵車行》之類；吟者，如古之《隴頭吟》、《梁甫吟》、《白頭吟》是也；詞者，如《秋風詞》、《木蘭詞》；引者，古有《箜篌引》、《走馬引》；曲者，古樂府有《大堤曲》、《烏棲曲》；篇者，《帝京篇》、《白馬篇》。其外若操，若唱，若詠，若弄，若怨，若哀，若愁，若思，若樂，若别，皆古樂府也，亦均名騷體。右論七古，並樂府歌行等類。

《國風》好色而不淫，《小雅》怨悱而不亂，若《離騷》者，可謂兼之矣。其文約，其辭微，其志潔，其行廉。其稱文小而其指極大，舉類邇而見義遠。其志潔，故其稱物芳；其行廉，故死而不容自疎。濯淖污溺之中，蟬脱於濁穢，以浮游塵埃之外，不獲世之滋垢，皭然泥而不滓者也。推此志也，雖與日月争光可也。

蘇武詩一唱三歎，感寤具存，無急言竭論，而義自長，言自達。故知龐言繁稱，道所不貴。

《西清詩話》曰：詩家視陶淵明，猶孔門視伯夷。此爲確論。

梁昭明太子曰：有疑陶淵明詩篇篇有酒，吾觀其意不在酒，亦寄酒爲迹者也。其文章不群，辭彩精拔，跌宕昭彰，獨超衆類，抑揚爽朗，莫之與京。横素波而傍流，干青雲而直上。語時事則指而可想，論懷抱則曠而且真。加以貞志不休，安道苦節，不以躬耕爲恥，不以無財爲病，自非大賢篤志，與道污隆，孰能如此乎？

李綱伯紀曰：漢唐間以詩鳴者多矣，獨杜子美得詩人比興之旨。雖困躓流離，而心不忘君。故其詞章慨然有志士仁人之大節，非止摹寫物象風容色澤而已也。又詠杜曰：杜陵老布衣，饑走半天下。作詩千萬篇，一一干教化。孤忠無與施，但以佳句寫。風騷列屈宋，麗則凌鮑謝。筆端籠萬物，天地入陶冶。豈徒號詩史，誠足繼風雅。摘録。

朱鶴齡曰：《經》云：「詩言志。」志者，性情之統會也。性情正矣，然後因事以緯思，役才以適分，隨感以赴節，雖有時悲愁憤激，怨悱刺譏，而仍不失温柔敦厚之旨。自古詩人變不失貞，窮不失節，未有如子美者，非徒學爲之，其性情爲之也。

陸放翁讀杜示子曰：我初學詩日，但欲工藻繪。中年始少悟，漸若窺宏大。數仞李杜墻，常恨少領會。詩爲六藝一，豈用資狡獪。汝今欲學詩，根源在詩外。摘録。

魏裔介咏杜：老杜才名高萬丈，誰云删後更無詩。此豈人力之所爲，山川風雨發其姿。玲瓏刊盡琅環秘，饑寒迫出奇崛詞。文章自不關花鳥，性命深沉乃出之。摘録。

郝敬仲輿曰：唐人詩取音律宏暢，辭彩高華，不涉事理，不關典要，清空罔象，如林風水月者，别册所録，即其佳篇也。若程以古義，好濫淫志，燕女溺志，促數煩志，傲僻驕志，唐詩皆有之，非盡温柔敦厚情性之正。唯杜少陵在唐人中，砥節固窮，忠義自許，故其爲詩，感慨憂時，根柢性情，非徒嘲風弄月而已也。

客有問余者曰：「子之輯詩法，爲初學入門也。初學宜簡不宜繁，此編凡所徵引與輯説，何似繁多也？」余應之曰：「唯唯，否否。初學主先入之言，則詩之根本不可不開示也，其矩法不可不習知也，其源流體製不可不考究而明備也；作者指不勝屈，又不可不知其梗概而得所歸宿也。集中正變各體，併四聲通合，不憚諄詳，備其法也。首推原於性情，正其本也。援引衆説，先之以《樂記》，樂與詩一，亦推本之論也。次之泛論詩體，矩法所在也。次之以專論各體，可以考源流、備體製也。唐以前作者，散見於衆説，各拔其尤，而終以杜工部，取法乎上，且與性情之旨有合也。禪家有二宗：曰頓，曰漸。其言曰：『身如菩提樹，心似明鏡臺。時時勤拂拭，毋使惹塵埃。』此漸宗也。又曰：『菩提原無樹，明鏡亦非臺。本來無一物，何處惹塵埃。』此頓宗也。取譬於此，余不敢爲頓而爲漸，恐流爲晉人之空虚，鮮實用也。衆説皆擇其精鍊，如入五都之肆，觸目琳琅，因目之曰『九天風玉』。蓋有會於前人『咳唾落九天，隨風生珠玉』之句也。」客乃首肯而退。

後附《律詩摘要》。

詩法問津卷二

律詩摘要

「記事必提其要，纂言必鉤其玄。」所謂辭尚體要者，作文然，而詩亦何獨不然？蓋詩與文同歸，考今古，習音聲，會神韵，非多讀多看多做不能工。而其體製則難易迥別。約數字而爲句，約數句而成章，稍有出入，瑕疵易見，非比散行之文，汗漫尚可略過，稍易藏拙也。應試更極謹嚴，初學當先識規矩。坊本「一三五不論」之説殊誤後學，則規矩之弗審也。夫規矩非巧也，而捨規矩則巧與明亦無所施，故當字字講究，先以穩切爲主，漸進自底於純鍊。輯詩法而以摘要始焉，亦與人規矩之意也。

詩重聲律，以調平仄爲先，初學當扼其要而從事焉。平仄調矣，再命意佈局、修詞鍊字，其結構與文同法。若平仄一失粘，雖理致流動，亦不合法。如五言最重第二字與第四字，首句二四仄平，則第二句平仄，第三句仍平仄，第四句又仄平，如此粘連而下，自成章矣。若首句平仄者倣此。七律則在二四六論。如平仄平，次之以仄平仄，其粘連之法同五言，此處斷不可錯。凡五言，上句第三字不可用仄聲，惟首句仄落不入韵，其第三字當用平，若平落入韵，則可用仄，其餘俱不可錯。對句第三字不可用平聲，即起聯次句亦然。七律上下句之第五字亦然，上平下仄，與五言同法。亦惟首句平落入韵，第五字用仄耳。再七言平起之第二句、第六句，仄起之第四句、第八句，其第三字應平不可仄。詩法入門，有「一三五不論」之説，誤矣。如五言上下句之第三字，七言上下句之第五字，與七言平起之第二句、六句，仄起之第四句、八句，各第三字，則殊關緊要，斷不可置之不論。此初學不可不先知者也。惟拗變體則可不論，然不論之中，亦仍有必論者，各有定式，不可亂也。其説另詳於後。再每聯上句，除首聯外，不可用平聲字落脚。上句落脚用平聲，則入古體矣。題限某韵，則詩内或起聯，或中後聯，必將所限之韵點明，以早出爲是。至作詩既調平仄，次練對偶，除起結四句不拘外，中間必要對仗確切，工力悉敵，以雄壯警鍊爲上。凡流水對法，如「坐惜故人去，偏令遊子傷」、「如何石岩趣，自入户庭間」等句，未始不工緻，然初學且勿輕效，排律亦然也。即排律内不論平仄，不拘對偶者，唐詩亦多有之。如太宗《出獵詩》次聯：「豈若因農隙，閲武出轘嵩。」宋璟《應制詩》起二聯：「丞相邦之重，非賢諒不居。老臣庸且憊，何德以當諸。」杜詩《聞官軍臨賊境二十韵》内：「今日看天意，遊魂貸爾曹。」又：「此輩感恩至，羸俘何足操。」此皆沿六朝餘習，故音律未必盡諧。又有格似律，而句中平仄多不諧，不但一、三、五，即二、四字亦然。如杜詩《望嶽》一首，與《送遠》内第二聯「親朋盡一哭，鞍馬去孤城」，上下第三字俱仄。第五句「草木歲月晚」，七句「别離已昨日」，用五仄、四仄句法，此直參用古詩之對偶者耳，又在拗變之外矣。近來試帖，其平仄對偶，必絲絲入扣。進士朝考，翰林散館，有一二字紕繆，即置下等。故平日揣摩，當專守正體，若拗變不可輕用，即古句亦不可輕易入律。惟五、七律第一字，不妨用變體，但當照變體定式耳。初學先認明正體，而恪守五言二四字、七言二四六字之平仄不失粘，再切記五言上下第三字，七言上下第五字，與七言平起中之第二六句、仄起中之第四八句，其第三字應用平仄不錯，此其扼要之法。規矩嫻熟，再留心探討各體，久之漸臻細密，自易爲力矣。附五七言各正體式。

五律

平起正體 此平起中首句若仄落，則第三字當用平，與第五句同。

所謂平起者，謂首句二四字乃平仄也，仄起可知矣。凡上句之第三字，除首句平落外，必用平字；下句之第三字，通用仄字。如七律上句之第五字用平，下句之第五字用仄也。再每句五字中，應平者平，應仄者仄，一絲不亂，故曰正體也。不然，則入變體，或拗體矣。拗變條數甚多，初學且守正體。即應試亦以守正體爲是。正體既熟，再講究拗變各體，則由規矩而至於巧，所謂神而明之，存乎其人耳。

平平仄仄平，仄仄仄平平。仄仄平平仄，平平仄仄平。

平平平仄仄，仄仄仄平平。仄仄平平仄，平平仄仄平。

全句約法　第一句、第四句、第八句相同。第二句、第六句相同。第三句、第七句相同。第五句獨用。

二四約法　首句、八句平仄遥同。二、三句仄平同。四、五句平仄同。六、七句仄平同。總是每聯上句粘前聯之下句，對句反本聯之上句，反是則失粘，亦曰失嚴，蓋律詩中此處最嚴也。七律之二、四、六亦然。排律之粘連俱與此同。間有不拘，則爲拗體，其説詳拗變體。

仄起正體此仄起首句若仄落，則第三字如第五句用平，與正起同也。

仄仄仄平平，平平仄仄平。平平平仄仄，仄仄仄平平。

仄仄平平仄，平平仄仄平。平平平仄仄，仄仄仄平平。

約法俱同正起。凡五律對句頭一字，原係仄者可用平，原係平者，斷不可用仄也。蓋不變中有變者，可以通融。若別項拗變，斷不可輕用。

七律

平起正體此平起中首句若仄落不入韵，則第五字當平，與第五句同也。

五七言首句多引韵起，若以仄落尤峻，亦多用對偶，若以散起更佳。引韵，謂首句落脚字用平聲，如用東字，則下邊各對句落脚韵皆在一東内也。若首句仄落，則在第二句落脚入韵。

平平仄仄仄平平，仄仄平平仄仄平。仄仄平平平仄仄，平平仄仄仄平平。

平平仄仄平平仄，仄仄平平仄仄平。仄仄平平平仄仄，平平仄仄仄平平。

約法俱同五言。

仄起正體 此仄起首句若仄落，則第五字如第五句當平，與平起同。

仄仄平平仄仄平，平平仄仄仄平平。平平仄仄平平仄，仄仄平平仄仄平。

仄仄平平平仄仄，平平仄仄仄平平。平平仄仄平平仄，仄仄平平仄仄平。

約法俱同平起。七律正體與拗變體界分甚嚴，不可淆亂。而七律中第一字，尋常作律體平仄不妨通融，然須照變體定式，其必當借還者，亦不可錯也。

學詩先將四韻八句做起，五、七律做熟，則五、七言排律，或六韻十二句，或八韻十六句，不過中間多添數聯，其起結提伏照應，與每句每字之平仄，則與律詩同耳。但應制排律，頭緒頗多，今約開於後，淺近平顯，俾初學易曉，固無當於高深也。

一、格式

五言排律六韻，首二句爲破題，三四句爲承題，亦曰領比。破題須將題意破明，亦有以四句還題，連承題二句，方完題面者，不拘也。五六句爲頸比，七八句爲腹比，亦曰中比，九十句爲後比，末二句作結。除起結外，中間齊齊八比，即《四書》文八股之格也。若八韻十六句，則於中間再添四句，雖不復以八比論，而承破起結，與中間排比對偶，則無不同。蓋欲觀人之才學，故多添數韵，即極之十餘韵、數十韵、一百韵，一而已矣。六韵十二句，係唐朝試士之正式，亦間有八韵四韵，則主司限之也。近遵功令，鄉、會試頭場《四書》文三篇、性理論一篇，三場仍策五道，第二場經文四篇，增五言八韵排律一首，表判均不用矣。生員歲考，向例二書一經，今改爲一書一經一詩。科考向例二書一策，今改爲一書一策一詩。童生應考，亦一書一經一詩。若大場之詩，定以五言八韵，學院歲科試則不甚拘，或六韵，或八韵，即五、七律亦可通用也。至大小場考試，不用七排，御試則或用之。如考鴻博題《賦得山雞舞鏡得山字》，限七言十二韵是也。其擒題發揮，大略同五排，五、七律亦常用，總是臨時所定也。

一、理法

詩以律名，其平仄對偶，格局甚嚴，法具而理寓焉。五七律多在四句分截，而上下各四句，自具起承轉合。首二句將全題提起，三四句承明，五六句轉開，充暢言之，末二句結合，回抱轉句，照應起句，且使全首理脉貫通。起句要超卓，結句要健舉而有餘味。中間抒情布景，或一聯言情，或一聯寫景，或因情而寓景，或觸景以遣情，格調要高老，辭句要鏗鏘，字眼貴堅響，而意興之雄渾，神韵之超逸，鼓盪其間，所謂揚之高華，按之沉實者，其章法句法字法，在在檢點，無異於八比。此則律詩之軌範也。

至五言排律，或六韵，或八韵，中間比律體多排數句，亦須前後照顧，使氣脉連絡。其發揮題意，或分或合，反正虚實，務頓挫淋漓，抑揚爽朗，抗墜可聽，方爲合法，而理自圓足。七排大略相同。蓋排律之與律體，句法同而篇法、章法則異。六、八韵排與十韵以下長排又殊。六、八韵多在首聯扼題，若作長排至十餘韵、數十韵、百韵，必在首段總挈，或兩聯，或四聯，不拘也。總挈處標出眼目，後分段應之，方見章法精密。亦有逐段挨叙者，總以篇法完整，章法匀稱，理脉貫穿爲上。大抵作長排，其要有四：一貴鋪叙得體，先後不亂。二貴對仗整肅，情景分明。三貴過渡明顯，不涉陳晦。四貴氣象闊大，從容不迫。排律之能事畢矣。若律詩一題而有數首者，則前後次第，須秩然不紊。蓋合數首而成章，提應過接，有大起結焉，非但於一首中講章法也。初學先從五、七律做起，以雅正清新爲上，切忌俚俗支離，尤忌字句冗雜，辭意編纂，以及影響錯誤。律詩不失理法，則做排律方有把柄。五、七言絶，法度同律。即古風、歌行，亦可漸進而窺其閫奥矣。古詩、歌行等體，詳第四册詩體中。

一、用韵

作詩用韵，有主司限之者。如不限韵，則就本題内平聲字爲韵。如《夏雲多奇峰》，「雲」、「多」、「奇」、「峰」俱平聲，不拘何字，可擇一而用之，若題外用韵則不可，此唐朝用韵則然。若今大小場皆限韵，且將所限之韵刊印多張，每人給發一紙。如限「陽」字，則將七陽内一韵之字俱刻出，令人照填。

蓋初行考詩之例，恐不知韵者多，故爲此簡便之法。而究之所用者，不過落韵數字耳。至各韵中平仄字，當推敲者甚多，不能遍及也。故學者不可因此而不留心韵學。法當窗下課詩，循次限韵，如一課限一東，二課限二冬，計三十課，上下平聲一周，周而復始，韵自嫻熟，熟能生巧，應試時自可得心應手，左右逢源矣。上、去、入三聲，亦可照此限課。須知五、七律中字字平仄皆須講究，不但落脚一字而已。且留心韵學，所用者多，即文中對偶處亦俱當平仄調匀，如其每股尾一比仄則一比平之類是也。若夫題内無平字，用題字爲韵，即仄聲亦可，如唐人試帖中《亞父碎玉斗》等題是也，此謂仄聲律。落脚用仄韵，則每句中二四字如常粘連固好，即不拘平仄亦可，蓋近體而帶古意者也。亦間有題有平字，而詩用仄體，唐詩多有之。大抵唐人此體，二四平仄多不拘。若今應試，即間用仄體，自以粘連爲是。七律無此體，若用仄韵而二四六平仄不拘，則成古詩，或入拗變矣。此亦不可不知也。

一、讀詩

作文必先讀時藝與古文，作詩必先讀詩，亦然。初學應試，固以唐人試帖爲準繩，然不讀古詩，則無以知其源流，不讀五、七律，則無以植其根基，不讀五、七言絶句及古風、歌行等體，則無以盡詩之體裁，不惟學識拘，而於應制之詩，亦無由精進矣。故初學當先將《文選》内無名氏《十九首》，蘇、李並建安諸子，以及六朝各名家，如陶、謝詩，擇其精鍊而瀏亮者，酌量抄讀。再將唐詩大家内，先選杜工部

五、七律及排律熟讀。杜詩五、七言絶句，擇其熟錬者，古詩、歌行之類，擇其整齊而軒豁者，各酌讀數首。他如青蓮逸氣仙才，篇帙甚富，而韓、柳均屬大家之傑出者，若李嶠、王維、張曲江、韋蘇州、沈、宋、燕、許、王、楊、盧、駱諸家，其應制詩篇及酬答之作，亦皆膾炙人口，均可擇取純雅，選入讀本。然後加以試帖，則下筆可以成章矣。其唐詩别家，與宋、元、明詩，均當涉獵，以知人論世，但初學則可稍緩耳。

總論

詩學視乎人之才、識、學問爲離合，漸入漸深，愈老愈細，無窮期，無止境也。五、七言正體各條，爲初學説法耳。若論詩之難窮，多做猶其後，非多讀多看，何以悉其指歸而神其變化哉？大抵詩之一道，必原之《風》、《雅》、《頌》以求其端，推之楚《離騷》以窺其奥，始之《十九首》以考其權輿，廣之漢魏六朝以觀其旨趣，然後究極乎唐詩，以窮乎古今之變。故含英咀華，《三百篇》尚矣。五言古詩，首蘇、李，由漢而盛於建安，歷六朝而多靡。七言又五言之變也。律體唐以前已有之，但未純耳。唐初始專此體，漸臻純錬，風會所趨也。各體俱有源流，而唐人則範圍莫外。觀其按脉切理，字斟句酌，可謂敲金戛玉，極情盡致矣。前輩謂詩盛於唐，而以杜、李集其大成，不虚耳。詩律之精，讀李不如讀杜，蓋李之天才難及，而杜之學力可法。工部自云：「老去漸於詩律細。」意可知也。外此如韋蘇州之澄澹，柳柳州之峭刻，讀之裨益良多。韓文公泰山北斗之望，豈獨以文首大家，其詩之古奥博雅，如五岳崢嶸，但不易學耳。若夫初、盛、中、晚，名家甚多，難悉數也。宋有歐、蘇，詩文俱臻絶頂。王半山雖功業不終，而文列大家，詩亦精深。渡江而後，放翁爲最，《劍南集》膾炙人口。而前後理學輩出，周、程、張、朱諸公，詩皆毫無塵障，理法兼至，讀之令人矜躁之心頓釋矣。元推虞、楊、范、揭，元裕之亦稱大雅。元運告終，猶有楊鐵崖崛起海濱，詩與文俱有奇氣，豈但以樂府擅長哉？即其拒張士誠一詩，抑何磊落英多也，真有得於風人之旨矣。前明開國之初，宋文憲、劉青田爲巨擘矣。嗣文明代興，七子稱盛，首以何、李，而歷下、瑯琊，迭執牛耳。易代之際，猶有牧齋，其真碩果否耶？而其詩文何卓卓也。前人益以龔、吴之作，爲三家合選，堪稱鼎足。本朝名作如林，而王漁洋先生則可謂崢崢矯矯者矣。天分既高，學力又到，置之唐詩大家，真堪伯仲。此乃公論，非阿所好也。上下千百年間，於此一博觀而約取，其遽能名世不可知，而於詩之源流變化，可以窺其美富，發而爲詩，則結構自嚴密，字句自工穩，聲華不難發越，神韵愈以光昌，於以應世也何有？究之詩與文同歸，而體製迥别。離詩、文而二之，未爲善言詩；若遽以文求詩，而不探其閫奥，亦終非善言詩者也。戴叔倫論詩云：「藍田日煖，良玉生烟。」司空表聖云：「不着一字，盡得風流。」嚴羽云：「如羚羊掛角，無跡可尋。」東坡云：「空山無人，水流花開。」漁洋《論詩絶句》内有云：「解識無聲絃指妙，柳州那得及蘇州。」又曰：「詩情合在空舲峽，冷雁哀猿和竹枝。」索解人固難得，蓋此中之消息微矣，學者静觀而默會，固當解悟於行墨之外也。然緣是而專求空虚，流爲淺近膚廓，則又非體。故古人云：「詩有别才，非關學也；詩有别趣，非關理也。」此言不可錯認。詩需才調，非學則才成空疏；詩取興趣，非理則趣涉纖巧。故學詩而單讀詩，猶之學文而專讀時文，終屬無本之學。余常謂讀書作文，《四書》、經史其根柢，諸子百家其植幹分枝，八股文則其開花布葉而已。飾木爲幹，剪彩埴土作花果，非不絢爛形肖也，色澤不活，非根生也。作詩而無本，何異於是？欲詩學之有家數，固當多讀詩，尤當多讀書也。學問既博，識解漸廣，則學裕而何患才之不充，理深而何患趣之不永乎？全體用，合内外，讀書之功夫盡，而詩之詣力亦庶幾不淺矣。後附五、七律變體各式。

詩法問津卷三

五言律變體式

七律

平起變式先列正體於前，以便參對。

平平仄仄仄平平，仄仄平平仄仄平。仄仄平平平仄仄，平平仄仄仄平平。

平平仄仄平平仄，仄仄平平仄仄平。仄仄平平平仄仄，平平仄仄仄平平。

右平起正體，學者所當守，有不能盡諧者，則入變體，其式如左。

仄平平仄仄平平，平仄平平平仄平。平仄仄平平仄仄，仄平平仄仄平平。

仄平平仄平平仄，平仄平平平仄平。平仄仄平平仄仄，仄平平仄仄平平。

右平起變體，俱在一、三、五論。加點者，謂不論也。加圈者，謂必論也。重圈者，借必還也。在首句平起中如係仄落，則變體第三字即不還平亦可，以首句乃起句也。既仄落，則第五字當平，而仄字帶得過矣，非比四、八句也。

引證

首句第一字借仄，則第三字還平，如「漢文皇帝有高臺」，「漢」字借仄，「皇」字還平，而第五字「有」

字必仄。第二句一、五可借，如「鶯囀皇州春色闌」，「鶯」、「春」在一、五借平皆可，而第三字「皇」字必平。第三句一、三可借，如「金闕曉鐘開萬户」，「金」借平，「曉」借仄皆可，而第五字「開」字必平。第四句首字借仄，則第三字還平，如「玉階仙仗擁千官」，「玉」字借仄，「仙」字還平，而第五字「擁」字必仄。第五句一、三可借，如「近臣零落今猶在」，第一字「近」字借仄，第三字「零」字借平皆可，而第五字「今」字必平。第六句一、五可借，如「劉向傳經心事違」，「劉」、「心」借平皆可，而第三字「傳」字必平。第七句一、三可借，如「乘興杳然迷出處」，「乘」字借平，「杳」字借仄皆可，而第五字「迷」字必平。第八句首一字借仄，則第三字還平，如「海鷗何事更去聲相疑」，「海」字借仄，則「何」字還平也，而第五字「更」字必仄。

約法　第一句、第四句、第八句同。第二句、第六句同。第三句、第七句同。第五句獨用。與正體約法同。

仄起變式

仄仄平平仄仄平，平平仄仄仄平平。　平平仄仄平平仄，仄仄平平仄仄平。

仄仄平平平仄仄，平平仄仄仄平平。　平平仄仄平平仄，仄仄平平仄仄平。

右仄起正體，有不能盡諧，則入變體，其式如左。

平仄平平平仄平，仄平平仄仄平平。　仄平平仄平平仄，平仄平平平仄平。

平仄仄平平仄仄，仄平平仄仄平平。　仄平平仄平平仄，平仄平平平仄平。

右仄起變體，亦在一、三、五論，圈點之法同平起。首句若仄落，則第三字即用仄亦可，以首句乃起句也。既仄落，則第五字必平，而仄字帶得過矣。

引證

第一句一、五可借，如「丞相祠堂何處尋」，「丞」、「何」二字借平皆可，而第三字「祠」字必平。第二句首一字借仄，則第三字還平，如「錦官城外柏森森」，「錦」借仄，「城」還平也，而第五字「柏」字必仄。第三句一、三可借，如「白狼河北音書斷」，第一字「白」借仄，第三字「何」借平皆可，而第五字「音」字必平。第四句一、五可借，如「丹鳳城南秋夜長」，「丹」、「秋」二字借平皆可，而第三字「城」字必平。第五句一、三可借，如「藍水遠從千澗落」，「藍」借平，「遠」借仄皆可，而第五字「千」字必平。第六句首一字借仄，則第三字還平，如「玉山高並兩峰寒」，「玉」字借仄，「高」字還平也，而第五字「兩」字必仄。第七句一、三可借，如「故園楊柳今搖落」，「故」借仄，「楊」借平皆可，而第五字「今」字必平。第八句一、五可借，如「不羨乘槎雲漢邊」，「不」、「雲」二字借平皆可，而第三字「乘」字必平。不字在平聲音浮，入十一尤，又有去、入二聲。此字作平聲則借兩字，作仄聲則借一字也。

約法同正起。

五律

平起變式

平平仄仄平，仄仄仄平平。仄仄平平仄，平平仄仄平。

平平平仄仄，仄仄仄平平。仄仄平平仄，平平仄仄平。

右平起正體，有不能盡諧者，則入變體，其式如左。
仄平平仄仄(平平仄仄平)，平仄仄平平。平仄平平仄，平平仄仄平。
仄平平仄仄，平仄仄平平。平仄平平仄，平平仄仄平。
右平起變體在一、三論，圈點之法同七律。

引證

首句平落入韵則不變，若仄落不入韵，則首字可借，如「巳公茅屋下」、「早花隨處發」，第一字「巳」字、「早」字可仄，若第三字「茅」字、「隨」字必平，則平起仄落正體，非變也。第二句首字可借，如「初日照高樓」，第一字「初」字可平，第三字「照」字必仄也。第三句首字可借，如「降虜兼千帳」，首字「降」字可平，而第三字「兼」字必平。第四句與正體同，不變。第五句首字可借，如「薊門誰自北」，首字「薊」可借仄，而第三字「誰」字必平。第六句首字可借，如「天棘蔓青絲」，首字「天」可平，而第三字「蔓」字必仄也。第七句首字可借，如「頭白燈明裏」，首字「頭」字可仄，而第三字「燈」字必平。第八句不變，與正體同。仄起之二、六句亦然。

約法　仍是二句、六句同。三句、七句同。四句、八句同。五句獨用。首句末一字用平，仍同四、八句，若用仄，則與五句同。大抵五律只變首字，而在上句，則仄可借平，平亦可借仄。若在對句，則仄可借平，而平不可借仄矣。故平起第四句、第八句不變，首句平落入韵亦不變，此可見五律之嚴。仄起亦然。

仄起變式

仄仄仄平平，平平仄仄平。平平平仄仄，仄仄仄平平。

仄仄平平仄，平平仄仄平。平平平仄仄，仄仄仄平平。

右仄起正體，有不能盡合，則入變體矣，其式如左。

平仄平仄平仄平，平平仄仄平。仄平平仄仄，平仄仄平平。

平仄平平仄，平平仄仄平。仄平平仄仄，平仄仄平平。

右仄起變體，亦在一、三論，圈點之法同前。

引證

首句若平落入韵，則首字可借，如「霜露晚淒淒」、「雲氣接崑崙」，第一字「霜」字、「雲」字可平，而第三字「晚」字、「接」字必仄也。若仄落不入韵，亦首字可借，如「山雨樽仍在」「聞道尋源使」，第一字「山」字、「聞」字可平，而第三字之「樽」字、「尋」字〔必平〕，則仄起仄落之正體，亦非變也。第二句不變。第三句首字可借，如「犬迎曾宿客」，「犬」字可仄，而「曾」字必平也。第四句首字可借，如「鴉護落巢兒」，第一字「鴉」可平，而第三字「落」字必仄也。第五句首字可借，如「苔澗春泉滿」，首字「苔」可借平，而第三字「春」必平也。第六句不變。第七句首字可借，如「向來幽興極」，首字「向」字可仄，而第三字「幽」字必平也。第八句首字可借，如「吟卧不知還」、「衰老意悲傷」，首字「吟」字、「衰」字可平，而第三字「不」字、「意」字必仄也。

約法同正起。附拗《變詳説》。拗體備于《詳説》内，不復另圖其式。

拗變詳説凡拗變内有平仄錯綜者，俱圈出。平聲以圓圈，仄聲以尖圈，取其醒目也。

律詩之有變體，猶《三百篇》之有變風、變雅也。變體不能盡，則入拗體。蓋拗亦變也，特變之極耳。圖五、七律之變如右，可以一目了然矣。蓋五、七律正體，字句間平仄確不可易，取其聲律匀調，鏗鏘可聽，格式甚嚴。凡平仄不調者，謂之失粘，亦曰失嚴。若不能盡諧，則入變體。七律變體，俱在一、三、五論，又分平起、仄起。其變在平起者，首句、第四句、第八句俱係頭一字借仄，則第三字必還平。惟首句平起仄落與仄起仄落者，本句稍可通融耳。若第二句、第六句則一、五可借，而三必平。第三句、五句、七句則一、三可借，而五必平。其變在仄起者，第二句、六句亦係首字借仄，則第三字必還平。其餘首句、四句、八句則一、五可借，而三必平。第三句、五句、七句則一、三可借，而五必平。大抵七律變體，除首句外，其餘第五字必平者俱在上句，而對句第三字原應平者，俱不可仄，所謂平不可使單也。固知「一、三、五不論」之説非定論也。若五律，則第五字除首句外，俱一定不易。謂首句落脚字可平可仄也。各句之第三字與二、四字，其平仄亦一定不易，惟首一字平仄可以通融耳。至首句之第三字亦可通融，大抵平起平落者必仄，而平起仄落、仄起仄落者第三字當平，此不變者也。其餘則在上句必平，在對句者必仄，不可亂也。若夫平起則第四句、第八句不變，仄起則第二句、第六句不變，此四句在正體中，乃對句首字俱係平聲，故不便借仄。總之律詩取其音韵洪亮，故五律之變，只在首字。而亦有分別，凡平起、仄起，在上句之首字，俱仄可借平，即平亦可借仄也；若對句首字，則仄可借平，而平不可借仄。五律之嚴如此。遍閱杜詩，五律皆然。即諸家間有出入者，非古體則拗體耳，不必泥也。五、七言之變律，盡於此矣。但所謂變者，各就一句論，非謂句句如此，方成變體也。一句有借兩字者，即借一字亦可，非謂字字如此，方成變句也。惟七律上句首一字應平而仄，則對句首字應仄而平，取其鏗鏘，此雖不拘，亦當善會。大抵平聲易借，而仄聲難借，且借仄於起句者易，而借仄於對句者難。蓋平音輕而仄音重，每起句主唱，其聲振拔，雖借仄字，亦帶得過。如「越人自貢珊瑚樹」，一雖借仄，三不還平。又如「鳥下綠蕪秦苑夕」，一、二、三連用三仄字皆可，以其在起句故也。起句者，上句也。至於對句主應，其聲和緩，若首一字當平而借仄，則二三字必叠用平聲，然後悠揚可讀也。若首句平起平落者，雖係起句，既首一字借仄，則第三字必還平。如「漢文皇帝有高臺」，以第七字平落，第五字用仄故也。若首句平起仄落，其第五字用平矣，則一雖借仄，三可不還平。如「野人自愛幽棲所」是也。首句仄起仄落，其第五字亦必平，則第三字用仄亦可。如「五夜漏聲催曉箭」是也。借還之旨，變中又有變通，可以博觀而約會也。至拗體，乃變體之一端，而層見叠出，亦有借還，並非不論。有字拗，有句拗，有字句兼拗，雖顛倒錯綜，而宮商自叶。譬之古亦日月，今亦日月，精光亘古如斯，而日新月異，其亦人心自然之節奏，而天地間常新之文章乎？字拗亦分平起、仄起。其用於平起者，俗名折脚，單論本句，多在第三句、第七句。七律就各上句之五、六字倒換，如第六字應仄而平，則將第五字應平而仄。在五律就各上句之三、四字倒換，如第四字應仄而平，則第三字應平反仄是也。此謂連字借還。其用于仄起者，俗名交股，兩句合論，多在二、三、七、八句。七律各就上下句之第五字交换，如上句第五字應平而仄，則對句第五字應仄反平。五言就每句之第三字交换，如上句第三字應平而仄，則對句第三字應仄反平是也。此謂隔句借還。蓋七言之第五字、五言之第三字，均爲詩眼，故用此借還之法，則音韵諧暢，而格調更覺矯健矣。平側顛倒，故曰拗也。拗體盡于此矣。而又有三、五交换者，如「溪雲初起日沉閣，山雨欲來風滿樓」，「初」、「欲」二字，平仄交换，「日」、「風」二字，仄平交换也。又有七字全换者，如「水聲東去市朝變，山勢北來宫殿高」，上下句七字中，平仄相反而實相對，其拗處乃在一、三、五。此乃間有之體，蓋充交股之意，而愈出愈奇者也，可謂巧矣。至於單句之折脚體，唐人多用於平起頷聯，謂第三句、第四句也。亦間有用于仄起頸聯者，謂第五句、六句也。如賈至《早朝》詩第五句「劍佩聲隨玉墀步」是也。兩句論之交股體，唐人多用於仄起頷聯，間亦有用于平起頸聯者，如崔顥《黄鶴樓》詩五六句云「晴川歷歷漢陽樹，芳草萋萋鸚鵡洲」是也。又有用于平起頷聯者，如杜詩首句「霜黄碧梧」一首，其三四句曰「客子入門月皎皎，誰家搗練風凄凄」是也。雖非常格，原可通用。但無論單拗、雙拗，一首中只可一見，若重見則非體。如賈至《早朝》詩第七句「共沐恩波鳳池上」，重用折脚，前人有議之者矣。然亦不甚拘也。若夫五言平起，當用折脚，而杜詩《春日懷李白》一首，首句曰「白也詩無敵」，乃仄起也，而第三句曰「清新庾開府」，第七句又曰「何時一樽酒」，是仄起亦用折脚，且一首内重見矣。其《日暮》一首之首句云「牛羊下來夕」，乃平起也，而第三句、四句云「風月自清夜，江山非故園」，平起亦用交股矣。是又可通用之一證也。再五七律之折脚、交股多在頷聯、結聯中，而亦間有用于頸聯者。七律已引證。五律如孟浩然《早寒有懷》一首，其五六句曰「鄉淚客中盡，孤帆天際看」是也。又有首句亦用者，如杜詩云「牛羊下來夕」，乃折脚也。又李白《送通禪師還南陵隱静寺》首聯曰「我聞隱静寺，山水多奇踪」，上句第三字仄，下句第三字平，乃平起用交股也。是不但每體可以通用，而每聯俱可通用矣。又有全首皆拗者，七律中如杜詩：「野垣竹埤梧十尋，洞門對雪常陰陰。落花遊絲白日静，鳴鳩乳雁青春深。腐儒衰晚謬通籍，退食遲回違寸心。衮職曾無一字補，許身愧比雙南金。」除首句外，餘七句上下第五字皆用交股拗體，而首句、三句、二四六平仄不拘，又用古體也。五律如王維：「中歲頗好道，晚家南山陲。乘興每獨往，勝事空自知。行到水窮處，坐看雲起時。偶然值鄰叟，談笑無還期。」八句上下第三字亦全拗，而各句中二四字多不拘，又帶古意，首聯用四仄四平句法，此亦可隨意爲之。大抵守其常固是，而通其變亦無不可，唐初律體多如是也。凡此折脚、交股，皆字拗也。至句拗之法，如上聯之對句係平仄平，則下聯上句仍當接以平仄平，而忽接以仄平仄，或以仄平仄平仄平相接者，亦然。上下不粘，亦爲拗也，各聯可用，其局不一。如賈至《早朝大明宫》詩五六七八句：「劍佩身隨玉墀步，衣冠身惹御爐香。共沐恩波鳳池上，朝朝染翰侍君王。」第六句係平仄平，第七句忽接以仄平仄，第「鳳池」二字用字拗之法，此拗句之在六七者。杜工部《所思》一首三四五六句：「九江日落醒何處，一柱觀頭眠幾回。可憐懷抱向人盡，欲問平安無使來。」此拗句之在四五者。錢起《贈閣下裴舍人》一首一二三四句曰：「二月黄鸝飛上林，春城紫禁曉森森。長樂鐘聲花外盡，龍池柳色雨中深。」此拗句之在二三者。又有全首皆拗者，如王維《酌酒與裴迪》一首：「酌酒與君君自寬，人情翻覆似波瀾。白首相知猶按劍，朱門先達笑彈冠。草色全經細雨溼，花枝欲動春風寒。世事浮雲何足問，不如高卧且加餐。」通首俱係每聯仄平仄平仄平，無一聯相粘者。五律拗句不多見，蓋五言字少音短，更宜錘鍊，故拗句不輕用。有李白《南陽》一首前四句：「斗酒勿爲薄，寸心貴不忘。坐惜故人去，偏令遊子傷。」二、三句不粘。陳子昂《次樂鄉縣》前四句：「故鄉杳無際，日暮且孤征。川原迷舊國，道路入邊城。」二、三句不粘。此亦拗句也。凡此句拗、字拗，有單用者，有兼用者，雖有拗變，而二、四、六平仄勻調，即間帶古意，而聲調亦穩妥合律體，所謂變而不失其正者也。排律中用拗變體，大約與五、七律同。合拗變而言之，有單用變體者，有單用拗體者，亦有二體兼用者，亦不拘也。若夫字、句兼拗，而且每句中不但一、三、五平仄多不論，即二、四、六之平仄亦多不拘，如杜詩《暮歸》一首云：「霜黄碧梧白鶴棲，城上擊柝復烏啼。客子入門月皎皎，誰家擣練風淒淒。南渡桂水闕舟楫，北歸秦川多鼓鞞。年過半百不得意，明日看雲還杖藜。」又《十一月一日三首》之一云：「今朝臘月春意動，雲安縣前江可憐。一聲何處傳書雁，百丈誰家上瀨船。未將梅蘂驚愁眼，要取椒花媚遠天。明光起草人所羨，肺病幾時朝日邊。」拗字、拗句，兼而有之，而二、四、六又多不粘。如此者不一而足，惟五律中無此。論者謂《暮歸》等詩皆拗體之絶佳者，大抵律中帶古，傾斜錯落，已入神化。七律之變，至此而極妙，亦至此而極真，黄山谷所謂「不煩繩削而自合」者，謂杜工部爲詩聖不虚耳。又《愁》一首云：「江草日日喚愁生，巫峽泠泠非世情。盤渦鷺浴底心性，獨樹花發自分明。十年戎馬暗南國，異域賓客老孤城。渭水秦關得見否，人今罷病虎縱横。」此詩平仄錯雜，而雄渾無跡，音調激昂，真佳製矣。原注「强戲爲吴體」，杜公篇什既衆，時出變調，凡集中拗律，皆屬此體，偶發例于此，曰「戲」者，明非正律也。蓋杜公天資既厚，學問復優，閲歷又多，凡此等詩，大率皆失意遣懷之作，前人謂其胸有抑鬱不平之氣，而以拗體發之，理固然也。若無公之才學與其遇，而强效其體，不惟不能佳，亦失其故步矣。故凡拗變之極者，初學不能學，亦不可輕學也。至于絶句者，截句也。其四句中前不對而後對者，截律詩後四句也。前對而後不對者，截律詩起四句也。前後俱對者，截律詩中四句也。前後俱不對者，截律詩起二句、結二句也。變、拗之體，與律詩同。有平仄不諧者，則古詩、樂府體也。若夫一字之假借，雖大家不免。如子美「武陵一曲想南征」、「櫓摇背指菊花落」，第五字皆仄矣，而一既借仄，三不還平，非不論也。蓋「武」、「一」二字爲料所屈，「櫓」、「背」兩字爲境所逼，故不得已而用之耳。間有尺璧微瑕，不害其爲大家。且杜詩律體間帶古句，亦無礙也。然學者惟執多以求少，捨短而取長，寧謹嚴而毋輕假借，則不爲小疵所誤矣。再律詩有起手散行者，如崔顥《黄鶴樓》詩：「昔人已乘白雲去，此地空餘黄鶴樓。黄鶴一去不復返，白雲千載空悠悠。」此前四句乃散行也。杜工部詩：「暮春三月巫峽長，皛皛行雲浮日光。」此前二句散行也。李太白詩「杜陵賢人清且廉」，沈佺期詩「龍池躍龍龍已飛」，此皆前句散行也。絶句如王勃詩「九月九日望鄉臺」之類亦然。凡此皆先古意而後近體，故不但一、三、五不拘，即二、四、六亦多平仄不諧。大家偶一用之則可，若初學當謹守繩墨，毋徑謂「一三五不論」，視爲常格而輕效之也。拗、變兩體，詳細參互，可以補正體之未備。初學按圖索蹟，玩句審音，熟讀杜工部全集，細考諸體，再汎濫于盛唐各大家，則胸有成竹，目無全牛矣。拗、變乃詩中一體耳，其詩體格局頗多，附《詩體》、《詩病》于後。

詩法問津卷四上

詩體

詩以言志，原不必拘體。《三百篇》通乎朝野，達於郊廟，其體備矣，其用宏矣。故夫四言、三言、五七言之類，後人分路揚鑣者，皆《葩經》之範圍而莫外者也。枝分派别，衆體備而元音遠矣。博雅之士，或能觀其會通，而初學恐不免拘墟，故知緣枝可以尋本，遡流而後窮源，約考衆體所歸而縷陳之，是亦博學詳説之旨也。原夫詩有六義，而實則三體，風、雅、頌爲體爲經，賦、比、興爲法爲緯。凡詩中有賦起、比起、興起者，然《風》之中有賦、比、興，《雅》、《頌》之中亦有賦、比、興，此詩學之正源，法度之準則也。四言變而《離騷》，《離騷》變而五言，五言變而七言，七言變而絶句，詩以代變矣。《三百篇》降而漢，漢降而魏，魏降而六朝，六朝降而唐，詩以代降矣。約其體有二：五七律、排律、絶句，謂之近體。古詩、古風、樂府、歌行，與夫曰引、曰吟、曰辭、曰篇、曰詠、曰謡、曰歎、曰哀、曰别，大抵蓋樂府流派，通謂之古體也。古詩亦分五、七言，句中平仄不拘，即落脚之平仄亦不拘，可填通用之韵，如一東、二冬之類，但五、七言不雜，即古詩也。其大概五、七言亦分平韵、仄韵，謂對句落韵也。有轉韵、不轉韵之分。不轉韵者，或平或仄，一韵到底。大約律句内單拗、雙拗句法，原即古體也。須避律調，不可多用。單句間可用律，如上句不律，對句間用亦可。五古句法，有五仄、四仄、三仄，或四平，謂相連用，或只隔一字也。而平韵内下句多用三平落脚，若仄韵則下句用三仄落脚而三平在上句矣，皆以别律也。七古平韵落脚亦多用三平，或平仄平，又用七平七仄、六平六仄、五平五仄、四平四仄句法，即上句落脚，間亦用平。至轉韵，或四句即轉，或八句而轉，或前後用兩韵，而多少參差不一，以平仄間换，音調諧暢爲主。熟讀前人古體，而分類以求之，久自熟矣。總之古詩變化錯綜，原不同律，其式固難以盡陳也。若古風、歌行等體，則韵可互换，五、七言雜用，且三字、四字、八字、九字與十字、十一字句，俱無不可攙入，並可添「之」、「乎」、「者」、「也」等虚字，大小長短，錯落開闔，極能發人才思，非比古詩窘于格調鋪叙，近體束于聲律排偶也。外此有柏梁體，始于漢武帝宴群臣于柏梁臺，君臣共賦詩，人各一句，用七言平聲，但不拘一韵，且各言官職所司之事。原本每句不甚貫串，韵脚亦多重複，惟首句武帝云「日月星辰和四時」，自見帝王氣象。此實七言嚆矢，而亦後世聯句所由起。後人又有促句换韵體，如山谷詩云：「青玻璃色映長空，爛銀盤掛屋山東，晚凉徐度一襟風。天分風月相管領，對之技癢誰能忍，吟哦自恨詩才窘。掃寬露坐發興新，浮蛆琰琰抛青春，不妨舉盞成三人。」亦每句用韵，三句一换韵，三疊九句而止，略如柏梁之體，但不拘平仄耳。又有六韵詩，亦有平仄粘連，在二四六論，但韵有出入亦可，非比律體之平仄謹嚴也。又有迴文體，顛倒皆可成誦。此猶皆體之近正者。若夫八字句詩、九字、十字，與夫一字至七字、九字、十字。再有起句頭一字皆仄或皆平，與句中五字全仄、全平。又有四聲詩，俱在二、四、六論。如八句全用平聲，是爲平聲體；若上句各二、四、六字全用平聲，下句二、四、六字全用上聲，則爲平上聲體；平去、平入二聲倣此。又一說謂平上詩如八句，每上句五字俱用平聲，下句五字俱用上聲，則爲平上聲體；平去、平入亦然。又有平仄兩韻者，謂八句中上句落脚之仄聲同韻相叶，下句落脚之平聲同韻相叶也。平聲同韻，原屬正體，而仄聲同韻，則犯上尾而不顧，是自成一體也。又有首尾吟體，謂一句而首尾皆用之也。又有格詩體，此體起于齊、梁，前句律，二三句古，四句律，或首句古，二三句律，四句古，相格而下，下句可以不粘上句，上下句不粘，只要本句調。八句、十二句，即同起四句用韻。若十句接上律句，末二句可古，接上古句，末二句可律。若一句古、一句律相間，又謂之半格。又鄭谷與僧齊己、黄損等共定古今體詩格云：凡詩用韻有數格，一曰葫蘆，一曰轆轤，一曰進退。先二後四爲葫蘆韻；雙出雙入爲轆轤韻；進退韻者，一進一退也。失此則謬矣。右見《緗素雜記》。如韓子蒼五言八句近體詩云「盜賊猶如此，蒼生困未蘇。今年起安石，不用笑包胥。子去朝行在，人應問老夫。髭髮衰白盡，瘦地日攜鋤」是矣。蓋「蘇」、「夫」二字在七虞韻爲進，「胥」、「鋤」二字在六魚韻爲退也。又如李師中《送唐介》七律詩：「孤忠自許衆不與，獨立敢言人所難。十四寒。去國一身輕似葉，高名千古重如山。十五刪。並遊英俊顔何厚，未死奸諛骨已寒。又十四寒。天爲吾皇扶社稷，肯教夫子不生還。又十五刪。」此亦進退格也。又有三句一韻詩，明雷何思翰林《聽雨》一篇云：「朝雨明窗塵，晝雨織絲杼，暮雨洗花漏。簷聲如雨泉，槽聲如飛瀑，溝聲如決溜。竹樹江崩騰，臺池磬清越，蓬茅車輻輳。忽然振屋瓦，忽然鼓雷霆，忽然飭甲胄。蒙莊瀉三籟，師曠叶八風，鄒衍吹六侯。病中廣陵濤，枕中華胥譜，庭中鈞天奏。醉聽可解酲，餓聽可樂飢，想聽可滌垢。辨非從意解，聞非從西來，聲非從耳透。」右見田山薑前輩《古歡堂集・詩話》中，奇闢極矣，亦可備一體。此皆合通首而言之者也。又有隔句體，謂絶句以第三句對首句，以第二句對第四句也。有句中對法，如「江流天地外，山色有無中」、「落花遊絲白日静，鳴鳩乳雁青春深」，皆每句中自相對也。有交股對，亦曰嵯對法，如王荆公詩「春殘葉密花枝少，睡起茶多酒盞疎」，以上句第四字之「密」對下句第七字之「疎」，而以下句第四字之「多」對上句第七字之「少」，參差不齊，如山峰嵯峩也。凡此句對之式，亦體之散見者。又有借韵之對，如「根非生下土，葉不墜秋風」、「捲簾黄葉落，開户子規啼」之類，「下」不同「夏」，「子」非是「紫」，取其同韵，以對「秋」、「黄」。蓋本于杜詩「次第尋書札，呼兒檢贈詩」之句而濫觴者也，亦太纖巧矣。有偷春詩式，凡起聯相對，而次聯不對，謂之偷春體，言如梅花偷春色而先開也。如杜詩「無家對寒食，有淚如金波。斫却月中桂，清光應更多」是也。又有藏春體，如杜詩：「西京安穩未，不見一人來。臘月巴江曲，山花已自開。盈盈當雪杏，艷艷待春梅。直苦風塵暗，寧憂客鬢衰。」前四句不對，後四句方對，如春氣之藏而未發也。又有蜂腰體詩，凡律詩有頷聯竟不對，却以兩句叙一事，而其意與首二句相貫，至頸聯方對者，謂之蜂腰，言已斷而復續也。又有雙聲叠韵，謂「互護」爲雙聲，「磝碻」爲叠韵。蓋雙聲者同聲而不同韵，叠韵者同音而又同韵也。凡雙聲叠韵，唐詩大家間有之。如李群玉：「方穿詰曲崎嶇路，又聽鈎輈格磔聲。」「詰曲」、「崎嶇」乃雙聲，「鈎輈」、「格磔」乃叠韵也。杜詩亦有「卑枝低結子，接葉暗巢鷹」之句，亦叠韵也。此已不必深效。其餘上官體、元和體、江左體、西崑體，以及大曆後有三十六體，或因乎人，或因乎地，指不勝屈，不過才人學士踵事增華而已。初學但當知之，以免少見多怪耳，若斤斤摹倣則泥矣。既詳其體製，當知其法度。五、七律正體已詳，而柏梁體以下，亦可不必多敘。若五、七古，則前人論説多矣，試撮其要而言之。夫四言古質，句短而調未舒。七言宏闊，文繁而聲易浮。折繁簡之中，而居文質之要，蓋莫尚于五言矣。五古長篇，法有四要：一分段，起結提應，段落分明也。二過脈，結上生下，血脈貫通也。三回照。四讚歎，處處照顧題目，而又唱歎以暢其意也。總要用意深遠，託詞温厚，反復優游，雍容不迫，斯稱盛矣。若短章亦不拘對偶，局法須要卓鍊，而氣骨體勢尤貴峥嶸雄渾，有《三百篇》遺意焉。七言成章，亦貴優柔和平，而轉折措詞，須抑揚頓挫，短章亦然。故七古之篇法亦有八：曰分段，過段，突兀，字貫，讚歎，再起，歸題，送尾也。分段如五言，過段亦如之。若突兀萬仞，則不用過句，陡頓便説别事，小異五言矣。字貫則重三疊四，用兩三字貫穿，具極精神。讚歎亦如五言。至再起，則説過再提，更覺反覆有情。歸題則繳上起句，亦謂之顧首。送尾則生一段餘意結束，或反用，或比喻用，則篇終方不迫促。備此八法，而約之以三難：曰起調，曰轉節，曰收結。總以起伏照應，有力無跡，方成篇法也。七古歌行，篇法大約如是。蓋歌行固七古之散見，而局勢自别，乃變調也。然其機杼神理，亦大略與七古同法，而尤以胸次高超，筆力卓絶爲上。蓋古詩五七言不雜者，字句有定數，其音響格調，無難尋求。惟歌行率皆樂府之流派，句法長短平仄錯雜，最難調和。然古所謂聲依永者，亦具有自然之節奏，非徒永也。大抵以古詩爲律詩，其調易高；以律詩爲古詩，其格易卑。故必挾風雅之趣，始可入蘇、李之室，而參歷代作者之閫奥，學者細讀杜工部五、七古與歌行，并五七律帶古意等詩，再擇唐宋元明各大家古詩歌行之精鍊而有矩度者參對之，則格調可尋，而法度亦不失矣。五七古、歌行，亦有古詩，節短音長，更宜錘鍊高古也。嘗取而譬之，律體如八股，則古詩其如散行之文乎？時藝固當恪守格式，古作又豈可空拳野戰？根於經史，範於《左》、《國》，以兩漢厚其氣，以八大家嫻其法，而泛濫子書與歷代名家之文集，以擴其識而大其規模，此作古文之要訣也。知古文則知古詩，而讀書之法，亦思過半矣。約古體之大概，而於五、七古及歌行之法度加詳考焉，雖非應試所急需，然學者不早加講究，則眼界不高，心思多窒，上者逞其臆見，非空疎則浮靡，下者安于拘牽，非淺近則枯寂，古人所云「有下劣詩魔入其肺腑」者，職是故也。須知律體法固謹嚴，而古體亦不可無紀律，蓋所謂章法、句法、字法者，古體與近體初無二致。杜詩云「佳句法如何」，正謂此也。不學律體，無以知詩之正而嚴；不學古體，無以知詩之變而大。謹嚴於法，而又能神明變化於法，則可與言詩矣。深造以道，學者自游息，自領悟而已。至於古、今體之源流，大概根柢於《風》、《騷》，肇端于漢魏，沿襲于六朝，至唐而極盛，古、今之體遂分矣。歷代擅長，各有祖述，各自成家。唐分初、盛、中、晚，名家林立，言之累幅難盡。宋、元、明以來，更難悉數。初學先讀杜詩，且守正體，漸及各體與各家，總要多讀多看，於以融會貫通何難哉。

詩病

詩豈有病哉？病在不學耳。依永和聲，有自然之天籟焉，本不求工字句，而病何由生？《雅》、

《頌》歌音，至漢魏已失傳，朱絃疏越，有遺音乎？太羹玄酒，令人想元氣之渾淪焉。僧皎然詩評曰：「沈休文酷裁八病，碎仄四聲，故風雅殆盡。後人天機不高，多爲沈法所媚，溺而不返矣。」於休文似有遺憾者。然四聲至今用之，存其聲而略其病可乎？前人引證加詳，學者不可不知，附而存之，或亦審音之一助也。考夫八病之説，曰平頭，曰上尾，曰蜂腰，曰鶴膝，曰大韵，曰小韵，曰正紐，曰傍紐。何謂平頭？謂前句上二字與後句上二字同聲，如古詩：「今日良宴會，歡樂難具陳。」「今」、「歡」同聲，「日」、「樂」同聲也。又如：「朝雲晦初景，丹池晚飛雪。飄披聚還散，吹揚凝且滅。」四句上二字皆平聲，是均平頭也。又如周王褒詩：「高箱照雲母，壯馬飾當顱。單衣火浣布，利劍水精珠。」四句疊用四物，而每物各用一虚一實字面。又如杜摯詩：「伊摯爲媵臣，吕望身操竿。夷吾困商販，甯戚對牛歎。食其處監門，淮陰飢不餐。」疊引古人，皆在句首，是皆平頭。此在古詩不妨，律詩貴平仄匀調，斷不可犯。即用古名物類，不可俱填句首，所當留心。何謂上尾？謂上句尾字與後句尾字俱用平聲，雖韵異而聲則同，是犯上尾矣。如古詩：「西北有高樓，上與浮雲齊。」「樓」與「齊」皆平聲。又如：「庭陬有苦榴，緑葉含丹榮。」「榴」與「榮」俱平聲，是皆上尾。古體嫌多見，而律詩中更全無此體也。又首一句尾字與第三句尾字接連用平字，如：「客從遠方來，遺我一書札。上言長相思，下言久離別。」「來」、「思」二字皆平聲。如：「新製齊紈素，皎潔如霜雪。裁爲合歡扇，團圓似秋月。」「素」、「扇」二字皆去聲。是均犯上尾矣。律詩化之爲妥。蓋上尾之病，平聲易避，仄聲難避，上、去、入三聲皆仄聲，分晰爲難，故四聲熟，則八病除矣。大概詩句落脚用仄聲，當隔開，而在律詩八句中，更當斟酌。如首句落脚仄字用上聲，則第三句落脚當用去聲，兩句一隔，則第五句落脚字即重用上聲亦不妨矣。此之不可不知。若古人名或物類，不可每聯填用，即用雙單字眼，亦不可俱落句尾。如：「林花着雨臙脂落，水荇牽風翠帶長。龍虎新軍深駐輦，芙蓉别殿漫焚香。」「落」、「長」、「深」、「漫」四字乃單字法，上二句粘「落」、「長」二字於句尾，下二句移「深」、「漫」二字于第五字，便不犯上尾之病。是舉一可以返三者也。何謂蜂腰、鶴膝？《蔡寬夫詩話》云：蜂腰、鶴膝，蓋出于雙聲之變。若五字中首尾皆濁音，而中一字獨清，則兩頭大而中間小，是爲蜂腰。清音者平聲，濁音者仄聲也。如張衡詩「邂逅承際會」，是以濁夾清，中一字爲蜂腰。若五字首尾皆清音，而中一字獨濁，則兩頭細而中間粗，是爲鶴膝。如傅玄詩「徽音冠青雲」，是以清夾濁，如鶴之膝。古詩有用之者，尚不甚拘，律詩無此也。何謂大韵？謂上句第一字不得與下句第五字同韵相犯。如「微」、「暉」同音，阮藉詩「微風照羅袂，明月耀清暉」，是犯大韵也。何謂小韵？謂上句第四字不得與下句第一字同韵相犯，如「清」、「明」同韵，古詩「薄帷鑒明月，清風吹我襟」，是犯小韵。又一説除本韵外，第十字也。九字中不得有兩字同韵。如「客子已乖離，那宜遠相送」即是小韵，蓋「子」與「已」同上聲，「離」與「宜」同平聲。小韵五字内最忌，九字内稍緩。此二説可以互證也。何謂正紐？如「溪」、「啓」、「憩」三字爲一紐之類，上句有「溪」字，下字再用「憩」字，如庾闡詩「朝濟清溪岸，夕憩五龍泉」是正紐也。何謂傍紐？如「長」、「梁」同韵，「梁」之上聲爲「丈」字，若上句首用「丈」字，下句首用「梁」字，是亦相犯。古詩「丈夫且安坐，梁塵將欲起」，此傍紐也。其法似以平、上、去、入四聲，順逆相連者論，故有正紐、傍紐之分，與大、小韵只論平仄者又别。其理甚細，非明辨四聲，嫻熟音韵者，不能詳知。律詩所忌，以平頭、上尾爲最，蜂腰、鶴膝次之，至變體亦或不拘，若夫大、小韵與正、傍紐，非所甚重也。大抵論元音之流盪，則不但四聲爲煩碎，即古今詩體，亦俱屬踵事增華。若既櫛比乎字句，自當梳摘其瑕疵，固不必無病而吟呻，又寧可護疾而忌醫哉？

讀詩法

詩以義理爲主，聲韵其次也。不求義理，則聲韵爲虚文。然音韵尚不能熟，又何能深求義理乎？故凡讀詩不可潦草讀過，必按節循聲，求其自然之律，此人心無字詩也。大抵平聲是歇喉處，仄聲是轉喉處，歇喉處宜略緩，轉喉處宜略急，讀平聲宜輕，讀仄聲宜重，勿讀平而似仄，勿讀仄而似平。土音既浄，天籟自生，又不待按譜尋聲矣。若夫初學先調平仄，次審清濁，平仄分明，再於通韵叶韵求之，足矣。若清、濁，有清平、濁平，清上、濁上，清入、濁入，半清濁入之分，獨去聲無分清濁。蓋去聲本清遠，而濁入、半清濁入又有微似去者，故不能劈分清濁耳。大抵以聲之揚而輕者爲清，陰也；稍抑而重則屬陽，而濁矣。此亦可熟念而得之者也。總要留心字學，於音韵長吟咏而玩味之，則行遠自邇，登高自卑，久久自能精熟。義理固難淺求，而音韵亦未易會通，是未可以鹵莽滅裂之學，希求速化，返致望洋却步，半塗而廢也。

調四聲法

一入二去三平四去五上六入七入八入九上十入

甲入乙入丙上丁平戊去己上庚平辛平壬平癸上

子上丑上寅平卯上辰平巳上午上未去申平酉上戌去亥上

作樂誦詩，首重音聲。《虞書》有曰：「詩言志，歌永言，聲依永，律合聲。」蓋八音諧則神人和矣。詩之調平仄，亦本此義也。平聲一而仄聲三，不但平仄當分，即上、去、入三聲亦不可混而一之。四聲熟然後清濁易審。須先求字義，審反切，涵泳于宮、商、角、徵、羽五音，而細玩夫鼻、舌、脣、齒、喉各法。得其指歸矣，然後于詩韵之源流部分，常常考究，自可不至錯誤。大抵平聲和而安，上聲厲而舉，去聲清而遠，入聲直而促，其聲韵原無難體認。若夫清平則飛揚，濁平則和安，清上力强，濁上微悠，濁入似濁平，半清濁入又似去，一玩味自了然于口耳之間。調四聲法，即數目干支而區分之，以眼前常用之字，爲審音之資，頗淺顯直捷。玩其義而充其類，是亦卑邇之意也歟？夫詩學難，字學、韵學更難。約而考之，自秦始言字，其石刻曰合同文字是也。漢魏始有反切，孫炎作反切，實出於西域梵學也。齊周顒作四聲切韵行于時，至梁沈約乃作《四聲譜》，夏侯該又有《四聲韵略》，隋陸法言亦有《切韵》五卷。蓋晉宋以下，始言韵也。至唐孫緬集《唐韵》，而諸書多廢矣。歷代修于上者，宋朝爲多，所謂《禮部韵》是也。前明有《洪武正韵》，至本朝之《字典》，與《廣韵府群玉》、《佩文詩韵》諸書，更屬詳備，可謂集字學、韵學之大成矣。若夫吴棫之《韵補》、顧寧人之《五音表》、顧亭林之《韵譜》，皆韵書之切要者。又有宋本《廣韵》、《集韵》、《音韵闡微》、《韵會》、《韵略》諸書，可以參互考訂。學者博觀乎各家，再細觀《說文》以考字義，講究反切以審字音，可得其會通矣。此豈可以淺求者哉？積歲月而勿助勿忘，廣見聞而心領神會，庶契音韵之全，而詩學亦進而日上矣。附《通韵譜》。

詩法問津卷四下

通韻譜

自沈約撰《四聲譜》，歷代因之，雖字數多寡不等，而自《唐韻》至宋紹興中毛晃《禮部韻略》，部分無改，殊屬煩多。如平聲四支内，分出脂、之二韻，又佳、皆，删、山，先、仙，庚、耕、清，覃、談等類，皆一音而釐析之。上、去、入三聲亦然。故上平有二十八韻，下平有二十九韻，上聲有五十五韻，去聲有六十韻，入聲有三十四韻，共二百有六韻。至宋理宗淳祐中，平水劉淵刊行新韻，始大加合併，計上平十五韻，下平十五韻，上聲三十韻，去聲三十韻，入聲十七韻，上聲併拯入迥，餘實二十九韻。去聲内蒸之去聲亦併入於徑，而多出十卦，故仍有三十韻，詳具譜内。共得一百有六韻，則今所用者也，蓋差爲簡明矣。律體專用一韻，不可出入，即間用仄聲亦然，此人所易曉也。若古作則有通用之韵，頗難得其要領。坊本韵書多行李笠翁所輯，近德水編修宋公蒙泉有《通韵譜説》之刻，蓋本于顧亭林之《韵譜》，其義類亦屬詳明。因合此二編列爲譜，四聲以類相從，上下平列，可通用者彙歸一處，式倣宋譜。但兩書中有參差不能兩存者，率以己意注之，而稍爲易置。則二書所同者固無可置議，其所異者或舍彼而從此，或去此以適彼，或于二書之外間有移易，亦本于宋鄭庠古韵通轉與邵子湘《古今韵略》，并非有臆撰也。存所信而闕所疑，既行其心之所安，亦可使學詩用韵者且不至茫無適從，蓋未能待問者之扣擊，猶無當于小鳴耳。而聲何由盡乎？則夫此譜之離合得失，固尚有待于高明之審定，庶幾折衷焉而歸于至當也。若夫現行之韵久定，則合併之韵可無問矣。然原韵具存，學者知其詳細，亦訂正之一助也。故亦照《通韵譜》之式，另爲《合韵譜》，彙附于後，使習韵者有所考焉。

平聲	上聲	去聲	入聲
一東	一董	一送	一屋
二冬	二腫	二宋	二沃
三江	三講	三絳	三覺

右三韵律詩獨用，古詩通用。江有姜、工二音，工乃古韵也。李韵既通俗，而謂江與陽通矣，於二冬內又云轉江，則似未免騎墻之見，故照宋譜徑以三韵相通，自覺直捷。宋鄭庠古韵通轉東、冬、江、陽、庚、青、蒸七韵皆協陽韵，則江、陽相通，亦向有是説矣。附録

四支	四紙	四寘	入聲無
五微	五尾	五未	
八齊	八薺	八霽	
九佳	九蟹	九泰（十卦）	
十灰	十賄	十一隊	

右五韻律詩獨用，古詩通用。《廣韻》上、去部分，皆與平聲相準。平聲既併，上、去各以類從，皆韻併入佳，卦、怪、夬三韻實爲皆之去聲，當併入泰，不當另爲一韻。相沿既久，姑仍其次而附于九泰之下。宋譜此論，考據甚確，附録于此。

李韻亦合此五韻，但又以九佳爲四支之轉，則仍多此一轉語也。其李韻與宋譜同者不再注。

六魚	六語	六御	入聲無
七虞	七麌	七遇	

右二韻律詩獨用，古詩通用。

十一真	十一軫	十二震	四質
十二文	十二吻	十三問	五物
十三元	十三阮	十四願	六月
十四寒	十四旱	十五翰	七曷
十五删	十五潸	十六諫	八黠
一先	十六銑	十七霰	九屑

右六韻律詩獨用，古詩通用。　李韻以十一真通庚、青、蒸，侵轉文、元，是文、元二韻可通真無疑矣。但庚、青、蒸三韻亦併徑通真，則不無可議。宋譜合真、文、元、寒、删、先六韻而一之，與鄭庠説同，今從之。　宋譜云：《廣韻》内文韻下有殷韻，注「獨用」，而字少韻窄，無獨用成篇者，往往于真韻

中間一用之。如杜甫《崔氏東山草堂》詩用「芹」字，獨孤及《送韋明府答李滁州》詩用「勤」字，不可枚舉。然絶無通文者。合殷於文，始自宋景祐中，非唐之舊。今自殷字以下則殷韻也，不可不知。此段考據甚細，附録于此。然殷合于文不可易矣。

二蕭　十七篠　十八嘯　入聲無

三肴　十八巧　十九效

四豪　十九皓　二十號

右三韻律詩獨用，古詩通用。李韻以此三韻相通，而十一尤獨用，頗屬清晰。宋譜合而一之，雖與鄭説同，然竊覺未安，仍照李韻爲妥。蓋鄭説亦未能悉從也，其説詳于後。

五歌　二十哿　二十一箇　入聲無

六麻　二十一馬　二十二禡

右二韻律詩獨用，古詩通用。

七陽　二十二養　二十三漾　十藥

右一韻律、古皆獨用。李韻以陽通江，又以爲轉庚，則因庚而并通青、蒸、東、冬。其説雖與鄭庠七韻相協之義相合，然通轉參雜，未免汗漫。則以東、冬等七韻相通，似不若分用爲妥，固當以七陽獨用爲是。

八庚　二十三梗　二十四敬　十一陌

九青　二十四迥　二十五徑　十二錫

十蒸　上聲並入迥　去聲並入徑　十三職

右三韻律詩獨用，古詩通用。　李韻庚、青、蒸俱通真，自覺未安。宋譜分而爲三，併蒸亦離之，向當有是説。但邵子湘《古今韻略》此三韻相通，亦自有據。如曹植詩：「騑驂倦路，載寢載興。十蒸將朝聖皇，匪敢安寧。九青弭節長騖，指日遄征。八庚」又如李陵《録別》：「紅塵蔽天地，白日何冥冥。九青微陰盛殺氣，淒風從此興。十蒸招搖西北指，天漢東南傾。八庚」凡此皆三韻相通也。又如《楚詞・九歌》：「終剛强兮不可凌，十蒸身既死兮神以靈。九青」此青與蒸通也。合而一之，自覺直捷。　上、去聲內，蒸之上聲乃拯、等，併入于迥，去聲乃證、嶝，併入于徑。上聲內劉氏先併等一韻，陰氏又併拯韻俱入迥，蒸一韻無上聲矣，故上聲終于二十九豏。去聲雖亦併證、嶝，而前添出十卦一韻，故去聲仍有三十韻也。宋譜云：按《廣韻》以徑韻獨用，蓋青之去聲也。其下證、嶝二韻同用，乃蒸、登去聲。夫青、蒸二韻，在平聲界分甚嚴，故上、去之部亦不相溷。宋人以韻窄而合之，非唐韻應合者也。去聲既混青、蒸矣，入又離之，直以韻字寬窄之故，殊無義例。其考證與邵子湘《古今韻略》符合，附録於此，以見蒸之去聲所以合併原由。但蒸之上聲爲拯，亦併於迥，乃宋譜又添出而不議及，何也？且謂青、蒸二韻在平聲界限甚嚴，是矣。然以平聲而論界限，各韻皆同，自在律詩言耳，若古亦不通，則不知何所据，存以俟考。

十一尤　二十五有　二十六宥　入聲無

右一韻律、古皆獨用。　說已見蕭、肴、豪。

十二侵　二十六寑　二十七沁　十四緝

十三覃　二十七感　二十八勘　十五合

十四鹽　二十八琰　二十九豔　十六葉

十五咸　二十九豏　三十陷　十七洽

右四韻律詩獨用，古詩通用。　李韻以侵通真，覃、咸通删，鹽通先，當有所本。余欲合侵於真、文、元，而合寒、删、先於覃、鹽、咸，因與古詩不合，恐涉岐誤。宋譜合此四韻爲一，與鄭説同。邵子湘《韻略》亦同此義，仍從之。　以上各韻，東、冬、江三韻爲一列，支、微、齊、佳、灰五韻爲一列，魚、虞二韻爲一列，真、文、元、寒、删、先六韻爲一列，蕭、肴、豪三韻爲一列，歌、麻二韻爲一列，陽一韻爲一列，庚、青、蒸三韻爲一列，尤一韻爲一列，侵、覃、鹽、咸四韻爲一列，共十列。　或合李韻、宋譜無異，或專從李，或專從宋，或斟酌于宋、李之間，而以鄭、邵各説參定之。　雖本乎心之所安，而非自爲臆斷也。

《杜詩詳注》云：《彭衙行》一詩，用韻參差不一，經朱注考訂，知各本古韻也。　蕭山毛奇齡《韻學指要》曰：古韻無明注，惟宋吴棫、鄭庠各有古韻通轉注本，惜當時但行棫説，而不行庠説，致韻學大晦。　考鄭氏《古音辨》，分古韻六部，東、冬、江、陽、庚、青、蒸七韻皆協陽音，支、微、齊、佳、灰五韻皆協支音，真、文、元、寒、删、先六韻皆協先音，魚、虞、歌、麻四韻皆協虞音，蕭、肴、豪、尤四韻皆協尤音，侵、覃、鹽、咸四韻皆協覃音。　其書出吴氏《韻補》後，按之古音，已得十之九。　所略不足者，魚、虞、歌、麻與蕭、肴、豪、尤尚分兩部耳。按：毛氏此書，實足破沈韻之拘隘。閲少陵《彭衙行》，合六韻于一篇，唐人尚知古韻也。查宋譜分十部，蓋本于顧亭林之《韻譜》，其與鄭説同者，則支、微等五韻，真、文、元等六韻，蕭、肴等四韻，侵、覃等四韻也。而魚、虞、歌、麻既分而二，則蕭、肴、豪、尤獨不可分乎？至東、冬、江、陽、庚、青、蒸七韻，韓文公《此日足可惜》詩全用之，知鄭説非無本也，今又分而爲四，則似不若李韻以東、冬轉江，江通陽，陽轉庚、青、蒸者，猶得古人之遺意也。且此七韻既可分，而愈知蕭、肴、豪、尤之可分矣。再庚、青、蒸之合而爲一，本邵子湘《韻略》，其説原與鄭庠七韻相協之旨合，且證以古詩，可合無疑也。今詳引鄭説，而爲之參互折衷，庶使初學有所考據。雖尚有待于貫通各家韻學，直窮淵源，以息群紛，而就現在規模，亦可融會其梗概矣。

合韻譜

凡四聲内合韻，其原韻俱分而注同用。蓋部雖分而韻則同也，今合之則成一韻矣。

平聲	上聲	去聲	入聲凡無入聲者空
一東	一董	一送	一屋
二冬合鍾一韻	二腫	二宋合用一韻	二沃合燭一韻
三江	三講	三絳	三覺
四支合脂、之二韻	四紙合旨、止二韻	四寘合至、志二韻	

五微
六魚
七虞合謨一韻
八齊
九佳
十灰
十一真合諄、臻二韻
十二文合殷一韻
十三元合魂、痕二韻
十四寒合桓一韻
十五删合山一韻
一先合仙一韻
二蕭合宵一韻
三肴
四豪
五歌合戈一韻

五尾
六語
七麌合姥一韻
八薺
九蟹
十賄
十一軫合準一韻
十二吻合隱一韻
十三阮合混、狠二韻
十四旱合緩一韻
十五潸合産一韻
十六銑合獮一韻
十七篠合小一韻
十八巧
十九晧
二十哿合果一韻

五未
六御
七遇合暮一韻
八霽合祭一韻
九泰十卦合夬、怪二韻卦應并入泰，説詳《通譜》。
十一隊
十二震合稕一韻
十三問合焮一韻
十四願合慁、恨二韻
十五翰合換一韻
十六諫合襉一韻
十七霰合線一韻
十八嘯合笑一韻
十九效
二十號
二十一箇合過一韻

四質合術、櫛二韻
五物合迄一韻
六月合没一韻
七曷合末一韻
八黠合鎋一韻
九屑合薛一韻

六麻	二十一馬	二十二禡	
七陽合唐一韻	二十二養合蕩一韻	二十三漾合宕一韻	十藥合鐸一韻
八庚合耕、清二韻	二十三梗合耿、静二韻	二十四敬合諍、勁二韻	十一陌合麥、昔二韻
九青	二十四迥合拯、等二韻	二十五徑合證、嶝二韻	十二錫
十蒸合登一韻	上聲拯、等二韻併於迥	去聲證、嶝二韻併於徑	十三職
十一尤合侯幽二韻	二十五有合厚、黝二韻	二十六宥合侯、幼二韻	
十二侵	二十六寑	二十七沁	十四緝
十三覃合談一韻	二十七感合敢一韻	二十八勘合闞一韻	十五合合盍一韻
十四鹽合添嚴二韻	二十八琰合忝儼二韻	二十九豔合㮰、釅二韻	十六葉合帖、業二韻
十五咸合銜凡二韻	二十九豏合檻、范二韻	三十陷合鑑、梵二韻	十七洽合狎、乏二韻

上平十五韻合併者十三韻。

下平十五韻合併者十四韻。

上聲三十韻併拯入迥，止二十九韻。合併者連拯二十六韻。

去聲三十韻合併者三十韻。

入聲十七韻合併者十七韻。

劉併四聲原共一百七韻，内陰氏上聲又合併一韻。合併者共一百韻，連現行共二百六韻。《古今韻源流考略》附後。

古今韻源流考略

古之有韻，自六經始。《虞書·賡歌》，韻之最古者矣。《毛詩》《風》《雅》《頌》、《周易》《彖》《小象》《雜卦》皆用韻，屈原《離騷》、《楚辭》，楊雄《太玄》，焦贛《易林》，亦無不韻。漢儒皆能通曉，今注疏中某字讀作某字，某人作某讀之類是也。自沈約束以四聲，而古韻漸失傳。唐人精通古韻者，惟子美、退之、香山、柳州而已，然散見於篇什，考據不易。蓋字學、韻學之難如此。昌黎有言：「凡爲文宜略識字。」竊以作詩亦然。古韻但不可施於律、絶耳，古體便須參用，至賦、頌、碑、誌、銘、辭、誄贊之類，當用古韻。譬如宗廟必用敦彝豆俎，雅樂必用鐘磬柷敔，若撤法物而陳以竹根康瓠，廢宮懸而雜以琵琶箏拍，失其倫已。唐以前秖有《切韻》，而書多失傳。至宋吴才老棫作《韻補》，而古韻始有成書。朱子釋《詩》注《騷》，盡以其説，又引沙隨程可久之言曰：「吴説雖多，其例不過四聲互用、切響通用二條。如通其説，則古書雖不盡見，可以例推。」蓋吴才老《韻補》爲朱子所推服若此。明楊升庵慎著《轉注古音略》五卷，其博采經史注疏、子史雜家，及論旁音、叶音，雖不無好奇之過，而亦實有補才老所未備。二書蓋古韻之權輿也。宋又有鄭庠古韻通轉本，而當時不甚行。吴氏古韻有二，曰通，曰叶。通者如東、冬相通，支、微、齊、佳、灰相通之類是也。叶則音韻俱非，而切響通之。《毛詩》、《離騷》謂之叶，楊氏謂之轉注，義則一耳。古韻可通者，如東冬、支微、魚虞之類，皆確然無疑。獨平韻之真、先與庚、青，入聲之質、月與陌、錫等韻，以《韻補》之分合考之鄭韻與韓、杜詩，互有異同。平韻如真與文、元通，先與寒、删通，庚、青、蒸、侵韻皆可通真，而真與先不相通，此《韻補》例也。鄭韻則真、文、元、寒、删、先六韻皆通，庚、青、蒸亦自相通，而不通真，核之杜、韓詩亦然。入聲如質與物通，月與曷、黠通，陌、錫皆可通月，職、緝皆可通質，而質與月不通，此《韻補》例也。吴韻則質、物、曷、黠、屑六韻皆通用，而陌、錫、職、緝等韻不通質、月，杜韓詩又皆然。推之上、去二聲，其異同亦復如是。本朝李天生因篤、顧寧人炎武韻學最深，其言曰：「歌者度曲必有譜，杜、韓即詩家之譜也。我輩學詩，舍杜、韓奚宗哉？」議論可謂直捷。邵子湘長蘅本此以輯《古今韻略》，其論古韻曰：「今韻僅供律用，而古韻之用頗廣，不專在詩也。博雅之士，皆知講求古韻，顧義多齟齬。或主古無叶音之説者，引陸德明語，以爲古人韻緩，不煩改字。於是野當讀户，行當讀杭，推其説，使人鉤鉥析亂而難據。創爲五部三聲兩界之説者，每韻三聲通押，而又通及所通之三聲，音義汎濫。循其説使人滉漾而茫無畔岸。愚以謂叶音當主吴才老棫，蓋紫陽朱氏常取之以釋《毛詩》、《離騷》矣。今四子經書，訓詁悉宗吴氏，朱氏宗之，吾從而詆誹之，傎也。通轉則不盡主吴氏，平韻如真、文、元、寒、删、先，仄韻如質、物、月、曷、黠、屑，考之鄭氏與杜、韓詩而合，則舍吴氏而從鄭氏、杜、韓。吴氏、杜、韓曰可通，後之人曰不可通，愚也。」邵子湘學有原本，其持論亦允當。宋牧齋犖叙其《古今韻略》，謂其書援據精確，增刊不苟，注釋簡而核，典而不蕪，蔚乎韻學之集成，有以也。古韻之約略可考者如是。右考古韻。

今韻始於齊、梁。按《經籍志》，齊中書郎周顒始作《四聲切韻》，梁沈約繼之，有《四聲》一卷，久失傳矣。隋仁壽初，陸法言撰《切韻》五卷。唐天寶中，陳州司法孫愐以《切韻》爲謬略，增字至四萬二千三百八十三，更名曰《唐韻》。宋祥符初，陳彭年、丘雍重修，易名曰《廣韻》。《玉海》云：《廣韻》凡二萬六千一百九十四字。則《廣韻》較《唐韻》減一萬六千一百八十九字。或云《廣韻》即《唐韻》，非也。景佑初，詔宋祁等重加刊修，丁度、李淑詳定，書成，凡五萬三千五百二十五字，較《廣韻》新增二萬七千三百三十一字，較《唐韻》增多一萬一千一百四十二字，分十卷，詔名曰《集韻》。景佑四年，詔禮部頒行《禮部韻略》五卷，應舉詩賦悉遵用之。《韻略》秖收九千三百九十字，又申明續降一百八十三字。紹興末，衢州免解進士毛晃增入二千六百五十五字，名《毛氏增修禮部韻略》。理宗末，江北平水劉淵又增四百三十六字，名《壬子新刊禮部韻略》。元初黄公紹又增六百七十六字，凡一萬二千六百五十二字，名《古今韻會》，頗行於世。按：唐韻部分，凡二百又六，上平自一東至二十八山，下平自一先至二十九凡，上聲自一董至五十五范，去聲自一送至六十梵，入聲自一屋至三十四乏。毛晃韻部分，猶仍其舊。平水劉氏，始併通用之韻，以省重複，自上平一東至入聲十七洽，凡爲部一百又七。而黄公紹因之。元時，又有陰氏時中、時夫兄弟，著《韻府群玉》，其部分依劉氏，而删併上聲之拯部，存一百六部，字數較劉氏删減三千一百字，存八千八百餘字，即今時通行韻本也。無論梁、隋，蓋迥非唐宋之舊矣。今《切韻》、《唐韻》，原本無傳，《集韻》藏書家僅有存者，然太繁不能流通。惟《廣韻》五卷，不著重修姓氏，而冠以孫愐《唐韻》舊序，本朝康熙初吴郡顧炎武、關中李因篤等重鏤板行，然非今詞家所用。按：《宋・藝文志》載《景佑禮部韻略》五卷，又《淳熙監本禮部韻略》五卷，意當時雖有《廣韻》、《集韻》二書，不甚通行。蓋《廣韻》多奇字，《集韻》苦浩繁也。《禮韻》雖專爲科舉設，而去取實亦不苟，字既簡約，義多雅馴，學士翕然宗之。中間奇字、僻韻，多遭刊落，頗爲嗜古者所少。其實沿用至今，毛氏增修，劉氏合併，雖有互異，要皆仍禮部韻而增損者也。元之黄氏《古今韻會》，分併依劉氏，箋注亦博，於韻學不爲無補。然其字次先後，泥七音三十六母之説，考之舊韻，顛倒錯糅，蓋唐宋韻部分亡於劉，音紐亂於黄也。陰氏《韻府群玉》多是排纂事實，於諸家韻字刊削太甚。沈約書無從考證，而較劉氏原本，便恍如司隸衣冠矣。世有目爲沈韻與劉平水韻者，不知其爲陰氏一家之書也。明初太祖命宋濂等刊修《洪武正韻》，删併部分，併冬入東，併微入支，易虞同模，易佳同皆，併文、元入真，易删同山，併豪入爻，併江入陽，併庚、青入蒸，併咸入鹽，上去入三皆準此，平、上、去各二十一，入聲十，共七十三韻。濂等又奉勅較刻《廣韻》，遵《洪武正韻》分合例，注則仍舊，然書竟不行。惟平水劉淵韻，自元至今，詞人相承用之，而經陰氏删併，已失其舊。明嘉隆間，上海潘恩有《詩韻集略》，所收八千八百餘字，較《集韻》僅十之二，《廣韻》僅十之四，校劉、黄韻亦僅四之三，字則一遵陰氏《韻府群玉》，注則采黄氏《韻會》居多，其間缺略牴牾，蓋亦不少。本朝邵長蘅以學者承用既久，難於變更，故所輯《古今韻略》，大概仍潘氏《輯略》之舊，惟取經史中字可備采擇者，每韻增收數字，或十餘字，或以《禮部韻》增，或以《廣韻》增，或以毛氏、劉氏、黄氏增，共增收七百八十六字，而删正其訛複六十九字。至於注釋，略者補之，僞者正之，冗俗者删之，其訂正頗詳，核之《佩文詩韻》相符，今韻之源流，不外是矣。右考今韵。

韵原無古今，後世用之，自分今古耳。六經皆用韵，無論學士大夫，即閭巷歌謡，以今觀之，皆覺古色斑斕，而當日匠心信口，初非有所區別揀擇也。自四聲行而今韵確不可易，通轉盛而古音日以紛紜，二者分而合，實合而離矣。四聲切韵，始於齊、梁、隋，而周顒、沈約、陸法言之書，久亡不傳。由唐而宋、元，大概皆宗其例，而遞有增減。至陰氏兄弟，大加删削，通用至今。其前後數目，無難尋求，獨古韵通轉，有若聚訟。大抵皆宗宋吴棫《韵補》、明楊慎《轉注》，而各以臆見參變之。有以同用爲通者，有平通而上、去、入又不通者，有上、去、入前後各異者，通轉繁雜，支離齟齬，頗難依據。邵長蘅《韵略》則參以鄭庠古韵，而考證於韓、杜之詩，亦非盡依庠本也。考鄭氏古韵分六部，東、冬、江、陽、庚、青、蒸七韵相通，與韓文公《此日足可惜》詩同，而今不能悉從。即邵氏《韵略》，亦分而爲三。至魚、虞、歌、麻、蕭、肴、豪、尤，亦各分而二之矣。而本朝蕭山毛奇齡撰《通韵》，又分古韵爲五部，則魚、虞、歌、麻、蕭、肴、豪、尤合而爲一，餘皆與鄭同也。此非詳考六書，熟味反切，聽五聲，協八音，裒集各家之韵書，核正而參會之，未易得其指歸矣。夫字學不明，不可以定韵，韵學不熟，不足以審音，此豈能決於立談之頃者哉？聖人正樂，《雅》、《頌》得所，詩與樂通也。古音漸遠，西漢文帝時，猶有戰國時魏國樂工傳古詩數篇。至曹魏，則僅存《文王》一篇，此後遂成絶響。今樂盛而古樂不可復作，又何怪今韵行而古韵遂難考究乎？此亦古今升降之大端也。愧學識淺陋，又集書不多，真成管窺。而就目前各家，覺邵氏之論，直捷可循，故《通韵譜》依以爲式。於各韵分合，悉有指陳，然引其端而未暢厥旨也。因就其例言與宋前輩叙文，分古、今而檃括其源流，庶初學可一目了然。各論雖稍爲叙次，而不敢輕有軒輊，信以成好，所謂述而不作云爾。

叙略

詩學難言矣。古詩難於高卓，近體難於純雅。蓋古體平仄不拘，能涉籓籬，尚可馳騁，但未易臻于超逸耳。若律詩須按節循聲，句斟字酌，音韵弗諧，豈能免周郎之顧？是固以博學爲根柢，嫻體製，習字説，而四聲滙其成焉。古人皆童而習之，唐虞教胄，詩歌聲律，取其諧和。至于納言時颺，工歌以格頑讒，蓋不特六律五聲八音在治忽，元首股肱賡歌喜起已也。三代教人，咸重乎此。幼學則學樂誦詩，成人則游藝禮樂。《五子之歌》，亦開《三百篇》之先，而實爲四言、五言權輿。至春秋士大夫，詩歌贈答，有吾不復此之歎。志敬志和，可通禮樂，豈獨其質異人，抑亦學養裕也。自是而後，遂成絶響。蓋古調不彈久矣。區區五、七言，又分今、古，視《三百篇》已殊規，而人且多置而不講，否則視爲老生常談，風雅之謂何？近奉特旨，鄉、會試易表判而爲五律，復允廷臣之請，歲科試生童亦皆添詩，崇儒重道，易俗移風，學者其可不揚扢風雅，鼓舞太平之盛，以涵咏夫性情之所可至？居常涉獵，恒苦諸家專集，浩博難以薈萃，而坊刻詩法入門等書，又多語焉不精，擇焉不詳，初學茫無適從。因集前輩之説詩者，採其菁英，刊其繁蕪，間附己意，務求精純，圖説詳陳，正變備具，核諸杜工部全集，頗鮮背馳，併附《通》《合韻譜》、《古今韵考略》于後，規模略備矣。事起于戊寅長至，在襄城與應試諸友偶爾談詩，遂汗漫成帙，集衆説以求其是，固是編之所爲作也，匪能以詩鳴。歷冬及春夏始脱稿，而以意顔之曰《詩法問津》。次卷草于襄國，前後三卷，則趙北燕南，越山吴地，大半皆舟車晦明風雨中，所漸積而成者也。鹿鹿風塵，借以消遣，所謂耗壯心、磨歲月耳。稍窺畔岸，余亦問津人，而何由知津。杜工部不云乎：「老去詩篇渾漫與。」又云：「老去漸於詩律細。」余固未以窺漫與之旨，况細云乎哉？亦第説詩之具體，歸爲課子姪計也。若云推敲探討，漫附風雅之林，則余豈敢！則余豈敢！

時乾隆二十四年歲在己卯季夏望前二日，古斟蘇一圻書于杭州吴山竇定道院之乾坤一草亭。亭名用杜詩全句。

吴詩談藪

吴詩談藪提要

《吴詩談藪》二卷，據乾隆四十年凌雲亭刊《吴詩集覽》本點校。輯者靳榮藩（一七二六—一七八四），字介人，號鎮園，又號綠溪，山西黎城人。乾隆十三年進士，官至直隸大名知府。有《綠溪全稿》。靳氏循吏，有詩名，李調元《雨村詩話》記其善作對。梅村詩向無注本，乾隆中，程穆衡《梅村詩箋》、吴翌鳳《梅村詩集箋注》及靳氏《吴詩集覽》相繼問世，一時蔚爲大觀。《集覽》較程箋流行，吴注則後出轉精，要皆不可廢。此書先成，有乾隆二十九年甲申小序，乃靳氏抄撮衆書，爲《集覽》工作之一部也。民國二十五年上海中華書局編刊《四部備要》，曾予收入。

吴詩談藪卷之上

凌雲亭藏版

余欲爲梅村詩箋，而見聞無多，久未能也。泛觀諸書，有語涉梅村，輒爲抄撮，以資談藪云耳。閼逢涒灘壯月上浣，靳榮藩介人。

《大清一統志》：吴偉業，字駿公，太倉人，明崇禎辛未進士第二，授編修。本朝順治初，薦授秘書院侍講，遷國子祭酒。丁母憂，歸，益肆力學問，家居十餘年卒。偉業以文章負重名，尤好汲引後進，詩文宏麗，歌行、樂府尤其所長。所著有《梅村集》及《春秋地里》、《氏族志》、《綏寇紀略》等書。

《明史·諸王列傳》：崇禎十年，預擇東宫侍班講讀官，命禮部尚書姜逢元、詹事姚明恭、少詹王鐸、屈可伸侍班，禮部侍郎方逢年、諭德項煜、修撰劉理順、編修吴偉業、楊廷麟、林曾志講讀，編修胡守恒、楊士聰校書。

又《張志發傳》：嘗簡東宫講官，擯黄道周，爲給事中馮元飈所刺，復爲編修吴偉業所劾。

又《沈宸荃傳》：擢御史，尋薦詞臣黄道周、劉同升、葛世俊、徐汧、吴偉業等。

《鎮洋縣志》：吴偉業，字駿公，號梅村，愈元孫。父琨，以經行稱鄉里。母祚時，夢朱衣人送鄧以讚會元額至，遂生偉業。幼有異質，篤好《史》、《漢》，爲文不趨俗，同里張溥見而奇之，因留受業於門。

年二十一，崇禎庚午領鄉薦，辛未會試第一。莊烈帝批其卷曰：「正大博雅，足式詭靡。」殿試第二，授翰林院編修，給假歸娶。乙亥充纂修官，時有姦民首告復社事，當軸陰主之，欲盡傾東南名士，偉業疏論無少避。丙子主湖廣試。因召對言：「家臣職司九品，若所舉不當，何以責之臺省？輔臣任寄權衡，若所用不賢，何以責之卿寺？」帝深韙之。己卯册封延津、孟津兩藩，陞南京國子監司業。會黄道周論楊嗣昌奪情事受廷杖，偉業具橐饘，遣太學生涂仲吉入都訟冤，旨嚴詰主使，幾不免。庚辰晉中允諭德，癸未轉庶子，未幾拜少詹事，甫兩月，謝歸。國朝順治間，總督馬國柱疏薦，授秘書院侍講，奉勅纂修《孝經演義》，陞國子監祭酒。丁嗣母憂，上親賜丸藥，撫慰甚至。旋以江南奏銷議處，里居終身，適遂初志。宅故銓部王士騏賁園，花木翳然，有林泉之勝。與四方士友觴咏其間，終日忘倦。十餘年卒，年六十三。遺命墓前立一圓石，曰「詩人吴梅村之墓」。按《一統志》：涂仲吉，字德公，漳浦人。

陳眉公《送吴榜眼偉業奉旨歸娶》詩：「年少朱衣馬上郎，春闈第一姓名香。泥金帖貯黄金屋，種玉人歸白玉堂。北面謝恩纔合卺，東方待曉漸催妝。詞臣何以酧明主，願進《關雎》窈窕章。」《書影》

陳卧子《贈吴駿公太史充東宫講官》詩：「蒼莨開震域，青殿接文昌。霞氣騰玄圃，瓊條拂畫堂。選端周典禮，拜傅漢元良。史職移仙省，宫僚總帝鄉。金貞儲后重，玉立侍臣莊。羽籥傳秋實，詩書出尚方。夏侯經術茂，皇甫素懷芳。雞戟青槐蔭，龍泉碧藻香。珠簾參晚燕，璧月照春坊。卞賦情文稱，王箴忠愛長。一時推碩德，萬國仰重光。媿我羊裘側，思君象輅旁。臨風疏館静，遥夕可相望。」《篋衍集》

（以下原缺）

又《與陳定生論詩書》：「僕入越後，見吴詹事偉業、曹太僕溶、姜行人垓、葉處士襄、宋學士徵輿及西陵十子詩，皆具有源委，幸致郎君，就而講求之。」同上。

如皋冒辟疆《寄吴梅村先生》詩：「鹽官留滯歎蹉跎，遺老飄零事若何。萬里烽烟横塞雁，五都荆棘没銅駝。遥瞻吴苑鄉關隔，近接邗江涕淚多。聞道子山消息在，白頭紅豆只悲歌。」《樸巢詩集》

趙潛，字雙白，呈梅村先生詩：「婁水龍門未易親，休官無過隱之貧。蒼梧往事餘雙淚，白首名山只一人。鷗鳥欲分高士席，梅花能伴苦吟身。投閑自是千秋計，落日寒江理釣緡。」《冷鷗堂集》雙白又有和許九日詩：「何時欲發婁江櫂，千樹梅花寄八行。」自注：「謂訊梅村先生。」

胡彦遠《送吴梅村被徵入都》詩：「海外黄冠舊有期，難教遺老散清時。身隨杞宋留文獻，代閲商周重鼎彝。滿地江湖傷白髮，極天兵甲憶烏皮。重來簪筆承明殿，記得揮毫出每遲。」一「幕府徵書日夜催，宫開碣石待君來。歸心更度桑乾水，伏櫪重登郭隗臺。花萼春迴新侍從，風雲氣隱舊蓬萊。暮年詩賦江關重，輸却城南十里梅。」二「一尊雨雪坐冥濛，人在汪洋千頃中。老驥猶傳空冀北，春鴻那得久江東。榛苓過眼成虚谷，禾黍關心拜故宫。我亦吹簫向燕市，從今敢自惜途窮。」三「碧海黄塵事有無，此來風雪滿燕都。遺京節度新推轂，盛世朝廷倍重儒。花暗鳳池思劍珮，春深虎觀夢江湖。悲歌吾道非全泯，坐有荆高舊酒徒。」四《旅堂詩集》

王如哉《吴母張太孺人墓誌銘》：「大司成吴梅村先生聞嗣母張太孺人訃，於京邸擗踊驚號，待命奔赴，而以太孺人之銘委予，予謝不敢。先生以文章雄海内，予所望而却步者，乃執筆銘太孺人，冒非任而忘所憚，予何敢乎。先生諄命再至，且以狀授之。予讀太孺人撫育勞瘁，因先生感疾，目不交睫者十餘夜，脱簪珥爲醫禱，不覺泫然流涕而嗚邑也。嗚乎！予亦幼育於嗣母者也，其恩勤正類此。予雖不能文，世即多能文者，未必有嗣母之恩，即能發揚太孺人，或未若予受嗣母之撫育而發揚之切也，予何忍以不文辭。嗚乎！嘗讀《蓼莪》之詩，至『母兮鞠我』、『拊我畜我』、『出入腹我』，未嘗不哀其言之痛切。然母之鞠子，本乎天性。若嗣母，離屬既隔，獨能撫育真至，無異所生，由是以觀，宜乎先生之哀痛難已也。先生始生時，朱太孺人尚育三歲子。太孺人念其勞瘁，從襁褓中乳字先生，及夫顧復醫禱，恩義真切，此朱太孺人每以無忘撫育恩詔先生也。夫閫序之德不外見，即以孝敬、温儉、烹醢、紉績之事相矜飾，亦婦德之常耳。惟於嗣子撫字之恩如此，揆之《蓼莪》，亦媲有其德矣。雖他行不著，固可知其兼之矣。况太孺人之歸文玉公也，訓有錢孺人未周歲之遺女，以至嫁而没，勤劬周恤，人不以爲繼母也。殆其性之者歟。按：太孺人世爲婁東望族，明經張栢庵公，其父也。迨歸文玉公爲繼室，文玉公入繼大宗，爲玉田公後。歲時思慕，孝祀不衰，與朱太孺人事其姑四十年，將承恐後，而妯娌之間，和藹相終始，雝雝如也。當先生趨召，太孺人固康强無恙也，而眷戀若永訣，屬先生異日無忘我夫婦之事嗣父母者。嗚乎！此先生之所以念之而猶悲也。世衰俗失，爲人嗣之義，視爲故事也久矣。觀乎太孺人之克慈，先生之克孝，一出於天性，其維持彝倫爲何如也。媿予不文，不能發揚至德以風世。竊念予嗣母棄予遥遥三十餘年矣，而罔極莫報。予銘太孺人，蓋有深悲焉。太孺人之生明萬曆辛巳年六月二十二日，而其卒也順治丙申年十月初十日，享年七十有六。嗣子偉業，即梅村先生也。銘曰：詩禮顒望生有閥，德言容功身無闕。閫儀是常何足揭。鞠嗣子恩不可没，勒石幽宮徽靡竭。千秋百世昭日月。」《青箱堂文集》

魏石生《與吴梅村書》：「昨歲錢子大士至得先生起居爲慰，又知與侍御爲兒女姻親。當此晚景，蘭蓀依依膝下，亦人生之一樂也。再加調攝，用道家修養之法，便可壽躋期頤矣。望之望之。僕邇來隨行逐隊，無所建豎於時，無足爲先生道者，顧于文章，尚未能忘情。近有賡明陳子、頌嘉曹子至京邸晤對，知其所學皆已成立，而古文辭卓犖不群，追美古人無難。先生靈光巋峙，東南領袖，若與之左提右攜，尚論千古，著爲定評，誠千載一時也。昔蕭統著《文選》於梁季，後代詞人奉爲枕中鴻寶。張先生天如所批《漢魏百名家》，至今稱藝苑鼓吹。乃自唐宋以來，諸家著作漸以零落散失，今既有三吴、兩越諸子網羅分校，先生綜其成，豈不爲文圃之盛事乎？又元明以來，亦有數十百家詩文尚無定論，參伍進退，似亦在此時也。惟留意而商榷之，遠追昭明，近紹天如。若僕才力淺薄，復爲公務鞅掌，精神漸以耗斁，粗有撰述，皆未成集。案頭偶有二種，以奉軒渠，不足觀也。」《兼濟堂文集》

曹潔躬《春夕行北海少宰席上同梅村作》，内有句云：「婁東學士新應詔，文采何辭萬人羨。麗句常追長信恩，得時敢詫黄金賤。」《静惕堂詩集》

徐健庵《題吴梅村先生愛山臺上巳宴序卷》：「此園次使君守湖州日，以上巳讌集郡署之愛山臺，而梅村先生所爲之序也。是日，會者十有二人，而余其一，先生所以有『孝穆』之句云。戊申迄今六年，園次已久去官，梅村溘焉長逝亦二年矣。回憶是日，湖山賓主，風流輝映，渺然此期，如在河漢。余嘗疑逸少《蘭亭》一序，以佳辰勝賞，非有他故，而忽爲死生今昔之感，至纏綿往復，若不勝其情者。以今而觀，殆甚之也。辰六越子既用裝成卷軸，攜以示我，兼讀群公之題識，蓋皆不身預其會，且未有人琴之戚，而低回傾倒，情見乎詞，况余之今日哉。循覽泫然，乃書其後。」《憺園集》

按：「孝穆」句，集中不載，則吴詩之逸者多矣。健庵《贈吴石葉》詩：「初日芙蓉艷，才華迥不同。唫詩官閣裏，聽瑟畫樓中。賦就驚宗衮，自注：梅村先生極賞石葉。篇成播國風。荷衣今羨汝，媿我已成翁。」「王謝吴興守，由來父子傳。人看居末坐，事定逼前賢。珠玉神偏王，驊騮步欲先。他時重接武，不數永和年。」自注：「逸少、安石，皆父子爲吴興守。」同上。

王貽上集：《梅村詩話》云：「嘗與陳卧子共宿，問其七言律何句最爲得意，卧子自舉『禁苑起山名萬壽，複宫新戲號千秋』一聯。」然予觀其七言，殊不止此。如「九龍移帳春無草，萬馬窺邊夜有霜」、「左徒舊宅猶蘭圃，中散荒園尚竹林」、「禹陵風雨思王會，越國山川出霸才」、「石顯上賓居柳市，竇嬰别業在藍田」、「九月星河人出塞，一城砧杵客登樓」、「四塞山河歸漢闕，二陵風雨送秦師」諸聯，沈雄瑰麗，近代作者未見其比，真冠古之才。一時瑜亮，獨有梅村耳。《香祖筆記》

余少奉教于虞山、婁江兩先生，五十年來書尺散佚。偶從鼠齧之餘，得兩先生尺牘手書，不勝感歎，謹録左方。吴梅村先生書一通：「增城渡江一札，想已得候見竹西，正求傳示。論詩大什，上下今古，咸歸玉尺。當今此事，非得公，孰能裁乎？江表多賢，正恐不鳴不躍者或漏珊瑚之網。如吾友許九日兄，爲寒齋二十年酬唱之友，十子中才推第一，篇什流傳，定蒙鑑賞。近詣益進，私心畏且服之。而獨苦其食貧無依，即宿舂辦裝，亦復不易，而出門求友之難也。今春坐梅花樹下，讀《阮亭集》，躍起狂叫曰：『當吾世，而不一謁王先生，誰知我者！』襆被買舟，素箏濁酒，特造門下。雖幸舍多賢，誰復出九日上者乎？其姿神吐納，書法之妙，見者傾倒，當以爲長史、玉斧之流，不徒繼美乎丁卯橋也。門下延華擥秀，或亦倦於津梁，然如此客，急宜收夾袋，咳唾所及，增光長價。且此君青鞵布韤，由是而始，無使寥落，便增旅況，則皆名賢傳中佳話耳。」《古夫于亭雜録》

按：此書《梅村集》不載，故録出。太倉王攄，字虹友，《懷許九日詩》：「應有陳蕃懸榻待，免悲王粲滯荆州。」自注：「九日與楊仲延、家阮亭二公，倡和最合。」則在阮亭得此書之後也。

李白謂五言爲四言之靡，七言又其靡也。至於詞、曲，又靡之靡者。詞如少游、易安，固是本色當行，而東坡、稼軒，直以太史公筆力爲詞，可謂振奇矣。元曲之本色當行者不必論，近如徐文長《漁陽三弄》、《木蘭從軍》，沈君庸之《灞亭秋》，梅村先生之《通天臺》，尤悔庵之《黑白衛》、《李白登科記》，激昂慷慨，可使風雲變色，自是天地間一種至文，不敢以小道目之。同上。

《年來錢牧齋吴梅村周櫟園諸先生鄒訏士陳伯璣方爾止董文友諸同人相繼殂謝棧道感懷愴然有賦》：「載酒題襟處處同，平生師友廿年中。九原可作思隨會，四海論交憶孔融。春草茫茫人代速，落花寂寂墓門空。白頭騎馬嘉陵路，惟有羊曇恨未窮。」《精華録》

又《江東》詩：「江東人物舊難儔，遺老飄零半白頭。斑管題詩吴祭酒，紅顔顧曲袁荆州。太常縑素雲烟落，宗伯文章江漢流。徑欲相從破蕭瑟，片颿高掛五湖秋。」同上。

太倉周瓚元恭熟史事，梅村晚年招與讀書，或事有疑誤，輒就問之。《居易録》

吴梅村祭酒，辛亥元旦，夢上帝召爲泰山府君。是歲病革，有絶命詞云：「忍死偷生廿載餘，而今罪孽怎消除。受恩欠債須填補，縱比鴻毛也不如。」時浙僧水月能前知，挐舟迎之，至曰：「公元旦夢告之矣，何必更問老僧。」遂卒。《池北偶談》

閻立本畫《孝經圖》一卷，褚河南書，故明大内物，後歸孫北海侍郎家。相傳明時東宫出閣，例以此圖爲賜，吴祭酒梅村詩「每見丹青知聖孝，累朝家法賜東宫」是也。壬戌冬杪，於宋牧仲齋見之。同上。

汪鈍庵《張青琱詩集序》：「祭酒吴梅村先生最善歌行，每推青琱長歌數千言，太息其不可幾及。所居與予比鄰，數用文字相角逐，青琱間出一篇，予未嘗不瞠目而擊節也。」《堯峰文鈔》

尤展成《梅村詞序》：「詞者，詩之餘也，乃詩人與詞人有不相兼者。如李、杜皆詩人也，然太白《憶秦娥》、《菩薩蠻》爲詞開山，而子美無之也。温、李皆詩人也，然飛卿《玉樓春》、《更漏子》爲詞擅場，而義山無之也。歐、蘇以文章大手降體爲詞，坡公『大江東去』，卓絶千古，而六一婉麗，寔妙於蘇，介甫偶一涉筆，而子固無之，眉山一家，老泉、子由無之也。以辛幼安之豪氣，而人謂其不當以詩名而以詞名，豈詩與詞若有分量，不可得而踰者乎？有明才人，莫過於楊用修、湯若士。用修親抱琵琶度北曲，而詞顧寥寥，若士『四夢』爲南曲野狐精，而填詞自賓白外無聞焉。即詞與曲，亦有不相兼者，不可解也。近日虞山號詩文宗匠，其詞僅見《永遇樂》數首，頹唐殊極。兼人之才，吾目中惟見梅村先生耳。先生文章彷彿班史，然猶謙讓未遑。嘗語予曰：『若文則吾豈敢，於詩或庶幾焉。』今讀其七言古律諸體，流連光景，哀樂纏綿，使人一唱三歎，有不堪爲懷者。及所譜《通天臺》、《臨春閣》、《秣陵春》諸曲，亦於興亡盛衰之感三致意焉。蓋先生之遇爲之也。詞在季孟之間，雖不多作，要皆合於《國風》好色、《小雅》怨誹之致。故予嘗謂先生之詩可謂詞，詞可謂曲。然而詩之格不墜，詞、曲之格不抗者，則下筆之妙，非古人所及也。休寧孫無言遍徵當代名家詞，將以梅村編首，亡何而梅村没矣。孫子手卷不釋，仍寓予評次刻之，可謂篤好深思。而予於先生琴樽風月，未忘平生，故得附知言，序其本末如此。余觀先生遺命，墓前立一圓石，題曰詞人吴某之墓，蓋先生退然以詞人自居矣。夫使先生終於詞人，則先生之遇爲之也。悲夫。」《西堂雜俎》

又《祭吴祭酒文》：「嗚乎！先生之文，如江如海；先生之詩，如雲如霞；先生之詞與曲，爛兮如錦，灼兮如花。其華而壯者，如龍樓鳳閣；其清而逸者，如雪柱冰車；其美而艷者，如寶釵翠鈿；其哀而婉者，如玉笛金笳。其高文典册，可以經國；而法書妙畫，亦自名家。豈非才人大手，死而不朽者耶。若其弱冠登朝，南宫首策，蓮燭賜婚，花磚曝直，此先生之致身於勝國者也。及夫徵書應召，禁庭橐筆，上林陪乘，成均端席，此先生之從事王室者也。人望之以爲榮，公受之以爲戚，方且謝春夢於京華，矢嘯歌於泉石，獨居則慷慨傷懷，相對則咨嗟動色。雖縱情花月，遣興琴樽，而中若有不自得者，宜其形容憔悴，而鬚髮之早白也。嗟乎！有涯者生，不齊者遇，忽然相遭者時，無可如何者數。彼夫羈旅而念舊鄉，少年而惜遲暮，感歲月之已非，撫山河之如故，所以墨子垂泣于素絲，楊朱興悲於岐路，庾信有江南之哀，向秀著山陽之賦。僕嘗從先生之杖履，而見其流連光景，悽愴平生，良有素矣，不虞其溘焉朝露也。吾聞先生遺命，殮以觀音兜、長領衣，殆將返其初服，逃軒冕而即韋布乎？又曰：吾性愛山水，擇靈巖、鄧尉之間隙地三畝，立一圓石，題曰『詩人吴梅村之墓』。予讀而喟然太息，知先生之情見乎辭，雖千載以下，過而弔者，猶低徊留之不能去也。嗚呼！」同上。

又《名詞選勝序》：「武陵李子笠翁，能爲唐人小説，尤擅金元詞曲。吴梅村祭酒嘗贈詩云：『江湖笑傲詩齊贅，雲雨荒唐憶楚娥。』蓋寔録也。」同上。

又《念奴嬌・贈吴梅村先輩用東坡赤壁韵》：「江山如夢，嘆眼前，誰是舊京人物。走馬蘭臺行樂處，尚記紗籠題壁。椽燭衣香，少年情事，頭白今成雪。杜陵野老，風流獨數詩傑。更聽法曲凄涼，四弦彈斷，清淚如鉛發。莫問開元天寶事，一半曉星明滅。我亦飄零，十年湖海，看雨絲風髮。何時把酒，浩歌同送明月。」《百末詞》

又《念奴嬌・題席次文出獵圖和梅村韵》：「是何年少，向長城飲馬，沙場結客。臺上呼鷹墟下醉，尚弄數行題墨。投筆歸來，東山射虎，大羽猶能没。畫圖留取，黄雲萬里秋色。我亦鑾府參軍，短衣長劍，喜逐將軍獵。回首盧龍成舊夢，變作陽關三叠。仰屋看書，叩門乞食，恨少朱家俠。相逢痛飲，頭顱如許堪惜。」同上。

按：原唱集中不載，則梅村逸詞多矣。

又《詩中故人歌》自序：「少陵有《飲中八仙歌》，梅村有《畫中九友歌》，故予亦倣此體，共二十四人，皆亡友也。苟非素交，不敢列入。」首云：「梅村歌詩天下傳，野老吞聲曲江邊，《秣陵》樂府寄哀絃。」自注：「吴梅村祭酒。」《艮齋倦稿》

又《奏對備忘録題跋》：「今之輪庵和尚，即昔之文園公也。園公爲衡山待詔曾孫，文肅相國猶子，而啓美中翰爲其名父，固稱文苑世家。園公能詩善畫，秀出烏衣。往年吴梅村祭酒嘗作長歌贈之，淋漓盡致。」同上。

吴梅村文采風流，照映一時。及入本朝，迫於徵辟，復有北山之移。予讀其詩詞樂府，故君之思，流連言外，及臨終一詞云：「故人慷慨多奇節。爲當年、沉吟不斷，草間偷活。」「脱屣妻孥非易事，竟一錢不值何須説。」其恨恨□可知矣。論者略其迹，諒其心可也。《艮齋雜説》

梅村有《圓圓曲》。圓圓，陳氏，吴下女伶，予少時猶及見之，轉入田皇親家，吴三桂見而悦之。城破，闖賊取之去。吴之舉兵爲圓也，既爲平西王夫人，寵貴無比，後聞爲正妃所妬，辭宫入道，吴逆敗不知所終。梅村詩云：「全家白骨成灰土，一代紅顔照汗青。」又云：「取兵遼海哥舒翰，得婦江南謝阿蠻。」當平西盛時，士大夫稱功獻頌，趨之如鶩，而梅村獨能譏切若此，可謂先幾之哲矣。身遭鼎革，觸目興亡，其所作《永和宫詞》、《琵琶行》、《松山哀》、《鴛湖曲》、《雁門尚書》、《臨淮老妓》，皆可備一代詩史。同上。

展成有《論臨淮老妓行》一則，《論梅村》一則，《百末詞・效梅村體》、《和梅村壽余澹心》，各附見本首之後，不重録。

陸次雲曰：「語云：無徵不信。圓圓之説，有徵乎？曰：有。徵諸吴梅村祭酒偉業之詩矣。梅村效《琵琶》、《長恨》體作《圓圓曲》以刺三桂曰『衝冠一怒爲紅顔』，蓋寔録也。三桂賫重幣，求去此詩，吴勿許。當其盛時，祭酒能顯斥其非，卻其賂遺而不顧，於甲寅之亂，似早有以見其微者。嗚呼！梅村非詩史之董狐也哉。」《圓圓傳》

太倉毛師柱，字亦史，《辛亥元夕吴梅村先生招陪吴湖州菌次同余澹心王湘碧惟夏次谷許九日顧伊人沈台臣譙集樂志堂即席分賦兼呈湖州》：「名園上客及芳辰，擊缽傳柑滿座春。月裏樓臺千尺水，酒邊裙屐六朝人。銀燈入夜翻如晝，玉管凝雲細若塵。太守風流遲識面，故應慚愧是勞薪。」《百家詩選》

魏惟度《梅村詩引》：「文人相輕，同鄉尤甚，風之偷也，非自今矣。先生詩篇，流在天壤。近有摘而疵瑕之者，曰某篇驕縱也，某篇憤嫉也，某篇不爲明人諱過，某篇恐屬憂讒畏譏也。嗟乎！先生交道太廣，廣則難周。今日之起而謗訕者，即平日之俛而乞憐之人。豈真怨毒之於人甚哉？亦其人之涼薄性成，欲決東海之波，傾注華、岱耳。蕭統有言曰：剥復消長，中有至理，排斡元氣，存乎其人。今梅邨詩陶冶於漢、魏，而潤澤於盛、初，根荄於德性，而焕發於典籍。當身已見其播傳，後代更推爲宗主，吾又何容贅哉。」

惟度又有《梅村即事呈大司成吴先生》一首、《訪吴梅村先生賦贈》二首。

朱錫鬯《跋綏寇紀略》：「梅村吴先生以順治壬辰舍館嘉興之萬壽宫，方輯《綏寇紀略》，以三字標其目，蓋倣蘇鶚《杜陽編》、何光遠《鑑誡録》也。一曰《澠池渡》，二曰《車箱困》，三曰《真寧恨》，四曰《朱陽潰》，五曰《黑水擒》，六曰《穀房變》，七曰《開縣敗》，八曰《汴渠墊》，九曰《通城擊》，十曰《鹽亭誅》，十一曰《九江哀》，十二曰《虞淵沉》。於時，先生將著書以老矣。越歲，有迫之出山者，遂補國子祭酒，非其志也。久之，其鄉人發雕是編，僅十卷而止。《虞淵沉》中、下二卷，未付棗木傳刻焉。《明史》開局，求天下野史，有旨：勿論忌諱，盡上史館。於是先生足本出，予抄入《百六叢書》，歸田之歲，爲友人借失。後十八年，從吴興書估購之，怳如目接先生之謦欬也。綏寇之本末，言人人殊。先生聞之於朝，雖不比見者之親切，終勝草野傳聞，庶幾可資國史之采擇者與。」《曝書亭集》

陳其年《代家大人與吴駿公書》：「明公人倫淵岱，風雅鼓吹，當今之王茂弘、謝東山也。僕素承家學，訪季長於扶風，揖蔡公於洛下，獨以未見明公爲恨。芳華終緬，裁明月以叙心；元輝自遐，佇白雲而抽志。中懷藴結，如何如何。惟是諷詠歌詞，不去口寔。昔年白下，《洛陽》歎羡於舒章；今適吴閶，《琵琶》服膺於聖野。又何異拍洪厓之肩，把浮丘之袖，符其霞舉乎？僕丁辰不偶，遘遇孔艱。沈約帶圍，自憐憔悴；徐陵宗族，何處飄蓬。然而見銅雀之花飛，不無述作；值南皮之雲散，間著篇章。所望明公，相爲賡歎。則彦昇之感，不擅曩時；虞翻之傷，永消今日矣。又近者石城諸友，爲雷、周二公立祠於正學先生墓側，專懇名篇，一爲碑記。庶幾莫愁湖上，時來墮淚之人；金陵縣前，長種還魂之草。數行仰瀆，筆與神俱。明公義切塤篪，言敦蘭蒞。修卞壼之墓，自有深情；答秣陵之書，當爲

極筆，又無煩覼縷也。」《迦陵集》

又《酧許元錫詩》：「嘉隆以後論文筆，天下健者陳華亭。梅村先生住婁上，斟酌元化追精靈。憶昔我生十四五，初生黄犢健如虎。華亭歎我骨格奇，教我歌詩作樂府。二十以外出入愁，飄然竟從梅村遊。先生呼我老龍子，半醉披我赤霜裘。此生闌入銅駝路，可憐老作《江南賦》。頭上不畏咸陽王，眼前只認丁都護。晚交許子懷抱開，看爾不合長悲哀。手提一詩來贈我，十幅錯落紅玫瑰。我年三十餘，清狂愛兒戲。旁人見我笑不休，安知我有填膺事。日間擊鼓夜擊鮮，行樂安得千萬年。何肯齬齪學章句，三日新婦殊可憐。許子贈詩踰一月，念欲報之久不發。昨宵飽看冒家燈，一寸管城老龍渴。掀鬚狂作許生歌，食紙春蠶響不歇。明朝歸客正揚舲，海色蒼茫青更青。」同上。

吴園次《迎家梅村先生書》：「鴻使西來，魚函下賁。貺之雅供，比十賚於華陽；寵以名篇，得百朋於洛水。兼之情深鴈序，誼篤鴒原，奬慰纏綿，至於累幅。憫其塵勞莫浣，静以山水之音；許其志意可嘉，助以風雲之勢。遂使珠傾百斛，海客望而心驚；錦樹千枝，神人游而目炫。惠連春草，遇康樂而得名；供奉仙根，就陽冰而結好。僕非其類，何足當兹。至若浮雪夜之船，能遊剡水；命春風之駕，爲至永嘉。亦既有期，云胡不遠。然而桃開西塞，魚羹獨美花時；竹茂南漪，鶯語偏宜筍候。春深顧渚，劉夢得嘗憶採茶；月照窪尊，顔魯公曾爲命酒。凡兹勝概，佇待清遊。弔古而還訪下菰，買醉而重尋上若。愛山明月，相見何時；震澤春波，寧嗟遠道。堂開六客，佇聞嘉客之談；石過千人，即望真人之氣。惠而好我，跂以待君。」《林蕙堂集》

常熟錢曾，字遵王，《梅村先生枉駕相訪酒間商榷綏寇紀略感賦》：「迢然影事未能忘，鄭重停車問草堂。借箸漫言山聚米，引杯兼笑海生桑。秦關鹿走當年火，吴苑烏啼此夜霜。指點舊京愁歷歷，爲公悵觸恨偏長。」《國朝詩別裁集》

杜于皇《祭梅村吴先生文》：「濬之辱教於梅村先生也，歲在庚辰，其時先生司業南雍，而濬以貢入北雍。舊制：南北雍相爲一體。故濬與先生與有師生之誼，而先生以國士遇濬，忘形爾汝，自若也。濬之別先生也，歲在己亥，其時先生以北祭酒歸甫彌年，而濬之自廢則自乙酉矣。先生遇我加厚，阻兵淹久，終始照料，資其餐館之費，供其行李之乏，人以爲自濬而外，得此于先生蓋寡。嗟乎，先生不可忘，己亥之別尤不可忘也。方先生之歿也，濬適流浪吴淞間，聞諸杜九高曰：先生死而神明，元日之夢，符于臘盡。嗟乎，神明猶人也，齎志而爲之，其神必靈，而何疑于先生耶？聞諸顧伊人曰：先生之且訣也，自論其詩云：『吾于此道，雖爲世士所宗，然鏤金錯彩，未到古人自然高妙之極地，疑其不足以傳。』而不知此語，已足以傳。甚矣，先生之不自滿假如此。又聞諸秦留仙曰：先生去年遊梁谿，客有稱其五言近體者，先生謝曰：『吾于此體自得杜于皇《金焦詩》而一變，然猶以爲未逮若人也。』秦樂天亦云。余於是悚然，先生位高名大，而能爲此言，此其巍巍不可及，又豈第在篇什間哉？嗟乎，嗟乎！此濬所以不恤衰頽，卒齎磨鏡具，操絮酒之涓滴，一酹先生之靈，以抑吾悲，有以焉爾。雖几筵已徹，後至之誅，料不加諸飄蓬泛梗之人也。嗚呼哀哉！」《變雅堂集》

太倉唐孫華，字實君，《讀梅村先生鹿樵紀聞有感》：「一旅誰知扼紫荆，蜩螗聒耳正分争。腹書競伏狐鳴火，手蔗頻驚鶴唳兵。直待臨危思翦牧，可應先事戮韓彭。石頭袁粲真堪惜，自壞邊關萬里城。」自注：「指東莞督師袁公崇焕。」《國朝詩别裁集》

吴江吴祖修，字慎思，《書梅村詩後》：「夢回龍尾醒猶殘，重入春明興轉闌。宣去何能如老鐵，放歸未許戴黄冠。悲歌自覺高官誤，讀史應知名士難。今日九泉逢故友，西臺涕淚幾時乾。」同上。

仁和金漸皋，字夢蜚，《怡安堂集・秦淮女郎卞雲裝僑居半塘八九年前曾過一面比來湖上見其案頭有吴梅村詩册并□□老人和章尋覽情詞不無今昔之感因竊取二老意并雲裝近事隱括成詩》：「芸帙緗函繫所思，玉人鄭重遠相攜。悶來只仗琵琶寫，説處仍防鸚鵡知。破鏡刀環尋舊約，瓊枝璧月費新詞。莫嫌大雅凋零盡，猶有春風屬掃眉。」「結綺臨春恨未終，輕烟淡粉掃成空。還家江令頭仍黑，避席崔孃臉自紅。遼海鶴歸無主墓，吴江楓冷未棲鴻。都將月地雲堦夢，泣向荒田野草中。」「不向長安鬬狹斜，揭來水國傍蒹葭。曾探織女機邊石，再見玄都觀裏花。秋思潘郎驚鬢髮，夜情白傅感京華。三千年後蓬萊路，知在瓊樓第幾家。」

高澹人《金鰲退食筆記》：玉熙宫，在西安裏門街北，金鰲玉蝀橋之西。明世宗嘉靖四十年十一月辛亥，萬壽宫災，蹔御玉熙宫。神宗時，選近侍三百餘名於玉熙宫，學習官戲。歲時陞座，則承應之。他如過錦之戲，約有百回。每回十餘人，濃淡相間，雅俗並陳。又如雜劇古事之類，各有引旗一對，鼓吹送上，所扮備極世間騙局俗態，并拙婦騃男，及市井商賈、刁賴詞訟、雜耍諸項。蓋欲深宫九重之中，廣識見，博聰明，順天時，恤民隱也。水嬉之製，用輕木雕成海外諸國及先賢文武男女之像，約高二尺，彩畫如生，有臀無足而底平，下安卯栒，用竹板承之。設方木池，貯水令滿，取魚蝦萍藻寘其中，隔以紗障，運機之人，皆在障内游移轉動，一人鳴金宣白題目，代爲問答。惟暑天白晝作之，以銷長夏。明愍帝每宴玉熙宫，作過錦、水嬉之戲。一日，宴次報至，汴梁失守，親藩被害，遂大慟而罷，自是不復幸玉熙宫矣。吴偉業《琵琶行》有云：「先皇駕幸玉熙宫，鳳紙僉名唤樂工。苑内水嬉金傀儡，殿頭過錦玉玲瓏。一自中原盛豺虎，煖閣才人歌罷舞。插柳停撾素手箏，燒燈罷擊花奴鼓。」蓋指此也。《江村集》

又《扈從西巡日録》：南海子，内有三山〔一〕，故以海名，祭酒吴偉業有《海户曲》。螞蟻墳在其東南，清明日，螞蟻數萬聚此。同上。

【校勘記】

〔一〕「三山」，高士奇《扈從西巡日録》原本作「三水」。

鄒祇謨訏士《倚聲集》：袁簳庵以樂府擅名，填詞獨爾寂然，紅橋唱和小令，乃猶不減風流。梅村先生云：「淒凉法曲楚江情。」阮亭云：「紅顔顧曲袁荆州。」正不必賀老琵琶爲寫照也。

鈕玉樵《觚賸》：江右李太虚爲諸生時，嗜酒落拓，而家甚貧。太倉王司馬岵雲備兵九江，校士列郡，拔太虚第一，即遣使送至其家。時王氏二長子已受業同里吴藴玉先生。藴玉者，梅村先生父也。而太虚教其第四、五諸郎。梅村甫髫齡，亦隨課王氏塾中，李奇其文，卜爲異日偉器。歲將闌，主家設具譏兩師，出所藏玉卮侑酒。李醉，揮而碎之，王氏子面加誚讓，李亦盛氣不相下，遂拂衣去。吳知其不能行也，翼日早起，追於城闉，出館俸十金爲贈。數載後，李以典試復命過吳門，王氏子謁於舟次，李亟詢吳先生近狀。是時，梅村亦登賢書。辛未，梅村遂爲太虛所薦，登南宮第一，及第第二人。《吳觚》

《觚賸》有《圓圓曲》紀事一則，附見本首，不重録。

沈歸愚師《書梅村詩後》：「蓬萊宫裏舊仙卿，自别青山悔遠行。擬作栩陽《離别賦》，江南愁殺庾蘭成。」《歸愚集》

沈歸愚師曰：「梅村故國之思，時時流露，《遣悶》云：『故人往日燔妻子，我因親在何敢死，不意而今至於此。』又《病中詞》曰『故人慷慨多奇節，爲當年、沉吟不斷，草間偷活』，『脱屣妻孥非易事，竟一錢不值何須説。』讀者每哀其志，若虞山不著一辭矣。此二人異同之辨。」同上。

沈受宏，字台臣，太倉歲貢生，著有《白漊集》。詩學親承梅村祭酒指授，故吐辭淵雅，無志微噍殺之音。《國朝詩别裁集》

吳暻，字元朗，康熙戊辰進士，官兵科給諫，有《西齋集》，爲梅村令嗣。工於詩筆，近體清穩，尤稱雅音。同上。

顧陳垿，字玉停，太倉人，康熙甲午舉人，官行人。婁東詩人，雖各自成家，大約宗仰梅村祭酒。玉停晚出，欲自闢町畦，而能不離正軌，亦後輩中矯矯者。同上。

吴翊，字振西，太倉人，康熙己丑進士，著有《樂園集》，係梅村族孫。爲諸生時，學使者試，必第一。試牘傳播，幾於紙貴，未嘗以詩鳴也。今搜覽遺集，不必刻求勝人，而古今體安和妥適，才人、學人兩者兼之，梅村之流風遠矣。同上。

又跋吴漢槎詩曰：「漢槎閲歷，倘以老杜之沉鬱頓挫出之，必更有高一格者，此則『王楊盧駱當時體』也。然就此體中，他人未能抗行，宜爲梅村首肯。」同上。

蔣京少《陳檢討詞鈔序》：「先生幼工詩歌。自濟南王阮亭先生官揚州，倡倚聲之學，其上有吴梅村、龔芝麓、曹秋岳諸先生主持之。」《精華録訓纂》

惠定宇曰：「彭師度，字古晉，别字省廬，華亭人，與吴江吴漢槎、陽羨陳其年齊名。吴祭酒目爲『江左三鳳凰』。」同上。

傅閬陵曰：「王時敏《隔岸越山多圖》，見《梅村集》畫跋。」《西湖志》

太倉程穆衡迓亭曰：「明末詩人，錢、吴並稱，然錢有迥不及吴處。吴之獨絶者，徵詞傳事，篇無虚詠，詩史之目，殆曰庶幾。夫安、史煽凶，明、肅播越，非少陵一老，則唐代紀事稱缺陷矣。況大盜移國，天王死社，勇將收京，真人撥正，以是爲詩，題孰大焉。咏此不能，何用公爲。此弇州四大部稿，所以獨推子美爲千古之豪，而自訂其《樂府變》别爲一集者也。知此，而《梅村集》之所係大矣。謂少陵後一人也，誰曰不宜。」《盤帨卮談》

《梅村集》，世無注者，故能解者鮮。如《圓圓曲》之爲吴三桂，《臨淮老妓行》之爲劉澤清，猶易尋索。外如《永和宫詞》之爲田妃，《雒陽行》之爲福藩者，無論矣。至《南廂園叟》中詠中山公子徐青君，《卞玉京彈琴》中述弘光選后徐氏，《哭志衍》之叙復社之獄，《松山哀》之悲祖大壽，《鴛湖曲》之痛吴昌時見法，《讀史》之皆爲□事。苟非博學深思，鮮喻厥旨。余嘗襞積明季書數十種，爲之小箋。如寇白諸妓，則考之《板橋雜記》；楚兩生，則得之《分甘餘話》；松山之戰，則得之□□□；《行路難》及《讀史》諸首，則得之□□□、《綏寇紀略》、《□□□□》、《觚賸》諸書。又如「遼左故人」之爲陳之遴，「友人齋説餅」之爲張氏園，王維夏牽染之爲奏銷逮部，則訪之博學故老能言舊事者。又如《落木庵記》出於《漁洋詩話》，熊開元、王原達入佛之由，各詳《語録》。凡此之類，不可枚數，而是集始大明。惜無餘日，録之付梓，不能無望寶劍之贈也。同上。

魏良輔，居邑之南城，善聲律，轉音若絲。時張小泉、季敬坡、戴梅葉、包郎郎之屬，争師事爲肖，而良輔自謂不如過百户雲適。有得必往請，過稱善乃行，不則反覆數交不厭。崑山梁辰魚效之，作《江東白苧》、《浣紗》諸曲譜行世，天下謂之崑腔。吴梅村詩所云「里人度曲魏良輔，高士填詞梁伯龍」者也。《鎮洋縣志》

《焚餘補筆》：王中翰昊述吴梅村語：「余初第時不知詩，而多求贈者，因轉乞吾師西銘。西銘一日漫題云：『半夜挑燈夢伏羲。』異而問之，西銘曰：『爾不知詩，何用索解。』因退而講聲韵之學。」同上。○程迓亭以《五月尋山夜寒話雨》爲徵，力雪此説之誣，良然。

《筆耕録》：鄉、會榜同捷，俱稱同年。前明丁未顧允揚、王世貞；辛未張溥、吴偉業；國朝壬子周象明、王吉武，俱以師弟同年。其父子同年，則康熙甲午王旦復、玨是也。若曹延懿之鄉榜與王掞同丙午，會榜與掞子奕清同辛未，王氏父子皆同年，尤屬僅見。同上。

《柳南隨筆》：吴梅村偉業，連舉十三女，而公子暻始生。時唐東江孫華爲名諸生，年已及强矣，赴湯餅宴，居上坐，梅村戲曰：「是子當與君爲同年。」唐意怫。後戊辰，暻舉禮部，而唐果同榜。同上。

吴暻，字元朗，號西齋，偉業子，康熙戊辰進士，由户部主事遷兵科給事中。暻兩弟俱能詩，璘早卒，暄壽光知縣，有政績。同上。

吴殳，又名喬，字修齡，太倉人，來贅崑山。據吴偉業《綏寇紀略》，爲《撫膺録》四卷。《崑山新陽合志》

吳詩談藪卷之下

曹潔躬《憶平生詩友絶句》：「婁江學士擅風華，璧玉光中驟玉騶。重唱鐵崖新樂府，倩他紅袖拂琵琶。」自注：「梅村學士，詩稍闌入元人。」○《檇李詩繫》

郁植，字大本，《寄吳梅村先生》：「著就奇書愛過看，鹿樵風月舊盤桓。五湖秋色歸張翰，四海蒼生想謝安。早識鳳毛霄漢易，劇憐驥尾道途難。別來寄慰無多語，長得君恩穩釣竿。」《和藺虎》云：「把看休嗤畫不成，製來蠶館勢縱橫。帝妃豈合山君相，虞史新傳野女名。浴藺笑從何處得，撩鬚欺爾未堪驚。好將五色絲長繫，莫遣秦工夜點睛。」《茄牛》云：「菜圃叢生亦自安，牧兒掉戲苦多端。崑崙覓種成瓜易，即墨行軍束刃難。採去豈堪王氏炙，解時誤入蔡君盤。頻翻《本草》無從得，甯戚經中仔細看。」《鶖鶴》云：「雲霄憶爾去千年，刀俎憐渠誤一鮮。不信化身曾入水，却看换骨欲冲天。形殘鮑肆猶軒翥，狀類飛鳴豈逐羶。錯認遼城通丙穴，緣知醎海變青田。」《蟬猴》云：「麟閣丹青貌尚留，那從蟬蜕出公侯。應慚抱木垣中寂，故學蒙緋殿上遊。絶澗飲時非吸露，亂山呼處若吟秋。却看冠珥成何用，恐使韓生笑沐猴。」《蘆筆》云：「湘東聲價不須夸，摇落江皐看印沙。筆冢冢邊花瑟瑟，墨池池畔影斜斜。蕭丘應借供題柿，芸閣何當佐草麻。底事仲升輕一擲，自家畫荻擅名家。」《橘燈》云：「長安火市百花開，一顆憑誰巧剪裁。橘叟暫充燈婢役，虹橋却渡洞庭來。秋山乍摘添歸籠，春殿初擎照舉杯。金實玉漿何用羡，愛他光映讀書臺。」《核桃船》云：「一粟輕舟一瓣篷，武陵浮出載漁翁。斲材瑶圃何年就，乞種天台有水通。只合上林承曉露，那堪汾渚駕秋風。玄都千樹今摇落，擊楫中流感慨同。」《蓮蓬人》云：「草草形骸笑爾狂，泥中脱却總堪傷。根離到底難成耦，子散何緣更作房。耻爲逢迎呈面目，懶從結束倒衣裳。平生只與幽人伴，誤把風流比六郎。」又《四哀詩·吴梅村先生》：「弱冠文章動紫宸，老年詩句更清新。誰憐才大能消福，自悔名高轉誤人。白傅藏書雖有子，茂陵遺稿竟封塵。傷心欲問奇懷室，荒草高阡幾度春。」《東堂集》

釋通復，字文可，《寄梅村先生》：「天曠冥鴻羽，投林自有真。江湖高縱酒，日月老垂綸。黑髮還初服，青山奉潔身。秋風瓜再熟，未許故侯貧。」《檇李詩繫》

張如哉曰：「《曇陽觀》詩『丈夫行年已七十』，《集覽》引《淮南子》，誤作《莊子》，蓋沿《論語》朱注而然也。」

又曰：「梅村各體詩，俱以編年爲次，不相紊也。惟七言古，自《行路難》至《題蘇門高士圖》是未赴召以前詩，而《送志衍入蜀》則宜在前，而錯次于後。自《壽龔芝麓》至《松山哀》爲在京時詩，而《楚兩生行》、《贈吴錦雯》二篇則在南時作，錯次于此。《臨淮老妓行》以下，俱歸里後詩，惟《雪中遇獵》又似在京時詩，錯次于後耳。」

又曰：「王貽上《皇華紀聞》：謝康樂石門詩凡二，其一登石門最高頂，所謂『晨策尋絶壁，夕息在山栖』者，永嘉之石門也；其一石門，新營所住，四面高山，迴溪石瀨，茂林修竹，所謂『躋險築幽居，披雲卧石門』者，匡廬之石門也。梅村《贈何匡山》『謝公游墅石門莊』，自注謂：『僑寓溧陽，太白所謂石門精舍即其地。』則是溧陽之石門精舍，於永嘉、匡廬俱不相涉，而太白語又未有考，當闕疑。」

又曰：「唐人詩云：『東風吹上窈娘堤。』宋人詞云：『過窈娘堤，秋娘渡，泰娘橋。』梅村詩用『窈娘』者三：《戲贈》云『横塘西去窈娘還』，《贈寇白門》云『窈娘何處雷塘火』，《讀陳其年詞》云『水調風流屬窈娘』。明是隋煬帝時幸江都堤上女，如持檝者吴絳仙之類。《集覽》注作喬知之妾，及南唐之窅娘，皆未合。」

又曰：「《大業拾遺記》：煬帝於宫中嘗小會，爲拆字令，取左右離合之意。時杳娘侍側，帝曰：『我取杳字爲十八日。』杳娘復解羅字爲四維。吴詩之『窈娘何處雷塘火』、『水調風流屬窈娘』，當是用此。」

又曰：「《生查子》注：『應詔過淮時作。』按：四月到金陵，則六月正宜過淮。然《别孚令弟》詩云：『昨歲衝寒别，蕭條北固樓。關山重落木，風雪又歸舟。』是過江已在秋晚，則過淮非六月也。蓋梅村之出，實不獲已，故在路濡滯。觀《贈淮撫》詩亦云『秋風杖節』，而『滿身風雪宿』任丘，知到京已歲暮矣，則『應詔過淮』注當酌改。」

《丹鉛録》：「余嘗怪杜少陵有年譜，而太白出處，略不著見，因刊定李詩，遂就其集中遊歷及小説諸家，著其梗概。」張青在刊定《王介甫詩箋》曰：「詩集之前，例有年譜，杜、韓、蘇諸家皆然。荆公獨無，或以爲請，未敢爲續貂之舉。」予不敢希用修之博，而多青在之讓，止録許九日、陳説巖所撰行狀、墓表于卷首。程迓亭《婁東耆舊傳》與狀、表足相印證，散見于《集覽》中，年譜則仍俟能者。

自《應休璉集》有遺句，而《全唐詩》例，「集外逸詩，旁加搜採」，《宋詩紀事》并附逸句。予初欲仿其例，如《題董白小像》，《板橋雜記》以爲十首，而集中止八首，此逸詩也。「今年明月長洲白」，梅村自注贈董白者，此逸句也。然《梅村詩集》是手自删定者，當時去取，必有灼見。今就所見。如□□□□□□□□《雜詩》二首云：「東海麋竺家，西蜀王孫室。窖米流出門，阿縞被墻壁。吾聞秦皇帝，築臺女懷清。丈夫守緘縢，留爲女子名。所以牧羊兒，輸帛爲公卿。」二「輔嗣好自然，處默能多通。叔寶自神清，在德非爲容。天性固蹈道，何必資談功。士龍有笑疾，嗣宗悲途窮。哀樂既異理，所以尊虚空。」二《廬山志・題李鏡月廬山勝覽圖歌》：「廬山南出青濛濛，巔崖直上連蒼穹。萬丈恍惚凌罡風，俯視雲氣纔半空。秀甲東南千萬重，長天壁立驚芙蓉。我昔過此不得上，至今髣髴縈心胸。陶潛李白古來士，偃仰笑傲常從容。塵坱轇葛忘仙踪。展卷一看真面目，如倚瀑布香爐峰。五老插立若可揖，石梁横削誰能通。叠泉蒼雨落翠巘，鹿洞古院蟠深松。李君之遊誠難逢，丹青渲染烟霞籠，置身絶嶂飛流中。快哉此圖閲欲終，滄洲羽翼吾安從。」《吴江詩抄・談閩事四首》云：「君到西溪五月凉，欲吹寒笛擬瀟湘。雕籠白兔霜毛潤，露井紅蕉翠帶長。團扇雨來冰簟冷，隱囊風過玉羅香。興酣携妓丹青閣，不問千金使越裝。」一「鷓鴣聲急雨生潮，花裏摇鞭度石橋。路繞笋江看水碓，人來黎嶺半山樵。藏鉤小吏青絲履，學語蠻姬碧玉簫。爲客桄榔庵下好，無端重上木蘭橈。」二「石床丹灶飯胡麻，不見仙人萼緑華。雲護松門穿嶺月，雨翻榕樹響溪沙。藤緌箬帽收崖蜜，豆莢瓜當點乳茶。

歸去突星灘上過，數莖棕竹佛桑花。」三「吴門吏卒建溪仙，携得仙人濯錦川。琥珀杯濃椰子熟，水晶簾冷荔支鮮。山中茶蠟江南賈，海上鯷鰹異國船。我亦欲從梅尉隱，與君先乞武夷田。」四《春思二首》云：「疏櫺小閣占垂楊，薄病輕寒夜雨長。何處春風催別騎，苦留小語伴啼粧。銀箏翠管傷羅薦，素手烏絲怨筆床。幾度赤欄橋上望，似君蘭楫向横塘。」一「曲巷春深訪泰娘，方疏碧户隱横塘。晴沙日暖鵁鶄睡，小院風微芍藥香。帳底唱歌低舞扇，眉邊寫恨濕琴囊。相思不盡江南草，是處隨人離夢長。」二《西堂雜俎・題尤展成水亭垂釣圖》云：「長楊苑裏呼才子，孤竹城邊話使君。移作漁磯便垂釣，故山箕踞一溪雲。」一「遂初重把舊堂開，故相家聲出異才。莫向盧龍夢關塞，此生何必畫雲臺。」二袁子才録本《送周明府涖婁東》云：「白馬朱羈行步工，放衙伐鼓日曈曈。投刀削記諸曹恐，露板移書屬郡通。窮盗即今愁楚北，少年無復横垣東。城陰士女昇平曲，譜入元和雅奏中。」《凉州詞》云：「漢皇且戰且遊仙，王母神宫在酒泉。何事將軍諸道出，不教五利過祁連。」此逸詩也。《西堂餘集・和尤展成生日自題小影調滿江紅》：「納納乾坤，問才子、幾人輕許。人争道、北平司李，騷壇宗主。碣石宫傾北海酒，令支塞卷西風雨。更翩然、解組賦歸來，雲深處。　三毫頰，平添與。虎頭筆，神相佇。似元龍、百尺樓頭高踞。鷸蚌利名持壁壘，觸蠻智勇分旗鼓。只莊周、爲蝶蝶爲周，都忘語。」此逸詞也。別本内，有《贈范司馬質公偕錢職方大鶴》一首、《雲中將》一首，王貽上《感舊集》有《讀楊參軍悲鉅鹿》一首，陳其年《篋衍集》有《三松老人歌》一首，《鎮洋縣志》、《寶山縣志》俱有《木棉吟》一首，袁子才録本有《過滄州麻姑城》一首、《再憶機部》一首、《墻子路》一首。梅村既自删去，茲并不録。別本之《邊思》内有云：「火飾哨急防花馬，土魯風高戍白羊。絶徼亂山填雨雪，諸陵萬樹護風霜。」黄心甫選本之《雜感》内有云：「鳷鵲廢宫南内月，麒麟枯冢北邙風。」此逸句也。陳其年《邊陵集》有《五日玉峰競渡用梅村詞韵滿庭芳》一首，而吴集無之，亦逸詞也。

《永和宫詞》「涕泣微聞椒殿詔」，或曰用《漢書・趙廣漢傳》霍光女爲皇后，對帝涕泣事。然若以比周后，則對帝不得用「詔」字，况上句纔以霍氏驕奢比田家，此句何又以霍氏比周后也。若云仍指田妃，則句未工切，姑闕疑。

《宋史・真宗紀》：大中祥符四年三月甲戌，次陝州，召草澤魏野，辭疾不至。五年六月庚申，賜杭州草澤林逋粟帛。梅村《茸城行》「尺書收草澤」用此。

嚴正矩方公，梅村丙子所取士也。梅村《送何石湖兼柬嚴方公》云：「若逢嚴夫子，爲報故人安。」雖借用《漢書》字，而稱門下士爲「夫子」，亦稍異矣。《晉書・周處傳》：入吴尋二陸，時機不在，見雲，具以情告，遂勵志好學。而陸士衡《周處碑》銘曰：「皎皎夫子，奇特播名。」梅村或本乎此。不必如《尚書》之「勗哉夫子」也。

長平輓詩「英聲超北地」，或謂指《蜀志》北地王劉諶□。然通首皆用公主事，而此句忽用諸王事，愚未敢信也。

乙未夏，同年平陸荆如棠蔭南覆書云：「《吴詩集覽》，徵引浩博，箋注紛綸，空疎好奇，兩家俱當斂手退避。然有過于繁冗處，若能删去十之六七，斯毫髮無憾矣。循覽吴集至《上房師周芮公》、《弔侯朝宗》諸作，輒掩卷不欲卒讀。梅村當勝國時，身負重名，位居清顯。當改玉改步之際，縱不能與黄蘊生、陳卧子諸公致命遂志，若隱身岩谷，絶口不道世事，亦無不可。乃委蛇好爵，永貽口實。雖病中口占有『一錢不值』之語，悔之晚矣。士君子出處大節，脚根須當立定，祈嚮一差，萬事瓦裂。吾輩不可不時時儆凜也。」

談藪拾遺

吴江徐崧，字松之，《吴梅邨先生過訪福城庵作》：「終歲行靡靡，獨遊心惻惻。婁上有梅村，騷雅固無匹。去冬雨雪中，願見不辭濕。在座者爲誰，伊人與九日。適當集告成，貽我多卷帙。別後客雲間，往往見遺墨。如彼曜靈升，晴光徧蓬蓽。輕帆迴玉峰，投刺不可失。須臾蒙報謁，籃輿税松側。籬落繞香林，金天顯秋色。君衣水田衣，垂簾畏風入。夕陽明握手，欵語感胸臆。」

陳其年《寄雲間宋子建并令嗣楚鴻作》有云：「君不見，婁東太史青門宅，愛度新聲勸賓客。就中令子詞最多，四絃鵾雞聲裂帛。主人慷慨客離席，玉露青軒夜狼籍。」自注云：「楚鴻工詞曲，爲吴梅邨太史所賞。」

張如哉曰：「王荆公以少陵詩爲沉着痛快，或問義山，曰：彼亦自有沉着痛快處。余服膺梅村詩，謂可追配少陵者，此也。驚心動魄，殊移我情。人但詫其駿雄，服其宏麗，而不知惟沉着，斯以痛快耳。余有論詩一首云：『少陵詩格獨稱尊，風雅親裁大義存。繼起何人堪鼎峙，前爲元老後梅邨。』元老謂遺山也。」

又曰：「嘗於應州鄭生處，見梅邨尺縑二幅，一《聽僧夜話》詩：『殘鐘忽起竹林東，古殿烟寒佛火紅。晚譯罷時僧影散，院門鶴叫落花風。』又一詩：『萬壑松濤碧欲流，石牀冰簟冷於秋。捲簾飛瀑三千丈，恰對我家竹裏樓。』似南宋人格調，雖未爲甚佳，然亦可見大家之無所不有也。書法奇恣可喜。」

（徐丹丹點校）

松花庵聲調譜　八病説

松花庵聲調譜、八病説提要

《松花庵聲調譜　八病説》合一卷，據嘉慶間刊《松花庵全集》本點校。撰者吴鎮（一七二一—一七九七），初名昌，字信辰，一字士安，號松厓，别號松花道人，甘肅臨洮人。乾隆十五年舉人，歷官至湖南沅州知府。晚年主講蘭山書院。有《松花庵全集》。此二種合載於《全集》卷十，卷首之二種合序署乾隆五十三年，然《聲調譜》末自跋則署乾隆二十九年甲申，其作甚早。此一種《聲調譜》專論律詩，與趙執信不同，又專就起句之平仄入手，分别五七律、絶及五排諸體，詳析其平仄變化，既明其定式，兼示以拗救之法，又戒以種種「場屋不可用」之例，總爲初學應試之用也。其《八病説》乃取舊題梅堯臣《續金鍼詩格》之「詩有八病」一節，每一病下復列出舊題魏文帝《詩格》之「八病」説。此二種乾隆時之詩法叢書已有合編者，如顧龍振《詩學指南》，吴氏當是方便取之，非自輯，惟後一種説同則删去説文，而僅列詩例。「八病」説相傳創自沈約，乃爲齊梁間人探討詩之聲韵病犯而立，雖每以古詩爲例，指向則在彼時尚未成型之律詩，往往難以盡合。吴氏此時審其情勢，自有後出之便宜，故能以「詩病有八，總不外雙聲、叠韵。雙聲稍難知，而不易犯；叠韵最易犯，而亦不難知。爲今之計，但避大韵，已能免俗」一語破的，較他家之説爲醒豁。末又附朱彝尊一書及李漁論詩韵一則，朱書發李天生（因篤）説，謂杜詩無一首犯紐病；而笠翁至謂同一韵部内之字，亦當擇用，非可全用於一詩，皆極精微。吴氏有取於此，其識亦不可謂不精也。

松花庵聲調譜及八病説序

趙秋谷先生有《聲調譜》，然乃古詩之聲調，非律詩之聲調也。律詩聲調最宜知，而初學多茫然，則此譜不得不作矣。東陽八病，初亦論古詩耳。今專以繩律，使之聲調和諧，詎不妙哉？至於宛陵所注，洵爲後學之指南，而其説尚簡略。予引而伸之，兼參以臆見。是耶非耶，安得起休文、聖俞而細論之？乾隆五十三年六月初六日吴鎮自序。

聲調譜

臨洮吴鎮信辰編輯

五律仄起不入韵。杜甫《登兖州城樓》：「東郡趨庭日，「東」字可仄，「趨」字必平。凡單字不入韵者皆然。南樓縱目初。「南」字必平，最有關係。浮雲連海岱，平野入青徐。孤嶂秦碑在，荒城魯殿餘。「荒」字必平。從來多古意，臨眺獨躊躇。」

五律仄起入韵。王維《觀獵》：「風勁角弓鳴，「角」字必仄，餘與不入韵者同。將軍獵渭城。「將」字必平，或不得已而用仄，則「獵」字必改平聲。草枯鷹眼疾，雪盡馬蹄輕。忽過新豐市，還歸細柳營。「還」字必平。回看射雕處，千里暮雲平。「雕」字宜仄而平，以「射」字宜平而仄也。此係單拗句法。」

五律平起不入韵。王維《山居秋暝》：「空山新雨後，「空」字可仄，「新」字必平。天氣晚來秋。「天」字可仄，「晚」字斷不可平。明月松間照，清泉石上流。「清」字必平。竹喧歸浣女，蓮動下漁舟。隨意春芳歇，王孫自可留。「王」字必平。」

五律平起入韵。杜甫《題玄武禪師屋壁》：「何年顧虎頭，「顧」字仄，則「何」字必平。若「顧」字改平，則「何」字亦可仄。滿壁畫瀛州。赤日石林氣，青天江海流。「石」字宜平而拗爲仄，則「江」字必拗爲平，以救「石」字。錫飛常近鶴，杯度不驚鷗。似得廬山路，真隨惠遠遊。「真」字必平。」

五律拗體附。杜荀鶴《春宫怨》：「早被嬋娟誤，此仄起不入韵者。如「誤」字入韵，則「嬋」字必改仄聲。平起者倣此。欲妝臨鏡慵。「欲」字宜平而仄，則「臨」字自宜仄而平。承恩不在貌，「不在貌」三字俱仄，如老杜「須爲下殿走」、「蟬聲集古寺」、「誰憐一片影」之類是也。然「不」字亦有平聲用者。教妾若爲容。風暖鳥聲碎，日高花影重。「鳥」字本宜平而仄，則「花」字自宜仄而平。非「花」字平，則「日」字斷不可仄用。年年越溪女，此句與「回看射雕處」、「紅顔棄軒冕」、「清新庾開府」之類同。相憶採芙蓉。」

附摘單拗句法。李白《贈孟浩然》：「紅顔棄軒冕，「軒」字宜仄而平，以「棄」字宜平而仄也。此係正格與變拗者不同。白首卧松雲。如「松」字改仄，「卧」字改平，則斷不可。」杜甫《春日憶李白》：「清新庾開府，「開」字宜仄而平，「庾」字宜平而仄。俊逸鮑參軍。」

附摘雙拗句法。杜甫《擣衣》：「已近苦寒月，「苦」字拗。況經長別心。「長」字拗。非「長」字平，則「況」字不可仄用。」杜甫《遺意》：「一徑野花落，「野」字拗。孤村春水坐。「春」字拗。「春」字既平，則「孤」字仄用亦可。」杜甫《天末懷李白》：「鴻雁幾時到，江湖秋水多。「幾」字、「秋」字同上。」常建《題破山寺後院》：「山光悦鳥性，下三字俱仄。潭影空人心。下三字俱平。此亦拗體正格，但場屋不可用。」孟浩然《裴司士員司户見尋》：「落日池上酌，清風松下來。「日」字、「上」字、「下」字俱仄，以有「池」字、「松」字二平聲救之也。此亦拗體正格，但場屋則不可用。」王維《歸嵩山作》：「流水如有意，暮禽相與還。以「如」、「相」二平聲救「水」、「有」、「暮」、「與」四仄聲。與孟句同。」祖詠《終南望餘雪此係唐人試帖，今場屋不可輕用。》：「林表明霽色，城中增暮塞。「表」、「霽」、「暮」俱仄，「明」、「增」俱平。與上同。七言如許渾「野蠶成繭桑柘盡，溪鳥引雛蒲稗深」之類亦同此句法也。」杜甫《送遠》：「草木歲月晚，關河霜雪清。四平一仄，賴「霜」字一平聲能救上五仄字。此亦拗體一格，但場屋則不可用。」

五排仄起不入韵。錢起《省試湘靈鼓瑟》：「善鼓雲和瑟，常聞帝子靈。馮夷空自舞，楚客不堪聽。苦調淒金石，清音入杳冥。「清」字必平。蒼梧來怨慕，白芷動芳馨。流水傳湘浦，悲風過洞庭。「悲」字必平。曲終人不見，江上數峰青。」

五排仄起入韵。劉昚虚《積雪爲小山》：「飛雪伴春還，春庭曉自閑。「春」字必平。虚心應任道，遇賞遂成山。峰小形全秀，巖虚勢莫攀。「巖」字必平。以幽能皎潔，謂近可循環。孤影臨冰鏡，寒光對玉顔。「寒」字必平。不隨遲日盡，留顧歲華間。」

五排平起不入韵。王維《送李太守赴上洛》：「商山包楚鄧，積翠藹沉沉。驛路飛泉灑，關門落照深。「關」字必平。野花開古戍，行客響空林。板屋春多雨，山城晝欲陰。「山」字必平。丹泉通虢略，白羽抵荆岑。若見西山爽，應知黄綺心。「黄」字宜仄，平用亦可。」

五排平起入韵。祖詠《清明宴司勳劉郎中别業》：「田家復近臣，行樂不違親。霽日園林好，清明烟火新。「烟」字宜仄，平用亦可。「烟」字既平，則「清」字亦可拗爲仄。以文常會友，惟德自成鄰。池照窗陰晚，杯香藥味春。「杯」字必平。簷前花覆地，竹外鳥窺人。何必桃源裏，深居作隱淪。「深」字必平。」

五排拗體附。錢起《題玉山村叟壁》：「谷口好泉石，「好」字拗。居人能陸沈。「能」字拗。牛羊下山小，「下」、「山」字單拗。烟火隔雲深。一徑入溪色，「入」字拗。數家連竹陰。「連」字拗。非「連」字平，則「數」字斷不可拗。藏虹辭晚雨，驚隼落殘禽。涉趣皆流目，將歸羨在林。「將」、「歸」必平。卻思黄綬事，辜負紫芝心。」

五絶仄起不入韵。杜甫《八陣圖》:「功蓋三分國,名成八陣圖。「名」字必平。江流石不轉,「石不轉」微拗,然「不」字亦可平用。遺恨失吞吴。」

五絶仄起入韵。金昌緒《春怨》:「打起黄鶯兒,「黄」字微拗,一作「唤婢打鶯兒」。莫教枝上啼。「莫」字宜平而仄,則「枝」字自宜仄而平。啼時驚妾夢,不得到遼西。」

五絶平起不入韵。李白《玉階怨》:「玉階生白露,夜久侵羅襪。卻下水晶簾,玲瓏望秋月。「望」字仄,則「秋」字可平。此雖仄韵,然實近體。」

五絶平起入韵。皇甫冉《婕妤怨》:「花枝出建章,「花」字必平。鳳管發昭陽。借問承恩者,雙蛾幾許長。「雙」字必平,與首句同。」

七律仄起不入韵。王維《奉和聖製從蓬萊向興慶閣道中留春雨中春望之作應制》:「渭水自縈秦塞曲,「曲」字仄,則「秦」字必平。黄山舊繞漢宫斜。鑾輿迥出仙門柳,「仙」字必平。閣道迴看上苑花。「迴」字必平。若拗體,則「迴」字可仄,而「上」字可平矣。雲裏帝城雙鳳闕,雨中春樹萬人家。爲乘陽氣行時令,不是宸遊玩物華。「宸」字必平。」

七律仄起入韵。杜甫《秋興》:「夔府孤城落日斜,「孤」字必平,斷不可仄。每依南斗望京華。聽猿實下三聲淚,奉使虚隨八月查。「虚」字必平。畫省香爐違伏枕,山樓粉堞隱悲笳。請看石上藤蘿月,已映洲前蘆荻花。「洲」字必平,「蘆」字可仄。若拗體,則「蘆」字既平,而「洲」字亦可仄矣。」

七律平起不入韵。武元衡《詶嚴司空别後見寄》:「金貂再入三公府,玉帳連封萬户侯。「連」字必平。簾捲青山巫峽曉，烟開碧樹渚宮秋。劉琨坐嘯風清塞，謝脁裁詩月滿樓。「裁」字必平，最關係。白雪調高歌不得，美人南望翠蛾愁。」

七律平起入韻。杜甫《秋興》：「昆明池水漢時功，武帝旌旗在眼中。「旌」字必平。織女機絲虚夜月，石鯨鱗甲動秋風。波漂菰米沉雲黑，露冷蓮房墜粉紅。「蓮」字必平。關塞極天惟鳥道，江湖滿地一漁翁。」

七律拗體附。趙嘏《長安秋夕》：「雲物淒清拂曙流，漢家宮闕動高秋。殘星幾點雁横塞，「雁」字拗。長笛一聲人倚樓。「人」字拗，非「人」字平，則「一」字不可仄用。紫艷半開籬菊静，紅衣落盡渚蓮愁。鱸魚正美不歸去，「不」字拗。空戴南冠學楚囚。」杜甫《白帝城最高樓》：「城尖徑昃旌旆愁，此句調叠在一「旆」字。獨立縹緲之飛樓。上四字仄，則下三字宜平。峽坼雲霾龍虎卧，江清日抱黿鼉遊。此二句賴一「黿」字平聲，遂成拗體。扶桑西枝封斷石，上五字平，下二字仄。弱水東影隨長流。「水」、「影」俱仄，則下三字宜平。杖藜歎世者誰子，「者」字拗。泣血迸空迴白頭。「迴」字拗。」

附摘單拗句法。杜甫《秋興》：「西望瑶池降王母，「降」字宜平而仄，「王」字宜仄而平。讀之令人不覺。此天籟自然之妙。東來紫氣滿函關。」杜甫《詠懷古跡》：「伯仲之間見伊吕，「見」、「伊」二字同上「降」、「王」。指揮若定失蕭曹。」劉滄《長洲懷古》：「千年事往人何在，半夜月明潮自來。此出句不拗而對句拗者。「月」字宜平而仄，「潮」字宜仄而平。」

附摘雙拗句法。杜甫《蜀相》：「映階碧草自春色，「自」字拗。隔葉黄鸝空好音。「空」字拗。「空」字既平，則「黄」字亦可仄用。」許渾《凌歊臺》：「湘潭雲盡暮烟出，「暮」字拗。巴蜀雪消春水來。「春」字拗。「雪」字不妨仄用。」許渾《咸陽城西樓晚眺》：「溪雲初起日沉閣，「日」字拗。山雨欲來風滿樓。「風」字拗。「欲」字可仄用。」張志和《漁父》：「秋山入簾翠滴滴，「山」、「簾」俱平，下三字俱仄。野艇倚檻雲依依。「艇」、「檻」俱仄，下三字俱平。」杜甫《暮春》：「沙上草閣柳新闇，五字仄二字平。城邊野池蓮欲紅。五字平二字仄。」杜甫《暮歸》：「客子入門月皎皎，「月」字拗。誰家擣練風凄凄。「風」字拗。」

七絶仄起不入韵。王維《九月九日憶山東兄弟》：「獨在異鄉爲異客，「爲」字必平。每逢佳節倍思親。「倍」字必仄。遥知兄弟登高處，「登」字必平。遍插茱萸少一人。「茱」字必平。」

七絶仄起入韵。王昌齡《春宫曲》：「昨夜風開露井桃，「風」字必平。「露」字亦可平，然不若仄字之響。未央前殿月輪高。平陽歌舞新承寵，「新」字必平。簾外春寒賜錦袍。「春」字必平。」

七絶平起不入韵。杜甫《江南逢李龜年》：「岐王宅裏尋常見，「尋」字必平。崔九堂前幾度聞。「幾」字亦可作平，不若仄字之響。正是江南好風景，「好」、「風」單拗。落花時節又逢君。」

七絶平起入韵。李白《聞王昌齡左遷龍標遥有此寄》：「楊花落盡子規啼，聞道龍標過五溪。「龍」字必平。我寄愁心與明月，「與」、「明」單拗。隨風直到夜郎西。」

平聲用白圈○，仄聲用黑圈●。平聲必不可易者，用雙白圈○○。仄聲必不可易者，用雙黑圈●●。凡可平可仄者無圈。

凡五言第三字，俱以平仄平仄聯下。如「明月松間照，「松」字平。清泉石上流「石」字仄。」、「草枯鷹眼疾，「鷹」字平。雪盡馬蹄輕「馬」字仄。」之類是也。惟首句入韵者，其第三字可仄。如「何年顧虎頭」、「顧」

字仄。「風勁角弓鳴「角」字仄。」之類是也。至拗體之第三字，則出者可仄，而對者可平。如「一徑野花落，「野」字仄。孤村春水生「春」字平。」之類是也。

五言凡對句之平仄者，其第一字必平，斷不可仄。如「清泉石上流「清」字必平。」、「南樓縱目初「南」字必平。」之類是也。對句之仄平者，其第一字平仄皆可用。如「天氣晚來秋「天」字用仄亦可。」、「雪盡馬蹄輕「雪」字用平亦可。」之類是也。大約仄可換平，平斷不可換仄。第三字同此。如對句之平仄者係拗體，則第一字之平者可仄，而第三字之仄者反可平矣。如「日高花影重「日」字反仄，「花」字反平。」、「況經長別心「況」字反仄，「長」字反平。」之類是也。

七言出對第一字，俱不論平仄。第三字與五言第一字同例。凡對句第三字，仄者可平。如「山樓粉堞隱悲笳「粉」字可以換平。」之類是也。平者必不可仄，如謝脁「裁詩月滿樓「裁」字必不可換仄。」之類是也。王阮亭先生云：「律詩正要辨一三五。俗云『一三五不論』，怪誕之極。」余此書專爲初學而設，故當平當仄處，不憚煩瑣言之，閱者鑒余之苦心也可。

五言拗體，如「風暖鳥聲碎，日高花影重」、「一徑入溪色，數家連竹陰」之類，對待工整，尚可用於場屋。其他如「山光悦鳥性，潭影空人心」、「草木歲月晚，關河霜雪清」之類，則不衫不履，斷不可用於試帖矣。然亦有自然之音節，不可不知。至七言拗體則神明變化，不一其格。學者須熟讀老杜及山谷之詩，自有悟入，茲不暇遍録也。

乾隆甲申榴月吴鎮識。

八病説

臨洮吴鎮信辰

梅聖俞《續金針詩格》：「八病者，一曰平頭。第一字不得與第六字同聲，第二字不得與第七字同聲。詩曰：『今日良宴會，歡樂難具陳。』『今』與『歡』同聲，『日』與『樂』同聲。一曰謂句首二字並是同聲，是犯。古詩：『朝雲晦初景，丹池晚飛雪。飄披聚還散，吹揚凝且滅。』」

愚按：休文八病本爲古詩而設。其言同聲者，謂同平聲、同上去入聲也。然執此而繩詩，「今」、「歡」且爲平頭，則漢魏至梁，悉無詩矣，豈通論乎？惟用之於律，而且易同聲爲同韵，乃爲是耳。如：「明月松間照，清泉石上流。」「雲物三光裏，君臣一氣中。」平頭者，僅見此一聯。餘犯之者亦少。「日」、「樂」同入聲，在古詩或有之。至律詩第二字，則出平對仄，出仄對平，尚何平頭之慮乎？惟易「日」爲平聲之「家」，易「樂」爲仄聲之「嫁」，「馬」、「把」、「駕」、「亞」亦然。如後之正紐云云者，則大不可耳。「朝雲」、「丹池」、「飄披」、「吹揚」等字，亦復如是。但當以平對仄，以仄對平，兼防正紐，斯即可耳。

「二曰並尾。第五字不得與第十字同聲。詩曰：『西北有高樓，上與浮雲齊。』『樓』與『齊』同聲。一曰：古詩『蕩子到娼家，秋庭夜月華。桂華侵雲長，輕光逐漢斜』，内『家』字與『華』字同聲，是韵即不妨。若側聲是同上去入，即是犯也。」

愚按：此病可攝統入大韵中。「樓」、「齊」二字，在古詩原不爲病。至於律，則斷斷無犯之者矣。「蕩子到娼家，秋庭夜月華。」亦復何病？惟桂華「華」字乃心腹之憂耳。如「一鳩鳴午寂，雙燕話春愁。」「鳩」犯「愁」。「一花開楚國，雙燕入盧家。」「花」犯「華」、「家」。「宿世謬詞客，前身應畫師。」「詞」犯「師」。若此之類，則斷斷不可爲訓也。七言之犯者，亦復如是。

「三曰蜂腰。第二字不得與第五字同聲。所以兩頭大，中心小，似蜂腰之形。詩曰：『遠與君別者，乃至雁門關。』『與』字並『者』字同聲。一曰古詩：『徐步金門旦，言尋上苑春。』」

愚按：「與」、「者」俱上聲，「步」、「旦」俱去聲。似亦無妨，然細諷則調終不諧。如「行到水窮處」、「到」、「處」皆去。「玉袖凌風並」。「袖」、「並」皆去。唐人若此者甚多。然兩上兩入者，則又少矣，能避此當更妙也。七言之「百年地僻柴門迥」、「僻」、「迥」皆上。「謝安不倦登臨費」、「倦」、「費」皆去。「殊方日落元猿哭」，「落」、「哭」皆入。亦復如是。

「四曰鶴膝。第五字不得與十五字同聲。所以兩頭細，中心粗，似鶴膝之形。詩曰：『新裂齊紈素，皎潔如霜雪。裁爲合歡扇，團團似明月。』『素』與『扇』同聲。一曰古詩：『陟野看陽春，登樓望初節。綠池始沾裳，弱葉未央結。』言『春』與『裳』同是平聲，故曰犯。上去入亦然。「池」疑作「汁」。」

愚按：「陽春」、「沾裳」在古詩亦不爲病，更與律詩無干。此可存而不論。惟「素」、「扇」二字於律詩最爲吃緊。李天生熟精杜詩，言其七律出句凡末字同上去入者，必隔別用之。及朱竹垞與李武曾寒夜背誦，其不符者僅八首耳。後證以宋元舊本暨《文苑英華》，則八首詩中並無一犯者焉。竹垞與查德尹書，言此義前賢未發，出天生之獨見，然猶未詳其原於鶴膝也。朱書於後。

「五曰大韻。爲重疊相犯也。如五言詩以『新』字爲韵者，九字内更著『津』字、『人』字等，爲大韵也。詩曰：『胡姬年十五，春日獨當壚。』『胡』與『壚』同聲也。一曰：謂二句中字與第十字同聲，是犯。古詩：『端坐苦愁思，攬衣起西遊。』『愁』與『遊』是犯也。」

愚按：此病在古詩無妨，在律詩最爲緊要。不論上句下句、五言七言，皆不可犯。雖細檢唐詩，犯者亦復不少，究不得舍其所長，而專師其故犯大韵也。休文即無此論，今日固當議及之。唐詩對待中多不敢用「東風」字，避大韵也。若崔國輔之「豫遊皆汗漫，齋處即崆峒」、白居易之「遥憐峰窈窕，不隔竹蒙籠」、王損之之「依稀沉極浦，想像在中流」、吴融之「已吟何遜恨，還賦屈平情」，及七言中許渾之「湯師閣上留詩别，杜叟橋邊載酒還」、徐凝之「海燕解憐頻睥睨，胡蜂未識更徘徊」。如此之類，則以病對病，反無病矣。「怨入東風芳草多」，曾見劉滄一句。此病最易避，而犯者每有難色，是無勇也。

「六曰小韵。除上十字中自有韵者是也。詩曰：『客子已乖離，那宜遠相送。』『子』、『已』、『離』、『宜』字是也。一曰：九字中用『明』字，又用『清』字，是犯。古詩：『薄帷鑑明月，清風吹我襟。』」

愚按：此病太微細，似可通融。如：「四更山吐月，殘夜水明樓。」「更」、「明」小韵。「柳塘春水漫，花塢夕陽遲。」「塘」、「陽」小韵。「古樹老連石，急泉清露沙。」「泉」、「連」、「樹」、「露」皆小韵。若此之類，詩句既佳，讀者亦復不覺。且「樹」、「泉」、「連」、「露」分綴上下，似猶以病還病也。然而留心者，兼能迴避，則又未嘗不是。

「七曰旁紐。一句中已有『月』字，不得着『元』、『阮』、『願』字。此雙聲即旁紐也。詩曰：『丈夫且安坐，梁塵將欲起。』『丈』、『梁』之類，即爲犯耳。一曰：十字中用『田』、『賓』字，又用『寅』、『延』等字，是犯。古詩：『田夫亦知禮，寅賓延上座。』」

愚按：此病於聲調之虛實、陰陽最有關緊，不第如宛陵所注「丈」、「梁」、「田」、「延」、「寅」、「賓」等字也。然而此等字亦在其中。能悟此病，則聲調自高。

梅注「丈」、「梁」二字猶屬疊韵正紐。必如温飛卿「棲息銷心象，簷楹溢艷陽」，斯爲旁紐耳。此病攝入雙聲中，「田」、「延」宜歸小韵。「寅」、「賓」二字亦當攝入疊韵中，不得謂之旁紐也。

「八曰正紐。如『壬』、『衽』、『任』、『入』四字爲一紐，一句中已有『壬』字，更不得入『任』、『衽』字。詩曰：『我本漢家女，來嫁單于庭。』是一紐之内，名正雙聲。一曰：十字中有『元』字，又有『阮』、『願』、『月』字，是犯。古詩：『我本良家子，來嫁單于庭。』『家』與『嫁』乃犯也。」

愚按：此病即推廣大韵而言之。「家」、「嫁」且犯，則「馬」、「把」、「駕」、「亞」等字，無論出句對句，皆不宜用麻字韵矣。況「花」、「斜」、「沙」、「賒」乎？此病犯者頗多，然不檢點，終與犯大韵者何異。

梅注初段引「我本漢家女」云云，又引「良家子」云云，豈此外遂無一句耶？如：「白也詩無敵，飄然思不群。」「思」爲去聲，即與「家」、「嫁」略同也。石崇詩：「我本漢家子，將適單于庭。」

詩病有八，總不外雙聲、疊韵。雙聲稍難知，而亦不易犯。疊韵最易犯，而亦不難知。爲今之計，但避大韵，已能免俗。餘如鍾記室所云「口吻調利」，斯爲足矣。再如疊韵、正紐之類皆能以病對病，則尤妙。

以上八病畢。

四聲始於周顒，八病出於沈約。詩之妙如斯而已乎？然不避聲病，終難言詩。初學者當心領于荃蹄之外也。

皮日休《雜體詩序》曰：「詩云：『蝃蝀在東。』又云：『鴛鴦在梁。』雙聲起於此也。」

愚按：「蝃」、「蝀」，「鴦」、「梁」宜歸疊韵。「蝀」、「東」亦可謂疊韵之雙聲。如「互」、「護」之類是也。

陸龜蒙詩序曰：「疊韵起自梁時。如『後牖有朽柳』，武帝句也。『梁王長康强』，劉孝綽句也。自後用此體作爲小詩者多矣。」

《蔡寬夫詩話》曰：「自唐以來，雙聲不復用，而疊韵間有。杜子美『卑枝低結子，接葉暗巢（鴨〔鶯〕）』、白樂天『户大嫌甜酒，才高笑小詩』之類，皆因其語意所到，輒成就之，要不以是爲工也。陸龜蒙輩遂以皆用一音，引『後牖有朽柳』、『梁王長康强』爲始于梁武帝，不知復何所據？所謂蜂腰、鶴膝者，蓋又出於雙聲之變。若五字首尾皆濁音，而中一字清，即謂蜂腰；首尾皆清音，而中一字濁，即爲鶴膝，尤可笑也。」

愚按：蜂腰、鶴膝，蔡氏所謂可笑者，恐亦有説。但首尾濁而中一字清，首尾清而中一字濁，如何安插？惜未指出某人某句耳。或謂張平子詩「邂逅承際會」爲以濁夾清。傅休弈詩「徽音冠青雲」爲以清夾濁。平爲清，仄爲濁也。然其説總難通。

《南史·謝莊傳》曰：「王玄謨問莊：『何者爲雙聲？何者爲叠韻？』答曰：『互護爲雙聲，磝碻爲叠韻。』」

愚按：「互護」雖曰雙聲，亦歸叠韵。必如旁紐、正紐，斯爲雙聲耳。

《學林新編》云：「雙聲者，同音而不同韵也。叠韵者，同音而又同韵也。若仿佛、熠燿、騏驥、慷慨、咿喔、霡霂，皆雙聲也。若侏儒、童蒙、崆峒、巃嵸、螳螂、滴瀝，皆叠韵也。」

愚按：此説最透。

《廣韵》曰：章灼、良略是雙聲。灼略、章良是叠韵。又汀剔、靈歷是雙聲，剔歷、汀靈是叠韵。

愚按：此説更爲直接了當。

李群玉詩「方穿詰曲崎嶇路」，用雙聲也。「又聽鈎輈格磔聲」，用叠韵也。

雙聲詩。王融：「園蘅眩紅蘤，湖荇燡黄華。迴鶴横淮翰，遠越合雲霞。」

叠韵。陸龜蒙《山中吟》：「瓊英輕明生，石脈滴瀝碧。玄鉛仙偏憐，白幘客亦惜。」

雙聲。前人《溪上思》：「溪空惟容雲，木密不隕雨。迎漁隱映間，安問謳鴉櫎。」

叠韵。前人《吴宫詞》二首：「膚愉吴都姝，眷戀便殿宴。逡巡新春人，轉面見戰箭。」「紅櫳通東風，翠珥醉易墜。平明兵盈城，棄置遂至地。」

疊韵。皮日休《山中吟》：「穿烟泉潺湲，觸竹犢觳觫。荒篁香牆匡，熟鹿伏屋曲。」

雙聲。前人《溪上思》：「疏杉低通灘，冷鷺立亂浪。草彩欲夷猶，雲容空澹蕩。」

疊韵。前人《吴宫詞》二首：「侵深尋嶔岑，勢厲衛睥睨。荒王將鄉亡，細麗蔽袂逝。」「柃栺替製曳，康莊傷荒凉。主鹵部伍苦，嬙亡房廊香。」

愚按：以上皆遊戲之詩。學者但悟雙聲、疊韵，不必疲精費力，而故效此體也。

附寄查德尹編修書

朱彝尊

比得書，知校勘《全唐詩》，業已開局。近聞足下先取杜少陵作，審其字義異同，去箋釋之紛綸，而歸于一是，甚善。然有道焉，蒙竊聞諸昔者吾友富平李天生之論矣。少陵自詡「晚節漸於詩律細」，何言乎細？凡五七言近體，唐賢落韵，共一紐者，不連用，夫人而然。至於一三五七句，用仄字，上去入三聲，少陵必隔別用之，莫有叠出者，他人不爾也。蒙聞是言，尚未深信。退與李十九武曾共宿京師逆旅，挑燈擁被，互誦少陵七律，中惟八首與天生所言不符。其一《鄭駙馬宅宴洞中》云：「主家陰洞細烟霧，留客夏簟青琅玕。春酒杯濃琥珀薄，入冰漿盌碧瑪瑙寒。誤疑茅堂過江麓，入已入風磴霾雲端。自是秦樓壓鄭谷，入時聞雜佩聲珊珊。」叠用三入聲字。其一《江村》云：「清江一曲抱村流，長夏江村事事幽。自去自來梁上燕，相親相近水中鷗。老妻畫紙爲棋局，入稺子敲針作釣鈎。多病所須惟藥物，入微軀此外復何求。」叠用二入聲字。其一《秋興》云：「昆明池水漢時功，武帝旌旗在眼中。織女機絲虛夜月，入石鯨鱗甲動秋風。波漂菰米沉雲黑，入露冷蓮房墜粉紅。關塞極天惟鳥道，江湖滿地一漁翁。」叠用二入聲字。其一《江上值水》云：「爲人性癖躭佳句，去語不驚人死不休。老去詩篇渾漫興，去春來花鳥莫深愁。新添水檻供垂釣，去故著浮查替入舟。焉得思如陶謝手，令渠述作與同遊。」叠用三去聲字。其一《鄭縣亭子》云：「鄭縣亭子澗之濱，户牖憑高發興新。雲斷岳蓮臨大路，去天晴宫柳暗長春。巢邊野雀群欺燕，去花底山蜂遠趁人。更欲題詩滿青竹，晚來幽獨轉傷神。」疊用二去聲字。其一《至日遣興》云：「去歲兹辰奉御牀，五更三點入鵷行。欲知趨走傷心地，去正想氤氲滿眼香。無路從容陪語笑，去有時顛倒著衣裳。何人錯憶窮愁日，愁日愁隨一綫長。」疊用二去聲字。其一《卜居》云：「浣花溪水水西頭，主人爲卜林塘幽。已知出郭少塵事，去更有澄江銷客愁。無數蜻蜓齊上下，去一雙㶉鶒對沉浮。東行萬里堪乘興，去須向山陰入小舟。」疊用三去聲字。其一《秋盡》云：「秋盡東行且未迴，茅齋近在少城隈。籬邊老却陶潛菊，入江上徒逢袁紹杯。雪嶺獨看西日落，入劍門猶阻北人來。不辭萬里長爲客，入懷抱何時得好開。」疊用三入聲字。此八詩者，識於懷不忘。久而覩宋元舊雕本暨《文苑英華》證之，則「過江麓」作「出江底」，江不當言麓，作「底」良是。「多病」句作「賴有故人分禄米」，「夜月」作「月夜」，「漫興」作「漫與」，「大路」作「大道」，「語笑」作「笑語」，「上下」作「下上」，「西日落」作「西日下」。合之天生所云，八詩無一犯者。由是推之，「七月六日苦炎熱」下文第三句不應用「蠍」字，作「苦炎蒸」者是也。「謝安不倦登臨賞」下文第七句不應用「府」字，作「登臨費」者是也。循此説以勘五言，雖常律百韵，諸本字義之異，可審擇而正之。第恐聞之時人，必有訕其無關重輕者。然此義昔賢所未發，出天生之獨見，善不可没也，足下能聽信否乎？

附笠翁詩韵例言一則

李漁

四曰畫格辨音。沈韵所列之字，不以類從。如一東之中，公、宫同音，而不相聯屬。中以融、熊、窮、風等字間之，頗覺未便。自唐禮部頒韵，始以同聲爲類，依類爲序。至宋《韵會》，又加七音分切，定爲字之先後。予謂七音太微，不若同聲之顯，且便於詩家。故依唐禮部式，所謂便於詩家者，亦自有説。如起句用一「風」字，次句之韵必須另换一音，如「東」、「中」、「蒙」、「同」等字，始覺溜亮。若不分别字音，謬謂凡屬一東韵内之字，無不可用，隨手拈來。或用一「豐」字及「楓」字，豐、楓與風字義别而韵則同，兩句一韵，讀之便覺粘口，此亦詩家之大忌也。雖前人未嘗犯此，然未有明言以告世者，予特揭而出之，以裨初學。今分别其音，各爲一格。首句用此，則次句别入一格，必不復於此内求之，豈非至便？若中間已隔一音，後來再用者，則與首句相同，而無害矣。此亦爲初學者言，慮其執一以致誤也。

愚按：此在八病外，然其説不可不遵。如第二句末字爲「風」，第四句末字亦不可用「豐」、「楓」。第四句末字爲「風」，第六句末字亦不可用「豐」、「楓」。六、八句末字亦然。總宜用他字隔别也。

松花庵八病説跋

八病説，諷誦再三，所以雙聲疊韵者，今乃能了然於心。至其中議論，多前人所未發。衣被騷壇，功不在宛陵以下也。

受業李華春實之

（張宇超點校）

松花庵詩話

松花庵詩話提要

《松花庵詩話》三卷，據嘉慶二十四年己卯松石軒刊本點校。撰者吴鎮，生平見《松花庵聲調譜八病説》提要。吴氏論詩略主唐前而亦不廢宋後，故《詩話》泛説古今，所見精細復通達，每有新穎之説而能自成立。如釋「清新庾開府，俊逸鮑參軍」之「俊如健鶻，逸如健馬，非如畫家逸品之逸」，以爲二句即李白猶未足以盡當之；覓得高青丘咏梅「雪滿山中高士卧」之出典，乃在周邦彦《花犯·詠梅花》詞，用典之確，可破朱竹垞「似松」之疑、王漁洋大俗之譏。類此皆醒人耳目。其於明詩人李、何、徐、高等均有具體之評，褒貶入微。於明人之詩體二大論，亦有取有不取：確然首肯何大復《明月篇序》「少陵七古遠於風人」之説爲千古特識，較王漁洋更進一步；引李天生（因篤）語獨尊五古，至謂「不工五古非詩人」，「工五古而各體不工，亦不害爲詩人」，此則陰與李滄溟「唐無五言古詩」説相背矣，而與漁洋亦不合。然就吴氏言，尊五古乃識詩之源，尊七古乃通詩之流，兩體合而不失爲全面。故其言「今人作古詩，不患不古，而患不今，極今而自古矣」。此言同人譽爲「得未曾有」，實可概乾嘉詩壇「自我作古即獨創」之自信新意識。又謂「多讀詩文，則經傳必疏，此亦好學中之一病」，亦關乾嘉詩、學關係之議題，而能不失分寸。書中頗揭古今名家字句聲韵不協之病，即太白、漁洋亦不免，此固是吴氏之擅場也。又表彰秦地之能詩者，亦多非虚譽。此書久湮，幸得其子承禧及門生等整理編輯，刊行於吴氏身後。

序

松厓先師舊刻《松花庵詩草》、《遊草》、《逸草》、《蘭山詩草》、《律古》、《集唐》、《雜稿》、《韵史》、《聲病譜説》、《文稿》、《詩餘》共十二册，學者久奉爲圭臬。苞年來添刻稗珠、對聯、制藝、試帖暨文稿三編，爲續集。而同里馬君子千復將《詩話》梓行，何其與予有同心耶！夫詩話之作，盛於宋人，元明以來尤夥。國朝王阮亭、袁簡齋諸公所撰，亦海内風行。先師此編，崇論特識，得未曾有，而發微闡幽，具見憐才之盛意，洵堪與漁洋、隨園等編分道揚鑣，豈非藝林寶鑑哉！雖然，先師著作等身，此特其吉光片羽耳。搜羅遺稿，取次開雕，斯又私心所惓惓難忘者，姑識此以俟。嘉慶庚辰孟春受業李苞元方頓首拜撰。

松花庵詩話卷一

臨洮吴鎮信辰著　男承禧太鴻編輯

古詩：「客從北方來，欲到到交趾。遠行無他貨，惟有鳳凰子。」鍾伯敬評云：「『貨』字説得奇，而不言鳳凰子爲何物。予謂：蝴蝶一名鳳子，羅浮之大者，翅如車輪。人有籠其雛而去者，雖萬里外仍歸羅浮。今客欲到交趾，正遠行之奇貨也，故下云：『久在籠中居，羽儀紛不理。放之飛翱翔，何時到故里。』」

「江城五月落梅花」，人多以笛譜《落梅曲》解之。有楚人陳延言：「江城每至五月，則黄鶴樓下之水洄漩起漚，皆作朵朵梅花之狀，其他月則不然。」予按，如此則謫仙之使事，直如化工肖物，且與《黄鶴樓聞笛》有不粘不脱之妙，姑存以質博雅之君子。

趙援字子正，狄道人。由增生効力閣供，授上海縣巡檢。嘗有句云「柳鎖鶯魂烟萬井，花翻蝶夢鼓三更」，人謂其淒艷欲絶。後以補官歿於山西泰安驛，旅櫬蕭然，率成詩讖。

常熟盛仲圭先生主蘭山書院日，適有西河之慟，諸門人勸酒節哀，兼爲詩以慰之。皐蘭黄西圃建中得句云：「飲泣吞千榼，含酸笑一聲。」衆皆閣筆。

寧夏一幕客有「九秋蓬上下，三户杵高低」之句，人多稱之。予謂「上下」即「高低」也。若易爲「蓬斷續」，則其語頓工。「九秋蓬斷續，三户杵高低」，妙矣。牛真谷先生句「暗瀑去來響，疏風高下燈」，足以敵之。近狄道老生樊必遴遊蓮花山，亦有「鐘聲風上下，塔影月東西」，可以鼎足三雄。予常贈之詩云：「孤松居士老能詩，被褐高吟亦大奇。塔影鐘聲千古句，蓮花山下月明知。」孤松居士，樊生號也。

應城程拳時大中博學多才，尤工騷賦。句如「天光澄鷺羽，月色冷魚魂」，真名句也。然數奇不第，予嘗夢與程同廷試，覺而賦詩云：「應城才子老荆門，三户文章賴爾存。奪得錦袍真不忝，只愁月色冷魚魂。」

王漁洋《秋柳詩》箋注多不得其旨，襄陵楊山夫維棟嘗語予曰：「爲福王妃嬪作也。」

「紫閣峰陰入渼陂」，予游鄠縣始知其義。蓋紫閣去渼陂六十里，峰陰雖高，安能入渼陂耶？杜蓋用倒點句法，謂「昆吾御宿」之「逶迤」自「紫閣峰陰」入於「渼陂」耳，作倒影看者誤。

張曲江詩「今我遊冥冥，弋者何所慕」，偶然趁韵耳，非不知「慕」字爲「篡」字也。沈歸愚宗伯引《法言》而駁曰：「誤『篡』爲『慕』，應自曲江始。」予謂《文選》范蔚宗《逸民傳論》已作「慕」矣，豈始於曲江耶？

杜牧詩「矯矯雲長勇，恂恂郤縠風」，然則或讀「長」字爲上聲者，誤矣。

予丁卯出闈，與同人僦車涇陽。時陰雨連旬，夜不能寐。有扶乩請仙者，予令對「楓落吴江冷」，即箕書「雁飛楚水秋」。旋足成一絶云：「行人多少事，寄與故園樓。」

「花逐下山風」，子堅句也。「雲逐度溪風」，少陵句也。二語各有其妙，而子堅爲優矣。

嘗與李青峰南暉論詩，予謂今人作古詩，不患不古，而患不今，極今而自古矣。青峰喜拊予背曰：「此論得未曾有。」

古詩：「誰能爲此器，公輸與魯班。」又《艷歌行》：「誰能刻鏤此，公輸與魯班。」意者輸、班兩人歟？

有佞杜而嗤李者，予不暇與辨，但口占四語以答之，曰：「筆落驚風雨，詩成泣鬼神。斯言君不信，請問草堂人。」

沈寓舟先生青厓深於經術，詩尤清婉。寓臯蘭日，予具束修問業。有咏楊花詩云：「春去已旬餘，誰來報索居？多情惟柳絮，宛轉入吾廬。颺雪疑催鬢，因風欲坐裾。與君共漂泊，惆悵意何如。」又咏向日葵云：「滿院秋風斂嫩黄，扣槃捫燭望恩光。踆烏萬里誰知汝，猶自殷勤倚夕陽。」沈歸愚宗伯謂其工於用意，猶江潭之屈子也。

曲阜顔懋僑以詩鳴齊魯間，嘗與關中屈悔翁論詩，屈爲奪氣。其初生時，父肇維夢徂徠山僧慧朗入室，然顔詩云：「未知後日誰成佛，盡説前身我是僧。」則聽者解頤。洵哉！復聖兒孫矣。顔嘗寄予《蕉園詩集》，未及閱，爲友人奪去，至今恨之。

吾師牛真谷先生運震由秦安調允吾，後罷官，復由秦安旋里，士民泣送者，相屬於道。因口占别之云：「使君五載别秦安，牛酒争迎父老歡。歸路應攜鸜鵒去，畫堂猶作部民看。」又題畫云：「破墨似雲林，秋意森滿幅。石氣翻空青，古樹寒如束。草岸静無人，蕭蕭三兩竹。」古澹峭潔，韋、柳風味也。

仙人關，吴玠與吴璘敗金人之處也。題咏頗多，予獨喜秦安胡静庵釴詩，云：「石勢倚雲屯，將軍鎖蜀門。弟兄同角犄，夷夏劃乾坤。雨洗雙厓血，風招百戰魂。更來千仞上，立馬望中原。」静庵高才博學，與郃陽楊子安鸞，人稱「東楊西胡」云。

崔惠童詩「一月人生笑幾回」，蓋用《莊子·盜跖篇》語。俗本改爲「生人」，或改爲「主人」，不惟聲調難諧，而義理亦不通矣。

張伯雨《種松》詩：「旁人莫笑千年計，萬一他時化鶴來。」詩誠佳矣，正以出自伯雨爲尤佳耳。東垣梁野石先生彬守蘭州日，於友人江幼則爲式處見予《弔任將軍歌》，擊節歎賞，遂蒙李邕、王翰之知。予最愛其《題桃花扇》絶句云：「青溪舊院盡垂楊，公子攀條引興長。一自昆明遭劫火，止餘弱柳似蕭娘。」

蔚州閻葆和太守介年老而好詩，與予唱和頗多。句如「春花花如春，秋花花如秋」，亦稱獨造也。作詩以不見好處爲佳，此正庸人藏拙語。

《迂齋詩話》：世傳杜甫詩天才也，李白詩仙才也，李賀詩鬼才也。

園亭花木之趣，詩人各有領會。「結廬在人境，而無車馬喧」，不可無此閒情。「群木既羅户，衆山亦當窗」，不可無此奢想。「經營上元始，斷手寶應年」，不可無此苦心。「來者復爲誰，空悲昔人有」，不可無此達觀。

「北地近魏武，信陽似陳思。」此尤展成語，然實李、何之定評。

李天生云：「各體俱工，而不工五古，非詩人也。能工五古，而各體不工，亦不害爲詩人。」此不刊之論也。予觀天生《漢詩評注》，眼高千古，猶怪其《受祺堂集》多載應酬之七律，何哉？

王漁洋《論詩絶句》初及李空同，後《精華録》中删去。意者因錢虞山蚍蜉撼樹，而欲助螳螂一背之力乎？然其論徐迪功則曰：「文章烟月語原卑，一見空同迥自奇。」溯江河之源者，果能廢萬古之流耶？

《蒹葭》三章，乃十五《國風》中第一篇縹緲之作，此秦人之詩祖也。

階州文縣杏花正月即開。有王左司者，以解馬過臨洮，示予《元旦觀杏花》之作。予依韵和之云：「屠蘇飲罷意何長，散步青郊氣已揚。幾處人依雲下醉，文縣有雲下田。一林花向日邊芳。陰平近蜀多春色，隴坂連天半雪光。粉蝶遥隨珠勒馬，祇應戀爾筆生香。」詩雖浮淺，存之以供考據。

御製《落葉》詩六首，臣工和者甚衆。强押「劉」字者，多不穩。惟盧鳳道畢咸齋先生誼押「劉」字韵云：「楚客思方悲屈宋，宸章目欲短曹劉。」最爲大雅。又「極目寒烟澹欲無」，押「無」字亦妙。

與俗人作詩，大是苦事。與俗人作詩而索其解，所謂苦中苦也。

河州鎮邊樓極高。解大紳謫居日，嘗題詩云：「隴樹秦雲萬里秋，思親獨上鎮邊樓。幾年不見南來雁，真箇河州天盡頭。」後人和者甚衆，謂之「秋樓頭」韵。

律詩先得首句，以下自如破竹，即或苦思細改，亦有頭腦可尋。如先得中聯，而再填六句以足其數，便是死煞腔板矣。絶句亦然。

《臨洮府志》載仙詩二首：「價重篇篇玉，聲傳字字金。江山爲我助，無日不高吟。」「一夕玉皇詔，爲君功行成。分明五雲裏，拔宅上三清。」乃築城得之土中者。

吾鄉張康侯先生晉天才秀發，一時無兩。予僅録其《咏花》數小詩，以當吉光片羽。云：「細葉翻雲緑，繁花綴粟黄。秋來徒結恨，香是可憐香。」丁香「冰骨香肌好，盈盈一水春。疎簾風月在，不解笑何人。」含笑「草木牽情甚，春來夜夜思。美人如不信，看取樹頭枝。」合歡「一叢新木筆，江上最先開。搦管東風裏，春愁寫不來。」辛夷「月照唐昌觀，泠泠刻玉寒。香風吹斷處，雙鶴下瑶壇。」玉蕊「艷艷垂嬌萼，微微散異香。愛他顔色好，花下理殘妝。」刺桐「捲簾不厭早，燒燭豈嫌遲。最愛輕紅暈，楊妃睡起時。」海棠「小院寒初退，天然深淺紅。徐熙雖解畫，不可畫春風。」山茶

何大復詩：「花開爲誰好，花落不復掃。出户見春風，低頭怨芳草。」真風人語也。而吾鄉張牧公先生謙亦有《春閨曲》云：「天半結高樓，闌干臨大道。獨上望遼西，開簾見芳草。」其蘊藉殆不減信陽矣。

予於大竹旁雜植蘆葦，殊覺風枝雨葉悉有此君風味。後讀姚合詩「無竹栽蘆看」，乃知古今人之好事何必不同。

陶淵明工詩嗜酒，而《止酒》之詩不工。信乎男子樹蘭而不芳，無其情也。

李長吉本色之詩，情理俱勝，不減太白。而好事者但學其牛鬼蛇神，遂成燈謎矣。

楊鐵厓詩天才横逸，而村俗者甚多。如《漫興》詩：「大婦當壚冠似瓠，小姑吃酒口如櫻。」《二喬

圖》詩：「兄弟不減骨肉親，喜作喬家兩嬌客。」又《淵明漉酒圖》詩：「家貧不食檀公肉，肯食劉家天子禄。」皆所謂俗不可醫者。至其《小臨海曲》，則足稱絶調矣。又《海鄉竹枝歌》：「顔面似墨雙脚頳，當官脱褲受黄荆。」雖寫風土，實爲粗惡。

臨洮張逢壬字位北，曾以詩受太守許公聖朝之知。歿後五十年，予選其《世耕堂詩草》，得二十八首，序而刻之。句如：「一竿秋釣月，雙屐曉耕烟。」「芳樹留雲宿，閒階許月侵。」「竹風迴紫燕，花雨囀黄鸝。」「青錦嶂開千佛洞，碧蓮花綻五臺雲。」「忽看花雨飛金刹，頓覺松風冷石牀。」「風急疎鐘來邃谷，月明清梵過横橋。」皆有中晚風味。予尤喜其《題蓮花山》一絶云：「千巖萬壑盡蒼松，天削蓮臺又幾重。界破洮岷青一片，花龕湧出妙高峰。」

杜詩：「巢多衆鳥鬭，葉密鳴蟬稠。苦遭此物聒，孰謂吾廬幽。」此正反言其廬之幽耳。李將軍復射石而不入，妙合此意。

李太白詩：「蜀僧抱緑綺，西下峨眉峰。爲我一揮手，如聽萬壑松。」諷誦之久，覺有松聲飛來几案。或謂「萬壑松」乃唐琴名，白玉軫足，宋宣和御府有之。予謂既言「緑綺」，不應重見琴名。當是白詩既傳，而斲琴者乃有「萬壑松」之號耳。

閩南許天玉珌嘗僑寓洮陽，予從一老宿處鈔得遺詩八卷。因題其後三首云：「閩海詩人許鐵堂，雙松一曲妙漁洋。却憐白首關山月，桃塢梅溪入夢長。」「蠶頭小楷擬瓊瑶，破楮烟侵已半消。讀罷臨風三嘆息，如君猶自老漁樵。」「丁卯風流化冷烟，老爲秦贅亦堪憐。當時誰作鶯花主，不與東山買墓田。」「鶯花主」三字見宋人張仲宗詞。

杜子美歷華、泰、衡三山，皆未登陟，但作《望嶽》詩，意其濟勝之具，不及太白耳。予嘗遊太華絶頂，知其餘四嶽，亦不難登峰造極。特尚平願賒，時以爲恨。

嶔陽董淑昌字景伯，著《蓮齋詩稿》一卷。如：「家家植修竹，竹深便爲牆。流水既可通，烟火亦相望。」殊有古意，惜不可多得耳。

俗稱「逃學」，其來已久。韋莊詩：「曾爲看花偷出郭，也因逃學暫登樓。」

錢牧齋駁李空同詩，每多瑣細可笑。如李《鄱陽》詩云：「太祖平陳日，樓船下此湖。」「陳」謂僞漢也。虞山駁之曰：「『陳』乃友諒之姓，非國號也。」此殆與兒童之見無異。夫安劉滅項大舉討曹，古人已嘗言之，奚必定國號哉。

錢宗伯《秋日雜詩》：「弦高爲鄭商，申公竊夏姬。豈如縛足雀，掣線還故枝。」心賞巫臣，不無犬子慕藺之意，未知河東夫人亦有「雞皮三少」之伎倆乎？讀此可爲一笑。

杜詩「君王問長卿」，「長」字，上聲也。金聖嘆詩「同時誰會薦長卿」，竟作平聲用矣。又吴梅村詩「是非難免三長史」，皆誤以上聲之「長」爲平聲。

韓昌黎謝絶剥啄，乃能束帶見李長吉。使五侯七貴之門，突來一通眉細爪之王符，恐卧而不起，反貽笑於雁門之太守矣。隴西少年行卷，妙有以威明况退之意。

劉言史《贈成煉師》詩云：「黄昏騎得下天龍，巡遍茅山數十峰。采芝却到蓬萊上，花裏猶殘碧玉鍾。」陸放翁《遊仙》詩：「鳳舞鸞歌宴蕊宫，碧桃花下醉千鍾。紅塵謫滿重歸去，花未開殘宴未終。」二詩語意絶相似，而宋人反優於唐。白樂天詩「帶花移牡丹」，吕温詩「四月帶花移芍藥」，是牡丹、芍藥皆可帶花移也。

作詩不可多用虚字。

太白《蜀道難》：「又聞子規啼，夜月愁空山。」以五字斷句亦可。

梁人詩當以吴均爲第一，江淹、何遜皆不及也。

郭代公《寶劍篇》「正逢天下無風塵，幸得周防君子身」，正意已足。若删去「非直結交游俠子」二句，似更遒健，不知明眼以爲何如？

王龍標《青樓曲》：「白馬金鞍從武皇，旌旗十萬宿長楊。」此輩即羽林郎射烏兒之類，正青樓之奇貨也。故下云：「樓頭小婦鳴筝坐，遥見飛塵入建章。」乃沈歸愚評云：「有敵愾執殳之意，爲女子占身分。」不知何指。

唐人試帖，有以李都尉重陽日得蘇屬國書命題者。按少卿答蘇武書，前賢亦或疑其僞作，但以此爲詩題，則鏡花水月，於理何碍？乃毛西河遂以此而嗤唐人之不學，可謂固矣。

俗稱張玉皇，亦自有出。徐孝穆詩：「張星舊在天河上，從來張姓本連天。」

《藝苑雌黄》：「匈奴妻名閼氏，讀若焉支，言可愛如胭脂也。」錢昭度作《王昭君》詩云：「閼氏纔聞易妾名，歸期長似俟河清。」則誤讀氏爲姓氏之氏矣。予按孫豹人《咏史社》云：「秦幸亡，亡二世。

漢幸存，存閼氏。」又孟津王鑨大愚《平城歌》云：「妻氏弗納，閼氏能出。」作去聲讀，皆誤。

番禺屈翁山、蒲坂吴天章二君，皆有仙才之目。屈才氣超逸，而功力不逮，故五律之外稍遜蓮洋。近山右劉光禄組曾刊吴全集，而瑕瑜兼收，閱者不無才多之恨。

六朝《子夜》、《讀曲》等歌，唐人已不屑効顰。近代作者開口「儂歡」，令人欲嘔，豈非風雅之一厄乎？予少好此伎倆，今視之汗顙矣。

秦安縣有石刻絶句四首，相傳是仙人手蹟，有友人搨一紙遺予。詩云：「挂鏡臺西挂玉龍，半山飛雪舞天風。寒雲直上三千尺，人道高歡避暑宫。」乃金王庭筠《遊黄華山》詩也。

「魚没浪痕圓」，僧晤清句也。「月入角聲圓」，明劉崇文句也。「雷聲入水圓」，譚元春句也。「風定鼓聲圓」，近屈復句也。皆善押「圓」字者。

明劉崇文，楚澧人，自號洞衡子。嘗用唐人舊題而次其韵，作擬唐詩一千七百首。鵝池生宋登春删存兩卷，序而刻之。句如：「鳥翻殘樹影，蛩續暝簷聲。」「萬松時灑翠，一澗自流雲。」「鶴隨橋外屐，魚聽澗邊琴。」「鳥迴雲壑暝，浪捲海門虚。」七言如：「劉安雞犬有仙骨，嬴女笙簫無俗音。」「人穿柳岸衣皆緑，鳥入花村語亦香。」「幾樹杏花雙劍雨，一聲杜宇九嶷烟。」「雁團林影沉沙浦，鷺擁山光過戍樓。」「避人黄鳥尋還見，對酒青山問不知。」皆饒中晚風味，異乎唐臨晉帖者也。

孟襄陽宦情甚熱，詩中往往見之，摩詰則漏盡矣。然《鬱輪袍》夤緣於少日，《普施寺》拘迫於中年，司空見慣渾閒事矣，况加以學道之力耶？

李太白詩：「陶令去彭澤，茫然元古心。大音自成曲，但奏無絃琴。」黄山谷詩：「南渡誠草草，長沙想艱難。松風自度曲，我琴不須彈。」二公妙處，正難軒輊。

魏仲餘學文，予弟子也。年少登賢書，而不幸早卒。予哭以詩曰：「看花不及杏園春，梓里風光繫此身。地下修文天上記，古今多用少年人。」仲餘祖耆賓亞公、父處士東皐，皆恂恂長者，今其後且昌熾矣。

馬繩武紹融，狄道布衣也。性酷好詩句，如：「烏雀寒棲樹，牛羊晚過橋。」「松風寒到榻，蘿月澹窺樽。」「江上楓疎人欲散，籬邊菊冷雁將歸。」「嵇琴待月横牀冷，江管飛花落硯香。滿甕濁醪留客醉，環階老樹閲人忙。」皆有風致。又題秋水閣、曉風樓二絶句，亦頗清新。其詞曰：「高閣名秋水，遥情寄海涯。請君來座上，把酒誦《南華》。」《秋水閣》「楊柳葉颼颼，西風萬里秋。晨光兼浪影，縹緲上高樓。」《曉風樓》繩武卒後，子士傑、士俊求定其遺稿。予題二絶云：「市井勞勞六十秋，銜杯雅趣亦風流。百錢裁足惟吟咏，樂志真同古少游。」「抔土茫茫夜月寒，伯牙古調爲誰彈。惟餘一卷偷閒草，留與兒孫世世看。」

杜、韓七古，魄力最大，然稍不善學之，即入粗硬一派。惟李太白歌行，及張、王樂府，讀之最能生人才思。

松花庵詩話卷二

臨洮吴鎮信辰著　男承禧太鴻編輯

李太白詩：「池花春映日，窗竹夜鳴秋。」「春」、「秋」字互見，正是此老疎於律處。又上云「青天月」，此云「春映日」，「日」、「月」字亦嫌有礙。老杜則無此矣。

朱文公詩力高於理學諸公，故言之輒能鑿鑿。

大抵今人作詩，鋪叙處須據目前之所有，斷制處要争紙上之所無。

荆公論詩首少陵，次永叔，次退之、太白，亦執拗之見，不足爲準。若永叔不喜少陵，則性情所使，實有不可勉强者。

何大復《明月篇序》謂「少陵七古遠於風人」，自是千古特識。

李太白、孟浩然五律，徐迪功專學之，故能純以氣格勝人。

晚唐譚用之《寄岐山林明府》詩云「鸚鵡語中分百里，鳳凰聲裏過三年」，真新句也。

河州朱孝廉孔陽，最喜杜子美文，以爲奇崛古拙，不作東漢以後語。人或謂其不工文，殆因詩掩之耳。

韓退之深於《頌》，柳子厚深於《騷》，細觀其詩自見。

唐人試帖載鄭谷《春草碧色》詩，謂遠在殷文珪之上。如：「想得尋花徑，應迷拾翠人。」又如：

「天借初晴色，雲饒落日春。」皆可謂工於體物者。「初晴」，諸本誤作「新晴」。夫「新晴」一韵已犯雙聲，且首句不云「萇弘血染新」乎？予妄改爲「初」字，想當然耳。

李空同《過狄梁公祠》詩云：「鸚鵡夢中天地轉，太行山北旆旌遲。」「鸚鵡」句極生新，惜對句不逮。若使予爲之，當云：「緑鳥夢中天地轉，白雲山外旆旌遲。」小家修飾邊幅，甘貽笑於大方也。

孟津王鑨子陶，别號大愚，覺斯公第三弟也。作詩好爲古險奇譎之體，而實不能工。然如《泥淖歌》云：「黄龍蹴蹸污泥淖，君子憐之蝦蟆笑。徒有頷下火齊珠，眼底無恩可相報。」則沉鬱頓挫，不減古人。又《桃花曲》云：「桃花春正可，艷冶三五朵。果是有熱心，開來紅似火。」亦有情致。

李太白「狂風吹我心，西挂咸陽樹」，是千古奇創之句。然《東山》之詩，早以四字盡之，曰「我心西悲」也。

老杜《簡薛華醉歌》云「近來海内爲長句，汝與山東李白好」，傾倒如此，其詩可知。然華詩竟不傳，微杜則其名且腐矣。附驥尾而行顯，不信然哉。

漢宋子侯《董嬌嬈》詩：「何時盛年去，歡愛永相忘。」設爲望盛年之去，正以見歡愛之難忘也。海枯石爛之意，以决絶語出之，妙甚。

坡仙詩：「此生念念浮雲改，寄語長淮今好在。」乃暗用《楞嚴經》波斯匿王「河無變遷」之意。

律詩有隔句對者，如魚玄機「灼灼桃兼李，無妨國士尋。蒼蒼松與桂，仍羡世人欽」是也。又有隔句對調而不必對字者，如韋莊「前年送我曲江西，紅杏園中醉似泥。今日逢君越谿上，杜鵑花發鷓鴣啼」是也。

「清新庾開府，俊逸鮑參軍。」兼二公之所長，古今豈有敵手，洵非太白不能當之。惟太白可以當之，恐太白猶未足以盡當之也。乃吴門徐子能謂杜有微詞，以爲清新不過如庾已耳，俊逸不過如鮑已耳。是固不知太白，抑豈真知老杜及庾、鮑者哉？俊逸之「逸」即「馬逸不能止」之「逸」，謂明遠之才，其俊如健鶻，其逸如健馬，非畫家逸品之「逸」也。逸品之「逸」，評陶、韋一派，乃確與鮑不似。

司空表聖論詩品極精，其自列所得佳句，尤妙在酸鹹之外。獨《馮燕歌》庸猥粗俗，反不如後人詞曲之可觀。

明高蘇門詩，亦雅潔可觀，而譽者至推爲明詩第一。予嘗從艷稱高詩者，詢何篇可爲明詩第一，亦殊不能舉其辭也。

黄崑圃先生叔琳以康熙庚午舉順天鄉試，迨乾隆庚午新孝廉叙先後同年，群來拜謁先生。閱王文恭《癸卯公宴詩步韵五首》，都下和者數百家，予亦與數焉。詩呈先生，大加歎賞，以爲瀟灑風逸，不愧作手。今一閱前詩，殊有愧前輩之期許也。先生詩云：「蕊榜新開敞盛筵，漫勞車馬問衰年。雀羅門巷群相訝，鶴髪重聯桂籍仙。」「微名忝竊際時昌，弱植新莖接御香。老愧無聞同敝帚，何堪群奉魯靈光。」「鹿鳴先後沭薪櫄，髦譽聯翩結勝儔。老驥悲秋空伏櫪，天衢騁足讓驊騮。」「居處城南近日邊，科名發軔自庚年。小堂簪盍今猶昔，彷彿塵根與宿緣。」「聖政三朝親覩記，文章流别喜從新。衰翁縷述昇平事，舉似春明得意人。」予和云：「花外笙歌花下筵，攀花走馬憶當年。玉宫桂樹秋如昨，又見青洲集衆仙。」「烏府先生壽且昌，朝衣重染桂枝香。筆端紫氣高千尺，併作蓬萊日月光。」「翩翩玉笋沭薪槱，藉綺簪金更絶儔。老子興來殊不淺，肯教門外散驊騮。」「紅杏飄香近日邊，片時週甲換流年。龍華老友皆寥落，更與兒童結勝緣。」「束髮聞公望海塵，今來詩力老尤新。香山處處香風暖，可有梅花寄隴人。」

豐城熊勵亭懋奨能琴工畫，嘗以武都尉攝判洮陽，與予有詩酒之好。予嘗題其小照云：「詩翁高况寄瑶琴，短榻脩脩似竹林。莫倚松風翻舊曲，武都山水有清音。」「金桂飄香入硯池，龍湫烟景上烏絲。高人自是倪黄侣，可憶梅花老畫師。」「五絃聲在古囊間，目送歸鴻亦等閒。悟得成連無限意，揮毫先貌海中山。」「仙吏琴書傍隴頭，公餘偃仰亦風流。豐城劍倚關山月，會見龍光射斗牛。」題竟，勵亭作烟雨圖二，爲予潤筆。

蕭山毛大可先生詩中好用「剛」字。如「春風吹薄雪，剛度梁園時」，「出門逢小吏，剛向府中趨」，「金釵十二正相當，剛寫蛾眉十二雙」。如此之類甚多。此老博雅，未可易言，然古人作詩用「剛」字者殊少。

羊名綿羊，羖䍽另係一種。毛大可詩「桑落餐綿羊」。

「烏帽青鞋白鹿裘，山中甲子自春秋。呼兒點檢門前柳，莫遣飛花過石頭。」此元貢師泰題淵明小像詩也。或誤以爲建文臣袁敬所之作。

李太白生平如力士脱靴、汾陽免死，皆千古艷稱之事，然詩中曾無一字及之。乃知此老胸襟真如天空海闊。樓君卿徘徊五侯之門，得其一飲一食，而自以爲榮，對此奚啻霄壤哉！

岳大將軍容齋西征時，有於營中夜扶乩者。仙至，則李太白也。《題降壇》詩云：「少陵老子詩無敵，攜我遠遊到鍋壁。長空萬里不見人，秋月蘆花兩寂寂。」凡沙漠無水草處，謂之「鍋壁」也。

吴梅村先生詩：「不好詣人貪客過，慣遲作答愛書來。」予近日不樂應酬，每誦二語，輒於安穩中得大自在。

臺灣有異竹，咸陽殷公化行鎮守日，作詩紀之。略云：「予跡半天下，未覩臺灣竹。仙露滋顔翠，遊雲摩頂禿。芒刺如爪牙，疎葉似簑服。霜雪雖不彫，哀鳴類人哭。」自注：群竹交加，每風動，紐聲如哭。殷累官至軍門，有《清遠堂集》。潘次耕耒爲叙，至比之戚南塘云。句如：「青山裹白雲，點點翠微起。」「白髮添新鬢，青燈讀舊書。」皆有風致。而《巡閲行》、《臺灣得勝篇》，尤可補臺誌之缺焉。公嫡孫王臣與予爲拔貢同年，今任華陰學博。

王季木「漢王真龍項王虎」之作，本不成詩，而評家多艷稱之，真不可解。

予於當亭蒲萬年上書篋中，得《劍霜集》一卷，皆唐人七言集句，而組織自然，如天衣之無縫。乃黄岡王材任子重作也。

「北伐生前烈，南枝死後忠。」明周詩以言弔岳鄂王句也。亦平平無奇語，而《列朝詩集小傳》至謂此詩既出，過客遂無敢留題者。

有友人頗工山水，予請畫御製「客舍開窗數雁群」之句，則慘淡經營，久之不就。曰：七字已神妙秋毫，雖顧、陸復生，誰能肖之？

蒲城屈復悔翁作《書中乾蝴蝶》詩三十首，同時有慶陽康績者，亦次韵和之。康句如：「近硯難餐池上露，開函猶趁紙邊風。」「金眼能窺學士帙，翠翎不上美人釵。」「冷疊霓裳羞向月，悄依雲葉悔辭花。」「殘帙藏來依粉蠹，輕綃卧處類冰蠶。」皆雕蟲之佳者。績字方陸，有拳勇，與安化曹最、李星漢齊名，號爲「慶陽三才」。

杜詩「開林出遠山」五字，抵樂天《截樹》詩二十句。

定州即古中山，有清風、明月二店，俗謂「清風明月夾定州」是也。吾友興安李松封五詩：「蛇龍盤上谷，風月入中山。」雖用俗事，實爲警策。李由選貢，歷官湘潭令。老而好詩，所著有《耐村詩草》。

河州張明經煦，遊太華山，題詩頗多，予止憶得二首。「飛泉百道灑寒空，仄徑懸巖一線通。山鳥無聲人語絶，恰留半面聽松風。」《擦耳山石》「一生辜負此山情，今日方來結素盟。夢醒不知身在閣，天風吹落珮環聲。」《玉女峰》又「留雲松不剪，愛月竹須删」，亦張佳句也。

陶彭澤《始作鎮軍參軍經曲阿》詩云：「投策命晨裝，暫與園田疎。」謝康樂《過始寧墅》詩云：「揮手告鄉曲，三載期歸旋。」二公皆於仕進之時，寓林下之意，惜謝不能踐其言耳。

己卯二月二十六夜，夢中得一聯云：「席地幕天，樂醉鄉之廣大；伐毛洗髓，悟詩道之精微。」覺而請友人王士希廣賢書之，且鋟於木。

偃師有王輔嗣塚，即陸士龍投宿，遇少年清談處也。王阮亭詩云：「鍾會齊名果是非，白楊孤塚暮烟微。如何一夕談名理，不救河橋誤陸機。」仝車同詩云：「半畝荒墳碧草春，交枝拗柏盡龍鱗。世間刺刺聽殊厭，才鬼清談最可人。」

布衣與縉紳作緣，大是苦事。謝茂秦名冠七子，後卒不免擯斥。雖王、李輕絶貧賤，亦四溟之自取按劍耳。予嘗與顯者贈答，多不存稿，即或人謂我偏，然士各有志矣。

王漁洋詩「子規聲斷處，山木雨來時」，情景俱妙。然「兩邊山木合，終日子規啼」，前賢已標此意矣，自出機杼難哉。

渭源縣馬鹿山，一名首陽山。上産白蕨，相傳即夷、齊採薇處也。秦隴遊人，題咏頗多。吾鄉楊本忠先生名行恕，别號嶽麓山人。明天啓時庶常。嘗題詩於其上，今僅録數絶句，俾好古者有所考焉。「百重雲母城，萬鎰白玉郭。打叠半生勞，空山埋寂寞。」《張内史石龕》「東避懸旗慘，投荒西採薇。若云雷首是，不合近周畿。」《首陽山》「二老傷心處，歸周又避周。君臣千古義，饑餓此山丘。」《夷齊祠》「一洞藏千佛，千佛一佛是。回首悟真空，一佛已多矣。」《千佛洞》「函谷何時過，流沙此地偏。獨憐無令尹，放却五千言。」《老君洞》「曾提百萬兵，英雄竟何事。伏竄來空山，千秋留姓字。」《石家庵》「世上奔忙處，君同行脚僧。歸來擔方弛，仙骨已崚嶒。」《貨郎洞》以下予作續貂：「峭壁俯山門，振衣趿芒履。天風吹鈴鐸，驚墮黑鷹子。」《山門》「西麓古香臺，靈光自耿耿。月明逢羽人，身作老楓影。」《顯光臺》「孤鶴唳烟海，遥投山客家。五峰雲散盡，湧出碧蓮花。」《蓮峰》「一徑類旋螺，萬松如叢矢。何時呼蟄龍，爲借天池水。」《三臺》「臨厓垂半足，跼步入空廊。試拉堆金客，來看賣貨郎。」《貨郎洞》「瑶草落紛紛，茅庵寄白雲。丹

光消劍氣，誰識故將軍。」《石家庵》「朝眠渭水雲，夕卧關山月。大地爲夢場，塵華自消歇。」《睡佛洞》

白樂天七十致仕，猶自詩云：「達哉達哉白樂天。」乃知少時共嗤笑，晚歲多因循，責備常人談何容易耶！

牛真谷先生最愛高青丘「不出門幾日，我樹如此黄」之句，以爲得《十九首》之神理。戚价人曾遊狄道。《題洮水長橋》云：「蒼茫沙磧地，波湧大江潮。塵靖清流迴，溪喧渡馬驕。琅璈鳴水腹，鎖鑰帶山腰。惟此强人意，孤遊解寂寥。」《椒山書院和許侍御韵》云：「青蒲亮節寤同堂，大義河汾正笏裳。絶域臯比懸日月，幾番鱗逆勵風霜。於今馬市仍時夏，自古鴟夷共彼蒼。儼爾遺容提命在，千秋萇血碧朝陽。」

《衛風》「及爾偕老，老使我怨」八字，妙不可言，較後世《長門賦》、《塘上行》藴藉奚啻百倍。又「乘彼垝垣，以望復關」，注以「復關」爲男子之字，然安知非男子所居之地乎。

沈歸愚先生序沈寓舟詩云：「詩家之患，在乎讀詩成詩，而不探其源。此猶鑄錢者憑仗廢銅，而不探銅於山，亦見泉流之立涸而已。」此誠不刊之論。

虎臯歌舞之俗，世疑爲夫差所遺，沈寓舟獨以爲言子武城之雅化也。嘗作詩曰：「吴會多名勝，先尋短簿祠。山川清氣在，風月昔人知。錦繡文爲盛，絃歌俗自遺。我來弭檜楫，緩步得神怡。」

方爾止有《姬人抱鴛圖》，「鴛」寓「冤」意，想即小青之類。許天玉題詩云：「傾城遭妒事多同，縱殺紅顔策未工。留得抱鴛人不死，風流争似畫圖中。」「香雲一片踏西陵，才子哀蟬泪莫勝。吟到梅花墳上黑，金剛諸咒石樓燈。」

唐嚴休復，爵里未詳，以《唐昌觀玉蕊花》二詩傳。同時元、白皆有和詩，然總不如嚴詩之佳也。休復詩云：「終日齋心禱玉宸，魂消目斷未逢真。不如滿樹瓊瑶蕊，笑對藏花洞裏人。」「羽車潛下玉龜山，塵世何由覩蕣顔。惟有無情枝上雪，好風吹綴緑雲鬟。」

杜詩：「爾家最近魁三象，時論同歸尺五天。」用典精切，可謂入化。何大復詩：「去天惟尺五，隔歲一相逢。」雖曰大家近古，實爲對待不工。

李子德因篤以「群山萬壑赴荆門」爲老杜七言律第一。予謂當是「明妃詠」第一耳。

崔魯《華清宫》詩：「門横金鎖悄無人，落日秋聲渭水濱。紅葉下山寒寂寂，濕雲如夢雨如塵。」「濕雲如夢」，生新極矣。明黄輝《巫峽道中雜歌》：「懸梯東折復西還，雙磴斜開碧玉關。不雨不雲天睡着，冷雲横出夢中山。」「夢中山」三字，尤爲奇妙。

河州馬應龍，號雪峰，明正德辛未進士，歷官蜀臬。高麗上詩於朝，有「應龍文字實堪師」之句，惜其詩不傳。雪峰卒，彭幸庵爲撰墓誌，康對山銘之。

《明詩綜》載劉錫名《荒庵夜泊》詩，有「朮脱鴉如葉」之句，可謂生新，惜對句不逮。

郭觀察恬庵朝祚工書，而勤於應酬，至老不倦。臯蘭酒樓飯館，皆存真蹟，遂有「郭寫字」之謡。予嘗見其《贈謝篤生》一絶云：「凉州是我舊時遊，醉墨横斜到處留。君憶故人休悵惘，南園北寺壁間求。」則公之一生得意在書，宜不暇外慕而徙業矣。

劉裕以篡弑得國，謝康樂食其禄，不如靖節遠矣。然屈翁山詩云：「司馬本爲先漢賊，寄奴真是楚元孫。中興自可爲昭烈，薄伐曾經至太原。」此亦千古奇快之論。

屈翁山《宣府弔古》詩云：「遼后宫臨鎮朔臺，明君祠傍拂雲堆。天寒鷹隼三關落，日暮牛羊四野來。幾日玉鑾榆木返，無邊毳幙上都開。遼東一臂連宣府，誰使寧王罷鎮回。」使李空同爲之，不過如此。

泗水施端教匪莪，國初任宣城訓導。好與名士倡和，常刻《宛遊贈言詩》至六集，可謂好事。然林茂之云：「秉鐸猶山縣，懸書又國門。」戚价人云：「學業窮偏勝，交遊癖未删。」方密之云：「青氊招客冷，白氎示雲深。」顧夢遊云：「座有名山時命駕，囊無餘俸日留賓。」施愚山云：「蝌蚪校殘人問字，鸕鷀典盡客銜尊。」釋能譯云：「石榴紅映半窗雲，攜手空山獨有君。」又《序》稱其《春江別曲》，集唐至三千首。則殫心風雅，卓乎可傳，異乎遊大人以成名者也。

孟浩然「微雲河漢」，王摩詰「明月松間」，俱盛唐化工之作。若「雞聲茅店月，人迹板橋霜」，詩非不工，但有衰世氣象。

吴梅村《畫中九友歌》筆致崎嶔，不減少陵《飲中八仙》。

諸葛武侯本瑯琊人，而其父又爲泰山丞，故好爲《梁父吟》，斯亦土風之摻也。

近錢塘桑弢甫調元《嵩洛雜詩》：「二室春飛彩翠濃，幽巢未便覓雲松。騰空倚仗親兄弟，踏遍東西六十峰。」自注：山中人呼杖爲「親兄弟」。又：「鐵梁大小石縱橫，似步空廊屧有聲。世外多情一明月，直陪孤影到三更。」妙甚。

邊地詩人傳者絶少。吾鄉潘義繩先生名光祖，明天啓乙丑進士。歷官山西道。祀名宧。與蔡忠襄懋德同時，常纂修《廣輿通志》。後忠襄子方炳增補，而另梓之，遂攘爲己作。予嘗於《明詩選略》見其《遊棲霞寺》詩云：「十年夢裏到名山，今日攜笻鬢未斑。作賦有僧應問字，參禪隨地可偷閒。江翻白浪帆輕過，寺入丹霞鳥倦還。坐卧此中堪避世，一瓢松下弄潺湲。」潘有《介亭詩草》。

唐施肩吾慕神仙之跡，因隱豫章西山。其自序云：「二十年辛苦蘿烟松月之下，或時學龜息，飲而不食，腸胃無滓，形神益清，見天地六合之奥。」斯亦奇矣。予獨怪其風情未減，如《望夫詞》、《佳人覽鏡詞》、《少女詞》、《少婦遊春詞》、《贈女道士鄭玉華詞》，種種愛根，不能割斷，何哉？

殷璠云：「岑參詩『長風吹白茅，野火燒枯桑』，可謂逸才。又『山風吹空林，颯颯如有人』，宜稱幽致也。」近王漁洋深悟此妙。

戴叔倫《宫詞》頷聯云：「春風鸞鏡愁中影，明月羊車夢裏聲。」妙絶千古，後世惟青丘能之。

西蜀詹包亞孝廉，年已六十矣。數上公車不第，自言家有别業，名「梧竹居」，極林塘魚鳥之勝，今將歸老焉。予爲作歌贈之曰：「帝城日出塵十丈，有客詣門頗踈宕。自言家住梧竹居，烟晨月夕景萬狀。憶昔君從公車來，故山猿鶴共惆悵。途次曾經萬里橋，白頭題柱心何壯。今年挾策戰棘闈，指日桂花開藜杖。猶作細字訊兒曹，梧耶竹耶應無恙。我亦隴西山水人，白鷗自解没浩蕩。策蹇行將過子雲，請君預設郫筒釀。」梁野石太守稱其古健，得杜神理。

松花庵詩話卷三

臨洮吴鎮信辰著　男承禧太鴻編輯

《老學庵筆記》：「國初尚《文選》，當時文人專意此書。至慶曆後惡其陳腐，諸作者始一洗之。方其盛時，士子至爲之語云：『文選爛，秀才半。』」予謂此論亦自可存，但宋詩之不如唐正係於此。今則非惡其陳腐，正苦其難讀耳。夫《文選》豈陳腐哉！

李獻吉《登嘯臺》詩：「陽翟看山二月回，蓬池登嘯九天開。晚立長風摇海色，東西日月照孤臺。」筆陣莽蒼，足空千古。

李太白《姑蘇十詠》，真假不必論，然詩亦不惡。坡眼自高，吠聲則不可。

宋人之詩，文與可遠在米海嶽之上。米詞亦多不傳，大抵精華半歸書畫。

東坡《咏雪》詩，取聲、色、氣、味、富、貴、勢、力數字，離爲八首。仍倣歐陽公體，不以鹽、玉、鶴、鷺爲比，不使皓、白、潔、素等字。予戲反其意而和之，觀者聊以共一笑也。東坡詩曰：「石泉凍合竹無風，夜色沉沉萬境空。試向静中閒側耳，隔窗撩亂撲春蟲。」《聲》「閒來披氅學王恭，姑射群仙邂逅逢。只爲肌膚酷相似，繞庭無處覓行蹤。」《色》「半夜欺凌范叔袍，更兼風力助威豪。地爐火暖猶無奈，怪得山村酒價高。」《氣》「兒童龜手握輕明，漸碾鎗旗入鼎烹。擬欲爲之脩水記，惠山泉冷釀泉清。」《味》「天工呈瑞足人心，平地仙雲一尺深。此爲豐年報消息，滿田何止萬黄金。」《富》「海風吹浪去無邊，倏忽凝爲萬頃田。五月京塵渴人肺，不知價值幾多錢。」《貴》「高下斜横薄又濃，破窗疎户苦相攻。莫言造物渾無意，好醜都來失舊容。」《勢》「萬石千鈞積累成，未應忽此一毫輕。寒松瘦竹本清勁，昨夜分明聞折聲。」《力》予和云：「刮面寒風掠鬢絲，天花飛舞故遲遲。窗前一夜深如許，壓折琅玕總不知。」《無聲》「蕭森氣象畫難工，柳絮梨花迥不同。點綴江天如幻影，金烏一出見真空。」《無色》「纔墮人間便折磨，紛紛東郭履前多。朱門笑爾威如許，只惹貧兒唤奈何。」《無氣》「羊羔美酒勝烹茶，學士風流笑党家。但使輕明堪適口，道人應不咽梅花。」《無味》「擁篲衰翁苦自豪，階前堆積不知勞。紛紛奇貨難居汝，飛向洪爐抵一毛。」《無富》「上界星辰劍珮寒，羞教滕六溷衣冠。雲師火帝皆通譜，瑞葉何曾紀冷官。」《無貴》「扶桑日出水潺湲，冷色侵人一餉間。消盡狂花君不悟，明朝更請看冰山。」《無勢》「飄飄蕩蕩自天來，疑是狂風捲落梅。閉户袁安高卧穩，幾曾撲得紙窗開。」《無力》

李永寧，明臨洮諸生也，母孕十二月而生。嘗遊磻溪，遇異人，授以仙術，因自號「磨月子」。後至嘉靖初，遺詩別其門人昆明趙鳴鵠等，遂採藥終南，不復返。予嘗和其詩云：「磨月先生愛磨月，磨成明月上丹臺。南山採藥多三秀，西苑燒香半五雷。明世宗崇道教，士大夫實有先啓其機者。此地青牛傳過去，狄道超然臺，相傳老子過此。何時白鶴見歸來。桑田滄海須臾事，回首人間信可哀。」

予少時讀史，最不平四皓安劉之事，嘗作詩云：「深谷紫芝秋，雲蹤何處遊。野雞功綺里，人彘怨留侯。」意雖激切，實與杜牧之「南軍不與爲左袒，四皓安劉是滅劉」同一公憤矣。然則定太子猶可言也，殺高皇類我之英兒，而留侯不聞諫阻，亦豈得無過哉？

隴西安敦庵而恭《題諸葛武侯祠》云：「魚鳥遠驚籌筆驛，鬼神常護定軍山。」可稱警策。《寧夏志》載《峽口山詩》一絶，頗佳：「青銅峽裏韋州路，十去從軍九不回。白骨似沙沙似雪，憑君莫上望鄉臺。」乃宋張舜民作也。

譚友夏評《古詩》云：「此首唐人妙手，猶費經營，况齊梁小兒乎！」夫齊梁之詩雖若不及魏晉，然終高出唐人一格。且太白低首於宣城，少陵傾心於開府，似佳句者不棄陰鏗，擬能詩者必歸何遜。唐人妙手，尚不免俎豆齊梁，而可概目之爲小兒乎！昌黎云：「齊梁及陳隋，衆作待蟬噪。」此實過甚之言，而吠聲者嘵嘵，亦可哂已。

三原李於示學李《詠秋海棠》詩，有「應是秋來思婦泪，西風吹作斷腸花」之句。憶予少年時，亦有一絶云：「晚妝猶帶睡餘春，無數秋花枉效顰。一葉西風千點泪，不知腸斷似何人。」意與李君略同，附記於此。

朱竹垞《静志居詩話》：「丘雲霄止山，嘗與其友夜宿武夷山中，有怪倚門作人語曰：『同遊不樂乎？何卧之早也。』止山應之曰：『我載晨而遊，抱日而歌。汝不與吾同其樂，何爲昏夜而來也？』怪應曰：『我不能。』止山曰：『我亦不能。』怪嘆息而去。」予謂邀名士夜遊名山，此怪亦復不俗，况有二人同遊，何懼山鬼之伎倆乎。止山當月白風清而减此高興，豈惟怪嘆息，予亦嘆息矣。

狄道慈蔭寺有石笋一株，上鎸詩云：「何年古樹倒，化作琅玕玉。神工解天倪，遠致出群谷。園亭春晝長，相娱饒卉木。娉婷立瘦姿，日暮倚修竹。空翠帶晴嵐，秀色真可掬。會有賞心人，忘言對幽獨。」末書「東麓」二字，背鐫「來風亭清玩」五字。東麓，明侍郎臨洮何文簡公賢之别號也。

王摩詰《輞川集》每二十字足當柳州一《記》。

荷包牡丹，題詠絶少。偶繙雪廬《花木百詠》，得雷方曉報癡詩云：「纍纍枝頭綴一行，却非魏紫與姚黄。天工巧製紅羅錦，挂向風前散異香。」汪思迴荆門詩云：「春城花思没階苔，錦繡荷包二月開。誰説牡丹形似我，賺人錯上綵繙臺。」後予遊河州，始見此花，亦得一絶云：「傾城花向馬嵬殘，無限春風解恨難。惟有香囊消不得，又含零雨挂雕欄。」

律詩有一意到底者，亦一奇格。《明詩綜》載鄭昂《感懷》詩云：「王粲淒凉仍去國，杜陵老大竟飄蓬。荆州豈免依劉表，蜀道終須謁鄭公。《三禮》賦成追昔日，《七哀》詩罷起秋風。青青亦有江南草，鸚鵡洲邊恨不窮。」

朱希真《賦月詞》：「插天翠柳，被何人，推上一輪明月。」《賦梅引》：「横枝銷瘦一如無，但空裏疏花數點。」俱佳甚。

太白詩「秋霖劇倒景」，「景」當作「井」。傅玄詩「霖雨如倒井」。《編珠》：「倒井雨」對「覆船雲」。「雨滴瓊珠敲石棧，風吹玉笛響松關。」吕純陽《題武當山》句也。

王漁洋《秋柳詩》：「扶荔宫中花事盡，靈和殿裏昔人非。」「扶荔」、「靈和」，屬對未工，不若許天玉和詩「烟含駘蕩宫中影，風弄靈和殿上痕。」駘蕩宫，見《三輔黄圖》。

庚辰夏，予南遊太和，館均州州署之桂香亭。閒揀破篋，得一絶句云：「容膝方牀小石屏，夕陽花氣遍茅亭。不知門外山多少，但覺春來一片青。」乃襄陵徐儲餘甫詩也。餘甫甲戌歲以公車赴都，與予及錢塘孫龍光珠、應城程拳時大中、臨潼劉雲階升爲文酒之會，日夕過從。今一覩其詩，不勝離索之感云。

陶淵明《飲酒》詩序，真西漢人文章，妙甚。

張牧公，康侯弟也。年十四即有詩成帙，爲三原孫豹人枝蔚所欣賞。初至兄署，康侯時令丹徒。即以能詩聞，時紳士以牧公年少，未之信也。會春日，諸名士邀飲板橋，請爲詩。牧公即口占二絶云：「晴烟遠接瓜洲渡，細雨低迷揚子橋。薄暮孤舟下春水，鐘聲閒落大江潮。」又：「板橋東去是青溪，無數春鶯坐樹啼。欲聽江南楊柳曲，美人遥在杏花西。」衆乃服。牧公有《得樹齋詩草》，士林傳誦。後以選貢，早卒。

予題張頑峰廣文小照，得《玉蝴蝶》一闋云：「矍鑠頑峰老子，鹿原名宿，虎觀奇才。秉鐸西南，天盡直至龍堆。玩琴書、華顛任雪，鳴劍珮、壯志難灰。有心哉。畫中風景，還自徘徊。　哈哈。七年報最，玉門柳色，纔送君來。抖擻寒氊，代庖隨處叉空回。望桑榆、五陵漸近，誇桃李、十縣齊開。笑銜盃。且敲檀板，高唱輪臺。」君有《輪臺記傳奇》。曾歷署十任廣文。

讀書以明理爲先，明理即得道矣。〇長生、涅槃，俱在其中。

吴鹽勝雪，用以食梅、橙諸果，即今之沙糖也。梁吴均詩亦云「白酒甜鹽甘如乳」。北魏主賜崔浩水晶鹽，即今冰糖。糖之名，至宋時始見於詩。

鄧千江，臨洮人，詞爲金朝第一。今傳其獻張六太尉《望海潮》一首，陶九成所謂「近世之大曲」也。其詞曰：「雲雷天塹，金湯地險，名藩自古皋蘭。營屯繡錯，山形米聚，襟喉百二秦關。鏖戰血猶殷，見陣雲冷落，時有雕盤。靜塞樓頭，曉月依舊，月弓彎。看看定遠西還。有元戎閫令，上將齋壇。區脱晝空，兜鈴夕解，甘泉又報平安。吹笛虎牙間。且宴陪珠履，歌按雲鬟。招取英靈毅魄，長繞賀蘭山。」參録《草堂詩餘》及朱竹垞《詞綜》。

王漁洋《真州絶句》云：「揚州西去是真州，河水清清江水流。斜日估帆相次泊，笛聲遥起暮江樓。」「曉上江樓最上層，去帆婀娜意難勝。白沙亭下潮千尺，直送離心到秣陵。」此等詩不得不稱才子。又《茅山進香曲》云：「遥指三峰次第青，五雲深處擁雲軿。猿啼日暮神靈雨，知是茅君欲現形。」深邃高妙，何減唐賢。

王摩詰《夷門歌》，不加議論，是唐人身分。

讀古人詩，要出十分力量。作自家詩，要出二十分力量。

多讀詩文，則經傳必疏，此亦好學中之一病。

小青詩「百結迴腸寫泪痕，重來惟有舊朱門。夕陽一片桃花影，知是亭亭倩女魂」，雖是小説體，然何嘗不佳。

明初四傑，高季迪第一，張來儀次之，楊孟載、徐幼文又次之。

嚴滄浪論詩，「詩有别材，非關書也。」謂取材之博，眼前、口頭，觸處皆是，不盡乞靈於故紙也。或訛爲「詩有别材，非關學也」，然則禍天下之人而爲白丁者，必此之言夫。

王漁洋司廣陵日，許天玉公車過焉。王欲濟其匱乏，而適無一錢，張宜人解腕上條脱贈之。許作《廣陵歲寒行》略云：「凌晨公車將北指，出門茫茫向誰是。使君清名世所無，條脱雙遺寶光紫。蟲鬚鳥翼嵌烏絲，戧漆施鉛圖百子。此物自是内閨珍，廉吏傾囊至釵珥。」噫！一條脱幾何？而宜人義高，雜佩遂與俱傳。哀王孫而進食，洵不愧名士之好逑矣。天玉所著有《鐵堂詩草》，予已爲梓行。

鐵堂由甘肅安定令罷官，流寓臨洮。嘗娶一老嫗以備晨炊，王漁洋詩所謂「許生垂老作秦贅」也。鐵堂《臨洮寒食詩》云：「六時減飯護巢鴉，板屋安閒即是家。今日他鄉寒食好，幸無風雨送梨花。」含悽無限。

鐵堂書法奇古，狄道舊家多有存者。觀其《顔平原厭次碑搨歌》云：「予年十五學公書，中道棄去徒欷歔。猶知酷愛《争坐位》，行槖維揚歎子虚。」則知始學魯公，後乃隨意自成一家耳。然鐵堂專門詩學，書蓋以餘力爲之。

張牧公《寄鐵堂先生》詩云：「辭官猶自在邊州，誰識東陵是故侯。旅思幾年成白髮，閒身何日到滄洲。槃間越燕雙雙語，塞上秦山一一遊。但使高懷隨處遣，天涯淪落亦風流。」

高青丘《梅》詩「雪滿山中高士卧」，朱竹垞謂似松詩。予曩亦疑之。近讀周美成《花犯·詠梅花》詞，有「更可惜，雪中高士，香篝薰素被」。乃知青丘用典之確，後賢不可妄議也。

寫景之作當以康樂爲祖。大抵儲、韋、王、孟，雖源出彭澤，而取筋骨處，究皆自謝客得之。

鮑明遠樂府渾成，似在謝康樂上，山水之作則不及矣。

項斯詩注：「嚴公通《老子》《易》以成道。」故詩云：「嚴君名不朽，道出二經中。」

太白山人，明有孫太初一元，本朝有李雪木柏。二人皆高士，然以詩而論，則雪木不如太初之到家。

趙秋谷與蓮洋最善，常恐其詩篇零落，故《懷舊》詩云：「虛疑玉溪底，匣劍藏芙蓉。終當沉鐵網，大索蛟龍宮。」四句亦佳。

「風吹兩黄蝶，時繞山樓飛。」吴蓮洋佳句也。予尤愛其《答人》一絶云：「自卜條南舊隱居，明星玉女對攤書。門前萬里崑崙水，千點桃花尺半魚。」

庚子九月初五日，公安舟中閲《荆州志》，至「第宅」一卷，有明雷賓先名叔聞，官景東府同知。稚園詩五首，歎其在志中，甚爲難得。且結處皆有力，非深於杜者不能，非深於杜者亦不知也。次讀至「人物」「文苑」類，觀其自跋，知寸心得失，與予脗合。然起首總一機杼，使空同爲之，當不爾矣。五首中各有可易之字，予謬爲改正，未知雷老復起，以爲何如？其一云：「緑樹城南道，茅堂萬古情。江湖春漲闊，松竹晚烟平。白髮慙高唱，「慙」原作「驚」，驚入本韵，今改正。青山悵獨行。自無奇可問，日夕掩柴荆。」其二云：「野圃春烟外，衡茅翳短牆。柳含津市暖，花泛石泉香。一帙精靈聚，千秋氣色藏。昇平多歲月，從使老馮唐。「使」原作「教」，教非去聲用者，今亦妄改之。」其三云：「楚雨開新霽，巫雲出遠峰。野情春浩蕩，幽興晚從容。柳外鶯啼懶，池邊鴨睡濃。物華良可愛，車馬日塵蹤。「華」原作「情」，情字重。

今並改「契」爲「愛」。」其四云：「沙色澹孤亭，嵐光晚更青。機心隨老盡，道氣入秋靈。鸜捲黃金羽，鵜翻白雪翎。漁翁躭暮醉，應笑大夫醒。「靈」原作「寧」，「捲」原作「耀」，「鵜」原作「鶴」，今俱改正。」其五云：「江郭俯平沙，迢迢石徑斜。溪烟深帶柳，雲日澹籠鴉。彭澤惟收秫，青門合種瓜。杞人憂且釋，天際正紅霞。「青門」原作「東陵」，然此亦没甚分別。」

又明黄輝字昭素。《咏寇萊公祠》云：「誰謂公不祀，祠堂尚此存。嶽蓮花眷屬，江竹筍兒孫。海瘴消歸路，溪毛引斷魂。憾無桃葉泪，重染弔湘痕。」此等詩非唐非宋，亦今日之不得不作者。〇可除悶氣，便可稱詩。

瀟湘八景，古今詠者多矣。予曾爲集句，且偏諸體焉。天下之人或有傳者，吳雲衣森以此卷七古爲第一，而王少林嵩高則以五古、五律爲最妙。二君皆深於詩者，予亦不能定之。

嚴滄浪云：「謝靈運之詩，無一篇不佳。」先師牛真谷極賞此語。

楊鐵厓詩，俗人視之以爲奇，奇人視之以爲俗，正坐爲昌谷所縛耳。今之學昌谷者，又鐵厓之奴僕也。

張叙百五典，涇陽舉人，令永明，有《荷塘詩集》。《西湖》云：「瘦筇幽屐自相隨，才說濃華便不宜。西子湖邊緣分好，初逢恰是淡妝時。」《書李空同詩集後》云：「披紛老筆正權奇，此意詞人豈盡知。徑把談詩笑蒙叟，如君學語祗嬰兒。未是拘虛井底鼃，從來江左擅清華。聞説南人輕北士，真心傾倒口聱牙。」《葉湘佩中翰屬鐫印章却答》二首云：「鐵筆應教韵有餘，欲塗朱蠟重躊躇。年來兩手生荆棘，似此雕蟲技也疎。」「丹篆誰從夢見來，紛紛結撰費疑猜。知君自有通神筆，紙尾郇雲看幾回。」皆翛然拔俗。

舍弟錠字握之，業醫，而嗜詩。所著《梅齋律古》、《草舍吟》、《集唐》、《耳山堂詩草》，俱已付梓。句如：「夢回山鳥唤，詩就野花飛。」「剪竹雲生袖，彈琴月上衣。」「錫聲雲際響，幡影月中寒。」「步步入深竹，山山聞暗泉。」「松濤寒咽澗，山翠晚侵樓。」「漁舟待月回，潭水牧笛吹。」「風下石巖竹，葉影侵黄菊。」「酒蘆花色映，白蕉衫人看。」「秋水登層閣，鳥帶晴霞入。」「亂山緑顫沙，堤楊葉雨黄。」「垂籬落菜花，秋板屋雞聲。」「連夜雨竹窗，螢影雜秋燈。」「跡似紙鳶遊不定，夢同蕉鹿記難真。」「採藥慣隨巖上鹿，攜柑常聽樹頭鶯。」「豪吟一任詩爲祟，痛飲何妨醉似仙。」姚雪門廉訪謂其五言出入王、孟，七言亦頡頏許渾、杜牧間，殆非溢美。

楊蓉裳刺史《宿寺口子》句云「暮雲天末雁一繩，衰草坡頭羊數點」，新甚。

門人康希正字子中，河州諸生也。老而嗜詩，尤長於七絶。如《初夏大雪》云：「隴右高寒夏似秋，山窗風冷戀重裘。南人到此堪驚訝，六出花飛四月頭。」《南山積雪》云：「紅滿郊原緑滿川，悠悠淑氣暖生烟。當門却羡南山好，萬仞銀屏挂碧天。」《杖頭繫酒》云：「茗罷方纔啓蓽門，爲尋林叟到雲根。杖頭莫笑青錢乏，自繫看山酒一樽。」又《山中聞鶯》云：「曲徑蒼苔鎖白雲，蓬廬春去悵離群。平生獨愛鶯聲好，却怪山深四月聞。」用陸放翁意，大好。

楊山夫七絶，甚爲變化。《山塘》云：「欲倩黄荃寫水村，烏犍礪角犬迎門。無端霹靂三更雨，失却南塘老樹根。」真坡公也。楊有《在山吟》兩卷，予曾序之。

屈子《離騷》，亦是自抒抑鬱。若欲開晤懷王，則與癡人説夢矣。

山谷詩以名重而傳，然終無清風明月之致。

門人王光晟柏厓，山西遼州籍，甘肅蘭州人。《江上》云：「幽人江上獨徘徊，雲水蒼茫晚櫂開。滿甕香醪滿船菊，亂裝秋色過江來。」佳甚。

從侄簡默字洵可，素工五律。句如：「春回芳樹晚，吟到小橋遲。」「一徑穿雲入，雙扉扣月開。」「犬迎攜酒客，鵲噪採花人。」「塔影烟中寺，雞聲雨外村。」「夢曾分駭鹿，饑擬學頑猱。」「野花沿路發，曲水抱村流。」「鶴影連沙静，猿聲帶月愁。」「旅愁孤驛酒，殘夢曉窗燈。」「霜冷秋村杵，山空晚寺鐘。」「旅館桃花雨，清樽竹葉春。」皆宛然王、孟格調也。所著有《竹雨軒詩草》暨《板屋吟》各一卷，楊蓉裳刺史曾爲序跋。

明劉麟字元瑞，《南坦讀書臺詩》：「盡洗侵輿竹，來聽轉壑泉。萬花齊映谷，五柳欲飛緜。弱子將迎婦，鄰翁許借錢。讀書臺下雨，種玉比藍田。」筆筆作意。

長洲潘承松森千云：「杜子美夔州以後詩，黄魯直盛稱，朱子比之掃殘毫穎。予謂朱子是。」森千又云：「七言近體，夔州後尤工。此又不可一例。」予謂五律亦然。

東坡云：「予文如萬斛源泉，隨地湧出。」今觀其全集，信不誣矣。

明貝瓊《送王克讓員外赴陝西》詩：「白雪作花人面落，青山如鳳馬頭看。」不減高季迪「函關月落聽雞度，華嶽雲開立馬看」之聯。

智遠字悠也，狄道人。以刀筆爲生，嘗著《關中八景詩》，人稱其工。如「春雷忽動仙人掌，夜月輕梳玉女鬟」，亦警句也。

明兵備道熊公師旦，詩人也。嘗題狄道龍泉寺云：「何年鉢取洞靈湫，結宇依雲向佛修。馴得鐵牛龍始擾，木天那在水波頭。」或不知「木天」之義者，訛爲「水天」，陋矣。

松花庵詩話跋

先師吴松厓先生所著詩古文，曩已梓行者，皆先生手自删訂，久經流播藝林矣。其遺稿並雜著數種，藏之篋衍。近年以來，季子小松，纘承家學，恐其散佚也，仍加以編輯，次第雕鐫。如稗珠、古文三編、對聯、制藝、試帖是也。又有《詩話》三卷，近馬君子千讀而慕焉，謂先生論詩微旨，即此得窺見一斑，真承學者刮膜之金篦，渡河之寶筏，遂付諸剞劂氏，意良美哉。子千敦孝友，喜吟咏，今觀此舉，亦可以知其爲人云。嘉慶庚辰仲秋受業李華春拜撰。

松花庵詩話跋

松翁先生以詩古文詞名重海内久矣，其遺集雖取次開雕，而鄴架所儲，尚戢戢如束笋。戊寅冬，嗣君小松文學以《詩話》一卷見示，俊捧讀數過，喜先嚴斷句零章，亦蒙採入。因假歸，授梓以公同好。昔王阮亭尚書論詩之語，雜見所著説部中，未有專書，後應寶庢吴公之請，乃譔《漁洋詩話》三卷，盛舉哉。今者松翁闡幽之旨不異漁洋，而俊猥以菲才亦獲附名簡末，謂非厚幸？刻既竣，因綴數言，藉申景仰。時己卯三月朔三日也。後學馬士俊謹跋。

緩堂詩話

綬堂詩話提要

《綬堂詩話》二卷，據乾隆間刻本點校。撰者顧詒禄（一六九九—一七六八），字禄百，號綬堂，江蘇長洲人。貢生。少從沈德潛、李重華學詩。有《吹萬閣詩文鈔》。此本有乾隆三十年乙酉自序，述其五十年來學詩作詩、交游結社之經歷甚詳，書即作於是年。顧氏幼年即從外祖張大受匠門，得預康、雍詩壇名家如趙執信、查慎行等之會，又得聞前輩如漁洋、竹垞乃至顧亭林詩法，直至親炙乾隆初沈德潛等人，故卷中説法録詩，頗存乾隆初年以前詩壇各名家之影貌，論亦頗能執中於各家之説。

自序

余年十五，授詩於玉洲李先生，旋奉教於歸愚沈先生，繼與徐龍友、陳恥庵、周昇逸、欽萊、沈方舟、方東華諸先生交，結爲詩社。二十一遊京師，時查初白、陳滄洲、汪退谷、徐畏壘、郭于宮諸夙老咸會於先外祖匠門先生之椿樹東軒，論文談藝，益聞作詩之旨。一日隨諸夙老賦寓齋雅集詩，並邀激賞。先外祖喜曰：「孺子可教。」和詩以賜，有「洗耳聽音常望汝，老年狂態莫嗤余」之句。自後每侍研席，輒舉向所聞於家亭林先生，汪堯峰先生，桐城錢飲光先生、韓文懿公，新城王文簡公，澤州陳文貞公者，轉相訓述。五十年來，學不加長，詩格日卑，深用媿悔。今秋，兒子師恭請余説詩。隨所觸發，信筆題記，得一百四十條，以應趨庭。雖無當於風雅指歸，然前賢之緒言餘論，故人之斷簡殘篇，略具於是。援毫以書，不勝師友淵源存亡今昔之感云。乾隆乙酉重陽日顧詒禄自序。

緩堂詩話卷上

長洲顧詒禄禄百

作詩之道，半由性靈，半關學力。性靈不具，則抗墜抑揚，音節不中，未許升堂；學力不深，則正變源流，徑路不辨，終難入室。

詩本化工。結撰天地，此化工也。生發一草一木，亦此化工也。故無論題之大小，須用全力。

詩有聲、色、臭、味。臭爲先，味次之，聲又次之，色更次之。聲、色、臭、味具全者，佳品也。然亦有超乎聲、色、臭、味之外者，此又當以天趣賞之。

學詩全在導引。如欲遊五嶽名山，導引得人，則東西水陸，確有定向，既至其地，相與陟級循梯，造乎巔頂。導引非人，則腰脚雖健，餱糧雖足，而倀倀無之，望見培塿，便爲岱華，空有美質，枉用苦功。

陸士衡《文賦》曰：「收視返聽，耽思旁訊。精騖八極，心遊萬仞。」作詩妙諦也。心不歛，則不沉鬱；搜不冥，則不超妙。然知此二者而不學，仍歸於殆而已。

作詩最重音節。欲識詩篇工拙，先聽吟咏合離。吟古詩須頓挫瀏灕，吟近體須鏗鏘宛轉。未有不能吟詩而能作詩者也。

作詩務穩愜，此求通也。詩貴超妙，藴在言中，會在言外。求通者，下乘。作詩務修飾，此求工也。詩貴神化，牢籠萬象，鎔鑄百代。求工者，小家。

讀古人詩，不在記其故實，襲其字句。沉潛誦讀，以浹其氣味。反覆吟咏，以求其聲律。寢食思維，以彙其精華。當其染翰，深以入之，苦以出之，一字未安，推敲再四，務令毫髮無遺憾。以示良朋諍友，或有點定，應時而改，謙以全之，思過半矣。

曹子建《贈白馬王彪》詩絶似變《小雅》章法，則自「文王在上」篇來。低昂頓挫，宛轉鏗鏘，百讀不厭。

極不情事，反寫得極熱鬧、極波瀾綺麗者，此爲反襯法。《廬江小吏》「妾有繡腰襦，葳蕤自生光」，「交語速裝束，絡繹如浮雲」諸解是也。

言與行悖，取禍之道也。張華《勵志詩》「甘心恬澹，棲志浮雲」，以貪位敗。郭璞《遊仙詩》「嘯傲遺世羅，縱情在獨往」，爲王敦所殺。潘岳《河陽縣詩》「福謙在純約，害盈在驕矜」，以輕孫秀被誅，皆行不逮言者也。惟阮公《咏懷》「寧與燕雀翔，不隨黄鵠飛。黄鵠遊四海，中路將安歸」，避世之志，全見於此。

阮公《咏懷》詩：「繁華有憔悴，堂上生荆杞。驅馬舍之去，去上西山趾。一身不自保，何況戀妻子。」實見盛衰轉眼，位高身危，求安不得，無限憂讒畏譏。劉穆之云：「貧賤常思富貴，富貴必履危機。」此意早被阮公參透。

陶淵明襟次曠達，物我同得，胸有萬卷，藴釀成詩，自然流出，無使事痕。蘇欒城謂「質而實綺，癯而實腴」。後人胸無卷軸，動則和陶，欲以掩其空疏，適爲有識嗤點。

《漁洋詩話》云：「七言歌行，杜子美似《史記》，李太白、蘇子瞻似《莊子》，黄魯直似《維摩詰經》。」余謂説李、杜處當矣而未盡，至謂黄詩似《維摩詰經》，直英雄欺人語。

《瓠子》、《秋風》，七言權輿。六朝以來，斷推鮑照。盛唐四家，王、李、高、岑，至李、杜而極。有宋諸公，歐詩仿韓，才調却近謫仙，《鵯鶋詞》最著。半山之詩，《桃源行》與《明妃曲》並佳。東坡兼李、杜之勝，幾堪鼎足，《王維吴道子畫》、《秦穆公墓》、《遊徑山》、《王晉卿烟江叠嶂圖》，其尤也。黄山谷《送李子方運判》、《觀劉永年團練畫角鷹》，陸放翁《題十八學士圖》、《謁諸葛丞相廟》，接武歐、蘇。元遺山《虞坂行》、《泛舟大明湖》，虞道園《子昂畫竹》、《題衮塵騮圖》，吴淵穎《題韓蘄王湖上騎驢圖》、《客夜聞琵琶》，皆元人傑作。學七言古者，當時時誦習之。

中唐以後，長七古者本不多見，以義山盛名，亦惟《韓碑》一首。若李長吉，則發源《楚詞》，天才獨出，難以規摹。元楊鐵崖極意學之，終難接迹。

昌黎生貞元之後，欲另闢畦徑，跨越李、杜，然有力無巧。《石鼓》一篇如萬尺蟒蛇，終非應龍鱗甲。

明代詩人，高出宋、元。七古如李獻吉《土兵行》、《豆莖行》、《胡馬行》、《送大司馬劉公歸東山草堂歌》、《送李中丞赴鎮》、《玄明宫行》，何仲默《明月篇》、《隴右行》、《題吴偉飛泉畫圖歌》、《俠客行》、《秋江詞》等篇，得李、杜氣體。青丘才冠一時，未能與敵。

詩有起立一意，通篇不越此意者。少陵《渼陂行》拈出「好奇」二字，始而憂，中而喜，既而愁，俯仰百變，不過哀樂兩端，總是「好奇」之故。

杜詩有仙、有佛、有鬼神。《憶昔行》縹緲隱現，如遇化人，仙也。《嶽麓山》燦爛雄麗，如歷天宫，佛也。《渼陂行》恍惚變幻，如游龍宫貝闕，所謂鬼神也。

九言爲句，始《五子之歌》「凛乎若朽索之馭六馬」，後人乃有九言詩。然必不可减作七言乃妙。明初無名氏「昨夜西風摇落千林梢，渡頭小舟捲入寒塘坳」，减去兩字，仍是七言。青蓮《蜀道難》「上有六龍迴日之高標，下有衝波逆折之迴川」，可减去兩字否？然止於長篇偶見，非通首也。顔延之云：「詩體無九言者，將由聲度闡緩，不協金石。」

新城王阮亭先生論詩，貴工於發端，引謝宣城「大江流日夜，客心悲未央」，杜工部「帶甲滿天地，胡爲君獨行」，王右丞「風勁角弓鳴，將軍獵渭城」、「萬壑樹參天，千山響杜鵑」，高常侍「將軍族貴兵且强，漢家已是渾邪王」，工部「將軍魏武之子孫，於今爲庶爲清門」等篇。余謂五律如孟襄陽「八月湖水平，涵虚混太清」、「山暝聽猿愁，滄江急夜流」、「木落雁南渡，北風江上寒」，皇甫茂政「暝色赴春愁，歸人南渡頭」；七律如少陵「露下天高秋氣清，空山獨夜旅魂驚」，劉禹錫「王濬樓船下益州，金陵王氣黯然收」，柳宗元「城上高樓接大荒，海天愁思正茫茫」；五古如陳思王「功名不可爲，忠義我所安」，謝靈運「昏旦變氣候，山水含清暉」，陳伯玉「故人洞庭至，楊柳春風生」，丘爲「東風何時至，已緑湖上山」，岑嘉州「雷聲傍太白，雨在八九峰」；七古如李謫仙「石頭巉巗如虎踞，凌波欲過滄江去」，少陵「巢父掉頭不肯住，東將入海隨烟霧」、「今我不樂思岳陽，身欲奮飛病在牀」，皆所謂工於發端者也。

詩有佳句可摘，已落第二義。蕭慤「芙蓉露下落，楊柳月中疏」，趙嘏「殘星幾點雁横塞，長笛一聲人倚樓」，非不艷稱千古，然觀孔融《雜詩》、蔡邕《飲馬長城窟》、李白「牛渚西江夜」，豈有佳句可摘耶？

姜白石論詩，謂：「一篇全在結句，如截奔馬，詞意俱盡；如臨水送將歸，詞盡意不盡。意盡詞不盡，剡谿歸棹是也；詞意俱不盡，温伯雪子是也。」余意結是一篇收攝，須振掉有力；又是一篇去路，須縹緲不盡。王維「回看射雕處，千里暮雲平」，張説「從來思博望，許國不謀身」，杜甫「西蜀地形天下險，安危須仗出群材」，此收攝也；宋之問「不愁明月盡，自有夜珠來」，錢起「曲終人不見，江上數峰青」，李白「只愁歌舞散，化作彩雲飛」，崔顥「日暮鄉關何處是，烟波江上使人愁」，李郢「惆悵舊堂扃緑野，夕陽無限鳥飛遲」，此去路也。

古來律詩，中間無四句寫景者。少陵《登岳陽樓》三、四「吴楚東南坼，乾坤日夜浮」，此寫景也，五、六即接「親朋無一字，老病有孤舟」言情。《返照》云「返照入江翻石壁，歸雲擁樹失山村」，此寫景也，五、六急接「衰年肺病惟高枕，絶塞愁時早閉門」言情。至若《春望》「感時花濺泪，恨别鳥驚心」，情中有景。《登樓》「錦江春色來天地，玉壘浮雲變古今」，景中有情。皆所謂詩中有人者。

詩有通首絢爛峥嶸，本意只在末處一點，覺從前絢爛峥嶸皆屬無謂者。少陵《玄元皇帝廟》「碧瓦初寒外」數解，極采壯聲宏。結言「谷神如不死，養拙更何鄉」，見老子有靈，豈樂此乎。

秀水朱檢討竹垞先生彝尊嘗言：「詩惟七律最難，前人無以此入手者，故學詩當從五言入。五言既工，然後專作七律，無雜他體。」家亭林炎武《日知録》引鄞人薛千仞岡之言曰：「七言律，法度貴嚴，對偶貴整，音節貴響，不易作也。今初學後生無不爲七言律，似反以此爲入門之路。其終身不得窺此道藩籬，無怪也。」論與竹垞先生合。

七律中間四句，須分向背。三、四生性向前，五、六生性向後。然一、二是三、四根源，離却一、二，三、四如何得好？七、八是五、六結穴，離却七、八，五、六如何得佳？至若一、二立意，六句闡發；六句順趕，七、八總結，此又變化不拘，未容窒滯。

詩有承法。鬱勃起者，條暢承之；閒遠起者，緊陗承之；叙意起者，寫景承之；寫景起者，叙意承之。順起逆承，逆起順承；空起實承，實起空承；直起曲承，逼起寬承。高提筆起者，根切承之；低屈筆起者，浩衍承之。是在學者三反。

詩有章法。少陵《何將軍山林》詩，分之一章一意，合之十章一意，絶不重複。《秦州》詩隨所見所觸而成，初無次第，亦章法也。

登眺之作，須酷肖山川。如「樓觀滄海日，門對浙江潮」，確是天竺寺；「氣蒸雲夢澤，波撼岳陽城」，確是洞庭湖，正自移易不得。

作詩一涉得失之念，則性情易漓，議論不暢。自明至今，風騷弗替，不以取士也。觀唐人試帖，佳者能有幾人？明王韋閣試《春陰》詩，絶無應制氣，固足爲法。

畫山水者，必有遠近淺深；畫竹木者，必有向背疏密。作詩偶一舉筆，眼前胸次必有無數高深曲折。高深曲折總見於跌蕩波瀾，作文亦然。

詩爲天籟，其觸發則喜怒哀樂，本乎六情；其結構則生長收藏，同乎四氣。行所不得不行，止所不得不止。胸中書卷，借以裁之成章、潤之成文而已。若有意用古，填寫故實，便是死筆。

咏物者無非假題抒抱，必有關係。讀少陵《房兵曹胡馬》諸咏可見。家亭林《秋柳》詩云：「昔日金枝間白花，只今搖落向天涯。條空不繫長征馬，葉少難藏覓宿鴉。垂老桓公重出塞，罷官陶令乍歸家。先皇玉座靈和殿，泪灑西風白日斜。」韓君望洽《咏鐵馬》云：「急響中霄發，凌空鐵馬行。不知風信至，頓使旅魂驚。當世正多事，吾儕方苦兵。那堪檐宇下，又作戰場聲。」皆非泛然之作。

唐德宗使段善本授康崑崙琵琶。奏曰：「且遣崑崙十年不近樂器，忘其本領，然後可教。」後乃盡段之藝。深中今日詩家卑靡之病。

唐玄宗遣吴道子畫蜀道山川，歸對大同殿，索其畫，曰：「在臣腹中。」請疋素寫，半日都畢。後玄宗幸蜀，皆默識其處，無不相合。作登臨山水之詩，須得此意。

少陵七絶、山谷七律，别開生面。七絶以神韵爲主，少陵終非正宗；七律貴調高氣渾，學山谷者易流於强、流於澀。此舍康莊而尋蝸角也。

白傅詩微傷率易，然其《秦中吟》諷諭有體，固《小雅》遺音。至《上陽人》、《折臂翁》、《五絃彈》、《西涼伎》等篇，皆自所云「篇篇無空文，字字必盡規」者也。

七言長律最難，須處處流轉。昔竹垞先生屢作未工，問之亭林先生。亭林曰：「七言排律所以從來少作，作亦不工，何也？意多，冗也；字多，懈也。爲七言者，必使其不可裁而後工也。」余選《瀛洲集》，搜羅此體，蓋開先於崔融《從軍行》，此外少陵亦不多作。有唐一代，首推王建，次則方干。昌黎、元、白雖多，不如也。宋、元僅數十首，元人間有佳者。明若李空同《送胡主事犒廣西軍便道來陽迎母》，楊升庵《燕歌行》、《龍編行》等篇，氣流力厚，突過前賢。

讀詩須識古人病處。崔顥《黄鶴樓》詩，千古推絶唱矣，然五、六二句「歷歷漢陽樹」則貫，「秦川歷歷」則不貫；「芳草萋萋」則貫，「萋萋鸚鵡洲」則不貫。且「芳草萋萋」，本有成處；「秦川歷歷」，羌無故實。若云通首流水，原可不對，不知律詩用流水者，中間必有二句整對，務令銖錙悉稱，不然，何異平韵七古？非好爲雌黄，正欲不被前人瞞過。

五言絶二十字一氣流注，含藴完足，合格爲難。王摩詰「人閒桂花落」、「空山不見人」，李青蓮「牀前明月光」、「衆鳥高飛盡」，崔國輔「妾有羅衣裳」，崔顥「君家住何處」是也。七言絶縹緲超忽，其來無端，其去無際。王昌齡「秦時明月」、「奉帚平明」，王維「渭城朝雨」，王翰「蒲萄美酒」，王之涣「黄河遠上」是也。竹垞先生云：「七絶至境，須詩中有魂。『入神』二字，未足形容其妙。」此意正須會心人領之。

謝茂秦《詩話》云：「詩以一句爲主，落於某韵，意隨韵生，不必先爲立意。楊仲弘所謂『得句意在其中』是也。」此説甚謬。人惟胸中有欲達之意，遏抑不得，然後以韵推比出之。若隨韵而生，則意在韵後，凑泊而成，雖工何益？《日知録》云：「以韵從我者，古人之詩也；以我從韵者，今人之詩也。」

今之譽人者動云「得詩文之樂」，樂非搦管便就，不費心力也。從來未題詩，先命意；既命意，再審格。或徐徐落墨，或得意疾書。幾費組織，幾費烹鍊，而後一詩成焉。此中苦心，惟有心人識之，故有樂從苦生，亦有即苦爲樂，斷無有樂無苦者也。孫可之云：「孤進患心不苦，及其苦，知者何人？」

《唐詩鼓吹》，或言非遺山選本，出弟子郝天挺者。余意并非郝選，遺山初有是集，喪亂失之，今所傳者，後人附會耳。觀元人曹兑齋之謙《讀唐詩鼓吹》云：「傑句雄篇萃若林，細看一一盡精深。才高不似人間語，吟苦定勞天外心。白璧連城無少玷，朱紘三歎有遺音。不經詩老遺山手，誰解披沙揀得金。」王秋澗惲稱兑齋析理知言，擇精語詳。據今所傳《鼓吹》，不應傾倒至是。按天挺字繼先，號新齋，出朵魯别族，居安肅州。嘗受業遺山，注《唐人鼓吹》十卷。又《金史·隱逸傳》：「郝天挺字晉卿，陵川人。國信史經之祖。遺山嘗從學進士業。」同時、同姓、同名，一爲其師，一爲其弟子，甚奇。

元遺山詩工力深重，風調諧美，選者取以冠冕元代。余意集中如「精衛有冤填瀚海，包胥無泪哭秦庭」、「甲子兩周今日盡，空將衰泪灑昊天」，惓惓故國，移入《中州集》，庶足瞑遺山之目。

王子安《咏風》詩「日落山水静，爲君起松聲」，常徵君以之贈王龍標曰「松際露微月，清光猶爲君」，用古無迹。黄魯直集杜少陵、阮嗣宗句寄蘇和仲，「美人美人隔秋水，其雨其雨怨朝陽」，黄安人易上句以寄外云「曰歸曰歸愁歲暮，其雨其雨怨朝陽」，襲故彌新。

《漁洋詩話》載益都孫文定公廷銓《咏息夫人》云：「無言空有恨，兒女粲成行。」諧語令人解頤。杜牧之「至竟息亡緣底事，可憐金谷墜樓人」，則正言以大義責之。王摩詰「看花滿眼泪，不共楚王言」，更不着判斷一語，此其爲盛唐也，真得詩家三昧者。

詩之佳，有履其地始見者。杜牧之《齊安登高》，人但愛其「人世難逢開口笑，菊花須插滿頭歸」。余客池州，嘗登齊山頂，坐翠微亭，南望江影溟濛，時當九月，飛雁一行，嘹嚦雲外，始知妙處全在起句「江涵秋影雁初飛」也。山凹有岳武穆詩碑，刻「月明空送馬蹄歸」絶句，武穆曾駐節於此。山足有宋殿，前司官屬華子西故宅。貴池令張其赤導余訪之，歸經杏花村，即小杜題詩處。

白居易袖文謁顧况，易之，及見「野火燒不盡，春風吹又生」，迎門禮遇，曰：「吾謂斯文遂絶，復得吾子矣。」朱慶餘作《閨意》獻張籍：「洞房昨夜停紅燭，待曉堂前拜舅姑。妝罷低聲問夫婿，畫眉深淺入時無？」籍酬之曰：「越女新妝出鏡心，自知明艷更沉吟。齊紈未足時人貴，一曲菱歌敵萬金。」由是得名海内。崔顥有美名，李邕欲一見，顥獻「十五嫁王昌」，邕叱起曰：「小子無禮。」乃不接之。遇固有幸不幸耶！

宋陸士規與秦會之有舊，士規來自湘楚，檜以小嫌不與見。適有誦其《過黄陵廟》詩者，曰：「東風吹草緑離離，路出黄陵古廟西。帝子不知春又去，亂山無主鷓鴣啼。」檜稱賞不已，待之如初。然則檜之愛才，猶勝今人也。

金陵胡恢游上都，貧不能自給，上書韓忠獻公云：「建業江山千里遠，長安風雪一人寒。」公憐之，以百千賙焉。古道可誦。恢即著《南唐書》者。《南唐書》有馬令、胡恢、陸游三家，馬、陸二書盛行於世，惟胡書不傳。

蜀王衍荒宴無度，内侍宋光溥誦胡曾《咏史》詩曰：「吴王恃霸棄雄才，貪向姑蘇醉緑醅。不覺錢塘江上月，一宵西送越兵來。」衍爲罷宴。洵善諷者矣。

學詩者每不尚宋，然宋詩亦有佳者。戴式之復古「春水渡旁渡，夕陽山外山」，九僧詩「縣古槐根出，官清馬骨高」，唐人亦不易及，惜全體不稱。又魏野贈寇忠愍詩「有官居鼎鼐，無地起樓臺」，盛傳於北。後北使至，語驛者曰：「孰是『無地起樓臺』相公？」野字仲先，居陝州東郊，有詩云：「寒食花藏縣，重陽菊繞灣。一聲離岸櫓，數點别州山。」真宗祀汾陰，登山望林麓中有亭檻，乃隱士魏野草堂，遣使召之。野方鼓琴教鶴舞，聞使來，抱琴踰垣遁。

《過庭録》載宣和間景靈宫落成，御製用「萊」字韵。應制者多牽彊不愜，獨鄭達甫云：「殿上神光瞻舜禹，陛間俊氣識伊萊。」亦自穩稱。

「竹影横斜清淺水，桂香浮動黄昏月」，江爲句也。一經和靖改竄，便成絶調。竹垞先生《題畫梅》詩云：「平生冷笑林君復，活剥江爲兩句詩。味到影疏香暗處，始知一字可稱師。」

揆愷功學士叙扈蹕南巡，夜泊京口，有詩云：「千帆燈火亂春星。」以示竹垞先生。先生曰：「夜泊無張帆之理，應改『檣』字。」徐勉齋侍御樹庸《奏事西苑》詩云：「懷中有封事，不敢久徘徊。」以示先外祖匠門先生。先生改「久」爲「暫」，侍御心服。皆所謂「一字師」也。

武人能詩，千古推斛律金、曹景宗矣。如宋曹翰「曾因國難披金甲，不爲家貧賣寶刀」，亦足相敵。近有河弁賦詩，得「江流月有聲」，爲高文良公所賞，拔至參遊。然此句實有所本。東坡嶺外詩，敘虎飲水潭上，有蛟尾而食之，以十字説盡，云：「潛鱗有飢蛟，掉尾取渴虎。」觀此知鍛鍊之法。

東坡《方山子傳》：「環堵蕭然，而妻子奴僕皆有自得之意。」乃其贈詩又曰：「龍丘居士亦可憐，談空説有夜不眠。忽聞河東獅子吼，拄杖落手心茫然。」此戲筆也。後人據爲口實，謬矣。

劉京叔祁《歸潛志》：「金章宗春水放海青，趙黄山渢進詩云：『駕鵝春暖下陂塘，羽騎星馳入建章。黄繖輕陰隨鳳輦，緑衣小隊出鷹坊。摶空玉爪凌霄漢，瞥眼風毛墮雪霜。共喜園林得新薦，侍臣齊捧萬年觴。』」唐人應制，不能過也。

「數枝密葉數枝疏，露壓烟啼愁雨餘。宋室山河多少泪，略無半點上林於。」管仲姬道昇《自題畫竹》詩也。然則文敏媿其夫人遠矣。

宋詩近腐，元詩近纖，然如黄庚《枕易》一首，正不得以纖目之：「古鼎烟消倦點朱，翛然高卧夜寒初。四簷寂寂半牀夢，兩鬢蕭蕭一卷書。日月冥心知代謝，陰陽回首驗盈虚。起來萬象皆吾有，收拾乾坤在草廬。」

何大復《鰣魚》詩：「五月鰣魚已至燕，荔枝盧橘未能先。賜鮮徧及中璫第，薦熟應開寢廟筵。白日風塵馳驛騎，炎天冰雪護江船。銀鱗細骨堪憐汝，玉筯金盤敢望傳。」不得賜而作也。竹垞先生《鰣魚》詩：「京口鰣魚尺半肥，黄梅小雨水平磯。無煩越網千絲結，早見燕塵一騎飛。翠釜鳴薑纔敕進，玉河穿柳旋携歸。鄉園縱與長干近，四月吴船販尚稀。」感賜而作也。然各有寓意。何詩「雪」字終屬語病。

明人落花詩當以沈啓南爲首，如「萬物死生皆麗土，一場恩怨本同風」、「美人天遠無家别，逐客春深盡族行」，皆警句也。嘉定唐時升吟至八十餘首，無能及此，然如「紫禁寂寥蝴蝶夢，黄陵惆悵鷓鴣啼」，亦絶有風神。

明吴興曹壽奴，小字山姑。夫君北行，以菩提數珠留贈。此題從北行説到數珠，易成兩橛；從數珠説到北行，關合少情。今云：「百八菩提子，紅絲貫小纓。無眠後夜月，留記遠鐘聲。」神法並到，巧不可階。

毛檢討西河奇齡《湖中二客傳》：「估人黄壽被盜殺，有婢福妮，善彈，别名瑟瑟，與秀才趙瑩聯舟。時籓估艷婢容，委值以購。瑩謁九江守告之。守謝籓估去，牒瑩押其子歸襄陽。瑩乃爲歌，令婢彈，名《瑟瑟彈》，丐諸故人之有財者。詞曰：『大堤估兮襄陽商，風吹鐵鹿兮渡潯陽。何人劫公兮身首以戕，遺末婢兮蘆之旁。低無扨捩兮高無檣，夕不藉絮兮晝不咽稗與糠。兒無恃兮惟末婢之將，將歸洞庭兮還故鄉。洪濤洶洶兮青天茫茫，願假羽翼兮翱且翔，一彈再鼓兮心悢悢。』」幽噫怨斷，詞近楚些。瑩，吴人，惜不載其字，亦無集可稽。

前朝遺老，莫傷於錢幼光秉鐙。屢試不售，國變破家，妻死於河，子死於盜。依故人錢仲馭於越，仲馭旋卒。奔走四方，轗軻一世。其詩自抒性情，不參尤怨，觀《田園雜興》末章云：「人生會有盡，行止非無由。止亦不可趣，行亦不可留。如何柴桑叟，汲汲爲此憂。終年痛飲酒，冀以忘其愁。吾身聽物化，化及事則休。當其未化時，焉能棄所謀。有子亦須教，有田亦望收。天心與人事，何息不周流。我不離世間，而願與天游。豈必外親戚，視之同聚漚。乃知黄老書，不如孔與周。」達生任命，上之可接陶淵明，下之可方高忠憲。

綏堂詩話卷下

長洲顧詒禄禄百

新城王匡廬先生與敕教子弟，不專以時文程督，詩歌、古文，各狥其意。或諷先生令諸子鋭力場屋，先生曰：「彼伏獵侍郎，豈是寧馨物？」先生四子，三成進士，阮亭先生風雅宗工，西樵、東亭兩先生咸負盛名。西樵《秋柳》云：「折來玉手曾三月，種向金城更幾年。」東亭《和李退庵侍郎讀水經注憶洞庭》云：「洲邊子戍三春緑，樓外君山一帶青。」豈帖括家能道？故學者當無體不工。謂詩、古文有礙於時藝者，蓋未與聞斯道者也。

新城先生《論詩》：「苦學昌黎未賞音，偶思螺蛤見公心。平生自負廬山作，才盡禪房花木深。」此先生選《唐賢三昧》之旨。

又：「詩好官卑顧九華，梁鴻溪畔弔殘霞。鍾嶸去後殷璠死，玉鹿風流自一家。」言顧起綸《國雅》之選得鍾嶸、殷璠之遺，蓋許之也。然所選實未佳。

國朝詩選，舊惟見陳檢討維崧《篋衍集》。近於黄少宰叔琳崑圃先生架上見新城先生《感舊集》，較《篋衍》尤備。惜未見陳伯璣允衡《國雅》、施愚山閏章《藏山集》、葉訒庵芳藹《獨賞集》。

新城先生《偶成》絶句云：「樓卿巷有將軍椽，楊子門無卿相輿。閲盡世情堪一笑，絶交論續絶交書。」波瀾翻覆，自昔已然，誦之不覺三歎。

錢塘沈方舟用濟少以詩謁新城先生。先生曰：「子欲作詩，先爲我解『風雅』二字。」方舟云：「無含吐不風，無出典不雅。」先生曰：「將來定是詩家。」

方舟又言新城在秋部日作《嘆老口號》，寄宋漫堂開府犖曰：「尚書北闕霜侵鬢，開府江南雪滿頭。誰識朱顏兩年少，王揚州與宋黄州。」漫堂得詩欣賞，立寄五千金爲買山資。前人重風雅如此。

蒲阪吴天章雯初未知名，新城尚書見其「泉繞漢祠外，雪明秦樹根」、「門前九曲崑崙水，千點桃花尺半魚」，誦於葉文敏訒庵，文敏即命駕往訪，吴詩名大噪都下。余幼見前輩名流，於後進一字之佳，津津不去口。三十年來，風氣一變。嗟乎！陶鎔後學，宏獎英才，盛德之事也。

汪鈍翁先生自言瓣香宋賢，然其《賦宫人入道》二首却是唐音。「曾被玉皇教按曲，忽隨金母學吹笙。羞題紅葉傳塵世，願守丹爐事本師」，絶似王仲初。近訪其丘南故居，問乞花場，已一片荒烟蔓草矣。因憶繆澧南少司寇沅詩「山光塔影尚嶙峋，遺築丘南野水濱。草没坦衣何限感，乞花場上弔詩人」，爲之愴然。

先大父有典府君，藝文傳誦士林，詩不多作，僅存《姑蘇楊柳枝詞》二首：「行春橋下午風和，畫舫樓船次第過。一面青山三面水，不知何處柳陰多。」「越國佳人舊有名，吴宫嬌舞不勝情。柳腰合是芳魂化，長向胥臺一路生。」風神超絶。自媿墮其家學也。

先外祖匠門先生《與何武選章漢熤論文》詩云：「石徑荒涪没舊題，俞吴喪逝歎津迷。爲君更指丘南路，好過花橋水閣西。」蓋謂先大父獨傳堯峰之學也。俞、吴則犀月、慎思兩先生云。

前人多有托女子自寫哀怨者。吴漢槎兆騫遣戍北行，托名王倩娘，題詩驛壁曰：「憶昔雕窗鎖玉人，盤龍明鏡畫眉新。如今流落關山道，紅粉空嬌塞上春。」「氈帳沉沉夜氣寒，滿庭霜月浸闌干。明朝又向漁陽去，白草黄雲馬上看。」宛轉悲涼，如聽銀箏嗚咽。

曾於曲律店壁上見一絶句云：「未學羅敷謝使君，此生長與故人分。都應死伴明妃塚，留得琵琶不忍聞。」後書「蘭陵女子」，似有寄托。

韓文懿公荄立朝無援，奉召還京。先外祖匠門先生贈行，有「交無洛蜀本和衷，雅量分明司馬同」句。公答詩云：「扁舟不怯囊裝薄，好語穿來一一珠。味到交無洛蜀句，千秋牙曠賞音孤。」丁丑，外祖下第歸，公貽書相慰曰：「以君之才，而使皇皇道塗，僕之罪也。」予選入《國朝尺牘》。黄崑圃先生見之，歎謂：「今人不但不能有此心，亦且不肯開此口。」

崑圃先生《送孫文博之雲南省覲》詩云：「此去行歌陟岵詩，短長亭畔柳如絲。雨過山驛雞啼竹，風送江程狖掛枝。花下寧親依曉署，尊前憶弟夢春池。可能裁得相思錦，六六紅鱗寄莫遲。」字字唐音。先生康熙庚午、辛未聯捷，乾隆辛未年，猶與新進士叙先後同年，一時傳爲盛事。家尊光進抱才而窮，崑圃先生賞其《堯峰山》「雲氣衣邊湧，嵐光鏡外環」之句，爲之延譽，且衣食之。先生一生愛士，固「安得廣厦千萬間」也。

先外祖生平以賢才進退爲休戚，凡故交後學高才不第，輒代爲悲惋。其送彭夏庚廷訓云：「昨倚紅雲覲聖明，殿西頭要老儒生。搜求略盡中原駿，未得江西彭夏庚。」送沈子大起元云：「三年皮骨空人役，千載文章奈命何。」送張良御符驤云：「我輩久知安義命，諸公難得愛才名。」自憾晚達位卑，不操進賢之柄耳。

詩詞用成語，最是奇峭，如陳其年檢討「馬中赤兔人中布」，新城先生「豈有酖人羊叔子，更無悔過竇連波」等是也。少時見竹垞先生與趙秋谷贊善執信集孝廉船，填「我」字韵詞，相戒必用成語。贊善得五闋。竹垞先生得八闋，末云：「數天下英雄，使君與我。」贊善因而閣筆。

贊善嘗爲予題《陳明自畫胡桃》云：「故鄉風物別經年，又值江南橘柚天。記得秋晴溜水岸，胡桃林下枕鞍眠。」殊有風趣。

高楂客待詔不騫《題王忘庵畫紅豆花》云：「嘉樹分栽自廣州，相思滿貯在梢頭。此鄉猶遠故鄉盛，結子人家兩岸收。」與贊善異曲同工。

贊善謹守虞山馮氏之説，好詆新城，多求全之毁。然其論新城《南海集》一條云：「先生以侍讀學士奉使祭告，留別相送諸子曰：『蘆溝橋上望，落日風塵昏。萬里自兹始，孤懷誰與論？』與友夜話曰：『寒宵共杯酒，一笑失窮途。』不識謫宦遷客更作何語？」議却允協。所以作詩必合其時、其地、其位與人也。

徐編修畏壘昂發《咏蘭》云：「芳蘭不礙種當門，嫩蕊沙埋碧土痕。縱使花開也憔悴，山中空長十年根。」編修置身閒散，不得一試，借以抒抱。迨視學江右，不終其任，若詩讖云。

汪東山修撰繹臚唱歸第，馬上得詩十首，中云：「歸計未謀千畝竹，浮生只辦十年官。」其卒也，屈指恰十年。

言爲心聲。秦南岡應陽《盆梅》詩「沙埋石壓有靈根」，負才不偶，爲六安州學正，半歲而卒。李玉洲先生重華《梅花》詩「枝在高空不覺寒」，身列清華，仍享後賢之福。先外祖《和王半山晚菊》詩「憔悴終無墮地時」，五十通籍，迴翔玉堂十有餘載，終得典試西蜀，視學黔中。

秦南岡詩蕭散沖澹，有自然之致。子女並亡，無爲收其遺稿者。記其《高園》一首云：「綠蘿緊雪扃，籬疏花氣散。曲徑稀人蹤，山禽入虛館。寒泉亭下流，石筍階前斷。頻來緬經始，今昔餘三歎。」亦南岡之一臠也。

《塞下曲》，自唐至今，作者極多，惟歸愚先生二絕無人道過：「屯兵絕塞出伊甘，白雁金笳聽不堪。二十萬人回首望，河源翻在大荒南。」「提封遠到海西頭，吹角能防塞外秋。却笑唐家邊境小，但教諸將取涼州。」

《金史·藝文傳》：「真定周昂德卿之言曰：『文章工于外而拙於内者，可以驚四筵，而不可以適獨坐；可以取口稱，而不可以得首肯。』」此亦作詩之一證也。

鈍翁先生見文處士與也點作畫多率爾之筆，規之曰：「此事定須霞思雲想，刻意經營，奈何頹唐落墨，便布人間？」此語亦是作詩砭鍼。

張南華鵬翀嘗與余論詩云：「運思迅速，斯佳而易傳。」余謂遲速天性，各不相强。速者可以稱快一時，未必盡足千古。如袁宏成贊辭于曲室，張融補《海賦》之鰲波，此皆一時急就，非謂著作當然。

洵如斯言，則左思《三都》將不得與正平《鸚鵡》並傳矣。

戊午在都，七夕前一日，以素扇屬南華作畫。明日，寫《秋山晚霽圖》，并題二詩於上云：「秋靄西山醉暮烟，清才宜賦帝京篇。懸知插菊登高候，兩鬢宫花壓帽鮮。」「接席咿唔憶少年，相看雙鬢各蒼然。看花莫恨成名晚，江上芙蓉晚更妍。」詩雖信筆，亦見故人期望之意。「新笋緑當江燕候，繁花紅到杜鵑時」，朱徵士葯庭厚章遊武丘之作。葯庭詩才敏絶，與南華後先。乃南華置身清顯，葯庭坎壈以終，境遇絶殊。南華《憶舊》詩「傷心七里山塘路，吟斷朱郎七字詩」，蓋悲之也。

注詩之難，惠定宇棟方注《精華録》，家尊光來云：「《蠅》詩『孫郎彈不易，戎子賦何如』，上句自是用曹不興事，未知『戎子』何典，遍問不知也。繼温《左傳》，至『戎子賦《青蠅》而退』，乃始恍然。」耳目所及尚如此。

桐鄉汪季青司城《過吴江盛澤》詩「夜燈千匹練，秋雨半湖菱」，詩中有畫。

嘐城張樸村徵君雲章，文宗南宋，卓然名家。詩亦超雋，如「殷殷輕雷抽碧筍，垂垂凉雨熟黄梅」、「剪水飛花庭院北，懷人月落屋梁西」，何以選《練音》者遺之？

「頻」字最難用，非庸即俗。徐貫時柯《寄小婦》詩：「香能損肺薰宜少，露漸沾花摘莫頻。」自爾新俏。

邗江郭于宫中書元釪跌蕩文酒，有别業在葑塞、甓社間。少遊其地，榆柳縱横，菱蓼旁雜，兩村隔溪，可立而呼。後遊京師，辱先生知愛。南歸，復作詩送余。昨訪其《一鶴庵》、《拙適軒》兩集不可得，因録扇頭二絶，以誌山陽之感。《牛鳴東村》云：「曉寒如箭宿雲根，白樹溪橋紅葉村。人事不來書卷合，一樓寒雨看秋原。」《小滄浪》云：「緑柳繅烟暗戟扉，黄鸝未過語禽稀。飛花待得春如雪，二寸紅魚特地肥。」

江都方石川方伯覲題余《吹萬閣圖》云：「寒風吹不斷，香雪滿雲關。美人縱獨往，高閣相對閒。春早花應發，年深客未還。空令凝望久，清夢落湖山。」絶似庾開府。

菖蒲詩古無佳者，無錫朱布衣贊皇襄一首云：「叢生白石上，自言爲菖蒲。但問節多少，不知花有無。見吞蕭后否，曾拜竹君乎？歲歲逢端午，流霞泛玉壺。」贊皇以《集唐三十首》得名，有古錢癖，聚錢最夥。歸安鄭芷畦元慶爲之記。

竟陵唐赤子編修建中壬子在都，朝夕過予寄樓論詩。嘗誦其《臨高臺》云：「臨高望秋水，寒鏡出塵函。碧蘚净孤渚，蒼雲陰半嵓。風傳隔林笛，葉送下江帆。正有南來雁，離情孰寄緘。」竟陵人而不沿鍾、譚餘習。

余布衣文璣京，錢塘人，居潤州，高不仕之節。己亥見柏鄉魏念亭觀察荔彤，曰：「江干有詩人余京，盍訪之？」時急於行路，未果。近於歸愚先生壁間，録其《中秋月蝕》云：「秋半蟾光徹底清，妖蟇殘夜驀然生。匣開塵土蒙金鏡，盤弄泥丸污水晶。自滿定知多外侮，處高原忌太分明。廣寒宫闕愁昏黑，斟酌姮娥秉燭行。」

翁徵君霽堂照，少以《簑衣》詩「風雨一身秋」著名，平生詩數千首，晚參越幕，失之。今所存者，皆得之追憶。《時運》詩云：「遵彼清流，於焉盥濯。幽襟灑然，縱我遐矚。天地予人，何以不足。人苦不知，具有真樂。」《勸農》詩云：「春風微和，芳草繡陸。條桑猗猗，清影穆穆。爰有黄鳥，飛鳴相逐。田畯於時，興言出宿。」知命樂天，語多自得，非貌爲淵明者比。

鄭季雅鉽詩爲竹垞先生所賞，以書薦之新城尚書，云：「吴語軟，生詩堅。吴人浮，生行狷。」季雅至新城，而尚書殁矣，錦裝前札，名流都爲賦詩。先外祖詩所謂「尚肯憐才彦，悽然憶老成。千秋留墨瀋，一老見交情」者也。其詩調高，而意必求新。《湖上即事》云：「飛錫寺前叢篠青，戲珠亭下渚蘅馨。三五縱横紫鸂鶒，一雙對立紅蜻蜓。茜裙遊女打槳急，白髮老翁持罩腥。回望孤雲片雨歇，隔浦吹簫烟冥冥。」

家秀野編修嗣立暮年詩格更高，人並賞其《桂林集》，不知《嵩岱集》尤工。《碧霞元君廟》云：「銅梁鐵瓦鎖氤氲，樂奏鈞天白晝聞。嵐氣沉山難見日，風聲吹樹盡爲雲。花冠仙步飄飄下，絳帳神光髣髴分。重踏巖扉上霄漢，欲將丹訣問元君。」《轘轅關》云：「少室分枝萼嶺長，盤紆石磴陟高岡。行人行盡十三曲，直引嵩雲到洛陽。」

武林陳緘庵學士恂詩學白傅。丁酉，以科場事牽涉去官。如「草色漸平隄壓樹，黛痕微露堞遮山」、「冢上青松驚玉蝶，樓頭新雨恨梨花」、「納賂有人貪宋玉，求成無地獻商於」、「按劍未能追吕母，破簪轉悔失黔婁」，皆被禍以後作也。辛丑遊杭，寓其卷香書屋，唱和梅下，同集者，先外祖暨章豈績藻功、張南田德純、南華鵬翀、汪陛交泰來、陸同庵大業。屈指無一存者，不勝愴然。

《洛神》一賦，甄后千古含恨。外舅徐蘅圃先生題畫一絶，獨爲洗冤，合風人温厚之旨：「失寵甘辭椒屋春，鬼燐常照鄴城闉。芳魂肯入東阿夢，早向生前殺灌均。」

玉溪《錦瑟》詩，解者紛紜，究無定識。故新城先生謂「一篇錦瑟解人難」也。徐龍友夔所解，似得作者之意，曰：「此玉溪自傷遲暮，借『錦瑟』起興。『無端』是驚訝之詞，蓋瑟之絃本二十五，至五十而其聲悲矣。猶之自壯至老，從衰得白，日愈迫而憂愈多。孔融所謂『五十之年，忽焉已過』，壽之不可期，猶柱之不可盡。五十以前，如莊生之夢，了不可追；五十以後，如望帝之心，托之來世。『珠』、『玉』，席上之珍，無如沉而在下。珠惟有淚，玉但生烟，韜光匿采，祇自韞匵而已。漢先主嘆日月若馳，而功業不建也。『此情可待』，謂始願不薄，自今追憶，不覺惘然，能不痛念而自傷也？」舊在邗江，程午橋編修夢星方注《玉溪集》，余以此意質之，編修以爲然。

宜興謝皆人芳蓮一生瓣香新城尚書。戊午並寓宣武門，深夜過余旅舍，自誦其生平得意之作，皆經新城點定者。《宿山園》云：「小雨松徑寒，人歸夜深火。宿鳥棲未安，驚飛落山果。」《題李百藥三十六湖草堂》云：「釣罷歸來解釣筒，題詩燈火草堂紅。湖村犬吠夜眠静，商女棹歌烟月中。」不減韋、柳。

惲哲長源濬，南田從孫。畫師南田，工詩。嘗爲歸愚先生畫水墨芍藥，題絶句云：「野藻亭邊爛漫時，曾陪學士共題詩。誰知廿載金臺畔，又向春風寫折枝。」意不必深，風神自遠。

家嗣宗紹敏遊嶺外歸，詩格益工。《桐廬道中》云：「三日錢塘路，春遊逐釣綸。水生嚴子瀨，花發謝公村。沙鳥隨潮集，烟螺帶雨昏。不聞越女唱，誰遣客中尊。」

繆曉谷嗣寅，少年詩以天真勝，壯遊荆南，風格一變。《義帝陵》云：「雨疏日冷暗陵園，猶有行人認墓門。三户已成西楚勢，上遊誰識故君尊？王孫草緑緣荒塚，杜宇魂歸哭舊村。會得魯公蒙葬處，不應地下更銜冤。」雄健之中，自饒神韵。

朱平津家瑞著《千里明月集》，先外祖題辭有「斐然吾黨，出則壇場；耄矣老夫，對之避舍」句。乃其身後無子，遺稿不存。壬子秋，于平原旅舍見其《曉行》一絶云：「曉雞纔唱趣登車，拂被霜寒似月華。還喜夢魂清不減，卧遊山閣咏梅花。」

陳恥庵培脈《篠笈叢稿》近三千餘首，歸愚先生爲選定數十首，惜無刊以行世者。《恒山》四詩尤爲傑作，其首章云：「上應天樞象北辰，衆山環拱碧嶙峋。雲霞隱現金銀闕，昏旦盤旋日月輪。呼吸蒼冥通一氣，逍遥紫嶠會群真。陽終陰始扶元化，朔漠長留太古春。」

無病而呻，詞人所戒。曩與吴江沈鷟徐永震集樊蛟門天池望益堂，鷟徐贈蛟門詩，有「三杯夜月心情炯，一曲秋風鬢髮疏」句。蛟門跌蕩忼爽，與人交，肝膈畢罄，上句極似其人；「一曲秋風」，蛟門方當盛年，不必代爲歎老也。明年，蛟門、鷟徐相繼殁，既傷先兆，重感壚空。

李徵士客山果，少負清骨，專心詩學，信天樂道，翛然吟賞于清泉白石間。《入元墓山》云：「十里林塘春雪後，半山樓閣夕陽初。」《京口江望》云：「西下潮疑驅馬至，中流山欲渡江來。」《過水瀆》云：

「梨花明月寺，芳草牧牛庵。」皆爲時傳誦。陳鍾庭學士璋贈詩云：「大地容吾輩，名山付此人。」以此也。

舅氏張孟養綿初，幼即與諸名流分韵賦詩，著有《清溪唱酬集》百首，經劉布衣介于石齡點定。年二十四以亡，詩竟散佚無存，僅留《潮生閣》一律云：「閣枕清流間緑槐，秋空明月涌潮來。星河遠岸容登陟，草樹平江與溯洄。城暗鼓聲隨水上，風鳴燈影趁船開。不知黄葉臨窗急，破夢濤寒觸似雷。」淵源固有自也。

丁卯秋，周迂村準與余自燕回蘇，《九日故城道中》詩云：「佳辰一棹燕南路，把酒長吟碧水潯。天遣不從高處望，恐看摇落易傷心。」詞極淒楚。明年，《九日登城南浮屠》云：「節届萸全紫，秋深葉半黄。年來高處望，故國也神傷。」語尤悲惻。

英夢堂太守廉，遼東人，工詩，南方學者未能或之先也。《出塞》云：「風迴大漠氣稜稜，斷磧荒岡不記層。霜草白連天外雪，沙泉寒繞馬前冰。名王保塞媢耕稼，邊士從禽解弋矰。見説將軍圍已合，盤空齊望脱韝鷹。」《松山》云：「黄沙白草莽蒼間，十里松山接杏山。曾是連營金鼓震，至今遺鏃鐵花斑。岐陽振旅原無戰，廣武從軍遂不還。何必夥頤能首事，漢皇西入久無關。」方之唐人，殆不易軒輊。

太倉吴砥亭詡，梅村曾孫。《登州蓬萊閣》詩：「山連漢武侯神處，閣在田横舊砦東。五島亂浮雲氣裏，雙城渾住水聲中。遥灘夕漲生空緑，古廟殘陽曳斷紅。便欲刺船從此去，七條絃上響天風。」格律沉雄，宛然梅村家數也。

詩貴山川之助，遊越廣者多明麗，遊秦晉者多雄壯，遊蜀者多奇峭，隨地轉移也。盛青嶁錦《白帝城》云：「萬仞牆臨灧澦堆，子陽霸業劃江開。白鹽峰對城頭出，巫峽帆從地底來。雲起化龍迷故井，風生躍馬有高臺。漢家陵闕同灰滅，淚盡寒猿日夕哀。」正所謂奇峭者也。

新陽楊瞻衡濬僑居紆溪之上，善書法，凍餓以死。余爲誌其墓。《咏落葉》云：「秋聲一夜撼林柯，極目江潭悽愴多。北雁已辭邊塞月，西風初起洞庭波。飄零愁結蘭成賦，搖落悲深宋玉歌。忽悼故交征棹遠，飄飛如葉度關河。」豐其才，嗇其遇，可歎也。

竇應喬慕安億詩簡淡冲容，自是陶、韋門庭中人。《歲除大雪携酒獨過畫川》云：「歲序忽云暮，窮陰入東園。況兹歲除日，瀟瀟風雪寒。人烟帶叢薄，凍浦依長巒。危橋竟不斷，杖策庶可前。萬木争怒號，四山變容顔。皎潔蒼茫中，天地一何寬。舉觴聊自慰，遺彼區中緣。城市今無暇，疇憶此盤桓。」可以追蹤子業，繼躅季思。

李綿伯繩《登江中孤嶼》詩：「浮空一柱屹波心，香刹頹垣蔓草深。貝塔峻標懸海日，古城環拱抱雲岑。角殘荒嶼餘兵氣，潮響空江答梵音。相國祠前重弔古，崖門南望暮濤侵。」格調俱高。

許永言念祖《李陵别蘇武圖》云：「朔風吹雁度秦關，使節將行豈可攀。可惜多才李都尉，斷腸空送子卿還。」與袁景文「猶有交情兩行淚，西風吹上使臣衣」同一諷諭，同一委婉。

胡學博承祝《題驪山春宴圖》：「驪山高處敞層臺，仙樂風飄曉宴開。一騎漁陽飛羽檄，宮中還認荔枝來。」與玉溪「已報周師入晉陽」同一語意。胡，銅陵人。

沈湘盛藻《征雁謡》：「蕭蕭秋葉隨波下，嚦嚦賓鴻度磧飛。沙塞風高飄畫角，咸陽月冷搗征衣。八千里路書空寄，十萬羈人泪自揮。握節王臣猶北顧，分符漢將未西歸。」八句皆對，格奇。八句皆對始少陵《登高》詩，然起句用韵。楊升庵《柳》詩起亦用韵，惟《懷歸》詩與此同格。

林昜旦紹明、石能高年隱於市，楊朗山士楷隱於醫。林《蘄州》句云：「婦巧總工青竹簟，民閒惟捕白花蛇。」石《靈巖》句云：「秋雨故宫梧葉落，春風香徑藥苗肥。」楊《新柳》句云：「最是笛吹涼月下，那堪酒醒曉風前。」皆有志之士也。

亡兒景度幼從塾中歸，余輒課以五七言絶句，頗有情韵。記其《金井怨》一首云：「美人出素綆，自照井中影。幽思不可道，却恨深於井。」使其不夭，或可闖風雅籓籬。

吴素公綃，進士許瑶室。其《咏古》云：「公子翩翩信絶倫，擲將豪舉却亡秦。不知賓客成何事，枉向樓頭斬美人。」與前人「邯鄲旦暮秦兵拔，躄者何由解退師」同一快爽。

錢飲光室方氏，隨夫入新安，取道震澤，遇兵赴水死。衣皆密紉，於敝衣中留絶句一首云：「女子生身薄命多，隨夫飄蕩欲如何。移舟到處驚兵火，死作吴江一段波。」從容就義，不必論詩之工拙矣。

上海曹荇賓柔和，黄星槎孝廉室。星槎赴禮闈，賦詩三章送之，中云：「鼎牲與菽水，得失君自量。《南陔》有遺訓，昜哉無相忘。」又云：「珠玉在懷抱，所投宜慎旃。」勸其養親，戒其自衒，詞婉旨深，閨閣僅見。其近體有「芳草緑波人去後，小樓紅雨燕來初」之句，亦自工艷。

樾亭岑霽止錫柏堂，嘗慕五臺之勝，携杖獨往，窮奥而返。構幻雲閣，閲藏經，三年不出。詩簡淡有法，《韜光寺》云：「帶雨秋潮歸海静，盤空山勢到江平。」《自龍泉關過嶺宿白雲寺》云：「冰雪百層逾代北，波光一綫認江南。」不惟遠過秋臯「鳥啼殘雪樹，人語夕陽山」，即希晝、保暹，亦應拜後塵也。

《簪花圖》者，楊子鶴晉爲張憶孃作也。卷中題咏最多，應推姜學在實節擅場：「六年前見傾城色，猶是雲英未嫁身。今日相逢重問姓，座中愁殺白頭人。」其次則目存上人叡「笑摘穠香壓鬢鴉，懶將時勢鬥鉛華。他年得入維摩室，不許簪花許散花」。較參寥子「禪心已作沾泥絮，不逐東風上下狂」更新更活。

田衣詩話

田衣詩話提要

《田衣詩話》一卷，據乾隆間刊《田衣詩鈔》本點校。撰者雪樵名一（一七二八—一七六六），俗姓印，字淳牧，號田衣生，浙江海鹽人。有《田衣詩鈔》。《詩鈔》有乾隆三十年自序，即逝世前一年。《詩話》附於《詩鈔》後，亦成於是時。寥寥二十則，頗及平湖張雲錦之行跡，張氏嘗爲雪樵作傳，載《詩鈔》卷首，其人乃乾隆初其地一有詩名者也。雪樵另輯有僧詩選本《國朝禪林詩品》，《詩話》亦略補遺數則。

田衣詩話

檇李釋名一雪樵

仁和沈謙，字去矜，六歲能辨四聲，長好爲詩。每自云：「子美『晚節漸于詩律細』，余何敢以麤心掉之？」與陸麗京、柴虎臣、孫宇台、陳際叔、張祖望、毛馳黄、丁葯園、吴錦雯、虞景明稱「西陵十子」。嘗云著作須手定自刻，庶保垂遠，若以俟子孫，恐故紙觔不足當二分直也。

順德盧韭，字非玉，與梁蘧玉、伍雨公相唱和，盧以齒居殿，詩不讓也。《詠塵》云：「飄忽起長空，乘風驀地紅。紛紛迷去雁，隱隱逐飛蓬。旅館瑶琴積，幽閨玉鏡蒙。自來名利客，埋盡六街中。」

秀水周質，字青士。館于武塘柯氏。偶步城東，見一農舟，遂乘之，遊九峰。以路岐，登岸投一庵。庵僧力拒，徘徊佛燈下，忽覩壁間詩刻，指曰：「此周青士，即予也。」僧素驚其名，乃止宿焉。其作詩，低頭沉思，行街市中，若無所見。曾在白下禪廬，往來池上，僧疑其赴水，竟夕不寐。又嘗行吟慈雲寺中，誤觸當事輿，詢爲詩人，乃免。其迂誕類如此。

淮陽杜首昌，字湘草。《竹枝詞》有「黄鸝養就嬌情性，罵得桃花没處飛」之句，人呼「杜黄鸝」。鴛湖諸公和之成帙，鏤板欲行，館人不戒火，板遂燬。盛鶴江有詩紀其事：「造物由來妬盛名，此中有恨最難平。無端一夜城門火，殃及黄鸝叫不成。」

嘉興盛遠，字鶴江，號宜山，善詩，工書。嘗客芝陽太守黄家遴幕中，及黄守嘉興，未嘗干以私。

舉高士無後者，自林逋及師沈雖，並祀之。盛卒，亦無後，郡人沈時述耆儒遺行，請學使旌而祀焉。先是，盛有佳句云：「殘陽雖好不多紅。」及卒無後，蓋其讖也。

錢塘金農，字壽門。晚年學畫竹，不知前賢竹派，宅東西種修篁千萬，即以爲師。每畫畢，必有題記，積有成帙。嘗云：「先民之言曰：『同能不如獨詣。』又曰：『衆毁不如獨賞。』獨詣可求于己，獨賞罕逢其人。予于畫竹亦然，不趨時流，不干名譽，叢篁一枝，出之靈府。」又云：「予比歲沉疴頓起，輒事畫竹，然無所師從。每當幽篁解籜時，乞靈于此。」君目無古人，不求形似，出乎町畦之外也。

滿州馬長海，字滙川，號清癡，又號大盋庵主，居易水之雷溪，復自號雷溪居士，著有《雷溪草堂集》。其詩矩矱古人，而不膠繩墨，斷句尤冠絶一時。嗜書畫，當意則傾篋解衣購之，家遂中落。李眉山嘗贈詩云：「二月輕寒擁鹿皮，人間獨少馬清癡。夜來竈底無烟火，自詠梅花絶調詩。」

平湖張徵君雲錦，字鐵珊，工詩，尤善詠物。嚴陵方婺如愛其《春草》詩，稱爲「張春草」。錫山嵇相國喜其《菜花》詩，又稱爲「張菜花」。滿洲舒雲亭明府知平湖縣時，同施竹田過訪藝舫，贈詩云：「好句人傳張鐵珊，菜花春草記當年。登樓賦已同王粲，愛客貧尤過鄭虔。廿載未償筆墨債，半生長結水山緣。我來共汎東湖月，十里烟波一釣船。」施贈詩云：「聞君高枕看雲烟，小别鶯花三月天。門外惟通柘湖水，客來不問庾家船。建安作者幾人在，甫里風流此日傳。落拓東塘一相訪，買魚沽酒話凉天。」可想見其人高致。

滿洲舒明府瞻，字雲亭，號塈畝，性耽吟詠。作縣時，案牘與詩篇旁午迭進，浙東西以詩鳴者，無不挾行卷上謁。尤喜與方外交，今之白香山、蘇東坡也。其詩五律如：「霜林通野寺，戍鼓出村樓。」「小麥青初破，餘花落尚香。」「松火消寒漏，梅花報歲除。」「秋多黃葉寺，天遠夕陽山。」七律如：「隔院不知丘壑好，入門最愛水雲寬。」「人生難得惟知己，天下傷心是別離。」「晴色遠開千嶂雨，涼雲低壓一船秋。」「鴉帶斜陽投遠浦，人分落葉過空亭。」「梁間巢燕同爲客，牆外鳴蛙不屬官。」俱清雋可誦。

錢塘施安，字竹田。五律最幽雋，如：「曉涼初在樹，落葉忽辭人。」「衣上落寒翠，空中喧浪花。」「遠水鷗難狎，高樓山易陰。」「啼鳥不知處，落花方寂然。」諸草廬先生選入詩話。

山陰周大樞，字園牧，號存吾，乾隆初以詞科徵入都，與山陰胡稚威天游齊名。有《佛手柑》詩云：「兜羅綿手艷如金，偏現祇園雜樹林。見作握拳光不定，參他豎指妙難尋。熏蒸是處聞香氣，接引何人識苦心。一種秋烟籠橘柚，謾誇甘液助高吟。」平湖張龍威雲錦嘆爲是題絶唱。

秀水白苧村桑者張庚，字浦山，詩及字、畫稱三絶。著《畫徵録》，風行一時。後又著《續畫徵録》，予嘗郵書方外數家，許補入。如先福別傳清梵、怡賢蓮峰超源兩禪師，皆山水擅長，達一明通、滌雲通睿二公俱寫生名家，惜未及而卒。

平湖釋借山能詩，而高逝大師德衛號嬾真，詩在借山之上，緣嬾真潛修一室，稿又未梓，人多未及知者。予選《禪林詩品》，業經載登。尚有《南田村舍雜詠》二首，尤談理入妙，特補録之。詩云：「更無塵事觸茅堂，一箇蒲團到月黃。欲露石跟頻掃葉，恐吞花氣住焚香。酸鹽豈曰能殊俗，冰炭從今不置腸。小立池邊曾照與，鬢毛强半點吳霜。」「彎環芊徑闔雙扉，幽事關心願未違。閒向菊塍除宿蠹，忙于蛛網解重圍。斷雲捲夢江干去，落月將詩天外歸。何必芒鞋遊汗漫，維摩虛室暢圓機。」師本平湖諸生，胸饒書卷，宜借山之不能及也。

吴門釋然脩，字桐臯，早殁。詩稾散失，世只傳《金山》一律，予已選入《禪林詩品》。後又見其《焦山》詩，屬辭秀雅，情致靈空，特詳于此：「江天樓閣畫難成，一入焦巖路轉清。樹好皆隨山曲折，僧高不爲客逢迎。雖無孤塔撑雲漢，且有雙峰抱月明。日暮揚波亭上立，松濤和浪落秋聲。」

桐鄉釋荇芳，姓魏氏，幼祝髮于城之鳳鳴寺，工詩有才。適縣丞吴某署桐鄉令篆，性谿刻，爲邑紳所控。事平，吴疑牘出于荇，遂收獄，必欲置之死地。舒進士瞻適宰是邑，見荇圜中題壁詩，獄得釋。然吴怒猶未已。舒令其易服，荇于是改名舒，字更生，以志德于不諼也。遷居石門，誤于庸醫，以疾卒。《圜中題壁》云：「憨山覺範是吾師，梏拲鋃鐺笑不辭。莫怪世人皆欲殺，幾人曾見馬駒兒。」「七字詩名是禍胎，秦黄輩出盡奇才。傷心獨有灊山老，不入司空黨籍來。」「兵守圜門斷往還，跏趺便當活埋關。平生倔强猶如昔，莫累窮交康對山。」「鍊得身心似死灰，頹然一榻没塵埃。從今再見毘耶相，更有何人問疾來。」《感事》云：「乍解軍持别梵王，臨歧心事衹凄凉。冠巾重上先人塚，衣鉢分傳弟子行。舊刹風幡留半偈，寒燈夜雨夢連牀。從今更作青蓮喻，雖在淤泥亦自香。」「沙門高士兩難争，太息千秋論未平。妙總恰爲文字累，寂音偏受黨人名。酒醒旅館離初地，吟繞空林雜梵聲。我是嬾殘方墮此，十年宰相識平生。」「聽盡啼鵑落野棠，墓田無主久荒凉。愁來一夕頭堪白，夢遶青山髮又長。此日湯休能返服，他年宗杲免霑裳。慈雲忍草梧溪塔，獨負平生一瓣香。」

崑山釋瀚，字覺海，住持海鹽永祚寺。丁丑春，偶從士大夫游，往來于嘉禾道中，有僧誦餘杭政禪師偈以譏之曰：「昨日曾將今日期，出門倚杖又思惟。爲僧只合居巖谷，國士筵中甚不宜。」瀚有恚色。予遂誦佛印元禪師偈解之曰：「趙州當日少謙光，不出三門見趙王。争似金山無量相，大千都是一禪牀。」瀚笑頷之。

本師鉏雲和尚實暹，字慎初，吴洞庭東山人。開法禾之白蓮，移蘇之珠明，晚遷普明。有《道廓堂集》。近復詠白菊三十首，張鐵珊先生爲之作序。繼又采其「名相儘誇千歲白，香光不染一塵紅」、「苦心人道持清白，皓首窮經適性靈」、「苦節只宜孤竹國，清風不在萬花樓」入《藝舫詩話》。

嶺雲和尚篆玉，字讓山，仁和人。脱白南屏萬峰山房，開法大善，次移龍翔，有《話墮集》。五七言詩如：「亂山横夕照，黄葉下秋聲。」「一聲柔櫓衝烟出，幾點閒鷗背雨飛。」烟火人不能作此語。

同門釋際徹，字抱清，嘉興人。住集上天津庵，喜爲詩。其《和金際和崙山昆季夏柳詩》有「條經攀手情何盡，絮已沾泥心不馳」，鐵珊徵君謂其殊有禪理。

杭士大夫結詩社于西湖，杭則顧月田、周穆門、丁敬身、厲樊榭、金壽門、王茨檐、杭堇浦、施竹田，海鹽則施蘭垞，平湖則張鐵珊，方外烎虚、讓山兩和尚，予每隨侍焉，皆得親炙諸公之學問。後予主白蓮，嘉興前輩陳石泉、張浦山、姚茶村、錢曉初、褚大愚、王默齋，俱蒙文字盤桓。予嘗有句云：「倔强半生人不喜，師資二字我無慚。」蓋實録也。

香山詩評

香山詩評提要

《香山詩評》一卷，據乾隆間刻本點校。原撰者周文在，字振之，號了閒，浙江海寧人。諸生。屢試不第，年六十八卒。詩稿及藏書皆毀於火，僅剩所選《白氏長慶集》二册，其子蓮、春輯爲《詩評》一卷。前有乾隆三十一年張裕犖序。香山詩篇章極富，又善於保存，昔人評爲淺俗，實則其長、其短俱在是，非可輕議，選、評甚爲不易。周氏此評僅及六十餘首，張序雖云所選不止此數，終嫌過少。其選多《遊悟真寺》等長篇，非無眼識，然評甚簡，寥寥數語，未盡其意，不足以道其所以然。張序謂勝劉須溪諸家，溢美之詞也。

海寧周了閒先生選《白氏長慶集》二册，令子玉井、松靄輯其評語爲《香山詩評》一卷。予觀其持論醇雅，視劉須溪、馮鈍吟輩殆有過之，當不減方虛谷也。自明季何、李、王、李之教行，世之學詩者莫不宗仰盛唐，侈談漢魏，耳食元輕白俗之説，唾棄勿道。抑知元本不可與白並，而白固繼李、杜、韓、柳而稱大家者乎？我聞香山在杭時，自編詩稿，分諷諭、閑適、感傷、雜律四類，前後集七十餘卷。又嘗寫本藏廬山僧寺，其富有篇章，而汲汲於身後名如此。近時汪氏立名據宋景文之説，謂其文不如詩，因別刊詩集四十卷，最稱善本。楊氏大鶴亦有選本，不及此本之簡要也。此本所選尚多，第就有評語者録之，故止於是，選與評俱甚精矣。香山詩名之盛，前代罕儷，雞林能辨真僞，一篇價值一金。今復得此闡揚，夫豈元相所可同日語哉？先生素愛閑静，人品極高，玉井、松靄並好古能文，克承家學。松靄，予門下士，需次銓曹，同玉井計偕來都。其南還也，乞序於予，因走筆書其簡端而歸之。乾隆丙戌夏日，桐城弟張裕犖拜撰。

香山詩評

海寧周文在了聞

《元序》「樂天始未言，試指『之』、『無』字，能不誤。」 案此即白在江州與元書中語。

張固《幽閑鼓吹》：「白居易應舉至京，以詩謁顧況。況熟視，曰：『長安米貴，居大不易。』及披卷首原上草詩：『野火燒不盡，春風吹又生。』却嗟賞曰：『道得箇詩，居即易矣。』因爲延譽，聲名大振。」《舊書》：「年十五六時，袖文一編，投著作郎吴人顧況。況能文而性浮薄，後進文章無可意者。覽居易文，不覺迎門禮遇，曰：『吾謂斯文遂絶，復得吾子矣。』」《新書》略同。 即指此事。況以名爲戲，足見浮薄，非知己一人也。

《舊書》傳詳，《新書》傳略，樂天、微之齊名，故一時號稱「元白」。《舊書》合傳爲是。《新書》白忽越次在前，不依年代先後，全無體例，甚矣子京之疎也。 樂天娶於楊穎士從父妹。初封晉陽縣男，進封馮翊縣侯，並見《舊傳》。

張爲《主客圖》取白詩《讀史》一首、五言古詩。《與薛濤》。七言絶句。 又摘句：「得意減別恨，半酣還遠程。」「人吏留不得，直入故山雲。」「白髮鑷不盡，根在愁腸中。」「長生不似無生理，休向青山學煉丹。」

朱子云：「樂天多説其清高，其實愛官職。」此言不謬。

勸孝。

《燕詩示劉叟》　白詩多有裨風教，乃《三百篇》之遺也。如此首體兼比興，樸淡之中可以

《傷宅》　奉誠園事見《桂苑叢談》。《唐志》：馮翊子子休撰《讀書志》，姓嚴。

《不致仕》　汪立名以此詩爲譏刺杜佑而作，非也。岐公名德重望，樂天斷無浮薄之理。案《舊書》本傳：「元和元年，請致仕，詔不許，但令三五日一入中書，平章政事。元和七年，被疾，復乞骸骨，憲宗不獲已，許之。其年十一月薨，壽七十八。」可信佑非貪戀之徒。況佑與高郢並以元和元年請致仕，佑請而不許，史有明文。而裴度之知制誥在元和六年，其時郢已前卒，則度之因郢譏佑，本屬小説無稽之談，乃復波及此詩，謬誤甚矣。

《道州民》　白公傾倒於陽道州，如此詩及《和陽城驛》詩二首可見。此詩序云：「美臣遇主。」《和陽城驛》詩云：「若作陽公傳，欲令後世知。不勞叙家世，不用費文辭。但使國史上，全録元稹詩。」後來宋景文修《新唐書》，以陽道州與元魯山並列《卓行傳》，殆因二詩而然歟？

《遊悟真寺詩》　此詩一百三十韵，竟是遊記一篇。以文爲詩，不獨昌黎也。「弟子名楊難。」可補《法苑珠林》。

《長慶二年七月自中書舍人出守杭州路次藍溪作》　「昔予貞元末」八句，何等瀟灑，何等婉曲。使俗筆爲之，必致令人欲嘔，焉能如此之雅馴乎？

《東坡種花》　子瞻深慕樂天，故以「東坡居士」自號。吾家益公及洪文敏並詳論之。

《北窗三友》 閑適者思澹而辭迂，此詩近之。

《畫竹歌》 神似少陵。「不根而生從意生，不笋而成由筆成。」較東坡「筆所未到氣已吞」殆有過之。

《長恨歌》 看陳鴻《長恨歌傳》，自能解此詩矣。

《琵琶行》 純是比興，莫作賦體看。

《醉後狂言酬贈蕭殷二協律》 《庚溪詩話》謂樂天《新製綾襖》詩、《新製布裘》詩正與杜子美《茅屋爲秋風所破歌》之意同。此詩結處「我有大裘君未見」至「與君展覆杭州人」八句，亦即廣厦萬間、寒士歡顔之意。

《霓裳羽衣歌》：「玲瓏箜篌謝好箏，陳寵觱栗沈平笙。」 張君房《脞説》云：「商玲瓏，餘杭歌者，樂天作郡日，賦歌與之云：『罷瑶琴，掩寶瑟，玲瓏再拜歌初畢。誰道使君不解歌，聽唱《黄雞》與《白日》。黄雞催曉丑時鳴，白日催年酉時歿。腰間紫綬繫未穩，鏡裏朱顔看已失。玲瓏玲瓏奈老何，使君歌罷汝還歌。』時元微之在越州，厚幣邀至，月餘，使盡歌所唱之曲，作詩送行，兼寄樂天云：『休遣玲瓏唱我辭，我辭多是寄君詩。却向江邊整回棹，月落潮平是去時。』」《苕溪漁隱》曰：「東坡用此歌，《夜飲次韵畢推官》云：『紅燭照庭嘶騕褭，黄雞催曉唱玲瓏。』又《次韵蘇伯固主簿重九日》云：『只有《黄雞》與《白日》，玲瓏應識使君歌。』」

《和酬鄭侍御東陽春悶放懷追越游見寄》：「憑君一詠向周師。」 自注：「周師範，蘇杭舊判官。

去『範』字，叶韻。」删名就韻，便具脱略不羈處。

《池上篇》　如畫。

《代書詩一百韻寄微之》　純學《夔府詠懷》，可見香山亦從杜出。　陳檢討有詩云：「白家老嫗休輕誦，曾見元和稿本來。」自注：「張文潛以五百金購白居易詩本，見其竄改塗乙，幾不存一字，蓋其苦心如此。」看此詩結構之密、琢鍊之工，豈能草率爲之者乎？

《東南行一百韻》《彦周詩話》獨愛其「春色辭門柳，秋聲到井梧」一聯。　余謂「亥日」、「寅年」屬對亦巧。《江州赴忠州至江陵以來舟中示舍弟五十韻》「亥市」、「神林」對未工。

《想東遊五十韻》：「静閲天工妙，閒窺物狀幽。」　此聯亦似老杜得意之句。

《偶題閣下廳》：「貌將松共瘦，心與竹俱空。」　可以悟禪。

《除夜寄弟妹》：「萬里經年別，孤燈此夜情。」　真摯。

《宿竹閣》：「巧未能勝拙，忙應不及閒。」　語淺意深。

《池上早秋》：「露冷蟬聲嬾，風乾柳意衰。」　開晚唐一派。

《武丘寺路》：「銀勒牽驕馬，花船載麗人。」　艷。

《人定》：「翠屏遮竹影，紅袖下簾聲。」　當令張萱、周昉寫之。

《閑卧》：「佛容爲弟子，天許作閑人。」　辭意巧妙。

《閑坐》：「百年慵裏過，萬事醉中休。」　曠達語。　二詩《瀛奎律髓》選入閑適類。

《和春深》：「一杯寒食酒，萬里故園花。」試令遷客讀之，應爲墮淚矣。
《何處難忘酒》：「青雲俱不達，白髮遞相驚。」確盡話舊凄凉景況。
《不如來飲酒》：「相争兩蝸角，所得一牛毛。」對工。
《哭皇甫七郎中湜》：「多才非福禄，薄命是聰明。」古今一轍，讀之憮然。
《感春》：「花房紅鳥嘴，池浪碧魚鱗。」設色甚新。
《問皇甫十》：「榮盛傍看好，優閒自適多。」至理名言。
《誚失婢榜》：「今宵在何處，惟有月明知。」結得藴藉。
《贈侯三郎中》：「年豐最喜唯貧客，秋冷先知是瘦人。」本色之句，妙極，自然。
《橋亭卯飲》：「松影過窗眠始覺，竹風吹面醉初醒。」《擊壤集》派蓋出於此。
《履道池上作》：「樹暗小巢藏巧婦，渠荒新葉長慈姑。」屬對工巧。
《欲與元八卜鄰先有是贈》通體細膩。三四卜鄰之景，五六卜鄰之事，結句尤妙。
《憶微之》：「分手各抛滄海外，折腰俱老緑衫中。」「滄」字借對「緑」字。
《九江春望》：「此地何妨便終老，譬如元是九江人。」結妙。
《西湖晚歸回望孤山寺贈諸客》：「盧橘子低山雨重，栟櫚葉戰水風凉。」二句寫孤山景。
《春題湖上》：「松排山面千重翠，月點波心一顆珠。」湖上。「碧毯線頭抽早稻，青羅裙帶展新蒲。」春。

《早春憶微之》：「聲早雞先知夜短，色濃柳最占春多。」　上三字略斷，此折腰句法也。

《池上竹下作》：「水能性澹爲吾友，竹解心虚即我師。」　池上、竹下，所悟如此。

《答客問杭州》：「山名天竺堆青黛。」　山。　「湖號錢塘瀉緑油。」　水。「大屋檐多裝雁齒，小航船亦畫龍頭。」　風俗。

《故衫》：「袖中吴郡新詩本，衫上杭州舊酒痕。」　從「衫」字鉤「故」字。「殘色過梅看向盡，故香因洗嗅猶存。」　從「故」字鉤「衫」字。

《宿湖中》：「浸月冷波千頃練，苞霜新橘萬株金。」　着色畫。

《題新館》：「重裘每念單衣士，兼味嘗思旅食人。」　先憂後樂，一片深情。

《鏡换杯》：「鏡裏老來無避處，尊前愁至有消時。」　説所以换之故，甚妙。

《晚桃花》：「寒地生材遺較易，貧家養女嫁嘗遲。」

《日高卧》：「小青衫動桃根起，嫩緑醅浮竹葉新。」　「桃根」、「竹葉」，活對生新。

《哭崔兒》：「悲腸自斷非因劍，啼眼加昏不爲塵。」　悲痛語，不堪卒讀。

《酬李二十侍郎》：「行掇木芽供野食，坐牽蘿蔓掛朝衣。」　承第二句「衰翁相對」之意。

《偶吟》：「老自退閑非世棄，貧蒙强健是天憐。」　善於排遣。

《閑居春盡》：「愁因暮雨留教住，春聽殘鶯唤遣歸。」　巧思。

《答夢得秋庭獨坐見贈》：「霜草欲枯蟲思急，風枝未定鳥栖難。」　真景。

《談氏小外孫玉童》：「中郎餘慶鍾羊祜，子幼能文似馬遷。」　羊叔子爲蔡中郎外孫，楊惲字子幼，爲太史公外孫。

《少傅官停自喜詠懷》：「老嫌手重抛牙笏，病喜頭輕換角巾。」　想見白公高致。

《送王十八歸山寄題仙遊寺》：「林間煖酒燒紅葉，石上題詩掃緑苔。」　方虛谷評：「自然而工。」

《醉别程秀才》：「貧泥客路粘難出，愁鎖鄉心掣不開。」　「泥」字、「鎖」字、「粘」字、「掣」字，句中眼也。《酬南洛陽早春見贈》云：「寒綰柳腰收未得，煖熏花口噤初開。」「綰」字、「熏」字、「收」字、「噤」字，與此句法正同。

《寄殷協律》：「吴孃暮雨蕭蕭曲，自到江南不忍聞。」　《江南吴二孃》詞云：「暮雨瀟瀟郎不歸。」「蕭」當作「瀟」。

《勤政樓西老柳》：「開元一株柳，長慶二年春。」　二句似五律而截去之，千古絶唱。

《王昭君》　魏慶之《詩人玉屑》云：「樂天賦此詩，年甚少。」

《燕子樓三首》　不減龍標。

《舟中讀元九詩》　與元《聞樂天左降江州》詩同一格調。

《暮江吟》　一幅小李將軍着色畫也。

《晚歸府》　可作重屏圖。

《七夕》：「幾許歡情與離恨，年年并在此宵中。」　自來賦七夕者多矣，有此二句，俱可閣筆。

《答客説》：「海山不是我歸處，歸即應歸兜率天。」《客説》自注已詳，此媢白公者妄言之，孰知公學佛而不求仙乎。

《九老會詩》　胡差佳，盧次之，吉、劉、鄭、張俱拙。

二山説詩

二山説詩提要

《二山説詩》四卷，據國家圖書館藏乾隆間寫刻本點校。撰者何忠相，字罕勛，號二山，崇明人。順天鄉試副榜，以知縣發直隸，以事落職歸。後主講於正修等書院。有《二山詩文稿》。忠相乃何焯從孫，曾悉心校勘《義門讀書記》。此書有乾隆三十一年自序，書即作於此一年間。卷一説《十九首》，卷二説蘇李詩及古詩若干首，卷三、四説樂府短、長篇，總曰「論次漢五言」，以王漁洋之《古詩選》爲藍本。此前費錫璜、沈用濟有《漢詩説》，吴淇《六朝選詩定論》亦論及之，本書或取或舍，又溯及王世貞、鍾、譚之論，大抵以《史》、《漢》及漢前書爲據。何氏嘗譏鍾、譚乃「兩個聰明不讀書人」，其不同略在此也，故頗守舊説，取舍較爲確切。至説藝則相反，如以爲蘇李詩「骨肉緣枝葉」與「良時不再至」兩首、《十九首》「驅車上東門」與「去者日以疏」兩首各爲唱和之作，説似新而不免率易。又以爲《十九首》之不入蘇李詩，乃如唐人選唐詩而不入少陵，皆爲尊蘇李、少陵也，亦屬臆斷。然稍可啓人新思，不爲無益，此亦如何氏駁竟陵、滄浪之不讀書而復能賞其新論也。蘇李詩與《十九首》之作者、作時無可確考，今人固已有共識，而此類「前現代」之研究結論則仍不可廢也。其説《古詩爲焦仲卿妻作》，有責蘭芝之意，此最與現代認識有異，然尚能維護此詩殉愛情可泣可憫之主旨，與所引顧陳垿罪蘭芝不守姑媳之道不同，顧氏之説已非詩評而淪爲倫法判詞矣。又何氏此書箋義復及於韵，卷二一則論「八病」

説甚詳，以爲沈約此説乃爲「齊梁體」而立，既不合於後起之律詩，亦不可以之回溯五言古，而終歸休文於「得罪古人，差爲功後世」，誠爲允當。其説較此前之馮班更形確切，説雙聲叠韵則又在周春稍前，不可輕忽也。

序

《爾雅》者，《葩經》之箋也。康成踵事而起，故曰箋。《三百篇》後，詩莫盛於漢，惜未遇鄭氏其人者也。鄭箋詩不無偏詣，然克自拔于大亨小萇之外，而補正所未逮。其綜覈時代，作爲《詩譜》，亦時似《大序》。省一句之如見乎其人者，其人要不可見，而其人之意理吐納，得者蓋十六七。後之譚漢詩者，有能闚高密之墻仞者乎？附膚掠毛之筆，故無責爾矣。一二才俊，不階尺只，遽躋山椒，曰漢詩不必執本傳也，曰漢詩不宜求鍼縷也，是亦有之。愚者竊疑漢人理渾深，未渠比肩《三百》，以其說，即《大序》之互指爲孔子，爲子夏，爲國史，爲衛宏者，胥可廢？而毛氏之《故訓傳》暨鄭《箋》以降，紛綸諸經解，將請用從火矣。今於《葩經》且論其世，味其旨，甚者辯析其名物，至纖悉之所居。獨於漢詩，則一切不求甚解，以託于識其大者之無事小數爲也，直昧心語耳。夫漢人風氣敦龐而義法深至，早擅工穩於不甚求工之中。儒者讀出一句字，必道其所歸心，不能知不如無讀。口不能言而於，不如知之而言之；而言人之所已言，又不如無言。此自患者之分，宜自苦，本非敢以例高明。執鄙吝者非壼而誰，廼自古歎之矣。

乾隆三十一年丙戌仲冬，崇明何忠相相山氏手題於正脩書院中。

漢五言詩目録

崇明何忠相二山箋

例言

蘇李七首，杜陵於以得師，一法化萬法，萬法歸一，法不在多也。且學人閲歷處要多，得力處要少。不佞常奉教於前輩，經史子集，古今文辭皆然，何獨博雜於詩？

四言誰紹《三百篇》哉？未論《文選》所載潘、陸贈答之膚庸，即前則韋傅《諷諫》，後則叔夜《雜詩》，元亮衆作，未敢目爲滴髓傳也。故四言胥舍旃？雖漢人亦不欲貢諛。

四言之伸而爲五言也，豈獨枚叔？蘇李絶識，直天地元氣鼓鑄，合有此變化耳。氣之勃興，百物莫盛乎其初。繼此匪曰銷歇，然少演迤矣。于鱗謂唐無五言古，語誠過。若冥會夫氣之盛之，果于何屬也。魏晉何似漢人，遑云三唐。

然則五言者，漢人之鴻溝也。其七言自《大風》《秋風》《瓠子》而下，三五七言如《戰城南》《有所思》《上邪》諸篇，奇氣奥味，妙到秋豪。余别有説詩第三種，繼第二種《魏晉五言詩箋》之後，專輯七言。以詩體自有疆域，尼父删《詩》，《風》《雅》《頌》部居已分，非近倣新城五七言詩選也，故另箋。

七言後即有《唐詩類箋》，凡十門。一曰朝省，二曰感懷，三曰羈旅，四曰懷古，五曰登眺，六曰宴遊，七曰贈寄，八曰送别，九曰哀悼，十曰詠物，皆律詩也，唐人擅絶在此。若七古，則賡續漢魏晉而集其成。其五古，則檮昧如前所云，精騖漢人，攻毋自可致子，且新城有《三昧集》在，讓其單行，無誒我爲也。

樂府宜攻不宜剽，八病關律不關古。近詩家有譚樂府暨八病者，似未折其衷。愚者剖此二節，或學士宜慭置諸耳焉。

上有好者，下必有甚焉者矣。詩教尤王政之大端也，生逢隆盛，聖學高深，自丙子垂翅南歸，杜門稽古，蘄無負爲聖人之氓。即今偕諸生講文張字于此，一食飲皆君恩也。勉謁矇瞽，敬箋御製詩集，庶幾繪畫乾坤，仰酬萬一。且鄒子樂何人也，十九章之作，上叨筆札，况沐浴堯舜之化澤者哉！

二山何忠相識

二山説詩卷一

崇明何忠相罕勛箋

古詩十九首

行行重行行，所以至萬餘里也。五字頓挫獨造。與君生別離。相去萬餘里，承一。各在天一涯。承三。道路阻且長，會面安可知。胡馬依北風，越鳥巢南枝。所謂人絶路殊也，申上「萬餘里」。或以不忘本，反激下「不顧返」，似於上下語脉隔斷。○以上横説，以下竪説。相去日已遠，衣帶日已緩。兩「已」字與下「不顧」緊相擊應。浮雲蔽白日，此句文之心也。○《文子》：「日月欲明，浮雲蓋之。」陸賈曰：「邪臣之蔽賢，猶浮雲之障日月。」遊子不顧返。吾已如此，曾不顧吾而思返。思君令人老，歲月忽已晚。棄捐棄捐矣，忽轉。勿復道，努力加餐飯。末句即《毛詩》「君子于役，苟無飢渴」意。後人詩「萬憾千愁言不得，願郎安穩過新年」，猶得此旨。譚友夏謂此以自勸，隔甚。

第一篇固是臣思君，而託於婦思夫之詞。然須明行者是誰，乃指夫耳，所稱遊子是也。婦人足不踰閾，焉得行萬餘里？王涯詩「不省出門行」，此可以袪誤認者之蔽矣。遊子棄我而行，猶君逐我而去。本是君與我離，却言我與君别，語意敦厚乃爾。○《白頭吟》「淒淒重淒淒」，《木蘭詩》「戚戚復戚戚」，語法皆本此首句，而意理不如。

青青河畔草，鬱鬱園中柳。盈盈樓上女，不避惠帝諱，如「總齊群邦」之不避高帝諱也。古人臨文不諱，弇州云。

皎皎當窗牖。娥娥紅粉妝，纖纖出素手。舊語添一「出」字，便蕩心目。〇歸愚宗伯云：用疊字，從《衛・碩人》「河水洋洋，北流活活」一章化出。昔爲倡家女，今爲蕩子婦。蕩子行不歸，空床難獨守。非不守也，只是艱苦。

此篇最難看。竊以全詩屬比，首二句則興耳。春光如許，人物何等，當牖出手，欲自靖自獻于君王，又非十年不字者比。倡家女本學事人，蕩子婦難邀君寵，空牀即孤臣也。負此艷陽，言與淚俱。〇《列子》：「有人去鄉土，遊於四方而不歸者，世謂之狂蕩之人。」「蕩子」二字本此。尚嫌出口輕薄，格似下前首一等。〇或曰刺也，詠蕩婦所以刺小人。

青青陵上柏，磊磊澗中石。人生天地間，忽如遠行客。《尸子》《列子》《韓詩外傳》語，撰成奇語。〇《尸子》：「老萊子曰：人生天地之間，寄也。寄者固歸。」《列子》：「死人爲歸人，則生人爲行人矣。」《韓詩外傳》：「枯魚銜索，幾何不蠹。二親之壽，忽如過客。」斗酒相娛樂，居。聊「聊」字猶言式飲庶幾。厚不爲薄。驅車策駑馬，行。遊戲二字傲弄，以下一氣縱勢。宛與洛。洛中何鬱鬱，冠帶自相索。長衢羅夾巷，王侯多第宅。兩宮遙相望，南宮、北宮，相去七里。出《漢官典職》。雙闕百餘尺。極宴娛心意，戚戚何所迫。何必傷不如柏石與神迴。

以憂生起，以達生結。王弇州謂此曠遠之士，能不以利禄介懷者，是也。居則爲陶元亮，出則爲東方曼倩，無入而不自得矣。〇「宛」「洛」是東京語。

今日曰「今日」，則前乎此，後乎此，皆不可常矣。故有「奄忽」之感。良宴會，歡樂難具陳。彈箏奮逸響，新聲妙入神。令德唱高言，識曲聽其真。跌蕩事忽説得正而微。齊心同所願，李善注：「所願謂富貴。」最是如此。乃直注「要路津」與「窮賤」緊對，他説支離。含意俱未伸。人生寄一世，奄忽若飆塵。何不策高足，先亟亟欲常保此歡樂而謝苦辛也。寓言若正。據要路津。無爲守窮賤，轗軻長苦辛。

西北有高樓，上與浮雲齊。曳滿「高」字。交疏結綺窗，上言高，此言深。阿閣三重階。上有絃歌聲，音響一何悲。誰能爲此曲，無乃杞梁妻。二句形容「悲」字。清商隨風發，中曲正徘徊。一彈再三歎，慷慨有餘哀。四句引伸「響」、「悲」。○以上歌者苦矣，忽轉。不惜歌者苦，但傷知音稀。正是知音。願爲雙黄鵠，同鶴。奮翅起高飛。

以置身千仞之人，作感士不遇之賦，何時作黄鵠一舉，見天地之圓方也？此即浮游塵埃之外意。語似傷人，意實自道。

涉江採芙蓉，蘭澤多芳草。省「采」字。採之欲遺誰，所思在遠道。還顧望舊鄉，長路漫浩浩。同心而離居，何故？憂傷以終老。

此篇故國故君之感，全體《離騷》，不特採芳遺遠，如《湘君》《湘夫人》《大司命》《山鬼》諸篇之云。即「還顧」句，亦即《離騷經》「忽臨睨夫舊鄉」之謂。蓋自逐臣回首萬里君門則曰遠道，不忘故國則曰舊鄉，已成離異，猶昵同心，所謂初既與余成言，後悔遁而有他也。讒人間之，維憂用老而已。

明月皎夜光，促織鳴東壁。玉衡指孟冬，北斗七星第五曰玉衡，見《春秋運斗樞》。衆星何歷歷。白露霑野草，時節忽復易。層遞。秋蟬鳴樹間，玄鳥逝安適。昔我同門友，高舉振六翮。不念攜手好，棄我如遺迹。南箕北有斗，牽牛不負軛。良無盤石固，從時節忽易來，老冉冉其將至矣。虚名復何益。

歲月已晚，進身無階。未敢懟上，歸獄友朋，立言之體也。〇李善注「玉衡」句，引《淮南子》「孟秋之月，招摇指申」，此是漢之孟冬，乃今之七月。《漢書》高祖十月至霸上，故以是月爲歲首也。而近世吴淇則云：「《史記・天官書》：『斗杓指夕，衡指夜，魁指晨。』堯時仲秋夕，斗杓適指酉，玉衡指仲冬。然星宿東行，節氣西去，每七十二歲差一度，曆家謂之歲差。漢去堯二千餘年，應差一歲，此時仲秋夕，斗杓當指申，衡應指孟冬，通曉曆法者自明。」余按《禮記》，季夏蟋蟀在壁，故次句從季夏説起。到孟秋，寒蟬鳴，仲秋之月，玄鳥歸，故次第説到第七、第八句，而以白露時易作轉遞。蓋孟秋之月，白露降也。《月令》所載，先後歷然。若如吴氏于「玉衡」句尅指歲差之仲秋，則「時節忽復易」句無着矣，故當仍以舊注爲妥。〇「逝安適」已引「棄我」。

冉冉孤生竹，化嶧陽孤桐「孤」字。結根泰山阿。與君爲新婚，兔絲附女羅。化「女蘿」「松柏」二語，不用「松柏」字。兔絲生有時，蟬聯。陳思贈白馬，惠連獻康樂，乃踵事而增。夫婦會有宜。千里遠結婚，悠悠隔山陂。思君令人老，軒車來何遲。倒句。因遲故老。傷彼蕙蘭花，承「老」字，忽竹忽蘭，興比雜沓。古詩正以棖觸無端入妙。含英揚光輝。過時而不采，將隨秋草萎。君亮執高節，厚甚。賤妾亦何爲。

《離騷》滋蘭及日暮之感。亦本孔子《猗蘭操》「一身將老」語言意思。

庭中與「路遠」對。有奇樹，緑葉發華滋。攀條折其榮，「華滋」。將以遺所思。馨香盈懷袖，「貴」。路遠莫致之。此物何足貴，轉。〇《文選》作「何足貢」，謂獻也。歸愚宗伯云：「『貢』字較有味。」余以「遺」、「致」、「貢」未應叠床，「貴」字佳。但感別經時。

由條而葉而華，「別經時」矣。思積平時，感觸一刻。四時三月成一時，想見古人三月無君則皇皇如之義。

迢迢牽牛星，一名河鼓。皎皎河漢女。纖纖擢素手，札札弄機杼。終日不成章，泣涕零如雨。李白《烏夜啼》「停梭悵然」二句出此。而此不露「悵」、「遠」字，尤含蓄。河漢清且淺，相去復幾許。又翻轉「迢迢」。盈盈一水間，脈脈不得語。脈脈，相視貌，出《爾雅》郭注。鍾伯敬謂叠得奇，不可解，真不讀書者。

曰「迢迢」，則遠矣。曰「相去幾許」，則又近矣。曰「不得語」，則近者亦遠矣。惟其「脈脈」，所以「迢迢」。

迴車駕言邁，悠悠涉長道。四顧何茫茫，意語惝焉不知所從來。東風摇百草。弇州云：「『摇』字早露句眼，此與陳思『朱華冒緑池』是後人響字之祖。」所遇無故物，焉得不速老。宋玉悲秋，此直悲春矣。○王孝伯行至其弟曙户前，問：「古詩中何句最佳？」曙思未答，孝伯曰：「『所遇』二句最佳。」盛衰各有時，立身苦不早。人生非金石，豈能長壽考。奄忽隨物化，《莊子》：「聖人之生也天行，其死也物化。」榮名以爲寶。

是正論，是悲思。譚友夏云：「要知與『虚名復何益』非兩意。」

東城高且長，逶迤自相屬。迴風動地起，秋草萋以緑。四時更變化，歲暮一何速。《尸子》：「人生也亦少矣，而歲往之亦速矣。」晨風懷苦心，蟋蟀傷局促。此直指二詩耳。伯敬謂「懷」「傷」妙着二物上，大謬。蕩滌二字本《郊特牲》。放情志，何爲自結束。伏矣，下又起。燕趙多佳人，美者顔如玉。被服羅裳衣，當户理清曲。如淳《漢書注》：「今樂家以五日一習樂爲理樂。」音響一何悲，絃急知渡。柱促。馳情情。整巾帶，義。沉吟聊躑躅。義。思爲雙飛燕，銜泥巢君屋。情。

此篇余嘗疑之，舊分兩首，波瀾尚少起伏，自當合之爲一。似「蕩滌」二字，本《郊特牲》「滌蕩其聲」，早通清曲消息。然詩貴起伏無端，正不必預行打奪也。「整巾帶」，衆指歌者，故友夏指爲美人圖。然「馳情」承上「放情」，應指聞歌者。發乎情，止乎禮義，托喻燕巢，婉約無盡。

驅車上東門，長安東門名。遥望北郭墓。此西都北郭。若北邙，自在東都。白楊何蕭蕭，班固《白虎通》：「庶人無墳，樹以楊柳。」後人繞齋種白楊之憒本此。松柏夾廣路。下有陳死人，用《莊》。陳，久也。杳杳即長暮。《楚辭》：「襲長夜之悠悠。」潛寐黄泉下，千載永不寤。浩浩陰陽移，年命如朝露。李陵勸蘇武語，見《漢書》。人生忽如寄，老萊子語。壽無金石固。萬歲更相送，賢聖莫能度。服食求神仙，多爲藥所誤。并神仙亦莫能度矣。此豈漢武時詩，懲創方士邪？不如飲美酒，被服紈與素。

《十九首》意理口吻，宛爾《三百篇》。此則全法《山有樞》，「子有飲食」化云「美酒」，「子有衣裳」化云「紈素」，「何不日」化云「不如」，墓下陳死亦即「宛其死矣」之語，倒裝在前也。此古人源流輪貫處。

去者日以疎，生者日以親。用《吕覽》「死者彌久，生者彌疎」，蓋對死者言也。「生者」一作「來者」，非是。出郭門句法。直視，但見丘與墳。古墓犁爲田，松柏摧爲薪。白楊多悲風，蕭蕭愁殺人。思還故里閭，欲歸道無因。

此篇昔人皆連前首，近吴淇則連下首參看，亦得。吴云：「下是説向日親邊去，爲生者説法；此是説向日疎邊去，借去者爲生者説法也。」余謂五言始于蘇李，已有倡和，此後何必無之？此與前篇似相倡和之作。前曰「北郭墓」，墓猶在也；此更曰「犁爲田」，并無墓矣。前曰「夾廣路」，松柏猶存也；此更曰「摧爲薪」，并無松柏矣。皆加一倍語，故和上「白楊蕭蕭」之語，而增以「多悲風」、「愁殺人」也。末語，弇州指旅客見古墓而思里閭，余謂起標生者，早在死者上立脚，故即和上「陳死人」，而代悲其意。衛敬瑜鬼詩憑燕足以寄，夢其妻所，云：「楊花撲面飛，不認歸來路。」即欲歸不得之謂也。昔人似未解澈。

生年不滿百，常懷千歲憂。愚甚，故下喝醒愚者。晝短苦夜長，何不秉燭遊。爲樂當及時，何能待來茲。二字出《吕覽》，亦本《孟子》，合成二字。愚者愛惜費，但爲後世嗤。後世兼他人與子孫在内。「宛其死矣，他人入室。」是爲後人嗤田舍翁，得此已足，是并爲子孫嗤也。仙人王子喬，唤醒「千歲憂」，欲憂千歲，須活千歲。難可與等期。

樂府《西門行》一篇，同者八句，蓋本此而引伸連犿其詞耳。亦如上篇「悲風」「愁人」二語，《古歌》又引伸之，云：「秋風蕭蕭愁殺人，出亦愁，入亦愁。」其下「離家日趨遠，衣帶日趨緩」，亦變首篇「日已遠」、「日已緩」。古人互相憲述者多，特移步换形，不作偷語鈍賊耳。高似孫《選詩句圖》尚未備。

凜凜歲云暮，螻蛄夕鳴悲。涼風率已厲，遊子寒無衣。四句紀時。錦衾遺洛浦，化用鄭交甫事，反跌。同袍與我違。不如洛浦二女。獨宿累長夜，夢想二字回互低迷，積想成夢，夢中痴想，下所云願得種種。見容輝。良人惟古歡，字法。枉駕惠前綏。入夢矣。願得長巧笑，攜手同車歸。痴夢。既來不須臾，須臾：二十念爲一瞬，二十瞬爲一彈指，二十彈指爲一羅預，二十羅預爲一須臾，一日夜有三十須臾。出《僧祇律》。又不處重闈。亮無晨風翼，焉能凌風飛。四句夢中閃爍揣疑，總是想字幻出。眄睞以適意，暫來。引領遥相睎。臨去。徙倚懷感傷，垂涕沾雙扉。夢覺矣。

「遊子寒無衣」，言螻鳴風厲，正遊子畏寒之候，紀時耳。若以遊子自謂，則與下巧笑之媚良人不接。若即以遊子指良人，則彼方苦無衣，那望錦衾遺我，胥不得通矣。以下「夢想」二字結撰，顛顛倒倒，糊糊塗塗，入夢、夢中、夢覺，幻境真情，來笑去哭，是千古懷人之祖。劉辰翁亦略見及此，而剖析未精。

孟冬寒氣至，北風何慘慄。愁多知夜長，傅休奕「愁人知夜長」出此。仰觀衆星列。末章「憂愁不能寐，攬衣起徘徊」及曹子桓「展轉不能寐，披衣起彷徨」，可印「仰觀」之旨。○區區之心，冀幸君之一悟也。末句通神。三五明月滿，四五蟾兔缺。星月連觸。唐人詩：「起行殘月獨裵裒。」○久離别矣，長相思以此。客從遠方來，遺我一書札。上言長相思，下言久離别。置書懷袖中，三歲字不滅。用事如無事。○《韓詩外傳》：「趙簡子爲書，使無恤誦之。三年，問書所在，襄子出之左袂。」一心抱區區，懼君不識察。勑列反。

客從遠方來，相去。○「遠方」二字是眼，與上篇句同而意差别。遺我一端布帛曰端。綺。非綺也，心也。相去萬餘里，離。故人心尚爾。文彩雙鴛鴦，裁爲合歡被。合不忍終離。著同貯。以長相思，絲也。緣飾邊，音掾。以結不解。心如結也。語似樂府。○皆以重此綺也。下復形容絲結，是綺非綺。○解，舉履反。以膠投漆中，《韓詩外傳》：「如膠如漆。」誰能别離此。抱轉。

兩篇意旨略同。黏朋友看可，借朋友言亦可。古詩無岐解，而有通詁。説男女非即男女也，説朋友非必朋友也。

明月何皎皎，阮籍詩「薄帷鑒明月」本此。照我羅床幃。憂愁不能寐，攬衣起裴裒。古歌《傷歌行》「昭昭素明月」一篇意語多同。彼伸十句，此縮四句。客行雖云樂，不如早旋歸。後人「美遊不如惡歸」從此翻出。出户獨彷徨，愁思當告誰。引領二字難堪。還入房，淚下沾裳衣。彷徨誰告，亦即《傷歌行》「東西安所之」也。入房飲泣，視彼「佇立吐高吟，舒憤訴穹蒼」尤含咀。蓋説不出更苦耳。然彼題標「傷歌行」，勞者歌其事，又以説出爲主也，正可參悟。

○《長歌》《短歌》《古歌》《怨歌》《悲歌》《艷歌》《滿歌》等題，體例即《傷歌》推之。

五言始蘇李，而先《十九首》，何也？曰：河梁贈答，在昭帝世。《十九首》中，《玉臺》以九首標枚乘，乘在武帝世，則先於蘇李矣。然徐陵、劉勰皆以「冉冉孤生竹」一篇爲傅毅作，毅東漢人，是《十九首》且兼兩漢，而不及蘇李，何也？曰：未必非尊蘇李也。唐人選唐詩，不及少陵，正以尊少陵也。其曰「古詩」，則立乎選詩者之世而古之，所以尊《十九首》也。既有枚乘，又有傅毅，則非一人之作明矣。而鍾、譚《詩歸》云：「似非出於一人。」似者，疑辭也。此疑何來？他語亦多謬誤。如「努力加餐飯」之謂是自勸；「齊心同所願」之謂無拘束；「傷彼蕙蘭花」則特稱其性情與草木相關，不知《三百》皆然；「脉脈不得語」則駭其叠字奇不可解，不知《爾雅》成處；「蟋蟀傷局促」則以着在物上爲妙，不知其直指詩篇也；「遺我一書札」則以無端及友遺愁，不知其上已引線也。余嘗謂鍾、譚是兩個聰明不讀書人，蓋嚴滄浪之亞耳。而新城俎豆滄浪，兼貢諛竟陵，此大惑也。然竟陵亦間有名論。其云：「樂府奇想奥辭，能使人驚；古歌雍穆平遠，能使人思。」剖析最確。此亦如滄浪「羚羊掛角」諸喻，道人之所不道。而定遠馮氏又一例偏然反之，則惡而忘其美矣。近見一老輩《漢詩説》，亦推名本，其評《十九首》只五條，已可詫歎。于《青青河畔草》篇云：「但言難守而意已足，不必蛇足貞淫。」是謂真刺蕩子婦也。夫以兩漢之詩，標舉僅十九首，興觀群怨，事父事君，大義何等，而列一輕薄嘲笑之作，於義何居？于《明月皎夜光》篇云：「孟冬或以爲當作秋，或以爲漢初孟冬仍是秋，然古人詩何嘗鑄定時日？」然則當冬裘而稱夏葛，可乎？于《東城高且長》篇云：「不宜離爲二首。」是矣，則「何爲自結束」非結句明甚，而又標此二語，謂精神專注結句，是子矛陷子盾也。其尤甚者，于《凛凛歲云暮》篇云：「錦衾巧笑，似懷昵友，非懷良友。」試問昵友之處重闈而巧笑者畢竟是何樣人？直使人笑來矣。所見如此，而毛西河、王或庵輩，猥諛以力闡奥義，識高論確，謬種流傳，貽誤不少。若合《十九首》黏聯伏應，更屬瞽説，蓋并目未覩孝穆、彦和兩書耳。余故一一正之，非好摭前人也，將以諗吾學侣焉。丙戌重九，二山何忠相書于正脩書院中。

二山說詩卷二

崇明何忠相罕勛箋

蘇武詩四首

骨肉緣枝葉，結交二字點明，可知非別兄弟。亦相因。四海皆兄弟，誰爲行路人。承「結交」，墊起一層。況我連枝樹，與子同一身。連枝樹，緣枝葉而連骨肉矣，故曰「同一身」。昔爲鴛與鴦，今爲參與辰。昔者長相近，邈若胡與秦。省「今」字。惟念當乖離，恩情日以新。舊情也，别時更重，舊者日新。鹿鳴思野草，可以喻嘉賓。比興，斷續起伏。我有一尊酒，欲以贈遠人。願子留斟酌，叙此平生親。本同一身。○本傳：「初，武與陵同爲侍中，素厚。」

前輩云：首章别兄弟，以舊人解作别陵爲非。余以起即明言「結交」，已指少卿。「四海兄弟」，祇墊襯平生親故之如同一身者耳，何得泥「兄弟」字？「鴛鴦」、「嘉賓」，此豈對兄弟語耶？且陵詩「獨有盈觴酒」，正答「我有一樽酒」，唱和如聞。本傳所載置酒賀武，因與武決時事也。異義何來？○武兄嘉，以扶輦觸柱折轅，劾大不敬，伏劍死。弟賢，以詔捕宦騎不得，惶恐飲藥死。皆在武未歸漢前。若云别兄弟，當在奉使時，然「結交」、「嘉賓」語，意終不似也。

結髮爲夫婦，恩愛兩不疑。歡娛在今夕，已懷遠路，只有今夕是箇良時。燕婉及良時。征夫懷遠路，起視夜何其。參辰皆已没，夕將旦矣。去去從此辭。行役在戰場，相見未有期。說。握手一長歎，淚爲生别滋。扮。努力愛春華，莫忘歡樂時。扮了又説，古詩要兼説兼扮。生當復來歸，死當長相思。

此首《玉臺》標留别妻，似矣。以行役來歸，近使持節送匈奴使時語，非北海上别陵語也。然余尚有疑者，時且鞮侯單于方盡歸漢使郭吉、路充國等，使武厚賂，答其善意，無緣逆料緱王虞常等之謀劫閼氏，伏射衛律，至議殺漢使者也，似未應遽作期訣語。且子卿義士，當慷慨登車，又未必刺刺對婢子語耳。若以後猶娶婦匈奴，别妻亦是情種，着語未免過哀。則陵後所述子卿婦年少已更嫁者，毋亦不祥之讖邪？抑古人多以夫婦喻朋友，行役可概往來，不必去時。「來歸」婉勸少卿，不必自指。後篇云「念子不能歸」，兩「歸」字始勸終諒，三致意焉。終疑作唱和者近之。姑存此論，以俟來者。○首章兩「人」字，此兩「時」字皆複韵。按：《氓》詩：「匪我愆期」、「秋以爲期」，「載笑載言」、「體無咎言」，蓋多有之。漢詩去《三百篇》近，不必以唐人詩法律漢人。

黄鵠一遠别，千里顧徘徊。後人推發端工語，如「驚風飄白日，忽然歸西山」、「晨風飄岐路，零雨被秋草」、「大江流日夜，客心悲未央」，不知此已開先。胡馬失其群，思心常依依。何況雙飛龍，羽翼臨當乖。幸有絃歌二字總領，以下分合回互。曲，可以喻中懷。請爲遊子吟，李善注：龍丘高出遊，三年思歸，望楚長歎，曰《楚引》。見《琴操》。泠泠一何悲。歌。絲竹弦。厲清聲，弦倚歌。慷慨有餘哀。長歌正激烈，歌包弦。中心愴以摧。欲展清商曲，十二律旋宫至南吕、無射、應鍾三律，爲宫時。商反長于宫，因殺用其半，以起調畢曲，其音噍殺，故稱清商。此承遊子吟進一步，欲感動其歸思也。下轉。念子不能歸。俛仰内傷心，淚下不可揮。願爲雙黄鵠，首尾。送子俱遠飛。「歸」字餘影。

弇州謂子卿稍似錯雜，蓋以黄鵠、胡馬、雙龍、絃歌、絲竹、遊子吟、清商曲之紛出叠見耳。余細覈之，胡馬從黄鵠一低，雙龍又一昂，則黄鵠早已孤行側出，恰相首尾，匪直開陸機鳥獸雙起，思鳥單收詩法也。且弦且歌，分中見合。泠泠清聲，歌也，而弦倚之。歌悲而絲竹亦厲，弦厲而長歌加激烈矣。弦歌之曲，即《遊子吟》。蓋以龍丘高之思歸動少卿，所謂當復來歸也。然陵自言：「收族陵家，尚復何顧。」故欲展清商曲之更悲于《遊子吟》者，以勸其歸。而轉一念曰：「已矣，子不能矣。」陵爾時泣下數行，武亦與楚囚對也。身非雙鵠，那得俱飛。慟絶！不知錯雜在何處。

燭燭晨明月，馥馥秋一作「我秋」字佳。蘭芳。芬馨良夜發，隨風聞我堂。四句故鄉。杜詩「月是故鄉明」，王詩「寒梅着花未」，可印此意。征夫懷遠路，遊子戀故鄉。寒冬十二月，李善注：武帝太初元年改從夏正，此或改正後也。余按：武以昭帝始元六年歸，改正久矣。或字剩。晨起踐嚴霜。俯觀江漢流，似歸途語。仰視浮雲翔。良友遠別離，各在天一方。山海隔中州，相去悠且長。嘉會難再一作「雨」。「再」字佳。遇，歡樂殊未央。願君崇令德，答陵「崇明德」語，下又寬之。隨時愛景光。

此篇千古聚訟。蘇李贈別，何由却到江漢？東坡遂至疑爲僞作。此不足辨，獨「江漢」誠有可疑。余謂似武歸路思陵而作。方戀故鄉，未忘良友，尋歡異域，且自隨時，所謂得一日過一日也。蓋至此而歸漢之望絶矣。「崇令德」，微詞也。雖歸路亦不由江漢，然陵詩「臨河濯長纓」，黄河發源星宿海，行塞外幾千里，乃入中國。陵既稱河，武亦因河而觸江漢，四瀆異源同流，詩人語或太執着不得。○少陵云：「李陵蘇武是吾師。」而鍾嶸《詩品》只標李都尉一人，何與？豈舉一見兩與？同岑異苔，未應混視也。江淹擬詩亦遺蘇，蓋梁代詞人所見如此。

李陵與蘇武詩三首

良時不再至，蘇詩「燕婉及良時」與此句恰相唱和，可徵武前詩非必別妻。離別在須臾。屏營《國語》：「楚靈王獨行屏營。」衢路側，執手野插法，蓋即匈奴北海上。踟躕。低迷，下忽昂首。仰視浮雲馳，奄忽互相踰。風波李善注：「浮雲因風波蕩，喻人客遊飛薄。」一失所，各在天一隅。長當從此別，且復立斯須。在須臾矣，再站一站。盡頭苦語。欲因晨早。風發，送子以賤軀。只是不能舍武，非猶欲歸漢也。

嘉會難再遇，三載爲千秋。臨河濯長纓，纓結項下，濯纓只是拂拭行裝，下所云「懷往路」也，指武言，故下接「子」字。或泥纓施兜鍪，指陵改服意，則自新勢須復着，真謬説。念子悵悠悠。人與河逝。遠望悲風至，對酒不能酬。行人懷往路，何以慰我愁。獨有盈觴酒，翻轉「不能酬」。與子結綢繆。「不能酬」，傷今別也。「結綢繆」，追昔歎也。一樽酒委折之至。

攜手上河梁，遊子暮何之。徘徊蹊路側，悢悢悢音亮。一作「恨」。「悢」字佳。不能辭。行人難久留，更不能立斯須矣。各言長相思。本傳：「異域之人，壹別長絶。」已矣下忽轉。安知非日月，弦望自有時。浮雲忽踰，日月或合，是濃至語，是惝怳語。努力崇明德，皓首以爲期。

「送子以賤軀」、「皓首以爲期」，舊謂不忘歸漢，此未論其世耳。老母已死，雖欲報恩，將安歸？陵已與武明言之矣，同時酬唱，焉得異同？後昭帝時，遣任立政至匈奴招陵，猶辭以丈夫不能再辱，此胡以云也？陵既不歸，又無祝武再來之理。「明德」、「皓首」，即陵賀武：足下還歸，功顯漢室，竹帛丹青，語意非交勉謀歸之謂。解者失之，而吴淇尤夢夢。〇嘗怪沈約創立聲病，此齊梁體耳，輒笑昔之人無聞知。忠相按：休文八病，但有關于律詩，沈宋未出，無所爲律，何得執三尺法鞭笞古人？五言興于蘇李，請導河積石以塞横流，即折以蘇李、《十九首》，參取諸前輩之論，而以蒙者折衷焉。八病一曰平頭。馮鈍吟云未詳，蓋概斥《魏文帝詩格》、梅堯臣《金針詩格》諸僞書所載也。《詩格》云：平頭謂句首二字並是平聲是犯。如古詩「朝雲晦初景，丹池晚螢雪」、「飄披聚還散，吹揚凝且滅」。余以此一條近是。若梅聖俞指第一字與第六字、第二字與第七字不得同聲，而引古詩「今日良宴會，歡樂難具陳」，「今」與「歡」同平，「日」與「樂」同入爲病。按：李詩「攜手上河梁，遊子暮何之」，「攜」與「遊」同平，「手」與「子」同上，何病之有？梅語殊可笑。二曰上尾。《詩格》謂第五字與第十字同聲是犯。余以《十九首》「青青陵上柏，磊磊澗中石」、《白頭吟》「淒淒復淒淒，嫁娶不須啼」，何云犯？然又謂是韻則不妨，若側聲同上去入即是犯，則「相去萬餘里，故人心尚爾」，「里」、「爾」同上，「斗酒相娱樂，聊厚不爲薄」，「樂」、「薄」同入，其謂之何？按：劉知幾《史通》引梁武言「得既自我，失亦自我」爲上尾，蓋兩「我」字相犯，僞書不知也。三曰蜂腰，四曰鶴膝。《詩格》以第二、第五字同聲，引詩「徐步金門旦，言尋上苑春」爲犯蜂腰；以第五、第十五字同聲，引詩「陟野看陽春，登樓望初柳。緑池始霑裳，弱葉未映綬」爲犯鶴膝。梅解之云：「步」「旦」同聲，所以兩頭大、中心小，似蜂腰形。「春」「裳」同平，所以兩頭細、中心麄，似鶴膝形。此成底語？直不耐發蒙振落。鍾嶸雖訶王融、沈約輩文多拘忌，傷其真美，要未至若謬解者之甚耳。按：《蔡寬夫詩話》：「五字首尾皆濁音，而中一字清，爲蜂腰。首尾皆清音，而中一字濁，爲鶴膝。」鈍吟祖其語而忘其書。余謂蔡説最有理。蓋中字獨濁，濁則麤，故比鶴之膝；中字獨清，清則細，故比蜂之腰。隱侯故云：「一簡之内，音韵盡殊；兩句之中，輕重各異。」所自喜者在此，那得如僞書瞽説？五曰大韵，六曰小韵。《詩格》謂二句中字與第十字同聲，如古詩「胡姬年十五，春日獨當鑪」，「胡」與「鑪」犯大韵。九字中有「明」字，又用「清」字，如阮詩「薄帷鑒明月，清風吹我襟」，「明」與「清」犯小韵。所指亦近是。余以蘇詩「請爲」十字，「爲」同「悲」，「絲竹」十字，「絲」同「哀」，李詩「屏營」十字，「衢」同「蹰」，「攜手」十字，「攜」同「之」，「安知」十字，「知」同「時」，皆不避大韵。而蘇詩「燭燭」二句，「燭」同「馥」，「芬馨」二句，「芬」同「聞」，「良友」二句，「别」同「一」，「山海」二句，「州」同「悠」，李詩「良時」二句，「時」同「離」，「獨有盈觴酒」，「有」同「酒」，「努力崇明德」，「力」同「德」，至「嘉會」二句，「會」、「再」、「載」且三同，何嘗避小韵？此病何來？而鈍吟别云：「大韵、小韵，似指取韵之病，大小之義未詳。」則又莫定其指歸，殆非也。七曰正紐，八曰旁紐。按：郭忠恕《佩觿》云：「雕弓之爲敦弓，則又依乎旁紐。」鈍吟釋之云：「徵音四字，端透定泥，敦字屬元韵端母，雕字屬蕭韵，亦端母，則是旁紐者，雙聲字也。」《九經字樣》云：「紐以四聲，是正紐者，四聲相紐，東、董、凍、督是也。」《詩格》謂十字有「元」字，又用「阮」、「願」、「月」字，如古詩「我本良家子，來嫁單于庭」，「家」與「嫁」犯。此釋正紐亦得之。而其釋旁紐，則謂十字中有「田」字，又用「寅」、「延」字，引詩「田夫亦知禮，寅賓延上座」是犯。果爾，則仍是上所指小韵類耳。梅用《詩格》語移解旁紐，謂二句中已有「月」字，不得着「魚」、「元」、「阮」、「願」字。果爾，則仍是上所指正紐義耳。既分八病，何得併兩爲一？僞書真不足道也。獨梅氏「雙聲即是旁紐」一語，則合于郭氏「雕敦」之旨，何者？梵語悉曇，此云字母，乃一切文字之母。所謂論韵母之横竪，辯九音之清濁，呼開合之正副，分四聲之正反，故名字母。字母者，見、溪、郡、疑，牙音。端、透、定、泥，舌頭音。知、澈、澄、娘，舌上音。幫、滂、並、明，重脣音。非、敷、奉、微，輕脣音。精、清、從、心、邪，齒頭音。照、穿、牀、審、禪，正齒音。影、曉、喻、匣，喉音。來、日，半舌半齒音。凡三十六字。《佩觿》所指「敦雕」，皆舌音端母，蓋字母同源爲雙聲也。然舜俞本意，以「元」、「阮」、「願」、「月」爲雙聲之病，故引「丈人且安坐，梁塵將欲起」，以「丈」、「梁」爲犯，則仍是正紐，不解雙聲。余特節取其語耳。以王弇州之博學好議論，而《藝苑巵言》亦爲僞書所惑。此亦如阮逸注《文中子》，不解八病，沈括《筆談》不解雙聲、叠韵也。存中以「幾家村草，吹笛隔江」爲雙聲，不知「邨」、「吹」脣音，「草」、「笛」齒音，非雙聲。以「月影侵簪，江光逼屨」爲叠韵，不知「侵」脣「簪」齒，既不同音，「逼」、「屨」二字，又不同韵，非叠韵也。識力之難如此。余獨異雙聲既涉旁紐，梁時列八病中，劉勰《文心雕龍·聲律篇》云：「雙聲隔字而多舛，叠韵雜句而必睽。」目爲文字之吃，而唐律則競騖焉。《南史・謝莊傳》：王玄謨舉此問莊，答以「玄護」爲雙聲，「磝碻」爲疊韵。《學林新編》釋之云：古人以四聲爲切，必以五音爲定。東方喉聲木音，西舌金，南齒火，北唇水，中央牙土。雙聲者，同音而不仝韵也；疊韵者，同音而又同韵也。「玄護」同爲脣音，而不同韵；「磝碻」同爲牙音，而又同韵也。如彷彿、熠燿、騏驎、慷慨、咿喔、霡霂，皆雙聲。如侏儒、童蒙、崆峒、巃嵸、螳螂、滴瀝，皆疊韵。《廣韵》曰：章灼良略是雙聲，灼略章良是疊韵，𠒎剔靈曆是雙聲，剔曆𠒎靈是疊韵。唐李群玉詩：「方穿詰曲崎嶇路，又聽鈎輈格磔聲。」上乃雙聲，下迺疊韵。而蔡寬夫顧謂自唐以來，間有疊韵，而雙聲不復用者，失考耳。近見《貞一齋詩話》云：「疊韵如兩玉相扣，取其鏗鏘；雙聲如貫珠相聯，取其宛轉。」尤道出唐人妙處。蒙竊意梁代之所病者，雙聲隔字，疊韵雜句，蓋散布于語中也。王融有雙聲詩，想偶戲爲之，如東坡作吃語詩例。唐人之所尚者，雙聲環轉，疊韵蟬連，乃聚音於舌底也。然則古津不同量，漢唐不並軌，所標八病，律則懸諸戒例，古則舍曰無。然休文得罪古人，差爲功後世。此案千年無人斷定，匪敢遽自是也，譚藝家幸教督之。丙戌十月十二日四鼓，二山氏書于正修書院中。

古詩五首

上山採蘼蕪，無賴聊。下山逢故夫。出不意。長跪問故夫，恩怨都有，情態欲絶。新人復何如。新人雖言一作云。好，未若故人姝。二句應是夫答妻，下又是妻答夫。顏色類相似，不敢當姝。手爪不相如。謂縑素也，友夏云「細極」，誤了。新人從門入，故人從閤去。逈前。新人工織縑，揶揄細貨。故人工織素。托喻本色。織縑日一匹，織素五丈餘。只是絜長短意，如《谷風》之言清濁。將縑來比素，新人不如故。

鍾、譚云：「問得怨甚，難于答。」余謂「雖好」、「未若」正是答詞，慙愧中，漫作世法語。下又是妻答語。婦有四德，婦容或不敢當，婦工差敢自信。蓋從「涇以渭濁，湜湜其沚」語意，又翻得別。前人似皆隔一層。〇阮亭《五言詩選》：「去」，丘旅切，「素」，孫租切，以叶下「餘」字。余按《三百篇》，《葛覃》詩，「谷」、「木」、「萋」、「飛」、「喈」，隔句韵。《有瞽》篇「瞽」叶下「虡」、「羽」、「圉」、「舉」，「庭」叶下「聲」、「鳴」、「聽」、「成」，且隔段韵。古人用韵最變化，此應倣隔段隔句例，「餘」字叶上「夫」、「如」、「姝」、「素」，「故」叶上「去」、「素」，較有原本，前人似皆看不出。

四坐且莫諠，願聽歌一言。請説銅爐器，崔巍象南山。上枝似松柏，下根據銅盤。枝根指雕文。雕文各異類，離婁自相聯。言雕文細甚，非明目不能，與下輸、班回互。誰能爲此器，公輸與魯班。攻木自能攻金，活看。朱火然其中，青烟颺其間。從風入君懷，四坐莫不歡。熱甚，下忽冷，哀樂無端。香風難久居，猶言留香。空令蕙草殘。

起興遼緩，一步步收入來，正爾貼肉貼骨。《大東》詩自「有饛」説到「出涕」，義法不遠。

悲與親友別，氣結不能言。贈子以自愛，不能多言，只此一言。道遠會見難。《漢書》：「萬里之外，以身爲本。」切切欲涕。人生無幾時，顛沛在其間。念子棄我去，新心「新心」與《十九首》「古歡」皆字法，然古人身分不在此。有所歡。結志青雲上，何時復來還。

穆穆清風至，吹我羅衣裾。青袍似春草，長條隨風舒。庾信賦「青袍如草，白馬如練」本此。朝登津梁山，褰裳望所思。「乘彼垝垣，以望復關」句意，本《氓》詩。安得抱柱信，皎日以爲期。

弇州云：「『青袍似春草』是後世巧端，古詩不可摘句，矧摘此種句，似陋。」然古詩雖渾然天成，却包盡魏晉以降句法，亦猶《三百篇》包盡《十九首》、蘇李諸古詩句法。○「褰裳」上啣「羅衣」，下引「抱柱」。

蘭若生春陽，陟冬猶盛滋。願言追昔愛，情欵感四時。沈約推顔士遜得罪之由曰：「主挾今情，臣追昔欵。」用此，正得詩本意。美人在雲端，天路隔無期。夜光照玄陰，何境，亦只是申旦不寐意。長歎念所思。誰謂我無憂，「知我者謂我心憂，不知我者謂我何求。」積念發狂癡。

古詩三首

橘柚垂華實，乃在深山側。聞君好我甘，竊獨自彫飾。士爲知己者死，女爲悦己者容。委身玉盤中，歷年冀見食。士則席珍待聘，女則玉體横陳。芳菲不相投，青黄忽改色。人儻欲我知，因君爲羽翼。獲上必先信友，于歸豈無媒妁，未渠徑達，猶望借資薦引，所謂假其羽毛也。

移人于物，即物是人，深於六義之比。老杜咏物，多似向人説話，從此變化出來。

十五從軍征，八十始得歸。道逢鄉里人，家中有阿誰。問。遥望是君家，松柏冢纍纍。答。兔從狗竇入，雉從梁上飛。歸家所見，從「伊威」、「蠨蛸」、「鹿場」化出。○按《鐃歌十八曲》，此詩亦入樂府，名《紫騮馬》。首增四句，四句一解，似竇、梁連上「君家」看，然遥望那得見梁與竇。《古詩源》云：「此從征者入門之詞。」良是。中庭生旅穀，井上生旅葵。從「瓜苦」、「栗薪」化出。○旅人心目穀葵亦旅。柳州《八愚詩序》所云「以余故，咸以愚辱」者也。物寄生曰旅。烹穀持作飯，采葵持作羹。二句注下一氣讀，可不韵。羹飯一時熟，不知貽阿誰。往復悽迷。出門東向望，淚落沾我衣。

問答委折，如無縫衣。陶詩「清晨聞叩門」、杜詩「群鷄正亂叫」、《新安吏》《潼關吏》《垂老别》等篇，口語往復，皆祖此。

新樹蘭蕙葩，雜用杜蘅草。終朝采其華，日暮不盈抱。《小雅・采緑》句法。采之欲遺誰，所思在遠道。二句同《十九首》。馨香易銷歇，繁華會枯槁。悵望何所言，臨風送懷抱。

此篇與諸古詩相出入，古人性情口吻，不謀而合。後人擬古者，却不宜爾。

古詩一首

步出城東門，遥望江南路。前日風雪中，故人從此去。不説出，已説出，王、裴五絶，于此得手。我欲渡河水，河水深無梁。願爲雙黄鵠，高飛還故鄉。

擬蘇李詩

晨風鳴北林，熠熠東南飛。願言所相思，日暮不垂帷。明月照高樓，想見餘光輝。杜詩「落月滿屋梁，猶疑見顔色」本此。玄鳥《漢詩説》云：「言鳥之色黑者，不必指燕。」夜過庭，髣髴能復飛。中亦有餘光在窅窅。褰裳路踟蹰，彷徨不能歸。浮雲日千里，比蘇别去。○杜詩「浮雲終日行」本此。安知我心悲。思得瓊樹枝，以解長渴飢。

紅塵蔽天地，白日何冥冥。驚特。微陰盛殺氣，淒風從此興。招摇西北指，天漢東南傾。奇氣。嗟爾穹廬子，獨行如履冰。短褐中無緒，帶斷續以繩。瀉水置瓶中，焉辨淄與澠。比興沓來。○鮑照詩「瀉水置平地」本此。巢父不洗耳，後世有何稱。大意謂人雖莫知，我自立節，所争在後世名也。勿泥巢父事。

楊仲弘律法謂：起要突兀高遠，如狂風捲浪，勢欲滔天。而同時范德機却云：起要平直，戒陡頓。若起處突兀，則承必不優柔，轉必至窘束，合必至匱竭。范兼古律言，楊雖以律言，而判若膺背。余謂二説皆扶一倒一。《十九首》、蘇李多平緩起，此首則突兀起，無常體也。且剛來柔接，柔來剛接，詩法通于《易》卦，那得如清江所慮。特壹意震起，亦畸武健，看《三百篇》起手，曷嘗畫一板樣來？

《十九首》、蘇李七首、古詩五首、三首、一首，全體《三百篇》，而得于《國風》、變《雅》者强半，兼消息於《離騷》，纏綿和厚，沁肌摇骨，五言之聖也。以此求之，有餘師矣。擬蘇李詩十首，形神出入，如「浮雲日千里，安知我心悲」、「人生一世間，貴與願同俱」、「安知鳳皇德，貴其來見稀」，神合者也。至「鳥辭路悠長，羽翼不能勝」、「紅塵蔽天地，白日何冥冥」、「招摇西北指，天漢東南傾」、「瀉水置瓶中，焉辯淄與澠」、「仰視雲間星，忽若割長帷」，則劍芒穎脱，神異并形離矣。弇州概謂彷彿河梁間語，且目以渾樸，殊誤。然後此子建高麗，越石英特，少陵悲壯，詩派亦似兼資，故從阮亭選所收二首附焉。

二山説詩卷三

崇明何忠相罕勛箋

樂府

古者詩皆入樂，漢惠時始有樂府之名。至武帝以李延年爲協律都尉，採趙、代、齊、魏歌詩，又命司馬相如輩爲之辭。《史記》：「今上即位，作十九章。通一經之士不能知，集五經家，乃能講習。」由是樂府與詩涂軌分矣。始本以文士之作被管絃，無論長卿，即李善《文選注》，多引枚乘樂府詩，知漢五言詩，大抵可歌。而其後詩人，或未嫻匏竹，劉彦和所謂「無詔伶人，事謝絃管」，即陳思、士衡，猶被乖調之目，則但可謂之詩。況詩入樂府者，必經知音伶工增損合調，或聲辭雜寫，文義閒阻，如《鐸舞歌》《聖人制禮樂篇》，其尤也。《鐃歌》亦多有之。漢曲訛不可讀，即子建且苦之矣。其他割此移彼，合兩成一，裂繒縫裳，古詩所無。然則樂府與詩，同源而異流，自《晉書》《宋書》《南齊書》《隋書》皆有《樂志》，而沈約志較詳贍，郭茂倩《樂府詩集》删諸家《樂志》作序，本末粲然，未應如錢氏、馮氏集矢于後人之分界也。馮氏舉枚叔九首、班倢伃《怨詩》，亦入樂府，何嘗詭異？夫吴兢《樂録》有古詩，郭氏《樂府集》多平典和婉之篇，馮語似理不得奪，然卒無解于文人不習律吕者之所自爲詩。亦如唐沈佺期、李嶠、王維、王昌齡、李白、李益、李賀詩，多入樂府，而少陵自「錦城絲管」一篇外無歌者，未可盡謂唐詩皆樂府也，則未可盡謂漢詩皆樂府也。今必如于鱗之曲擬斷爛句字，伯敬之差別某詩似樂府，某樂府似詩，人知齒冷，何必錢、馮。鑒此而拾錢餘唾，攬成一器，理又難經通矣。馮論歌行有四例，一詠古題，如曹植、陸機所擬。二自造新題，如老杜諸《吏》、諸《别》。三詠一物，賦一事，如白樂天《秦中吟》。四用古題而别出新意。如魏文《長歌行》「西山一何高」，不必與古辭「青青園中葵」盡合。余謂前二説較近是。若斷題取義，則吴汴州嘗以爲譏。至一事一物而比附樂府，更無謂。前輩李玉洲嘗言：「今人作詩，何必另列樂府。緣未及譜之樂章，縱有歌吟，第指作五言、七言、長短雜言可耳。」尤截斷衆流語。然不必曲擬，不可不熟精，其中叙事繪情，物色生態，詩之窾會備焉。新城選漢五言詩，復以樂府數篇愛不能割，余爲折衷論之如此。〇樂府有三，《郊祀》近《頌》，《鐃歌》、横吹近《雅》，清、平瑟諸調近《風》，未宜偏廢。余意主五言，而五言中尤主消息融合。故自《練時日》以下十九章，《安世房中歌》，暨相和、《鐃歌》、横吹、清商、琴曲、舞曲、雜題多篇，且置。丙戌十月二十七日四鼓二山氏書。

白頭吟 卓文君

皚如山上雪，皎若雲閒月。是兩境，是兩意。聞君有兩意，相如將聘茂陵人女爲妾，見《西京雜記》。故來相決絕。今日斗酒會，明旦溝水頭。躞蹀御溝上，溝水東西流。四句决絶，以下回首。淒淒復淒淒，嫁娶不須啼。願得一心人，白頭不相離。竹竿何嫋嫋，魚尾何簁簁。讀平。男兒重意氣，何用錢刀爲。相如聘妾，只爲有錢。錢從何來，非卓王孫家物邪？挑出他惻隱羞惡來。

別本「東西流」句下云：「郭東亦有樵，郭西亦有樵。兩樵相推與，無親爲誰驕。」蓋采薪曰樵，無青則不能樵，故兩樵推與。草木無青尚何嬌，以喻遊子無親爲誰驕也。已露《子夜歌》法。此沈用濟《漢詩説》。惟「今日」句上，又有「平生共城中，何嘗斗酒會」二句，則與情事不切，且不鬥筍「決絶」。末云：「齕如馬噉箕，川上高士嬉。今日相對樂，延年萬歲期。」語意轉寬，末則樂中散聲，亦如《艷歌何嘗行》「今日樂相樂，萬歲期延年」之例，想伶人所增，非文君本詞。

怨歌行 班婕妤

新裂一作「製」。〇「裂」字佳，下有「裁」字，未應疊床。齊紈素，范子：紈素出齊。皎潔如霜雪。裁成一作「爲」。合歡扇，團團似明月。「如霜雪」、「似明月」，後人隔句對本此。出入君懷袖，比成帝大幸，入居增成舍，出則召與同輦時。動搖微風發。常恐秋節至，時趙飛燕寵盛，婕妤希復進見，涼秋已至矣，曰「常恐」，厚詞也。涼飈敓炎熱。棄捐篋笥中，對「懷袖」。恩情中道絶。故求供養太后於長信宮。

鍾嶸《詩品》：「怨深文綺，得匹婦之致。從李都尉迄婕妤，將百年間，有婦人焉，一人而已。」蓋以此篇直接李陵也。

飲馬長城窟行 蔡邕○《文選》作古辭，然蔡集載此，《玉臺》亦標邕名。○樂府雜題，見吴兢《古題要解》。

青青河邊草，綿綿思遠道。遠道不可思，宿昔夢見之。《左傳》：「一昔」猶言「一夕」。《列子》：「昔昔」猶言「夜夜」。夢見在我傍，忽覺音「教」。在他鄉。他鄉各異縣，展轉不可見。八句四轉韵。枯桑知天風，海水知天寒。枯桑無枝不見風，海水無冰不見寒，知豈知也。化用《周詩》「不顯」句法。李善注云「尚知」，誤。入門各自媚，誰肯相爲言。彼本不相知耳，知我者何如？下抱轉遠道所思之人。客從遠方來，遺我雙鯉魚。呼童烹鯉魚，中有尺素書。長跪讀素書，書中竟何如。上有加餐食，下有長相憶。「竟何如」，止此而已，相見終無期也。

《説詩晬語》云：「漢五言一韵到底者多，此章一路换韵，聯折而下，節拍甚急。而『枯桑』二語，忽用排偶承接，急者緩之，是神化不可到境界。」○急者緩之，固已，末路又緩者急之。「食」、「憶」再一轉韵，截然而止，節奏入神。○鯉魚尺素，似化太公玉璜事，非用陳涉罝魚事。楊慎《丹鉛總録》據古樂府詩「尺素如殘雪，結成雙鯉魚。要知心裏事，看取腹中書」，謂古人尺素結爲鯉魚形，即緘也，語極穩。然樂府奇語，亦何所不有。

羽林郎 辛延年

昔有霍家奴，姓馮名子都。《漢書·霍光傳》：「光愛幸監奴馮子都，常與計事。」《漢語》云名馮殷。依倚將軍勢，調笑酒家胡。胡姬年十五，春日獨夫不在。當壚。長裾連理帶，廣袖合歡襦。頭上藍田玉，耳後大秦珠。老杜《麗人行》本此。兩鬟何窈窕，一世良所無。一鬟五百萬，兩鬟千萬餘。鍾云：「不在鬟上講價。」不意金吾子，娉婷過我廬。「過我」、「就我」、「貽我」、「結我」，調法。銀鞍何煜爚，翠蓋空踟躕。就我求清酒，絲繩提玉壺。就我求珍肴，金盤鱠鯉魚。貽我青銅鏡，結我紅羅裾。張籍「感君纏綿意，繫在紅羅襦」本此。然此是金吾强結，彼則節婦自繫，便卑。不惜紅羅裂，何論輕賤軀。故作情語，轉身陡甚。男兒愛後婦，女子重前夫。人生有新故，貴賤不相踰。多謝金吾子，私愛徒區區。婉而嚴。

驅《鄭》《衛》而内二《南》。

董嬌嬈 宋子侯

洛陽城東路，桃李生路傍。花花自相對，葉葉自相當。春風東北起，花葉正低昂。不知誰家子，提籠行採桑。纖手折其枝，仍指桃李，蓋因採桑而順及之。桑有椹無花，下接花落可見。花落何飄颻。請謝彼姝子，何爲見損傷。沈用濟云：「問詞。下四句，姝子答詞。」高秋八九月，白露變爲霜。終年會飄墮，安得久馨香。言外見盛年易去。下四句又答姝子之詞。秋時自零落，春月復芬芳。言花落尚可開，人老不再壯，因姝子語而推極之，所云愁腸。何時盛年去，歡愛永相忘。正説，縮住不説。吾欲竟此曲，此曲愁人腸。歸來酌美酒，挾瑟上高堂。魏武《短歌行》云：「對酒當歌，人生幾何。」即此意。

樂變爲哀，哀中尋樂，尋樂者哀之至也。轉輪只是一轂。

鷄鳴相和曲

鷄鳴高樹巔，狗吠深宮中。太平景致起興。蕩子何所之，天下方太平。刑法非有貸，柔協正亂名。盛世不茹不吐，勿以身試法。《東門行》所云：「今時清廉，難犯教言。」君復自愛，莫爲非也。且家門正盛，尤宜自愛。此意理暗接處。黄金爲君門，璧玉爲軒堂。上有雙尊酒，作使邯鄲倡。劉王碧青甓，闢。後出郭門王。《博雅》：「甓，甎也。」承軒堂來。《長門賦》：「緻錯石之瓴甓兮，爲瑇瑁之文章。」即碧青甓之謂。「劉王」、「郭門王」，疑是當時前後名陶，若後代所稱柴窑者，然從來未箋出。舍後有方池，池中雙鴛鴦。鴛鴦七十二，言雌雄三十六對耳，故上預插「雙」字。羅列自成行。鳴聲何啾啾，聞我殿古人高大屋皆曰殿。東廂。兄弟四五人，皆爲侍中郎。五日一時來，觀者滿路傍。黄金絡馬頭，熲熲何煌煌。如此兄弟，「式相好兮，無相尤兮」，下脱筆用比興。桃生露井上，李樹生桃傍。蟲來齧桃根，李樹代桃殭。奇妙。樹木身相代，兄弟還相忘。一語怛然。

阮亭《五言詩選》謂前後辭不相屬，蓋采詩入樂，合而成章，非有錯簡紊誤也。他本皆襲其語。余以樂府多割錦，已置不録，此曲却有脉絡可尋。天下太平，鷄犬閒適，出不如居家中差樂。起二託興，早似勸丈人且安坐者，然聲勢之家，天倫易薄，以嗟歎終焉，勗之爲盛世之君子也。古義深情，當從空曲竅會中遇之。

陌上桑《宋書》作「大曲」，一作《日出東南隅行》，一作《艷歌羅敷行》。○相和曲

日出東南隅，照我秦氏樓。沈用濟云：「便有容華映朝日意象。」秦氏有好女，自名爲羅敷。「自名秦羅敷」、「自名爲鴛鴦」，漢詩多此句法。或批狂甚，或詫奇妙，皆不必。○「羅敷」一作「羅紨」，二字通用。《漢書》：昌邑王賀妾名羅紨，乃嚴延年女孫。此則泛指。羅敷善蠶桑，採桑城南隅。青絲爲籠系，桂枝爲籠鈎。頭上倭墮髻，耳中明月珠。緗綺爲下裙，紫綺爲上襦。行者見羅敷，下擔捋髭鬚。失笑。少年見羅敷，脱帽著帩頭。耕者忘其犂，鋤者忘其鋤。來歸相怨怒，但坐觀羅敷。一解。○伯敬云：「下句即相怨怒口語。」良是。其云「『但坐』二字癡得妙」，則非。「坐」字連下作爲字解。使君從南來，五馬立踟躕。使君遣吏往，問是誰家姝。問。○此下若直接「共載」，便無詩。秦氏有好女，自名爲羅敷。答。○不换語。羅敷年幾何？再問。二十尚不足，十五頗語態。有餘。再答。使君謝羅敷，寧可共載不？《古今韵略》讀馮無切，音夫。羅敷前致詞，使君一何愚。只此乃有味。使君自有婦，羅敷自有夫。二解。○平平説，却峻甚。東方千餘騎，夫婿居上頭。《韵略》讀徒。何用以也。識夫婿，白馬從驪駒。青絲繫馬尾，黄金絡馬頭。腰中鹿盧劍，可值千萬餘。十五府小史，二十朝大夫。三十侍中郎，四十專城居。爲人潔白皙，鬑鬑頗有鬚。盈盈公府步，冉冉府中趨。坐中數千人，皆言夫婿殊。三解。○然則使君一何愚哉，音在絃外。○口口夫婿，是小兒女話路，念念夫婿，是貞節婦性情。

正而葩。○寫美人有二訣，一用洗眉法，《廬江小吏妻篇》「指如削葱根，口如含珠丹」，本《衛・碩人》暨宋玉《神女》《登徒子賦》。一用烘雲法，此篇四面嘘氣，全身活現，更不消實指得。

長歌行平調曲

青青園中葵，朝露待日晞。陽春布德澤，萬物生光輝。和而大，下一轉忽淒清。常恐秋節至，焜黄華葉衰。百川東到海，何時復西歸。少壯不努力，老大徒傷悲。

有《雅》《頌》語，全體則是《國風》。〇或舉大謝詩「皇心美陽澤，萬象咸光昭」類「陽春」十字。余謂謝是詞臣頌聖語，此如邵子觀物語。

君子行平調曲

君子防未然，不處嫌疑間。瓜田不納履，李下不正冠。創獲，以口沿熟不覺耳。嫂叔不親授，三句避嫌。長幼不比肩。説到明禮，下即蒙退讓意，拓開。勞謙得其柄，用經鍜意，開先康樂。和光出《老子》。甚獨難。周公下白屋，吐哺不及餐。一沐三握髪，出《荀子》。後世稱聖賢。

從避嫌接逬生枝，不復迴顧，杳然徑去。〇極細小起，極廣大結。古詩性情，樂府神理。

相逢行一云《相逢狹路間行》，亦云《長安有狹斜行》。〇清調曲

相逢狹路間，道隘不容車。不知何年少，夾轂問君家。别本云：「長安有狹斜，狹斜不容車。適逢兩年少，夾轂問君家。」尤明。君家誠易知，易知復難忘。語態。黄金爲君門，白玉爲君堂。堂上置尊酒，作使邯鄲

倡。中庭生桂樹，華燈何煌煌。兄弟兩三人，中子爲侍郎。五日一來歸，道上自生光。黄金絡馬頭，觀者盈道傍。入門時左顧，但見雙鴛鴦。鴛鴦七十二，羅列自成行。音聲何噰噰，鶴鳴東西廂。《樂府古題要解》：「《鷄鳴》《相逢》兩篇文同。」鍾云：「語多同而各自爲起落。」大婦織綺羅，中婦織流黄。小婦無所爲，語態。挾瑟上高堂。嬌甚。丈人且安坐，調絲方未央。《行樂圖》所謂「易知復難忘」也。「徑住」句後有句。○《古詩源》云：「末段後人摘爲《三婦艷》。」

起處有三箇人在内，相逢是兩箇人，問者另一箇年少人。金門玉堂之人未答，而相逢者代爲答，口角流涎，置先問者、未答者兩箇人於無字句處，如此看才有味。○友夏評「難忘」句謂狹邪中門户，以題名《長安有狹邪》也。然似隔。狹邪門户中，那得有侍郎兄弟？即比附李延年之爲都尉，排場亦似不類。金門玉堂中兄弟，當指富貴人好狹邪遊者，如富平張放之比，非指狹邪門户。

艷歌行瑟調曲

翩翩堂前燕，冬藏夏來見。兄弟兩三人，流宕在他縣。人不如燕。故衣誰當補，新衣誰當綻。賴得賢主人，《古題要解》「主人婦」。覽取爲吾組。古綻字。夫壻主婦之夫。從門來，斜倚西北盼。活畫。語卿且勿盼，水清石自見。明心。石見何纍纍，複語頓挫，下忽轉。遠行不如歸。

意理音節欲化。

隴西行 一云《步出夏門行》。○瑟調曲

天上何所有，歷歷種白榆。星名。桂樹夾道生，青龍對道隅。鳳凰鳴啾啾，一母將九雛。顧視世間人，爲樂甚獨殊。好婦出迎客，顔色正敷愉。婦容，下婦德、婦言。伸腰態度，下「却略」同。再拜跪，問客平安不。請客北堂上，坐客氊氍毹。清白各異尊，酒上正華疏。夏侯湛《釭燈賦》「隱以金翳，疏以華籠」本此。此言上酒時事，唐詩「高館張燈酒復清」也。然自來未見箋出。酌酒持與客，客言主人持。却略略却也，倒句。如《左傳》「王覲」，本言覲王。乍進略退，亦猶《儀禮·鄉飲酒禮》主人少退之遺意。再拜跪，然後持一盃。叶犇謨切，從《古今韵略》讀。談笑未及竟，左顧敕中厨。促令辦麤飰，慎莫使稽留。《韵略》讀閭。廢禮送客出，故作摇曳，語勢低昂。盈盈府中趨。送客亦不遠，足不過門樞。從「不遠伊邇，薄送我畿」化出。取婦得如此，言外有陶潛「室無萊婦」之感。齊姜亦不如。健婦持門户，亦勝一丈夫。魚虞韵入「不」、「留」字，毛奇齡刊《古今通韵》，合魚、虞、歌、麻、蕭、肴、豪、尤爲一部，此亦一證也。但不如鄭庠分兩部之酌中。

此是其夫他往，婦出延賓，想繫親串有連者，故迎且送耳。賓見其容禮合度，代夫持家，喟然興歎，細與描摩。或以爲贊中含諷意，殆非也。鍾伯敬更無端引證阮籍之日狎鄰女而無私，指爲狎不及亂，直是白日説夢。○前輩云：起八句若不相蒙，古詩多有，不必曲爲之説。余以樂府中自伶人分合諸篇外，起興雖在斷續微茫閒，亦必與下意通消息。此似興比，門徑高貴，景物和雝，樂地如許，人間天上，故起曰「天上何所有」也。從門入堂，下北堂請客，方有原委。古人詩文，無

一筆亂下者，後人多被「不求甚解」一語錯過了。○《步出夏門行》末段亦同此，「天上」四語，只易「青龍對伏趺」，安在非伶工割合與？曰古語不相避，彼四語承「將吾天上遊」，語脈融接，何獨于此而劃成斷梗？

傷歌行 雜曲歌辭

昭昭素明月，輝光燭我牀。憂人不能寐，耿耿夜何長。微風吹閨闥，羅帷自飄揚。攬衣曳長帶，屣履下高堂。東西安所之，徘徊以傍徨。十字魂斷。春鳥翻南飛，翩翩獨翱翔。悲聲命儔匹，哀鳴傷我腸。感物懷所思，泣涕忽沾裳。佇立吐高吟，舒憤訴穹蒼。語見《十九首》末篇。

《漢詩説》：「曰昭昭，又曰素，曰明，曰光輝，不以複爲病。自叠床架屋之説興，詩文皆單薄寡味矣。」余謂昭昭明月，猶《詩》言「昭明有融」，蓋合以滿其量，非複也。其舉《行行重行行》篇，「別離」下又云「萬餘里」、「天一涯」、「阻且長」、「日以遠」，以爲不避重複，不知各句有條理，非叠架也。《三百篇》重章申之，辭繁不殺，自是咏歎淫泆處，然亦宜施于四言，若五言則較整矣。移四言作用於五言中，神一而體二，未應用《芣苢》《桃夭》叠見體也。恐承學惑於其説，似高實舛，聊當發凡。

古八變歌 雜曲

北風初秋至，吹我章華臺。浮雲多暮色，似從崦嵫來。柳宗元「蒼然暮色，自遠而至」，意語本此。江淹「日暮碧雲合，佳人殊未來」，氣調出此。枯桑鳴中林，絡緯響空階。翩翩飛蓬征，愴愴遊子懷。故鄉不可見，長望始此回。

枯魚過河泣 雜曲

枯魚過河泣，何時悔復及。作書與魴鱮，相教慎出入。

此後代盧仝詩體所從出。○騷詞經理，盧未悟。

藁砧今何在 舊作《古絶句》，然吴兢《樂府要解》中有之。

藁砧今何在，山上復有山。何當大刀頭，破鏡飛上天。

此六朝《子夜》《讀曲歌》所從出。《樂府古題要解》：「藁砧，砆也，隱夫字。重山，隱出字。刀頭有環，隱還字。天上破鏡，隱月半。言夫出月半當還也。」後沈用濟《漢詩説》云：「藁，草也。砧，石也。合成若字，猶言若今何在，如『黄絹幼婦』體也。」此説甚新，然若字从右不从石，則沈解難安。即出字从屮，音草。不从兩山，則原詩亦未安。大抵此種是里巷諧語，嚴覈不得。

艷歌 雜曲

今日樂上樂，相從步雲衢。天公作一作「出」，「作」字勝。美酒，天有酒星，又天厨。河伯出鯉魚。青龍前舖席，《石氏星經》：帝席三星，天子燕樂獻壽之所在。角宿西北角蒼龍七宿之首，故云然。白虎持榼壺。後代設白虎尊，似同義。南斗工鼓瑟，北斗吹笙竽。從《大東》詩變相，亦活用翼爲天之樂府。姮娥垂明璫，織女奉瑛琚。亦即七襄報章意。蒼霞揚東謳，清風流西歈。蒼霞即秦娥響遏行雲之謂，倒句。杜詩「半入江風半入雲」可印此十字意。垂露成帷幄，仲長統詩「張霄成幄」同義。犇星扶輪輿。《星經》：王良五星，西曰天駟。又奚仲四星主車。庾信賦「大雅扶輪，小山承蓋」本此。

此李賀詩體所從出。杜牧言《騷》之苗裔，宜少加以理，不可不防其流。

古咄唶歌 咄唶言咄嗟變易。○雜曲

棗下何攢攢，榮華各有時。棗欲初赤時，人從四面來。一笑。○來讀釐。棗適今日賜，猶言下賜。誰當仰視之。一哭。○不勝翟公書門之感。

此孟郊詩體所從出。近世鍾、譚派，于牛角中分鼷鼠餘甘，而此篇《詩歸》不録，豈盜憎主人邪？余論次漢五言，以蘇、李、《十九首》爲範圍，欲驅樂府而納之，綴此四篇，以博其趣，蓋凜乎有戒心焉。十一月初一日二山氏書。

二山説詩卷四

崇明何忠相罕勛箋

古詩爲焦仲卿妻作并序　○雜曲歌辭

漢末建安中，廬江府小吏焦仲卿妻劉氏，爲仲卿母所遣，自誓不嫁，其家逼之，乃投水而死。仲卿聞之，亦自縊於庭樹。時人傷之，爲詩云爾。

孔雀東南飛，五里一裴徊。興蘭芝顧影自喜。○《漢詩説》：只兩句便截斷，下陡接，是古人法。十三能織素，十四學裁衣。十五彈箜篌，十六誦詩書。十七爲君婦，心中常苦悲。君既爲府吏，守節情不移。《史記・郅都傳》：「固當奉職死節官下，終不顧妻子矣。」守節不移，即此義。伯敬謂「節」「情」兩字全詩本領，非是。近顧陳垿謂稱夫曰「守節」，平日倒置如見，尤深文。賤妾留空房，相見常日稀。雞鳴入機織，夜夜不得息。上下皆支、微、灰通韵，此二句以換韵閒之。三日斷五疋，大人故嫌遲。非爲織作遲，君家婦難爲。妾不堪驅使，徒留無所施。便可白公姥，及時相遣歸。焦母不過一性急做人家老嫗，新婦便受不得，發此大難之端，是蘭芝罪狀。○「及時」猶言早些打發，祇使氣語。顧云：玩「及時」二字，初念非自潔者，然則序何以云「自誓不嫁」也？府吏得聞之，堂上啓阿母。兒已薄禄相，幸復得此婦，結髮同枕席，黄泉共爲友。遽説到此讖語。共事二三年，始爾未爲久。女行無偏斜，何意致不厚。後言「以此下心意」，何不移勸此時？不諭婦，遽懟母，是仲卿罪狀。○顧云：視母覺色不是，聽妻覺語可憐，余謂所以致阿母之椎床也。尤人子所宜切戒。阿母謂府吏，何乃太區區。此婦無禮節，舉動自專由。補出平時，詩人斧鉞，明非織作嫌遲之謂。吾意久懷忿，汝豈得自由。東家有賢女，自名秦羅敷。何太早計，爲姑如此，亦在末句後世戒之義中，不獨戒爲人媳，爲人子，爲人夫，爲人妻者也。顧氏曲護其母，鍾、譚則集矢焉，顧義較正，而偏倚則同。可憐體無比，阿母爲汝求。便可速遣之，遣去慎莫留。府吏長跪告，伏惟移文入詩，古意。朱子「恭惟千載心，秋月照寒水」本此「伏惟」字法。啓阿母。今若遣此婦，終老不復取。阿母得聞之，椎牀便大怒。小子無所畏，何敢助婦語。爰書褊急如畫，亦府吏有以激之。天下無不是的父母，伯敬輒言惡母癡兒，賢婦厄運，詩教何在？吾已失恩義，自認不諱。顧云：本欲加以恩義，而彼自失之。袒護已甚，反欠文從字順。會不相從許。府吏默無聲，再拜還入户。猶賢於今世逆子。舉言謂新婦，哽咽不能語。我自不驅卿，逼迫有阿母。固自婦發之，亦阿母驅之。顧氏力詆府吏誣罔，殊失平。詩序明云爲仲卿母所遣矣。卿但暫還家，吾今且報府。不久當歸還，還必相迎取。以此下心意，慎勿違我語。此與後「府吏馬在前」十一句，又「阿母勾媒人」七句，皆語、麌、有通韵，亦毛氏魚、虞、尤通之一證。蓋平韵通而上聲隨之，不必叶。新婦謂府吏，勿復重紛紜。往昔初陽歲，謝家來貴門。奉事循公姥，三言公姥，公何在？竟不作聲。想是一懼内人，而焦母之目無家公可見，又何有於其媳？進止敢自專。晝夜勤作息，伶俜縈苦辛。謂言無罪過，供養卒大恩。仍更被驅遣，何言復來還。悍氣偪人。《詩歸》何得動稱賢婦？○真、文、元、寒、删、先通，杜、韓詩通韵本此。妾有繡腰襦，葳蕤自生光。紅羅複斗帳，四角垂香囊。箱簾六七十，緑碧青絲繩。繩、十、蒸，此亦東、冬、江、陽、庚、青、蒸七韵通之一證。韓詩《此日足可惜》本此。物物各自異，種種在其中。上挾賢，此挾富，爲阿劉傳神，兼畫出呢呢兒女語態。人賤物亦鄙，不足迎後人。口角可憎亦可憐。留待作遺施，於今無會因。人、因二韵應作换韵，間於前後東、江、陽通韵中，與後文支、微、灰韵中忽間以郎、雙兩韵例看，不必叶，亦不是通，真不與東、冬、江陽、通也。時時爲安慰，久久莫相忘。鷄鳴外欲曙，新婦起嚴妝。著我繡裌裙，事事四五通。足下躡絲履，頭上玳瑁光。腰若流紈素，耳著明月璫。指如削葱根，口如含珠丹。纖纖作細步，精妙世無雙。顧云：此何時哉，猶作此態，吾見猶怒，不必阿母。余謂此義嚴正，然詩人本意未嘗不憐其才美，故於去時細細描摩，以起府吏之難割。上堂拜阿母，阿母怒不止。插此一筆，於蘭芝事中，上對作態，下貫惡言。昔作女兒時，生小出野里。本自無教訓，又挾賢。兼愧貴家子。受母錢帛多，又挾富，反語猜猜，活現。不堪母驅使。今日還家去，念母勞家裏。上已惡聲加之，此假惺惺何來？猶言我去爾，當支撑不來，是輕薄婦語。友夏云：「才是貞烈婦語。」直不識好惡。却與小姑別，淚落連珠子。惡聲刺姑，温語對小姑，忽觸范曄對母顔色不怍，妹及伎妾來别便悲涕流漣，事雖各殊，其顛倒均也。然抽筆閒處，政得詩家三昧。《漢詩説》云：「奉姑之有禮，小姑之不無讒言，新婦之怨而不怒，於此可見。」可謂癡人前説不得夢。新婦初來時，小姑始扶床。今日被驅遣，小姑如我長。勤心養公姥，仍兼公，以無憾于乃翁也，養姥則帶説假話。好自相扶將。初七及下九，嬉戲莫相忘。《説詩晬語》云：「唐《棄婦篇》直用『憶我』四語，忽轉云：『回頭語小姑，莫嫁如兄夫。』便無餘味。此漢唐詩品之分。」出門登車去，涕落百餘行。篇中意連下段者，多韵連上段，最變化，上文「淚落連珠子」亦然。府吏馬在前，新婦車在後。隱隱何甸甸，俱會大道口。下馬入車中，低頭共耳語。誓不相隔卿，且暫還家去。吾今且赴府。單句韵，後人接句領韵本此。不久當還歸，誓天不相負。新婦謂府吏，感君區區懷。以下支、微、齊、佳、灰通韵。君既若見録，不久望君來。君當作磐石，妾當作蒲葦。蒲葦紉如絲，磐石無轉移。我有親父兄，此言父下只露兄，然則父又何在與？焦家公姥對看，詩人故意半説不説，明非父之爲之也。性行暴如雷。恐不任我意，逆以煎我懷。伏後。舉手長勞勞，二情同依依。頓束。入門上家堂，進退無顏儀。阿母大拊掌，不圖子自歸。十三教汝織，十四能裁衣。十五彈箜篌，十六知禮儀。複述一字不換，獨換「誦詩書」爲「知禮儀」，與上此婦無禮節對看，既負厥姑，又慚阿母。十七遣汝嫁，謂言無誓一作譽違。汝今何罪過，不迎而自歸。蘭芝慚阿母，兒實無罪過，阿母大悲摧。三句一韵。○始笑終悲，笑其何以至此，悲其不知自反，劉母不劣。還家十餘日，縣令遣媒來。云有第三郎，窈窕世無雙。間一轉韵於支、灰中。○王肅曰：善心曰窈，善貌曰窕。則男子亦得稱窈窕，如金吾之稱娉婷也。然三郎窈窕於縣，五郎嬌逸於府，一班佻佻公子，正是阿劉匹偶。年始十八九，便言媒人是誇，詩人是刺。多令才。阿母謂阿女，汝可去應之。阿女含淚答，蘭芝初還時，府吏見丁寧，結誓不別離。今日違情義，恐此事非奇。句最深曲，以正爲奇，先不識正字，詩人文外重旨，後人熟視無覩。自可斷來信，徐徐更謂之。何故？豈畏縣令耶？阿母白媒人，貧賤有此女，始適還家門。不堪吏人婦，豈合令郎君。幸可廣問訊，不得便相許。女、婦、許是韵，於兩句一韵中時作三句一韵。上「蘭芝慚阿母」三句一韵亦然。此又於各上句人、門、君、訊用韵。訊讀平，如《葛覃》詩谷、木韵，又閒以淒、飛、喈韵也，變甚。媒人去數日，尋遣丞請還。丞府所遣新媒也。請還者，縣所遣前媒也，即下主簿。說有蘭家女，承籍有宦官。衰世悦色，道聽詭傳，劉家蘭芝女，錯説成蘭家女，劉只配吏哆口，官宦妄聽之而遽求之，想嬌逸郎浼父遣丞耳。不則焦妻劉女何云蘭家？家且當作芝矣。云説是詭説，云是丞云，下直説則是主簿詭。有第五郎，嬌逸未有婚。遣丞爲媒人，主簿通語言。直説太守位尊，媒人亦變相，不必如前番之宛轉矣。字字化工肖物。太守家，有此令郎君。既欲結大義，故遣來貴門。阿母謝媒人。又單句韵。女子先有誓，老姥豈一作「既」，「豈」字勝。敢言。媒直説，姥亦直辭。阿兄應前。得聞之，悵然心中煩。舉言謂阿妹，作計何不量。先嫁得府吏，後嫁得郎君。否泰如天地，人頭畜鳴。足以榮汝身。不嫁義郎二字杜撰可笑。府公子便是義郎，則府吏竟成不義？體，其往欲何云。蘭芝仰頭答，理實如兄言。謝家事夫壻，中道還兄門。處分適兄意，那得自任專。顧云：「何不移此法以事姑？」雖與府吏要，渠會永無緣。真話告母，假話謝兄，阿劉良苦。登即相許和，便可作婚姻。媒人下牀去，諾諾復爾爾。還部白府君，三句一韻，中又「去」、「爾」字叶下文「成」、「婚」韻，上又「日」、「七」字叶亦然。此本《毛詩》法。李后主詞「翦不斷，理還亂，是離愁」，製詞者亦有自來，可悟樂府音節。下官奉使命，言譚大有緣。府君得聞之，心中大歡喜。三句連用韻，喜讀嬉。《天問》：「簡狄在臺，嚳何宜？元鳥致貽，女何喜？」視曆復開書，書，商之切。《越采葛婦歌》：「吳王歡兮飛尺書，增封益地賜羽奇。」以書叶支。便利此月内。六合正相應，應十蒸韻，吴才老《韻補》蒸通真、文，此亦一證。然古人多不爾。良吉三十日。今已二十七，卿可去成婚。三句一韻，日、七間韻。交語速裝束，絡繹如浮雲。青雀白鵠舫，四角龍子幡。婀娜隨風轉，金車玉作輪。躑躅青驄馬，流蘇金鏤鞍。齎錢三百萬，皆用青絲穿。雜綵三百疋，交廣市鮭珍。從人四五百，鬱鬱登郡門。《漢詩說》：「此段不寫在府吏定婦時，而寫在郎君定婦時，見新婦不以豪華動心，亦是。然府吏力量那辦有此。」阿母謂阿女，又單句領轉韻。適得府君書，明日來迎汝。何不作衣裳，莫令事不舉。阿女默無聲，手巾掩口啼，淚落便如瀉。三句一韻。移我琉璃榻，出致前窗下。左手持刀尺，右手執綾羅。朝成繡裌裙，晚成單羅衫。「衫」疑當作「襦」，叶「羅」字韻。晻晻日欲暝，愁思出門啼。府吏聞此變，因求假暫歸。未至二三里，摧藏馬悲哀。新婦識馬聲，躡履相逢迎。聲、迎間二韻於上下微、齊、灰韻中。悵然遥相望，知是故人來。舉手拍馬鞍，嗟歎使心傷。自君别我後，人事不可量。《漢詩說》：「若在他人，新婦一見府吏，便作必死語，不應作爾語。」余謂自須交代明白，萬無一句突盡理。果不如先願，又非君所詳。我有親父母，逼迫兼弟兄。以我應他人，君還何所望。此設以視其夫耳。顧氏謂阿劉欲嫁，則冤。府吏謂新婦，賀卿得高遷。磐石方且厚，可以卒千年。蒲葦一時紉，便作旦夕間。尖刺恰得瀠洄。卿當日勝貴，吾獨向黄泉。新婦謂府吏，何意出此言。同是被逼迫，君爾妾亦然。黄泉下相見，吾故曰「黄泉共爲友」是讖語。勿違今日言。執手分道去，各各還家門。生人作死別，恨恨那可論。念與世間辭，千萬不復全。府吏還家去，上堂拜阿母。今日大風寒，三句一韵。寒風摧樹木，嚴霜結庭蘭。兒今日冥冥，令母在後單。知此，奈何爲婦死。故作不良計，勿復怨鬼神。命如南山石，四體康且直。以下轉職、錫、藥通，此亦江、陽、庚、青、蒸通韵之一證。不解邵子湘于鄭庠分部何以獨不從此一部，而沿訛曰陽獨用。阿母得聞之，零淚應聲落。汝是大家子，仕宦於臺閣。小哉相。慎勿爲婦死，三字爰書。貴賤情何薄。言貴婦賤母，於婦何厚，於母何薄也。不説厚，舉單見雙。東家有賢女，兩曰賢女，以對蘭芝，然此時猶作爾語，亦不近人情。窈窕艷城郭。阿母爲汝求，便復在旦夕。府吏再拜還，長歎空房中，作計乃爾立。三句一韵，立十四緝，不與陌、職、錫通，讀作力。轉頭向户裏，漸見愁煎迫。其日牛馬嘶，情之所感，人物交通。新婦入青廬。奄奄黄昏後，寂寂人定初。我命絶今日，魂去尸長留。魚、虞、尤通。攬裙脱絲履，舉身赴清池。府吏聞此事，《漢詩説》：「上云府吏聞此變，此云府吏聞此事，變在意外，事在意中。」心知長別離。徘徊顧樹下，自掛東南枝。迴合起首，有意無意。兩家求合葬，合葬華山傍。鍾云：「夫婦結局略得妙。」沈宗伯云：「不言如何悲慟，長詩具有翦裁。」東西植松柏，左右種梧桐。枝枝相覆蓋，葉葉相交通。中有雙飛鳥，自名爲鴛鴦。仰頭相向鳴，夜夜達五更。行人駐足聽，寡婦起彷徨。此語許劉，不忘故人。多謝後世人，戒之慎勿忘。

此詩自來解者，多痛蘭芝，憐仲卿，而仇其母。近鄉先輩顧洗桐氏始一正之，云刺也，非惜也。妻嬌嗔，夫惑溺，悖孝道而自戕其生，于母何尤？其言足以扶植世教，而矯枉太過，未免深文。如發端興劉之顧影自矜可耳，猥云乾爲天門，巽爲地户，西北飛爲向上，東南飛爲趨下，後文自掛東南枝，愚夫以身狥婦，趨于下流也。可謂固哉，叟之爲詩矣。余按標題、本序，義例明白。題曰《爲焦仲卿妻作》，未始不惜其才美而不善自處，以至珠沈玉碎，欲喚奈何。而仲卿之篤於私愛而昧于大倫，即因以著焉。序曰：「爲仲卿母所遣。」明其得罪于姑，悻悻不一反己，委曲以竢其轉機；而其姑之嚴正有餘，而慈愛未足，亦居可覵焉。篇末云：「戒之慎勿忘。」欲後世媳勿懟姑，子勿遺母，尊章勿執壹向以賊其兒女，而如乃公之糊塗老子，阿兄之勢利小人，又無足論也。如此才兼得事父事君、興觀群怨之詩教。序曰「傷之」，所傷者多矣。謂獨不傷蘭芝之才美，則偏。○叙事叙情叙言語，句句欲活，如讀《史記》列傳。○沈用濟云：「此乃言情之文，非寫義夫節婦也。」最有見。余以此直是立教之文，匪但言情。○叙事必兼紀時寫景，叙遣歸曰「鷄鳴外欲曙」，叙逼嫁曰「晻晻日欲暝」，叙絶命曰「其日牛馬嘶」，皆參互時景。洗桐于「牛馬」下語云：「以類感動。」是成底話？○篇中用韵最變化，熟讀《三百》，便知其原委。余箋義而偶及韵，聞李子德有《漢詩音注》，案頭適無是書，未及互證也。

箋竟後十三日，乃得李氏本，于此篇用韵處，噤不下一語，未知何以名《音注》也。其注「妾不堪驅使」句云：「公姑之遺蘭芝，徵色發聲非一日。」不知通篇公未嘗一作聲。注別小姑一段云：「劉氏獲罪阿母，未必不中于小姑。」此即沈用濟夢語所從出。注「摧藏馬鳴哀」云：「摧之欲其速至，藏之欲其無鳴。」不知摧藏只「鳴哀」二字意理，前人説琴瑟，多用掩抑摧藏語。子德大可哂，乃擲去。渠自言精研四十餘載，著成《音注》，所見僅爾爾。故知不佞此箋祗七十日，且以間及此，急行宜更無善步也。續記。

悲憤詩 蔡琰附

漢季失權柄，董卓亂天常。志欲圖篡弑，先害諸賢良。卓雖忍性矯情，擢用群士，竟以固諫徙都，斬伍瓊、周珌。逼迫遷舊邦，擁主以自强。海内興義師，欲共討不詳。先則袁紹等，後則孫堅、王匡。卓衆來東下，應指卓所遣李傕等大掠陳留時。金甲耀日光。平土人脆弱，來兵皆胡羌。獵野圍城邑，所向悉破亡。斬截一作戳。無孑遺，卓傳：所過無復遺類。尸骸相撐拒。馬邊懸男頭，馬後載婦女。卓傳：載其婦女，以頭繫車轅。長驅西入關，迥路險且阻。還顧邈冥冥，肝脾爲爛腐。所略有萬計，不得令屯聚。或有骨肉俱，欲言不敢語。失意幾微間，輒言斃降虜。要當以亭刃，我曹不活汝。豈復或作「敢非」。惜性命，不堪其詈駡。或便加棰杖，毒痛參并下。旦則號泣行，夜則悲吟坐。欲死不能得，七言云：「薄志節兮念死難。」是也。何云不得？欲生無一可。彼蒼者何辜，乃遭此戹禍。邊荒與華異，本傳：在胡中十二年，生二子。人俗少義理。處所多霜雪，胡風春夏起。翩翩吹我衣，肅肅入我耳。感時念父母，上詳叙。居胡時邕死久矣，感時而念，猶言父兮母兮畜我，不卒且痛辱親也。蔡寬夫《詩話》謂邕尚無恙，隔甚。哀歎無終已。有客從外來，聞之常歡喜。迎問其消息，問家鄉消息耳。輒復非鄉里。宋之問詩「可憐江浦望，不是洛橋人」本此。邂逅徼時願，骨肉來迎己。本傳：曹操素與邕善，痛其無嗣，乃遣使者以金璧贖之。已得自解免，當復棄兒子。天屬綴人心，念别無會期。存亡永乖隔，不忍與之辭。兒前抱我頸，問母本傳作「我」。欲何之。人言母當去，豈復有還時。慘裂。阿母常仁惻，今何更不慈。我尚未成人，奈何不顧思。見此崩五内，恍惚生狂癡。號呼手撫摩，當發復回疑。兼有同時輩，插叙。相送告離别。從本傳。一作「别離」，非是。慕我獨得歸，哀叫聲摧裂。馬爲立踟蹰，車爲不轉轍。觀者皆歔欷，行路亦嗚咽。去去割情戀，遄征日遐邁。悠悠三千里，何時復交會。念我出腹子，接前。胸臆爲摧敗。既至家人盡，又復無中外。城郭爲山林，庭宇生荆艾。白骨不知誰，從横莫覆蓋。出門無人聲，豺狼嗥且吠。煢煢對孤景，怛咤糜肝肺。登高遠眺望，魂神忽飛逝。奄若壽命盡，傍人相寬大。爲復彊視息，雖生何聊賴。託命於新人，重嫁屯田都尉董祀。竭心自勖勵。流離成鄙賤，常恐復捐廢。人生幾何時，懷憂終年歲。

此篇東坡疑爲僞作，謂琰之流離，在父殁後，今乃云爲卓驅虜，知擬作者疎略，而蔚宗載之本傳，爲荒淺。蔡寬夫駁之，亦允。而云卓擅廢立，袁紹輩起兵山東討卓，琰是爲山東兵所掠，則仍迷認頭影。余按卓傳，初卓分遣其校尉李傕、郭汜、張濟，將步騎數萬，擊破中牟，因掠陳留、潁川，殺掠男女，所過無遺類。伯喈陳留人也，女琰先適衛仲道，夫亡無子，歸寧於家，琰被掠當在此時，時伯喈猶在也。坡稱流離在父殁後，故未熟于史，而寬夫指爲山東兵所掠，則反屬袁紹、韓馥、劉岱等之兵，非卓兵矣。卓所將多秦胡兵，其上書嘗自言云爾，故曰「來兵皆胡羌」。若紹等山東之兵，非所云也。蔡又指卓挾獻帝遷長安，時士大夫豈能以家自隨？亦非是。琰本傳但言歸寧於家，不言居東都。又載興平元年，天下喪亂，文姬爲胡騎所獲，没于南匈奴左賢王。遷都長安是初平元年春事，後四年始改元興平，蔡語殊失考。其没于左賢王者，卓傳董承、楊奉密招故白波帥李樂、韓暹、胡才及南匈奴右賢王去卑，並率數千騎來，共擊傕等，則文姬當先爲傕、汜掠陳留時所擄，而流轉左賢王部下，以賢王與承、奉擊破傕等也。范史于卓傳曰右賢王，于琰傳曰左賢王，左右互異，傳寫訛耳。又本傳請原董祀，繕邕遺書送曹操，下接云：後感傷亂離，追憶悲憤，作詩。則是時邕殁久矣。「感時念父母」，一懷罔極，一痛辱親，蓋統始末而追叙之，何得云邕尚無恙？蘇、蔡諸公，似皆粗心。○坡公疑此篇明白感慨，類世所傳《木蘭詩》，東京無此格。余謂趙壹《疾邪》、酈炎《見志》、孔融《雜詩》，多明白感慨之篇，何云無邪？但律以「含養圭角」，坡語。如杜陵所云漢道者，似乎有間。大抵聲情筆力，宛爾杜陵，不沾沾蘇李、《十九首》消息矣。詩格之變，亦其時其遇爲之，故附列于卷末。○胡元瑞《詩藪》：此詩辭氣直促。亦本坡公語意。沈用濟《漢詩説》詆爲强作解事，直讀書少耳。果見坡語，未應置蘇而詆胡。要之，蘇此語良是。

乾隆丙戌十一月十八日四鼓二山氏書於正修書院中。

初白庵詩評

初白庵詩評提要

《初白庵詩評》(一名《查初白先生十二種詩評》)三卷,據乾隆四十二年蕭嘉植刻本點校。輯者張載華(一七一八—?),字佩兼,一字芷齋,浙江海鹽人。其兄張宗柟曾輯《帶經堂詩話》,而有功於漁洋詩學。載華則以同鄉後輩之誼,蓄志以輯查慎行之評詩語,蓋漁洋、初白兩家,乃並峙於康熙詩壇者也。自十餘歲起,即從許蒿廬(昂霄)等接聞查氏緒論,弱冠後留意於搜集抄録其手跡原本,計得陶、杜以下諸家及《瀛奎律髓》等十二種評本,而流傳訛本不預焉。編纂則始於乾隆二十八年癸未,至三十二年丁亥,三易稿而卒業。又歷十載,至乾隆四十二年丁酉乃正式付梓,可謂慎重其事。始末具詳本書自識、纂例及蕭嘉植跋。此是查氏平生讀諸家詩之批點文字,雖非必爲全部,亦可稍窺其詩學之祈向。大抵最重杜詩,杜詩評本跋語云「平生酷愛杜詩,三十年中手所批點凡四部」,皆爲人所攜去。康熙乙未又細加評校一部,時已是六十五、六歲之年矣。用力之勤,不下於補注蘇詩。相較於僅用十四日點勘白居易詩(白香山評本跋語),陶詩、太白詩及謝臯父、虞道園等皆寥寥二、三十則,虞詩且全爲勘誤無評語,可知其詩著意於學杜、蘇,而以性近,方落於白、陸者,非如歷來所云,乃逕學白、陸所致也。又張柯跋極言查「評」之長,在抉發詩之「宗旨風格」、字句之「長短疏密」,而不同於「箋注」,亦爲具眼。稍後馮應榴編撰《蘇文忠公詩合注》,即採查氏《補注》而遺此評,此雖是體例不同,而不免致憾。今人注本則已概行收入，如錢仲聯《韓昌黎詩繫年集釋》、朱金城《白居易集箋校》、李慶甲《瀛奎律髓彙評》等。

此書卷中「蘇東坡」一種，目録標據「施注本」。考查氏《補注東坡先生編年詩・例略》，首條即有「向不滿於王氏注，爲之駁正瑕釁，零丁件繫，收弆篋中，積久漸成卷帙。後讀《渭南集》，乃知有施注蘇詩舊本，苦不易購。庚辰春，與商丘宋山言並客輦下，忽出新刻本見貽」云云，而兩年後之壬午，《補注》即蕆事，乃就王十朋注本及宋犖新刻本從事，非就施注本甚明。豈查氏後又得施注原本，此項評點在《補注》後耶？本書《纂例》僅言《補注》較評本「詳審」，似評本在前，則有疑焉。又卷上「韓昌黎」《送進士劉師服東歸》一首，查氏摘「攜持令名歸，自足貽家尊」二句，評云「愛人以德，其味深長」。「載華附識」竟情不能已，旁録查氏詠其先父祖事佚詩一首，則致體例於不倫矣。此書乾隆間初刻後，直至民國，始有上海六藝書局、上海掃葉山房兩石印本。另有光緒間戴穗孫鈔本一種，存上卷，現藏吉林大學圖書館。

讀余弟芷齋所輯《初白庵詩評》，不禁喟然有感於中也。憶昔先舍广兄排纂《帶經堂詩話》，日偕余與芷齋同堂商榷，凡三易稾，然後鏤板問世。當是時，余語芷齋曰：「人生於世，自顧無可傳之業，庶幾附前賢以傳。兄得附漁洋以傳也，斯亦幸已。余兩人自少至壯，肩隨跬步，徒追琢於帖括，而頭顱如故，悔之無及。今且垂老矣，家無長物，薄有藏書，洒歲月坐荒，了無著述，行自慨也。」芷齋听然而笑曰：「獨不聞蒿廬夫子論詩之旨乎？其云：『南北兩宗堪並峙，可憐無數野狐禪。』蓋明言漁洋先生與初白先生爲風雅總持也。竊不自揣，將纂録先生各種評語，裒爲一集，與《帶經堂詩話》並行不悖，或可藉是以傳。亦猶兄意也。」余因是有感焉。國朝作者如林，求其金鍼微點，學者悉奉爲指南，漁洋、初白兩先生而外，指不多屈。雖然，讀漁洋詩話，如遊蓬、閬，如聞《韶》《濩》，目眩心迷，未易涉其流而溯其源也。若初白先生所著評語，或直抉作者精要，或别裁各家僞體，一經指示，俾軨材樸學，可以由漸而入。視夫一味妙悟之論，果孰難而孰易？余自惟譾陋，所夢寐不能釋者，獨瓣香先生。不意芷齋已先得我心，不憚寒暑，鈔撮成帙，就余商訂，春宵咀味，燭跋忘疲。先生固不藉是以傳，芷齋實藉先生以傳，詎非藝林韵事乎哉？獨是附識諸條，芷齋兢兢焉不敢自以爲是。惜舍广兄已歸兜率，不獲樂觀其成，稍爲潤色，而余亦頹廢日甚，縱或參以己見，終隔一塵，欲如向之同堂商榷，娓娓不倦，不可得矣。余所爲與芷齋撫今追昔，同抱鴒原之痛於無窮也。爰勉綴詹言，誌余之幸，亦以誌余之感也夫。乾隆戊子上巳，兄宗橚序。

海昌查初白先生，以詩名海内，與王漁洋、朱竹垞兩先生鼎峙藝林。今三家詩集，已家有其書矣，然篇章浩瀚，如涉大水，不免望洋之歎，則詩話其舟楫已。漁洋詩話散見雜著諸書，先兄含广彙爲一編。《静志居詩話》具載《明詩綜》。獨先生論詩之旨，間有流傳，無專刻行世，學者有遺憾焉。余生也晚，不獲親炙先生，幸自幼及壯，得從許蒿廬夫子遊。夫子與先生同里，於友朋間每聞先生評閲古人詩集，必展轉購借，攜至涉園，約諸兄亟爲鈔録。猶憶壬子以後十餘年間，酒闌燈灺，輒舉先生評語可與漁洋、竹垞兩先生發明者，與諸兄互相參究，漏四鼓，猶娓娓不倦。余時心竊識之，爰方攻章句，未暇旁及也。弱冠後，間事吟詠，瞻望前賢，茫無憑藉。從夫子及諸兄處録先生評本數種，偶閲一編，雖着語不多，動中肯綮，如論少陵夔以後詩，及昌黎《陸渾山火》、東坡《謝人見和前篇》、遺山《李峪園亭看雨》等作，發前人所未發，使古人有知，亦爲心折。至其爲後學之津梁，用意懇切，尤足令人朝夕體玩於無窮也。余年忽五十，百念俱灰，自唯平生私淑之志，耿耿難忘。檢理故篋，合邇年所得先生評本，計十二種，載歷寒暑，綴輯成帙。與《帶經堂》、《静志居詩話》並列案頭，庶無負先生嘉惠後人之美意，亦以慰吾夫子當年借録之苦心焉耳。唯是師友弟兄零落過半，白首晨夕相從，唯思巖兄一人，商訂之下，又不勝今昔之感已。乾隆三十二年，歲在强圉大淵獻重陽前一日，海鹽後學張載華謹書。

初白庵詩評纂例

初白先生博覽載籍，自漢魏六朝迄唐宋元明諸家詩集，尤爲融貫。每閲一編，必着評點，真所謂一字不肯放過也。海濱僻處，就數十年間所見，自靖節、李、杜以下諸家，及《瀛奎律髓》，評本十有二種。雖詳略不同，品藻各當，勿揣檮昧，薈萃成編，俾學者玩味評語，窺見作者之用心，如晤言於千百載之上，當亦操觚家一珍珠船也。

評本流傳不一，亥豕亦多，甚有竄入他家緒論，斷非先生語氣者，疑誤後人非淺鮮也。卷中如靖節、青蓮、昌黎、香山、半山、紫陽、阜父、遺山、道園諸家，及《瀛奎律髓》，俱係手迹，纂集之下，一字不敢擅易。或漫漶難辨，姑從闕疑，間有誤筆，附識於後，以質博雅。

先生評閲杜詩凡五本，詳見跋語。余所見止二本，其一曩時倣録，未知何年所閲，後從妹壻俞君仲符借得乙未閲本，互相校對，異同頗多。今於舊本所有而乙未閲本所無者，旁注於下，乙未閲本所有而舊本所無者，並注此條從乙未閲本增，字句多寡，亦一一注明，期無脱漏而已。第兩本俱係傳録綴輯，校讐雖未必毫髮無憾，俾兩本瞭然，庶免惑亂耳。

先生篤好蘇詩，評語較詳。傳録施注本字句異同，曾經許蒿廬夫子勘定。復於祝君祥發處假得先生手批王注本，偕思巖兄詳加校閲，字句復有互異，俱從手批改正，間有渝敝，仍照舊時勘本。其施注本所無者，約百六十餘條，悉爲補入。至施注本所有而王注本所無者，一并注明，懼失實也。以視流傳過本，襲舛仍訛者，差謂能免。惜手批施注本，購覓二十餘年，竟不可得。而王注本缺廿八卷，至末又殘脱三首，亦注明之，俟訪得時補録於後。

黄山谷云：「予於杜詩，欲隨欣然會意處，箋以數語。」先生評閲各種，猶山谷志也。妙諦微言，須悉心領取。如本題考證，與統論全詩語意，及標明起結，或某段某聯某句者，只載全題已屬顯然。其專指句中字眼，如太白「七元洞豁落，八角輝星虹」，少陵「震雷翻幕燕，驟雨落河魚」、「深山催短景，喬木易高風」等句，又一聯中某句更勝，如温飛卿「雞聲茅店月，人迹板橋霜」，陳羽「漸變池塘色，欲生楊柳烟」等句，如此類者甚多，自須標明。又如少陵「饑鷹未飽肉，側翅隨人飛」、「雀啄江頭楊柳花，鵁鶄鸂鶒滿晴沙」，香山「賴是心無惆悵事，不然争奈子絃聲」，東坡「翠浪舞翻紅罷亞，白雲穿破碧玲瓏」，遺山「焉知原上塚，不有當年吾」等句，雖不指出句中字眼，却須一聯並録，易於省覽。其概論兩句一句者，附於句下。至連屬數行，或數句者，詩語難以全載，然非明確標出，原評幾墮渺茫。先生偶著一語，深合以意逆志之旨，余詳玩評語，合之本詩，參以圈點，良費裁度，亦欲以意逆先生之志云爾。

題下小引，及各家箋注虚谷詩話，先生重加考訂，或貶或褒，最足益人學識，今節録原文，謹載評語，後學勿漫視之。

諸集中訛字甚多，先生改正十有六七，目録内標明手勘刊本，以便檢閲。凡某字當作某，卷中全載，以正刻本之訛。至某字别本作某，有評論者一體載入，此外概不録取，以免覽者目眩耳。

國朝諸家杜詩評本，及查晚晴先生評閱韓詩，陸辛齋先生評閱《宋詩鈔》，可與先生評語發明者，依本詩次第附録，以資參悟。坊間通行評本，無庸採取。唯申鳧盟先生《説杜》，邇來罕有流傳，仇氏《詳注》亦非全載，今擇其精要者，仍附録之。如與原評了不相涉，雖有名論，概不攔入。間有參涉上下詩句，難以芟節者，識者諒諸。

《蘇詩補注》，先生例言，三十年畢力於斯，較評本似更詳審。今取勘對，如《送蔡冠卿知饒州》、《八月十七復登望海樓》、《韓子華石淙莊》等篇，箋釋更爲明晰，附録於後，以成一家之言。其與原評不相涉者，槩置勿録，猶前例也。

李雁湖箋注王荆公詩，流傳絶少，華山馬氏藏本，後爲先兄青在所得，梓以行世。竊疑先生未見此書，故評語間有疑譌，爰取箋注，次第附録。至通行《臨川集》本，題字有增損者，照箋注本注明，以歸一律。

《律髓》評點，係先生晚年家塾課本，學詩津逮，至捨筏登岸，此中三昧，盡在是矣。但傳録既多，脱訛殊甚。昔年曾從舅氏陳純齋先生處借得手批元本，校録一過，最爲完善，解人當自知之。

蒿廬夫子於先生各種評語，手之不釋，今追憶一二遺語，附識卷中。至管窺所及，或云某識，或云某按，自愧學業荒陋，未免貽笑通人。

插架所藏，纂録無餘，耳目之外，所遺應多。先生跋《香山集》云：「閲元、白詩凡十四日，點勘始畢。」今元集評本無從訪求，殊爲闕事。遠近同志之士，搜羅必廣，倘有卷中未及詩集，或所載各家內別有手筆閲本，慨借原書，助成續録，當敬識卷端，永矢勿諼爾。

是書纂輯，權輿於癸未之冬，含广兄笑謂余曰：「《詩評》成日，與《帶經堂詩話》並行於世，亦士林佳話也。」不意乙酉仲秋，先兄去世，棄置篋中者二載。丁亥秋冬之交，還理舊業，朝夕商榷析疑而訂譌者，思巖兄之功居多。至讐校之勞，蕭壻嘉植及兩兒鶴徵、鷺振，亦與有力焉。蓋三易藁而後卒業。戊子初夏，曉堂兄自唐昌歸里，謬謂是編能洗俗本蕪穢，從臾開雕。曾幾何時，曉堂兄又返道山，每一展卷，不禁憮然。

詩評纂本，昔年得自蒿廬夫子者居多，回憶購覓苦心，猶怳怳胸臆間。爰取夫子《詞綜》閲本附録於後，聊申瓣香之志。填詞與詩格等，未必非倚聲家之一助云。

初白庵詩評目録

卷之上

卷之中

卷之下

查初白太史評閲諸家詩集，遠近傳本雖多，然不能數覯也。若手批元本，購覓尤非易易。戊子冬日，謁外舅芷齋先生於涉園，得所纂《初白庵詩評》。受而卒讀，蓋先生自少而壯而老，每見太史手批元本，鈔録無遺，歷數十年，得十二種，綴輯薈萃，析爲三卷，體例秩然，眉目瞭如，真不惜金針度與人矣。爾時即以付梓爲請，先生自謂，原評之當屬某段某聯，未易明確也，附録諸條，或涉遺濫也，附識按語，恐未允當也，奚敢問世。越一二載，先生再易藁本，藏諸篋衍。今歲上元，爲先生六十覽揆之辰，客冬復請壽諸梨棗，爲先生壽，先生笑而頷之。廼與選巖、在廷兩昆互相讎勘，徂歲入春，校畢開雕。回憶晉謁之初，幾十載矣。山谷云：「自往見謝公，論詩得濠梁。」嘉植側聞緒論，鮮能融會，願與海内深思好學之士，體玩原評，詳味附録，同作濠上之遊，其樂當何如耶。乾隆四十二年丁酉春日，壻蕭嘉植蘭森氏謹跋。

初白庵詩評卷上

海鹽後學張載華芷齋輯

陶靖節

《停雲》其一「靄靄停雲」四句。　當平世者，不知此語之悲。

其三「東園之樹」四句。　亦是□□後有所譏刺。　「豈無他人」四句。　直追古人。

《時運》其三「我愛其静」。　目狂者以静，千古特識。

《榮木》其三　警策浮生，不特學問。

其四「脂我名車」四句。　先生豈忘用世者。

《贈長沙公族祖》　《生民》之詩，追本姜嫄；《思文》之詩，郊祀后稷。　參之以《常棣》、《伐木》、《行葦》、《鳧鷖》，方知作者用意深厚。

《酬丁柴桑》　此二首東坡缺和詩。

《形贈影》「必爾不復疑」。　「爾」字指「適見」以下六句，而言「必爾」者，謂必然而無疑。　注云頌影，非是。

《影答形》「此同既難常」二句。　明于死生之故，能言其所以然。

《神釋》「應盡便須盡」。　王摩詰云「忽呼吾將行，寧俟歲云暮」，正得先生「應盡便須盡」之意。

《歸園田居六首》其一「復得返自然」。　「返自然」三字，道盡歸田之樂，可知塵網牽率，事事俱違本性矣。

其二　王、儲田家詩，根發由此。

其四「人生似幻化」二句。　先生精於釋理，但不入社耳。

其六　此詩入《文選》，亦以爲江淹作。

《問來使》　此首東坡缺和。或以爲非陶作，然太白詩云「陶令歸去來，田家酒應熟」，正用此篇結句，無可疑也。

《遊斜川序》「南阜曾城」。　南阜即匡廬，曾城即落星石。注中遠引崑崙、縣圃，與題無涉。

載華附識：吾君以方云，注引駱庭芝云：「曾城，落星寺也。殆晉之所存者。」注以爲寺，評以爲石。按荆公、朱子俱有落星寺詩，《祖龍學集》亦有落星寺題，題下旁注「南康」，似當以寺爲正。

《與殷晉安別》「語默自殊勢」四句。　情辭婉轉。

《始作鎮軍參軍經曲阿》「我行豈不遥」至末。　筮仕伊始，即思歸宿之地。

《癸卯十二月中作與從弟敬遠》　讀「傾耳」二語，真覺《雪賦》一篇，徒爲辭費。

《還舊居》「疇昔家上京」。　朱子在南康，與崔嘉彦書云：「前日出山，在上京坡頭遇雨，巾屨沾濕。」據此，則「上京」乃坡名也。

載華附識：王漁洋先生《北歸志》云：「往開先寺，出建昌門數里，過玉京山，陶詩所謂『夙昔家上京』，即此。」

《庚戌歲九月中於西田獲早稻》「晨出肆微勤」。　「肆」當作「肄」。

《詠貧士七首》其五「採莒足朝飡」。〔一〕　稆。

其七「昔在黄子廉」。　《風俗通》潁川黄子廉，每飲馬，投錢于水。

《讀山海經十三首》其十二「鵃鵝見城邑」。　當作「鴟鴸」。

載華按：先生親筆閲本，卷末題五律一首，見《敬業堂集》四十二卷。《計日集》中又跋語一則，附録於左：「陶詩宋以前無注者，至湯東澗始發明一二而未詳。元初詹若麟居近柴桑，因徧訪故迹，考其歲月，本其事迹，以注釋其詩。吴草廬爲之序，比于紫陽之注《楚騷》。當時必有刻本，而今不可得已。此本間引東澗之説，惜未見詹注耳。康熙甲午夏初初白老人閲畢附識。」

【校勘記】

〔一〕「莒」字外之□爲原書所有，以示訛之所在，今仍之。後同。

李青蓮

《古風》其三十四　當天寶之世，忽開邊釁，驅無罪之人，置諸必死之地。誰爲當國運權衡者？「白日」以下四句，國忠之蒙蔽、殃民二罪，可併案矣。

《蜀道難》「問君西遊何時還」。　此句與後「錦城雖云樂」二句，緊相呼應，其爲明皇而作無疑也。

《東海有勇婦》　東海婦爲夫報仇，必實有其事，而注家不詳。

《鳳笙篇》　初唐庸近格調，如何入得太白集中？

《秦女休行》　亦是紀事之作。

《贈盧徵君昆弟》「二盧竟不起」。　二盧，其一莫考。

《訪道安陵遇蓋還爲余造真籙臨別留贈》「七元洞豁落，八角輝星虹」。　「七元」，據《海録碎事》引《入星門》云：「七亢洞豁落，八角輝星虹。」則「元」字當作「亢」，與「角」方合。存以備考。　「三災蕩璿璣。」佛書云：三災謂水、火、風，四禪天以上始免三災。

《草創大還贈柳官廸》「日月更出没」。　《元奥集》云：「在天爲日月，在人爲心腎。」

《中丞宋公以吴兵三千赴河南軍次潯陽脱余之囚參謀幕府因贈之八韵》　即宋若愚。

《贈從弟南平太守之遥二首》其一「當時笑我微賤者」二句。　淺而卑。

《贈友人三首》其三「慢世薄功業」四句。　可作東方像贊。

《書懷贈南陵常贊府》「至今西二河」。　「二」疑當作「洱」。

《還山留别金門知己》　此詩已見卷五，即《東武吟》也，此處重出。

《白雲歌送友人》　此首亦重出。

《送趙雲卿》　此首亦重出，見十二卷《贈錢少陽》。

《泛沔州城南郎官湖》　今漢陽府。

《焦山望松寥山》　寥山須考。

載華附識：《李詩輯注》引王西樵先生曰：「海門山一名松寥夷山，即孟浩然詩所云『夷山對海濱』者也。」鮑天鍾《丹徒縣志》：「焦山之餘支，東出分峙于鯨波瀰淼中，曰海門山。唐詩稱松寥，稱夷山，即此。」

《越中覽古》「只今唯有鷓鴣啼」。　用一句結上三句，章法獨創。

《月下獨酌四首》其二　此種語太庸近，疑非太白作。

《擬古十二首》其五「塊然涸轍鮒」。　「鮒」字叶平聲。

《折荷有贈》　重出，廿四卷《擬古十二首》中之一也。

《别内赴徵三首》其二　淺劣，斷非公作。

載華按，《東坡題跋》：「今太白集中有《歸來乎》、《笑矣乎》，及《贈懷素草書》數首，决非太白作，蓋唐末五代間貫休、齊己輩詩也。」評語本此。

杜少陵

古詩

《奉贈韋左丞丈二十二韻》「致君堯舜上」二句。具見此老本領。「甚媿丈人厚」二句。先自叙，後入題，另一章法。此條乙未閱本無。另批「陡接」二字。「尚憐終南山」至末。去國別所知，依戀之懷，曲折盡致。

附録：俞犀月先生云：「昔日抱負未舒，今復不遇而去，此一詩前後之結構也。起甚抑鬱，結自慷慨，身分仍高。」蒿廬夫子云：「此詩分段，似當從犀月本爲是。」

《送高三十五書記》此蓋深不滿於哥舒之窮兵，而惜高生之側翅相隨也。起四句衝口而出，下乃婉曲致意。高自云受國士知，乃告之曰，人實不易知，未必哥舒果能知子，子亦未可謂盡知哥舒也。一「慎」字深情畢露。「十年」二字言此主將旗麾不難自持耳，焉用隨人哉。子既自謂特達之知，固吾所慰，老大成名，亦其時矣。「既」字、「亦」字，無限吞吐。高是先生得意之友，故其送之之詩，用意特深，末則不過惜別語耳。此條從乙未閱本增。「饑鷹未飽肉，側翅隨人飛。」凡鳥飛而起，則仰左翼，飛而下則仰右翼。故鷙鳥下擊，皆先側左翅也。「十年出幕府，自可持旌麾。」高未幾即持節，有知人先見之明。此條乙未閱本無。

《贈李白》「巧」、「皓」通用。似摹李格而作。

《遊龍門奉先寺》「更宿招提境」。通篇發源在「宿」字。

《望嶽》篠韵獨用。起二句自作問答，三四屬「嶽」，五六屬「望」。

附録：俞犀月先生云：「全首是望，不是登，故妙。」

《元都壇歌》「子規夜啼山竹裂」二句。使昌谷爲之，便墮鬼趣。

附録：申鳧盟先生云：「子規二語，大類長吉，見此老真無所不有。」

《兵車行》起句對。乙未閱本作雙。用詩語逼真古樂府。

附録：俞犀月先生云：「聲調自古樂府來，筆法古峭，質而有文。從行人口中説出，是風人遺格。」○「前段以大槩防邊者言，後段以今日之行者言。居者之租税何來，行者之身命不保，俱兼兩層意。」○「君不聞、君不見，呼應入情。」○蒿廬夫子云：「細玩此詩語意，乃爲關西募役而作也。防河營田，俞謂以大槩言，極是。况復一轉，方入正位。且如二句，是正答問詞，犀月所謂以今日之行者言也。□□牽合，吾所不取。」○「君不聞、君不見，俱是役夫語。前以大槩言，故曰君不聞。後以見在言，故曰君不見。」○「賦役之苦，征戍之苦，兩層意尤重。征戍一層，故言隴畝盡荒，則前段較詳，言死亡相繼，則後段更深。」○□□又云：「錯牙其詞，疑誤後人不小矣。」

《高都護驄馬行》「前身作馬通馬語」。奇絶，横絶。

附録：俞犀月先生云：「通篇寫一老驥，曰久無敵，曰未受猶思，曰何由却出，都見照應。」

《天育驃騎歌》　題少畫字。此條乙未閱本無。　「時無王良伯樂死即休。」生無識者，死并無畫者，用意沉痛。

附録：吴星叟先生云：「只起兩句，寫出畫圖，後便作真馬説。」〇俞犀月先生云：「因畫思真，以真爲畫，真馬、畫馬，交互言之，引人入勝。」〇王漁洋先生云：「無限感慨，一語盡之。」

《白絲行》　起句乙未閱本作一語。已具全旨，白則必染，有染則必有污。染則新，污則故，故則必見棄。只是一意，婉轉蟬聯到底。末句須作一頓，恐懼棄捐，所以忍羈旅也。「繰絲須長不須白」八句。八句中具織、染、裁、服四事。以下三條乙未閱本無。　「象床玉手亂殷紅。」所以須長。「已悲素質隨時染。」所以不須白。

附録：俞犀月先生云：「全首是説白絲，由素而染，由裁縫而衣着，而終不免于棄置，何等感慨。」又云：「顔色稍污，一棄不用，是何汲引之難，而棄捐之易也。」

載華附識：蒿廬夫子云：「得梁陳樂府之遺，全首託興，結出正意。」〇説開作結，其實就上句生出。〇此詩當以第一句爲主，殷紅隨染，故不須白，裁著稱身，故必須長。不知素絲一染，已屬可悲，顔色稍污，即棄不用，則雖長亦屬無益矣。才人之忍羈旅，不唯得免棄捐之憂，并可全其皦皦之節也。然一氣讀之，却似只言棄捐之感者，素絲可悲一層，渾然不露，故妙。

《贈衛八處士》　感今懷舊，如風行水上，自然成文，若涉一毫客氣，便成兩撅。

附録：俞犀月先生云：「撫今追昔，有二十年事情，妙處正於虚處傳。」

《同諸公登慈恩寺塔》　起法突兀稱題。　「七星在北户」八句。八句中盡高下俯仰之勢。　「蒼梧」、「瑶池」，不知寄托何意，或云指太真者，非也。

附録：俞犀月先生云：「起得聳拔，結得縹緲，與題相稱。」〇李天生先生云：「塔本高宗爲文德皇后造，回首二句，託諷微遠。」

《示從孫濟》　中段點綴如樂府古辭。　初疑後段語殊無謂。　有老友于方曼云：「當與《杜位宅守歲》詩參看，則知其妙。」余因兩詩對看，始知其字字深婉也。以下二條，從乙未閲本增。　「權門多噂沓。」權門或即指杜位等。　蓋位，林甫壻也。　細玩此詩，亦有不滿於濟之意。　然於彼則曰「誰能更拘束，爛醉是生涯」，言不爲博醉，決不來也。　於此曰「所來爲宗族」云云，語意厚薄了然。

《九日寄岑參》「吁嗟呼蒼生」十句。　隨所根觸，必有關於世道人心。

《曲江三章章五句》其三　七言五句成章，自我作古，歷落可誦。

附録：查晚晴先生云：「短五古已難作，尚有冷僻縹緲一逕。　若短七古，安得崛强蒼茫如許？千古仰法也。」

《麗人行》　描寫麗人，但在衣飾飲食上盡力，鋪張其豪侈之態，此作者深意也。　前半説秦、虢，後段單乙未閲本作專。　指國忠。　「就中雲幕椒房親，賜名大國虢與秦。」二語點出秦、虢。以下二條，乙未閲本無。　「後來鞍馬何逡巡」二句。　二語隱然説國忠。　末句點破。乙未閲本另批：「後來者，即丞相也。」

附録：李天生先生云：「先泛泛寫出水邊容色衣服之盛，就中一轉，方入虢、秦。又極力寫其供具之奢，方轉入内賜一段，然後轉入國忠雄狐正意。託刺深厚，大類《國風》。」○俞犀月先生云：「前半微指椒房，後半直説丞相，筆法何等森嚴。不先直説，而曰多麗人，曰就中，甚妙，亦是風人之筆。然『就中』二句甚警，前後描寫欲活。」○吴星叟先生云：「後來鞍馬下，雖作隱語，實序眼前事。雄狐之刺，雌雉之譏，了然紙上矣。末句點明，從『展我甥兮』出。」

《樂遊園歌》「却憶年年人醉時」已下。撇開題目，自寫襟懷，何等淋漓悲壯。「聖朝亦知賤士醜」四句。詩人本意，在此一段。此條乙未閲本無。

附録：吴星叟先生云：「却憶後即自寫懷抱。」○俞犀月先生云：「歡宴之中，生身世之感，有多少低徊也。」

《渼陂行》風作、風止兩層，寫得變幻不測。此條乙未閲本無。大意只三層，始而風，既而風止，既而月出。總由筆勢排宕，令覽者無從捉搦耳。「半陂已南純浸山」四句。噏張開合，氣象萬千。「此時驪龍亦吐珠」四句。着此四語，則下神靈意乃出，非泛泛形容也。此條從乙未閲本增。「咫尺但愁雷雨至」至末。此轉乙未閲本作層。更乙未閲本作尤。出人意表。結處又開拓一步。此條從乙未閲本增。

附録：俞犀月先生云：「以『好奇』字起，通篇見奇幻之境，可喜可愕，轉眼遞變，人世閲歷，亦如此矣。結語警甚。」又云：「一邊昏黑，一邊月出，此景寫出，便覺恍惚畏人。」○吴星叟先生云：「忽陰忽晴，或常或變，皆在一日間，名山大澤皆有之，特人無此妙筆耳。結法妙，宕開又截住。」

《渼陂西南臺》　前是泛舟，此乃登高而望，賦景迥別。

　附録：俞犀月先生云：「前半寫景，後半言情。」

《夏日李公見訪》　通體寫出所居之静朴，主意之真至，一一盎然於行墨間。此條從乙未閱本增。

《奉同郭給事湯東靈湫作》「坡陁金蝦蟆」。　世或謂金蝦蟆指禄山。此條乙未閱本無。

　附録：俞犀月先生云：「□以金蝦蟆六句暗指禄山，良是。故爲隱語，以示微諷。」

《夜聽許十損誦詩愛而有作》「四座皆辟易」。　「易」字叶錫韵。乙未閱本作「陌錫通用」。

《橋陵詩三十韵因呈縣内諸官》「王劉美竹潤」以下。　此種雜沓，頗似夔後之作。

　附録：吴星叟先生云：「『先帝』至『真可聽』，是賦橋陵。『玉劉』至『迴林坰』，則美縣内諸官。『轗軻』至末，則自謂也。在公詩中亦多駁雜，然係公大篇，不可不存。」

《驄馬行》　篇篇寫作，各出新意，局法亦變化猶龍。

　附録：俞犀月先生云：「此首是寫新駒，句句見筆法。後用良驥二句，點出本旨。」

《自京赴奉先縣詠懷五百字》天寶十四載十一月初作。　按禄山之反，即在十一月。此條乙未閱本無。

質、物、月、曷、黠、屑，六韵通用。　此章當與《北征》篇參看，一在亂前，一在亂後。家國之際，寓慨良深。中間一段，正見自命本領。以下三條乙未閱本無。　「凌晨過驪山」三十二句。以下專述驪山湯泉事，禍亂之機已動，公之先見及此，故慨歎獨深。　自比稷、契，抱負可知。　「吾寧捨一哀」四句。

淒惻。

附録：吴星叟先生云：「五百字作三段看去，奇妙。」○「自『杜陵』至『放歌愁絶』，一字一轉，一句一意，古人無此力也。自『歲暮』至『川廣不可越』，單序驪山荒淫，君臣相效，有朝不及夕之勢。自『老妻』至終，則始念及家計。叙去淒咽，而又以失業遠戍相比，則尚爲安全矣。後學當日置口眼間，非韓退之、白樂天所能窺其藩籬。」○「此與《北征》皆公指名之作，然《北征》作于亂離之後，《詠懷》作于亂離之前，各一機杼。」○俞犀月先生云：「憂者在天下，不止身家，此正比稷、契處。」

《奉先劉少府新畫山水障歌》　奇幻峭健。發端奇横。以下二條乙未閲本無。「反思前夜風雨急」二句。尤奇。

附録：俞犀月先生云：「起筆聳拔，中間『得非』、『無乃』等字，意象縹緲，故以『風雨』『鬼神』接之。」○申鳬盟先生云：「『堂上不合生楓樹』，起得突兀驚人，與『高堂見生鶻』同法。『漁翁暝踏孤舟立』，此畫儼然在目。」

《白水縣崔少府十九翁高齋三十韵》　陌、錫二韵通用。

《三川觀水漲二十韵》　屋、沃與職、德通用，集中往往若此。「礧磈共充塞。」「塞」字叶屋韵。此條乙未閲本無。「聲吹鬼神下」四句。造物不足供其驅使，何等心力，何等腕力。「穢濁殊未清」以下。感時觸景，拉沓奔湊。此條乙未閲本無。

《悲陳陶》「日夜更望官軍至」。　「至」字獨用，去聲。

《哀江頭》　此詩公陷賊中所作，細玩前後語氣自見。乙未閱本作「看起結，自是陷賊時作」。

載華附識：　蒿廬夫子云：「寓意于上皇、貴妃，此《哀江頭》、《長恨歌》之所同也。但香山專從蛾眉宛轉、夜雨聞鈴生情，而家國治亂之感，只在言外。少陵則從風景不殊、河山舉目興感，故馬嵬賜死之痛，已在言中，與《北征》『中自誅褒妲』之語固未嘗相背也。惶惑失道，何足以言老杜耶？若云專爲貴妃而作，恐亦未盡作詩之意。」〇「清渭東流劍閣深」二句，舊注謂一秦一蜀，託諷玄宗父子之間，固謬。長孺所解，尤杜撰可笑。引《杜詩博議》以駁蘇黄門語，真如癡人説夢。

《大雲寺贊公房四首》其一　此首是初到。此條乙未閱本無。「洞門盡徐步。」「盡」字讀作儘，如《曲禮》「虚坐盡後」解同。

其三　此首是當夜事。

其四　此首是明日事。《西枝邨覓地》二首乙未閱本尚有「章法」二字。亦然。

附録：　俞犀月先生云：「首章以題統言之，次章寫莫景，三章寫夜宿，末章寫晨起，次第歷歷可見。古人分章之意絶勝。」

載華附識：　古人一題數首，次第秩然，自足引人入勝。每見近來作者，偶拈一題，連篇累牘，非語意重複，即前後可以互易，縱有佳聯，亦有句無章矣。前輩諸公，於古人分章聯貫之法，及長篇段落，不惜明切指示，今詳載附録中，視他例稍寬。吁，此可爲知者道耳。

《蘇端薛復筵簡薛華醉歌》「坐中薛華善醉歌」四句。　薛華歌辭至與太白並舉，此老非輕譽者，惜其詩竟乙未閲本無竟字。不傳。

《雨過蘇端》　大似淵明乞食光景，窮途一飯，感激不細，正復可憐人。

《喜晴》「既雨晴亦佳」。　「佳」字通乙未閲本多一「作」字。嘉。

附録：李天生先生云：「『佳』字不與麻韵通，公此詩及《泛舟登瀼西》篇，用佳、厓、柴、涯字，皆出韵。」

《送率府程録事還鄉》　緝韵獨用。

《述懷一首》「反畏消息來」二句。　真情苦語道得出。此條乙未閲本無。

附録：李天生先生云：「久客遭亂，莫知存亡，反畏書來，與『近家心轉切，不敢問來人』同意，然語更悲而調彌苦矣。」○申鳧盟先生云：「『反畏消息來』，非身經喪亂，不知此語之妙。」

《送長孫九侍御赴武威判官》「繡衣黄白郎」。　黄白郎不解。「東郊尚烽火」四句。不必皆判官之責，所謂論其大者。此條乙未閲本無。

載華按：朱注：或曰黄白即《漢書》銀黄。顔師古注：銀，銀印也。黄，金印也。仇注：北齊樂曲：「懷黄綰白，鴛鷺成行。」録之以備參考。

《送樊二十三侍御赴漢中判官》「二京陷未收」四句。　極得體，極切題。此條乙未閲本無。

載華附識：蒿廬夫子云：「全首沉鬱有奇氣。」

《送韋十六評事充同谷郡防禦判官》「吹角向月窟」六句。　筆端可泣鬼神。此條乙未閱本無。

《塞蘆子》「迴略大荒來」六句。　形勢燎如五輪。　「蘆關扼兩寇」二句。　即此可覘先生經濟。　以上二條，乙未閱本無。　總批：料敵設防如指掌，即此可覘先生經濟。

附録：俞犀月先生云：「此詩意在防思明、秀巖兩寇。蘆子，朔方門户，而五城空虚，賊兵出没如鬼，可慮也。大意只如此。」

《彭衙行》　真、文、元、寒、删、先，六韻通用。

《北征》　用韵與《赴奉先縣》一首同。　質、物、月、曷、黠、屑通用。以下五條乙未閱本無。　序事言情不倫不類，拉拉雜雜，信筆直書，作者亦不自知其所以然，而家國之感，悲喜之緒，隨其棖觸，引而彌長，遂成千古至文，獨立無偶。　「嘔泄卧數日。」「日」字重叶。　「其王願助順」六句。　與《留花門》一首意同。　「都人望翠華」至末。　身雖家居，而志存恢復。

附録：吴星叟先生云：「此詩以東坡、山谷所評爲當。」〇「極正大處，却從細瑣述起。極凄凉處，却從繁華述起。」〇「看他轉處骨力蒼深。」〇錢圓沙先生云：「《北征》略分五節，節節相生，似右軍書法，若斷還連，人所不解。自起至『何時畢』爲第一節，記北征歲月與戀主之情也。自『靡靡』至『身世拙』爲第二節，言出鳳翔時一路所見也。自『坡陀』至『盡華髮』爲第三節，言至鄜州所見也。自『經年』至『焉得説』爲第四節，言羌邨入門之狀也。自『至尊』至末爲第五節，言朝廷有恢復之勢，而以中興望幸舊都爲結穴也。每節上下相生，細讀自見。」〇李天生先生云：「分五段，『皇帝』至『憂虞』，叙其瀕行辭朝心事。『靡靡』至『殘害』，書在途觸目。『況我』至『生理』，抵家紀實。『至尊』至『皇綱』，目擊時艱而致其祝望。『憶昨』至終，則追述初亂，終之以開創之大，屬意中興。」〇「以今皇帝起，以太宗結，是始末大章法。」〇俞犀月先生云：「《奉先詠懷》是憂亂于未亂之先，《北征》是望治于既亂之後，同一忠愛之意。」

《九成宮》「雖無新增修」四句。　詞意冷峻。此條乙未閲本無。　可作鑒戒録。　「我行屬時危」四句。　説時事最是婉委。

附録：吴星叟先生云：「借隋爲喻，實諷唐也。」

《羌邨三首》其一　讀此種詩，千載下尚爲墮淚，况同時旁觀者耶？以下四條乙未閲本無。

其二「嬌兒不離膝」二句。　真摯。

其三「驅雞上樹木。」　此句亦確是北俗風景。　「苦辭酒味薄」至末。　亂後神情，繪畫難盡，唯妙筆足以達之。

附録：李天生先生云：「《咏懷》大篇，義兼雅頌，《羌邨三首》，純乎國風矣。首篇夫妻生逢，悲愉交集，次篇愛子之流連，終篇鄰里之勞問，次第井然，如《桃夭》詩，一語不可移易。」〇申凫盟先生云：「『妻孥怪我在』，『怪』字妙，不敢望其復活也，易『喜』字不得。『生還偶然遂』，即所謂『間道暫時人』。他人生還不得，與己之頻值于危，不言可知。」

載華附識：蒿廬夫子云：「《彭衙》、《羌邨》是真漢魏古詩，第不襲其面目耳。解人自得之。」

《偪仄行贈畢曜》 前半首職韻獨用。

《送李校書二十六韻》 陌、錫通用。 「不必須白晳。」屑。乙未閱本無。

《洗兵馬》「汝等豈知蒙帝力」。 「汝等」正指李輔國一流。此條乙未閱本無。

《留花門》 質、物、月、屑乙未閱本尚有「四韻」二字。通用。 「胡爲傾國至」四句。與《北征》詩中「此輩少爲貴」乙未閱本尚有「數語」二字。同意，具有先見之明。

附録：俞犀月先生云：「憂國苦心，所謂『窮年憂黎元，自比稷與契』者也。《北征》詩云『此輩少爲貴』，與此詩可以參看。不宜留而留，不得已也。不必留而留，憂隱可知。」

《病後過王倚飲贈歌》「唯生哀我未平復」已下。 飲食細故，感沁肝脾。《伐木》二三章求友之意，正以此爾。此條乙未閱本無。另批：「多是樸實頭話，却無人能道。」

載華附識：蒿廬夫子云：「老馬爲駒，細玩此句，似只承上句『手脚輕欲漩』言之，俗語所云反老還童也，並無深義。須溪之評本未嘗謬，但必云如駒之健啖，則未免近鑿耳。□□據《詩傳》以駮之，恐老杜之意，未必爾爾。」

《義鶻》 奇事以奇筆寫之，如兔起鶻落，少縱則逝矣。 「人生許與分」四句。補出正意，知非苟作。此條乙未閱本無。

附録：李天生先生云：「奇事奇文，不難其奇，其老氣縱横無敵爲貴耳。」○吴星叟先生云：「似寫劍客俠士，鬚眉照人，最發神智。他家必逞秀媚，無此氣魄也。」

載華附識：蒿廬夫子云：「以義鶻喻壯士，人皆知之。細玩全詩之意，却似重在『人生許與分』二語，故有『近經潏水下』一段。或嫌其贅而欲删之，或又謂删去則全詩皆成囈語，俱非知此詩者也。」○「公雖備員朝右，未蒙國士之知，無可建功，故聞義鶻之事，而有慨焉。曰『人生許與分，只在顧眄間』，所謂士爲知己者用也。若從『用舍何其賢』竟住，不過是贊義鶻耳，何由寫出此意？否則古人詩中全寫比喻，不點正意者多矣，豈皆囈語耶？」

《畫鶻行》　質、物、月通用。「烏鵲滿樛枝」二句。生氣勃勃。此條乙未閲本無。

《瘦馬行》　馬無復收養之望，旁觀者自惜之耳，通篇只此一意。

《石壕吏》　《〔太平〕寰宇記》：「神雀臺在陜州硤石縣東北四十五里，石壕鎮東北。」《困學記聞》：「《石壕吏》，蓋陜州陜縣石壕鎮。《一統志》云在陜州城東七十里，是也。」卞圜曰：石壕，陜東戍，其地新安西，石壕即石峭也。按峭在宏農澠池西北，貞觀八年移峭縣于安陽，城在硤城西四十里，謂石壕即石峭，誤矣。」按《九域志》及《輿地廣記》，石壕皆作峭縣，唐改爲硤石。此條乙未閲本無。

《新婚别》　語淺情深，從古樂府得來。此條乙未閲本無。

《無家别》　題云「無家别」，猶云無家可别也。《石壕》、《新安》、《新婚》、《垂老》，情已慘矣，然尚有父母妻子，彼此相憐惜。至此，則孑然一身耳，其憯痛百倍常情。乙未閲本作「無家别，謂無家可别也。先解題，方可看詩。」

附録：俞犀月先生云：「首言無家之由，次言無家之實，終言别去之故，而以『無家别』三字總收，章法甚緊。」

《立秋後題》「罷官亦由人」二句。　自在。此條乙未閲本無。

《遣興三首》其一「下馬古戰場」。　考地志，秦州有諸葛壘，在城東，曰下幕城。旁有司馬懿壘，曰上幕城。古戰場當指此。此條乙未閲本無。

《幽人》　先生好仙術，詩中往往見之。《憶昔行》一篇是入山求道，此首是浮海，幾幾乎「上窮碧落下黄泉，兩處茫茫尋不見」矣。

《赤谷西崦人家》　絶似儲、王集中之變調也。

《西枝邨尋置草堂地夜宿贊公土室二首》　西枝邨未詳在何處，或云在秦州城外。

其一「卜居意未展」四句。　前一日事。乙未閲本作「此詩覔地是隔日事。」

其二「天寒鳥已歸」四句。　當夜事。此條乙未閲本無。　「幽尋豈一路」四句。　後一日事。乙未閲本作「此是明日事」。

《寄贊上人》「有谷杉黍稠」。　「黍」疑訛。此條乙未閲本無。

　載華按，仇本作桼，注云：古漆字，他本作黍，非。

《太平寺泉眼》「北風起寒文」四句。　東坡得此意，發乙未閲本多一「爲」字。《泛潁》詩。

《夢李白二首》　此詩之作，當在太白繫獄時。此條乙未閲本無。

其一　職韵獨用。

附録：俞犀月先生云：「二詩見生死交情，不以道遠而隔，千秋萬歲之間，齊名李杜者，豈易得哉。」〇「前首言夢，次首言頻夢，而以痛惜之意結之，恰是少陵夢太白，纔得如此真切耳。」〇李天生先生云：「入夢明我之相憶，頻夢又見君之情親，是兩首次第。」

《遣興五首》其四「生涯能幾何」二句。　猛省語。此條乙未閲本無。

《前出塞九首》　《前出塞》爲天寶中用兵南蠻而作。此條乙未閲本無。

附録：吴星叟先生云：「《前出塞》本是征夫怨行役而成，乃首章微露此意，他作都作敵愾語，感激憤發，若三軍甘爲此役者，立言甚深甚厚。」

《後出塞五首》　《後出塞》專爲安禄山作。此條乙未閲本無。

附録：吴星叟先生云：「《前出塞》意殊隱現，使讀者自悟，至《後出塞》則發露無餘矣。前三章三軍赴薊門者，尚不知禄山之逆。曰『借問大將誰，恐是霍嫖姚』，恐是者，非其人也，亦以禄山得後宫之寵比之也。至四章，則人人知其心。至五章，則有拔身而歸者，而朝廷養成此亂亦見矣。」〇「朝進東門一首，禄山儼然帝制，其御衆嚴刻亦隱然言外。古人賞此者，皆取其聲響堂皇，而不知其用意所在，可歎也。」

《别贊上人》「豆子雨已熟」。　「熟」字叶職韵，不知所本，俟再考。乙未閲本作「全首叶職韵，唯一熟字係屋韵。」

《萬丈潭》　「泰」、「隊」二韵合用。乙未閲本作「泰、隊通用」。

《兩當縣吴十侍御江上宅》　全篇陌、錫通用，唯「息」字是職韻。　「不忍殺無辜」四句。　侍御罷官之故，坐不妄殺人，夫復何憾。以下二條乙未閲本無。

附録：　李天生先生云：「『白黑』當依《詩紀》作黑白，『歎息』『息』字當是『惜』字之訛。　黑、息俱在職韻，不與此韻通。　或云：　如作黑白，則與末韻重出。　不知寧重一韻，不可出韻也。」

《鐵堂峽》　通篇叶屑韻。

《青陽峽》　覺、藥通用。此條從乙未閲本增。

《龍門鎮》　緝韻獨用。

《積草嶺》原注：　同谷界。　同谷下少一「縣」字。此條從乙未閲本增。

《發同谷縣》　陌、錫通用。此條從乙未閲本增。

《木皮嶺》「首路栗亭西」。　首字去聲。

《石櫃閣》　陌韻獨用。

《鹿頭山》　月、曷通用。此條從乙未閲本增。

《石笋行》「惜哉俗態好蒙蔽」二句。　比擬不快。此條乙未閲本無。

附録：　李天生先生云：「此等累句，在大家不妨，然不可學。」〇「亦墮議論。」〇吴星叟先生云：「《石笋》、《石犀》兩作相配，然多議論，易開惡道。」

《石犀行》「先王作法皆正道」二句。　議論正大光明。

《贈蜀僧閭丘師兄》「當時上紫殿」二句。語有諷刺，而含蓄不露。「而無車馬喧。」全用陶語。

《戲題畫山水圖歌》「舟人漁子入浦溆」二句。何等神骨。此條乙未閱本無。

《戲爲雙松圖歌》「白摧朽骨龍虎死」二句。尋常比擬，總非意想所及。此條乙未閱本無。

《投簡成華兩縣諸子》「南山豆苗早荒穢」六句。蕭瑟中自有傲兀氣概。此條從乙未閱本增。

《病柏》「有柏生崇岡」六句。先爲病柏作地步。「日夜柯葉改。」改字叶去聲。

《枯椶》「傷時苦軍乏」四句。賦物必有感觸，故是詩史。

《枯柟》「猶含棟梁具」四句。直是自寫。乙未閱本作「用以自況，亦復蕭瑟峥嶸。」

《入奏行》「江花未落還成都」四句。别時預説歸時事，興趣奔湊。

《柟樹爲風雨所拔歎》「幹排雷雨猶力争」二句。何等魄力。每於蕭瑟中作崛强語，氣色百倍。此條乙未閱本無。

《溪漲》「豈唯入吾廬」三句。三句三轉。乙未閱本多一折字。「不意一作知遠山雨。」應從知字。

《遭田父泥飲美嚴中丞》「步屧隨春風」二句。東坡用之，作《安國寺尋春》起法。「酒酣」以乙未閱本無「以」字。下十二句，皆述田父語。「高聲索果栗」以下。情景逼真。

載華附識：蒿廬夫子云：「朴老真率，開張王樂府派。」

《天邊行》「十年骨肉無消息」。「息」字入屋韻。乙未閱本作「屋、職二韻通用，集中往往有之」。

附録：吴星叟先生云：「用韻一屋、二沃、十三職兼押。」

《大麥行》　此言麥熟而爲羌胡所刈，蜀兵不能救護。注中乙未閱本作「舊注紛紛」。引證乙未閱本多一皆字。可删。

《苦戰行》「苦戰身死馬將軍」。　馬將軍惜不知名。

《述古三首》其二「舜舉十六相」四句。　許身稷契，於此略見一斑。

附録：李天生先生云：「蘇端明目此四句爲稷契分中語，知言哉。」

《觀打魚歌》「衆魚常才盡却棄」四句。　題外着想，氣勢百倍豪雄。

《又觀打魚》「小魚脱漏不可記」四句。　此意亦人所有，但無此筆力耳。

《海棕行》「自是衆木亂紛紛」二句。　淵明云「連林人不覺，獨樹衆乃奇」，得此互相發明。

《姜楚公畫角鷹歌》　首尾呼應，歸結到畫上。此條從乙未閱本增。

《謁文公上方》　自古能文之士，未有不精於釋理者，唯昌黎稍崛强耳。看先生此詩，何等歸向。

《奉贈射洪李四丈》　入手別。

《早發射洪縣南途中作》「將老憂貧寠」六句。　苦語寫得又沉摯，不忍多讀。

附録：吴星叟先生云：「通首真率。」〇「起十字，諸公縱有此懷，不能括盡，而以寡道氣自責，此豈憤發怨尤者。」

此條乙未閱本無。

《陪王侍御同登東山最高頂宴姚通泉晚攜酒泛江》「三更風起寒浪湧」四句。　正在清遊汗漫時，忽作危語，與遊渼陂乙未閱本作「渼陂行」。七古情景略同，特章法變幻不測耳。

《短歌行》　十一字長句，太白所未有，通篇磊落乙未閱本作「砢」。英奇，集中別調也。

《陪章留後惠義寺餞嘉州崔都督赴州》　山水清奇，矯于康樂。此條乙未閱本無。

《將適吴楚留别章使君留後兼幕府諸公得柳字》「我來入蜀門」十四句。自序久客情況，正復凄婉動人。「不意青草湖」二句。出落跳蕩。「所憂盗賊多」已下。重提代宗蒙塵事，以申前篇期望梓州之意。

附録：李天生先生云：「大有不平。公他詩云『厭蜀交遊冷』，此篇獨露。」○吴星叟先生云：「人情新則敬，久則衰，公所以將有所適也。梓州或厚于相待歟，囑其寄書，可以知其人矣。」○「此亦公之常調，但覺其真氣盈楮。」

《山寺》「吾知多羅樹」已下。此老深于禪悦，道着便是。

《桃竹杖引》「重爲告曰」已下。篇中叮嚀反覆，若重有望于乙未閱本多一「章」字。留後者，豈獨爲身計耶。

《寄題江外草堂》　可作草堂記讀。

《丹青引》「學書初學衛夫人」二句。不獨善畫，兼工書。「良相頭上進賢冠」四句。先畫人。「詔謂將軍拂絹素」八句。後畫馬。「將軍畫善蓋有神」四句。收到畫人。

附録：吴星叟先生云：「畫馬只言馬，丹青則及其人品兼述之。」○「丹青二，寫真也，畫馬也，兩事夾寫。」〇「胡夏客曰：『寫真也，昔日必逢佳士，始與寫真，今尋常之人，亦屢貌之矣。』胡此語妙。余謂必逢佳士，有渴賢之懷，有珍重之意。珍重輕而渴賢重，胡止見其一。」

《南池》 色、直、食三韵與屋通用，不可解。此條乙未閱本無。

附録：吴星叟先生云：「夾用别韵，色字、直字、食字。」

《發閬中》 寫出荒山窮谷孤旅行役之苦。

《寄韓諫議注》 題中「注」字訛，當作「汯」。此條從乙未閱本增。

載華按：朱注本題作《寄韓諫議》，箋語與評語合，先生校閲舊本，故有是評，今仍其舊。

《憶昔二首》其二 一治一亂，兩邊叙來，瞭如指掌，足爲後王鑒戒。迴翔反覆，而終屬望于中興之主，作者之心良苦矣。此條從乙未閱本增。

《冬狩行》「喜君士卒甚整肅」至末。 是時諸將反側不常，章梓州亦非乃心王室者，故公以大義激之，而責望之意隱然言外。

附録：俞犀月先生云：「此爲當時方鎮不肯勤王而作。末句真有大聲疾呼，涕泪俱下之致。」〇「前半言冬狩，後半推言其勇决，當急于勤王也。『草中』二句，尤極警動。」〇申鳧盟先生云：「『草中』二句，即賈生不獵猛敵而獵禽獸之意，是作詩主意。」

《草堂》「自及梟鏡徒」。 「鏡」當作獍。 「天下尚未寧」四句。沉痛入骨。

《四松》「我生無根帶」四句。 直是豪宕。

《水檻》「既殊大厦傾」至末。　控縱在手，開合有情。

《破舩》「平生江海心」四句。　自遠而近，四句三折。

《揚旗》「虹霓」二句，又足上意。下四句言將有以用之，非徒觀美已也。乙未閱本作「而已」。

《客堂》　屋、職二韻，先生往往通用。乙未閱本作「屋職通用」。

附録：吴星叟先生云：「中夾用北字、力字、極字、得字、職字、直字、稷字、色字。」

《三韵三篇》其三　危言不足，繼以諧語，警俗之意，不惡而嚴。此條乙未閱本無。

《負薪行》「土風坐男使女立」二句。　今福州之俗亦爾。此條乙未閱本無。

《柴門》　「崖」、「柴」、「佳」三字俱叶入麻韵。乙未閱本作「佳麻通用」。

附録：李天生先生云：「崖、柴、佳三字出韵。」〇「按《廣韵》九麻中亦無涯字，然唐人近體多用之。」

《雷》「萬邦但各業」八句。　苛政猛于旱魃，當官者不可不知。此條乙未閱本無。

《火》「楚山經月火」四句。　「楚」一作「焚」。焚山禱雨，楚俗至今猶然。此條乙未閱本無。

《七月三日亭午已後較熱退晚加小凉穩睡有詩因論壯年樂事戲呈元二十一曹長》「餘熱亦已末」。潘岳詩「朱明際末垂」，注：「末垂，六月也。」末字義當作此解。

《園人送瓜》「種此何草草」。　草字重押。此條乙未閱本無。

《催宗文樹雞柵》「稀間可突過」。　《上林賦》「捷垂條掉希間」，注：「希間，稀疎無支之間也。」二字本此，當補注。此條乙未閲本無。

《阻雨不得歸瀼西甘林》「篙工初一棄」。「棄」疑當作「葉」。

《雨》何減康樂。此條從乙未閲本增。

《種萵苣》「信宿罷瀟灑」。「灑」字借叶，非本義也。此條乙未閲本無。

《八哀詩》《故司徒李公光弼》「愁寂意不愜」。「愜」字旁用緝韵。以下七條乙未閲本無。「青蠅紛營營」四句。公于臨淮，深寓痛惜之意。「南紀阻歸楫。」「楫」字亦屬緝韵。

《贈秘書監江夏李公邕》「擺落多藏穢」。「穢」字旁用代韵。「争名古豈然。」曲江之怒北海，豈由于争名耶？「恩波延揭厲」。「厲」字兩用，義各不同。

《故右僕射相國張公九齡》「用才文章境」。「境」字重叶。

附録：李天生先生云：「司徒晚未入朝，最難斡旋，公詩妙得其平。」〇吴星叟先生云：「未入朝，司徒一生恨事也，故特筆湔洗之。至其戰功，極易描畫，却用一二語該括，真大落墨也。」〇俞犀月先生云：「『青蠅』四句，尤寫得可痛，《八哀》之所以作也。」

載華附識：從弟蘭榭云：「曲江疑當作燕國，先生偶誤也。」

《寫懷二首》其一「萬古」二語大是達觀。

其二「古者三皇前」八句。意本蒙莊。有激之詞，遂落漆園見解。此條乙未閲本無。

《可歎》前後絶不相蒙。「天上浮雲如白衣」二句。奇而確。此條乙未閲本無。

附録：吴星叟先生云：「首尾不相照應，定有誤處。」

《觀公孫大娘弟子舞劍器行》「㸌如羿射九日落」四句。只用四句，形容已盡，前後俱是波瀾。此條乙未閲本無。

《壯遊》「憂憤心飛揚」。「揚」字重叶。以下二條乙未閲本無。「漁父濯滄浪。」「浪」字亦重叶。

《遣懷》「存没再嗚呼」。「呼」字重叶。此條乙未閲本無。

《荆南兵馬使太常卿趙公大食刀歌》「萬歲持之護天子」二句。必歸正意。此條乙未閲本無。

《狄明府》篇中濟韵重叶，而義不同。此條從乙未閲本增。

《久雨期王將軍不至》「異獸如飛星宿落」二句。空中樓閣。此條乙未閲本無。

《赤霄行》六義中興體，任舉一物，皆乙未閲本作「即」。是不知者，乃以爲怪奇耶。通篇取義在「觝觸」、「嚇」、「羞」、「辱」、「和」六字，此時必有非意之加，先生以大度容之也。合乙未閲本多一「前」字。《莫相疑行》讀之乙未閲本多「大指」二字。可見。「孔雀未知牛有角」四句。取興空闊，緊照末句。此條乙未閲本無。

載華按：乙未閲本格上附録「劉須溪評赤霄亦怪奇」九字，故先生云爾。

《晚晴》「照我衰顔忽落地。」接句不測。此條乙未閲本無。

《寄柏學士林居》「亂代飄零余到此」二句。中含多少俯仰。此條乙未閲本無。

《醉爲馬墜諸公攜酒相看》陌、屋前後合用。

《君不見簡蘇徯》「百年死樹中琴瑟」二句。　奇崛。此條乙未閲本無。

《贈蘇四徯》「戎馬日衰息」四句。　時平而不獲用，乃真途窮矣。通篇回環，只是此意。此條乙未閲本無。

《宿青溪驛奉懷張員外十五兄之緒》「月明游子静」二句。　凄緊寂寞，歛人魂魄。此條乙未閲本無。

《魏將軍歌》　語語精爽雄健。此條從乙未閲本增。

《醉歌行贈公安顔少府請顧八題壁》「是日霜風凍七澤」至末。　遒勁中亦復磊落。此條乙未閲本無。

《送重表姪王砅評事使南海》　叙次明暢，直同史傳。此條乙未閲本無。

附録：俞犀月先生云：「此詩分二大段。前半叙重表姪之親情，而追述當時盛事，後半乃就評事之身言之，以見今昔合離之感。」〇吴星叟先生云：「以紀傳體作贈詩，所謂『點竄堯典舜典字，塗改清廟明堂詩』者。尚書是王珪，大夫指李勉，箋語甚妙。」〇「有議其前重後輕，于銖兩不均者，不知下半是賦時事，上半是追叙體也。有時事而後追叙，何爲不均？」

《次晚洲》「危沙折花當」。《埤雅》云：「瓜當謂之蒂，瓜之繫蔓處。」「花當」即花蒂也。「折」字疑當作「拆」，注中牽强不足取。此條乙未閲本無。

附録：錢圓沙先生云：「散帙是書帙之自散者，折花是花枝之自折者。言沙岸之危者，有折樹以當之，不至于崩也。花當二字不可連用。」

《風雨看舟前落花戲爲新句》「赤憎輕薄遮入懷」。「赤憎」義與「生憎」同。此條乙未閲本無。

《蘇大侍御訪江浦賦八韵紀異》序　子美於人，豈輕易許可？乃考涣之生平，曾煽動嶺表，與哥舒晃作亂，殊不可解。此條乙未閲本無。

題云八韵，詩止七韵，疑有脱譌。此條從乙未閲本增。

《題衡山縣文宣王廟新學堂呈陸宰》　感慨頓挫，自成有韵之文，直可作衡山縣學記讀。惜不著乙未閲本作「署」。陸宰名。「下可容百人」。「百」有作「萬」者，誤。

附録：李天生先生云：「極冠冕，極風雅，真大手筆，不負斯題。」○吴星叟先生云：「大題目，大作用，句句精警。」

近體詩

《冬日洛城北謁元元皇帝廟》「碧瓦初寒外」四句。　極力鋪張「皇帝廟」三字。「仙李」以下方入題。　結處微含諷意。乙未閲本無「意」字。

《投贈哥舒開府二十韵》　公平生意不滿乙未閲本作「生平不滿于」。哥舒翰，觀此篇「駕馭必英雄」一句可見。通首乙未閲本作「篇」。亦多叙明皇恩遇之隆，而無功業可紀。其見於他詩者，一則曰「請公問主將，焉用窮荒爲」，再則曰「潼關百萬師，往者散何卒」，三則曰「請囑防邊將，慎勿學哥舒」。合觀前後，大抵有貶無褒，此其所以爲乙未閲本作「稱」。詩史歟？

附録：李天生先生云：「將美哥舒，先言其君之神武，能得大將，則詞不迫而有體。」○吴星叟先生云：「處處提君王爲主，所以詩貴立意也。『勳業』二句，鎖前啓後，最有力。」

《敬贈鄭諫議十韵》「思飄雲物外」四句。　四語唯先生詩足以當之，鄭諫議何人，乃爾推許耶？

《鄭駙馬宅宴洞中》　吴體須得鏗鏘開展不測乃佳。此條乙未閱本無。

附録：申鳧盟先生云：「拗體須有疎斜之致，不衫不履，如『客子入門月皎皎』，『落日更見漁樵人』，語出天然，欲不拗不可得。『主家陰洞』一首太板。」

《李監宅》　應酬詩。

《重題鄭氏東亭》「紫鱗衝岸躍」二句。　豪健。此條從乙未閱本增。

《題張氏隱居二首》其一　詩境細静。

其二「霽潭鱣發發」二句。　屬對俱用《毛詩》成語。

《天寶初南曹小司寇舅於我太夫人堂下壘土爲山一匱盈尺以代彼朽木承諸焚香瓷甌甌甚安矣旁植慈竹蓋兹數峰嶔岑嬋娟宛有塵外數致乃不知興之所至而作是詩》「望中疑在野」二句。　小中見大。此條從乙未閱本增。

《龍門》「龍門横野斷」二句。　寫出天然形勝。

《登兖州城樓》　此李于鱗所選，乙未閱本多一「要」字。是公少年作，未足盡其奇。

附録：俞犀月先生云：「公少壯時所作，筆力開拓，格律森嚴如此，豈必以『老境漸于詩律細』爲公掩其實乎？」

載華附識：蒿廬夫子云：「壯闊深渾，俯仰具足，此爲五律正鋒。」

《對雨書懷走邀許十一簿公》「震雷翻幕燕，驟雨落河魚。」　「翻」、「落」兩字，他人煉不出。

附録：查晚晴先生云：「愚謂第四句當與『細雨魚兒出』對，看魚逢細雨則出浛，而驟雨則落而不出，正極形雨之驟也。此求物理，須于當境得之。」

《己上人茅齋》「茶瓜留客遲」，似非用事。考《南史》，竟陵王子良禮才好士，夏月客至，爲設瓜飲及甘果。此條從乙未閲本增。

載華按：枕簟、茶瓜，或云茅齋之事，故評語云爾。

《房兵曹胡馬詩》「竹批」句小巧，對得飄忽。五、六便覺神王氣高。

《畫鷹》　極動盪之致，到底不離畫。

附録：王西樵先生云：「命意精警，句句不脱畫字。」〇李天生先生云：「發端已見鷙鳥之神，三四正贊其畫，下『堪』字、『可』字、『何當』字，俱就畫説。」〇吴星叟先生云：「是畫，曰『思』、曰『似』、曰『堪』、曰『可』、曰『可當』，着力在虚字。」

《與李十二白同尋范十隱居》「往往似陰鏗。」　古人不輕擬前輩如此。

《臨邑舍弟書至苦雨黄河泛溢隄防之患簿領所憂因寄此詩用寬其意》「倚賴天涯釣」二句。　游戲作結，所謂寬其意也。

《夜宴左氏莊》「風林纖月落」四句。　好景只在眼前，寫得遠近離合，不可端倪。

載華附識：蒿廬夫子云：「清麗。」〇「起聯六朝語。」〇「景語閒曠。」〇「結趣蕭散。」

《春日憶李白》「清新庾開府」二句。　前云似陰鏗，此乃擬之庾、鮑，總不以時流目之，同一推許意。此條從乙未閱本增。

附録：李天生先生云：「清新、俊逸，盡詩之能事矣。」

《寄高三十五書記》「美名人不及」二句。　稱許乙未閱本多一「中」字。　具見虚懷。

《送裴二虬作尉永嘉》　結應第四句。

《城西陂泛舟》　此先生應酬之作，有意入俗者也。

載華附識：蒿廬夫子云：「濃麗，猶近初唐。」

《送韋書記赴安西》「雲泥相望懸」。　一書記耳，何至雲泥相懸？公之潦倒可知矣。

《陪鄭廣文遊何將軍山林十首》其一　從外面一層起，如此發端，方有餘地。「如」字下八字，乙未閱本無。

「谷口舊相得。」點鄭廣文。　此條乙未閱本無。

其二「卑枝低結子」二句。　承夏木。　「鮮鯽銀絲膾」二句。　承風潭。　以上二條，乙未閱本作「三四承夏木來，五六承風潭來」。

其三「萬里戎王子」。　至今不詳何花。「至」字下六字，乙未閱本無。　借一物成一篇，十首中不可無此變格。　□□引趙汸曰：「絶域之花，久種中國，人不復以爲異。詳其托諭之意，殆爲玄宗寵任蕃將，禄山驕恣而作也。」末二句抹。　不必。此條乙未閱本無。

其四　此遊當在獻賦之後，故不免有憤激氣。淺者不知，便謂輕薄武弁矣。此條從乙未閱本增。

其八　「解水」二字，未詳出處。

其九「將軍不好武」。　「將軍」二字，只此一點，更不沾帶。

附録：李天生先生云：「十詩先總叙于題，義已全。二首自外説，下五首入内説。三首獨拈一花，四首詠籬舍，五首詠讌歌，六首醉後，七首縱觀，八首迴憶，九首專美將軍，十首垂别也。其意括，其詞清，次第秩然，大家結構。」

載華附識：蒿廬夫子云：「初白先生謂三、四承夏木，五、六承風潭，極是。末二句亦因風潭而思及柂樓耳。」○「北方少水，羹鱠不可多得，故見之而疑在越中也。公少遊吴越，《壯遊》詩可證。雖説飲饍，仍重在潭水上。」

《重過何氏五首》其一　問訊乙未閲本多一「二」字。字出釋典。

其五「蹉跎暮容色」六句。　一氣轉折。此條乙未閲本無。

載華附識：蒿廬夫子云：「語語重過，喜其自然，否則落小家數矣。」

《送張二十參軍赴蜀州因呈楊五侍郎》「萬點蜀山尖」。　叶尖韵自先生始，後來無出其右者。

附録：申鳧盟先生云：「『尖』字入詩易纖，形容蜀山却妙。」

《贈高式顔》　用意在起結，中間兩聯不必黏題，自然脉絡連貫，五律之變調也。此條從乙未閲本增。

載華附識：蒿廬夫子云：「或云起十字舊評在晚唐則入中聯矣。此語妙絶，可參。」

《贈比部蕭郎中十兄》「漢朝丞相系」四句。　莊重典確。

《奉留贈集賢院崔于二學士》「儒術誠難起」至末。　自叙出處，簡而該。

《故武衛將軍挽歌三首》其一「封侯意疎闊」二句。　言外寓慨惜意。

其二「赤羽千夫膳」四句。　窮途乙未閲本作「邊」。冰雪，饋運乙未閲本多一「或」字。不繼，則資射生爲活，乙未閲本多一「此」字。亦事之所有。一經老杜形容，遂覺十分精彩。

《官定後戲贈》　屈身小就，絶無嗟卑之色。

《崔氏東山草堂》「有時自發鐘磬響」二句。　幽静。此條乙未閲本無。

載華附識：蒿廬夫子云：「與『主家陰洞』同一格調，若『黄草峽西』、『霜黄碧梧』諸作，則蒼老又進一格矣。」

《喜達行在所三首》　題云喜，詩中却句句含愁，乙未閲本作「悲」。不歷慘荒，乙未閲本作「境」。不知當前之樂也。

附録：俞犀月先生云：「三首極寫喜字，然第一首是喜脱賊中來，第二首是喜見人主，第三首是喜見中興之業也。」

《行次昭陵》「文物多師古」四句。　《貞觀政要》不外此四句。

《重經昭陵》　前篇從高祖説入，此篇直以開創歸之文皇矣。

《收京三首》其一「須爲下殿走」二句。　二語指賊，非謂唐天子也。乙未閲本作：「下殿句，劉評：舊嘗不滿此語，以收京言之，尚可耳。○二語指賊，非謂唐天子也。須溪錯會意，故不滿此耳。」

《曲江陪鄭八丈南史飲》「雀啄江頭黄柳花，鵁鶄鸂鶒滿晴沙」。不似一本作「不知」。七律起法，所以爲妙。

附録：申凫盟先生云：「兩句三用鳥名，頓挫有致。」

《得弟消息二首》其一　真切，字中有淚。

附録：王漁洋先生云：「此等皆杜之可存者，不得以其平而忽之。憐存語更悽。」

《山寺》「亂石通人過」二句。　琢鍊極工，而出之若無意，所以難到。此條乙未閲本無。

《送遠》　起得矯健。此條乙未閲本無。

《天末懷李白》「文章憎命達，魑魅喜人過」。　一喜一憎，遂令文人無置身地。此條乙未閲本無。

《病馬》　仁厚之心，隨事發現。此條乙未閲本無。　一篇之中，多少感慨寄託，令讀者玩味不盡。

《野望》「遠水兼天净」六句。　每句中看他煉字之法。此條乙未閲本無。

《寄彭州高三十五使君適虢州岑二十七長史參三十韵》「高岑殊緩步」。　高、岑同朝，皆以詩名，故篇中關鍵在此。此條乙未閲本無。　「舉天悲富駱，近代惜盧王。」王、楊、盧、駱，公詩亦曾乙未閲本作「嘗」。並舉，此云富駱，蓋指富嘉謨。

《寄岳州賈司馬六丈巴州嚴八使君兩閣老五十韵》「開闢乾坤正」四句。　謫宦之故，隱然言外，可謂怨而不怒。此條乙未閲本無。

附録：吴星叟先生云：「以『開闢乾坤正，榮枯雨露偏』兩句爲綱，下皆重重照應。」

《寄李十二白二十韵》「蘇武先還漢」六句。數語可作太白訟冤疏。

《梅雨》「南京西浦道」。明皇幸蜀，故成都爲南京。此條乙未閲本無。

《有客》與後《客至》一篇同一章法，但覺彼善於此。此條乙未閲本無。

《堂成》起局不覺其對。「榿林礙日吟風葉。」公自注云：榿，木名。不材，可充薪而已，唯蜀地最宜種。此二條從乙未閲本增。

《所思》「可憐懷抱向人盡」二句。無心屬對，自然合拍。此條乙未閲本無。

附録：吴星叟先生云：「豪宕感激，不束于律而自合者。劉辰翁曰：懷抱向人言，空向他人盡也。與『晚將末契託年少』同。」

《江邨》「自去自來堂上燕」二句。眼前語，却未經人道。此條乙未閲本無。

《野老》「漁人網集澄潭下」二句。真堪入畫。

附録：吴星叟先生云：「三四濃鍊。」○錢圓沙先生云：「下，下網也。」

《南鄰》五六化盡律家對屬之痕。此條乙未閲本無。

附録：吴星叟先生云：「活脱自在。」○「此種宋人所宗，然宋人必露議論，或講道理，公却不然。」

《敬簡王明府》三四分承起二句。

附録：李天生先生云：「時句。」

《建都十二韻》　凡讀一詩，必先觀作者命意所在。如此篇大段謂分建五都非當時之急務，自歎身離闕下，不得上疏諫止也。

附録：李天生先生云：「分二段，上段建都，下段自叙。」

《和裴廸登蜀州東亭送客逢早梅相憶見寄》　通首跌宕自如。此條乙未閲本無。　林君復、陸務觀梅花詩連篇累牘，争新出奇，看先生澹澹寫來，自然高出一格。

附録：李天生先生云：「曲折盡致。」

《奉酬李都督表丈早春作》「力疾坐清曉，來詩悲早春」。　方萬里謂以「采詩」對「力疾」乃着力字，吾不謂然。

《客至》　自始至末，蟬聯不斷，七律得此，有掉臂游行之樂。乙未閲本作「起得别章法，亦蟬聯不斷。」

《遣意二首》其二　静中微會，方得其神理。此條乙未閲本無。

《漫成二首》其二「讀書難字過」。　「難字過」即淵明不求甚解之意。

《春夜喜雨》　此種景，畫家所不能繪，唯詩足以發之。此條乙未閲本無。　微嫌結句落尖乙未閲本作「纖」。巧家數，與前六句不稱。

附録：俞犀月先生云：「絶不露一喜字，而無一字不是喜雨，無一筆不是春夜喜雨，結語寫盡題中四字之神。」

《江亭》「水流心不競」二句。　妙處可以意會。此條乙未閲本無。

附録：吴星叟先生云：「以三四語存之，不可説入道理，恐墮鬼窟。」○「右丞『行到水窮處，坐看雲起時』，同一悟境。」

《可惜》　開口一句，何人道得。

《落日》「濁醪誰造汝」二句。　《酒頌》一篇，真乙未閲本作「直」。覺辭費矣。

《寒食》「田父要皆去」四句。　儲、王田家諸什，所未曾道。此條從乙未閲本增。

《江漲》　就題抒寫，語自驚人。

附録：李天生先生云：「三四自寫身分，五六謂有諷諭亦可，謂無諷諭亦可。」

《晚晴》「夕陽薰細草」二句。　細味之，可悟煉字之法。

附録：吴星叟先生云：「『夕陽』一聯，寫得精緻。薰字、映字，字法尤工。」

《朝雨》「黄綺終辭漢，巢由不見堯」。　白香山「漢容黄綺爲逋客，堯許巢由作外臣」二語本此。此條從乙未閲本增。

《江上值水如海勢聊短述》　借題寓意。

《寄杜位》　中兩聯句句轉。此條乙未閲本無。

附録：吴星叟先生云：「此詩爲鄭繼之塗抹，以爲蹋趿。篤而論之，固是至情所感而成。第三四既云『雖皆』、『已是』，五六復云『况復』、『還應』，皆用虚字作轉，不得無病，宜分別觀之。」

《范二員外邈吴十侍御郁特枉駕闕展待聊寄此》　曲折盡致，有情有文。

《王十七侍御掄許攜酒至草堂奉寄此詩便請邀高三十五使君同到》「老夫卧穩朝慵起」四句。只自寫草堂之景，蹊徑簇新。

《陪李七司馬皁江上觀造竹橋即日成往來之人免冬寒入水聊題短作簡李公二首》其一　語淺而意具。「合歡《考異》作「觀」。却笑千年事。」「歡」字訛，當作「觀」。蔡興宗《正異》云：「合觀，謂悉乙未閱本作「聚」。觀橋成之速，而笑驅石之誕。諸本皆誤作『歡』，非也。」「作」字下四字，乙未閱本無。

《野人送朱櫻》　起句與後半首呼應。

附録：李天生先生云：「『也』字便含『憶昨』以下四句在内。」

《觀李固請司馬弟山水圖三首》其二「方丈渾連水」四句。　對畫而思真境，所謂開生面也。此條乙未閱本無。

附録：李天生先生云：「三、四緊承上二句説。」○「『老去恨空聞』，便有褰裳濡足之想，結句又申此意。」

《憑何十一少府邕覓榿木栽》「飽聞榿木三年大」二句。　公自注：「蜀人以榿爲薪，三年可燒。」此條從乙未閱本增。

《贈别何邕》「生死論交地」二句。　沈着痛快。此條從乙未閱本增。

附録：李天生先生云：「語淡而悲，非老手不能。」

《奉和嚴中丞西城晚眺十韵》「地平江動蜀」二句。　籠蓋「乾坤」句。

《嚴中丞枉駕見過》　結處言外有神。

《絶句漫興九首》《冷齋夜話》：「『漫興』當作『漫與』，言即景率意之作也。」先生詩有「老去詩篇渾漫與」之句，後人妄改作興字，始于元楊廉夫。歷考蘇、黄諸公，襲用皆以「與」字叶韵，可以正楊之謬。

載華按：「漫興」當作「漫與」，詳見《敬業堂續集・小引》及《池北偶談》、《静志居詩話》，已無疑義。前賢雖有誤用，不足法也。

《江畔獨步尋花七絶句》　先生七絶有意别開蹊徑，他人學之，非俗則澁矣。

附録：申鳧盟先生云：「絶句以渾圓一氣、言外悠然爲正，王龍標其當行也。太白亦有失之輕者，然超軼絶塵，千古獨步。唯杜詩别是一種，有鄙俚者，有板澁者，有散漫潦倒者，雖老放不可一世，終是外道，不可效也。」

《戲爲六絶句》　三首乙未閱本作「前二首」。　指輕薄輩，後三首先生自謂。　前三章譏一時輕薄後生敢于議古人者。才力一首，致慨于當今之乏人。後二章先生自述著作苦心，今人且不敢薄視，况古人乎？雖遞相祖述，固當取法乎上。苟近于風雅，則皆可爲吾師也。作者之虚懷集益如此。此條乙未閱本無。

「别裁僞體」，舍先生其誰？末句兩字疑『汝』字，乃自家警策之辭，箋注以爲『汝』所謂『爾曹』者，吾未敢謂然也。此條從乙未閱本增。

附録：李天生先生云：「六絶論詩之源流，當祖風騷固矣，然遞相承述，則舍六朝、初唐無從入也，可謂卓識確見，獨冠古今矣。題之曰戲，寓意甚微。」

《江頭五詠丁香》「細葉帶浮毛」二句。　細膩。

《麗春》　自是古詩，何得入近體中？此條從乙未閱本增。

《鸂鶒》　一起補題中所未及，通首多是此意。

附録：錢圓沙先生云：「每于發端處用意特鋭。」

《花鴨》「羽毛知獨立」二句。　似譬似嘲，綽有風人之致。

《宫池春雁二首》其二「翅在雲天終不遠」二句。　詩人之旨微而婉。

《水檻遣心二首》其一　三、四不如五、六，取其自然。此條從乙未閱本增。

《屏跡三首》其一「桑麻深雨露」二句。　以虚對實。

其三「鳥下竹根行」二句。　此種句法似倣庾蘭成。此條從乙未閱本增。

《奉酬嚴公寄題野亭之作》　第四句答嚴詩起句意。

《中丞嚴公雨中垂寄見憶一絶奉答二絶》其一「雨映行宫辱贈詩。」　「行宫」二字似宜避。

《嚴公仲夏枉駕草堂兼攜酒饌》　對起不覺。

附録：吴星叟先生云：「對起整鍊，承得自在。」

《嚴公廳宴同詠蜀道畫圖》「華夷山不斷」二句。　西蜀地形，囊括十字中，扛鼎拔山，尚有餘力。

《奉送嚴公入朝十韵》　君子愛人以德，篇終鄭重，足覘嚴、杜交情。

附録：俞犀月先生云：「頌美之中，全寓規諷，如此才是道義之交。」〇「結語深切。」

《題元武禪師屋壁》　慧遠《遊廬山》詩：「崇巖吐氣清，幽岫棲神跡。希聲奏群籟，響出山溜滴。有客獨冥遊，徑然忘所適。揮手撫雲門，靈關安足闢。留心叩元扃，感至理弗隔。孰是騰九霄，不奮冲天翮？妙同趣自均，一悟超三益。」此詩《弘明集》不載，《廬山志》亦失采，少陵詩結句正用此事，爲補録于此。此條乙未閲本無。

《客夜》「客睡何曾著」四句。　樸老清高。此條從乙未閲本增。

《客亭》「日出寒山外」二句。　不事鑪鞲，他人百煉不到。

《聞官軍收河南河北》　由淺入深，句法相生。此條乙未閲本無。　自首至尾，一氣貫注。乙未閲本尚有「蟬聯而下，句句相生」八字。　似此章法，香山而外，罕有其匹。乙未閲本作「罕有能擬之者」。

附録：李天生先生云：「律詩中當帶古意，乃臻神境。然崔顥《黄鶴》以散爲古，公此篇以整爲古，較崔作更難。」〇俞犀月先生云：「通首一瀉而下，總見喜極。」

《送路六侍御入朝》　纏綿委婉，覺江淹《别賦》未足銷魂。乙未閲本作「文通《别賦》遜其纏綿周匝」。

《上兜率寺》「江山有巴蜀」二句。　俯仰形勝，上下古今，只在一兩字中，於此可悟煉字之法。以下二條乙未閲本無。　妙處贊歎不盡，已見《石林詩話》中。

《甘園》　結句從第六句出，此法亦創自少陵。此條乙未閲本無。

《涪城縣香積寺官閣》　後邨極賞「小院迴廊」一聯。

《戲題寄上漢中王三首》　玩詩意，似是漢中王已戒酒，先生自謂未能止酒，故題云戲題也。　三首皆乙未閲本多一「帶」字。　詼諧之辭。

其一　此首王自不飲，我自欲醉。以下四條乙未閲本無。　「忍斷盃中物。」緊接上半首，只用單句，何等神力。

其二　此首疑欲爲王破酒戒。

其三　此首言平日嗜飲爲王所知。　「魯衛彌尊重」四句。　俯仰情深。　用事若此，與古俱化矣。

《陪章留後侍御宴南樓》　「寇盜」一聯，與前「朝廷」一聯句法相同。　「此身」句，集中重見。此條乙未閲本無。

《倦夜》　静極細極，此段境界，他人百舍不能至也。此條乙未閲本無。　首尾四十字，無一字虚設，五律至此，難矣，蔑以加矣。此條從乙未閲本增。

《對雨》　第四句生出下半首來。此條乙未閲本無。

《有感五首》其二　中二聯緊相呼應。此條乙未閲本無。

其五「登壇名絶假」四句。　説盡肅、代、德三朝中外臣僚之弊。

《章梓州水亭》「吏人橋外少」二句。　極鍾錬，極自在。乙未閲本作「然」。

《戲作寄上漢中王二首》其二　近有以此詩續《王宰山水畫》後成篇者，可發一笑。

《登高》　對起有颯沓之勢。結句亦對。以上二條乙未閲本無。另批：「自首至尾，八句皆切對，而不傷氣，所以稱雄。」

附録：吴星叟先生云：「八句俱對，一氣折旋。意含百錬而成，句用千回而就。此詩唯胡明瑞知其奇絶，他人苛細，皆不知也。」

《送陵州路使君赴任》　以史筆爲詩，醒快奪目。此條乙未閲本無。　審時地以立言，忠君愛友之誠，藹然流露。

附録：李天生先生云：「分二段，上段路新擢陵州將之任，下段因寓戒勉，以自叙結。」

《傷春五首》其四「再有朝廷亂」二句。　與前《遣憂》一首起句略同，身在事外，而忠愛之心惓惓若此。

載華按：《杜詩箋注》十三卷，前並無《遣憂》一題，查附録中載《遣憂》一首，起二句云：「亂離知又甚，消息苦難真。」與此首語意略同。「前」字疑是「後」字之訛。

《奉侍嚴大夫》　對起兩意都到。此條從乙未閲本增。

附録：李天生先生云：「通首寫奉侍之意，只次句一語稱嚴公，若令後人爲之，長才重鎮，頌美盈篇矣。」

《玉臺觀》　結二語難解。

附録：錢圓沙先生云：「余見張南湖謂必女尼所居，以證『紅顔羽翰』之句，劇可一笑也。紅顔、羽翰，言此地得仙便應投老其間耳。」

《將赴成都草堂途中有作先寄嚴鄭公五首》　五首是將歸時情事，故多意擬想像之詞，與到家後有別，須細心體會乃乙未閲本作「方」。知。

其五　曲折盡致。此條乙未閲本無。

附録：李天生先生云：「五作處處是將赴，俱從草堂鋪叙，而寄嚴公意，每用一二語輕帶。古道至情，絶無湊泊。」○錢圓沙先生云：「第一首總起，先説赴成都之心事。第二首途中預計也。第三首念草堂之荒凉也。第四首擬既歸草堂之事也。第五首總結得歸起思歸結。」

《自閬州領妻子却赴蜀山行三首》其一　「物役水虚照」，中有妙理，細玩可見。乙未閲本另批：「『物役水虚照』，句中有妙理，不知何人妄着此評□□作注，淺人不足與讀杜，可發一笑。」

載華按：篇末有劉本評云：「『物役』不成語，九字與《赤霄行》及《荆南述懷》兩首同。」不知何人妄爲録入，宜先生槩斥之也。

《行次鹽亭縣聊題四韵奉簡嚴遂州蓬州兩使君咨議諸昆季》　人皆賞頸聯，吾獨愛起語。此條從乙未閲本增。

《舟前小鵝兒》「鵝兒黄似酒」二句。　比擬不倫，却有趣。　五六見觔兩。此二條從乙未閲本增。

《登樓》　破題多少感慨，他人便信手點過。

《春歸》　初歸情景如繪。乙未閲本作「畫」。

附録：李天生先生云：「分三段，首段初歸，次段小酌，末段自歎。」

《贈王二十四侍御契四十韵》「稍稍息勞筋，田家敢忘勤」。「筋」、「勤」二字，《廣韵》在二十一欣。此條乙未閲本無。

附録：李天生先生云：「『筋』字、『勤』字俱在殷韵，此並與真、諄、臻合，知殷韵唐人以其部窄，多與真通，不與文通也。」

《寄李十四員外布十二韵》時李將觸熱赴萬州，故先生以詩招之過草堂，候秋凉乃發也。後半欲邀李過其家，俟徂暑乃行，只是一意。此條乙未閲本無。

附録：李天生先生云：「分三段。一段喜新除，兼訊病。二段赴路。三段邀李便道相過也。」

《立秋雨院中有作》峥嶸之氣，信筆流露。此條從乙未閲本增。

《宿府》通首皆對仗。此條乙未閲本無。

附録：吴星叟先生云：「八句皆對，既極嚴整從容，復帶錯綜變化，此公之神境。」

《遣悶奉呈嚴公二十韵》「寛容存性拙」二句。先爲嚴鄭公下士地步。「束縛酬知己」至末。與昌黎《上張僕射第一書》意同。乙未閲本作「昌黎《上張僕射第一書》與詩意正合。即此可見兩公之品」。

附録：李天生先生云：「分四段。『白水』下自述衰老，不堪吏職。『禮甘』下入嚴幕，因稱其知遇。『露裛』下懷郫居。『束縛』下則求寛常例也。與昌黎《上張僕射書》並讀，總是吐情知己，意之所到，筆能隨之，其文力正同。」○吳星叟先生云：「通首憤激，或以此證武欲殺甫之實，然兩公相與有終始，必不至此。入人幕府，動輒牽制不自由，此則人情耳。」

《奉觀嚴鄭公廳事岷山沲江畫圖十韵》　山水分對，妙在句句是畫圖。乙未閲本作「山水並起，以下句句分承，却句句是畫」。

附録：李天生先生云：「分四段。『沲水』下正賦畫圖。『直訝』下細寫之。『暗谷』下虚擬之。『繪事』下則歸美嚴公也。」○吳星叟先生云：「山水皆夾寫工緻，第沲水、岷山不徵一實事，何也？」○俞犀月先生云：「每聯中山水分寫，筆法自佳。」○錢圓沙先生云：「八聯句句寫繪事，以繪事總收。」

《弊廬遣興奉寄嚴公》「跡忝朝廷舊」二句。　隨手俱見風骨。此條從乙未閲本增。

《春日江邨五首》其四「燕外晴絲卷，鷗邊水葉開」。　「外」、「邊」兩字，百鍊難乙未閲本作「不能」。到。

其五　中二聯分應起二句。

《絶句四首》其三「窗含西嶺千秋雪」二句。　小中見大。此條從乙未閲本增。

《撥悶》「榿柂開頭捷有神」。　陸放翁《入蜀記》：「泊舟桂林灣，舟人殺猪十餘口祭神，謂之開頭。」蓋唐時蜀中舟人已有此語，故公詩云然，非初行船之説也。此條從乙未閲本增。

《旅夜書懷》　題中四字，分作上下兩截寫，各極其妙。

附録：李天生先生云：「起聯幽細，次聯渾雄，五六書懷，結語承上而氣象廓然，收得全詩住。」

《十二月一日三首》其三　此首與題不合。此條乙未閲本無。

附録：李天生先生云：「前段皆預擬，故後云『春來』，又曰『他日』也。」○錢圓沙先生云：「上四句先叙春來，玩落句言，即到春來老懷亦未必能開，倒裝法。」

《漫成一絶》　絶句作兩聯，此格自公創之。

附録：查晚晴先生云：「五七斷句，往往此體爲多，偶爾掇拾，四句各一意，不相聯綴，忽起忽住，有舉目信手之樂。此首猶是兩截，下二句從上二句生出者。」

《老病》「藥殘他日裹」四句。　兩聯句法相似。

《暫住白帝復還東屯》「築場憐蟻穴」二句。　仁民愛物之心，即事發現。

《謁先主廟》　起四句從《屯卦》《彖》、《象》辭來。　愚意竊謂「孰與關張並」四句，應移「歐血事酸辛」下，詞意方與前後相浹，省却多少穿鑿詮解。　四句若在此處，以爲公自寓，則太夸，且無此種語氣。移置前段，何等直捷。以上二條，乙未閲本無。另批：「『孰與關張並』四句，似應移『雜耕心未已』之下，語意方足。若在後段，則是先生自誇，於理不順。鄙見如此，不知有當于作者本意否？」

附録：錢圓沙先生云：「『慘淡』以下，叙先主而歸功孔明也。『錦江』以下，叙祠廟也。『絶域』以下，自叙謁廟之由與意中寥落之感也。『孰與關張』以下，言關、張不作，無望耿、鄧之中興，況孔明乎？『應天』『得士』，言關、張與先主契合，亦應天之才，而歎今無其人耳。只泛作感時，尤妙。」

載華按：乙未閱本「雜耕心未已」五字疑訛，當從舊本作「歐血事酸辛」。

《偶題》　「緣情」以下，與起處意全不相蒙。此條乙未閱本無。另批：「結與起應。」

附録：王漁洋先生云：「此篇前半氣勢甚雄，惜後半多滯語。」○俞犀月先生云：「『緣情』句轉入寓蜀之由。」○李天生先生云：「結語不唯回抱詩文二條，而别離字已虚括上文。」

《寄劉峽州伯華使君四十韵》「青竹幾人登」。　以上序次不甚明了。此條從乙未閱本增。

《解悶十二首》其七「熟知二謝將能事」。　此句難解。此條從乙未閱本增。

《鬬雞》　按崔令欽《教坊記》，明皇時有樓下戲，將出隊，「宜春院人少，則以雲韶添之。雲韶謂之宫人，蓋賤隸也。內人帶魚，宫人則否。」令觀先生詩云云，正用此事，乃教坊之樂，非上之宴也。□□注不列此條，誤認宫人爲宫女，一字之譌，遂致失實，特爲駁正。此條乙未閱本無。

《洛陽》「天子初愁思」。　「初」字妙有含蓄。乙未閱本作「藴」。

《提封》　此首專爲明皇幸蜀而發，乙未閱本作「作」。細玩語氣自見。

《江漢》「片雲天共遠」二句。　東坡《南歸》詩云：「浮雲世事改，孤月此心明。」與老杜千載相合。此條乙未閱本無。

《孟氏》　三四暗用茅容傳中事。

附録：李天生先生云：「『强』字好。茅季偉不以雞黍奉林宗，正此意。」

《月》「四更山吐月」二句。　東坡衍作五首，終遜此二語。

《朝二首》其二　「浦帆晨初發。」　帆字仄聲。此條乙未閱本無。

《九月一日過孟十二倉曹十四主簿兄弟》「來因孝友偏」。　即前所云「孟氏好兄弟」也。

《奉寄李十五秘書二首》其一　第五句是峽中，第六句是出峽。此條從乙未閱本增。

《太歲日》　唐制，於太歲日行慶賀禮。

《行次古城店汎江作不揆鄙拙奉呈江陵幕府諸公》「風蝶勤依槳，春鷗懶避船」。　「勤」、「懶」二字着得好，不覺刻畫。此條從乙未閱本增。

《秋日荆南述懷》「九鑽巴噀火」二句。　紀年不草草。　末段言休兵圖治，則群賢當自至。「赤雀」二句，非公自喻，乃屬望之辭。　至隱類以下，方説到冷落放廢之狀。　須溪一淺人耳，何足語此哉。此二條從乙未閱本增。

載華按：篇末附載須溪評云：「『赤雀』二句，非子美自喻耶？」故先生云爾。

《哭李尚書》《困學紀聞》：李之芳廣德初兼御史大夫，使吐番，留二載乃得歸。故少陵詩有「奉使失張騫」及「史閣行人在」之句。此條乙未閱本無。

附録

《哭長孫侍御》　以下氣格卑弱，大槩多出贋托。此條乙未閱本無。

附録：李天生先生云：「當是杜訥疑當作誦。作。」

《杜鵑行》平庸不似杜作，後人摹倣爲之也。此條乙未閲本無。

附録：李天生先生云：此詩多與公詩相翻駁，當定爲司空曙作。

《李鹽鐵》「虚懷只愛才」。斡旋得好，方與繁華家數有別。此條從乙未閲本增。

《瞿唐懷古》此首無疑。此條乙未閲本無。

《狂歌行贈四兄》功名權勢，不似少陵身分語，與契、稷許身相去雲泥，贋作也。此條乙未閲本無。

《遣悶戲呈路十九曹長》此首爲少陵作無疑。此條乙未閲本無。

《愁坐》此首無疑。此條乙未閲本無。

附録：李天生先生云：「長孺以爲公作，而四韵皆上聲，可疑。」○載華按：《曝書亭集・寄查德尹編修書》引李天生之論五七言近體，一三五七句用仄字，上、去、入三聲，少陵必隔別用之，莫有叠出者。此詩單句野、重、迴、走四字，俱屬上聲，故云可疑耳。

《陪鄭公秋晚北池臨眺》此首氣味尚相近。此條乙未閲本無。

《去蜀》「安危大臣在」二句。非自寛，正自傷也。

《放船》「江市戎戎暗」二句。叠字生新。此條從乙未閲本增。

附録：李天生先生云：「題曰『放船』，中四句絶不黏帶，而語意生造可喜。」

《哭台州鄭司户蘇少監》「得罪」四句，隔句遥對，《長慶集》中往往有之。

附録：李天生先生云：「隔句對好，二句鄭，二句蘇。」

載華按：卷首先生有跋語二則，附録於此：「平生酷愛杜詩，三十年中手所批點凡四部。一留朱恒齋太守處，一爲揆愷功總憲取去，一爲陳允文所借，不復見還，家中止存一本。乙未二月，攜之行笈，過南昌，李壻暘谷見之，經旬不釋手，遂以相贈。五月杪到家，適有延陵之禍。摧痛餘生，無以自遣，復出所藏舊本，細加校閲，間有評語，亦一時偶爾，未必有當於作者本懷，聊以示子孫云爾。是年仲秋月朔，閲後敬誌數行，吾子孫倘以老人爲念，他日此本勿輕畀人。初白翁手書。」「嘗閲西江人物志，黄希字夢得，號師心，撫州宜黄人。宋乾道中進士，官永新令，作春風堂於縣治。楊誠齋爲之記，有『補注杜詩，披剔隱微，皆前人所未發。子鶴續成之。鶴字叔似，所著有《北窗寓言集》』云云。世但傳黄鶴注杜，不知其成，續父書也。《北窗寓言集》，今不傳，鶴之字叔似，人亦罕有知者。康熙庚子五月，初白老人查慎行手識。」

補録

以下五條，從友人案頭別本補入，舊本及乙未閲本俱無。按先生生平點閲杜詩凡五本，或係手筆所批，或爲過本增入，俱未可定。録之以備參考。

《玉華宫》　上去兩聲兼用。

載華按：此詩用韵俱屬上聲馬部，評語似不可解。

《幽人》「知名未足稱」二句。　讀此知四皓未足當幽人之目。

《陪諸貴公子丈八溝攜妓納凉晚際遇雨二首》其二　首句接上末句。

《戲題寄上漢中王三首》其二　起句兩層，感慨都到。

《奉賀陽城郡王太夫人恩命加鄧國太夫人》　句句雙擎，妙在側重陽城，手法獨絶。

韓昌黎

古詩

《元和聖德詩》　通章以皇帝二字作主，即《蕩》八章冠以「文王曰咨」章法也，特變《雅》爲《頌》耳。

載華附識：蒿廬夫子云：「秦始皇琅邪臺刻石銘，亦以皇帝二字作主。發端云『維二十年皇帝作始』，中間『皇帝之功』、『皇帝之明』、『皇帝之德』、『皇帝之土』，凡四段，俱與起應。昌黎此詩，正可參觀。」

《琴操十首》　《將歸操》「我濟而悔兮」至末。得《未濟》九二之義。《猗蘭操》「雪霜貿貿」，薺麥之時也。薺麥得時，猗蘭斷無不受傷之理。「子」字、「爾」字與末兩君子皆指蘭而言，得其解者，不煩辭費。《越裳操》「雨之施」三句。大聖人分上語。《拘幽操》前八句是明入地中之象，文王之蒙難以之。結句即《繫傳》「懼以終始」之義。《履霜操》仁人之心，孝子之言。《别鵠操》讀此，覺《孔雀東南飛》一首未免冗長。

《南山詩》「前低劃開闊」二句。　兩句開下半篇境界。　「或赴若輻湊。」「湊」當作輳，不然與前「戢戢見相湊」重叶矣。　「大哉立天地。」一句總承全局。

《秋懷詩十一首》其一「浮生雖多塗」二句。　見到語，不嫌入佛。

其二「適時各得所」二句。　却是未經人道。

其四「上無枝上蜩」四句。　妙在隨事多有指斥。

其五　獨抒懷抱，一字不猶人。　朱子謂《秋懷詩》學《文選》體，淺之乎論昌黎矣。

其十「詰屈避語穽，冥茫觸心兵」。　「語穽」、「心兵」，大似東野語。

《赴江陵途中寄贈王二十補闕李十一拾遺李二十六員外翰林三學士》「同官盡才俊」六句。　終是疑案。　「早知大理官」四句。　用事得體。　「自從齒牙缺」二句。　應前御史建言。　「因疾鼻又塞」二句。　又深一層。

附録：查晚晴先生云：「《通鑑》載貞元十九年歲旱，京兆尹嗣道王實徵求以給進奉，奏租税皆不免。公在監察御史，上疏力言荒歉之狀，應免徵求，坐貶陽山。亦未嘗言論宫市也。」○「古人叙事，略無回護處。」

《夜歌》「所憂非我力」。　詞簡意足。

《江漢一首答孟郊》「嗟余與夫子」四句。　古情古義，真覺纏綿。

《岐山下一首》「誰謂我有耳」二句。　奇崛。

叶。

《此日足可惜一首贈張籍》　此篇用韵，合東、鍾、江、陽、庚、青。又光、城、江、鳴、更、狂六字皆重

「少知誠難得」二句。才難一言，千古同歎。「別離未爲久」二句。二句結束中間三百餘字。

附録：查晚晴先生云：「桐城方扶南云：此詩東、冬、江、陽、庚、青雜用，本《史記・龜筴傳》『刑白雉與驪羊』一段，凡二十六韵皆雜用，上下平韵，倏彼倏此，不拘部位，乃此詩之祖。洪景伯《隸續》謂本《漢平輿令薛君碑銘》，又後焉者矣。疊韵則本《焦仲卿妻詩》及陳思王《棄婦詞》等篇也。」〇又云：「『辛苦』一句，直結上至『歲時未云幾』以下。」

載華附識：蒿廬夫子云：「昌黎《此日足可惜詩》本用陽韵，旁入庚、青，又兼及東、冬、江，寔本於《史記・龜策傳》、《淮南子・兵略訓》、《楚詞・惜誓》、東方朔《七諫》與樂府《焦仲卿妻詩》，故鄭庠《古音辨》謂東、冬、江、陽、庚、青、蒸皆叶陽音，而毛大可云七韵一收皆反喉入鼻之音，即爲宫音，理或然也。安得譏此詩用韵甚雜，而輕詆韓公爲不知古韵耶？然在昌黎則可，在後人則不可。觀文昌集中《祭退之詩》即倣此篇體例，却只用陽、庚二韵，未嘗旁及東、冬、江、青，意可見矣。」

《歸彭城》　一肚皮不合時宜，無所發洩，于此章吐之。究竟不能盡吐。一起一結，感歎何窮。

附録：查晚晴先生云：「是時裴延齡、韋渠牟輩方用事，當指若輩也。」〇「結語奇，連上數句讀，覺公亦有不滿於建封也。」

《醉後》　發端似含諷。

《醉贈張秘書》「此誠得酒意」。　不知淵明亦曾得此意否？　「險語破鬼膽」二句。　又作東野語。

《同冠峽》「羈旅感和鳴」二句。　入情。

《送惠師》　通篇寫其愛山水，游蹤或已到，或未到，序次變化錯落。　「顧我却興歎。」以下皆述惠師之言。　「吾言子當去。」以下昌黎答語。

附録：查晚晴先生云：「通篇以好遊爲旨，妙在中間將連州隔斷，便如砥柱中流，波濤上下。前是已遊，後是未歷，忽作一頓，詩格亦正宜爾爾。」

《送靈師》「齊民逃賦役」二句。　兩言盡之。　「圍碁鬭白黑。」以下皆言其不拘教處。　「聽説兩京事」八句。　有此一段，方見其才學，惜流入于異端也。

附録：查晚晴先生云：「叙其生平嗜好技能，拉雜如火，重之以好奇、好遊、群公愛重，俱非以禪寂之流目之，而歸之于才調可惜。　歛道冠巾與起處發論同歸于正，公之不稍假借往往如此。」

《縣齋有懷》　四十韵俱作對仗，此格自公創之。　「彭城赴僕射。」「射」字與前重叶，各作一解，非複也。

附録：查晚晴先生云：「此篇却極脩整。」

《陪杜侍御遊湘西兩寺獨宿有題一首因獻楊常侍》「山樓黑無月」六句。　寫獨宿景象，出鬼入神。

附録：查晚晴先生云：「『磨颭』二字極體物之妙。」

《岳陽樓别竇司直》「朝過宜春口」，注：「宜春即袁州也。」　宜春口恐非袁州，與岳陽相去尚遠，豈即今之渌口耶？俟再考。

《送文暢師北遊》「何路補剠刖」。　自此以上，乃文暢自述求詩文語，注失解。　「謂僧當少安」六句。　此六句，先生括前送文暢序中大意。

《答張徹》　此詩與《縣齋有懷》同是俳體，而屬對更新奇。　「碧流滴瓏玲。」「瓏玲」字倒用，《柳州記》中亦然。

《薦士》　窮源溯流，歸重在一東野，推奬至矣。　其如尉命何？所謂得一人知己，死亦無憾者也。「亦各臻閫奥。」奥字重叶。

附録：查晚晴先生云：「此與微之銘少陵文同叙詩派源流，後人斷不可輕爲拾襲。」

《鴑驥》　魚、模、尤、侯通用，得之《三百篇》。

《汴州亂二首》其一　讀此種作，知元和、會昌削平藩鎮之功，固不可少。

《利劍》注：「此詩次汴州亂後，不平之氣，略見于此。」　觀詩中語，乃爲貝錦青蠅而發，非因汴州亂也。

《山石》　意境俱别。　注：「此詩編次於《河之水》後，當是去徐即洛時作，故其後有『人生如此自可樂，豈必局束爲人鞿』之句。　蘇内翰嘗與客遊南溪，醉後相與解衣濯足，因詠公此篇，慨然知其所以樂，而忘其在數百年之外，因次其韵。　見坡集。」按東坡本集無此詩，見于外集第三卷中，乃鳳翔時作。

附録：查晚晴先生云：「寫景無意不刻，無語不僻，取徑無處不斷，無意不轉，屢經荒山古寺，來讀此，始愧未曾道着隻字，已被東坡翁攫之而趨矣。」

《雉帶箭》「將軍欲以巧伏人」二句。　善於頓挫。　「五色離披馬前墮。」恰好便住，多着一句不得。

附録：查晚晴先生云：「看其形容處，以留取勢，以快取勝。」

《桃源圖》　通暢流麗，較勝右丞。

載華附識：王漁洋先生《池北偶談》云：「唐宋以來，作《桃源行》最傳者，王摩詰、韓退之、王介甫三篇。觀退之、介甫二詩，筆力意思甚可喜。及讀摩詰詩，多少自在，二公便如努力挽强，不免面赤耳熱。此盛唐所以高不可及。」蒿廬夫子云：「善于評品，不爽絫黍，初白先生評昌黎《桃源圖》云通暢流麗，較勝右丞，亦一時興到之語耳。或又專取右丞，而詆退之、介甫兩作，總非公論。」

《東方半明》「殘月暉暉」四句。　如漢魏謡辭。

《贈侯喜》　通篇多爲結句作勢。

《八月十五夜贈張功曹》　用意在起結，中間不過述遷謫量移之苦耳。

《謁衡嶽廟遂宿嶽寺題門樓》「潛心默禱若有應」四句。　所謂公之精神，能開衡山之雲也。

「侯王將相望久絶」二句。　崛强猶昔。

《永貞行》「國家功高德且厚」二句。　筆力氣骨極似少陵。

《杏花》「冬寒不嚴地恒泄」二句。　不到嶺南，不知此句之妙。

《感春四首》其四「今者無端讀書史」二句。　似怨矣，却不怒。

《寒食日出遊》「空展霜縑吟九咏」。　「九詠」，即題下小注《憶花》九篇。　「各言生死兩追隨」二句。　寫交情，乃爾真摯。

《憶昨行和張十一》「無妄之憂勿藥喜」。　「無」當作「旡」。

《鄭群贈簟》「却願天日恒炎曦」。　奇想。

《遊青龍寺贈崔大補闕》「日出卯南暉景短」。　「卯」字疑當作「柳」。　「光華閃壁見神鬼」四句。　形容太狠。

《贈崔立之評事》「才豪氣猛易語言」四句。　先生極愛才，而不輕假借又如此。　「有似黄金擲虚牝。」以上是絶其覬望之私。　「豈比恒人長蠢蠢。」以上慰其進取之徑。　「丈夫終莫生畦畛。」以上泯其同異之見。

《送區弘南歸》「我念前人譬葑菲」。　「葑菲」，菲字敷尾切，當作上聲。　先生詩叶作平聲，借用芳菲之菲，一時偶失考据，不足徵也。　「况今天子鋪德威。」威字兩叶，意義各别，名家往往如此。

《三星行》「我生之辰」四句。　東坡云：　退之以磨蠍爲命宫，余以磨蠍爲身宫。　故其詩有「生時宿直斗牛箕」之句。

《剥啄行》 真、文、元、寒、删、先六韻通用。

《陸渾山火和皇甫湜用其韻》 此種格調，只應讓先生獨步，後人不能學，亦不必學也。

附録：查晚晴先生云：「此詩亦是七古創格，非可仰法。 今人學步，徒覺餖飣醯醬，狼藉几案耳。」

《落齒》 曲折寫來，只如白話。 淵明《止酒》一篇，章法爾爾。

《苦寒》「不如彈射死」二句。 匪夷所思。

附録：查晚晴先生云：「奇想幻筆，於公却是習逕。」

《崔十六少府攝伊陽以詩及書見投因酬三十韻》 掇拾瑣細，具見真情。 初讀似平淡，愈讀愈有味，累幅連行，不覺其冗，使元、白爲之，未免涉淺易矣。

《送侯參謀赴河中幕》「有湯沸如烝」。 烝當作蒸。 「猶思脱儒冠」二句。 他時以掌書記與平蔡功，不食此言矣。 「翰飛逐冥鴻。」「鴻」字訛，當改鵬。

《燕河南府秀才》「此都自周公」四句。 大議論。

《寄盧仝》「彼皆刺口論世事」四句。 借彼形此，極有身分。

《送無本師歸范陽》「吾嘗示之難」十二句。 十二句蟬聯一氣，只是贊其膽大耳。 取象之奇，押韻之確，自當隻立千載。 「姦窮怪變得」二句。 有此二句，方知長江不是鬼才。

《石鼓歌》「少陵無人謫仙死」二句。 謙退處自占地步。 「年深豈免有缺畫」六句。 古色斑駁，自然蘇不及韓。「聖恩若許留太學。」石鼓位置，卒如公言。

附録：查晚晴先生云：「歐陽《集古録》載鄭餘慶收石鼓於野，始置於廟而亡其一。按《舊書》鄭傳，憲宗以餘慶諳練典故，專委以詳定禮樂諸事，餘慶因奏刑部侍郎韓愈輩並充詳定判官。明年，餘慶改鳳翔尹，復檢校司空兼判國子祭酒，則詩中所稱『故人從軍在右輔』、『濯冠沐浴告祭酒』者，正指此也。然讀告祭酒以下，似爲石鼓未曾收置發歎，故以吾意蹉跎爲結。豈鳳翔孔廟與太學分先後耶？」

《題炭谷湫祠堂》「祠堂像侔真」四句。　東坡詩「神威不在猛，玉座幽且閒」二句本此。末四句難解。

《聽潁師彈琴》「昵昵兒女語」十句。　一連六句，每兩句各自一意，是贊彈琴手，不是贊琴，琴之妙，固不待贊也，所以下文直接云「自聞潁師彈」。

載華按：《西清詩話》載，吴僧義海論此詩「昵昵兒女語」以下十句，皆指下絲聲妙處。先生手筆閲本，此十句俱連圈，每兩句是一意云云，應指十句而言。原評「六」字，疑是「十」字之訛。

《送陸暢歸江南》「官佐東宫軍。」　東宫軍不詳。

載華附識：方扶南先生云：「按《新唐書・百官志》太子左右率府，率各一人，副率各二人，録事參軍事、倉曹參軍事、兵曹參軍事、胄曹參軍事、騎曹參軍事各一人。詩云官佐東宫軍，蓋參軍之屬也。」

《送進士劉師服東歸》「攜持令名歸，自足貽家尊」。　愛人以德，其味深長。

載華附識：康熙己丑歲，先王父主政公年屆古稀，先君子由郎署請急歸養。王麓臺司農爲寫山水小幀，題云：「江浦秋帆。倣趙松雪。己丑秋日，葭士年世兄省覲南歸，屬筆寫意。」先生題詩一首，意味頗亦深長。惜集中不載，想緣第六句與《白蘋集》中《聊城》一首重出，故爾删去。今附録於此：「右曹清望著朝端，子舍難忘膝下歡。祖道回思六年事，謂尊甫皜亭先生。鄉書又報一颿安。也知世路歸由我，只是人情戀此官。好片溪山先洗眼，爲君細展畫圖看。」

《贈張籍》「踉蹡越門限」。　「限」字産韵不收。

《調張籍》「李杜文章在」六句。　世風輕薄，後生率詆諆前輩，何代無之？所以少陵亦云「爾曹身與名俱滅，不廢江河萬古流」。

《盧郎中雲夫寄示送盤谷子詩兩章歌以和之》「正見高崖巨壁争開張」五句。　詩境亦復開張。

《病中贈張十八》　游戲爲文，具縱横開合之勢。　「君乃崑崙渠。」以下述張語，非公之自誇也。

《雜詩》　下半篇神似太白。

《寄崔二十六立之》「得非命所旅」。　「旅」字叶平用，不知出處。　「角鬣相撑披。」披字重叶，疑當作枝。　「歡華不滿眼」二句。　駡倒一世。　「文書自傳道」二句。　言有大而非夸，先生之謂歟？「我有雙飲醆」至末。　玩詩意，乃受其采縑而報以銀盃。　「么麽微蠢斯。」「斯」字亦重叶而義不同。「失所逢百罹。」《詩》「百罹」入歌韵，《廣韵》收入支韵離紐下，今從之。

載華按：顧氏箋注本「旅」字已改作「施」。

《月蝕詩效玉川子作》「薄命王值飛廉慵」。　王字訛，改「正」。　「恒娥還宮室。」恒疑當作姮。

「天雖高」六句。　聊以自快。

《孟生詩》「奈何從進士」二句。　□□之□士，正與□同。

《短燈檠歌》「墻角君看短檠棄」。　詞淺而喻深。

《送劉師服》「貴者恒難售」。　「售」，《廣韵》收去聲，不入尤侯。

《符讀書城南》　此特爲中才以下説法，然説得透徹，足令聞者立懦起頑。　「文章豈不貴」四句。四句合看，謂經訓乃文章之根源也。

《示爽》「昔日同戲兒」四句。　亦只就世俗人情説，先生之于子姪間往往如此。

《人日城南登高》注：「董勛問禮俗，正月一日爲雞，二日爲狗，三日爲豬，四日爲羊，五日爲牛，六日爲馬，七日爲人。」語出《北史·魏收傳》。

《病鴟》「不忍乘其危」。　世之乘危下石者，皆群童類耳。

《華山女》「仙梯難攀俗緣重」二句。　與杜老《麗人行》結處意同，而此更校含吐藴藉。

《讀皇甫湜公安園池詩書其後》「不自閑窮年枉智思掎摭糞壤汙穢豈有臧」。　有脱譌。

載華按：顧氏箋注本引王氏云：一本作「不自閑其閑，窮年枉智思，掎摭糞壤間，汙穢豈有臧。」查晚晴先生閲本，王氏云云，用朱筆點出。於本詩内「汙穢」上增入「糞壤多」三字，「豈有臧」

下增入「不臧」二字。格上評云：「補本見《三山老人語録》。」「我有一池水」句旁批：「《全唐》刊本作另一首起。余細玩全篇，語意終難明了，當從朱子《考異》云，此詩多不可曉，當闕。」

《瀧吏》 通篇以文滑稽，亦《解嘲》、《賓戲》之變調耳。 特失職之望少，而負慝之意多，遂成儒者氣象。 「得無虱其間。」虱字用得奇，猶言么麽細瑣，無關輕重也。

《贈別元十八協律六首》其五「讀書患不多」四句。 學者通病。

《初南食貽元十八協律》「唯蛇舊所識」八句。 亦似有寓諷，與《病鴟》一首同情。

《別趙子》 同時陽山之區、潮州之趙，可見何地無才，不遇先生，湮没弗彰矣。吁！

《除官赴闕至江州寄鄂岳李大夫》 玩前後語氣，兩人疑夙有意見，而寄詩請釋者。

《南山有高樹行贈李宗閔》 之、微、灰通用。

《猛虎行》 支、微、魚、齊、佳、通用。 「况如汝細微。」汝字當有所指，觀結處自明。

載華按：此詩支、微、齊、佳通用，魚字疑衍。

《送僧澄觀》「火燒水轉掃地空」二句。 他人於興廢之際，定着鋪排，看先生省筆處。 「惜哉已老無所及」二句。 真正憐才語。

《奉酬盧給事雲夫四兄曲江荷花行見寄并呈上錢七兄閣老張十八助教》「太白山高三百里」四句。四句中有收有放。

《南溪始泛三首》其一 韋、柳家法，公亦優爲之。

聯句

《鬭雞》「大雞昂然來」二句。　情狀已具。

《秋雨》「亦已救顛沛」。　沛韵重叶。

《征蜀》　黠、鎋兩韵通用。　「呷呦叫冤跀。」《廣韵》有「刖」無「跀」。　「刀暗歇宵詧。」詧與察同，似重叶。　「報力厚麩秳。」秳字《廣韵》不收，或當作「秙」，俟再考。

《晚秋郾城夜會》「問使斷津梁」四句。　院長用事，典贍切確，正復不減中丞。　「赫赫火箭著。」此「著」字與俗「着」字同義。　「仍祈却老藥。」「藥」字重叶。　「達志無隕穫。」「穫」字重叶。　「慷慨戎裝著。」此「著」字叶酌。

律詩

《李員外寄紙筆》　五言半律，唐人集中僅見。

載華附識：　王漁洋先生答劉大勤問語：「六句律體，於古有之。」〇蒿廬夫子云：「案杜牧之集有七言半律，許丁卯集中亦有五言小律，皆止六句。」

《春雪》「拂花輕尚起」二句。　是春雪。

《和歸工部送僧約》「何人更得死前休」。　王半山全用此句入律詩。

《詠雪贈張籍》「松篁遭挫折」二句。　有寓意便佳。

《奉和虢州劉給事使君三堂新題二十一詠》　二十一章校王、裴輞川唱和古意漸遠。

《和侯協律詠笋》「庸知上幾番」。　少陵詩「應須上番看成竹」。

載華附識：王東溆《柳南隨筆》云：「古人詩中用「番」字，往往平仄互見。如昌黎詩云『庸知上幾番』，黄山谷云『一霎社公雨，數番花信風』，此作平聲用。老杜云『會須上番看成竹』，元微之云『飛舞先春雪，因依上番梅』，此作仄聲用。」又上番二字，或謂應切竹説，今觀微之句，又不必拘。而錢圓沙解杜詩謂「上番猶上緊也」，然則番字是虚字矣。而微之又何以用對春字乎？即可以證其説之謬矣。

《和李司勳過連昌宫》「宫前遺老來相問」二句。　含味自深。

《次潼關先寄張十二閣老使君》　氣象開闊，所謂卷波瀾入小詩者。

附録：查晚晴先生云：「闊壯處真應酬之祖。」

《送鄭尚書赴南海》「衙時龍户集」六句。　三聯皆嶺南事，對仗精工。

《遊西林寺題蕭二兄郎中舊堂》　《唐詩紀事》：蕭穎士子名存，字伯誠，爲金部員外郎，有父風。韓文公少時受存之知，自袁州入爲祭酒，經廬山，過其居，知諸子凋謝，唯二女在，故作詩云云。

《早春呈水部張十八員外二首》其二　詩境從老杜集中得來。

《送桂州嚴大夫》「江作青羅帶，山如碧玉篸。」　不到粤西，不知對句之妙。「飛鸞不假驂。」范石湖《驂鸞録》義本此。

載華附識：吾君以方云：「江文通《别賦》有『駕鶴上漢，驂鸞騰天』句，石湖《驂鸞録》之名似本此。」

《奉和杜相公太清宫紀事陳誠上李相公十六韵》　前有少陵作，自難方駕。

附録：查晚晴先生云：「語多隱諷，與少陵《玄元皇帝廟》詩同旨。」

外集

《海水》　此首係韓作無疑。

《鄆州谿堂詩》　十一章。六章章四句，五章章六句。

載華按：以下二首見文集中。

《送汴州監軍俱文珍》　俱宦官也，名見《順宗實録》中。

載華按：先生親筆閲本，卷首有跋語一則，附録於此：「昌黎文有江山祝充音義，既反切難字，又注其所從出。乾道中，吴郡陸之淵極稱道之。其書今不傳，陸文見柳州集音義序中。康熙後壬寅六月，查慎行志，時年七十又三。」

白香山

《凶宅》「四者如寇盜」四句。　口頭語，道得出。

《雲居寺孤桐》　言簡而意盡，不在排比見長。

《答友問》「當其斬馬時」六句。　曲折如願。

《寄唐生》「琴淡音聲稀」。　希。　「亦任親朋饑。」譏。

《問友》「鋤艾恐傷蘭」二句。　却是未經人道。

《郵居苦寒》　詩境平易，正以數見不鮮。

《秦中吟十首》《議婚》「天下無正聲」八句。　此即王摩詰「賤日豈殊衆，貴來方悟稀」二句意，而神韵不逮遠矣。

《和答詩十首》　序：「頃者在科試間，常與足下同筆硯。每下筆時，輒相顧共患其意太切，而理太周。故理太周則辭繁，意太切則言激，然與足下爲文，所長在於此，所病亦在於此。」　「文章千古事，得失寸心知」。數語自道，可爲元白定評。

《答四皓廟》「勿高巢與由」八句。　有意矯原唱，未免推崇過當。然此段議論，天地間亦不可少。

《華原磬》「知有新聲不如古」。　知。

《縛戎人》「忽逢江水憶交[流]」。　河。

《遣懷》「寓心身體中」八句。　透快醒人心目。

《隱几》「既適又忘適」二句。　蒙莊之理。

《東坡秋意寄元八》「時景亦無[餘]。」　殊。

《詠慵》「彈琴復鍛鍊」。　「鍊」字訛，當作展。

　載華按：汪本作「鐵」。

《遊悟真寺詩》「風從石下生」十六句。　似柳州小記。

《登香爐峰》「上到峰之頂」至末。　不到其上，不知此詩之工。　「歸去[思]自嗟。」私。

《弄龜羅》「汝生何其晚」四句。　白描高手，只是善達性情。　「[入]意老更慈。」人。

《贖雞》「遲迴未死間」二句。　令我惻然心動。

《題舊寫真圖》「如弟對老兄」。　妙想妙論。

《洛下卜居》「豈獨爲身謀」二句。　好結束。

《曲江早秋》「殘[暮]暝來散」。　暑。

《初見白髮》「勿言一莖少」二句。　口頭語，寫得透闢。

《別元九後詠所懷》「同心一人去」二句。　元、白交情，兩言説盡。

《送兄弟回雪夜》「寂寞滿爐灰」六句。　詩境細静。

《溪中早春》「蓬蒿隔桑棗」二句。　似陶。

《感鏡》「美人與我别」四句。　信手拈來，如燈取影。

《邨居卧病三首》其一「唯有病客心」二句。　東坡「唯有宿昔心，依然守故處」二語本此。

《自覺二首》其二「親愛零落盡」二句。　意本少陵，終覺彼勝於此。

《江樓聞砧》「江[人]授衣晚。」　城。

《感秋懷微之》「誰知[獲]落心」。　濩。

《花下對酒二首》其二　此詩誤入東坡集。

《哭王質夫》「誠知天至高」二句。　悲辛豪健。

《山鷓鴣》「南人慣聞如不聞」。　黄山谷「北人墮淚南人笑」，語意本此。

《花非花》「來[時]春夢幾多時」。　如。

《代書詩一百韵寄微之》「幄幕侵堤布，粉黛凝春態」。　宋板「布」作「步」，「粉」作「鉛」。　「醉落舞叙遺」。宋板「醉」作「翠」。　「迴環節候催。」「催」字出韵，疑當作「推」。　「堅守釣魚坻。」宋板「守」作「待」。　「簡威寒凛冽。」宋板「寒」作「霜」。　「謫去詠江[籬]。」蘺。　「王粲向荆夷。」「夷」字與後重叶，而意義不同。

《叙德書情四十韵上宣歙翟中丞》「呼[鷽]正及饑」。　鷹。

《秘書省中憶舊山》「厭從薄宦[挍]青簡」。　校。

《夜深行》「百年關外夜行客」。　牢。

《和元九與吕二同宿話舊感贈》「八人雲散俱遊宦」二句。　自在。

《病中哭金鑾子》「有女誠爲累」二句。　二語寫得出，説得完。

《眼暗》「早年勤倦看書苦」四句。　妙在前一層説。

《渭邨退居寄禮部崔侍郎翰林錢舍人詩一百韵》「晝扉肩白版。」　「肩」字疑當作「扃」。　「宦垣紫界牆。」　宮。

《欲與元八卜鄰先有是贈》「明月好同三徑夜，緑楊宜作兩家春」。　對更好。

《累土山》「恐見新山望舊山」。　忘。

《白牡丹》「應是東宮白贊善」。　似。

《東南行一百韵寄通州元九侍御澧州李十一舍人果州崔二十二使君開州韋大員外庾三十二補闕杜十四拾遺李二十助教員外竇七校書》「隄喧簇貶夫」。　販。　「嬋娟勝畫圖。」「圖」字重叶。　「李酣尤短竇。」「竇」字疑訛。　「琴匣網踟躕。」　蜘蛛。

《早發楚城驛》　後六句，句句含早字。

《香爐峰下新卜山居草堂初成偶題東壁五首》其三「嵐隱山厨火獨幽」。　燭。

《江樓夜吟元九律詩成三十韵》「道屈才方振」八句。　屬對至此，可謂渾脱瀏灕。

載華按：《劍器》、《渾脱》，各爲舞曲之名，詳見王漁洋先生《居易録》中。　先生點閲杜詩序，從渾脱句，此蓋偶沿世俗之誤耳。

《晚題東林寺雙池》「濺水躍紅鱗」。　鱗。

《贈寫真者》「更兼病客儀」。　容。

《歲暮》「高明自爇緣多事」。　「高」當作「膏」。

《風雨夜泊》「青苔撲地連香雨」。　宵。

《山中戲問韋侍郎》「我抱反雲志，常吟棲招隱」。　棲字譌。

載華按：反、棲二字，先生旁用雙抹，當從汪本互易。

《題遺愛寺前溪松》「閒行遶作谿」。　蹊。

《自江州司馬授忠州刺史仰荷聖澤聊書鄙懷》「網初鱗蹬刺。」　潑。

《重贈李大夫》「早接清斑登玉陛」。　班。

《入峽次巴東》　五、六聯用少陵五言成句。

《昭德皇后挽歌詞》「詔留窈窕章」。　詩。

《琵琶》「賴是心無惆悵事，不然争奈子絃聲」。　兩句轉折，自成創調。

《初罷中書舍人》「還有癡心怕素飧」。　餐。

《初到郡齋寄錢湖州李蘇州》　時長慶二年十月。

《醉題候仙亭》　候仙亭在靈隱寺前。

《虚白堂》　虚白堂在杭州府治後。

《花樓望雪命宴賦詩》　花樓失考。

《宿竹閣》　竹閣在孤山。

《錢唐湖春行》「孤山寺北賈亭西」。　賈亭今失考。

《候仙亭同諸客醉作》　《咸淳志》：候仙亭，唐韓臯建，白樂天記。所云候仙、虚白、見山、觀風、冷泉五亭，相望如指之列是也。

《東樓南望八韵》　東樓一名望海樓，在中和堂之北，又名望潮樓，唐武德七年置。

《樟亭雙櫻樹》　《咸淳志》，臨安有樟亭驛。

《餘杭形勝》「教妓樓新道姓蘇。」　教妓樓失考。

《江樓夕望招客》「星河一道水中央」。　黄山谷《快閣》名句本此。

《余以長慶二年冬十月到杭州明年秋九月始與范陽盧賈汝南周元範蘭陵蕭悦清河崔求東萊劉方輿同遊恩德寺之泉洞竹石籍甚久矣及兹目擊果愜心期因自嗟云到郡周歲方來入寺半日復去俯視朱綬仰睇白雲有媿於心遂留絶句》「雲水埋藏恩德洞。」　考之《咸淳臨安志》，恩德洞即風水洞。

《九日宴集醉題郡樓兼呈周殷二判官》「七堰八門十六坊。」　《吴郡志》云：「按《長慶集》，六十坊者，舊經所籍如之，後頗隨事有創有易。」則「十六」當作「六十」。

《同微之贈别郭虚舟鍊師五十韵》「泥壇方合矩」二十句。　此段單説爐火事。

《霓裳羽衣歌》「四幅花箋碧間紅」。　以下説譜之妙。「君言此舞難得人。」以下説舞人。

《小童薛陽陶吹觱栗歌》「翕然聲作疑管裂」十句。　節節變，聲聲换，無意不透，無筆不靈。

《有感三首》其一「悲哉可奈何」。　何必悲。

《和微之詩二十三首》《和三月三十日四十韵》「雪迴風旋絮。」　此「絮」字實用，息據切。「水葵鹽豉絮。」此「絮」字虚用，乃《曲禮》「毋絮羹」之義。一作抽據切。

《和寄樂天》「征棹遽排[北]」。　比。

《九日思杭州舊遊寄周判官及諸客》「風景不隨宫相去。」　先生以庶子分司，故得自稱宫相。

《夢行簡》「虚卧春窻夢阿[憐]」。　連。

《答客問杭州》「小航船亦[盡]龍頭」。　畫。

《東城桂》其二「賣作蘇州一束柴」。　太淺則近俚。

《[五]月三日閒行》　正。　「紅欄三百九十橋。」「十」字疑可作平聲，但不知所出。

載華按：王漁洋先生《池北偶談》「唐詩字音」一則：「李子田舉唐人詩用字，音與今人别者，如劉夢得『停杯處分不須吹』，『分』作去聲。王建『每日臨行空挑戰』，羅虬『不應琴裏挑文君』，『挑』皆上聲。包佶『曉漱瓊膏冰齒寒』，『冰』去聲。段成式『玳牛獨駕長擔車』，『長』上聲。予按：《白氏長慶集》中此例尤多。如『請錢不早朝』，『請』作平聲。『四十著緋軍司馬』，『司』入聲。『紅闌三百九十橋』，『十』讀如『諶』。『爲問長安月，如何不相離』，『相』，思必切。『燕姬酌蒲桃，燭淚粘盤壘』，『蒲桃』『蒲』上聲。『三年隨例未量移』，『量』平聲。『金屑琵琶糟』，『琵』仄聲之類，子田皆未暇及。」據此，與先生論合。又歷舉劉夢得、盧綸諸人詩字音與今人別者，不及備録。詳載《帶經堂詩話・音訓類》。

《夜遊西武丘寺八韵》《吴郡志》，雲巖寺即虎丘寺，即劍池，而分東西，今合爲一。顔魯公亦有詩云：「不到東西寺，于今十五春。」

《感悟妄緣題如上人壁》　結語深于禪悦。

《初到洛陽閒遊》「尋春放醉尚粗豪」。　後半俱從「粗豪」二字中設想。

《酬裴相公題興化小池見招長句》「蓬斷偶飄桃李徑」一句。　意思曲折，亦從鍊句得之。

《有小白馬乘馭多時奉使東行至稠桑驛溘然而斃足可驚傷不能忘情題二十韵》「芳草承蹄葉」四句。　輕倩。「度關形未改」二句。用事恰合。

《有雙鶴留在洛中忽見劉郎中依然鳴顧劉因爲鶴歎二篇寄予予以二絶句答之》其一「慙愧稻粱長不飽」二句。　當家身分。

《履道春居》「暝助嵐陰重」一句。　煉。

《和錢華州題少華清光絶句》「蘇州肥膩不如君。」　吴兒未必心服。

《曲江有感》　結句不測，妙有餘味。

《杏園花下贈劉郎中》「東風二十四回春」。　澹而旨。

《伊州》「亦應不得多年聽」二句。　綺語作達，分外風流。
《送敏中歸幽寧幕》「弟兄垂老相逢日」二句。　只消直叙，自爾情到。
《早寒》「鏡遇雨來昏」。　不必黏題，亦成好句。
《送河南尹馮學士赴任》「别教三十六峰迎。」　好想路。
《重答汝州李六使君見和憶吴中舊遊五首》「吴調吟詩句句愁。」　時。
《贈王山人》「秋來唯長鶴精神」。　醒豁。
《酬令狐相公春日尋花見寄六韵》「晚來風不休」。　活句。
《送東都留守令狐尚書赴任》　發端突兀，恰與題稱。
《元相公挽詞三首》其一「後魏帝孫唐宰相」二句。　莊重簡净，可悟作誌銘之法。
《結之》　目録作「終此作結」，總不可解。　按公有《感舊詩》云：「太湖石上鐫三字，十五年前陳結之。」則結之當是人名，但于本章意義不相入。　先生又有《對酒寄李郎中》詩：「往年江外抛桃葉。」公自注云：「結之也。」對句云：「去歲樓中别柳枝。」自注：「樊蠻也。」則結之乃先生家姬。
《問江南物》「月明雙鶴在裴家」。　《送鶴》詩在二十六卷中。
《予與微之老而無子發於言歎著在詩篇今年各有一子戲作二什一以相賀一以自嘲》「五十八翁方有後。」　微之是年纔五十一，少樂天七歲。
《晚桃花》「寒地生材遺校易」二句。　爲「晚」字生波，寄慨絶遠。

《阿崔》「豈料鬢成雪」四句。　暮年舉子，委婉入情。　「膩剃新胎髮」六句。好描寫。　結還起意。

《觀游魚》「一種愛魚心各異」二句。　仁義之人，其言藹如也。

《和微之任校書郎日過三鄉》「不獨年催身亦變」。　「身」字當作「官」字。

《題岐王舊山池石壁》　往往於後半首自作轉折，章法獨創。

《除夜》　東坡常州除夕詩直用起一句。

《哭崔兒》「掌珠一顆兒三歲」四句。　字字沉痛。

載華附識：申鳧盟先生評老杜《奉濟驛送嚴公》詩三四一聯，最得詩中三昧，附見下卷。香山此詩三四兩句，亦是倒裝文法，其意甚平，而語則甚痛，便覺含味無窮。學者於此細參，即眼前語意，可免庸俗之病。

《初喪崔兒報微之晦叔》「蟬老悲鳴拋蛻後」二句。　每從比擬擅長。

《府齋感懷酬夢得》「合是人生開眼日」二句。　曲折如意。

《履道池上作》「樹暗小巢藏巧婦」二句。　纖新如《松陵集》中語。

《重修府西水亭院》「園西有池位」二句。　老杜風格。

《早春雪後贈洛陽李長官鄭明府二同年》　鄭俞爲長水縣令，見本集自注中。

《神照禪師同宿》「前後際斷處」二句。　此境界正自難到。

《感白蓮花》「忽想西涼州」至末。　事具《縛戎人》樂府中。

《寄盧少卿》「老誨心不亂，莊戒形太勞」。　守此二語，形神兩適矣。

《和皇甫郎中秋曉同登天宮閣言懷六韻》「碧天忽已高」四句。　「秋曉」二字寫得出。

《送吕漳州》「端居惜風景」四句。　妙得詩趣。

《短歌行》「耳目聾暗後」八句。　晚遇尚爾，况乃不遇？讀此真令落魄老生無生活處。

《詠懷》「遑遑干世者」至末。　詩境正以屢見爲嫌。

《老熱》「何乃有餘適，祇緣無過求」。　十字完得知足兩言。

《題文集櫃》「前有七十卷」。　後。　「誠知終散失」二句。　此真達者之言。

《十二月二十三日作兼呈晦叔》「案頭曆日雖未盡」四句。　隔句對。

《自詠》「當時綺季不請錢」。　「請」字不可解，後《和裴令》詩又有「請錢不早朝」之句。

《送陳許高僕射赴鎮》「常與司徒同苦樂」。　「司」字當作「師」。

《青氈帳二十韻》「骨盤邊柳健」四句。　切貼。　「有頂中央聳」二句。　今蒙古包也。

《同諸客題于家公主舊宅》「春穀鳥啼桃李院」。　春。　「聞道至今蕭史在」二句。　第三十二卷中有《寄明州于駙馬使君》絶句，可引爲注脚。

《翫半開花贈皇甫郎中》「紅蘇點作蕤」。　蕤。

《家釀新熟每嘗輒醉妻姪等勸令少飲因成長句以諭之》「王姪分踈叔不癡。」　疏。

《楊柳枝詞八首》其四「可憐雨歇東風定」二句。　無意求工，自成絶調。

其七「小樹不禁攀折苦」二句。　楚楚動人憐。

《春早秋初因時即事兼寄浙東李侍郎》「和風細動簾帷暖」八句。　句句分對。

《劉蘇州寄釀酒糯米李浙東寄楊柳枝舞衫偶因嘗酒試衫輒成長句寄謝之》「慙愧故人憐寂寞」二句。　總結。

《九年十一月二十一日感事而作》　此詩不知因何人被禍而作，須考。

載華附識：《東坡志林》論此詩三、四兩句極爲平允，先生評閲《律髓》已詳載格上。　按甘露之變在太和九年，與本題正合。　此條評語云云，想偶爾遺忘故耶？

《奉和裴令公新成午橋莊緑野堂即事》「青山爲外屏」。　虚對。

《裴令公席上贈别夢得》「轉難相見轉難思」。　相。　「便是鄒牧分散時。」　枚。

《尋春題諸家園林》「闐健朝朝出」。　闖。

《清明日登老君閣望洛城贈韓道士》「何事不隨東洛水」二句。　只一聯意味極佳，可惜前後纏攪不了。

《三月三日》　此詩訛入宋人蘇才翁集，《咸淳臨安志》亦采之。

《閒居春静》「閒泊池州静掩扉」。　「池州」二字有一譌。

載華按：汪本作「池舟」。

《以詩代書寄户部楊侍郎勸買東鄰王家宅》「林園亦要[聞]閒置」。　乘。

《嘗酒聽歌招客》「一甕香醪新插[芻]」。　篘。

《長齋月滿攜酒先與夢得對酌醉中同赴令公之宴戲贈夢得》「解[醒]仍對姓劉人」。　酲。

《宅西有流水墻下構小樓臨翫之時頗有幽趣因命歌酒聊以自娱獨醉獨吟偶題五絶》其一「唯我栽蓮越小樓」。　「越」字當作「起」。

《偶作》「清涼秋寺行香火」。　「火」字訛，當作「入」。

《幽居早秋閒詠》「從他世險[難]」。　艱。

　　載華按：「不必入山川」句，先生抹去「川」字，於山字上增一「深」字。

《寒食日寄楊東川》「不使黔婁夫婦看」二句。　弘農郡君爲東川女弟，故詩中屢及之。

《自罷河南已換七尹每一入府悵然舊遊因宿內廳偶題西壁兼呈韋尹常侍》「每[日]河南府。」　入。

《酬夢得比萱草見贈》　結句「白劉」二字譌，當是「頭」字。

《聽歌六絶句》《水調》「此身腸斷爲何人」。　身當作聲。　《離別難詞》「歸來無[可]可霑巾」。　淚。

《夏日與閒禪師林下避暑》「熱惱漸知隨念盡」四句。　磊落夷猶，老境獨得。

《談氏小外孫玉童》「子幼能文似馬遷」。　子幼，楊惲字也。楊亦太史公外孫。

《答客説》「海山不是我歸處」二句。　出此入彼，便可作仙釋優劣論。

《遊趙郵杏花》「今春來是别花來」。　未經人道，他人不能道，亦不肯道。

《和白尚書賦垂柳》有序　此詩不知何人所和，反將原唱附後，殊不可解。

載華按：汪本「一樹春風」一首，題作《楊柳枝詞》，「一樹衰殘」一首，題作《詔取永豐柳植禁苑感賦》，其爲香山原唱明甚。後附盧貞和一首，「永豐坊西南角園中有垂柳一株」云云，乃盧作小引也。汪西亭凡例云：錢考功、馬元調所刻白集，往往前後紊雜。即此數詩之顛倒舛謬，槩可見矣。先生未經查閲，故評語云然。今訂正。又按汪本尚有韓琮和詩一首，此本失載。

載華按：先生手筆閲本三十七卷，末有跋語一則，附録於此：「丁丑春，落第還家。半月陰雨，謝絶應酬，閲元、白詩。凡十有四日，點勘始畢。附記於後。時閏三月廿四日，慎行書。」

初白庵詩評卷中

海鹽後學張載華芷齋輯

蘇東坡

《太白山下早行至横渠鎮書崇壽院壁》　「亂山」二句從首句「殘夢」二字生出。

《病中聞子由得告不赴商州三首》其二　頸聯俱用商州故事。「説客」句指張儀許。楚州北有智亭山，相傳四皓所隱。

《歲晚相與饋問爲饋歲酒食相邀呼爲别歲至除夜達旦不眠爲守歲蜀之風俗如是余官於岐下歲暮思歸而不可得故爲此三詩寄子由》（《饋歲》）「微摯出舂磨。」　「摯」與「贄」同，《曲禮》作「摯」。「官居故人少」四句。入情。

《别歲》「且爲一日歡」至末。　一層深一層，字字警動。

《和子由論書》「苟能通其意」二句。　直是以文爲詩，何意不達。「端莊雜流麗」二句。讀此十字，知少陵瘦硬未是定評。「繆被傍人裹。」裹字叶未穩。「邇來又學射」二句。奇峰忽插。「多好竟無成」二句。先生尚云爾，學者可不自警。「吾聞古書法」四句。所謂寧拙毋巧。

《和劉長安題薛周逸老亭周善飲酒未七十而致仕》「之子雖不識」二句。　先生未嘗識薛，與起句

「近聞」二字相應。

《鳳翔八觀》(《王維吴道子畫》)「又於維也斂衽無間言」。　子由詩云：「詩言王摩詰，乃過吴道子。」與東坡結意正相反。

《維摩像唐楊惠之塑在天柱寺》「病骨磊嵬如枯龜。」　維摩像必示疾者，故詩云然。

《東湖》「聊爲湖上飲」二句。　得《簡兮》詩人之意。

《秦穆公墓》「乃知三子殉公意」二句。　議論自開闢，但事出六經，恐難翻案。

附録：《補注》：《名勝志》，維摩詰像在鳳翔縣天柱寺，爲揭摩室示疾者。

載華按：《漢書・匡衡傳》：「秦穆貴信，而士多從死。」應劭曰：「秦穆公與群臣飲酒，酒酣，公曰：『生共此樂，死共此哀。』於是奄息、仲行、鍼虎許諾。及公薨，皆從死。《黄鳥》詩所爲作也。」此詩語意，疑本此。

《和子由聞子瞻將如終南太平宫谿堂讀書》「始者學書判」二句。　先生官鳳翔時，往屬縣决囚，故云。

「橋山日月迫。」此詩當作於癸卯、甲辰間，仁宗初崩，故有橋山之句。

附録：《補注》：按《宋史》，仁宗崩于癸卯三月，其年十月，葬永昭陵。橋山借以言山陵事。

《是日自磻溪往陽平憇於麻田青峰寺之下院翠麓亭》　後六句與前首結處同一意，俱是禱雨之作。

《和子由記園中草木十一首》　按子由原唱十首，先生所和止九首，後二首乃紀夢，非和詩也。　題中「十一」兩字誤。子由又有《和紀夢》二首。

其三「陰陽不擇物」六句。　化工在抱，轉換不窮。

其五「黄葉倒風雨」二句。　衰颯處偏説得軒昂。

附録：《補注》：按《欒城集》記園中所有止十首，先生和詩，刻本皆作十一首，蓋訛入《記夢》一首耳。載華按，《補注》云云，與評語稍異。查施注十一首中，「我歸自南山」一首《補注》題作《紀夢》，本題十首，與子由原唱相符，當以《補注》爲正。原評疑有訛字。

《愛玉女洞中水既致兩餅恐後復取而爲使者見給因破竹爲契使寺僧藏其一以爲往來之信戲謂之調水符》「誰知南山下。」　南山，終南也。　「常恐汲水人」四句。　此舉原近逆詐，故須補正意以救其病。非進一層語，亦非寬一層語也。

《竹䶉》「念此微陋質」四句。　小中見大。此首手批本缺。

《讀道藏》「千歲厭世去」六句。　《南華》純是禪理，入《道藏》反如隔膜一層。

《司竹監燒葦園因召都巡檢柴貽勗左藏以其徒會獵園下》「枯槎燒盡有根在」二句。　閒處設色。「但愛蒙密争來家。」韓昌黎《燕喜亭記》「猿狖所家」。　「戍兵久閑可小試」四句。從題中正意説入。

「迎人截來砉逢箭」二句。　二語隳盡《羽獵賦》。

《和董傳留别》　按先生與韓魏公書述董事甚悉，傳蓋未嘗得官，亦未嘗娶婦，故公詩云然。「詔黄新濕」謂董已成進士，故云「得意猶堪誇世俗」也。

附録：《補注》本集與韓魏公尺牘云：進士董傳至長安，見軾于官舍，道其窮苦之狀，賴公而存，又薦我于朝。吾生平無妻，有彭駕部者許嫁我以妹云云。按先生作此詩時，傳已病没，則其生前未嘗娶婦，故詩中有「眼亂行看擇壻車」之句。

《送曾子固倅越得燕字》「翁今自憔悴」二句。入題飄忽。結意獨一作「雋」。遠，《三百篇》所謂賦而比也。此首手批本殘缺。

附録：《補注》：《烏臺詩案》云：「安得萬頃池，養此横海鱣。」以此比鞏賢才也。《後漢・黄憲傳》：「汪汪如萬頃波。」言安得有度量如黄憲者，能容養此宏材也。

《王頤赴建州錢監求詩及草書》「丁寧勸學不死訣。」通首不脱此意。「草書未暇緣忽忽。」借題作結。

《秀州僧本瑩静照堂》「鳥囚不忘飛」八句。發論必透徹中邊。

《送任伋通判黄州兼寄其兄孜》「知命無憂子何病」二句。委婉和平，言者無罪。結句於義未洽，然當時引用必有所據。

《送錢藻出守婺州得英字》「子不少自貶」二句。出守之故蓋由此，觀末句可見。

《次韵王誨夜坐》王誨，王晉卿詵之弟也。先生與晉卿交好在熙寧初，時方監官告院，故云閑官不計員。「漸喜樽罍省僕緣。」「僕」意當即「樸」字。

《送劉道原歸覲南康》「交朋翩翩去略盡」四句。三復公詩，始知朋友之誼。

《次韵張安道讀杜詩》「地偏蕃怪產」四句。　文運之厄若此，不有作手，誰爲驅除？　「開卷遥相憶」二句。古今同慨。

《傅堯俞濟源草堂》　直到第五、六方説明詩旨，章法奇絶。此首手批本缺。

《潁州初别子由二首》其二「始我來宛丘」六句。　骨肉情話，自應有此曲折。　「語此長歎息。」「語」意當作「悟」。

《十月二日將至渦口五里所遇風留宿》「兩山控我前」。　荆塗二山對峙，在懷遠縣南。

《泗州僧伽塔》「耕田欲雨刈欲晴」八句。　説透至理，覺昌黎《衡山》一章，尚帶腐氣。

附録：《補注》：《困學記聞》：劉夢得賦云：「同涉于川，其時在風。沿者之吉，溯者之凶。同藝于野，其時在澤。伊穜之利，乃穋之厄。」東坡詩「耕田欲雨」二句，意本此。

《龜山》「身行萬里半天下」二句。　似擬中晚而骨力勝之。

《游金山寺》　起結奇横。　「羇愁畏晚尋歸楫」二句。二語作轉捩。

《自金山放船至焦山》「山林饑卧古亦有」二句。　金山詩結句云「有田不歸如江水」，故此處更深一層。合觀兩首，其妙乃見。

《甘露寺》「樓臺斷崖上」四句。　收得盡，放得開，是爲才人之筆。　「緬懷卧龍公」三十句。每段用二句作束。

《送蔡冠卿知饒州》「平時儻蕩不驚俗」二句。　似嘲實譽。　「憐君獨守廷尉法。」蔡時必以廷尉外調。

附録：《補注》：《烏臺詩案》：熙寧五年二月，内大理少卿蔡冠卿准勅差知饒州，軾作詩送之，其云「憐君獨守廷尉法」，言冠卿屢與朝廷争議刑法，以致不進用，出守小郡。

《游靈隱寺得來詩復用前韵》「絶勝絮被縫海圖。」　「圖」字未免湊韵。

《越州張中舍壽樂堂》　入手奇崛，一轉合題。　「才多事少厭閒寂」二句。　徑路絶而風雲通。此首手批本缺。

《送岑著作》「懶者常似静」十八句。　一意縈拂，轉换不窮。

《和劉道原見寄》「廬山自古不到處」。　道原之父涣棄官隱居廬山。

《和子由柳湖久涸忽有水開元寺山茶舊無花今歲盛開二首》其二「羞對先生苜蓿盤」。　子由時爲學官。

《游徑山》「勢若駿馬奔平川」三句。　工于比擬。

《夜泛西湖五絶》　五首章法聯絡不斷，前人所未有，亦先生集中變格也。

其三、其四　瀟灑渾脱，筆墨俱化，此種境界，淺人不易解。

其五　末章紀一時所見如此，金山詩亦然。

《焦千之求惠山泉詩》　伯强，六安人，六一門下客。　「兹山定空中」二句。　奇想天開。　「鉼罌走千里」二句。　能悉用調水符乎？請更下一轉語。

《孫莘老求墨妙亭詩》「顔公變法出新意」四句。　書評的確，兩不可移。此首手批本缺。

《催試官考較戲作》「門外白袍如立鵠」。　白袍謂候榜諸生。洪邁《鎖宿貢院》詩云：「一閒十日真天錫，慚愧紛紛白袍子。」則爾時舉子應試候榜皆衣白袍耶？

《八月十七復登望海樓自和前篇是日牓出與試官兩人復留五首》其三「定知歸夢到吴興。」　時試官中必有吴興職官與吴興人。此條手批本無。

　附録：《補注》：劉誼，吴興人，時爲試官。本集有《送劉寺丞赴餘姚》詩序其事甚明。此詩云云，指劉也。

《和陳述古拒霜花》「細思卻是最宜霜」。　淺。

《朱壽昌郎中少不知母所在刺血寫經求之五十年去歲得之蜀中以詩賀之》「嗟君七歲知念母」三句。　他人數百言不能了者，先生只以三語了之，能使人人墮淚。以古人事作反結，章法極變。

　附録：《補注》：借吴起而指李定也。按江少虞《皇宋事實類苑》云：司農少卿朱壽昌所生母被出，及長，棄官入關，得母於陝州。士大夫嘉其孝節，多以歌詩美之。蘇子瞻爲作詩序，且譏激世人之不養者。時李定不服母喪，言者攻之，見其序大恚恨。後爲中丞，遂起臺獄云云。今考之全集，序已失傳，而此詩結二句諷刺之意凜然可見。又引先外大父陳宋齋公云李定不服母喪，而壽昌棄官求母，二事相形，恰在同朝。王介甫左袒李定，反忌壽昌，但付審官院折資通判河中府，故云「西河郡守誰復譏」，不獨刺李定，亦以深罪介甫。「潁谷封人羞自薦」，則言壽昌不欲與世争名，故乞河中以去。施氏補注不爲分析，徒填故實，則「羞自薦」三字如何着落？即「誰復譏」三字義亦俱墮空矣。

《鹽官絶句四首》《塔前古檜》　第二句有病，與末句稍礙。

《戲贈》「惆悵沙河十里春」。　沙河塘在杭州城外，先生詩有「燈火沙河夜夜春」之句。按舊志，沙河，唐刺史崔彦曾所開，有外沙、中沙、裏沙三河。

《和人求筆跡》　末二句俱從眼花生來。

《畫魚歌》　短篇故作波瀾，一味蒼茫，初學何自窮其涯岸。

《游道場山何山》「屋底清池照瑶席」。　今山中有瑶席池，後人取公詩名之。「階前合抱香入雲」二句。今山中無桂樹矣。

《贈孫莘老七絶》其二　時莘老守湖州，故以下五首，皆用湖州事。

《至秀州贈錢端公安道并寄其弟惠山老》「怪君顔采卻秀發」四句。　透快，無堅不破。

《正月二十一日病後述古邀往城外尋春》「卧聽使君鳴鼓角」。　述古時爲杭州太守，故詩中呼爲使君。

《飲湖上初晴後雨二首》其二「水光瀲灧晴方好」二句。　多少西湖詩，被二語掃盡，何處着一毫脂粉顔色。

《自普照遊二庵》　劈頭二句，全題已無餘景，此後都入議論。

《富陽妙庭觀董雙成故宅發地得丹鼎覆以銅盤承以琉璃盆盆既破碎丹亦爲人争奪持去今獨盤鼎在耳二首》其一「卻把飛昇乞内芝」。　「乞」字讀如氣，予也。

《山邨五絶》其三　此詩亦似譏刺鹽法太嚴而作。

其四　《詩案》云：此詩以諷青苗助役不便也。

載華按：第一首及三、四兩首俱見《烏臺詩案》，每首各有諷刺。先生手批本於第四首已引《詩案》，第二首不着一語，於第三首獨有疑詞，殊不可解。今詳見《補注》。

《湖上夜歸》「人生安爲樂」。　「安」疑當作「要」。

《次韻孫莘老見贈時莘老移廬州因以别之》　五、六皆公自謂。

《月兔茶》　涪州有廢都濡縣，即黄山谷所稱都濡月兔茶者。此首手批本缺。

《自昌化雙谿館下步尋谿源至治平寺二首》　雙谿在縣南，范石湖詩「翠染南山擁縣門，一淵横絶兩谿分」，即此。

《與臨安令宗人同年劇飲》　按《欒城集》，宗人乃蘇世美。

《寶山晝睡》　先生自記詩後云：予昔在錢塘，一日晝寢寶山僧舍，起題壁云云。其後有數小子亦題名壁上，見者乃謂余誚之也。周伯仁所謂君者，乃王茂弘之流，豈此輩哉？

《僧清順新作垂雲亭》「登臨不得要」二句。　有此二句，生出中間一段景色，分明一反一正，能令觀者目眩。此首手批本缺。

《韓子華石淙莊》「田園不早定」二句。　說得切實。

附録：《補注》：按此詩施氏原注，稱子華遵忠憲公之命，服闋晳墓，年五十，請謝事，上疏引王羲之去郡不仕云云。章屢上不允。先生此詩「晳言雖未從」四句，乃用子華表語，其推重子華如此。愚謂不然。按子華前後兩入相，皆在熙寧中。初創役法之議，安石倚以爲助。後與吕惠卿不合，請帝再用安石。計其歷仕三朝，出入中外，垂四十年，至元祐初，年七十六始請老致仕。生平汲汲仕宦，不甘閒退，槩可知矣。以史傳考之，熙寧三年，自副樞密出爲陝西宣撫，以素不習兵，致慶卒作亂，罷知鄧州。此詩起四句用絳侯事，正指此。既而移許州，進觀文殿大學士，再相之機駸駸已兆，而謂迹同伊吕，心慕巢由，天下其誰信之？故一則曰「晳言雖未從」，再則曰「田園不早定」，此身碌碌，方以官爲家，彼石淙莊者信美而非吾土，其可爲歸宿之地乎？故終之以勸勉之詞曰：「請公試回首，歲晚餘蒼檜。」雖自托于放言，實緣賓舊之故而不敢自外。一篇之中，三致意焉，所謂君子愛人以德也。覽者不考生平，猥舉晳墓一節，謂子華爲恬退一流，失作者本旨矣。

《佛日山榮長老方丈五絶》　《北史》：客問三教優劣，李士謙曰：「佛，日也。道，月也。儒，五星也。」佛日之義取此。一本作：「杭州浄惠禪寺院在附郭之永和鄉，吴越錢氏初建，時號佛日院，取《北史》李士謙曰『佛日，也。道，月也』之義。」

《與述古自有美堂乘月夜歸》「魚鑰未收清夜永」二句。　想見承平作吏之樂。

附録：陸辛齋先生云：「直叙語未嘗不清麗。」

《八月十五日觀潮五絶》　杭城八月十八傾城看潮，田藝衡謂係南渡後風俗，以看演水軍而設，非十八之潮大于十五也。其説可取證公詩。此條手批本無。

其三「故教江水向西流」。　江水本東流，海潮入龕、赭兩山逆入，江勢不敵，隨潮西流也。

其四「吴兒生長狎濤淵」。　杭人以八月十八傾城觀潮爲樂，有善泅者，泝潮出没，謂之弄潮。

《與周長官李秀才游徑山二君先以詩見寄次其韵二首》其一　此首答周。

其二　此首答李。　「臨老起三顧。」武侯從先主時，年未三十，何云臨老？此條手批本無。

《登玲瓏山》「翠浪舞翻紅罷亞，白雲穿破碧玲瓏」。　以虚對實法。

《海會寺清心堂》「此堂不説有清濁」二句。　領會在人，讀書亦然。

《徑山道中次韵答周長官兼贈蘇寺丞》「吾宗古遺直」。　吾宗指蘇寺丞。「笑謂候吏還」二句。

《初自徑山歸述古召飲介亭以病先起》「遲暮賞心驚節物」二句。　公七律不講鍊字之法，似此反可謂達人知命。

《送杭州杜戚陳三掾罷官歸鄉》「殺人無驗中不快」。　快字自應從決。是一作「覺」。　變調。

《次韵周長官壽星院同餞魯少卿》「伶俜寒蝶抱秋花」。　自成冷艷。

《和柳子玉喜雪次韵仍呈述古》「詩翁愛酒長如渴」八句。　波瀾動宕，機趣横生。

《李頎秀才善畫山以兩軸見寄仍有詩次韵答之》　先生不滿意於樂天、東野，然時一學其格，如此篇者，移置《長慶集》，正復難辨。

《柳氏二外甥求筆迹二首》　二甥長名閎，字展如，次名闢。其二「君家自有元和脚」二句。　用事恰好，不似歷下、弇州，硬填姓名，以爲故實也。

《錢安道席上令歌者道服》「他日卜鄰先有約」四句。　流利。

《除夜野宿常州城外二首》　每當孤舟旅泊時，披讀一過，覺隴水巴猿，未是斷腸聲也。

《刁同年草堂》「青山有約長當户」二句。　出筆太易。此首手批本缺。

《惠山謁錢道人烹小龍團登絶頂望太湖》「石路縈回九龍脊」。　惠山一名九龍，陸羽謂山陽有九隴，若龍偃卧然。

《虎丘寺》「坐見漁樵還」二句。　細静。

《常潤道中有懷錢塘寄述古五首》其四「國艷夭嬈酒半酣，去年同賞寄僧簷」。　先生《牡丹記》叙熙寧五年三月觀于吉祥寺。

《金山寺與柳子玉飲大醉卧寶覺禪榻夜分方醒書其壁》「醒時江月墮」四句。　即此可入禪悟。

《大風留金山兩日》　「明日」句乃鈴聲也。　「灊山道人獨何事」二句。　先生守杭時過高郵，與少游、參寥同行。

《無錫道中賦水車》「翻翻聯聯銜尾鴉」二句。　二語略盡形製。此首手批本缺。

《過永樂文長老已卒》「三過門間老病死，一彈指頃去來今」。　天然絶對。
《僧惠勤初罷僧職》　如今僧綱司也。
《新城陳氏園次鼂補之韵》　忽作韋柳格調，才人何所不能。
《梅聖俞詩中有毛長官者今於灊令國華也聖俞没十五年而君猶爲令捕蝗至其邑作詩戲之》「今君滯留生二毛」。　叶矛。
《與毛令方尉游西菩提寺二首》其一「天教看盡浙西山」。　樂天得意句。
《平山堂次王居卿祠部韵》　王字壽民，登州人。
《次韵孫職方蒼梧山》　孫名奕。　五六聯從無此流利。
《次韵孫巨源寄漣水李盛二著作并以見寄五絶》　孫名洙。
《二公再和亦再答之》「亦知老病客」。　「知」當作「如」。王注作「如」。手批無。
《雪後書北臺壁二首》其二「凍合玉樓寒起粟」二句。　乃二篇之警策。
附録：《補注》：《石林詩話》：詩禁體物語。歐陽公與客賦雪，舉此令，往往皆擱筆。然此亦無定法。鄭谷「亂飄僧舍茶烟濕，密灑歌樓酒力微」，非不去體物語，而氣格如此其卑。若蘇子瞻云云，超然飛動，何害其言玉樓、銀海？◯陸辛齋先生云：「三、四如不解玉樓、銀海便不成語。近有謂不當解，解之味减者，真不足與言詩也。」
《謝人見和前篇二首》　先生再和已不如前，後人乃好用此二首韵作雪詩，何也？

其二「冰下寒魚漸可叉」。　子由欲改「下」字作「解」，謂冰下魚未易叉也。已上四首，手批本缺。

《游廬山次韵章傳道》　公手書墨蹟此詩題云「軾謹次傳道先生游廬山韵」，末云「閲訖幸即付去人送公弼郎中禹功太博明叔教授各乞一首軾上」。此段見《式古堂書畫匯考》。

《和子由四首》《送春》「酒闌病客唯思睡，蜜熟黄蜂亦懶飛」。　對句不測。

《送李供備席上和李詩》　語含諷刺，起結一意。

《寄劉孝叔》「未肯衣冠挂神武」。　葉夢得《玉澗雜書》云：子瞻倅錢唐時，作詩用陶隱居挂冠神虎門事。後坐詔獄，舉詩問出處，子瞻倉卒誤記本傳云「齊祚將衰，故去」，不敢以實對，即謬言予往官鳳翔，見壁上王嗣宗詩「欲挂衣冠神虎門，先尋水竹渭南村」云云，詩事本此。舒信道聞之，果大笑，謂蘇未嘗讀陶傳，因釋不問。

《孔長源挽詩二首》其一「東越誰能事細兒」。　須溪「細兒」注似非，細兒猶纖兒也。必有所指。

附録：《補注》：《曾南豐集・司封郎中孔君墓志》云：「遷開封推官，以母老辭。知越州，改知宣州。未至，言者奏越州鹽法不行，故課負坐罪罷。」細兒當指越州奏鹽法之人，孔因是罷官，故云「誰能事細兒。」施氏引韓詩作注，甚無謂。

《答陳述古二首》　公倅杭州，述古爲太守，公移守密州，述古未幾亦去。二詩交互看來，自爾分明。

其一　結句集中再見。

《懷西湖寄鼂美叔同年》「三百六十寺」至末。　山水之間，俗吏原無置身處，示以幽尋之訣，語雖直而意良厚。

《祭常山回小獵》「弄風驕馬跑空立」四句。　豪健自喜。

《和章七出守湖州二首》其一「早歲歸休心共在」二句。　淡語似樂天，亦似牧之。

其二「絳闕雲臺總有名」二句。　故作夸張，中含微諷。

《寄題刁景純藏春塢》「年抛造物陶甄外」二句。　詩意亦得游行自在之趣。此首手批本缺。

《玉盤盂二首》其二「負郭相君初擇地」二句。　拈蘇字不化。

《和鼂同年九日見寄》「古來重九皆如此」二句。　淡而彌旨，知此者鮮矣。

《和孔郎中荊林馬上見寄》　孔郎中來交代，故詩中云云。

《留別釋迦院牡丹呈趙倅》　此詩刻吴山紫陽庵石壁間，乃先生真蹟，余三十年前猶及見之。

《劉貢父見余歌詞數首以詩見戲聊次其韵》「醉後狂歌自不知。」　善於解嘲。　「灸眉吾亦更何辭。」「灸眉」當是引昭君邨以自喻耳，注非。

附録：《補注》：《烏臺詩案》：熙寧六年十一月内，劉攽聞人唱軾新詞，作詩相戲。軾和本人一首，不合引賀拔惎以錐刺其子舌以戒言語事，戲劉攽。又引郭舒狂言而王敦灸其眉以自比，皆譏諷人不能容狂直之言也。　載華按《晉書·郭舒傳》，灸眉乃王澄事，非王敦也。《詩案》云云，蓋一時偶誤記耳。　王氏、施氏俱引本傳，與《補注》合。又按《緑珠傳》，昭君邨生女皆灸破其面，並非灸眉，且與詩意無涉。查手批本並無此條評語，疑是他手誤增，非先生原評也。

《和孔君亮郎中見贈》「只恐掉頭難久住」二句。　使事無痕，可以爲法。

《送范景仁游洛中》「小人真闇事」二句。　痛快。

《次韵景仁留别》「公老我亦衰」四句。　沉着。

《送魯元翰少卿知衛州》「斯民如魚耳」四句。　仁人之言，藹然如春風被物。

《和李邦直沂山祈雨有應》「無功日盗太倉穀」二句。　一轉入題，筆力挺健。

《和孔密州五絶》《東欄梨花》「惆悵東欄二株雪。」　「二」意當作「一」。王注作「一」。手批無。

《次韵李邦直感舊》　李時爲京東提刑，以上五字，已見王注，手批無。將出巡青州。前六句皆説邦直，結處則先生自謂。

《與梁先舒焕泛舟得臨釀字二首》「故人輕千里」。　故人謂梁先。

《次韵答邦直子由四首》其三　子由來徐，有李邦直見邀，終日卧南城亭，詩與邦直唱和共八首，故有留飲唱酬之句。

《過雲龍山人張天驥》「菽水媚翁媪」。　張父字希甫，母李氏。

《答任師中家漢公》「賴我同年友」。　同年友指家漢公。

《初别子由》「妻子亦細事，文章固虚名」。　玩「亦」字、「固」字文法，自是倒句。

《王鞏屢約重九見訪既而不至以詩送將官梁交且見寄次韵答之交頗文雅不類武人家有侍者甚惠

麗》「花枝不共秋欹帽」二句。　豪健。

《河復》「楚人種麥滿河淤」。　彭城，項羽所都，故稱楚。

《韓幹馬十四匹》「前身作馬通馬語」。　中簇一波，前後叙致便錯落。　「後有八匹飲且行。」後半此句是總挈。　「不嘶不動尾摇風。」掉尾亦健。

附録：陸辛齋先生云：「叙次質直，却以變化錯綜出之，寥寥數行，時有行幅外意，洵未易作。」

《贈寫御容妙善師》「夢中神授心有得」二句。　隨手揭過，着意在前後際。　「爾來摹寫亦到我」二句。　迴策如縈。

《哭刁景純》「讀書想前輩」四句。　景純長東坡四十二歲，而相與爲友。

《答吕梁仲屯田》「付君萬指伐頑石」四句。　言伐石作堤以捍水也。

《讀孟郊詩二首》其一「孤芳擢荒穢」四句。　評隲足令東野低頭。

其二「詩從肺腑出」二句。　刻畫頗肖。

附録：陸辛齋先生云：「二詩正須併讀，不然首作亦太抑折東野。」

《與梁左藏會飲傅國博家》「紅旆朝開猛士噪」二句。　我非惡此而逃之。

《約公擇飲是日大風》「齊人愛公如子産」二句。　公擇曾爲濟南守。　着此二句，方知太守不是荒於聲一作「酒」。色者。

《起伏龍行》「赤龍白虎戰明日」四句。　句中有力，足以持虎擾龍。

《杜介熙熙堂》　杜字幾先，揚州人，居平山堂。此首手批本缺。

《僕曩於長安陳漢卿家見吴道子畫佛碎爛可惜其後十餘年復見之于鮮于子駿家則已裝背完好子駿以見遺作詩謝之》　結處與起處呼應，言貴人若見此畫，應自悔收藏贋物，不值一錢，只宜付之一炬而已，注謬。

《雨中過舒教授》「此生憂患中」二句。　詩境細静，耐人玩味。

《次韵舒教授寄李公擇》「今年過我雖少留」。　先生在徐州，公擇來訪。

《芙蓉城》　公手書此詩真蹟後有鮮于樞、倪瓚兩跋。

《和鮮于子駿鄆州新堂月夜二首》　名侁，閬州人。

其二「疆野已分宿」。　言徐與鄆。已見王注，手批無。

《九日黄樓作》「朝來白露如細雨」八句。　陰陽晦明，攝入毫端，作大開合。淺人但見寫景耳，吁！

《送孫勉》「欲知君得人」二句。　工於遣詞。

《李思訓畫長江絶島圖》「沙平風軟望不到」二句。　二句已見公潁口七律，然在此處較爲確切。

《次韵王鞏顔復同泛舟》　此詩亦見《山谷集》，細觀語氣，確是先生家法，非黄作也。

《次韵張十七九日贈子由》　張名恕，子由有《次韵張寺丞九日寄子瞻》詩。

《次韻王鞏留别》「無人伴客寢至末」。　前有次韻獨眠詩，此段亦借此意以相調。

《次韻僧潛見贈》　道潛吴僧，有標致，効陶靖節爲詩。嘗自姑蘇歸西湖經臨平，作詩云：「風蒲獵獵弄輕柔，欲立蜻蜓不自由。五月臨平山下路，藕花無數滿汀洲。」蘇文忠赴官錢唐，得詩大稱賞。蘇公移守東徐，潛訪之，館逍遥堂，士大夫争欲識面。饌客罷，俱來，紅粧争擁隨之。遣一妓前乞詩，援筆立成，曰：「寄語巫山窈窕娘，好將魂夢惱襄王。禪心已作沾泥絮，不逐春風上下狂。」一座大驚，由是知名。此段載《冷齋夜話》及范石湖《吴郡志》中。今觀詩中「彭城老守何足顧」，正公守徐州時，所云「多生綺語」，則紅粧乞詩事也。

《次韻潛師放魚》「疲民尚作魚尾赤」四句。　自作儒語，非闢佛也。

《次韻參寥師寄秦太虚三絶句時秦君舉進士不得》其二「回看世上無伯樂」。　先生與秦太虚尺牘云：「見解榜不見太虚名字，此不足爲太虚損益，但弔有司之不幸耳。」即此詩意。

《百步洪二首》其一「有如兔走鷹隼落」四句。　聯用比擬，局陣開拓，古未有，此法自先生創之。

附録：《補注》：《容齋三筆》：韓、蘇爲文，用譬喻處重複連貫，至有七八轉者。韓《送石洪序》云：「論人高下，事後當成敗，若河决下流而東注，若駟馬駕輕車，就熟路，而王良造父爲之先後也，若燭照數計而龜卜也。」《盛山詩序》云：「儒者之于患難，苟非其自取之，其拒而不受于懷也，若築河堤以障屋霤；其容而消之也，若水之于海，冰之于夏日；其玩而忘之以文詞也，若奏金石以破蟋蟀之鳴，飛蟲之聲。」蘇公《百步洪》詩「斗落生跳波」云云，亦類是也。

《送參寥師》「静故了群動」二句。　禪理也，可悟詩境。

《夜過舒堯文戲作》「郎君欲出先自贊」二句。　堯文當有譽兒癖，故二句云然。

《次韻王廷老退居見寄二首》其二　此首即張十七九日詩韻也。本集有《次韻王廷老和張十七九日見寄》詩，必同時作。

《雲龍山觀燒得雲字》「我本山中人」至末。　較昌黎《陸渾山》一章，渾噩之氣變爲疎快矣。

《種松得徠字》「泫然解其縛」十句。　曲折中具深厚之氣。

《答郡中同僚賀雨》「渡河不入境」二句。　深入一層，地步絶高。

《次韻曹九章見贈》　曹字濱甫，彭城人。其子涣，子由壻也。

載華按：《補注》：曹九章名焕，子由壻也。當以《補注》爲正。

《舟中夜起》　極奇極幻，極遠極近，境界俱從静中寫出。

《與秦太虚參寥會于松江而關彦長徐安中適至分韻得風字二首》其一「浮天自古東南水，送客今朝西北風。」　二句入許丁卯手便成板對，其才氣短小，不能驅使動宕也。

《次韻關令送魚》　關彦長。

附録：《補注》：即前題中關彦長也。前詩第二首結句「更送銀盤尾鬣紅」，當指送魚事。

《次韻秦太虚見戲耳聾》　此詩先生手書真蹟作行書於紙上，見張丑《書畫舫》。

《李公擇過高郵見施大夫與孫莘老賞花詩憶與僕去歲會于彭門折花餽筍故事作詩二十四韻見戲

依韵奉答亦以戲公擇云》「君來恨不與。」　謂公擇。

《與客遊道場何山得鳥字》「庵僧俗緣盡」四句。　山僧亦有工畫竹者，故云。　「更將掀舞勢」四句。先生于歸舟畫竹，即以此四句題其上。

附録：《補注》：按「更將掀舞勢」四句，諸刻本另作五言絶句一首，明屬重出，今移原題作四句注脚，以正向來之訛。○公自注：「歸自道場何山，遇大風，因憩耘老溪亭。命官奴秉燭捧硯，寫風竹一枝。」

載華附識：東坡風竹一枝，有真蹟卷子傳世。題云：「元祐六年夏，歸自道場山，遇風雨，憩溪亭，寫墨竹一枝，二字剥落。遺賈耘老，子瞻評語云云。」先生必有所據，惜卷中無此四句耳。後有景遠、周馳記兩段，新城王象乾跋語一則。余二十年前曾見之，今此卷不知誰屬矣。

《次韵李公擇梅花》「蕭然卧灊麓。」先生《東坡》詩云：「我有同舍郎，官居在灊岳。」自注云：「李公擇也。」

《次韵周開祖長官見寄》「近憶張陳與老劉。」　先生《雜記》云：「吾昔自杭移高密，與楊元素同舟，而陳令舉、張子野皆從吾過李公擇于湖州，遂與劉孝叔俱至松江。」憶昔三聯，公倅杭時與周邠同遊徑山、西湖事，詩散見集中。

《與王郎昆仲及兒子邁遶城觀荷花登峴山亭晚入飛英寺分韵得月明星稀四首》　適字子立，遹字子敏，皆從先生受業于湖。

其二「清風定何物」四句。先生自道也。「歸來兩溪間。」兩溪，苕、霅也。

《城南縣尉水亭得長字》「澤國山圍裏」四句。入畫。

《陳州與文郎逸民飲别携手河堤上作此詩》「我能未到説黄州」。退之詩「潮州未到我能説」，先生借用此語。

《過淮》「想像雲夢澤」。杜牧之《齊安郡》詩「雲夢澤南州」，蓋黄州在雲夢之南也。

《戲作種松》「釜盎百出入。」此言煮松脂法。

《少年時嘗過一郵院見壁上有詩云夜凉疑有雨院静似無僧不知何人詩也宿黄州禪智寺寺僧皆不在夜半雨作偶記此詩故作一絶》此詩全首載《宋文鑑》中，乃潘閬《夏日宿西禪寺》詩。

《定惠院寓居月夜偶出》次韵前篇。兩篇曲折清真，自作風格，不知漢魏，何論六朝、三唐。與定惠院海棠各極其妙，即在先生集中，亦不易多得。後人不自揣量，乃有次韵追和者，無羞惡之良者也。

《安國寺浴》「衰髮不到耳」二句。故用閑筆補襯，從少陵「眼復幾時暗」句得來。

《安國寺尋春》「看花歎老憶年少」二句。每句作三折。

《寓居定惠院之東雜花滿山有海棠一株土人不知貴也》讀前半，竟似海棠曲矣，妙在先生食飽一轉。此種詩境，從少陵《樂遊園歌》得來，遇其神理而化其畦畛，斯爲千古絶作。

《雨中看牡丹三首》其二　兩句一轉，化板爲活。

《武昌銅劍歌》　一意盤旋，句句靈變。此首手批本缺。

《定惠院顒師爲余竹下開嘯軒》「銜風振河海」四句。　一派悟境。

《五禽言》其五　與退之《羑里操》同一忠孝至性。此首手批本缺。

《東坡八首》其一「獨有孤旅人」四句。　沉鬱懇到。

其四　如老農説家常，王、儲田家詩遜其精細。

其八　結句一作「尖語」。失體。

《題織錦圖上回文三首》　據少游集引先生跋語，此三詩非先生詩也，當删。

《姪安節遠來夜坐三首》其一　「白頭還對短燈檠。」《西清詩話》云：古詩「燈檠昏魚目」，檠字仄聲讀，《集韵》：渠耿切，有四足似几。其作平聲讀者，非燈檠字，乃榜也。自東坡用之，後人遂不復辨別矣。

其三「苦説歸田似不情」。　居官好作歸田語，皆不近人情者也。

《太守徐君猷通守孟亨之皆不飲酒以詩戲之》　中二聯兩兩分承起句，章法獨創。

《次韵和王鞏六首》其二「欲學非其脚」。　不是脚，方言也。已見王注，手批無。

其三「先摧二月花」。　「摧」當作「催」。

《浚井》「缾罌下兩綆」二句。　新警。　「白水漸泓渟」二句。　二句中自有次第。

《寒食雨二首》其二　此詩公手書真蹟後有山谷跋，舊爲檇李項氏所藏，後歸成容若侍衛，竹垞曾爲題籤。

《又一首答二猶子與王郎見和》「古來百巧出窮人」四句。　君房言語妙天下，從「蜂爲耕耘」句生出。此首手批本缺。

載華按：「蜂爲耕耘花作米」，係前篇《蜜酒歌》中語。

《魚蠻子》「人間行路難」至末。　主一作「立」。新法者，聞之當奈何？

《弔李臺卿》　得公詩，遂使明仲聲容一作「音」。笑貌千載如生，古人所云得一知己，死亦無恨者也。

《曹既見和復次其韵》「人人走江湖」四句。　駿爽。

《次韵孔毅父集古人句見贈五首》其三　毅父有集杜一首，故此章另提出。

《上巳日與二三子携酒出遊隨所見輒作數句明日集之爲詩故詞無倫次》「平生所向無一遂」二句。着此二語，全篇方有結束。一作「歸宿」。

《南堂五首》其五「客來夢覺知何處」二句。　想見襟懷。

《次韵孔毅父久旱已而甚雨三首》其一「陰陽有時雨有數」四句。　可稱詞達。　「可憐明月如潑水」四句。首章説久旱，從《雲漢之什》得來。

其二　此章方説雨，章法井然。　「腐儒麤糲支百年」至末。　操縱在我，筆力極透，與前篇「去年太歲空在酉」四句作大開合，末又補出築堤貯水，見人力既至，則天不能災，此意一作「義」。乃題中所未有。

其三　末章方説甚雨。

《初秋寄子由》「百川日夜逝」四句。　眼前語，難得如許親切。　「子起尋裌衣」十句。　情文婉摯，令人欲喚奈何。

《和蔡景繁海州石室》「芙蓉仙人舊遊處」六句。　叙事生色。

《和秦太虚梅花》「多情立馬待黄昏」四句。　自成冷艷。　「孤山山下醉眠處」二句。　二語不似先生口吻。

附録：陸辛齋先生評「多情立馬待黄昏」四句云：「數語真壓逋翁。」

《海棠》　此詩極爲俗口所賞，然非先生老境。

《端午游真如遲适遠從子由在酒局》「詩律到阿虎」。　先生詩有「夜來夢見小於菟」之句，阿虎乃遠小名。

《別子由三首兼別遲》其一「風裏楊花雖未定」二句。　劉須溪云：「兩語漸俗。」此條手批本無。

《初別子由至奉新作》「藹藹孤城背」。　背字重叶。　據《欒城集》和詩，音倍，固不重也。此條手批本無。

《過建昌李野夫公擇故居》「遥想他年歸」至末。　有此一段，方知野夫兄弟宦游未歸，不然竟似弔故宅矣。

《余過温泉壁上有詩云直待衆生總無垢我方清泠混常流問人云長老可遵作遵已退居圓通亦作一絶》　此老踞地頗高，正恐願大難成佛，奈何。

《廬山二勝》《開先漱玉亭》　南唐中主年十五時，以萬金買野人所獻地爲書堂，及即位，舍爲寺。以獻地爲有國之祥，故名開先。

《棲賢三峽橋》《廬山紀事》：七尖山東北有大谷，爲棲賢谷，中有棲賢寺，本唐李渤讀書之地，後舍宅爲寺，故名棲賢。二詩一擬青蓮，一擬少陵，各極其妙。

《岐亭五首》其一「磨刀削熊白」。　「熊白」二字，黄山谷以對「蟹黄」。

《郭祥正家醉畫竹石壁上郭作詩爲謝且遺二古銅劍》　「空腸得酒芒角出」四句。稜角四射。

《龍尾硯歌》「碧天照水風吹雲」四句。　忽爲硯吐語，筆法一作「陣」。開展，匪夷所思。此首手批本缺。

《張作詩送硯反劍乃和其詩卒以劍歸之》「恐君瑚琢傷天和」。　一語轉到作詩，矯健。此首手批本缺。

《同王勝之游蔣山》　勝之以龍圖學士守金陵視事，一日移官南都，見先生《漁家傲》詞自注。故此云「到郡席不暖」。須溪批此詩，謂先生自寫其好事如此，訛矣。

《至真州再和二首》其一「老手王摩詰，窮交孟浩然。」　摩詰指勝之，浩然公自謂。

《豆粥》　按結四句，一作「按結處意」。豆粥當有主人，而題中不及。一本多「何也」二字。

《秦少游夢發殯而葬之者云是劉發之柩是歲發首薦秦以詩賀之劉涇亦作因次其韻》「仕而未禄猶賓客」四句。　人皆讀禮，孰能闡發精義？一本多「如此」二字。　「世衰道微士失已」六句。　科目盛于唐，士氣亦從此不振，可爲浩歎。

附録：《補注》：按葛立方《韻語陽秋》云：晉樂廣曰：「人未嘗夢乘牛車入鼠穴，檮蔬噉鐵杵，以無想因也。」自樂論之，凡夢皆出于想。而殷浩乃云：「官本臭腐，故將得官而夢尸。」是豈出于想耶？劉發方赴舉，少游夢發殯而葬者，云是劉發之柩，少游以詩賀云云，乃一時褒美贊喜之詞，非殷浩之意也。東坡世「衰道微」云云，全篇二百餘言，皆用浩意，可謂巧于遣詞。

《徐大正閑軒》「知閑見閑地」二句。　入手撇題。　「人言我閑客」四句。　熟于佛經，方有如許境界。

「應緣不耐閑」四句。　舌本青蓮，瀾翻不竭。此首手批本缺。

《和王斿二首》其二「飛蓋長橋待子閑。」　在泗州。已見王注，手批無。

《次韻王定國南遷回見寄》「十年冰蘗戰膏粱」四句。　登少陵之堂，入昌黎之室。

《寄怪石石斛與魯元翰》　名有開。

《贈眼醫王生彦若》「而我初不知」八句。　游刃有餘，汪洋自恣，漆園之言也。不謂有韻之文，亦能馳騁至此。

《與歐育等六人飲酒》「且看樽前半丈紅」。　半丈紅未詳。

《觀杭州鈐轄歐育刀劍戰袍》「將軍恩重此身輕」六句。　李陵答蘇武書雖屬後人假托，中肯處正在刀筆弄文數語，真令壯士灰心。此首手批本缺。

《王伯敭所藏趙昌花四首》《黄葵》　《本草》：黄蜀葵春生苗葉，頗似蜀葵，别是一種。夏末開花，淺黄色，葉以下有紫檀色，旦開午收暮落，亦名側金盞花。

《芙蓉》「幽姿强一笑」四句。　才人晚遇一作「達」。者，不堪多讀。

《山茶》「掌中調丹砂」二句。　偏能離俗。

附録：《補注》：按《許彦周詩話》云：寫生之句，取其形似，故詞多迂弱。東坡《黄葵》詩云：「檀心紫成暈，翠葉森有芒。」揣摹刻骨，造語壯麗，後世莫及云云。據此，則「自成暈」當作「紫成暈」，與《本草》方合。

《寄吴德仁兼簡陳季常》　吴名瑛，蘄春人。　「門前罷亞十頃田」至末。筆挾仙氣，故是太白後身。

「稽山不是無賀老」四句。公與吴德仁初未相識，故云爾。

附録：《補注》：按《苕溪漁隱叢話》云：詩中所云龍丘居士即陳季常，濮陽公子即吴德仁。又云：「嵇山不是無賀老，我是興盡回酒船。」蓋欲訪德仁未成也。李白詩：「嵇山無賀老，空棹酒船回。」用此事也。又云：「恨君不識顔平原。」東坡自謂恨我不識元魯山，謂德仁也。結言終當相見如薊子訓之徒者，一篇詩意如序，有倫有理。潘子真但只言「嵇山不是無賀老」以下六句爲德仁作，不知濮陽公子復是何人，毋乃與詩題相戾乎？

《和仲伯達》「繡谷只應花自染」二句。　二句刻畫過巧，駸駸乎離晚唐而趨宋矣。

《贈常州報恩長老二首》其二　天衣禪師名義懷，嗣雪竇顯公法。圓照師名宗本，世稱大本，天衣之嗣。善本師號大通，圓照之嗣。後先住浄慈。

附録：《補注》：《五燈會元》：慧林圓照禪師宗本，世稱大本，無錫管氏子。出家，謁天衣禪師得悟，首開法於平江瑞光寺。熙寧中，陳襄守杭，請師移住浄慈。《續燈録》：杭州浄慈善本禪師，姓董氏，嘉祐八年往京師地藏院得度。東遊至蘇，禮圓照本禪師於瑞光，執侍五年。元豐中，住雙林，遷浄慈，世稱小本。

《次韵答賈耘老》「自言」以下直至末皆述耘老語。耘老有侍姬二人，名雙荷葉。東坡答耘老尺牘云：齒落目昏，當是爲兩荷葉所困。

《溪陰堂》「酒醒門外三竿日」二句。無意作聯，自爾合拍。

《次韵許遵》玩詩意，許必從潤州罷官而歸金陵者。既用諸郎，復云兒輩，未免重複。

附録：《補注》：按許仲塗名遵，先生有《次韵滕元發許仲塗》詩，時許方知潤州。今此詩云云，意仲塗自潤罷官往金陵，有詩寄先生，復次韵送之也。

《贈章默》「心知義財難」二句。氣骨凛然，讀之起敬。

《神宗皇帝挽詞三首》其二「典禮從周舊」四句。立言有體，反爲王荆公洗刷新法。一本無「新法」二字。

《金山妙高臺》此詩及《煎茶》、《聽賢師定惠琴》、《過南華寺》共四篇，先生手書真蹟，後有徐石樓、文信國諸跋，項墨林亦有跋。不知此卷今藏誰氏。

《楊康功有石狀如醉道士爲賦此詩》　發端落想，迥不猶人，筆亦不可捉摸。「三年化爲石。」出題確如木陷釘。

附録：《補注》：按《陵陽室中語》云：東坡作文如天花變現，初無根葉，不可揣測。如醉道士石詩共二十八句，却二十六句假説，唯用兩句收拾，此真千古絶調也。

《過密州次韵趙明叔喬禹功》「白髮驚秋見在身。」「且鬬尊前見在身」，乃劉禹錫句，非牛僧孺也。注訛。

《再過超然臺贈太守霍翔》「無復杞菊嘲寒慳」。公初至密，比歲不登，厨齋索然，日食杞菊，故云然。以見今非昔比也。

《海市》　起便超脱，以下迎刃矣。只「重樓翠阜出霜曉」一句着題，此外全用議論，亦避實擊虚法也。若將幻影寫作真境，縱摹擬盡情，終屬拙手。「但見碧海磨青銅。」先生《蓬萊閣記》所見，云閣上望海如鏡面與天相際。

《過萊州雪後望三山》　先生于元豐乙丑十月到登州，甫五日而召爲禮部員外郎，十一月還朝。此詩乃歸途所作，故云「我行適冬仲」。

《次韵王定國得潁倅二首》其一「醉翁不見與誰親」。　時歐陽公已下世，故云。

《送范純粹守慶州》「當年老使君」四句。　他人遇此題，須多少鋪叙，老手只以數語了之，何等簡要。

《次韵錢穆父》　先生和穆父景雲宫詩云：「與君並直記初元，白首還同入禁門。」與起句同意。「染鬚那復唱陽關。」本劉夢得語。　「看賜飛龍出帝閑。」翰林學士初除，例賜名馬。已上二則，已見王注，手批無。

《再次韵答完夫穆夫》「豈知西省深嚴地」。　宋中書舍人謂之西省，掌外制，翰林學士知制誥者，掌内制。

《送戴蒙赴成都玉局觀將老焉》　蒙舊名莊，吴興人。已見王注，手批無。

《用前韵答西掖諸公見和》　元祐元年作，時神宗晏駕未久，故有「風馭賓天」之句。

《次韵王覿正言喜雪》「有詔寬獄市。」　此時必因冬旱而下寬恤之詔。　「我方執筆待」四句。正色凛然，有元和諷諭體。

《送賈訥倅眉二首》其二「父老得書知我在」二句。　輕便似絶不經意。

《杜介送魚》「新年已賜黄封酒。」　黄封，御賜酒也。

附録：《補注》：任淵注：《陳后山集》云：「黄封謂宫酒，以黄羅帕封之。」

《武昌西山》　此詩公手書真蹟在江陵岑象求巖起家。岑跋云：子瞻内翰昔竄謫黄岡，遊武昌西山，觀聖求所題墨蹟。時聖求已貴處北扉，而子瞻方忤時遠放，流落窮困。不二年，遂與聖求對掌誥命，並驅朝門，同優游笑語於清切之禁。在常人固足感歎，有文而深于情者，宜何如哉？此前詩所以作也。元祐丁卯二月，因會飲子功侍郎宅，子瞻爲余筆此，遂記而藏之云云。後有四明樓鑰跋。明正德朝爲陸都憲全卿所得，李長沙爲跋尾。

載華按：此條先生手書，王注本格上與《補注》同。愚纂輯蘇詩評語，凡屬時事故實，向來評本所無已見《補注》者，審酌采入。唯公墨蹟流傳，手批與《補注》同者，仍録以俟博雅者訪求。蓋吉光片羽，俾世共知寶惜耳。

《再用前韵》　西山詩和者三十餘人，用此爲謝。

載華按：《補注》本題作《西山詩和者三十餘人再用前韵爲謝》，題下注云：「宋刻本題止『再用前韵』四字。」

《趙令晏崔白大圖幅徑三丈》「往來不遺鳳銜梭」二句。　刻畫近俚。「竹間的皪寒江梅。」「寒」當作「横」。　後幅大有神氣。

《次韵三舍人省上》　此是次孔武仲韵。

《送錢承制赴廣西路分都監》　錢承制，吴越之裔。

《再和二首》其二「憶觀滄海過東萊」二句。　先生自登州召還，故云。

《次韵劉貢父獨直省中》「共喜蚤歸三伏近」二句。　本集有《謝三伏早出院表》。

《書晁補之所藏與可畫竹三首》其一「其身與竹化」二句。　入神。

其三「可使食無肉」。　山谷次韵詩有「此郎如竹瘦，十飯九不肉」之句，并可作此詩注脚。

《書李世南所畫秋景二首》《畫繼》云：李世南字唐臣，安肅人，長于山水。嘗見其孫皓云：「此圖本寒林障，分作兩軸。前三幅畫寒林，坡所以有『龍蛇姿』之句。後三幅畫平遠，坡所以有『黄葉邨』之句。其實一景，而坡作兩意。又『浩歌』二字，雕本皆以爲『扁舟』，其實畫一舟子張頤鼓枻作浩歌之態，今作『扁舟』，甚無謂也。」

《書鄢陵王主簿所畫折枝二首》其二「瘦竹如幽人」四句。別有明秀之色。「低昂枝上雀」二句。二句分承。

《故李誠之待制六丈挽詞》李師中，楚丘人。

《次韵孔常父送張天覺河東提刑》「子可駿馬方争出」。公自注：「麟府馬出子河汊。」按麟州、府州皆唐置，宋屬河東路，麟爲鎮西軍，府爲永安軍。《寰宇記》：「麟州榆林縣有紫河。」《宋史·折御卿傳》：「淳化五年敗契丹于紫河汊。」所注子河即紫河，恐「汊」字即「汊」字之訛也。此條手批本無。

附録：《補注》：子河當是紫河之訛。「汊」，宋刻本作「汊」，注中「汊」字亦訛。

《送歐陽辨監澶州酒》文忠少子字季默。

《九月十五日邇英講論語終篇賜執政講讀史官燕于東宫又遣中使就賜御書詩各一首臣軾得紫薇花絶句其詞云絲綸閣下文書静鐘鼓樓中刻漏長獨坐黄昏誰是伴紫薇花對紫薇郎翌日各以表謝又進詩一篇臣軾詩云》白樂天詩也。「似聞」二句，亦見集中《洮河報捷》詩。

《送家安國教授歸成都》公此詩有墨跡册子傳世，小行書，白粉宋紙本。元至元辛巳石澗陳有宗跋尾。

《余與李鷹方叔相知久矣領貢舉事而李不得第愧甚作詩送之》「與君相從非一日」六句。　此有歉懷，彼無怨色，兩得之矣。

《書林次中所得李伯時歸去來陽關二圖後》「畫出陽關意外聲」。　按劉賓客詩本是「唱得涼州意外聲」，而先生乃改作「陽關」，雖□偶爾借用，然未免牽率之病。

附録：《補注》：慎按：劉禹錫《贈米嘉榮》詩「唱得涼州意外聲」，本是「涼州」，非「陽關」也。東坡借用其語，彼此原不相妨。施氏、王氏注，因先生云云，遂改涼州爲陽關，以遷就本文，特爲摘出駁正。載華按：原評及《補注》云云，語意似相矛盾，然彼此原不相妨，自是大家地分。若後學牽率下筆，擅改古人成句以就己意，最是詩病，亟當以評語規之。至施、王兩家所注，貽誤非淺，先生摘出駁正，以此例推，古今注家舛訛何可勝道。學者賦詩用事，須檢閱原文，勿致謬誤相沿，乃不負先生諄諄指示耳。

《送蹇道士歸廬山》「往者一空還者失」二句。　忽雜禪語，蒙莊之理，一作「旨」。正與禪合。

《送千乘千能兩姪還鄉》「治生不求富」四句。　知足語，可爲庭誥。

《送周正孺知東川》「清時養材傑」六句。　一篇正意在此。

《書王定國所藏烟江叠嶂圖》　此詩公手書真蹟在太倉王長公家，見張丑《書畫舫》。「但見兩崖蒼蒼暗絶谷」八句。　讀公詩不必見畫矣。「不知人間何處有此境」二句。二句過脉。「君不見武昌樊口幽絶處」六句。又添一幀畫外畫。「桃花流水在人世」四句。隨手開闔，結構謹嚴。

附録：陸辛齋先生云：「爽絶。無事刻畫，自然入妙。」

《次韵錢越州》「謫仙歸自玉皇桉，老鶴來乘刺史轓。」「謫仙」句謂錢老，鶴公自謂，時公知杭州。

《去杭州十五年復遊西湖用歐陽察判韵》「葑合平湖久蕪没」。時尚未開西湖，故云葑合平湖。

《次韵答劉景文左藏》按宋時左藏庫使武職也，故有「孫郎帳下」之句。

《次韵曹輔寄壑源試焙新芽》結句從「膏油首面」四字來。

《袁公濟和復次韵答之》「惜哉此清景」四句。筆有化工。

《次韵蘇伯固主簿重九》「手香新喜緑橙搓」。「搓」字定當壓到元唱。

附録：陸辛齋先生云：「和韵尖穩輕新，正是一樂。」

《謝關景仁送紅梅栽二首》其二「爲君栽向南堂下」。先生所居南堂有二，一在黄州，詩中所謂「南堂獨有西南向」者也，一在惠州白鶴峰新居，詩中所謂「南堂初絶斧斤音」者也，未知孰是。

附録：《補注》：先生詩中南堂凡三見，一在黄州，一在惠州，此詩作于杭州，即府治之中和堂也。

《送程之邵簽判赴闕》「賢哉江東守」。江東守謂熊伯通，自杭移守江寧，先生來代。

《送江公著知吉州》「得郡江南差可喜」。吉安在贛水之南，故云江南。

《次韵曹子方龍山真覺院瑞香花》《廬山志》：瑞香花産廬山中，南唐中主愛之，移植于含風殿，名曰麝囊花。

附録：《補注》：桑喬《廬山紀事》：瑞香産山中，南唐中主愛之，移植于含風殿，名曰紫蓬萊。

《次韵仲殊雪中遊西湖二首》其一「夜半幽夢覺」四句。　忽作東野語。

其二「始知鹽雪是陳言」。　「雪」當作「絮」。王注作「絮」，手批無。

《送小本禪師赴法雲》「我來即歸休」。　「來」似當作「未」。

《次韵劉景文西湖席上》「卻見雲間陸士龍」。　指子由。已見王注，手批無。

《次韵答馬忠玉》　名瑊。

《留别蹇道士拱辰》　字翊之。

載華按：施注本此詩至「微服方地行」止，流傳評本補入四句云：「咫尺不往見，煩子通姓名。願持空手去，獨控横江鯨。」王注本有此四句，故手批無補注，亦云據别本補入，爰附録于此。

《西湖秋涸東池魚窘甚因會客呼網師遷之西池爲一笑之樂夜歸被酒不能寐戲作放魚一首》「安知中無蛟龍種」二句。　流動充滿，意到筆隨。

《復次放魚韵答趙承議陳教授》「正似此魚逃網中」二句。　此意見得徹方可語濠上之樂。

《復次韵謝趙景貺陳履常見和並簡歐陽叔弼兄弟》　結句不解。

載華按：此條見手批本，向來評本所無，據施注解末二句云：「以文忠公家而發也。」

《泛潁》「畫船俯明鏡」十二句。　游戲成篇，理趣具足，深于禪悟，手敏心靈。

附録：《補注》：按劉須溪云：「先生《泛潁》詩『散爲百東坡，頃刻復在兹』，意本《傳燈録》。」慎按：《傳燈録》，良介禪師因過水覩影而悟，有偈曰：「切忌從他覓，迢迢與我疏。我今獨自往，處處得逢渠。渠今正是我，我今不是渠。」

《景貺履常屢有詩督叔弼季默倡和已許諾矣復以此句挑之》「從此醉翁天下樂」。　時永叔方歸老潁上。

《贈月長老》「五伯之所運」。　「伯」疑當作「帝」。

《明日復以大魚爲饋重二十斤且求詩故復戲之》　起意即從上章末句發端。先生上篇語意若存乎見少者，故歐復餽大魚，欲自洗餉墨之儉嗇。故此章復戲之云云，可稱善謔。「鱗尾生卓犖。」「生」或當作「光」。

載華按：上篇《歐陽季默以油烟墨二丸見餉各長寸許戲作小詩》《補注》云：合觀二章，乃見作者之意，所謂以文滑稽也。

《聚星堂雪》「衆賓起舞風竹亂」二句。　向非禁體物語，此等妙句亦未必出。「歸來尚喜更鼓暗。」「暗」當作「永」。

《西湖戲作》　此是潁州西湖，詩中甚明。

《送歐陽季默赴闕》「霜風淒緊正脱木」二句。　清峭。

《用前韵作雪詩留景文》　此聚星堂禁體韵也。　「萬松嶺上黄千葉。」蠟梅。已見王注，手批無。

《次前韵送劉景文》「路人不識呼尚書」四句。　跌宕可喜。

《洞庭春色引》「醉後信筆，頗有沓拖風氣」。　果然。

《送運判朱朝奉入蜀》「我在塵土中」八句。　汪洋自恣。　「跳破吹錦屏。」「破」當作「波」。王注作「波」，手批無。

《病中夜讀朱博士詩》　「曾坑」一段乃是比體，以知味况知音，世無其人，勿輕示也。

《趙德麟餞飲湖上舟中對月》　閒趣别致，留戀之意，自在言外。「日月」二字不嫌重複。此首手批本殘缺。

《和趙德麟送陳傳道》「王孫乃龍種」。　王孫指德麟也。

《次韵林子中春日新堤書事見寄》　子中時守杭州，故有「湖上齋摇碧」之句。

《在潁州與德麟同治西湖未成改揚州三月十六日湖成德麟有詩見懷次其韵》「六橋横絶天漢上」四句。　以快筆寫快事，是開闢手。

《次韵德麟西湖新成見懷絶句》「猶有趙陳同李郭」。　時陳無己亦官于潁，故以趙、陳比李、郭。

《雙石引》「其一玉白可鑒。」　「玉白」當是「正白」。王注作「正白」，手批無。

《送鼂美叔發運右司年兄赴闕》　信手拈來，無不委曲暢達。

《送程德林赴真州》「老人愛君如劉寵」。　「寵」字作平聲，讀乃合格。

《九日次定國韵》　絶無一語及九日，直是自寫胸期，無暇檢點。

《次韵穆父尚書侍祠郊丘瞻望天光退而相慶引滿醉吟》「令嚴鐘鼓三更月」二句。　先生自舉平生傑句，以二語爲最。

《僕所藏仇池石希代之寶也王晉卿以小詩借觀意在於奪不敢不借然以此詩先之》「老人生如寄」八句。　竪此二義，仇池石屹若泰山不可奪一作「動」。矣。

《次韵蔣潁叔二首》《凝祥池》　第四句從第二句生出，對凝祥之烟波，儼然故鄉在目，正與「時夢碧雞坊」相應。

《生日劉景文以古畫松鶴爲壽且貺佳篇次韵爲謝》「豈待相顧言」二句。　交誼深厚，本集有薦景文狀，須合看。

《次丹元姚先生韵》　按《欒城集》《次韵姚道人二首》，前首「論字韵止自，不學劉更生」以下另是一首起，向來諸本混而爲一，今爲改正作二首。

《送蔣潁叔帥熙河》「西方猶宿師」四句。　感憤之言，以滑稽出之，妙妙。　「邊風事首鹵」二句。

公集中《代張方平諫用兵書》可爲此處注脚。

《次韵吴傳正枯木歌》「妙想直與詩同出」五句。　忽從一詩字生出兩層，曲折變幻，一作「化」。不可端倪。　「龍眠胸中有千駟」四句。　從詩畫推開一層説。　結處另是一意。

《送范中濟經略侍郎分韵賦詩得先字且贈以魚枕杯四馬箠一以元戎十乘以先啓行爲韵》　先生

留心西事，段段皆見規畫。　「投竿困障日。」唐人詩：「惆悵江湖釣竿手，却遮西日向長安。」

《書晁説之考牧圖後》「舟行無人岸自移」六句。　磊落自喜。　「烟簑雨笠長林下」二句。　陡然入題，不嫌其突，上下神氣已足。一作「完」。

《王仲至侍郎見惠稚栝種之禮曹北垣下今百餘日矣蔚然有生意喜而作詩》「恨我迫歸老」二句。　不可少此意。

《謝運使仲適座上送王敏仲北使》「陳經入西廂」。　西廂即西掖。

《書丹元子所示李太白真》　案宋孫紹遠《聲畫集》第一卷載此，自「西望太白」以下另作一首，題目下亦有「二首」兩字，據此爲改。　「手污吾足乃敢嗔。」四字無人能道。

《次韻曾仲錫承議食蜜漬生荔支》　以險韻押難題，未免牽强着一作「有」。迹。

《次韻滕大夫三首》《雪浪石》　從定州形勝一作「勢」。説起，突兀撑空。一作「有勢」。　「承平百年烽燧冷」四句。　看他脱卸出落法便捷如轉丸。

《石芝》「天賜我爾不及賓。」　健句。

《寄鎦合刷缾與子由》　題不解何物。

《次韵子由書清汶老所傳秦湘二女圖》「春風消冰失瑶玉」四句。　清脱至此，不知從何處着筆。

《次韵李端叔謝送牛戩鴛鴦竹石圖》　先生守定州時，李之儀爲幕客，故詩中有「守邊在得士」之句。　「知君論將口」二句。　不倫不類，寫得拉雜。

《次韵王雄州還朝留别》　公以端明學士出知定州，自此竄逐南荒，不復還朝矣。此詩結語殆成詩讖。

《三月二十日多葉杏盛開》　一本「咨嗟」以下尚有「劉郎歸何日，紅桃爍殘霞」二句。

載華按：施注本少此二句，王注本有，故手批無此條，見流傳評本，《補注》亦云據别本補入。

《子由新脩汝州龍興寺吴畫壁》「始知真放本精微」二句。　古人不輕作草書，正得此意。

《壺中九華詩》「五嶺莫愁千嶂外」二句。　帶南遷意不覺。

《秧馬歌》　先生自題《秧馬歌》後云：「惠州博羅令林君抃勤民恤農，余出此歌示之。林躬率田者製作閲試，以爲背如覆瓦，然須起首尾如馬鞍狀使却有力，今惠州民皆已施用，甚便之。」又云：「以榆棗爲腹患其重，當以梔木則滑而輕矣。」又云：「近讀《唐書·回紇傳》，云其人以木馬行水上，以板荐之，以曲木支下，一蹴百步，殆此類歟？」　「以我兩足爲四蹏。」醒豁。此首手批本缺。

《八月七日初入贛過惶恐灘》　邢凱《坦齋通紀》云：詩人好改易地名以就句法，《盧陵志》二十四灘，坡詩乃云十八灘，非也。自下而上第一灘在萬安縣前，名黄公灘，坡乃改爲惶恐以對喜歡。一作：「坦齋云：詩人好改易地名以就句法。《盧陵志》二十四灘，坡公改爲十八灘，又自下而上第一灘名黄公灘，又改爲惶恐，皆非也。」

《月華寺》「此山出寶以自賊」二句。　鋒芒所到，造化亦應避其鋭。

《廣州蒲澗寺》　余嘗獨遊盧山開先寺，前半首光景仿佛似之。

《游羅浮山一首示兒子過》「斗壇晝出銅龍吟」。「吟」當作「獰」。

《白水山佛迹巖》　字字刻畫，句句變化，雲烟離合，不可端倪。

《新釀桂酒》「收拾小山藏社甕」二句。「桂」字有生發。

附録：《補注》：暗用淮南叢桂及天竺月中桂子事，非泛設也。

《惠守詹君見和復次韵》「萬户春濃感國恩」。萬户春，嶺南酒名。

《正月二十四日與兒子過賴仙芝王原秀才僧曇穎行全道士何宗一同遊羅浮道院及栖禪精舍過作詩和其韵寄邁迨一首》「仙山在何許」六句。貶道崇釋，却令羽士無處置辨。一作「着脚」。

《贈王子直秀才》「二頃田應爲鶴謀」。公自注：「子直住鶴田山。」

《次韵表兄程正輔江行見桃花》「清篇真漫與」。據公詩可證杜集「漫興」之訛。少陵詩「老去詩篇渾漫與」，「與」字俗本訛作「興」。

《真一酒》「蜜蜂又欲醉先生」。跌宕。

《遊博羅香積寺》「要使真一流天漿」。前云「要令」，此云「要使」，句調犯重。

《連雨漲江二首》其一「越井岡頭雲出山」。《廣州志》：禺山之西有越王岡，其陽有井，深百餘尺。其岡名蜀井岡，又名天井。一作：「歌舞岡之陽有越臺井，深百尺，傳越佗所啓。」

《四月十一日初食荔支》「海山仙人絳羅襦」二句。只二句，描寫已盡。

附録：陸辛齋先生云：「庸人雖百鍊，何由道一字。」

《茘支歎》「君不見武夷溪邊粟粒芽」至末。　耳聞目見，無不可供我揮霍者，樂天諷諭諸作，不過就題還題，那得如許開拓。

《與正輔遊香積寺》「我豈無長鑱」四句。　庸醫那解此。　「我虀作機舂。」當以前序作注脚。一作：「香積寺叙可作注脚。」

《小圃五詠》《枸杞》「大將元我鬢」二句。　生新。

《薏苡》「能除五谿毒」十四句。　句句開，筆筆轉。

《雨後行菜》「並岸飛兩槳」。　並字讀作傍。

《新年五首》其二　格律純學少陵。

其五「參軍許扣門」。　公自注：「周參軍家多茘支。」

《次韻高要令劉湜峽山寺見寄》「千峰瀉清駛」四句。　以快筆寫駛景，有稍縱則逝之□。此字手批模糊，或作「意」。先生峽山寺題名云：溪水太峻，當作一閘，若夏秋水暴，可爲啓閉之節。用陰陽家説，寺當少富云云。「千峰」六句即此意也。

《兩橋詩》《東新橋》「機牙任信縮」。　「信縮」「信」字讀作「伸」。　「使君飲我言。」使君，惠州守詹範也。

《丙子重九二首》其一「此會我雖健」四句。　清絶處冷光逼人。

附録：《補注》：朝霞借以言朝雲也。「今年吁惡歲」以下八句專爲朝雲而發。

《白鶴峰新居欲成夜過西鄰翟秀才二首》其一「繫悶豈無羅帶水」二句。　屬對最工，移唐音作宋調，使事天然。

《次韵惠循二守相會》「東嶺近開松菊徑，南堂初絶斧斤音」。　白鶴峰在惠州城東，故曰東嶺。公集中有《南堂》五首，時白鶴新居初成，故云「南堂初絶斧斤音」。

《又次韵二守許過新居》「更因登木助微音」。　時先生侍妾朝雲殁于惠州，故有「登木」之句。「相娱北户江千頃。」公遷居白鶴峰詩「長江在北户」。

《種茶》「松間旅生茶」。　旅寓也，與寄生解同。　「移栽白鶴嶺」四句。或云茶須下子，若移植則不生，以詩證之，恐非確論。

《白鶴山新居鑿井四十尺遇磐石石盡乃得泉》「以彼陟降勞」二句。　柴桑神骨。　「我生類如此」二句。　達人亦復爲此語，正惟達人，不妨爲此語耳。

《糴米》「糴米買束薪」八句。　可使素餐者汗背。

《次韵子由月季花再生》「陋居有遠寄」四句。　小景錘錬至此。　「誰言一萌動」二句。　語含化工。

《次韵子由浴罷》「老雞卧糞土」六句。　可與談《齊物》精理。

《謫居三適》《夜卧濯足》「土無重膇藥」二句。　妙。

《過於海舶得邁寄書酒作詩遠和之皆粲然可觀子由有書相慶也因用其韵賦一篇并寄諸子姪》「春

秋古史乃家法。」《古史》，子由所著。

《新居》「朝陽入北林」四句。　神似杜陵。

《倦夜》　通首俱得少陵神味。

《用過韵冬至與諸生飲酒》「奴肥爲種松。」　「松」當作「菘」。　「膝上王文度，家傳張長公。」時先生幼子過相隨海外，故用王文度、張長公爲比。

《縱筆》其一　「白頭」句，集中再見。

《次韵子由贈吴子野先生二絶句》其一「若爲閉暑小茆堂」。　「暑」當作「著」。

《被酒獨行徧至子雲威徽先覺四黎之舍三首》其三「換扇唯逢春夢婆。」　換扇事不詳。

《追和戊寅歲上元》　先生自跋云：「戊寅上元，在儋耳，過子夜出，余獨守舍，作違字韵詩。今庚辰上元，已再朞矣。家在惠州白鶴峰下，過子不眷婦子，從予此來，其婦亦篤孝，悵然感之，故和前篇。有石建姜龐之句，又復悼懷同安君，末章故復有牛衣之句，悲君亡而喜子存也。」以下一本，尚有「書以示過，看余面勿復感懷」十一字。○此條見王注，手批無。

《汲江煎茶》「活水還須活火煎」。　「煎」當作「烹」。

《予來儋耳得吠狗曰烏觜甚猛而馴隨予遷合浦過澄邁泅而濟路人皆驚戲爲作此詩》「長橋不肯躡」六句。　沈酣于少陵，乃有此跌宕雄深境界。此首手批本缺。

《送鮮于都曹歸蜀灌口舊居》　相如、子雲皆蜀人，故後半用之，一以比都曹，一以自況。

《將至廣州用過韵寄邁迨》「大兒收衆穉」六句。　先生謫海南，邁與家屬留廉州，獨與過同行。

附録：《補注》：邁，先生長子，時與家屬住惠州。迨，次子，時在常州。

《次韵韶守狄大夫見贈二首》其一　「癡絶」句，集中再見。

《次韵韶倅李通直二首》其二「更看二李跨鯨魚」。　李伯時與李亮功、李元中同登第，時號龍眠三李，皆舒人。

《李伯時畫其弟亮功舊隱宅圖》　頸聯分承起二句。

《贈嶺上老人》　須溪評云：「不知是去時？是歸時？」按子由和詩，知是歸時作。

附録：子由和詩：「嶺頭盧老一爐灰，長短根株各自栽。輕賤已消先世業，知君海上去仍回。」

《贈虔州術士謝晋臣》　五、六分承三、四。

附録：《補注》：按此詩五、六聯分承三、四兩句，末一句又總結五、六，章法遒緊。

《崔文學甲擕文見過蕭然有出塵之姿問之則孫介夫之甥也故復用前韵賦一篇示志舉》「家法乃富春。」　三國孫吴，富春人也，借以指介夫。

《畫車二首》其二「九衢歌舞頌王明」二句。　劉須溪云：「畫車及此不可解。」此條手批本無。　千車散福，未詳。

《寒食與器之游南塔寺寂照堂》「紅英掃地風驚曉」四句。　跌宕自喜。

《張兢辰永康所居萬卷堂》　反結天然合拍。此首手批本缺。

《次韵郭功甫二首》其一　臭腐神奇，語出《莊子》。

《予以事繫御史臺獄獄吏稍見侵自度不能堪死獄中不得一别子由故作二詩授獄卒梁成以遺子由》其一　兄弟有故者當廢此詩。「他年夜雨獨傷神。」先生兄弟唱和詩，屢舉對牀聽雨之語，故云。

其二「眼中犀角真吾子。」公自注：「犀角，杜悰事。」

《十二月二十八日蒙恩責授檢校水部員外郎黄州團練副使復用前韵》其一「試拈詩筆已如神」。錢牧齋出獄後，用「試拈」名集，惜末後行止，無顔謝天下耳，爲之一歎。

《西山戲題武昌王居士》　何苦爲此。

附録：《補注》：《漫叟詩話》：東坡作吃語詩，山谷亦有戲題詩，二老亦作詩戲耶？《外紀》云：古之口吃難言者，如周昌、韓非、鄧艾之徒，皆載史傳，東坡此詩亦緣是善謔耳。

《戲孫公素》　孫必懼内者，可發一笑。

《趙成伯家有麗人僕忝鄉人不肯開樽徒吟春雪美句次韵一笑》　先生集中有《成伯席上贈所出妓川人楊姐絶色也》，今題中所謂麗人，即楊姐也，故曰鄉人。

《虚飄飄三首》其一　和山谷韵，誤將黄作及少游和章並列於後。

其二　此山谷作。

其三　此少游作。

《歸園田居六首》其一「禽魚豈知道」二句。　所見既澈，頭頭是道。

其二「春江有佳句」二句。　句有神助。

附録：陸辛齋先生云：「極不似陶處，却有得陶之旨處，固當細心求之。」

《影答形》「無心但因物」二句。　理本漆園。

《郭主簿》其一「君何念之深」。　「君」當作「若」。

《時運》其二「江山千里」二句。　萬象奔赴。

其三　一團和氣，可以居夷。

《勸農》其三「芋羹藷糜」。　「糜」當作「縻」。

其五「天不假易」四句。　已到泉明佳處。以上和陶詩，手批本缺。

淵明尚有《問來使》詩云：「爾從山中來，早晚發天目。我屋南山下，今生幾叢菊。薔薇葉已抽，秋蘭氣當馥。歸去來山中，山中酒應熟。」此詩集中不載，唯晁文元家有之，蓋疑天目非陶居處。然太白詩云「陶令歸去來，田家酒應熟」，乃用此耳。此段見洪邁《對雨編》中，坡公當日亦未見此詩，故缺和耳。

洪邁云：淵明《歸田園居》六首，其末「種苗在東皋」一章，乃江文通《雜體三十篇》之一，明言「效陶徵君田居」，陶集誤編入，東坡據而和之。又「東方有一士」詩十六句，重載于《擬古》九篇中，坡公亦多和之，皆遂意即成，不復細考耳。

載華按：以上二則，流傳評本書卷末格上，附録于此。

《送淡公二首》此孟東野詩。以下續補遺。

《黄州》通首似韋左司。

《遊杭州山》此子由詩。

《無題》白香山詩。

《用定國韵贈二十姪震》題中「二十」當是「其」字之訛。此條手批本無。

《雷州八首》八首皆秦少游作。按秦本傳，紹聖初，觀坐黨籍，貶監處州酒税，旋削秩徙郴州，又徙雷州。今觀詩中語，皆謫居處州，自夏曆秋冬所作。子瞻謫儋耳，時與子由同至雷，留月餘而去，在五六月間，與詩中語多不合，斷其爲秦作無疑，削之。按《淮海集》、《雷陽書事三首》「粤嶺風俗殊」、「舊時日南郡」乃其二也。《海康書事十首》「白髮」、「荔子」、「下居」、「培塿」、「粤女」、「海康」乃其六也。此外尚有四首。

《送公爲游淮南》此晁无咎詩。

《贈仲素寺丞致仕歸隱潛山》此欒城詩。

《揚州以土物寄少游》少游詩。

《再過泗上二首》其一「黄柑紫蟹見江梅」。「梅」當作「海」。

《次韵謝子高讀淵明傳》山谷詩。

《龐公》　「五言」以下與前詞意不屬，疑另一首。　「洗墨無池筆無象。」「象」當作「冢」。

附録：《補注》：舊疑此詩當分兩章，自「襄陽龐公少檢束」至「爲道明燈照華屋」止爲一首，自「五言七言正兒戲」至末，與前半語意判然，自應另作一首，而諸刻相承，未有辨之者。今閲外集第八卷，前一首題云《龐公》，後一首題云《戲書》，今據此改正。

《夜泊牛口》　以地度之，牛口當在叙州府真溪驛北。

附録：《補注》：失考。

《蝦蟆培》　結稍率。

《巫山》「野老笑我旁」。　以下皆述野老之言。　結處又爲野老進一解。

《滄州亭懷古》　此詩見《宋文鑑》，係沈遼作。

《書堂嶼》　書堂嶼一本尚有「一在梧州」四字。一在韶州之曲江縣，一在仁化縣。案湘、灕同源，出於陽翔山，南爲灕水，北即湘水。今詩中有「北出湘水」句，當是韶州。此首手批本缺。

附録：《補注》：按舊志，書堂嶼有三，一在梧州，一在韶州曲江縣，一在仁化縣，未詳孰是。今詩云「北出湘水百餘步」，當是梧州之書堂嶼矣。考《水經注》，湘水出零陵始興縣，注云：湘灕仝源，分爲二水，南爲灕水，北則湘川。

《戲詠子舟畫兩竹兩鸜鵒》　山谷亦有此詩。

《贈山谷子》　此詩亦見《后山集》，題云《贈黄氏子小德》。

《鰒魚行》 明州人謂之九孔螺，其甲即石決明，一名千里光。此首手批本缺。

附録：《補注》：《後山叢談》：石決明登人謂之鰒魚。

《次韻水官詩引》：「净因大覺璉師以閻立本畫水官遺編禮公，公既報之以詩，謂某：『汝亦作。』某頓首再拜次韻，仍録二詩爲一卷以獻。」 張安道老泉墓志云：太常禮書成未報。一本尚有「以疾卒」三字。故稱編禮公。 附老泉詩。畫中光景已曲折寫盡，有此原唱，殊難繼和，况次韻乎。此首手批本殘缺。

《飲酒四首》 亦見《淮海集》。

《和寄天選長官》「眷子東南來」。 「子」當作「予」。

《題盧鴻學士堂圖》 子由詩。見《聲畫集》。

《寄周安孺茶》「色嫩期秋菊」。 「期」當作「欺」。

《游山呈通判承議寫寄參寥師》 此詩亦見《參寥集》。

《御史臺四首》《槐》「豈無兩翅羽」二句。 通其解者可以怨矣。

《竹》「蕭然風雪意」四句。 骨節清剛，琅然可誦。

《柏》「仰視蒼蒼翰。」 「翰」當作「幹」。

《和子由除日見寄》「詩成十日到」四句。 時子由侍明允居京師。

《送吕行甫司門倅河陽》「識子今幾日」二句。 稱量而止，一作「出」。作家身分。

《轆轤歌》　此集顧况詩。

附録：《補注》：按唐顧况集有《悲歌》四首，「新繫青絲百尺繩」四句，其第三首也。「何處春風吹曉幕」四句，其第四首也。「唯臨春風」以下六句，未詳作者姓名，要非東坡先生詩也。

《白鶴吟留鍾山覺海》　王荆公詩。

《次韻張甥棠美述志》「刳心先擬射穀名。」「射穀」當作「射聲」。

《獲鬼章二十韻》　熙河之役，構難始于王韶，其後邊釁屢開，終成靖康之禍。此章結數句有關北宋全局，讀者勿草草。

《觀開西湖次吴左丞韻》　此詩亦見《參寥集》。

《次周燾韻序》「周燾遊天竺，觀激水，作詩云：『拳石耆婆色兩青，竹龍驅水轉山鳴。夜深不見跳珠碎，疑是檐間滴雨聲。』東坡和之。」耆婆，藤名。　今靈隱、天竺僧厨俱接巨竹引水，謂之竹筧。

《去歲與子野游逍遥堂日欲没因並西山叩羅浮道院至已二鼓矣遂宿於西堂今歲索居儋耳子野復來相見作詩贈之》「風雨暗長檠」。　「燈檠」檠字古人皆作上聲，讀平聲檠字作榜字解，非燈檠也，先生亦承此譌。

《戲題巫山縣用杜子美韻》　山谷詩。

《答晁以道索書》　另本尚有後四句，全首見《後山集》中。

《謝人惠雲巾方舄二首》其二「輕身只欲化爲鳧」。　用舊如新。

《陳伯比和回字復次韻》　晁補之詩。

《寒食夜》　似唐人宮詞。

《答子勉三首》　山谷詩。

《贈虔州慈雲寺鑒老》　重見。

《過嶺寄子由二首》其二　此係子由和詩。

《西蜀楊耆二十年前見之甚貧今見之亦貧所異於昔者蒼顔華髮耳女無美惡富者妍士無賢不肖貧者鄙使其逢時遇合豈減當世之士哉頃宿長安驛舍聞泣者甚怨問之乃昔富而今貧者乃作一詩今以贈楊君》　別本小引與此殊異，而筆致較曲折。

附録：《補注》：按此詩施氏原本不載。本詩有石刻，題云：余三十年前雨過扶風，夜半逆旅有歌者，其聲悲甚。起問之，蓋昔富今貧者，予亦爲悽然，飲之以酒，而作此詩。今日寒雨不止，忽憶此事，且念楊君之悽屑，與逆旅者何異，故書以予之云云。與刻本小異，故附録於此。

《第五橋》《通志》：韋曲之西有華嚴寺，寺西北有雁鶩陂，陂西北有第五橋。隋開皇三年築京城，引香積□自赤欄橋經第五橋西北入城。

《壬寅重九不預會獨遊普門寺僧閣有懷子由》「花間酒美盍不歸」。「不歸」當作「言歸」。「不問秋風强吹帽。」「問」或當作「分」。

載華按：《補注》「盍不歸」石刻作「曷不醉」，「問」石刻作「向」。

《小飲公瑾舟中》「賞君南浦不貲風」。　三字獨創。

《答李端叔》「西省憐君時邂逅」。　宋時中書省在左掖門，故云西省。

《次韵參寥寄少游》　按此詩乃辨才所作。

《贈仲勉子文》　亦見《山谷集》。

《次韵子由彈琴》「信指如歸自看痕」。　「看」當作「着」。

《移合浦郭功甫見寄》　此即郭功甫所作。

《題懷素草帖》　唐詩誤入。

　　附録：《補注》：按石刻先生自題云：「此懷素書也。僕好臨之，人間當有數百本也。」後人不加深考，遂訛以此詩編入集中耳。又按《萬首唐人絶句》載此詩，亦以爲懷素作，今據此駁正。

《又答氈帳》「作事猶來未合時。」　「猶」當作「由」。

《萬州太守高公宿約遊岑公洞而夜雨連明戲贈二小詩》　山谷詩。

《藏春塢三首》　亦見《淮海集》。

　　載華按：「朱閣前頭露井多」一首，《補注》云：此詩亦見陸龜蒙集，題云《野井》，又見《淮海集》。

《謝都事惠米》　亦見《後山集》。

《余將赴文登過廣陵而擇老移住石塔相送行西亭下留詩爲别》　《寶祐志》云：竹西寺在禪智寺前，官河北岸，取杜牧詩語「誰知竹西路，歌吹是揚州」之句以句。

《絶句三首》　前一首亦不似先生作，豈爲子由而作，或係至筠之作歟？

其三　此首係少游作。

載華按：《補注》：此三首俱見《淮海集》第十一卷中。

《次韵章子厚飛英留題》　飛英，寺名，在湖州。

《雜詩二首》　別本作：「韓康公座上侍兒求書扇上。」此詩手批本缺。

附録：《補注》：按《侯鯖録》：韓子華謝事後，自潁入京，看上元。至十六日，私第會從官，九人皆門生故吏。方坐，出家妓十餘人。中宴後，子華專寵者曰魯生，當舞，爲游蜂所螫，子華意甚不懌。久之，呼出，持白團扇從東坡乞詩，坡書首二句云云。上句記姓名，下句書蜂事。子華大喜，坡云：「唯恐他姬厮賴，故云耳。」○按此詩與前一首當是同時作。○載華按：《補注》此二首編在《韓康公座上侍兒求書扇一首》後，題下注云：「一本題與上首同。」

《秋思寄子由》　亦見《山谷集》。

《題浄因堂》　山谷詩。

《題浄因院》　山谷詩。

《和黄龍清老三首》　山谷詩。

《余歸自道場何山遇大風因憇耘老溪亭命官奴秉燭捧硯寫風竹一枝題詩云》　此詩重見，但截去上文甚多耳。

載華按：此四句即《與客遊道場何山》詩中語，評語及補注甚明，詳見前本題下，當從先生删訂。

《和子由岐下詩》《牡丹》　公自注：「花有四十餘枝。」

《杏》　自注：「關中地不生梅。」

《棗》　自注：「棗樹至難長。」

《石榴》　自注：「酒名有榴花。」

《檸》　自注：「舊爲土地廟所蔽，予始遷于廟墻北。」

《槐》　自注：「上有野鶴三四。」《岐下詩》手批本缺。

《惠崇蘆鴈》　山谷詩，見《宋文鑑》。

王半山

古體詩

《後元豐行》「逢人歡笑得無愁」。　與「但道」句意重。

《純甫出釋惠崇畫要予作詩》「一時二子皆絶藝」四句。　與少陵《丹青引》結處同一感慨。

《同王璿賢良賦龜得升字》「以組系首黿穿繩」。　黿音髯，《説文》：龜甲邊也。「果獵誰復知殊稱」。《周禮》：龜人掌六龜之屬，東龜曰果屬，南龜曰獵屬。

《張明父至宿明日遂行》 寫交情前後，婉轉深摯。

《奉酬約之見招》「馮軒信厚禮」二句。 没緊要處着議論，自妙。

《寄吴氏女子》「中父繼在廷，小父數往來」。 中父、小父皆謂叔也，猶言仲父、季父。 「而我與汝母」十句。 此種鋪叙，似昌黎，亦似香山。

《寄楊德逢》「悵望新春白」。 「春」當作「舂」。

《邀望之過我廬》「知子有二心」二句。 意境俱别。

《法雲》「汲泉養之花不老」二句。 朴老。

《兩山間》 長律中之别調者，不當入古體。 「祇應身後冢，便是眼中山。」作達語，從靖節「南山有舊宅」句得來。

《真人》「日唯汝日攖」。 「日」當作「曰」。

《遊土山示蔡天啓》「彼哉斗筲人」十八句。 如讀杜老《八哀詩》。 「幸哉同聖時」八句。 開闔極動宕，又極沉着。

載華按：李鴈湖《箋注》本題中「啓」字下尚有「祕校」二字。

《用前韵戲贈葉致遠直講》「經綸安所施」二句。 「經綸」二句，爲下半篇展局。 「熟視籠兩手」三十六句。 形容棋癖，曲盡機趣。

《白鶴吟》　此篇亦見東坡集，但少「白鶴静無匹」二句。

載華按：《箋注》本題中「吟」字下尚有「示覺海元公」五字。

《示安大師》「道人深北山爲家」。　「深北」兩字疑有譌。

《移桃花示俞秀老》「我衰此果復易朽」至末。　情深語淺，如古謡詞，非刻畫所能到。

《擬寒山拾得二十首》其四「瓦亦自破碎」四句。　意本蒙莊。

其十九「休來講下坐」。　「下坐」當作「坐下」。

《吾心》「晚知童稚心」二句。　痛掌血痕，自作自受，頓悟耶？漸悟耶？

《泉二首》其二「取遥比甘覺近美」二句。　鍊句曲折。

載華按：《箋注》本題作《酬王璿賢良松泉二詩》。

《送惠思上人》「因知網羅外」二句。　諷意含蓄。

《明妃曲二首》其二「漢恩自淺胡自深」二句。　亦是一説，却未有人道。

附録：陸辛齋先生云：「言漢自淺，然相知深者終在漢耳。即前首意也。」○查晚晴先生云：「終屬語病，辛齋雖曲爲之解，予不謂然。」

《歎息行》「路旁年少歎息汝」二句。　不忍斥言，具存忠厚。

《送春》「相見緑樹啼黄鸝」。　「相」疑當作「想」。

《兼并》　熙豐變法之機已兆於此。

《和吴御史汴渠詩》「此言信有激」二句。　先生平日持論乃爾和易。

《虎圖》「卒然我見心爲動」四句。　白描高手，精采百倍。

《次韵信都公石枕蘄簟》「掃除堂屋就陰翳」四句。　妙於立言，主人當爲色喜。

載華按：《箋注》本題作《次韵歐陽永叔端溪石枕蘄簟》。

《和吴冲卿雪》「飛揚類挾富」六句。　極力摹寫，不屑蹈襲前人一字。

《送李屯田守桂陽二首》其一「寄書邦江上」。　「邦」當作「邗」。

《和王微之登高齋二首》其二「祇見汪水雲端來」。　「汪」字訛，當作「江」。

《出鞏縣》　章法本杜。

《葛藴作巫山高愛其飄逸因亦作兩篇》其二「水於天下實至險」二句。　險語動人。

《久雨》　短章難得如許豪横。

《和吴冲卿鴉鳴樹石屏》「意似落日空上行」。　「上」當作「山」。　「君詩雄盛付君手，云此非人乃天巧。」蕭、尤兩韵平仄古通用。　「乾坤至」「至」當作「生」。

載華附識：胡甥雲川云：「蕭、尤兩韵平仄古通用者，皆喉音也。《毛詩·王風·采葛》二章，《鄭風·風雨》二章，此蕭、尤平韵之相通也。《邶風·擊鼓》四章，《鄭風·遵大路》二章，蕭、尤之上聲爲巧、有，此蕭、尤仄韵之相通也。荆公詩本此。」

《送李宣叔倅漳州》「氣冷又銷鑠」。　「又」當作「久」。

《送裴如晦宰吴江》「當知耕牧地」四句。　宋時吴中水利可知。

《韓持國從富并州辟》「映燭多廟塔」。　「燭」疑當作「竹」。

《寄吴冲卿》「物變極萬殊」四句。　真學問人語，自見其不足，又能不自諱其不足。可惜此老臨事恃才，行不顧言耳。

《思王逢原》　向讀公所爲逢原墓志，知其期待良厚。今觀此詩，悲惋有甚於墓志者。如昌黎之于李元賓，眉山之于李臺卿，能令千百世後讀其詩文，恍聞歎息之聲。士之所以貴托于知己也，吁！

《登景德塔》「巴屋如螘冢」。　「巴」字疑訛。

載華按：箋注本作「邑」。

《送裴如晦即席分題三首》其二「風作麟之而」。　「麟」當作「鱗」。

《春從沙磧底》「萬里十鳳凰」。　「十」當作「卜」。

《結屋山澗曲》「狂風動地至」四句。　胸次開闊，筆力夭矯。

《少狂喜文章》「少狂喜文章」四句。　半山一生本末具此四語中。

《少年見青春》「寄言少年子」四句。　婉轉有味。

《草端無華滋》「暄妍却如春」二句。　身在造化轉移中，得此解者鮮矣。

《山田久欲拆》「散絲魚幾縷」。　「魚」當作「餘」。

載華按：《箋注》引韋應物詩「昨别今已春，散絲魚幾縷」，荆公全用韋句。據此仍當作「魚」。

《聖賢何常施》「曲士守一隅」二句。　讀《南華》者多爲莊叟所欺，被先生一句道破。

《散髮一扁舟》「散髮一扁舟」四句。　噓吸空明，倒傾沆瀣，太白得意處不過爾爾。

《陰山畫虎圖》　讀此等詩，須細討淺深步驟，切莫作一往無前看。

《吴長文新得顔公壞碑》「堂堂魯公勇且仁」六句。　不從杜陵探討，那得有此境界。

《送文學士倅邛州》「犖犖漢寄孫」。　「寄」當作「守」。

《送陳諤》「糊名騰書今故密」。　「騰」疑當作「謄」。

《憶北山送勝上人》「雲埋樵聲隔葱蒨」二句。　熟玩可悟鍊句之法。

載華按：題中「北山」，《箋注》本作「蔣山」。

《寓言九首》其五「功高後毁易」二句。　名言。

《和王樂道讀進士試卷》　科舉固溺人，但變法亦未見實效，奈何？

載華按：題中「和王樂道」四字，《箋注》本無。

《寄題郢州白雪樓》「折楊黄華笑者多」。　「華」當作「荂」。　「石城寒江暮雲繞。」「城」字疑訛。

載華按：《箋注》：郢邊漢江上，即石城也，莫愁所生處。據此，仍當作「城」。

《和王樂道烘蝨》「秋水汗流如炙髁」。　「水」當作「暑」。　「然臍郿塢患溢世」六句。　千古奸雄，供其唾罵，妙在比擬失倫，方稱快意。

《和農具詩十五首》《樵斧》「此日兩無邊」。　「日」當作「心」。

《水車》「置心亦何有」四句。　可破機心機事之異説。

《颶扇》　結句與通首不稱。

《耒耜》「揉斵無良材」。　「良」字不如「餘」字。

《耰耡》「鍛金以爲曲」四句。　叙次何減《考工記》。結亦警動。

《明州錢君倚衆樂亭》「春風滿城金版舫」四句。　極力描寫「衆樂」二字。

《和微之藥名勸酒》「從客珂馬留閑坊」。　「客」當作「容」。

《送謝師宰赴任楚州二首》其二　起句爽健。「神頭兩岸水無窮。」「神頭」不解。

　　載華按：《箋注》：神頭，屬楚州，地名。

《車螯》「何當强收拾」二句。　此意前詩已見。

　　載華按：此詩《箋注》本無，今載補遺。

《疥》「浮陽燥欲出」四句。　語帶滑稽，却具至理。

《和平甫舟中望九華山二首》其一「側身勇前瞻，泰山魯所詹」。　「瞻」與「詹」當易置。

其二　昌黎《南山詩》外另開生面。　「當倚以葭蒹。」「蒹葭」倒用，止取叶韵而已。

　　載華按：其二二首，《箋注》本題作「重和」。

《和中甫兄春日有感》「春風生物尚有意」二句。　大言炎炎，直是不可一世。

《信陵坊有籠山樂官》　山樂官當是鳥名，他集未見。

載華按：此詩《箋注》本無，今載補遺。

《省兵》「驕惰習已久」四句。曲盡事情，只如口說。

《發廩》「築臺尊寡婦」二句。秦始、漢武無所逃罪。「他州或皆窳。」「皆」當作「呰」。

《感事》「懔懔常漸久」。「漸」當作「慚」。

《同杜史君飲城南》「出罇不見日」。「出」字疑訛。

載華附識：從弟東谷云：「《禮記》『反坫出尊』，注：『當尊南也。』疑非訛字。」

《垂虹亭》在杜、韓之間。

《張氏静居院》通體似倣香山。「静者樂正居。」「正」當作「止」。「疾於山水間。」「疾」當作「俟」。

《華亭谷》「浩浩無春愁」。「愁」當作「秋」。

《僧德殊家水簾求予詠》「清風高吹鸞鶴唳」四句。有上二句則下二句不覺其纖，以切題也。

《答曾子固南豐道中所寄》「直意暮聖人」。「暮」當作「慕」。

《憶昨詩示諸外弟》「材疎命賤不自揣」二句。不知與老杜自比稷契相去幾何？「却指舅館接山扉」。「接」當作「排」。

律詩

《題雩祠堂》「斯文實有寄」四句。譽兒毋乃太甚？

《送張宣義之官越幕二首》其二「洲荻藏迷子，溪篁擁若耶」。　迷子山下有迷子洲，據詩題則地當屬越。方萬里謂迷子洲在建康西南四十里，不知何據。

載華按：《箋注》：迷子洲屬昇州。此公自言若耶溪屬越州，此以言張，故末句云「相望只在眼」。又按：二十六卷《次韻致遠木人洲》題下注：《建康志》：迷子州在城西南四十里。四十卷《離昇州作》注：建康舊名昇州。據此，與虛谷所言正合。詩意與地名俱無疑義矣。

《與道原過西莊遂遊寶乘二首》其一　此首訛入坡翁集。

載華按：《箋注》本題作《與道原遊西庵遂至草堂寶乘寺二首》。

《贈殊勝院簡道人》「千社一牛毛」。　「千社」字疑有訛。

載華按：《箋注》：昭公釋魯，而以千社爲臣。《周禮》二十五家爲里，里立一社，一萬五千家。

《重遊草堂三首》其一「垣屋荒葛藟」。　「垣屋」當作「屋垣」。

載華按：《箋注》本題作《重遊草堂寺次韻三首》。

《懷古二首》其一「日密畏前境」。　「日密」二字有訛。

載華按，《箋注》：日密，古尊宿也。

《旅思》　杜詩「片雲心共遠，永夜月同孤」，五六乃似掩襲。

《春日》　「室有」二句又犯杜詩。

《答許秀才》　此章應入古體。

《吴江》「相橘無千里」。　「相」當作「柑」。

《夏夜舟中頗凉》「扁身畏朝熱」。　「身」當作「舟」。

　　載華按：《箋注》本題中「凉」字下尚有「因有所感」四字。

《遊北山》「山下日西榮。」　「榮」疑當作「傾」。

　　載華按：《箋注》本作「山日下西榮」，引《禮記》：「升自東榮，降自西北榮。」又《儀禮・士冠禮篇》：「夙興設洗直於東榮。」鄭氏注曰：「榮，屋翼也。」此外援引尚多，不及備録。撫州刊本誤作「山下日西榮」，先生故有疑詞，益信善本之可貴也。

《歲晚懷古》　八句中多用柴桑詩語作骨。

《又段氏園亭》　「漫漫芙渠難覓路」。　半山最熟於唐詩，往往與古人句法暗合。如此句，豈不從「冥冥蒲葦不知郵」得來耶？

　　載華按：題中「又」字，《箋注》本無。

《次韵奉酬覺之》「户外驚塵天書至」。　「天」當作「尺」。

　　載華按：題中「奉酬」二字，《箋注》本無。

《送項判官》「山鳥自呼泥滑滑，行人相對馬蕭蕭」。　對仗變幻。

《寶公塔》「尊形獨受衆山朝」。　突兀。

《道光泉》「葎龍將雨遶山行」。　「葎」當作「簕」。

《登寶公塔》　具吞吐噓噏之勢，造化歸其毫端。

《重登寶公塔二首》其一　不必刻畫誌公，自然易移不得。

《雨花臺》「新霜浦溆綿綿淨」二句。　高青丘七律鍊句出此。

《呈陳和叔序》「皮場街有園數畝，中置二椁甎衺丈」。　椁甎之形制不詳。

《全椒張公在詩在北山西庵》　題中「在」字當作「有」。

載華按：題中「庵」字下《箋注》本尚有「僧者墁之悵然有感」八字。

《嶺雲》「寒菼著人楡歷歷，淨華浮海桂團團」。　二句含星月兩字，對極工緻。

《蓼蟲》　前四句俱用《莊子》。

《莫疑》「靈骨肯傳黃蘖燼」。　「蘖」當作「檗」。　「蓮華世界何關汝」四句。□□山極摹此種體格。

《外厨遺火示公佐》「刀匕初無欲清人」。　「清」字去聲，出《莊子注》中。

載華按：《箋注》本題作《示江公佐外厨遺火》。又按：陸德明《莊子音義》：清，七性反，字宜從清，從清者，假借也。箋注作「清」。

《讀眉山集次韵雪詩五首》　詩到絶唱，自不容繼和。以半山之才，尚窘於學步，後人乃欲追叶尖、叉，可笑不自量耳。

其五「試咀流蘇已煩車」。　「已」字疑。

載華按：箋注本「已」字下注「云」字誤。

《讀眉山集愛其雪詩能用韵復次韵一首》　第六句暗用姑射仙人意。

《寄題程公闢物華樓》「章水還能向此流」。　「此」當作「北」。

《酬俞秀老》「却恐提栢忘揣量」。　「栢」字訛。

載華按：《箋注》本作「桓」，注云：提桓即帝釋也。帝釋與佛地位自遠。

《次韵吴冲卿召赴資政殿聽讀詩義感事》「雅頌兼陳爲四始」二句。　典雅精確。

載華按：題中「赴資政殿」四字，《箋注》本無。

《次韵陪駕觀燈》「繡筤含風下玉除」。　「筤」當作「節」。

載華按：《箋注》本亦作「筤」，引沈存中《筆談》云：「車後曲蓋謂之筤，兩扇夾之通謂之扇。筤皆遍繡，亦有銷金者，即古之華蓋。」據此，仍當作「筤」。

《次韵元厚之平戎慶捷》「胡地馬牛歸隴底」二句。　天成妙句，不費鋪張。

《謁曾魯公》　中二聯叠用古人姓名，偶不及檢點，學者不可援以爲法也。

《後苑詳定書懷》「不晚朝廷相弱翁」。　「不」疑當作「早」。

《詳定試卷二首》其一「文章直使有無類」四句。　曲折盡意。「有」當作「看」。「類」當作「纇」。

其二　科目取士，世重世輕，歸美本朝，抑揚得體。　讀之，文人增氣軒眉。

《夜讀試卷》「學問比來多可喜」二句。　主張風氣，荆舒自負在此，然好句故不可廢。

載華按：題中「卷」字下，《箋注》本尚有「呈君實待制景仁内翰」九字。

《次韵祖擇之登紫微閣二首》其一「宫樓唱罷雞人還」。　「還」當作「遠」。

其二「浮雲倒影移窗隙」二句。　矯健。

《永濟道中寄諸舅弟》「似間空舍烏烏樂」。　「間」當作「聞」。

《道逢文通北使歸》「笑語春風入具州」。　「具」當作「貝」。

《將次相州》「銅雀臺西入九丘」。　「入」當作「八」。　「功名蓋世知誰是」二句。　透快如晨鐘警夢。

「魏公諸子分衣裘。」「分」字訛。

載華按：《箋注》引曹公云：「吾餘衣裘可别爲一藏。不能者，兄弟可共分之。」既而竟分焉。按《曲禮》「分無求多」，陸德明《釋文》分扶問反。又《韵會小補》問韵，芳問切，别也，又均也。據此，自應作「分」。

《次韵平甫喜唐公自契丹歸》「留犁撓酒得戎心」。　「留犁撓酒」出《漢書・匈奴傳》。

《次韵酬府推仲通學士雪中見寄》「想見朱衣在赤遲」。　「遲」當作「墀」。　「曲墻稍覺次來密。」「次」當作「吹」。

《送吴龍圖知江寄》　「寄」當作「寧」。

《次韵吴季野題岳上人澄心亭》「神寄未怪佛圖澄」。　「寄」當作「奇」。

《寄張先郎中》「年北馮唐未覺衰」。「北」當作「比」。

《汜水寄和甫》「已十治城三畝地」。「十」當作「卜」。

《即席次韵微之泛舟》「地隨墻壍行多曲」。「壍」當作「塹」。

《和祖仁晚過集禧觀》「春衫猶未著方空」。「方空」出《後漢書·章帝紀》。「空」字讀去聲，今借作平聲，不知何據。

載華按：汪明盛及陳明卿《後漢書》本「空」字俱無反切，平去疑可通用，俟再考。

《次韵王微之登高齋》「射揚埋没雉多馴」。「揚」當作「場」。「想繞紅梁落暗塵。」「紅」當作「虹」。

載華按：《箋注》本題作《次韵登微之高齋有感》。

《和吴御史臨淮感事》「澄觀有林邀昧陋」。「林」當作「材」。

《雨過偶書》「誰似浮雲知進退」二句。借題抒寫，要自瀟灑出俗。

《陳君式大夫恭軒》「每懷罇罍沽餘瀝」。「沽」當作「沾」。

《别葛使君》「迫攀更覺相逢晚」。「迫」當作「追」。

《次韵酬宋玘六首》其五「射熊猶得夢鈞天」。用趙簡子事，不知何所取義。

載華按：《箋注》亦云：不知介甫用此事何意。

《次韵舍弟常州官舍應客》「萬里寒江正復艚」。「艚」疑當作「槽」。

載華按：《箋注》引《水衡記》：「十月水爲復艚水。」據此，仍當作「艚」。

《夢張劍州》「日月新阡十幾時」。「十」當作「卜」。

《寄張謂招張安國金陵法曹》「深谷黄鸝驕引子」。「驕」疑當作「嬌」。

《欲往净因寄涇州韓持國》「泔魚已悔他年事」。「泔魚」，曾子事，出《荀子》。

《示德逢》「紆想榮桑在眼中」。「榮桑」不解。

載華按：《箋注》本作「柴桑」。

《寄酬曹伯五因以招之》「過我何時載緑樤」。「樤」當作「醽」。

《次韵平甫金山會宿寄親友》「已無船舫猶聞笛，遠有樓臺祇見燈」。一聞一見，寫出江天空闊，確是夜景。

《丙申八月作》「眼看南山露崖嶷」。「嶷」當作「嶔」。

《酬吴仲庶小園之句》「職閉朱門歲又新」。「職」當作「却」。

《始與韓玉汝相近居遂相與遊今居復相近而兩家子唱和詩相屬因有此作》頸聯與上卷《别韓虞部》兩句同。

《送蘇屯田廣西轉運》「恩澤易行窮苦後，功名常見急難時」。出句更佳。

《石竹花》「更留佳客賦嬋娟。」「娟」當作「娟」。

《玉晨大檜鶴廟古松最爲佳樹》「材大賢於人有用，節高仙與世無情」。對句勝出句。

《張劍州至劍一日以新憂罷》與上卷《寄張劍州》一首意境略同。

載華按：題中「新」字，《箋注》本作「親」。

《送李太保知儀州》 章法迢遞似樂天。

《送劉貢父赴秦州清水》「幕府調聏用緒餘」。 「聏」當作「胹」。

《舒州七月十一日雨》「蒼忙空失皖公山」。 「忙」當作「茫」。

《寄曾子固》「脱身」一聯已見第二十卷，「高論」二句亦再出。

《登小茅山》「人間榮願付苓通」。 豨矢曰苓，馬矢曰通。

《江上》「青旗招客解祇裯」。 「祇裯」出《後漢書·羊續傳》。 「豈是明時惜一毛。」「一」當作「二」。

載華按：《箋注》云：「公意謂身自不能遠引以遂宿心，非朝廷之有惜也。一毛言九牛之一毛。」據此，仍當作一。

《送明州王大卿》「尚可揮毫敵李舟」。 李舟見杜少陵集。

《次韵酬吴彦珍見寄二首》其二「鄉里傳書比仲舒」。 「里」字訛。

載華按：出句「家貧殖貨羞端木」，《箋注》云：「家貧或是家資，不然則里字恐訛。」

《寄虞氏兄弟》「久聞楊羡安家好」。 「楊」當作「陽」。

《傳神自讚》「此物若爲墓」。 「墓」當作「摹」。

《春晴》「静看蒼苔紋」二句。　用古不化。

《净相寺》　末二句直録香山成語。

《送望之赴臨江》　如此便覺有趣味。

《梅花》　古樂府：「庭前一樹梅，寒多未覺開。祇言花似雪，不悟有香來。」不署作者姓名，楊誠齋謂是蘇子卿作。荆公略改數字耳，想與古人暗合，未必襲取也。

《紅梅》「多應不奈寒。」　「奈」與「耐」古人通用。晏元獻《紅梅》詩：「若更遲開三二月，北人應作杏花看。」末二句本此。

《泊鴈》　古未有八句回文，此老創格也。

載華按：《箋注》本並無《泊鴈》題目，此詩係《回文》之四。

《題西太一宫壁二首》其一「草色浮雲漠漠，樹陰落日潭潭」一作「柳葉鳴蜩緑暗，荷花落日紅酣」。

載華按：《箋注》作：「柳葉鳴蜩緑暗，荷花落日紅酣。三十六陂春水，白頭想見江南。」注云：一作「草色連雲漠漠，樹陰落日潭潭」者非。此篇歐、蘇有和韵，當據爲正。東坡次韵用酣字。

《歌元豐五首》其四「曲中時有譽堯心。」　非譽堯，乃方朔自譽也。

《溝西》「近人渾不畏春鉏。」　「春」當作「舂」。

《園蔬》「畦稻新春滑欲流。」　「春」當作「舂」。

《移柳》　既欲自比稷契，又欲自比淵明，請公自判，當着那一邊。

《南浦》「含風鴨緑粼粼起，弄日鵞黄裊裊垂」。　不道破水、柳，亦見含蓄。

《木末》「繅成白雪桑重緑，割盡黄雲稻正青」。　白雪、黄雲中含繭、麥二字，鍊句細膩熨貼。

《初夏即事》「晴日暖風生麥氣」二句。　格調雖不高，要自耐人咀嚼。

《和耿天騭以竹冠見贈四首》其三「王潤金明信好冠」。　「王」當作「土」。

載華按，《箋注》本作「玉」。

《題勇老退居院》「夢境此身能且在」二句。　淡而旨。

《謝安墩》其一　此公好名好勝，尚欲與前輩争雄，同朝可知矣。不謂之器小不得也。

附録：陸辛齋先生云：「公於安石位壽無所不及，勳名相去遠矣，安得屬公？」

載華按：題中「安」字，《箋注》本作「公」。

《池上看金沙花數枝過酴醿架盛開二首》　東坡有次韵詩，而不署題，當以此補之。

《北山》「細數落花因坐久」二句。　閒趣寫得别。

附録：陸辛齋先生云：「自在。」

《蔣山手種松》「聞道近來高數尺」二句。　從香山《燕子樓》絶句脱化出來。

《與道原過西莊遂遊寶乘》「婁約西歸窣堵坡」。　「坡」當作「波」。

載華按：《箋注》本題作《與道原遊西莊過寶乘》。

《壬戌五月與和叔同遊齊安》　起二句再見。

載華按：《箋注》本題作《同陳和叔游齊安院壬戌五月》。

《元豐二年十月政公改路故作此詩》「更有主林身半現」。「主林」二字不解。

載華按：《箋注》本題作《元豐二年僧修定林路成》。又按：注引《金光明經》及《華嚴經》，「主林」，神名。

《悟真院》「春風日日吹香草」二句。　烹鍊之至，漸近自然。

《鍾山晚步》　晚唐佳境。

《記夢》「香火他時共一作「供」。兩身」。「供」字勝。

《勘會賀蘭溪主》　句句是問。

《示俞秀老二首》其二「未怕元劉妨獨步，每思陶謝與同遊。」　秀老何人，乃至以香山、少陵擬之耶？

《示寶覺二首》其二　烏殘紅柿事見《傳燈録》。

《示永慶院秀老》「拂天松柏見栽時」。　警拔奪目之句。

《中書即事》「何時白上岡頭路」。「上」疑當作「下」。

載華按：《箋注》本作「白石」。注云：「白石岡，撫州、建康皆有之。」

《送黄吉父將赴南康官歸金谿三首》其三「復會有無那得知」。「復」當作「後」。

《和張仲通憶鍾陵絶句二首》其一「能到春來尚可憐」。　「能」疑當作「態」。
《鍾山即事》「一鳥不鳴山更幽。」　「鳥鳴山更幽」，「更」字方有味，翻案語終不若本句之工。
附録：陸辛齋先生云：「雖翻案，亦强爲之耳，差勝沿襲。」
《烏石》「吹花嚼藥長來往」。　「藥」疑當作「蘂」。
《題張司業詩》「看似尋常最奇崛」二句。　非獨推美前人，亦自道其所得也。
《同陳和叔遊北山》「鄰壁黄糧炊未熟」。　「糧」當作「粱」。
《次吴氏女子韵二首》其二「亦逢佳節且吹花」。　「吹」字疑訛。
《遊城南即事二首》其一「螭魅合謀非一日」。　「螭」當作「魑」。
《江寧夾口三首》其三　方虚谷云：莆田人方子通名唯深，與王荆公同時。「半出岸沙」云云，乃子通詩，荆公愛之，書于座右，遂誤入荆公集中。方所著有《莆田小集》。
《題北山隱居王閑叟壁》「舉世位能旌隱逸」。　「位」字訛。
載華按：《箋注》本作「舉世但知旌隱節」。
《獨卧二首》其一「誰有耡耰不自操」。　「誰」當作「雖」。
《讀唐書》「中才隨世就功名」。　陳同甫與朱紫陽所見不同，此論先自半山發之。
《龍泉寺石井二首》其一「天下蒼生待霖雨」二句。　亦太自誇，不可無後篇作轉換語。
《春入》　後二句與上卷《懷舊》詩重出。

《中秋夕寄平甫諸弟》「千里得君詩挑戰」。　「挑」字讀去聲，他詩所未見。

　載華按：《箋注》引《漢高帝紀》「與漢王挑戰」李奇音徒了反。又按：《廣韻》「挑」字蕭、豪兩韻俱收，又收入上聲篠韻。注云：挑戰，唐詩如王建「每日臨行空挑戰」，羅虯「不應琴裏挑文君」。作上聲讀，亦無不可。評語云云，殊屬未解。

《登飛來峰》「不畏浮雲遮望眼」二句。　高自位置，辭亦爽拔。

《金山》　與上卷《金山》第一首語微别而意則同。

《達本》「枯本巖前猶失路」二句。　出見紛華，賢者不免。

　載華按：《箋注》本並無「達本」題目，此詩係《寓言》之三。

《偶書》「我亦暮年專一壑」二句。　疑忌心腸，閒中吐露。

《送吴顯道五首》其三　天然一色，無襞績痕。

其五「知有歸日眉放開。」　「放」當作「方」。

　載華按：以下集句，《箋注》本無。

《金山寺》「勝地猶在險」。　「猶」當作「尤」。

《蒼頡》　果若所言，《字説》不又多乎哉？

《胡笳十八拍十八首》　此種詩不作可也，集句雖工，何所取義？

附録

《獵較詩》　得法於昌黎《琴操》。

朱紫陽

《久雨齋居誦經》「聊披釋氏書」。　先生力闢禪學，乃復披釋氏書耶？

《池上示同遊者》「聊承曉露餘」。　「承」疑當作「乘」。

《讀道書作六首》　既誦佛經，又觀道書，想亦聊遣詩興，未必果有其事也。　其一「於道雖未庶」二句。平情之論。

《秋雨》「超遥悟無生」。　「悟無生」，非禪語而何？

《作室爲焚脩之所擬步虚辭》　「焚脩」等字亦出釋老家。

《題畫》　紫陽涉獵二氏，尤愛道家，詩中往往見之。

《寄山中舊知七首》其三「要須悟無生」。　又是禪。

《述懷》　意境似陶。

《登面山亭》　好筆力。

《知郡傅丈載酒幞被過熹於九日山夜泛小舟弄月劇飲二首》其一「月色中流滿」二句。　從張祜《金山詩》得來。

《六月十五日詣水公庵雨作》「雲起欲爲雨」四句。　狀難狀之景，毫不費力。

《中元雨中呈子晋》「徂暑尚繁鬱」。　「繁」疑當作「煩」。

《和李伯玉用東坡韵賦梅花》「楚客不愛蘭佩昏」。　「昏」字未穩。

《宋丈示及紅梅臘梅借韵兩詩輒復和呈以發一笑》「芳滕淺絳中」。　「滕」字訛，當作「騰」。

《送藉溪胡丈赴館供職二首》　胡原仲由司直改正字。

《觀書有感二首》　逢源資深，無非寫出自得之趣。

《感事書懷十六韵》「紫塞僅淮陰」。　「僅」字疑訛。

《次韵劉彦采觀雪之句》「百嘉潛潤滋」。　「嘉」字疑訛。

《感事再用回向壁間舊韵二首》其二　似杜。

《又一首》「超然謝衆甫」。　「超然」句，集中凡兩見，未解所謂。

《借韵呈府判張丈既以奉箴且求教樂》「純熟須參露地牛」。　露地白牛，出禪家公案。

《昨承諸兄臨辱不揆以薄酒蔬食延駐都騎明日視壁間所張墨刻有亡去者人以爲德慶丈之廋也馳問遺索蒙需拙詩輒賦所懷往奉一笑而尊楗刻可以歸於我矣》　「尊楗刻」不知何碑。　「所恨乏珍肥」

四句。善謔。

載華附識：吾君以方云：按《隸釋》有《何君閣道碑》，建武中元二年刻，蜀人以爲《尊楗閣碑》。其文有「造尊楗閣，袤五十五丈」，故名之也。棧路謂之閣道，非樓閣之閣也。正如李君郙閣、陳君根閣之比。」

《挽延平李先生三首》其三　朱子之學，得于延平者深矣。《宋史·道學傳》乃列門人而不及其師，所不可解。

《柳堤》「吟罷天津句」二句。　邵子詩有「楊柳風來面上吹」之句，故云。

《秀野以喜無多屋宇幸不礙雲山爲韵賦詩熹伏讀佳作率爾攀和韵劇思慳無復律吕笑覽之餘賜以斧斤幸甚》　結習無始，一派禪語。

《次劉秀野蔬食十三詩韵》《木耳》「異味非所誇」。　「誇」當作「詫」。

《家釀二首》　玩第二首，疑題中尚有缺字。

《又五絶卒章戲簡及之主簿》　「及之」，想是秀野之子。

《答王無功在京思故園見鄉人問》　原作是問，此詩是答。

《齋居感興二十首》其一　朱子以《河圖》爲畫卦之由，而詩中乃云爾，得毋自相矛盾乎？

其二十　集中與吕子約尺牘云：「某亦近日方實見得向日支離之病。」此詩當亦晚年之作，惜象山兄弟不及見也。

《鵝湖寺和陸子壽》　鵝湖辨論，兩家年譜俱不載。雖知朱、陸異同，合二陸詩觀之，亦一時所見，偶有未合耳，何至如水火冰炭之不相入耶？

《梅溪陂下作》「無人説與范牛知」。　「牛」疑當作「寬」。

《宿梅溪胡氏客館觀壁間題詩自警二絶》其一「貪生莝豆不知羞。」　莝豆用《史記・范睢傳》中事，此首不知所指何人。

其二「歸時黎渦却有情。」　「梨渦」見《豫章詩話》胡忠簡公事。「黎」字訛，當作「梨」。

《雪梅二闋奉懷敬夫》　二闋應編詩餘卷中。

《送林熙之詩五首》其三　讀此詩可見朱、陸本無異同。

《仙洲新亭熹名以晝寒紫微張公爲書其額判院劉丈乃出新句輒次高韻二首》其二「悄蒨非人境。」「悄」當作「峭」。原注注有缺文。

《次劉彦集木犀韻三首》其一「更交遥夜笛中吹」。　「交」疑當作「教」。

《寄謝劉彦集菖蒲之貺二首》其二「泉清日廋碧纖長」。　「日」疑當作「石」。

《公濟惠山蔬四種并以佳篇來貺因次其韻》《蕈》「遥知拈起處」二句。　又入語録話頭。

《公濟和詩見閔耽書勉以教外之樂以詩請問二首》其一　先生曾有詩云：「讀書不見行間墨，始識當時教外心。」與此似背馳。

《伯諫和詩云邪色哇聲方漫漫是中正氣愈駸駸予謂此乃聖人從心之妙三歎成詩重以問彼二首》

其二「闕里當年語從心」。　柳子厚與楊誨之書，引《論語》，「從」字作去聲讀，朱子蓋用此。至其注《論語》，則仍作平聲解，不知何也。

《百丈山六詠》（《西閣》）　末句用右丞成語。

《將遊雲谷約同行者》「暄風悟新陽」。　「悟」字訛。

《寄題宜春使君定叟張兄隱齋》其一「大專槃萬生」。　《史記・賈誼傳》「大專槃物」，《索隱》云：專讀作鈞，槃猶轉也。

《入南康界閱圖經感陶公李勃劉凝之事戲作》　以下至卷末，知南康軍時作。

《屢遊廬阜欲賦一篇而不能就六月中休董役卧龍偶成此詩》「息駕康山陽」。　宋人改「匡」爲「康」，避太祖廟諱也。

《下元節假行視陂塘因與賓友挈兒孫出郭登山歸賦二詩示子直春卿及折桂雲谷并寫呈郡中僚友》「高尋却深宦」。　「宦」字疑訛，當作「窅」。

《送四十叔父》　結二語用杜。

《和張彦輔落星寺之作》　起得高勁。

《次張彦輔雪後棲賢之作》「投文物九淵」。　「物」字疑訛。

《伏蒙某官寵示和陶見寄舊作伏讀歎仰又感知待期許之意蓋非一日率易次韵少見謝臆伏唯矜憐有以教之》「神父邈何因」。　「父」當作「交」。

《讀諸友遊山詩卷不容盡和和首尾兩篇》其二「白鹿幾時同正員」。洞主爲正員，此外尚有副講，至今如此。

《和戴主簿韵》　戴師愈字孔文，有《麻衣心法跋語》，乾道中人。

《次沈侍郎游楞伽李氏山房韵》「吟罷蘇仙頭白句」。「若見謫仙煩寄語，匡山頭白蚤歸來。」東坡《李氏山房》句也。

《楞伽院李氏山房》　朱子于蘇氏兄弟揮斥不遺餘力，而詩中則稱爲蘇仙，往往次其舊韵，極相引重，亦可見公道難泯，未必非吕東萊、汪端明尺牘捄正之功。

《棲賢院三峽橋》「老仙有妙句」。此老仙亦當指東坡。

《卧龍庵武侯祠》　結用少陵成句。

《開先漱玉亭》「平生兩仙句」。兩仙謂太白、子瞻。

《温湯》　起句少陵成語，前半亦髣髴似之。

《和彭蠡月夜泛舟落星湖》　原注：「首句全用蘇養直詩。蘇舊居水西門外，舟行望見其處。」蘇養直名庠，熙、豐間人。

《觀野燈》　觀燈巖在天池寺中。

《山北紀行十二章章八句》「衹役廬山陽，矯首廬山陰」。南康在山南，九江在山北。「深尋兩林間」八句。循天池山岡東行有大林寺，繙經臺直下爲上中下化城三寺，樂天草堂在焉。此朱子游踪所未到者。

《買船至演平拜建康劉公墓下遂入城假館梅山堂感涕有作》　以下罷南康軍返武夷作。

《晚雨凉甚偶得小詩請問遊山之日并請劉平父作主人二首》其二「解包茶茗粗能供」。　「粗」，上聲讀。

《正月五日欲用斜川故事結客載酒過伯休新居風雨不果二月五日始克踐約坐間以陶公卒章二十字分韵熹得中字賦呈諸同遊者》「元景彫慕節」。　「慕」當作「暮」。

《寄題九日山廓然亭》「仰看天宇近」二句。　二語再見。

《武夷精舍雜詠并序》　未曾身到五曲，不知此序之工。

《晚對亭》「落日明影翠」。　「影」疑當作「彩」。

《出山道中口占》「書册埋頭無了日」二句。　大似《擊壤集》中語。

《淳熙甲辰中春精舍閒居戲作武夷櫂歌十首呈諸同遊相與一笑》其四　鐵船峰。

其五　大藏、小藏峰。

其六　大隱屏。

其七　仙掌峰。

其十　九曲之北即新邨，亦作孫邨。

《拜鴻慶宫有感》　按年譜，先生于淳熙、紹熙中提舉南京鴻慶宫者凡三。舊鴻慶宫在汴都，故詩云爾。

《答袁機仲論啓蒙》　先生自題此詩後云：「説得太郎當了，只少個拄杖，卓一下便是一回普説矣。」毋乃近于禪家語録乎？

《和人都試之韵》「盤牟入詠詩情壯」。　「盤牟」義未詳。

謝臯父

樂府

《日離海》　「吹白衆宿」四字不解。

《孟蜀李夫人詞》　此與《母思非》是一事，當合看。

《我操南音》「爰酘我酒」。　字書無「酘」字，恐是「酌」訛。

《興言自古》「風景忘亡」。　「忘」字疑訛。

載華按：陸氏重刊本作「忽」。

五古

《九日禺中登沃州放鶴峰南望天台諸山》「饑食决明食」。　「食」疑當作「實」。

《九日黎明發新昌望天姥峰》　通首似青蓮。

《效孟郊體七首》其三「牽牛秋正中」四句。　四語極爲楊升庵所賞。

《雪中方四隱君訪宿有詩憶鹿田風雨舊遊奉和併呈吴六贊府》「玩非琴與瑟。」　「玩」疑當作「既」。

《過舒臨海故宅》「蘇公下詔獄」至末。　公論不泯。

《十日菊》「晞霜敷朝榮」二句。　意本淵明，却進一解。

七古

《烏栖曲擬張司業》「烏栖烏啼宫燭秋，越女入宫吴女愁」。　語在眼前，却是未經人道。

《秋風海上曲》　瓌怪不減昌谷。

《射鳩行》　通體似張司業。　「網林扶藪無時休。」「扶」疑當作「抉」。

《鄞女墓》　王荆公有墓志，不滿百字。　「去來似爾匆複道，白下鍾山夢中老。」半山聞此，當喚奈何。

《鴻門讌》　老鐵與賓之皆讓其明快。

《冬青樹引别玉潛》　玉潛，唐珏字也，事見《輟耕録》。　「知君種年星在尾」二句。　尾在析木之次，謂葬年是戊寅。　「願君此心無所移，此樹終有開花時。」冬青開花亦復何益？語意特纏綿，與鄭思肖《望陳宜中自占城至》寓想略同。
《種葵蒲萄下》　命意正在結句。
《送人歸烏傷》　蒺藜老翁，惜不著其姓名。
《雨後海棠》「化爲黄鵠凌空青，開時銜花落銜子」。　黄鵠銜子，用東坡《海棠》詩中語。
《小元祐歌寄劉君鼎》　理宗端平元年庚子，金亡于蔡州。
《廣惜往日》「駿龍兮寥天」。　「駿」疑當作「騎」。
《佽飛廟迎神引》「茭青兮寥緑。」　「寥」疑當作「蓼」。

五律

《拜玄英先生畫像》「荒祠侑漢人」。　漢人謂嚴先生。
《哭正節徐先生》「卹典海舟沉」。　沉痛。
《哭所知》　與後《西臺哭所思》一首皆指文信國也。
《哭廣信謝公》　謝叠山，信之弋陽人。
《西臺哭所思》　文信國柴市之變在十二月初九日，故云「殘年哭知己」，蓋西臺慟哭，乃其諱日也。

附録：《登西臺慟哭記》評云：文山被執在祥興元年己卯九月，集中有弔張睢陽、顔杲卿二律。

《江上别友》《西臺慟哭記》中所云「明日益風雪，别甲於江」，此詩乃此時作，友者，吴思齊也。

《中秋龍井翫月》「腦滿龍魚夜」二句。具見精采。

《十日菊寄所思》「忽逢初過節」二句。淡而旨。

五言排律

《野霞觀瀑》「垂輪即虮遊」。「輪」疑當作「綸」。

元遺山

五古

《箕山》「至今陽城山」二句。豪健。

《出京》「夢寐見清[潁]」。潁。

《㶚水》沉雄處不減《八哀》。

《雜著五首》五首皆陶句，題下應增「集陶」二字。

其一「衣食固無端」。「無」當作「其」。

其二「淹留自無成」。　「自」陶集作「豈」。

其四「咄咄俗中惡」。　「惡」陶集一本作「愚」。

其五「時駛不可追」。　「追」陶集作「稽」。

《古意二首》其二「春風何許來」四句。　筆有操縱，辭亦創闢。

《潁谷封人廟》「洩洩潁谷雲，瀜瀜潁川水」。　潁「人言君善諫」四句。「人情難强回，天性可微感。」二語已爲東坡道盡。　「我行潁川道。」潁。

《贈答劉御史雲卿四首》其三「高蹇當父師」八句。　説透後世講學之弊。

《送欽叔内翰并寄劉達卿郎中白文舉編修五首》其三「生平萬里氣」十句。　貧士涉世之苦，直到無可自解處，而詩能代寫之，可稱一人知己。

其四「君性我所諳」八句。　開心見誠，透快切直，朋友切偲，至此難矣。「世故敖黄間。」「敖」字訛，從別本作「觳」。

其五「古人遥相望」四句。　正爾不易得，奈何。

《飲酒五首》其五「三更風露下」二句。　却是淵明未經道。

《後飲酒五首》其一「但媿生理廢」四句。　情摯語，神似陶公。

其二「誕幻若無實」。　苦。

其三「一笑顧客言」四句。　瀟洒絶倫。

其五「飲人不飲酒」四句。　波瀾動宕，章法不拘。

《龍潭》　摹杜之作。

《北邙》「遂爾述厥初」。　「述」當作「迷」。　「焉知原上塚，不有當年吾。」奇想中有妙理。

《豐山懷古》「吳人操等耳」十六句。　此亦事後責備之論，未脱胡致堂習氣。

《乙酉六月十一日雨》「書生如老農」四句。　入情。

《種松》「百錢買松羔」。　「松羔」二字新。　「惘然一太息」至末。　意象從淵明「種桑長江邊」一首來。

《雜詩四首》其一「伯樂不可作」二句。　有激而云。

其三　言簡而意長。

《觀浙江漲》「納汙非無處」二句。　通篇只是形容鋪排，不可少此斤兩語。

《鸛雀崖北龍潭》「淘淘如怒虎」。　兩「淘」字當作「洶」。　「藏珠驪龍領」四句。　學蘇。

《曉發石門渡湍水道中》　以擬顏、謝，彷彿似之。

《放言》「有來且當避，未至吾何求」。　轉折如意，由于力大。

《學東坡移居八首》其三　此其家不貧。

其五「乾坤兩茅舍」二句。　顧盼生風，值得一傲。　讀到結處，始知前二語非詩。

其六「國史經喪亂」四句。　事至無可推諉則直任而不辭，平生所學，見真力量。　「我作南冠録」至末。自謙自詡，不失作家本色。

其七「我貧公亦貧」四句。自負如此，後人不能贊一辭矣。

《歷下亭懷古分韵得南字》「十里奎與函」。「奎」疑當作「奩」。「劫火土一丘」四句。從亂後寫出，尤妙。

《與張仲傑郎中論文》士衡《文賦》落筆太早，此等境界甘苦，想未及嘗。

《别李周卿三首》其二「古詩十九首」四句。尋源溯流，確是正派，但恐置身太高，取徑太難耳。

《看山》「作計窮一我」二句。幾于怨矣，然而不怒。

《九日讀書山用陶詩露凄暄風息氣清天曠明爲韵賦十詩》「曠」字疑訛，陶集作「象」。

《曲阜紀行十首》題目太難，老手亦無處見長。

《寶嚴紀行》「稍復杯飲舊」。坏。

七古

《虞坂行》分作四層，愈轉愈緊，直到末路，方出正意，章法最靈。

《畫馬爲邢將軍賦》真得杜之神髓，他手爲之，僅得皮骨耳。

《秋蠶》「朝來伺却上馬桑」。「上馬桑」不詳出處。

《送郝講師住崇福宫》「寂寞來作由東鄰」。「由」字疑訛，當作「田」。

《范寬秦川圖》「全秦天地一大物」四句。　大手筆作大開合，全秦形勢在我目中矣。　「愛君恨不識君早」三句。　結歸張伯玉，奇矯尤出意表。　末句乃東坡成語，想作者興到，不暇檢點耳。

《赤壁圖》「事殊興極憂思集」。　杜句。　「凡今誰是出群雄。」杜句。　先生好用古人現成句子，不一而足，即如此章後半兩犯少陵，畢竟是詩病，讀者辨之。

《寄答溪南詩老辛愿敬之》「螟蛉蜾嬴安能豪」。　蠃。

《愚軒爲趙宜之賦》　全篇俱學蘇，用事亦恰合。　「安醫無根嗟自種。」翳。　「令人却澹愚軒愚。」「澹」字訛，當作「羡」。

《閻商卿還山中》「翰林滏新爆竹聲」。　山谷成句。

《半山亭招仲梁飲》　似作吴體，却不落江西派。　「半山亭前淅江水。」浙。

《密公寶章小集》「元光以後門鑰廢」二句。　事詳本集《如庵詩序》中。

《送張君美往南中》　此詩當亦汴亡後作。

《戲題新居二十韵》　回環合拍，化盡用古之痕，七古中唯髯蘇一人，得先生而兩，宜其高自位置也。　「由來馬隊非講肄。」肆。　「胸中廣厦千萬間」二句。　稜層自許，正復骯髒可憐。

《蕭仲植長史齋》「天星無數不知名」二句。　老健。

《覓神霄道士古銅爵》「模索飲器流饞涎。」　摸。

《賦澤人郭唐臣所藏山谷洮石研》「縣官歲費六百萬」二句。　沉着，一語勝千百。

《贈休糧張鍊師》「一點」句東坡成語也。

《讀書山雪中》「先生醉袖挽春迴」二句。筆挾仙氣。

《贈答張教授仲》疑作「金荃怨曲欄畹辭」。「欄」當作「蘭」。「石竹殷紅紅花碧。」第二「紅」字訛，當作「土」。

《雲峽》以宣和作結，方有俛仰。

《雲巖》「海内真有補陁巖。」「内」當作「南」。

《劉遠筆》「前後兩劉新[册]勳」。策。

《天涯山》「斷岸何緣此天姥」。「此」當作「比」。

《贈利州侯神童》「人聞失却麻神童」。「聞」當作「間」。

《世宗御書田不伐望月婆羅門引先得楚字韵》「兩都」句山谷成語。

《贈張潤之》「人物」句坡公成語。

《許道寧寒溪古木圖》「留待」句亦蘇成語。

《太原贈張彦遠》「閑閑騎[騌]去滅没。」鯨。

雜言

《去歲君遠遊送仲梁出山》「華嶽」二句皆少陵語。「鄧州大師材望雄。」「師」當作「帥」。

「談笑已覺南夷空。」指宋爲南夷，用《北史》稱南朝爲島夷事。　「他日想思一迴首。」「想」當作「相」。

《此日不足惜》　「四十」句，東坡成語。

《送高信卿》「無衣思南州」。　杜句。　「中原麟鳳今如此」二句。　感慨之音，出以醖藉。

《段志堅畫龍爲劉鄧州賦》　入手奇突，已剗去四層矣。

《送李參軍北上》「萬里馳書望上閑」。　「上」字訛，當作「玉」。　「君不見桓山烏。」「桓」疑當作「桓」。

《王黄華墨竹》「雪溪僊人詩骨清」四句。　入題取徑自别。　「聲光舊塞天壤破」至末。　意不在贊畫，只代寫不平之氣耳，而墨竹生動之態自在。

《送王亞夫舉家歸許昌》「出門疾走勿反顧」二句。　趣極韵極。

《湧金亭示同遊諸君》　前半有氣勢，後半鋪排稍平。

《南冠行》　「郎食」二句本李長吉。

《醉後走筆》「短燈檠于移近牀」。　「于」當作「子」。

《南湖先生雪景乘騾圖》　氣格在太白、坡翁二仙之間。　「詩成仰天一大笑」二句。　雪中騎騾意，至此已盡，此後都就人發揮。　「仕宦不作邴曼容」四句。　轉换處俱有實義。　「南湖烟景多」四句。　小碎點綴亦佳。　「看翁棄瓢詩」四句。　餘波未窮。　結出圖意，手法輕便。

《題劉紫微堯民野醉圖》「堯民與酒同一天」二句。　筆與題化。

《嘯臺感遇》「浩歌彌激烈」。　杜句。　「子規」句亦杜語。　「凶年生甲子。」「凶」字訛，當作「堯」。

《水簾記異》「世外無物」亦用東坡《海市》語，却無痕迹。

《拱谷聖燈》「[并]底寶嚴三十里」。井。

《李峪園亭看雨》「半尖浮圖插蒼烟」。「半尖」句太拗，不入調。人言古詩不論平仄，竊以爲不然。試看少陵、昌黎七古，無一字一句走腔者。不意遺山尚有此病也。「僅得羈御脱疲馬。」「御」字訛，當作「銜」。

載華附識：先生評《紅藥山房詩稿》有云：「古詩平仄亦一定不可易，熟復杜、韓、蘇三家古詩自知之。」竊謂古詩平仄不宜太順，太順則犯近體，亦不宜太拗，太拗則戾音節，詳見《帶經堂詩話・答問類》中。換韵詩平仄與一韵到底者稍有寬嚴之别。按：張蕭亭先生論古詩云：「每句之中亦必平仄均匀，讀之方響亮。」「半尖」句音節太拗，宜先生以爲不入調也。此雖於品格無關，然詩家不可不知。

《游龍山》篇中入路、出路前後井然，只是寫得錯綜變化，不可端倪，使迷者觀之，如墮雲霧，正須明眼抉破，直作指掌圖看。「初疑陶輪北運甓。」「北」當作「比」。

《醉中送陳季淵》「雪花茫茫[楊]白雪。」「揚」。「白雪」「雪」字當作「花」，或作「沙」。「愛君」句杜詩成語。「眼高」句東坡成語。

《送弋唐佐還平陽》「香山白傅金玉音」至末。如此用古人成句却不害，固自道破了也。

《游泰山》登泰山與謁孔林同，名作疑當作「手」。亦復難稱。

樂府

《西樓曲》「西樓曉晴花作圃」。　「圃」字訛，當作「團」。

《黄金行》「兒貧女富母兩心」二句。　如此方不蹈襲唾餘，亦覺淡而有味。　「淚子垢面兒啼飢。」「子」字疑訛。　「欲向何門復伭首。」低。

《幽蘭》「披猖芙蓉散江籬」。　蘺。

《續小娘歌十首》其十　此爲宋助金攻蔡州而發，故用虞虢事以警之。

載華按：《續通鑒》宋助蒙古攻蔡州係理宗紹定癸巳年事。「金」字疑當作「元」字，蓋一時訛筆耳。

五律

《癸巳除夜》　是年爲金哀宗天興二年，傳位末帝。明年正月，金亡。先生于癸巳四月杪出京，集中有詩可考。　「浮心白髮前。」「心」當作「生」。

《綦威卿毅挽辭》「知己與玉田」。　「玉」當作「王」。

《老樹》「不用若回家」。　「若回」訛，當作「苦思」。

《勝槩》「澮興暮雲還」。　「興」當作「與」。

《聞希賢得英府記室》「徒懷貢公喜」。　杜句。
《得姪搏信二首》其一「幾日鬢毛[班]」。　斑。
《答潞人李唐佐贈詩》「詩論三百年」。　「三」字訛，當作「二」。
《感事》　三四直用東坡四六。
《同冀丈明秀山行》「時到□聲中」。　水。
《壬子月夕》　「遥憐」句杜成語。
《京兆漕司官居三首》其二「高興相悠然」。　「相」當作「想」。
《甲寅正月二十三日故關道中三首》其一「看待幾時[林]」。　休。
其三「六十復半十」。　六十五也。
《送文生西行》「分守故鄉情」。　「守」當作「手」。

載華按：七卷末先生書格上云：「按《全金詩》此下尚有五律八首：《送文生西行》、《挽趙參謀二首》、《答弋唐佐》、《嗣侯大總管哀挽二首》、《不寐》、《送楊叔能東去相下》。」查《送文生西行》一首已見本卷，録之以仍其舊。

七律

《夜月座主閑閑公命作》　題中「月」字訛，玩詩意當作「菊」。　「細菊[班][班]也自圓。」斑斑。

《寄希顔二首》其一「南餘歸計一廛新」。「南」當作「商」。
《懷益之兄》「三年」句與杜唯「浪」字不同。
《寄答趙宜之兼簡溪南詩老》「穎水崧山去住心」。頴。
《自菊潭丹水還寄崧前故人》此詩罷縣後作。
《鄧州相公命賦喜雨》「河澗定應連上國。」「澗」字訛，應作「潤」。「烽零帶溼閑幽障。」「零」字疑訛。
《新野先生廟》「再世中興事可常」。即少陵「運移漢祚終難復」之意，而詞特翻新。
《岐陽三首》其二「百二關河草不横」。「不」當作「木」。「岐陽西望無來信」二句。用杜，恰合。
《浩然師出圍城賦鶴詩爲送》「華亭清淚世空憐。」唳。
《追用座主閑閑公韻上致政馮内翰二首》其一「蚤櫪老歸千里驥」。皁。
《壬辰十二月車駕東狩後即事五首》其一 哀宗初議幸河朔，後乃駐歸德，時汴城尚未得真消息，故三、四云然。
《中秋雨夕》「此生」句東坡成語。
《癸巳四月二十九日出京》癸巳正月，元人破汴。
《即事》「逆豎終當膾縷分」。逆豎當指崔立輩耶？抑官奴耶？
《甲午除夜》是年正月，哀宗崩于蔡。金有國一百二十年，故云「甲子兩週」。
《杏花落後分韻得歸字》此畫家傳神手也。「殘陽」一聯遂爲杏花絕唱，千古無對。「煮酒清林寒食過。」青。

《繡江汎舟有懷李郭二公》「狼籍秋香如畫船」。　「如」當作「茹」，一本作「擁」。

《鎮州與文舉百一飲》　第五句并與宋家鳴不平。

《望蘇門》「客衣塵土淚班班」。　斑斑。

《懷州子城晚望少室》「十年舊隱抛何處」二句。　對此茫茫，百端交集，亡國感慨意，言外別有含蓄。

《別覃懷幕府諸君二首》其二「百年人物存公論」二句。　自負正在此。

《外家南寺》「眼中高岸移深谷」二句。　蕭瑟峥嶸。

《桐川與仁卿飲》　「詩卷」句杜成語。

《寄楊飛卿》「梨牀殷殷動晨鐘」。　藜。

《東平送張聖與北行》「隱霧難教見一班」。　斑。　「海內文章在公等。」「公等」下，一本自注云：「兼謂李主簿仁卿。」

《四哀詩》《王仲澤》「誰爲幽魂一發輝」。　「輝」當作「揮」。

《杏花二首》其二「帽簷分去家家喜」二句。　風流自喜。

《贈張文舉御史》「神聖無憑恐未然」。　「聖」當作「理」。

《晨起》　「多病」句杜成語。

《梁都運亂後得故家所藏無盡藏詩卷見約題詩同諸公賦》「風流」二句重見。

《出都二首》 燕京，金人舊都，非汴京也。

《贈答樂大舜咨》 「兩都」句山谷成語，先生詩中凡再犯。

《呂國材家醉飲》 「去國」句再見。

《洛陽》「更須同輩夢秋衾」。 「輩」疑當作「輦」，蓋用昌谷「秋衾夢銅輦」句。 「地底中郎待摸金。」摸金校尉非中郎也，東坡誤用，公亦仍而不改。

《爲鄧人作詩》 公曾爲南陽令，乃鄧州屬邑。

《寄楊弟正卿》「東閣觀梅動詩興」。 「觀」字訛，當作「官」，少陵成句。

《贈答同年敬鼎臣》「長身奉米侏儒飽」二句。 鍊句最警策。

《寄答仰山謙長老》「衆租皆喜芋初熟」。 「租」當作「狙」，「芋」當作「芧」。「一鳥」句王半山成語。

《平定鵲山神應王朝》「老眼天公誰[耦][畸]」。 偶奇。

《十一月五日蹔往西張》「歉歲材虛更荒惡」。 「材」當作「村」。

《陀羅峰二首》其一「樓居□處得超然」。 何。

《玉泉二首》其一「[梨]牀偏與望川宜」。 藜。

其二「又新名弟不關渠」。 「弟」當作「第」。

《玄都觀桃花》「人世」句杜牧之成語。

《甲辰秋留别丹陽》「老馬風沙入白頭」。「入」當作「人」。

《别緯文兄》「玉壘」杜句。

《空山何巨川虚白庵二首》其二「露菊霜菜薦枕囊」。「菜」字訛，當作「茱」。「石泉崖[密]破松黄。」蜜。

《蜀昭烈廟》可與劉賓客五律并峙千古。

《常仲明教授挽辭》「鎮州肥膩無毫髮」。「蘇州肥膩」，改鎮州，似未確。

《追録舊詩二首》其二「[潁]上雲烟隨處好」。穎。

《和白樞判李定齋有詩寄白以因風何惜數行書爲落句白酬答云欲搜春草池塘句藥裏關心夢不成余平解之》五、六聯出句是老杜，對句是小杜。

《送端甫西行》「車騎雍容一座傾」。再見。

《同嚴公子大用東園賞梅》「翰林」句本歐陽公。「老夫聊發少年狂。」再見。

《十日作》「[并]陘西北算歸程」。井。「一片傷心畫不成。」句再見。

《曹壽之平水之行》「共舉一杯持兩鰲」。「鰲」字訛，應作「螯」。

《挽雁門劉克明》「争教孺子莫生芻」。「莫」字訛，當作「奠」。

《送李同年德之歸洛西二首》其一「剩醉酴[醾]十日春」。醾。

《存歿》「兩都」用山谷句，集中凡再見。

《人日有懷愚齋張兄緯文》「風光流轉何多態」二句。　雅俗均賞。

《趙元德御史之兄七袠之壽》「玉潤冰清德有鄰」。　「潤」字訛，疑作「潤」。

載華按：十卷末先生書格上云：「按《全金詩》此下尚有三十四首：《贈玉峰魏丈邦彦》、《鬱鬱》、《秋日載酒光武廟》、《丙辰九月二十六日挈家遊龍泉》、《送仲希并簡大方》、《送郭大方》、《送李甫之官青州》、《答晁公憲世契二首》、《寄史得秀兼呈濟上諸交游》、《答吴天益》、《答郭仲通二首》、《蘭文仲良中見過》、《壽趙益之》、《與宗秀才》、《贈馮内翰二首并序》、《九日午後入府知曹子凶問夜不能寐爲作詩二首》、《益父曹弟見過挽留三數日大慰積年傾系之懷其行也漫爲長句以贈》、《贈李文伯》、《同德秀□□□川分得同字》、《德秀家兒子》、《超然王翁哀輓》、《贈任丈耀卿》、《賀德卿》、《王太醫生子》、《贈答趙仁甫》、《贈麻信之》、《射虎》、《茗飲》、《寄劉光甫》、《過臯州見聶侯》、《病中感寓贈徐威卿兼簡曹益甫高聖舉》。」

七絶

《論詩三十首》其一「誰是詩中疏鑿手」二句。　分明自任疏鑿手。

其三「壯懷猶見鐵壺歌」。　「鐵」字疑訛，當作「缺」。

其五　「出門」句山谷成語。

其六「争信安仁拜路塵」。　古來文行背馳多矣，豈獨一安仁耶？

其七　拔出一篇《敕勒歌》，大爲北人洩氣。

其八「論功若准平吴例」。　「平吴」二字妙在闕合齊梁。

其九　爲恃才騁詞者下一針。

其十「少陵自有連城璧」二句。　此因李、杜優劣論而發。

其十一「畫圖臨出秦川景」二句。　見得真，方道得出。

其十二　首句義山成語。　「獨恨無人作鄭箋。」後世箋李詩者，未必即玉溪功臣，奈何。

其十三　掃盡鬼怪一派。

其十九「無人説與天隨子」二句。　所見者大，亦從翻案出奇。

其二十　以柳州接康樂，千古特識。

其二十一「縱横正有凌雲筆」二句。　么絃孤韵，聆者悽然。

其二十四　齊、梁、陳、隋諸名家，大抵皆女郎詩，不數中唐以後也。　此首論本王中立。

其二十六　蘇門諸君無一人能繼嫡派者，才有所限，不可强耳。

其二十七「諱學金陵猶有説，竟將何罪廢歐梅」。　若就詩論詩，半山亦不在歐、梅下，誰能廢之。

其二十八「論詩寧下涪翁拜」二句。　涪翁生拗鍾錬，自成一家，值得下拜，江西派中原無第二手也。

其二十九「傳語閉門陳正字」二句。　罵倒后山，餘不待言矣。

其三十　文人習氣，好評量古人，而又恐人議己，先生亦復不免。

《杏花雜詩十三首》其八　「錯教」句王建《宮詞》。

《戊子正月晦日内鄉西城遊眺》「前日少年今日髮」。　「日」字當作「白」。

《題伊陽楊氏戲虎圖》「大班哆笑口侵耳，小班蓄縮如乞憐」。　斑。

《家山歸夢圖三首》其三「一片傷心畫不成」。　此句凡三見。

《俳體雪香亭雜詠十五首》　此十五首當是癸巳春未出汴京以前作，時哀宗尚在歸德，故第三首云然。《金詩紀事》以爲金亡之後重過汴宮而作者，非也。「時上高層望宋州」一句，乃十五首詩眼也。

其七「重來未必春風在」二句。　若是金亡後重過汴京，不應作如許語。

《雜著四首》　四首與前《雪香亭》十五首疑亦同時所作。

其二「殷勤乃爲惜花枝」。　「乃」當作「仍」。

其四「東君去作誰家客」。　哀宗去國，汴中無主矣，「客」字是句中眼。

《戲贈白髮二首》其一　「貴人」句劉夢得成語。

《濟南雜詩十首》其三「六月行人汗如雨」二句。　平淡中越顯神味。

《聞歌懷京師舊遊》　全學香山。

《李進之迂軒二首》其一「欹斜歷落從人笑」。　「斜」疑當作「嶔」。

《過邯鄲四絶》其一「依然夢裏説茗華」。　「茗」當作「韶」，或作「繁」。
其四「猶是黄粱夢裏人。」　粱。
《竹溪夢遊圖》「白髮刀騷一幅中」。　刁。
《自題二首》其二「後世何須楊子雲」。　揚。
《劉氏明遠庵三首》其二「老眼不應隨鏡改」。　境。
《同漕司諸人賦紅梨花二首》其一　結句坡公成語。
《吳子賢檽庵二首》其二「春草輸贏較幾多」。　句再見。
《太一蓮舟圖三首爲濟源奉先老師賦》其二「亡奈丹青校猾何」。　狡。
《遊天壇雜詩十三首》其二「小樹伭蘽看不供」。　伍。
其七　結句東坡成語。
《雜詩六首道中作》其四「粥麋渾覺水泉甘」。　「麋」當作「糜」。
其五「莊休通蔽元相妨」。　「元」當作「互」。
《初挈家還讀書山雜詩四首》其二「從此晋陽方志士」。　「士」字當作「上」。
《感興四首》其二　儼然廣大教化主後一人，風雅代興，亦關五百年運數，良非偶然。
其四「陽春不比黄華曲」。　蕚。
《自題中州集後五首》其一「若從華實評詩品，未使吳儂得錦袍」。　欲借前輩壓到時流，使先生獲見南渡諸公作，未必遂發此論也。然詩骨要自稜稜可喜。

其五「百年遺藁天留在，抱向空山掩淚看」。能令群公含笑九原，值得先生一淚。

《善應寺五首》其一「更得青山作重復」。「復」當作「複」。

《黄華峪十絶句》其九「也應嫌被紅塵涜」。「涜」當作「涴」。

《七賢堂》「負殺共城麴米中」。「中」字訛，當作「春」。

《秋江曉發圖》結語唐人成句。

《鄉郡雜詩五首》其三「緑烟和雨暗中成」。「中成」一本作「重城」，宜從別本。

《東平李漢卿草蟲卷二首》其一「就中秋蜍最關情」。「蜍」字訛，當作「蝶」。

《題石裕卿郎中所居四詠》《寓樂堂》「五陵」杜句。

《三鄉雜詩三首》其一「薄雲樓閣尤烘暑」。「尤」當作「猶」。

《榆杜硤口村蚤發》還有一種早朝人在。

《同兒輩賦未開海棠二首》其一「殷勤留着花梢露」二句。賦物詩難得細膩如許。

《二十六日蚤發安生道中雨水冰》「水冰真作雨花看」。兩「水」字訛，俱作木。

《劉君用可庵二首》其一「末節繁文費討綸」。「綸」當作「論」。

《虚名》「可惜客兒頭上髮，也隨春草鬭輸贏」。是須非髮，髮不異須，必作非髮觀，即同鬭草見。

《龐都運山水》「重爲溪山感疇昔」二句。直是瀟洒。

《壬子寒食》「五樹來禽拾放花」。　「拾」當作「十」。

《過威州鎬厲王故居》「種瓜四摘横閑事」。　「横」當作「渾」。　「抱蔓無人更可憐。」一語抵得《黍離》、《麥秀》多少感傷。

《喬夫人彩繡僊人圖》「一頌根花更有餘」。　「根」疑當作「椒」。

《論詩三首》其一「情知春草池塘句，不到柴烟糞火邊」。　獨不爲傖父少留地步耶？

其二「不信驪珠不難得」二句。　具大海掣鯨之力。

其三　不惜拈出金針，但恐無人可度，孤却一片老婆心耳。

《贈寫真田生三章》其三「張顛草聖雄千古，却在孫娘劍器中」。　用舊事如新，只是筆妙。

《晴景圖》　快論。　想見此老胸無宿物。

《金山》　題目下一本自注云：「在忻口南。」

《讀漢書》「室方隆棟非難構」。　「室」字訛，當作「室」。

《石勒問道圖》「中原果有劉文叔」二句。　不許海鷗逐鹿，莫埋没老僧胆識也。

《胡叟楚山清曉》「留得才情趙倚樓」。　「得」疑當作「待」。

《臺山雜詠十六首》其二「西北天仫五頂高」。　「仫」當作「低」。

其八「佛土休將人境比，誰家隨步得金蓮」。　謂金蓮花也，清凉所産。

其十「珍重曼殊更□來」。　「曼」當作「文」。　一。

《贈湛澄之四章》其二「猶欠庭蛙墨一螺」。　「蛙」當作「珪」。

《贈司天王子正二首》其二　「天容」句東坡成語。

《同梅溪賦秋日海棠二首》其一「瓊枝不逐秋風老」二句。　筆有化工。

《留贈丹陽王鍊師三章》其二　「桃花」句少陵成語。

虞道園

在朝藁

《次韻筠軒》　「御翰」以下另是一首。

《十一月二十夜思仲常弟二首》其一「叔也俄爲畢竟空」。　「爲」字譌。

《送貢仲章學士奉祠嶽瀆》「空華作賦相爲壽」。　「華」字譌。

《雲州道中數聞異香》「九天清露海塵飄」。　「飄」字重叶，譌。

《賦胡氏皆山》「外固中寬故可居」。　「固」字訛。　「日出擁金千仞雪。」「雪」字亦訛。

《神鳳琴》「遺紋欲托斷琴紋」。　當作「絃」，或作「音」。

《三用韻荅巢翁就以奎章賜墨賜之》　下「賜」字當作「贈」。

《四用韻寄吳宗師奉祠城東岱祀其一謝夏真人送海棠一枝》其二「四月落林多野筍」。　「落」

字訛。

《寄馬伯庸尚書》「賜金盡賣買田舍」。「賣」字疑訛。

《題李氏浩然堂》「浩然堂上看春風」。「看」字疑訛。

應制録

《趙千里小景》「前[伐]王孫不好武」。代。

《胡虔取水蓄部圖》「老馬[砲]沙泉水溢」。跑。

歸田藁

《記夢》「雲雨蓄盤礴」十四句。奇境，非奇筆不能狀。

《次韵陳溪山樓履三首》其一「知君貴賤履」。「賤」疑當作「踐」。

《爲燮理普化題陳立所作龍眠山圖》「妙畫極群□」。狀。

《爲燮元圃題龕溪春曉圖》「連林桑柘春雲濕」。「林」疑當作「村」。

《爲汪華玉題所藏長江萬鴉圖》「白日冷黑帳中語」。「黑」字訛。「相示摩挲極愁予。」「予」字訛。

《題漁村圖》「蟹中抱黃鯉肪白」。「中」當作「甲」。「已烹[其]瓠當晨餐。」甘。

《鄧公信吾契家賢弟比奉憲臺書幣存問衰朽于山中其還也無以爲餞賦此與之》其一「疏傅多年餘賜盜」。疑當作「盡」。

《寄賀吴宗師七十壽旦》其二「幔亭如宴武陵君」。「陵」當作「夷」。

《寄題采石新造觀瀾亭》「風雨春潮足裏回」。「裏」當作「底」。

《會後將登華山按茆岡元卿先往候予至》「閒健聊爲物外遊」。「閒」疑當作「鬭」。

《贈張仲華》其二「饋漿道在野人誰」。左。

《寄龍翔寺訢笑隱》「閒雲過雨依檐宿」。「過雨」兩字疑當作「過嶺」。

《嘉平幾望陳谿山自山齋還邑月下獨步有賦》「池冰下月蒼鱗鬣」。「下月」二字有訛。

《賦玉簪花四首》其四「天宫會卉若星流」。「卉」當作「弁」。

《奉答吴仲谷見寄兼簡許愿父三首》其二「吟詠高齋從適參」。不解，豈謂高、岑耶？

初白庵詩評卷下

海鹽後學張載華芷齋輯

瀛奎律髓

登覽類

《度荆門望楚》陳子昂　初唐人新創格律，即陳、杜、沈、宋亦未能出奇盡變，不過情景相生，取其工穩而已。

《臨洞庭湖》孟浩然　孟作前半首，由遠説到近。後半首全無魄力，第六句尤不着題。方虚谷云：「予登岳陽樓，此詩大書左序毬門壁間，右書杜詩，後人自不敢復題也。」二篇並列，優劣已見，無論後人矣。

載華按：二篇並列云云，及後劉得仁《夏晚》一則，手批本無，然語意精當，確是先生口氣。聞《律髓》批點，敬業家塾過本最多，疑係先生偶爾增入者。蒿廬夫子於友人案頭記録，另用黄筆別之，今仍録，以俟再考。

《登岳陽樓》杜工部　杜作前半首由近説到遠。闊大沉雄，千古絶唱，孟作亦在下風。

附録：李天生先生云：「八句似各一意，全篇仍自渾然相貫相承，故爲絶調。」〇俞犀月先生云：「三、四極開闊，五、六極黯淡，正於開曠處俯仰一身，凄然欲絶。」〇岳陽之勝在洞庭，第一句安頓極好。

《登兗州城樓》　此杜陵少作也，深穩已若此。

《登牛頭山亭子》　與《登岳陽樓》作同一章法。

《秋登宣城謝朓北樓》李太白「山色望晴空。」　「山色」一本作「山曉」，當改此以避第六句。

《漢江臨眺》王右丞　第一、第三句中兩用「江」字。不但此也，「三江」、「九派」、「江流」、「前浦」、「波瀾」，篇中説水處太多，終是詩病。

《金山寺》張祜「樹影中流見」二句。　妙處在自然，他人未免有意鋪張。

方虚谷云：「此詩金山絶唱。孫魴者努力繼之，有云：『天多剩得月，地少不生塵。過櫓妨僧定，歸濤濺佛身。誰言張處士，詩後更無人。』其言矜誇自大，然濺佛之句，或者則謂金山豈如此其低邪？」　驚濤句措詞太粗狠，未免近俗則有之，若論作詩法，則形容模寫處往往有過其實者，執此論天下，無詩境矣。

《金山寺》梅聖俞　宛陵詩極爲歐陽公所推重，其古淡高潔洵在歐上。結有餘味。

《登鵲山》陳后山「朴俗猶虞力，安流尚禹謨。」　出句用「猶」字，對句復用「尚」字，便是合掌，老杜無此法也。

方虚谷云：「此詩暗合老杜，今注本無之，細味句律，謂后山學山谷，其實學老杜，與之俱化也。」

后山詩朴老孤峭，在江西派中自當首出，只讓涪翁一頭地耳。然謂其學杜則可，謂其學杜而與之俱化，竊恐未安。

《登快哉亭》　五、六取境別。

《甘露寺》晁君成

方虚谷云：「晁君成名端友，无咎之父，東坡爲其詩集引。」　晁氏一門，詩文之傳者多矣，獨君成集失傳，惜哉。

《登定王臺》朱文公「日月東西見」二句。　軒豁呈露。

《渡江》陳簡齋　簡齋與后山才力相近，而烹煉不及后山，觀其全集自見。結語微含諷意。

《登越臺》宋之問「南溟天外合」四句。　二聯可謂佳處領其要。

《陪章留後侍御宴南樓》杜工部　時蜀中屢叛，節帥屢易，章梓州亦非乃心王室者，故少陵與之酬贈，往往多警動語，此其一也。

《登多景樓》晁君成　有「開軒」句之宏大，不可少「覽物」句之細膩，以下觸手皆靈，得力在此耳。

「廢興懷霸業，融結想天機。」一句説人事，一句説江山，搏捖有力。

《登黄鶴樓》崔顥　此詩爲後來七律之祖，取其氣局開展。

《登金陵鳳凰臺》李太白　太白不工七律，摩詰不工七古，才分固有所限邪？

《登樓》杜工部　發端悲壯，得籠罩之勢。

《閣夜》　對起極警拔，三、四尤壯闊。

《登大茅山頂》王介甫　半山詩無體不工，宋人學唐者，斷推第一手。「人間已換嘉平帝」二句。典雅。

方虛谷云：「本是次韵其弟平甫三詩，平甫詩曰《王校理集》，李鴈湖殆未見也。」　李鴈湖，注荆公詩集者。

《平山堂》　首句「江」字，集中作「岡」。　「一堂高視兩三洲。」「洲」當作「州」。三、四聯一南一北。

《次韵平甫金山會宿寄親友》「已無船舫猶聞笛」二句。　善寫夜景，又切江天，移易他處不得，可以壓到原唱。

《陪潤州裴如晦學士遊金山回作》楊公濟　楊公濟名蟠，宋哲宗時人。「江水中分遶檻流。」脱不得張處士境界。

《甘露上方》　起句補凑。結亦少力。

《遊廬山宿棲賢寺》王平甫

方虛谷云：「王安國平甫，其詩陳后山亟稱之，當時諸公，歐、蘇莫不敬歎欽獎。或謂其得於天才，不學而能。」　東坡嘗稱平甫爲謫仙人。

《登快閣》黄山谷「澄江一道月分明」。　極似杜家氣象。

《鄂州南樓》范石湖

方虛谷云：「乾淳間詩巨擘稱尤、楊、范、陸，謂遂初、誠齋、放翁及公也。」《誠齋集》中稱尤、蕭、范、陸爲「四詩將」，蕭名（海）〔德〕藻，字東夫，詩集舊有刊本，今失傳。後遂以楊易蕭。

朝省類

《酬蘇味道夏晚寓直省中》沈佺期　中二聯寫夏晚景物佳。

《在廣州聞崔馬二御史並拜臺郎》蘇味道「故林懷柏悅」。「柏悅」未詳。

《奉答岑參補闕見贈》杜工部　前三句即上所云分曹也。

載華按：前首即岑嘉州《寄左省杜拾遺》詩，第二句云「分曹限紫薇」，故先生云然。

《春宿左省》　靈武即位以後，闕事多矣。岑嘉州云「聖朝無闕事」，不如老杜「明朝有封事」爲紀實也。

《晚出左掖》　中二聯全是寫景，杜集中脩整詩也。

方虛谷云：「山谷評公詩必以夔州後詩爲準，然則不變不進，愈變愈進，老杜且然，況他人乎？」余獨謂少陵夔後詩漸近衰颯，非進境也。

附録：李天生先生云：「通前首皆賦省掖之景，諫官意只結語及之。」

《和賈至舍人早朝大明宮》王右丞　王麟州譏此詩説冠服太多，亦善摘瑕者也。

同前岑參「雞鳴紫陌曙光寒，鶯囀皇州春色闌」。對句不覺。「花迎劍佩星初落」二句。不脱早朝。方虚谷云：「四人早朝之作，倡和在乾元元年戊戌之春，俱偉麗可喜，不但東坡所賞子美『龍蛇』、『燕雀』一聯也。然京師蹀血之後，瘡痍未復，四人雖誇美朝儀，不已泰乎？」余亦曾持此論。

《喜張十八博士除水部員外郎》白樂天　八句一氣呵成，章法亦本於杜。「今日聞君除水部」二句。足見交誼真切。

《六月十七日召對自辰及申方歸本院》韓致光　中二聯只形容召對之久，而妙義叠出。

《卧病逾月請郡不許復直玉堂十一月一日鎖院是日苦寒詔賜宮燭法酒書呈同院》蘇東坡　通首氣味好。

《次韻蔣穎叔錢穆父從駕景陵宮》　公初自登州還朝，故前半云云。

《較藝和王禹玉内翰》梅聖俞　出榜後主司例遊金明池，故有落句。

《較藝呈永叔和禹玉》「食葉蠶聲句偏美」。「無譁戰士啣枚勇，下筆春蠶食葉聲。」六一居士試院舊句。

《呈永叔書事》王禹玉　字呼座主，可乎？三句中着兩「詔」字，亦檢點不到處。

懷古類

《武侯廟古柏》李商隱「玉壘經綸遠」二句。　即子美「運移漢祚終難復」一句意。

《長安道中悵然作三首》宋景文其三「坏土漢諸陵」。　煉。

《淮陰》梅聖俞　結不成語。

《塗山》

方虚谷云：「辛壬甲子亦奇甚。」　何奇之有？

《西塞山懷古》劉禹錫　專舉吴亡一事，而南渡五代以第五句含蓄之，見解既高，格局亦開展動宕。

《隋宫》李商隱「紫泉宫殿鎖烟霞」四句。　四句中轉折如意。

《馬嵬》　一起括盡《長恨歌》。

《凌歊臺》許渾　除却「宋祖凌歊」四字，以後無一語切題者。

《咸陽城東樓》「溪雲初起日沉閣」二句。　吾于《丁卯集》中只取此二語，工于寫景而無板重之嫌。

《題潤州妙善寺前石羊》羅隱

方虚谷云：「此詩《昭諫集》中第一。」　《江東集》中好詩尚多，以此爲第一，恐非篤論。

《南朝》劉子儀「雀舫波漲欲浮城」。　「舫」字平聲讀，他處未見。

載華附識：　蒿廬夫子云：「按『舫』字古作方，吴才老云：　方、舫音義同。《韻會小補》舫字下亦收平聲，引《戰國策》『舫船載卒』鮑彪注非郎切。」

《和張民朝謁建隆寺二次用寫望試筆韵》梅聖俞　閲過崑體，轉覺都官之工。

《金陵懷古四首》王半山其一「且費興亡共酒缸」。「費」當作「置」。其三「聖出中原次第降」。名句。「山水寂寥埋旺氣。」王。

《登懸瓠城感吴季子》王岐公「吏部聲名千古在」二句。「千載斷碑人愛惜，不知世有段文昌。」世傳東坡句，與岐公暗合。

《登海州樓》「海樹風高葉易秋」。調高不落大曆後。「疏傅里閭詢故老。」海州有景疏樓。

載華按：「疏傅」陳本誤作「疎傅」。

《過鄴中》劉屏山「遺恨分香憐晚節」。分香事見陸機《辨亡論》。

載華附識：蒿廬夫子云：「分香事見陸機《弔魏武帝文》，非《辨亡論》。」

風土類是卷所選五言俱佳

《早發始興江口至虛氏邨作》宋之問「宿雲鵬際落」二句。語巧而不覺其纖，所以爲初唐。

《送梓州李使君》王右丞　字字挑選。

《秦州》杜工部　五言鍊句曲折，自老杜始可以類推。

《送鄭尚書赴南海》韓退之　結句可爲長律之法。

《送人入蜀》李遠「杜宇呼名語」二句。鍛鍊亦見苦心，然格稍卑矣。

《送僧遊南海》李洞　五六非浪仙所能道。

載華按：虛谷云：「洞學賈島爲詩。」故先生云爾。

《南中》王建「州縣半蕪城」。「蕪」當作「無」。「烟火雨中生。」「烟」當作「陰」。

《送人尉黔中》周繇　余謂三、四更工，以無刻畫痕也。

載華按：虛谷云：「五、六新而俊逸。」故先生云爾。

《宣州二首》梅聖俞其二　第五句總承上四句，章法奇。

《送任適尉烏程》　開口便與人作身分。

《餘姚陳寺丞》　以上二首，劉後邨采入《詩話》，最所歎賞。

《送晁質夫太丞知深州》　第三句雖從首句出，終覺無味。

《送劉攽秘校赴婺源》　起手不草草，第三句常語耳，對句勝。

《送洪秘丞知大寧監》　大寧監，主鹽税者也。第四句以叙事爲點題，作者用意處。

《送鮮于秘丞通判黔州》「汲井熬鹽白」四句。　兩聯二十字，工力悉敵。

《魯山山行》　句句如畫，引人入勝。

附録：陸辛齋先生云：「落句妙，覺全首便不寂寞。」

《送番禺杜村主簿》　第六句暗用柳州食蝦蟆事。

《公安縣》陶殿　「殿」字訛，當改「弼」。按别本，「殿」作「弜」，古「弼」字也。黄山谷陶君墓志：弼以進士起家，仕至知順州。所著詩文十八卷。

《送舅氏野夫萃之宣州二首》黄山谷其一　五、六似杜。「今年輒省曹。」「輒」當作「輟」。

《寄潭州張芸叟》陳後山「春味薦猫頭」。　猫頭，長沙笋名。

《頃歲從戎南鄭屢往來興鳳間暇日追憶舊遊有賦》陸放翁「雷霆去聲起湫潭」。「霆」字讀去聲，不詳所出。按《吴都賦》「聲若雷霆」，與「穎」同叶，音挺，乃上聲也，《廣韵》亦收入迥韵挺紐下。

《蓋少府新除江南尉問風俗》郎士元　第六句用於晉、宋南渡時更切。唐都關中，衣冠未必皆南遷。然好句自不可廢。

《自江陵沿流道中》劉夢得「風天氣色屬商人」。「氣色」兩字下得壯健。

《赴蘇州别樂天》　香山妙處在辭達而無俗氣。

載華附識：蒿廬夫子云：「評語疑誤寫，然原本如是。」

《登柳州城樓寄漳汀封連四州》柳子厚　起勢極高，與少陵「花近高樓」兩句同一手法。

《嶺南江行》　律詩掇拾碎細，品格便不能高。若入老杜手，别有鎔鑄爐鞲之妙，豈肯屑屑爲此？

虚谷謂柳州五章比杜尤工，一言以爲不知，覽者毋爲所惑可也。

方虚谷云：「柳州此五律詩比老杜則尤工矣。」　不確。

《重誇州宅旦暮景色》元微之「人聲曉動千門闢」。　千門無乃太誇。

《郡中有懷寄上睦州員外十三兄》邢群　三、四與牧之風調相似。

《洛陽長句》杜牧之　結句得體，詞亦典贍風華。

《題宣州開元寺小閣》「鳥去鳥來山色裏」二句。　不獨寫眼前景，含意無窮。

《夷陵歲暮書事呈元珍表臣》歐陽永叔「平時都邑今爲陋」二句。　俯仰有情，不作遷謫語，頗足自豪。

《戲答元珍》「春風疑不到天涯」二句。　鬆快。

《人鮓甕》范石湖　「與齊俱入」，語出《南華》。五、六聯妙于用虚字。

《杭州喜江南梅度支至二詩》陳文惠其二「門前碧浪家家海」四句。　兩聯上二字作對，犯重。

《守嚴述懷》陸放翁「名酒過於求趙璧」二句。　用事必如此超脱，方稱作家。

昇平類

《禁林春直》李文公「八方無事詔書稀」。　一句道盡太平氣象。

《上吕相公》劉禹謨「恐是神仙不可知」。　輕率語。

《賞花釣魚御製》昭陵仁宗　御製詩難得如許熨帖。

《和前韵》鄭毅夫「綉幕烟深紅會合」。　「會合」二字牽强而嫩。

《送程公闢給事出守會稽兼集賢殿脩撰》「雪急紫濛催玉勒」。注：「公奉使方歸。紫濛，虜中館名也。」　《晉書・載記・慕容廆傳》：「世居東夷，邑於紫蒙之野。」詩中所用，當出此。「蒙」與「濛」字體稍異，音義相同，乃地名，非館名也，注恐訛。

《寄程公闢》「舞急錦腰迎十八，酒酣金盞照東西」。　黄山谷詩：「佳人斗南北，美酒玉東西。」玉東西，酒盃也。今既曰金盞，又曰東西，於義何居？上句亦太纖，不足取。

《瓊林苑賜宴餞留守太尉輒繼高韵呈》「瓊林賜餞盡巫疑」。「巫疑」未詳。

《謁曾魯公》王介甫　中兩聯叠用四人姓名，板重無味。

《和賞花釣魚》　兩兩分對，又屬次韵，雖作手難於出色。

《寓意》晏元獻　晏工于填詞，鍊句每輕倩。

《賀車駕幸秘書省二首》吕東萊　東萊不以詩名，而應制乃爾稱題，有專家所不及者。合前後三章觀之，儒者氣象可見。

《入城至郡圃及諸家園亭遊人甚盛》陸放翁　劍南詩非不佳，只是蹊徑太熟，章法句法未免雷同，不耐多看。

《西郊暮歸》「亭帳盜消常息鼓」。「帳」當作「障」。

宦情類

《初至犍爲作》岑參　以下二首亦可入風土類。

《題元録事開元所居》劉長卿「今日新安郡」二句。　太白詩「清溪三百曲，摇櫓上新安」，亦睦州也。

《罷郡姑蘇北歸渡楊子津》劉賓客「歸心渡江勇，病體得秋輕」。　着力在句末兩字。「奎山舊遊寺。」奎山當在京口，失考。恐是金山之訛字。

《和裴僕射移官言志》張司業　頸聯莊重。

《晚歲》白樂天　長慶律中拗句絶少，此首是其變體。

《自詠》　中間雖屬對，乃古詩也，不應入律。

《七年春題府廳》「雖非好官職」二句。　達人口吻，與歎老嗟卑者不同。

《武功縣中》姚合其四「一日看除日」。　第二「日」字訛，當作「目」。

其九「滯坐吏人傍」。　「滯」當作「端」。

其十一「多病懶能醫」。　「懶」疑當作「賴」。

《縣丞廳即事》王建「古廳眠受魘」二句。　警聯不在多，可壓武功三十首。

《除棣學》陳后山　五六與起句調同。

《寄李儋元錫》韋蘇州　邨學小兒皆能讀此詩，不可因習見而廢也。

《書懷》張籍「曾到僧家問若空」。　「若」當作「苦」。

《解蘇州自喜》白樂天「身兼妻子都三口，鶴與琴書共一船」。　有對句則出句不覺其淺易。

《從同州刺史改受太子分司》「履道西馳七過春」。　「馳」當作「池」。

《和高僕射罷節度讓尚書授太保分司喜遂遊山水之作》

方虛谷云：「誇美高公富貴，似乎譏之。」　高郢，樂天之座主也，詩中亦無刺譏意，原評謬。

《贈秋浦張明甫》杜荀鶴「吏才難展用兵時」。　名言。　五六近俚。

《書懷簡孫何丁謂》王元之　吴體非此老所長。

《擬杜子美峽中意》宋景文　三、四全不是少陵家法。

《罷學士出守還拜承旨》「厩馬難還笑齒長」。　「齒長」，「長」字上聲，如何叶平韵？

《和即事》張宛丘「啅雀踏枝飛尚裊」二句。　曲折細潤。

《上章納禄恩畀外祠遂以五月東歸》陸放翁其三「傍人鷗鳥自然熟」二句。　此亦放翁集中别調也。其五「西湖重到付來生」。　甚似香山。

《明發南屏》楊誠齋　三、四上句俗，下句好。　「到得江頭上船□。」處。方虚谷云：「第六句絶妙。」　第六句妙在何處？

《次韵傅唯肖》蕭千巖　南渡詩家，初稱尤、蕭、范、陸，今蕭詩罕傳者，唯劉後邨《詩話》中及兹集所載數篇而已。

《中旬休日呈巖老》鞏仲玉「酸風鱗面慵開眼」四句。　對句俱勝出句。

風懷類

《次韵張公遠二首》張宛丘其二「未曾驅豆更無謀」。　「驅豆」未知出處。

載華附識：蒿廬夫子云：「驅豆疑即郭璞事。」

《偶見》韓偓「仙樹有花難問種」二句。　艷不傷雅。

《倚醉》「静中樓閣春深雨」二句。　有景有情有味。

《楚宫》「暮雨自歸山峭峭」。　兩「峭」字當作「悄悄」。

宴集類

《宴散》白樂天　三、四即俗所云無不散之筵席也。虚谷引此，謂是富貴語，失其旨矣。

《宴周皓大夫光福宅》　前六句模寫豪華，盡態極妍矣。結處疏澹，微含譏諷。

《同周楚望飲花園》張宛丘　虚谷極賞五、六一聯，吾所不取。

《春宴行樂家園》宋景文「園彷初乾小雨泥。」　「彷」字亦可讀仄聲邪？　「技癢新禽百種啼。」「技癢」二字着得生硬，禪家所謂惡趣，學詩者宜以爲戒。

《上巳訪楊廷秀賞牡丹於御書扁榜之齋其東圃僅一畝爲街者九名曰三三徑》周益公　方虚谷云：「周益公丞相之四六，楊誠齋秘監之詩，俱名天下，而同郡。」　周與楊不但同郡，且同時歸老，集中唱和甚多。

老壽類

《胡吉鄭劉盧張六賢皆多作詩予亦次焉偶於敝舍合成尚齒之會九老相顧既醉且歡静而思之此會世所稀有因成七言六韵詩以記之傳好事者》白樂天「七人五百七十歲」。　《香山集》首句云「七人五百八十四」。

方虛谷云：「胡杲年八十九，吉旼年八十六，鄭據年八十四，劉貢年八十二，盧貞年八十二，張渾年七十四，白居易年七十四。」　按白集，諸公年齒小異。吉旼，白集作「皎」，《唐書》本傳同。劉貢，白集作「真」。

虛谷又云：「予按會者九人，狄兼謨、盧貞以年未七十，不著於詩。雖名七老，實九老也，故世傳《九老圖》云。且一時有同姓名者，亦可謂異矣。」　按白集《九老圖詩自序》云：其年夏，又有洛中遺老李元爽，年一百三十六，歸洛，僧如滿年九十五，年貌絕倫，同歸故鄉，亦來斯會。續命書姓名年齒，寫其形貌，附于圖右，與前七老題爲「九老圖」云云。據此，則狄、盧二公始終不列九人之數，虛谷第勿深考，故訛注如此。

《睢陽五老圖》杜祁公　睢陽五老，年皆八十以上。

《借觀五老圖次韵》歐陽永叔　《五老圖》和章甚多，載孫紹遠《聲畫集》，不獨歐陽公，此外尚多可采者。

《耆英會》文潞公　耆英會十三人，年齒無踰八十者。

春日類

《奉和聖制春日翦彩花勝應制》宋之問「金閣裝仙杏，瓊筵弄綺梅」。　「裝」、「弄」二字與結處「翦刀」二字脈絡相貫。

《次北固山下》王灣　大曆以後無此等氣格矣。

《晚春嚴少尹諸公見過》王右丞「鶯啼過落花」。「過」字千錘百鍊，而出以自然。

《奉酬李都督表丈早春作》杜工部　三、四從虚處着筆，倍見力量。方虚谷云：「『采』字舊作『來』字，或見奉酬李都督，謂此是『來』字，非也。『力疾』、『采詩』，是重下斡旋字，若『來』字，則無味亦無力矣。」愚意「采」字不若「來」字渾成。

《春山月夜》于良史「掬水月在手」二句。句法雖工，終屬小巧。

《春日客舍晴原野望》陳羽「漸變池塘色，欲生楊柳烟」。對句動宕。

《酬劉員外見寄》嚴維　五、六全於第五字用意。

《春日野望》李中「暖風醫病草」。「醫」字乃好新之病。

《履道春居》白樂天「暝助嵐陰重」二句。誰謂香山淺易？皆耳食而不味其截者也。

《和春深》其一　第三句不解。

《原上新春》王建其二　寧取平易，勿取艱澀生新。

《春日述懷》魏仲先「妻喜栽花活」二句。眼前語却成名聯。

《春日登樓懷歸》寇萊公「野水無人渡」二句。借韋蘇州「野渡無人舟自横」一句化作兩句。

《半山春晚即事》王半山　起句律中變格，下聯承「清陰」二字來。

附録：陸辛齋先生云：「此等起法終不足稱。」

《即事》「縱横一川水」二句。　不事組織，摛藻清華。

《欲歸》　此介甫送北使時作，下同。

載華按：評語云云，指《欲歸》以下三首而言，已見虚谷《詩話》，似可不必。

《春日》「室有賢人酒，門無長者車」。　「座對賢人酒，門停長者車。」少陵成語也。半山熟于唐詩，往往有此病。他如「昔逢滅劫壞，今遇勝緣脩」二句，亦出樂天集，一時不及檢點耳。

《暮春遊柯市人家》張宛丘「幽花冠曉露，高柳旆和風。」　「冠」、「旆」二字硬入句中作眼，何得云自然？

載華按：虚谷評此詩云：「句句自然。」故先生云爾。

《和仲良春晚即事》楊誠齋「病敢跨連錢」。　「連錢」如何替得「馬」字？　「一犂關五秉。」牽强。

方虚谷云：「『連錢』、『紙田』，用韵好勝之過。『一犂五秉』、『百箔三眠』，凑合亦佳，但恐少年作，未自然，學詩者不可不由此入也。」　學詩若由此入，便誤走蹊徑。

《暮春二首》陸放翁其二「江山妨極目」二句。　老勁。

《小舟游西涇渡西江而歸》「聊垂瓜蔓水」。　「垂」字訛，當作「乘」。　結處閒淡有餘情。

《曲江二首》杜工部其一　三句連用三「花」字，一句深一句，律詩至此，神化不測，千古那有第二人！

其二「酒債尋常行處有」二句。　遊行自在。

載華按：李天生先生杜詩閱本「人生七十古來稀」句，全抹，旁批「湊」字，與先生此條評語似屬判然。然各有指歸，學者於此細參，思過半矣。

《曲江陪鄭八丈南史飲》「雀啄江頭黄柳花」。「啄」當作「啄」。

《和程員外春日東郊》包何

方虛谷云：「第三句絶妙。」有何妙處？

《和牛相公春日閒望》劉夢得　陸放翁七律全學劉賓客，細味乃得之。

《春日長安即事》崔魯　前半既用吴體，後半不稱。

《賞春》姚合　此之謂淺易。

《殘春旅舍》韓致光「禪伏詩魔歸静域」。「静」當作「浄」。

《假寐》王平甫「春風池沼魚兒戲，暮雨樓臺燕子閒」。「魚兒」、「燕子」作對，本用少陵詩，而「風」、「雨」二字顛倒出之。

《春陰》「苦憐燕子寒相並」二句。稍近詞調，而風致韶秀。

《西湖春日》　中二聯亦似崑體。

《春日遣興》張宛丘　第七句與第四句意犯重。

《次韵黿無斁》陳后山「年衰鷗鷺今如是」。少陵詩「年衰鴳鷺群」，今引此，「鷗」當作「鴳」。第三句用「鷗鷺」，第五句復用「烏鵲」，此等詩何必入選？句法亦全襲杜，未免生吞活剥之譏。

《春日郊外》唐子西

方虚谷云：「尾句即簡齋所謂『忽有好詩生眼底，安排句法已難尋』也。」　東坡亦有句云：「春江有佳句，我醉墮淼漭。」結語全用此意。

《春近》陸放翁　虚谷原評云：「爛熟。」

《病足累日不出庵門折花自娱》「粗知春在賴鶯聲」。　一語動人，全篇生色。

《春日小園雜賦》「猩紅」、「鴨緑」再見便少味。

《枕上作》　此詩已入前老壽類中，重出當删。

《甲子立春前二日》「性靈烏鵲報陰晴」。　「性靈」二字用得活，不嫌其腐。

《暖甚去綿衣》趙昌父　第三句中有元氣，難乎爲對。

《早立寺門作》趙章泉「青山表見花顔色，緑水增添鷺羽儀」。　「表見」、「增添」四字淺而俗，此吾所以不喜江西派也。

《出郭》　三、四調雖新却無趣味，後人學之，最壞手筆。

《晚春》韓仲止「木筆豈非濃意態，石楠終是淡精神」。　濃淡分屬不確。

夏日類

方虚谷小序：「『人皆畏炎熱，我愛夏日長。』唐太宗之詠也。」　文宗，非太宗也。

《陪諸貴公子丈八溝攜妓納涼晚際遇雨二首》杜甫其一　此種非少陵擅長處，然結語後人已作故事用。

《陪鄭廣文游何將軍山林》　第二、第六首何獨不入選？

方虛谷云：「《重遊》五首有云：『春風啜茗時。』當作『薰風』。蓋皆夏日所作詩，安得總云『春風』乎？」　何所據而云皆夏日作？

《夏日即事》裴説　第四句難解。

《夏晚》劉得仁　似六朝體，不當入律詩。

《仲夏齋居偶題八韻寄微之及崔湖州》白樂天　「眼前無俗物」，少陵成句。

《苦熱》　前一首着眼在「閑」字，後一首着眼在「静」字。

《夏夜》賈浪仙　有意求新，一變唐賢風格。

《夏日即事》陳后山「愁極酒無功」。　「亂來唯覺酒無功」，唐人已先有之。

《五月初作》陸放翁「推移逢夏五，賦與歎朝三」。　以「夏五」對「朝三」，刻意求工，落小家數。

《郊原避暑》葛無懷「湖近意先涼」。　理足而辭不費。

《夏日三首》張宛丘其一「蝶衣曬粉花枝午，蛛網添絲屋角晴」。　對句更勝。

其二「扇涼山雪畫青繒」。　筆有餘清。

《幽居初夏雨霽》陸放翁「楸花練花照眼明」。　「練」當作「楝」。

《麥熟市米價減鄰里病者亦皆愈欣然有賦》「鄰翁瀕死復相見」二句。　瘦勁，非老境不能到。

《五月初夏病體輕偶書》「三日無詩自怪衰」。　崛强。

秋日類

《悲秋》杜工部「愁窺高鳥過」二句。　感慨含蓄。

附録：錢圓沙先生云：「高鳥之飛，輕健飄疾，老人之行，依附迂迴，故五六自傷也。」

《秋野》其四「潛鱗輸駭浪，歸翼會高風」。　「輸」字、「會」字他人百鍊不到，以爲詩眼亦可。其實句中無一字不着力也。

《秋日暑退贈白樂天》劉夢得「人情皆向菊」二句。　新穎可喜。

《早秋》杜牧之「大暑去酷吏」二句。　自牧之以前，不曾有此句法。

《渭上秋夕閒望》潘逍遥　三、四絶勝五、六。

載華按：虚谷云：「五六清淡。」故先生云爾。

《秋風》王半山　結句有餘力、有轉换。

《秋晚》滕元秀「屢遷憐蟋蟀」二句。　新而警，轉俗爲雅，只是筆妙。

《秋夜》杜工部　起結扣定題面，中間兩句説夜，兩句説秋，切題極矣，却極開宕。

《吹笛》　五六虚處傳神。

《七月一日題終明府水樓》

方虛谷云：「老杜别有《秋興》七言律八首，以多不能備取。」　姚武功縣署詩選至十餘首，而老杜《秋興》獨以多見遺，去取殊不愜人意。

《秋日登樓客次懷張覃進士》魏仲先　三四似從香奩脱胎。

《九日水閣》韓魏公　此首已見宴集類，重出。

《九日破曉攜兒姪上前山竚立佳甚》韓仲止　結用陶詩。

《風雨中誦潘邠老詩》「獨上吴山看大江」。　江字出韵。

冬日類

《歲晚》王半山「風含笑雨涼。」　「雨」當作「語」。

《舍北摇落景物殊佳偶作五首》陸放翁其四「屋角成金字」。　《北史》：斛律金不識文字，本名敦，苦其難署，改名爲金，從其便易，猶以爲難。司馬子如教爲金字，作屋况之，其字乃就。

《冬日感興十韵》「相法欠三壬」。　「三壬」出《三國志・管輅傳》：「背無三甲，腹無三壬，皆不壽之驗。」劉賓客詩「鑒容稱四皓，捫腹有三壬」，已先用之矣。

《和翁靈舒冬日書事三首》徐道暉其二「耕桑猶礬樂」。　「樂」字當作「槖」。

《戊申歲暮詠懷二首》白樂天其一「老病傍人豈得知」。　語淺情真。

《十二月八日步至西郵》陸放翁　第五句老杜成語。

《次韵葉德璋見示》趙昌父「故里何由投竹安」。　「投」當作「報」。

晨朝類

《曉望》杜工部「高峰寒上日」四句。　兩聯二十字，無一字放鬆，又多是寫景，杜律中變體。

附録：李天生先生云：「嘗早行東望，始悟此詩之工。『天清木葉聞』更爲微妙。」

《將曉二首》其二「落葉去清波」。　「葉」字訛，當作「月」。

《商山早行》温飛卿「雞聲茅店月，人迹板橋霜」。　出句勝對句。

《途中早發》劉賓客「霜橋人未行」。　較「人迹板橋霜」，覺此句勝。學者於此理會，思過半矣。

《晨起》　起句輕率無味，試思老杜「客睡何曾着，秋天不肯明」，是何等手法。

《早發》羅鄴「白草近關微有路」二句。　晚唐之壯浪者。

《新城道中》蘇東坡

方虚谷云：「東坡爲杭倅時詩，是年三十八歲。晁無咎之父端友令新城，故和篇有云：『小雨足時茶户喜，亂山深處長官清。』此乃佳句。」　世俗刻本，皆以後一首混入蘇集，據此可證其非。

《西歸舟中懷通泰諸君》吕居仁「一雙一隻路旁堠。」　「路旁堠，一雙復一隻。」乃白香山古詩。

載華附識：蒿廬夫子云：「《路旁堠》乃昌黎古詩，非香山也。」

暮夜類

《晚次樂鄉縣》陳子昂　「故鄉」、「舊國」犯重。唐初律詩不甚檢點，以後講究漸精細，乃免此病。

《向夕》杜工部「深山催短景，喬木易高風」。「催」字意想所及，「易」字匪夷所思。

《客夜》　一起朴老，三四渾雄。

《倦夜》　前六語俱寫景，極其細潤，結處無限感慨。

附録：李天生先生云：「寫倦俱在景上説，不用羈孤疲困之意，所以爲高。」

《旅夜書懷》　此舟中作。

《野望》　中二聯用力多在虚字，結意尤深。

《山中寒夜呈許棠》曹松「煎茶取折冰」。「折」疑當作「拆」。「争無俗者情。」「情」出韵，當作「憎」。

《湖上晚歸寄詩友》陳后山「功名違此志」。「此」當作「壯」。

方虚谷云：「此詩任淵注本不收，乃謝克家本添入者。」任淵注后山詩，竹垞家有之，余曾借閲一過，今此本不知誰屬矣。

《晚泊》「年使扶行老」。　滞句。

《冬夜》張宛丘「身閒讀我書」。「且還讀我書」，陶句也。

《五鼓不得眠起酌一杯復就枕》陸放翁　第六句本大蘇「手香新喜緑橙搓」來。

《冷泉夜坐》趙師秀「池水夜觀深」。　妙句從静中得。

《訪端叔提幹》葛無懷　前半説盡乘潮放船之樂。

《雪夜》「雪滴晴簷雨」二句。　字字的當。

《閣夜》杜工部　此詩已入登覽類，重出當刪。

《夜雨》陸放翁「佩壺明日試尋看」。　「佩壺」字本于牧之。

節序類

《臘日二首》張宛丘其二　二三重「夜」字。　「霜翼歸何晚」二句。　寫寒夜光景，别有神味，不必拘拘臘日。

《除夕》唐子西　東坡《黄州寒食》詩云：「君門深九重，墳墓在萬里。」後人讀之，尚有餘悲。三、四全是此意。詩可以怨，其君臣父子之際乎？

《除夜》陳后山

方虚谷云：「前四句即『四十明朝過，飛騰暮景斜』之意。樂天亦云：『行年三十九，歲暮日斜時。』前輩競辰如此。」「競辰」二字出楊子《法言》。

《次韵仲卿除日立春》王半山　前六句俱切題，不但五、六。

載華按：虚谷云：「五、六切題。」故先生云爾。

《元日》陳后山　通首似杜。「望鄉仍受歲。」七月十五是受歲之日，佛告阿難語。后山精于内典，于此詩見之。

《嘉祐己亥歲旦呈永叔内翰》梅聖俞　三、四分承起二句。

《和元夜》陳后山「彭黄争地勝」。「彭黄」合用牽强。

《奉和晦日幸昆明池應制》宋之問　同時應制諸篇，上官昭儀定此詩爲第一，以結句有餘力也。

《春社》梅聖俞「壇邊祠肉鴉」。「祠」當作「伺」。

《新年書感》陸放翁

方虚谷云：「嘉定二年己巳，放翁八十六，此詩全未覺老耄。數日前自注：『謂大兒新年六十二，仲子六十，季子亦近六十。』亦可謂希有矣。」佳話古今希有。

《庚辰歲人日作》蘇東坡「三策已應思賈誼」。「誼」當作「讓」。

《京師上元》洪覺範「及時膏雨已闌删」。「删」當作「珊」。

《登高》杜工部　七律八句皆屬對，創自老杜。前四句寫景何等魄力。

方虚谷云：「此詩已去成都分曉，舊以爲在梓州作，恐亦未然，當攷公病而止酒在何年也。」結句亦偶然云爾，未必病而止酒也。

茶類

《廸姪屢餉新茶》曾茶山其二「當令阿造分」。　元注：「造姪妙于繫拂。」義未詳。

載華按：別本作「擊拂」，後茶山七律一首亦然。

《夜聞賈常州崔湖州茶山境會想羨歡宴因寄此詩》白樂天「自歎花時北窗下」。　「歎」當作「歎」。

《次韵曹輔寄壑源試焙新茶》蘇東坡「洗遍香肌殆未寧」。　「殆」字訛，改「粉」。「寧」字訛，改「勻」。原評：「此謂壑源新芽白如玉雪，不似餅茶團茶外若膏油之沃也。故云佳茗似佳人。」

《汲江煎茶》「大瓢貯月歸春甕，小杓分江入夜瓶」。　「貯月」、「分江」，小中見大。第六句對法不測。

酒類

《不如來飲酒》白樂天其一「藏鏹百千萬」四句。　此種終嫌近俚。

《答高判官和唐店夜飲》梅聖俞　此首已見宴集類，重出。

《邨醪》「摘果夜棠熟，望人船犬隨」。　「夜」當作「野」。「犬」字訛，集作「火」。

《答田生》陳后山　起句用成語，恰合。

《醉中作》陸放翁　三、四俱用杜。

《長齋月滿携酒先與夢得對酌醉中同赴令公之宴戲贈夢得》白樂天「齋公前日滿三旬」。「公」當作「宫」。「解醒仍對姓劉人。」生動有機趣。

《太守徐君猷通守孟亨之皆不飲酒詩以戲之云》蘇東坡　用兩人事實作兩聯，天成好對仗。首尾一意反覆，章法新奇。

《章質夫送酒六壺書至而酒不達戲作小詩問之》「豈意青州六從事」二句。承蜩、弄丸，不足喻其巧妙。

《小飲梅花下作》陸放翁「六十年前萬首詩」。「前」當作「間」。

《醉中自贈》「賦形未至欠壬甲，語命寧須憎斗牛」。「欠壬甲」語出《三國志・管輅傳》。「憎斗牛」用昌黎詩。

着題類

《畫鷹》杜工部　全篇多用虚字寫出畫意。

《孤鴈》「誰憐一片影」二句。　筆陣空闊。

附録：李天生先生云：「着意寫孤字，直探其微，而無一筆落呆。」

《螢火》

方虚谷云：「老杜詩集大成，於着題詩無不警策。説者謂此詩腐草太陽之句以譏李輔國，凡評詩政不當如此刻切拘泥。言之者無罪，聞之者足以戒。大丈夫耿耿者，不當爲螢爝微光，於此自無相關。世之僅明忽晦不常者，又豈一輔國？則見此詩而自媿矣。學者觀大指可也。」詩家賦物，毋論大小妍醜，必有比况寄託，即以擬人，亦未爲失倫。如良馬以比君子，青蠅以喻讒人，如此者不一而足。必欲取一事一人以實之，隘矣。此評能見大意，學者可以類推。

《病蟬》賈島　結有防微遠患之戒。

《孤鴈》崔塗「未必逢矰繳」二句。此意更深。

《鸎》梅聖俞「涏涏雙來鸎」。兩「涏」字當作「涎」，古詩讀去聲。

《和答錢穆父詠猩猩毛筆》黄山谷　三四屬物邪？屬人邪？終覺去題太遠。使老杜爲之，必別有斡排之法。

載華附識：王漁洋先生《分甘餘話》論此詩三、四兩句云：「超脱而精切，一字不可移易。」先兄含广所纂《帶經堂詩話》於附識中采録先生此條評語，持論極爲精當。蓋詠物詩家最難妙在不即不離，若去題太遠，恐初學從此入手，未免艱澁費解。先生晚年點閲《律髓》，「老去漸於詩律細」，所以指示來學者，用意深矣。

《種竹》曾茶山「風來當一笑」。「笑」疑當作「嘯」，東坡有「風來竹自嘯」之句。

《螢火》趙昌父

方虛谷云：「此當與老杜《螢火》詩表裏並觀，其瘦健若勝老杜云。」語語從杜詩掩襲而出，何云勝杜？三四亦用杜，七言縮成五言。

《野人送櫻桃》杜工部　起句突兀，爲後半首而發。

《錦瑟》李義山　是章解者紛紛，愚獨謂此義山喪偶詩也。觀起兩語，其原配亡時年二十五。瑟本二十五絃，斷則成五十絃矣。此特借題寓感，解者必從錦瑟着題，遂苦苦牽合，讀到結處，如何通得去？有識者試以鄙言思之，全首打成一片矣。

載華附識：蒿廬夫子《箋注玉溪生詩》六卷，又《年譜考證》及《叢説》凡數卷，惜書垂成而卒。詳見先兄含广所纂《帶經堂詩話》附識中。其於全詩疏通證明，足爲玉溪功臣。至「一篇《錦瑟》解人難」，漁洋先生固嘗云爾，夫子詳玩詩意，參考舊評，箋注尤爲明晰。憶昔飫聆緒言，抱此殘編，徒深侯芭之痛。注多不及備録，今略識箋語及叢説於左：「楊守知致軒氏曰：此悼亡之作，錦瑟以喻夫婦。徐氏曰：此悼亡詩也，意亡者善彈此，故睹物思人，因而託物起興也。瑟本二十五絃，一斷而爲五十絃矣，故曰無端也。按杜甫詩：『暫醉佳人錦瑟傍。』義山集中言錦瑟者凡四，如《寓目》詩云：『新知他日好，錦瑟傍朱櫳。』《房中曲》云：『歸來已不見，錦瑟長於人。』皆足爲悼亡明證。又有『錦瑟驚絃破夢頻』之句，亦可與此章之意互相發也。」〇「題名《錦瑟》，義取斷絃，無可疑者，或因古瑟本五十絃，故於首句、次句尚多别解。不知既曰『無端』，則是變出意外，斷言已斷之後，非猶未破之時矣。三四『莊生』、『望帝』皆謂生者也。往事難尋，竟同蝶夢；哀心莫寄，唯學鵑啼耳。五六珠、玉以喻亡者也。『月明』、『日暖』，豈非昔人所謂美景良辰？今則泉路深沉，徒有鮫人之淚，形容縹渺，已如吳女之烟矣。蓋即珠沉玉碎之意也。結意又進一層，義山慣用此法。」○「徐氏曰：『蝴蝶、杜鵑，言已化去也。』誤甚。程箋謂生者輾轉結想，唯有迷曉夢于蝴蝶，死者魂魄能歸，不過託春心於杜鵑，殆與徐氏同其謬。徐解五六二句云：『珠有淚，哭之也。玉生烟，已葬也。』義亦可通，而其説未暢。唯釋末二句云：『此情豈待今日始成追憶乎？只是當時生存之日，已常憂其至此而預爲之惘然矣。』最爲明晰。又云：『意其人必婉弱而多病，故云然也。』似乎太泥。按秦嘉贈婦詩曰：『人生譬朝露，居世多屯蹇。憂艱多早至，歡會常苦晚。』又曰：『傷我與爾身，少小罹煢獨。既得結大義，歡樂苦不足。』此詩結聯似即此意。餘見《叢説》。」○「初白先生以《錦瑟》爲悼亡詩，確不可易。同時若徐氏，若楊氏，近日若程氏，若姚氏，其説盡符。然余觀王漁洋先生《哭張宜人》詩云：『錦瑟年華西逝波，尋思往事奈君何。』龔尚書芝麓《和韞林集中悼顧夫人》詩亦有『塵生錦瑟倚空牀』之句，則前賢早作是解矣。」○「義山一生喪偶者再，集中悼亡之詩頗多。可確指其爲茂元女而作者，不過十之四五耳。若《錦瑟》詩與《房中曲》，所悼未審何人。然初白先生既云原配，更以《回中牡丹》詩推之，疑非茂元之女矣。蓋義山自大中五年後，未聞復至隴西、安定間也。致軒誤認詩中新知皆指茂元，故語多膠柱。豈義山於原配之歿，獨無遺挂之悲耶？」○「李安溪云：凡詩句以虛涵兩意見妙，蓋一意歸于一意，而著語以虛涵取巧，詩家法也。因舉少陵數聯證之。《柳南隨筆》稱爲向來言詩者所未及。余觀唐賢詩中自少陵外，唯玉溪生深得此法。即如『滄海』、『藍田』一聯，滄海月明而珠偏有淚，藍田日暖而玉已生烟，下三字與上四字似作反照，此一説也。唯滄海月明故明珠有淚，唯藍田日暖故暖玉生烟，又一説也。兼此二説，語意方妙。蓋一句中既併用兩事，而每句内又各涵兩義，宜當時有獺祭之號，後世歎鄭箋之難矣。」○「論詩與論文不同，故一句中不妨含蓄兩意，隨人自領，即嚴滄浪所謂如水中月，如鏡中花，言有盡而意無窮者也。此詩珠有淚、玉生烟，余向時以珠沉玉碎釋之，不取徐氏哭之之解，緣第四句中已有悲哭意耳。程午橋箋頗與余合，但將珠、玉二字俱貼定亡者説，畢竟説煞，其義未圓。按本集《重祭外舅文》有『植玉求歸，已輕于舊日；泣珠報惠，寧盡于兹辰』一聯，用事既同，取義恐亦相類。又讀昔賢『居人下珠淚』、『意愁珠淚翻』等語，及近時王漁洋先生《悼亡》詩云『方諸萬點鮫人淚，灑向窮泉竟不聞』，轉覺徐氏所解較似直截矣。竊疑珠有淚句，合用活看，意味更長，然以此益歎義山詩之深妙。『一篇《錦瑟》解人難』，益信。」

《牡丹》羅隱　此篇亦見杜荀鶴集。

《鷓鴣》鄭谷　結處與三、四意重。

《燕》「閑几硯中窺水淺」。　東坡「新巢語燕還窺硯」之句本于此。

《莎衣》楊契元「狂晚酒家春醉後」。　「晚」當作「脱」。

《食柑》蘇東坡「香霧霏霏欲噀人」。　采之緑霧噀人，見六朝人謝賜柑啓中，非臆説也。　「千奴一掬爲吾貧。」「爲」當作「奈」。

附録：《補注》：劉孝標《送橘啓》云：「采之風味照座，擘之香霧噀人。」

《開元寺山茶》「明年掃後更誰看」。　「掃」當作「歸」。

《山茶》楊誠齋「簇釘朱紅菜椀心」。　不成語。

《走筆謝趙吉守餉三山生荔枝》「甘露落來雞子大」。　俗。

《老僧》劉後邨「破衲難逢且着休」。　「逢」當作「縫」。

《老吏》「祇恐閻羅難抹過」。　俗極。

梅花類

《梅》杜牧之「偶同佳客見」二句。　不必黏題，自成佳聯。

《早梅》僧齊己

方虛谷云：「尋常只將前四句作絕讀，其實二十字絕妙。」　評好。　虛谷又云：「以荆公之精於詩，梅花五言律無，七言律亦無之。」　七言律六首俱已登選，何得言無？

《馬上見梅花初發》宋莒公「無雙春外色，第一臘前香」。　「無雙」、「第一」，用得板實無味。

《紅梅》梅聖俞　「野杏」二句入長律則可，八句中着此殊欠力量，不意都官亦復爲之。

《偶折梅數枝置案上盎中芬然遂開》張宛丘「偶別霜林陋，來蒙玉案登」。　「陋」、「登」二字落得輕率。

《蠟梅》楊誠齋「喚我作他揚」。　結句不解。

載華附識：蒿廬夫子云：「『他楊』出《漢書·揚雄傳》：『雄無它揚于蜀。』師古注曰：『蜀諸姓揚者，皆非雄族，故曰雄無它揚。』」

《梅花》張澤民其十五「萬壑寒皆泣」。　「泣」當作「沍」。

《和裴廸發蜀州東亭送客逢早梅相憶見寄》杜工部　看老手賦物，何曾屑屑求工？通體是風神骨力，舉此壓卷，難乎爲繼矣。

《梅花》韓致光　末句有風刺。

《酬崔八早梅有贈兼示之作》李義山　此題無處着艷語，非義山所長。

載華附識：蒿廬夫子云：「方虚谷謂蝶粉以言梅花之片，蜂黄以言梅花之鬚，良是。蓋早梅時實未嘗有蜂蝶耳。又云似乎借梅以詠婦人之胸之額矣。余謂詩意正合爾爾，以題中明言有贈也。然上句又暗用姑射仙人肌膚若冰雪意，下句則暗用壽陽公主梅花落額上意，雖格調未高，而鎔鑄之妙，千古殆無其匹。初翻、更换、何處、幾時俱影切早字意。結用天女散花故事，題中兩層一齊照應，一齊收拾，天工人巧，吾無以名之。」

《梅花》林和靖「雪後園林纔半樹」二句。　二句不但格高，正以意味勝耳。

載華按：虚谷云：「山谷謂『水邊籬落忽横枝』此一聯勝『疎影』『暗香』一聯，疑歐公未然。蓋山谷專論格，歐公專取意味精神耳。」故先生云然。

附録：查晚晴先生云：「歐、黄各賞一聯，由其性之所近而出於中心之好，非比後人，人黑我白，人甲我乙也。近來强作解事，多祖涪翁。余謂二聯神韵意趣具足，今人無二公之才識，不得妄爲軒輊。」

《山園小梅》其一「疎影横斜水清淺」二句。再三玩味，此聯終遜「雪後」一聯。

其二「翦綃零碎點蘇乾」。「蘇」當作「酥」。「冷落猶嫌俗客看。」句中有骨。

《山園小梅》五、六是孤山梅。

《梅花》其二「詩客休徵故事題」。題外着想，極高。

《梅花》其一「長願年年末上看」。「末上看」未詳。

《與微之同賦梅花得香字三首》王半山其一「好借月魂來映獨」。「獨」當作「燭」。

《梅花》王平甫「流年未抵熟黄糧」。「糧」當作「粱」。

《十二月初一日得梅一枝絶奇戲作長句今年於是四賦此花矣》陸放翁 五六妙不可言，惜前後不稱。

明高青丘梅花詩翻新出奇，皆從此二語脱化。

附録：陸辛齋先生云：「五六迥出林氏之上。」

《射的山觀梅》「倚竹真成絶代人」。名句難對。

《園中賞梅》「慰眼紅苞初報信」。「慰」當作「熨」。

《江梅》田元邈「冰膚宛是姑仙女」二句。一落比擬，便是第二義。

《庭中梅花正開用舊韵貽端伯》徐師川 後半滯氣。

《次韵劉秀野草梅》朱文公「人間何處有冰霜」。　高潔無偶。

《再題瓶中梅》范石湖　嚼蠟横陳，語出《楞嚴》。

《落梅》尤延之「一年春事角聲中」。　蘊藉。

《次韵渭叟蠟梅》「蠟丸暗拆東君信」。「蠟丸」用高子勉詩中語。

《梅花》趙昌父「平生欠汝哦詩債」二句。　俗。

《五用韵》方巨山「水曹爲骨逋爲髓」。　惡矣，不但俗。

《落梅》劉潛夫

方虚谷云：「潛夫有《南嶽五藁》。錢塘書肆陳起宗之能詩，凡江湖詩人皆與之善，宗之刊《江湖集》以售，《南嶽藁》與焉。」《江湖集》今名《宋人小集》，乃鈔本。余于癸巳冬購得之，尚有「棚北大街睦親坊陳解元書坊刊印」字様。

賦雪類

《對雪》杜工部　老杜陷賊中作，非豪飲低唱時也，觀起結自見。

載華按：虚谷云：「他人對雪必豪飲低唱，極其樂，唯老杜不然，每極天下之憂。」故先生云爾。

《春雪》韓昌黎「拂花輕尚起」二句。　扣定「春」字。

《和欲雪二首》梅聖俞其二　第七句總承上兩聯，章法筆法古健，作者用意所在，讀者不可不知。

《雪》陳后山「鄰家有夜歸」。　歛兩句爲一句，不嫌蹈襲。

《雪意》「酒興若爲工」。　「工」字出韵。

《小雪》陸放翁「跨蹇雖堪喜」四句。　四句用兩事，化舊爲新。

《雪意方濃復作雨》范石湖　三、四句法古。

《再用韵》蘇東坡「銀盃逐馬帶隨車。」　昌黎一聯本非佳句，自東坡用之，遂成公案，後來衮衮，亦數見不鮮矣。

《讀眉山集次韵雪詩五首》王半山其一　蘇詩四首並叉韵，佳，故荆公六和，亦止用此韵。「羔酒龍鍾手獨叉。」「酒」字訛，集作「袖」。

附録：《補注》：按陸放翁云：「蘇文忠《雪詩》用尖、叉二韵，王文公有次韵詩，議者謂非二公莫能爲也。呂成叔乃頓和至百篇，字字工妙，無牽强凑泊之病。」據此，則尖、叉二韵，介甫當時皆有和章，今集中所載，止叉字韵六首耳。至呂成叔百篇，世無一傳者。古人名作湮没，何可勝道，可發一歎。

《雪中過城東懷平甫學士》劉景文「暫喜京城不上纓」。　塵。

《登女郎臺》陳后山「晚積讀書今已老」。　「積」當作「節」。

《次秀野詠雪韵三首》朱文公其二「飜笑楊花許耐寒」。　柳絮用得翻新。

《甲午春前得雪》尤延之　元題下尚有「宗美有詩交和往復成」九字。

載華按：虛谷《詩話》引「舉室長懸似細腰」句，先生于格上標明「東坡成句」。

《和馬公弼雪》楊誠齋　誠齋詩中之稍雅者。

《霰》「篩瓦巧尋疏處漏」二句。　確切。

《環林踏雪》樓攻媿「白裏不知梅奮色，青邊元喜麥成苗」。　「奮」字、「成」字着得輕淺，筭不得詩眼。

月類

《和康五望月有懷》杜審言　中聯猶未脱六朝餘習。

《月》杜工部其二「塵匣元開鏡，風簾自上鈎」。　同用「鏡」、「鈎」兩字，與康令之作大有雅俗之別。

方虛谷云：「東坡以『四更山吐月』爲絶唱，西湖湧金門觀月用韵衍爲五首。」　東坡五首在惠州作，非西湖湧金門也，注訛。

《月圓》　起壯健。　第六句從孟德「月明星稀」化出，自成名句。

《八月十五夜月》　後半只極力摹寫月明，不必説及中秋，自移動他夜不得，古今絶唱也。

《十六夜翫月》　結語似閒，細味殊覺其妙。

《八月十五夜翫月》劉賓客　與少陵别是一調，亦見精采。

《中秋月》曹汝弼「衆望自疑别」二句。　意好而辭未暢。

《中秋月》白樂天　詩境平熟。

《和永叔中秋月夜會不見月酬王舍人》梅聖俞「淮雨西來陟變秋」。「陟」當作「陡」。

晴雨類

《晴》杜工部其二　三、四分承起二句。「雨聲衝塞盡」二句。每遇一題，必有驚人之語。

《賦暮雨送李胄》韋蘇州「漠漠帆來重」二句。與老杜「湛湛長江去，冥冥細雨來」各極其妙。

《雨中寄張博士籍侯主簿喜》韓昌黎　第四句似含諷時事。

《微雨》吴融　第一句小巧太甚，「粉重」、「黄濃」，可以入詞，亦不可入詩。

《新秋雨夜西齋文會》梅聖俞「誰憐何水部」二句。「夜雨滴空階，曉燈暗離室。」何記室佳句也。

《新霽望岐笠山》　元注：「謝紫微座中賦。」五六沉雄。

《和應之細雨》張宛丘　三、四從少陵「潤物細無聲」一句脱化出來，亦猶寇萊用韋蘇州「野渡無人舟自横」句化作「野水無人渡，孤舟盡日横」一聯也。

《暑雨》陳后山「東溟容有限」。　出語難對。

《江漲》唐子西　第四句生新，第六句亦確。

《雨》陳簡齋「蕭蕭」。　言淺而意深，學杜中又自出手眼，集中登選者殊多，無出此上者矣。

《雨不絶》杜工部「鳴雨既過漸細微」四句。　讀其詩若人人意中有此景，却何人能道隻字？

《有美堂暴雨》蘇東坡　通首多是摹寫暴雨，章法亦奇。　「千丈敲鏗羯鼓催。」「丈」當作「杖」。

附録：《補注》：南卓《羯鼓録》：「杖用黄櫨花楸等木。」

《柳州開元寺夏雨》吕居仁「人傳書至竟沉浮」。　題外見作意。

《自七月二十五日大雨三日秋苗以蘇喜而有作》曾茶山　三、四俱用杜詩作對。

《臨安春雨初霽》陸放翁　五、六湊泊，與前後不稱。

變體類

《江上值水如海勢聊短述》杜工部　此篇借題以寓作詩之法，觀起結可知。　「老去詩篇渾漫興。」「興」當作「與」，東坡、半山俱用以叶韵。

《九日》「竹葉於人既無分」二句。　杜牧之七律得法於此。

《齊山》杜牧之　第五句少陵成語。

《對酒》陳簡齋「官裏簿書無日了」二句。　東坡：「官事無窮何日了，菊花有信不吾欺。」獨非變體而簡齋所取裁者乎？

載華按：虚谷云：「此詩中兩聯俱用變體，各以一句説情，一句説景，奇矣。坡詞有云：『官裏事，何時畢？風雨外，無多日。』即前聯意也。」故先生云爾。

拗字類

《上兜率寺》杜工部「江[上]有巴蜀」。　山。

《題省中院壁》「落花遊絲白日静」二句。　劉須溪以此聯爲籠罩乾坤句。

閑適類

《晚秋閒居》張司業「家貧長畏客」二句。　苦語真摯。

《原上新居》王建其三　此詩已見前，重出。

其五　重見。

《溪居叟》　題下失杜荀鶴姓名。

《岸貧》梅聖俞　「岸貧」不解。

《小隱自題》林和靖「嘗憐古圖畫」二句。　思致别。

《東山招復古》俞退翁　第七句不詳。

《自述》陸放翁其一「懼在饑寒外」四句。　須知憂懼中大有事業在。

《雨後到南山郵家》徐斯遠　「徐斯遠」三字應移前一首題下。

《題林逸士肥上新屋壁》劉子儀「卜居臨近釣魚臺」。　「臨」當作「鄰」。

《湖山小隱》林和靖其二「瀆猿幽鳥遥相叫」。　「瀆」當作「清」。
《懷舊隱》陳亞「秋閣□情天淡淡」。　詩。
《閒中書事》陸放翁其二「晚窗留客弄殘棋」。　「弄」集本作「筭」，當改。
《移居謝友人見過》趙師秀　原評：小巧有餘。

送別類

《送孟六歸襄陽》張子容「以此爲長策」二句。　與襄陽同調。
《送友人入蜀》李太白　前四句一氣盤旋。
《送陵州路使君赴任》杜工部　一篇有韵之文，感事策勛，託意深厚。
《奉濟驛重送嚴公》「幾時杯重把」二句。　説兩頭空着，中間與「眼復幾時暗，耳從前月聾」同一句法。
　附録：申鳧盟先生云：「三、四别緒凄然，若下句意在前，則索然矣。」
《泛江送客》　結與起相應。
　附録：李天生先生云：「起結好，悲不在客而在送客，不在送而在頻送也。故脱所送之人。」
《送張子尉南海》岑參「不擇南州尉」二句。　高。
《送單于裴都護赴西河》崔顥「湖沙乏井泉」。　「湖」當作「胡」。
《送泉州李使君之任》包何　猶有高、岑風格。

《送德清喻明府》李頻　建州集中五律居大半，格調俱穩稱。

《送友人之揚州》　中二聯四用地名，却是第七句總承得好。

《送李員外院長分司東都》韓昌黎「去年秋露下」四句。　扇對，白香山詩中最多。

《送楊八給事赴常州》白樂天　五、六句法變，上一字稍頓。

《送謝夷甫宰鄮縣》戴叔倫　「鄮」當作「鄖」。

《旅舍别故人》崔塗　第四句白香山亦有之。

《送朱可久歸越中》賈浪仙　第六句自不可棄。

《送趙成都二首》尤延之其一　所見者大，不獨爲蜀道得帥而發。

《送路六侍御入朝》杜工部　第四句方入題，何等纏綿委婉。

《送刁景純學士使北》梅聖俞

方虚谷云：「祖宗時與契丹盟好甚篤，故凡送使人詩，亦不敢輕易及邊事。熙、豐以來，人人抵掌務欲生事于西北，遂致靖康之禍。悲夫！」　此評深中事機。

《送王平甫下第》歐陽永叔　第六句極淡，却有觔兩。

《送龔鼎臣諫議移守青州》蘇子由　龔必齊人，由歸德移守青州者。

《送陸務觀福建提倉》韓無咎　起句犯牧之。

《杜叔高秀才雨雪中相過留一宿而别口誦此詩以送之》陸放翁「風吹欲倒孤城遠」二句。　寒氣逼人，却成奇警。

《送劉改之》王簡卿　通首未能免俗。

《次韵知常德袁尊固監丞送别》魏鶴山其三「萬木辭榮秋意澹」二句。　儒者氣象，刊落浮華。

陵廟類

《重過昭陵》杜工部　分四段看。首四句得天下之故，五、六守天下之道，七、八傳天下之遠，末四句方説到昭陵，而以重過作結。

附録：李天生先生云：「分二段。上段贊太宗，下段昭陵裁六韵，而『翼亮』二句仍不脱高祖，此大節目也。重經只末句點出，妙。」

《蜀先主廟》劉夢得　中兩聯字字確切，惜結句不稱。方虚谷云：「此詩用三足鼎、五銖錢，可謂精當。然末句非事實也。」　余所見亦同。

《經伏波神祠》　余壯年曾上壺頭山，拜新息廟，欲作一詩，乃爲此公所壓。

《雙廟》王半山「中原擅兵革」四句。　摶捖轉折有力。

《郭璞墓》劉後邨　此詩《後邨集》中第一卷第二首。

《蘇武廟》温飛卿　三、四即用子卿事，點綴景物與他手不同。

《初冬祀墳》韓魏公其二「農寓兵來聞即教，牛無休日早猶耕」。　「聞」當作「閒」，「早」當改「旱」。

《嚴陵祠堂》王半山「迹似蟠溪應有待，世無西伯可能留」。　兩句只一串。　「崎嶇馮衍才終廢，索寞桓譚道不謀。」余獨謂光武不能容功臣，大臣如馬援、侯霸，或斥或死，何有于馮衍、桓譚乎？

　載華按：《後漢書・侯霸傳》，霸代伏湛爲大司徒，封關内侯，十三年薨，帝深傷惜之。　似未可與伏波並提而論，謂光武不能容也。　又按韓歆代霸爲大司徒，好直言無隱諱，帝每不能容，坐免歸田里。　帝復遣使宣詔責之，歆及子嬰竟自殺。　評語云云，及《敬業堂集・釣臺》詩亦有「侯霸得罪由司徒」之句，先生豈誤記邪？抑別有所本邪？

《謁太昊祠》張宛丘「神祠近在國西門」。　太昊祠在陳州，故云國西門。

《東山謁外大父墓》陳后山

方虛谷云：「后山先母夫人，皇祐丞相龐公籍之女。　初丞相父格官彭城，丞相與孔道輔從后山祖洎遊，而成此姻。　后山父諱琪，字寶之。」　叙后山家世最詳。

《劉屯田墓壯節亭》尤遂初　劉屯田始末詳朱子《壯節亭記》中。

《過虞美人墓》潘德久　在濠州，土人謂之嗟虞墩。

旅况類

《晚次樂鄉縣》陳子昂　已見暮夜類，重出。

《初發道中寄遠》張子壽「壯圖空不息」二句。　曲江風度可想。

《江漢》杜工部　牢落之況，經子美寫出，氣概亦自高遠。

附録：李天生先生云：「有議公是篇中二聯相礙者，不知其泛詠羈愁，非定爲夜作也。」

《久客》　第四句作詩本旨。

附録：李天生先生云：「語自渾成，故不傷議論。」

《山館》　五、六開長吉之風，險中造淡。

《宿關西客舍寄山東嚴許二山人時天寶高道舉徵》岑參「孤燈燃客夢，寒杵搗鄉愁。」　此等鍊字，遂開纖巧之門，賈長江奉爲衣鉢者也。

《酬程近秋夜即事見贈》韓翃「星河秋一鴈，砧杵夜千家。」　「秋夜」二字極尋常，一經鑪錘，便成詩眼。

《歸渡洛水》皇甫冉　起句後人用以填詞。

《秋日陝州道中》顧非熊　結太卑弱。

《薊北旅思》張司業　本領具足，方能作澹語，文昌擅長處在此。以下四章，蹊徑彷彿。方虚谷云：「司業姑蘇人。」　司業和州人，非姑蘇人也。

《夜到漁家》「行客欲投宿」二句。　真景即是好詩。

《宿臨江驛》「月明見潮上」二句。　以生得新，却不費力。

《旅遊》賈浪仙「舊國别多日」二句。　頗似張司業。

《泥陽館》「樹影掃青苔」。筆路與想路俱別，不善學之，則流爲楊誠齋矣。

《曉泊江戍》楊憑「零露濕芳州」。「州」當改「洲」。

《久客》俞退翁

方虚谷云：「俞公汝南辭王安石御史不拜，致仕。」「南」字訛，改「尚」。俞退翁，吴興人，所著名《溪堂集》。

《二十三日立秋夜行泊林里港》張宛丘

方虚谷云：「宛丘詩大抵不事雕琢，自然有味。」《文潛集》有兩本，一名《宛丘集》，一名《内史集》，余所見者，皆鈔本，脱訛頗多。

《晚泊襄邑》「疏燈隔樹小」二句。煅煉若不經意。

《艤船當和江口待風》賀方回「朝風占酒斾，夜爨乞漁燈。」出句更佳。

《長安春望》盧綸　大曆中詩家只是平穩。

《旅次洋州寓居郝氏園林》方玄英　三、四一遠一近，字字警策。起結太平弱，三、四故不可棄。

《秋宿臨江驛》杜荀鶴　三、四直遂無餘韵，學元和體而墮淺易者往往若此。

《殘冬客次資陽江》王巖「倚船商女待搬灘」。「搬灘」未詳所出。

《度麾嶺寄莘老》王半山「施爲已壞平生學」二句。先生自嘲，乃自譽也。

《二十三日即事》張宛丘　五、六説破「鷺」字、「風」字，殊少味矣。

《自海至楚途寄馬全玉》「野色連雲迷稼穡」四句。　如大曆才人格。

附録：　陸辛齋先生云：「五、六正如絶不用意，却有藴味。」

《登城樓》「天晴海上峰巒出」二句。　此種境界，原從學杜得來。

《次韵謝吕居仁》陳簡齋「嶺表窮冬有雪霜」。　窮冬雪霜，在嶺表則爲異事，亦所以寓遷謫之感。

《十里》趙師秀「竹裹怪禽啼似鬼」二句。　險而勁。

邊塞類

《和陸明甫贈將軍重出塞》陳子昂　三、四未全是律體，初唐之去六朝未遠也。

《塞北》沈佺期　句句用意，隊仗整齊，可爲長律之法。

《在軍中贈先還知己》駱賓王「胡霜如劍鍔，漢月似刀環。」　太白「邊月隨弓影」一聯似之。刀環含歸意。

《長城聞笛》楊巨源　可入切題類。

《老將吟》竇鞏　頸聯映帶有情。

《送翁靈舒遊邊》徐道暉　宋人詩，不宜攙入唐律。　「何日可書名。」「名」當作「銘」。

《入塞曲》耿湋「猿臂銷弓力」二句。　生而勁。

《涇州觀元戎出師》戎昱「玉帳盡霜中」。　「盡」當作「静」。

《和番》「安危託婦人」。　與崔塗《過昭君故宅》寄感略同。五、六太淺。

《題金城臨河驛樓》岑參「河水侵城墻」。　「侵」當作「浸」。

《北庭作》「鴈塞通鹽澤，龍堆接醋溝」。　天然作對。

方虛谷云：「鹽澤人所共知，醋溝則未之知也，甚新。」　按詩意，醋溝當在西陲。《十三州志》中牟縣有醋溝，地名偶同耳。

《贈王將軍》賈浪仙　五六出色精神，如讀《周盤龍傳》。

《送鄒明府遊靈武》　已見送別類，重出。

《塞上贈王太尉》僧宇昭「馬放降來地，雕閑戰後雲」。　出句勝。

《漁陽將》張司業「放火燒奚帳」四句。　兩聯句法相同。

《没蕃故人》　結意深慘。

《愁怨》柳中庸「漢疊關山月」。　「疊」當作「壘」。

《入塞曲》鄭鏦「黄雲同入塞，白首獨還家」。　「入塞」、「還家」合掌。

《邊遊》項斯「古鎮門前北」。　「北」當作「去」。

《尹學士自濠梁移倅泰州》宋景文　宋詩，誤入唐律。

《少將》李商隱「青海無傳箭，天山報合圍」。　「青海」、「天山」屬對與老杜偶合。

《擬王維觀獵》梅聖俞　名作在前，似不宜和。

載華附識：詩家最忌蹈襲，凡遇一題，前有名作，慎勿輕率下筆。宛陵此詩，先生猶有微詞，於東坡《謝人見和前篇二首》及《定惠院海棠》詩不憚再三提命，閱劉夢得《經伏波祠》詩評語，尤爲現身説法。學者遇此等題，與其效顰，毋寧藏拙，勿負先生一片婆心也。

《贈索暹將軍》王建「鬭休鬭戰心還癢。」粗俗，不謂中唐乃有此。

《送李僕射赴鎮鳳翔》張司業　即李愬也。

《次韵元厚之平戎獻捷》王荆公　格調不落元和以後。

《依韵和蔡樞密岷洮恢復部落迎降》王岐公「御璧名王按舊儀」。「御」當作「銜」。

忠憤類

《春望》杜工部　此亦陷賊中時作。「家書抵萬金。」杜詩後人引作故實者，如「萬金」、「屋烏」之類，不必更尋出處也。

《秋日懷賈隨進士》羅隱「孤塚憶韓非」。「塚」疑當作「憤」。

《還韓城》吕居仁　第四老杜成句。「稻壠秋仍早。」「早」字疑訛，當作「旱」。

《兵亂後雜詩五首》其五　五、六本紫桑，微换數字耳。

《己酉亂後寄常州使君姪四首》汪彦章　南渡初少見此種詩。余所見《浮溪集》，此四首止存第一首。「邊峰斷日畿。」「峰」當作「烽」。

其二　結句杜成語也。

《秋興》杜工部「直北闕山金鼓振」。「闕」當改「關」。

《釋悶》 此老意中原望昇平，故末句分外沉痛。

《山中寡婦》杜荀鶴 一變樊川家法，但要説得爽快，此學香山而失之敷淺者。

《旅泊遇郡中叛亂示同志》 末句紀年，章法好，通篇語太直率不足取。

《中元甲子以辛丑駕幸蜀》羅隱 用本朝事迹寓感歎，親切悲凉。

《自蘇臺至望亭驛人家盡空》李嘉祐 唐末之亂，南北無不被兵燹者。此詩之作，其在吴越未立國時乎？

《北風》劉屏山 「紫色鼃聲，餘分閏位。」出《漢書·王莽傳贊》。

《宿牧牛亭秦太師墳庵》楊誠齋「恐作栘中屬國羞」。「移」字改「栘」。

方虚谷云：「此爲秦檜。」○元注：「暮年起大獄，必殺張德遠、胡邦衡等五十餘人，奏垂上而卒，故有新亭之句。然初節似蘇子卿，而晚謬。」 檜在金，原與堅和議之約，故得歸，如何可擬栘中老監？

《書憤》陸放翁其二「衰逢罷試戎衣窄」。「逢」當改「遲」。

山巖類

《和永叔新晴獨過東山》丁元珍「風静鳥深圓」。「深」當作「聲」。

《遊山》陸放翁其一 「蟬聲集古寺，鳥影渡寒塘。」少陵句也。放翁熟于杜律，不覺屢犯。

其二　第六句杜詩「固」作「亦」。

川泉類

《家園新池》姚合　此詩亦見白香山集。

《一公新泉》嚴維「磧石未成痕」。　「磧」當作「漬」。

《過洞庭湖》許棠　句句是過湖景象，余嘗身歷其境，故知此詩之工。

《鉅野》陳后山

方虚谷云：「后山詩全是老杜，以萬鈞九鼎之力，束于八句四十字之間。」　方虚谷於后山詩推重太過，平情而論，其力量尚不逮涪翁，何况子美？

《西湖》　「寒花只暫香。」少陵句也。

《湖上》「風過雨鱗鱗」。　「雨」當作「水」。

庭宇類

《次韵李泰叔退老堂》吕頤浩「東郊半隱遶郡峰」。　「郡」當作「群」。

《次韵舍弟賞心亭即事二首》王半山其一　中二聯調同。

《垂虹亭》　與前篇同韵。

論詩類七言

老杜「爲人性癖耽佳句」一首宜選冠此卷。

技藝類

老杜「何年顧虎頭」宜入此類，已見前。

載華按：老杜《題元武師屋壁》詩見後釋梵類，原評「前」字疑訛。

《和仲庶池州齊山圖》王半山「一江春雪下□堆」。　離。

《次韻平甫贈三靈程唯象》　五、六介甫自謂也。

《贈三靈程道人》王平甫「歸□田里老樵漁」。　來。　「我愧□持觸事疏。」干。「持」當改「時」。

《贈善相程傑》蘇東坡　閲過衆人詩，忽見蘇作，令我心開目明。

《贈虔州術士謝晉臣》　東坡自海外歸時作，故首句云。

《贈徐相師》陸放翁「許負遺書果是非」。　世傳相書始于許負。

遠外類

《送和蕃公主》張司業　第六句雖太直，却真。

消遣類

《感興》白樂天其二「爇處是爭炙手去」。 「是」當作「先」。

《閑卧有所思》其一 此首爲楊虞卿而發，時鄭注用事，楊爲所構，貶虔州。公與楊本姻親，故傷之。

其二 此首不知何指。或云李宗閔，亦爲李訓、鄭注所逐。

《九年十一月二十一日感事而作》 此首爲王涯而發。按甘露之變在太和九年冬。東坡云，樂天爲王涯所讒，謫江州，甘露之禍，樂天適遊香山寺，有「白首同歸」二句，不知者以爲幸之也，樂天豈其人哉？蓋悲之也。

元注：「其日獨遊寶山寺。」 「寶」當作「香」。

載華按：《閑卧有所思》二首、《九年十一月》一首俱見《香山後集》，《律髓》於「九年」上誤增「此是」二字。 先生評格上云：「此是二字當删。」

《放言》其三「辨才須待七年期」。 「才」當作「材」。

《殘春旅舍》韓致光 此首已見春日類，重出。

《安定城樓》李商隱「永憶江湖歸白髮」二句。 王半山最賞此聯，細味之，大有杜意。

《十二月十七日移病家居三首》張宛丘其二「擎蒼未減飛揚興」。 「擎蒼」二字乃臂鷹替身，大似崑體，未詳所出。

其三「謫居未滿已流行」。　「流」當作「留」。

《後寓歎》陸放翁　句句鬭龔，字字合拍，可見胸中有書。

《遣興》「留病三分嫌太近」。　「近」當改「健」。

《遣興》其二「文辭終與道相忘」。　「忘」當作「妨」。

《信筆》范石湖「主翁今但諸惺惺」。　先生有諸惺庵。

子息類

《阿崔兒詩》白樂天「遲見過商瞿」。　「見」當改「暮」。　「膩剃新胎髮至末。」熨帖細膩。

《楊本勝説於長安見小兒阿衮》李商隱　義山集中「衮師我嬌兒」五古一章絶佳，今乃稱爲龍種鳳雛，誇張似乎太過。

《哭崔兒》白樂天「掌珠一顆兒三歲」四句。　悲痛入情。

寄贈類

《忝職武昌初至夏口書事獻府主》竇鞏「莫遺鶴猜錢」。　「鶴猜錢」不解。

載華附識：蒿廬夫子云：「唐幕府官俸謂之鶴料，見《墨莊漫録》。」〇「猜錢」一作「支錢」，或是「請錢」之訛。

《贈葛天民》翁靈舒「燕本昔如此」。　「燕本」二字出李長吉詩，僧無本乃燕人。

《寄外舅郭大夫》陳后山「深知報消息」二句。　語從杜詩「翻畏消息來，寸心亦何有」二句脱胎。中二聯「不忍」、「未忍」犯重。四十字中何至失于檢點若此？

載華按：「情親未忍疎」句，集本作「未肯」。

《贈高九萬并寄孫季蕃二首》劉後邨　此二詩當作于《江湖集》劈板之後。

其二「菊磵説花翁」。　「菊磵」，九萬别號。

方虚谷云：「孫季蕃老于花酒，以詩禁，僅爲詞。」　江湖所稱孫花翁。

《贈賣書陳秀才》趙師秀　世傳《江湖集》乃其所刊，後刻板爲史彌遠所毁。陳緣此得罪，并嚴詩禁，史殁後方解。

《寄新吴友人》「春至山疑長」。　「長」字下得新。

《酬淮南牛相公述舊見貽》劉夢得　奇章於劉爲晚進。通首跌宕可喜。

《酬太原狄尚書見寄》「幽并俠少趨鞭弭」二句。　較之老將迴席，諸生在門，身分高下何如？

《夜宿江浦聞元八改官因寄此什》　前半兩兩分屬。

《次韵和汝南秀才遊净土見寄》李虚己

方虚谷云：「三四甚佳。虚己官至工侍。初與曾致堯唱和，致堯謂：『子之辭工矣，而其音猶啞。』虛己惘然，退而精思，得沈休文浮聲切響之説。遂再綴數篇，示曾。曾乃駭然歎曰：『得之矣。』予謂此數語詩家大機括也。工而啞，不如不必工而響。潘邠老以句中眼爲響字，吕居仁又有字字響、句句響之説，朱文公又以二人晚年詩不皆響責備焉。學者當先去其啞可也。亦在乎抑揚頓挫之間，以意爲脉，以格爲骨，以字爲眼，則盡之。」啞響之義，多讀多做自知之。然亦有號爲詩家，而終身不悟者。細静工夫未講耳，不盡由於意脉、格骨、字眼也。學者深宜體會。

《送越州陸學士》宋景文「路入仙人取箭山」。孔靈符《會稽記》：射的山西南有白鶴山，此鶴嘗爲仙人取箭，每刮土尋索，遂成此山。或作「名」。

《賈麟自睦來杭復將如蘇戲贈短句》强幾聖「朝醉桐江暮柳州」。「州」當作「洲」。

《次韻陳師道無己見寄》曾文昭「著書子已通科斗」。「科斗」謂《古文尚書》。

載華按：師道曾作《尚書傳》，見虛谷《詩話》。

《贈胡衡仲》楊誠齋「不作俳辭笑已乎」。「笑已乎」出青蓮詩。「紙落烟雲春醉旭。」「春」字譌，別本同。

《寄汪尚書》姜梅山「今日頭盤三兩擲，翠娥應笑白髭鬚。」香山句也。第六句本此。

載華附識：蒿廬夫子云：「『今日頭盤』二句乃微之詩，非樂天詩也。」

《寄德光大光》陳簡齋「也寘樵夫一尺中」。「一尺」當作「尺一」。

遷謫類

《遷客》張司業　唐時用錢不用銀，第六句可攷。

《北歸次秋浦界清溪館》劉長卿　第四句「過」字訛，當改「向」。

《送客南遷》白樂天　工于鋪叙，元、白擅長在此。

《戲題巫山縣用杜子美韵》黄山谷　此詩訛入《東坡集》。

《寄韓潮州》賈浪仙「海浸雲根老樹秋」。「雲」字當作「城」。

《初到江州》白樂天　末二句謂太守出相迎。

《初到忠州贈李六》　一味條暢。

《酬樂天得微之詩知通州事因成四首》元微之其一「浮塵向日似波流」。「浮塵」，細蟲名。微之別有詩。

其三「南歌未有東西不」。「不」應改「分」。

《送唐介之貶所》李誠之　兩韵間用，唐人謂之進退格。

《初到黄州》蘇東坡　結句元注似不可删，語在蘇集，觀者自攷之。

載華按：結句「尚費官家壓酒囊」，元注：「檢校官例折支多得退酒袋。」

《八月七日初入贛過惶恐灘》　黄公灘在萬安縣前，自東坡改爲「惶恐」以對「喜歡」，其後文信國用之以對「零丁」，世遂沿襲不改，無復稱舊名矣。

《六月二十日夜渡海》　前半四句俱用四字作叠而不覺其板滯，由於氣充力厚，足以陶鑄鎔冶故也。

《過嶺二首》其二「醉中不覺到江南」。　江西人以贛江爲南江。

《送王元均貶衡州兼寄元龍二首》陳后山　東坡自黄州召還，時亦與元均兄弟遊，有「遲留歲暮江淮上，來往君家伯仲間」之句。其起語云「異時長怪謫仙人」，則指平甫也。方虚谷云：「王安國字平甫，子旊字元均，斿字元龍。」考王半山爲平甫志墓，二子：長旊、次斿，「旊」字訛，當改「旊」。

《送胡邦衡之新州貶所二首》王民瞻其一　首句犯昌黎。

疾病類

《初病風》白樂天「朽株難免蠹」二句。　《三百篇》中所謂賦而比也，後學知此者鮮矣。

《病中六首》陳后山其六「身猶試藥方」。　以身試藥，冒險甚矣，語却有致。《易》云：「无妄之藥，不可試也。」「試」字從此出。

《春盡日宴罷感事獨吟》白樂天「思逐楊花觸處飛」。　此公終不服老。

《眼病二首》其二「案上謾鋪龍樹論」。　《龍樹論》，專治目疾之書。

《次韵王元勃問余齒脱》曾茶山　後半跳不出韓吏部圈子。

《耳鳴》范石湖　前半用事未詳所出。

《病足累日不能出掩門折花自娱》陸放翁「粗知春在賴鶯聲」。　一語叫醒一篇。

載華按：此詩已見春日類，重出。

《問友人病》劉後邨「術庸難靠醫求效」二句。　雖近俚，頗近情。

釋梵類

《酬暉上人獨坐山亭有贈》陳子昂

方虚谷云：「盛唐人詩多以起句十字爲題目，中二聯寫景詠物，結句十字撇開却説别意，此一大機括也。」　此評屢見。

《遊梵宇三覺寺》王勃「葉齊山路狹，花積野壇深」。　每句中兩字着力，創調也。

《宿贊公房》杜工部　贊公世外人，乃復攖世網，故詩中多感歎意。

附録：錢圜沙先生云：「首句起下謫置之案。」

《上兜率寺》「江山有巴蜀，棟宇自齊梁」。　用虚字作句中眼。

載華按：此詩已見拗字類，重出。

《同崔三十侍御灉口夜宿報恩寺》岑參　五律全首俱拗者絶少。

《起度律師同居東齋院》韋蘇州　此首似是古體。

《送文暢上人東遊》劉賓客「山宿馴溪虎」二句。　開浪仙法門。

《晚春登天雲寺南樓贈常禪師》「歲時春日少」二句。　至理名言，亦見《香山集》。

《哭柏巖禪師》「自嫌雙淚下」二句。　哭僧詩必如此方切題，又是現身説法。

《歲暮自廣江至新興往復中題峽山寺》許渾　以下四章俱應入風土類。

其三「蠻女半淘金。」元注：「端州斵石，塗涯縣淘金爲業。」「塗涯」二字疑。

《惠山寺》張祜　寺本湛長史舊居，故起句云。

《哭閑宵上人》「松枝講鈔餘」。　「講鈔」不詳。

《遊東林寺》黄滔「已到終嫌晚，重遊預作期」。　兩句似一串，却有轉折。

《月中宿雲巖寺上方》温飛卿　第三句翻從第四句倒映。

《題維摩暢上人房朽栫》李洞　三、四太生澁。

《送僧》僧無可　愚謂第五句不及對句。

　載華按：虛谷云：「第五句最高絶。」故先生云爾。

《送贊律師歸嵩山》「清平修道苦」。　「平」當作「貧」。

《懷智體道人》僧貫休「春雷折樹枝」。　「折」疑當作「拆」。

《題真州精舍》僧齊己

方虛谷云：「第二句『那岸』二字有深意。」　第二句有何深意？但覺其俗。

《遊湖上昭慶寺》陳堯佐　北宋號菩提院，南渡始改昭慶。《西湖志》及《咸淳臨安志》皆云然。今觀此題，可見北宋已名昭慶寺，兩志俱謬。

《再遊海雲寺作》宋景文「江勢釀山回」。「釀」當改「讓」。

《懷寄披雲峰誠上人》曹汝弼「院高窮本盛」。「本」當作「木」。

《夏日宿西禪》潘逍遥　此詩選入《宋文鑑》。第三句「如」作「疑」。

《贈惠洪》黄山谷「數面欣羊胛，論詩喜雉膏」。「羊胛」出《唐書・回紇傳》，骨利幹部晝長夜短，日入烹羊胛，熟，東方已明，蓋近日出處也。「雉膏」出《易・鼎卦》。《臆乘》云：「雉膏不食。」云美也。《説文》云：「未戴角曰膏。」用事必如此，終覺艱澁少味。

《登横碧軒繼趙昌父作》徐致中

方虚谷云：「第四句佳，但亦本于歐公。」　摩詰云：「山色有無中。」非本于歐也。

《再遊鶴林寺》僧道潛　結語殆指東坡。

《徑山》僧元肇「東西兩景幽」。　徑山有大小，謂之雙徑，「景」字訛。

《春寒》僧善珍　後半全不似僧語。

《廣潤寺新寮》僧自南「青山若厭看」二句。　語淡如雲。

《贈浩律師》僧簡長　此另是一人，不入九僧之數，乃作《秀州報本院三過堂記》者，所著名《北磵集》。　「蟻酣停掃砌。」「蟻酣」謂蟻鬬也。

《涪城縣香積寺官閣》杜工部

方虛谷云：「老杜七言律，晚唐人無之。凡學詩，五言律可晚唐，只如七言律，不可不老杜也。」予謂五律亦宜學杜。

《因許八奉寄江寧旻上人》「舊來好事今能否」二句。律中鬆快之調，亦自老杜創闢。

附録：吴星叟先生云：「只寫問訊之語，飛動滿紙，與『苦憶荆州』作同。後人便以流便短之，非也。」

《西溪無相院》張子野「浮萍破處見山影」二句。小巧而鮮新。

《再次前韵》僧如璧　二章俱勝原唱。三四用兩「折」字，未妥。

《三山次潘静之升書記韵》朱逢年

方虛谷云：「朱文公之父曰松，字喬年。季父曰槔，字逢年，嘗夢至玉蘭堂，如王平父之靈芝宫，自號其詩曰《玉蘭集》。」　予從閩中得鈔本兩先生集，今淮南有新刊本。

《頃游龍井得一聯王伯齊同兒輩游因足成之》樓攻媿　第三句出昌黎詩，第四句出柳州記。

《送炭與湘山西堂惠然師》僧顯萬「一堆灰裏撥陰何」。　「寒灰影裏撥陰何。」東坡句。

僊逸類

《同前得尋字》韓昌黎　可補入《昌黎集》。

《贈張道士》韓翃「□粒捐應久」。　集本乃「玉」字，今補入。

《送孫逸人》賈浪仙「是藥皆諳性，令人漸信仙」。　對句不測。

《古觀》項斯「門外日添墳」。　此等境界，到晚唐始説盡。

《贈廬嶽隱者》杜荀鶴「古樹藤纏殺」。　老辣語，俗目必以爲不祥。

《予昔遊雲臺觀謁希夷先生陳摶祠緬想其人今追作此詩》「夢休孤蝶往」二句。　崑體中不可多得。

《金華山人》陳述古　陳述古名襄，有集，號《古靈先生集》。

《一真姑》趙師秀「令人信有仙」。　「令人漸信仙。」賈長江成語，只换一字耳。

《桐柏觀》　起句用意。

《書嶽麓宫道房》翁靈舒「群山第幾家」。　「山」應改「仙」。

《送胡道士》賈浪仙　三、四冲澹似張文昌，在長江則變格也。

《仙子送劉阮出洞》曹唐「花當洞口應長在，水到人間定不回」。　出洞情事，大有仙凡之判。

《劉阮再到天台不復見諸仙子》　第七句與第五句微有礙。

《張先生》蘇東坡「肯來傳舍人皆説」二句。　筆如口，手如心。

傷悼類

《丞相温公挽詞》陳后山其二「終不羡曹蜍。」　曹蜍晉人，曹茂之小字也。《世説》：「曹蜍、李志雖見在，厭厭如九泉下人。」

《哭韓將軍》劉賓客「戰馬舊騎嘶引獘。」「獘」應改「葬」。「服玩僧收爲轉經。」「爲」當作「與」。

《思王逢原》此二首疑是王半山作，題下失署名。逢原一生知己，唯荆公一人，亦竟賴以傳。

載華按：《思王逢原》三首見李鴈湖《王荆公詩箋注》三十卷，第一首《律髓》不入選。

查太史初白先生爲當代詩宗，其學瀏覽博綜，無所不究。每閲古人詩集，多有評隲。余兄芷齋匯輯得若干種，爲參校而付之剞劂，用心可謂勤矣。竊唯詩家之有箋注，譬猶幽室夜行，而照之以列炬也。第謂畢讀詩之能事則未盡然。蓋句梳字櫛，詳覈出處，窺作者之用心，探立言之本意，此則箋注之所及也。至於宗旨、風格、正變、盛衰，以及字裏行間長短、疎密，讀者每目眩而心疑焉。陸士衡云：「愜心者貴當。」又云：「立片言以居要，乃一篇之警策。」承學之士，手一編而不得其愜心警策之處，將何所取則焉？此則箋注之所未及也。嗟乎，幽室夜行而既照之以列炬矣，乃若使之向衡岳者由南轅，問燕蓟者循北轍，豈不更快然於心目間哉？然則詩之有評，其爲藝苑津梁詎淺鮮歟？往時何義門先生有《讀書記》，上自《論》、《孟》，下及杜、韓等詩集，爲詞林推重。先生於經史間有批閲，因非全本，槩不登録。兹取詩評，勒成一書，俾作者之精神面目，展卷了然，其體例較《讀書記》更爲明晰。此余兄嘉惠後學之盛心，亦可謂敬業之功臣已。爰識數語，以附名於卷末云。乾隆四十二年中元前三日，東谷弟柯書於吴興之菰城學署。